ROBERT WILSON

LES ASSASSINS DE L'OMBRE

Traduit de l'anglais par
Nathalie Gouyé-Guilbert

ROBERT LAFFONT

Titre original :
THE HIDDEN ASSASSINS

édité par J. HarperCollins*Publishers*, Londres

Le papier de cet ouvrage est composé de fibres naturelles, renouvelables, recyclables et fabriquées à partir de bois provenant de forêts plantées et cultivées durablement pour la fabrication du papier.

ISBN 978-2-266-19850-9

À Jane, à ma mère
et
à Bindy, Simon et Abigail

Robert Wilson

Robert Wilson est né en Angleterre en 1957. Diplômé de l'université d'Oxford, il a travaillé dans l'import-export en Afrique où il situe l'action de certains de ses romans noirs. De retour en Europe, il publie son premier thriller, *Une mort à Lisbonne* (Robert Laffont, 2002), qui a reçu le Crime Writer's Association Golden Dagger Award. C'est le plus fameux prix britannique couronnant un roman policier, déjà décerné, entre autres, à Ruth Rendell, Martin Cruz Smith ou Henning Mankel. Il a également publié *La danse des espions* (2003), *Meurtres à Séville* (2004), *Les damnés de Séville* (2006), *Les assassins de l'ombre* (2009) et *Le prix du sang* (2010), aux éditions Robert Laffont. Il vit actuellement dans une ferme isolée au Portugal.

LES ASSASSINS
DE L'OMBRE

« Tournant, tournant dans la gyre toujours plus large,
Le faucon ne peut plus entendre le fauconnier.
Tout se disloque. Le centre ne peut tenir.
L'anarchie se déchaîne sur le monde
Comme une mer noircie de sang : partout
On noie les saints élans de l'innocence.
Les meilleurs ne croient plus à rien, les pires
Se gonflent de l'ardeur des passions mauvaises [1]. »

La seconde venue, W. B. YEATS

« Mais alors, qu'allons-nous devenir sans les Barbares ?
Ces gens étaient en somme une solution [2]. »

En attendant les barbares, Constantin CAVAFY

1. Traduction de Yves Bonnefoy in *Anthologie bilingue de la poésie anglaise*, La Pléiade, 2005. *(N.d.T.)*

2. Traduit du grec par Marguerite Yourcenar et Constantin Dimaras.

Londres, West End – Jeudi 9 mars 2006

— Alors, ce nouveau job ? demanda Najib.

— La femme pour qui je bosse s'appelle Amanda Turner, répondit Mouna. Elle n'a pas trente ans et elle est déjà directrice financière. Tu sais ce que je fais pour elle ? Je m'occupe de ses réservations pour ses vacances. Ça m'a pris toute la semaine.

— Elle va dans un endroit sympa ?

Mouna pouffa de rire. Elle adorait Najib. Il était tellement placide et tête en l'air. Sa compagnie avait la fraîcheur d'une oasis dans le désert.

— Tu vas pas le croire. Elle part en pèlerinage.

— Je ne savais pas que les Anglais pratiquaient ce genre de chose.

Mouna avait beaucoup d'admiration pour Amanda Turner, mais elle tenait surtout à s'attirer celle de Najib.

— C'est pas pour la religion. Enfin, c'est pas pour ça qu'elle y va.

— Il a lieu où, ce pèlerinage ?

— En Espagne. Près de Séville. La Romería del Rocío. Tous les ans, des gens venus de toute l'Andalousie se rassemblent dans le petit village de El Rocío. Le lundi de Pentecôte, on sort la Vierge de l'église et tout le monde se déchaîne et fait la fête.

— Je ne comprends pas.

— Moi non plus. Mais je peux te dire que c'est pas pour la Vierge qu'Amanda y va. Elle y va pour la fiesta qui dure quatre jours : ça chante, ça boit, ça danse. Tu sais comment sont les Anglais.

Najib acquiesça. Il savait.

— Et pourquoi ça t'a pris toute la semaine ?

— Parce qu'il n'y a plus une place de libre à Séville et qu'Amanda a des tonnes, je dis bien des tonnes, d'exigences. Elle veut les quatre chambres dans le même hôtel...

— Quatre chambres ?

— Elle part avec son petit ami, Jim « Fat Cat » Maitland. Plus sa sœur et son copain et deux autres couples. Les types travaillent dans la même boîte que Jim : Kraus, Maitland, Powers.

— Qu'est-ce qu'ils font dans cette boîte ?

— C'est un fonds d'investissement. Ne me demande pas ce que c'est. Tout ce que je sais, c'est qu'ils ont leurs bureaux dans le bâtiment qu'on appelle le Gherkin, le cornichon et... devine combien Jim a gagné l'année dernière ?

Najib secoua la tête. Il gagnait des clopinettes. Alors il s'en fichait pas mal.

— Huit millions de livres ? annonça Mouna d'un ton interrogateur.

— Combien tu dis ?

— Je sais. Tu n'en crois pas tes oreilles. Le moins bien payé du lot s'est fait cinq millions.

— Je ne vois pas pourquoi ils sont si difficiles, opina Najib en sirotant son thé noir.

— Les chambres doivent toutes être sous le même toit. Ils veulent arriver une nuit avant le pèlerinage et rester les trois suivantes, puis une à Grenade et retour à Séville pour encore deux nuits. Et il leur faut un garage parce que Jim ne veut pas garer sa Porsche

Cayenne dans la rue. Tu sais ce que c'est, une Porsche Cayenne ?

— Une voiture ? proposa Najib en se grattant la barbe.

— Eh bien, je vais te dire, pour Amanda, c'est une connerie de contribution au réchauffement de la planète.

L'écart de langage arracha une grimace à Najib. Mouna regretta de s'être laissé emporter par son désir de l'impressionner. Elle ajouta précipitamment :

— C'est un quatre-quatre qui peut rouler à deux cent cinquante kilomètres/heure. Amanda prétend qu'on voit le niveau d'essence baisser à vue d'œil quand il est à cent cinquante. Et tu sais quoi, ils partent à quatre voitures. Ils pourraient tenir dans deux. Non, il leur en faut quatre. Je t'assure, ces gens, ils sont pas croyables, tu n'imagines pas.

— Oh si, Mouna. J'imagine très bien.

Londres, la City – Jeudi 23 mars 2006

Il se tenait sur le trottoir, en face de l'entrée du parking souterrain. Son visage disparaissait derrière la fausse fourrure qui bordait la capuche crasseuse de sa parka verte. Il faisait les cent pas, les mains enfoncées dans les poches. L'une de ses baskets partait en lambeaux, le lacet de l'autre traînait et battait contre le bas effiloché de son jean, détrempé à force d'éponger l'eau du trottoir. Il marmonnait.

Il aurait pu être l'un de ces milliers d'individus invisibles, attirés par la ville pour y vivre à ras de terre dans des couloirs souterrains, avachis sur des litières de carton à l'entrée des magasins, errant comme des âmes en peine dans les limbes du purgatoire au milieu des vivants, des visibles, de ceux qui ont une vie, un job, de l'argent sur leur compte, le confort matériel et la foi en l'avenir.

Pourtant, on le voyait, comme on nous voit tous, car nous sommes tous devenus les figurants du film interminablement morne de la vie quotidienne. Souvent, aux petites heures de la matinée, il était la star de ce documentaire grené en noir et blanc, presque seul à l'image, avec pour toute action l'arrivée hâtive des premiers traders et financiers d'Extrême-Orient. Plus tard, lorsque les sandwicheries avaient ouvert et que les rues s'emplissaient de banquiers, d'opérateurs et d'analystes, son rôle se réduisait à un arrière-plan « couleur locale » et il se confondait avec les chiffres de la date et des heures qui tournent sur l'écran.

Comme tout protagoniste de réseau intérieur de vidéosurveillance, son talent passait complètement inaperçu. Son potentiel d'acteur de téléréalité resterait ignoré, à moins que, pour une raison quelconque, on n'accorde à son rôle une importance cruciale parce que le cinéaste du quotidien aura soudain remarqué sa présence quand la petite fille a disparu, quand l'enfant a été enlevé ou, comme il arrive souvent dans les films, quand a eu lieu l'échange de mallettes.

Rien de tel en l'occurrence.

L'être solitaire, homme ou femme (impossible à discerner avec la capuche), évoluait au milieu de la foule des figurants, suivant le mouvement ou à contre-courant selon les moments. Figurant parmi les figurants, pire qu'inutile, souvent encombrant. Il persévéra des heures durant, des semaines durant, des mois... Il ne resta qu'un mois. Pendant quatre semaines, il arpenta en marmonnant le trottoir craquelé en face du parking souterrain et disparut un beau jour. Le reality show continua sans lui, sans que personne s'aperçoive qu'une star de l'écran muet avait passé plus de trois cent soixante heures sous l'œil de la caméra.

S'il y avait eu une bande-son, cela n'aurait rien apporté. Même en plaçant un micro sous l'immonde capuche de la parka, on n'aurait pas été plus avancé. On n'aurait enregistré que les balbutiements d'un marginal un peu dérangé se répétant à lui-même les couleurs, marques et numéros d'immatriculation de voitures, choisies apparemment au hasard, et l'heure exacte de leur passage sur le bitume du trottoir. C'était sûrement la lubie d'un fou.

Quel équipement de surveillance sophistiqué aurait

pu détecter que les yeux cachés sous l'ombre du capuchon repéraient uniquement les voitures qui entraient dans le parking de l'immeuble d'en face ? Même en admettant qu'il existe un équipement capable de relever ce détail, aurait-il été en mesure de déceler que ce flot d'informations anodines étaient enregistrées sur le disque dur d'un mini-dictaphone dissimulé dans une poche intérieure de la parka ?

Alors seulement on aurait compris l'importance de cet être insignifiant et le cinéaste du quotidien, pour peu qu'il ait été attentif ce matin-là, se serait dressé sur sa chaise en se disant : nous avons là une star en puissance.

1.

Séville – Lundi 5 juin 2006, 16 heures

Les cadavres ne sont jamais beaux à voir. Même les embaumeurs les plus expérimentés dans l'art du maquillage ne peuvent leur rendre les couleurs de la vie. Mais certains cadavres sont plus repoussants que d'autres. Une autre forme de vie s'est emparée d'eux. Les bactéries ont transformé leurs sécrétions et leurs fluides organiques en un gaz nocif qui ondule dans les cavités et sous la peau, jusqu'à la tendre comme un tambour sur la putréfaction en cours. La puanteur est telle qu'elle pénètre le système nerveux des vivants et leur répulsion déborde le périmètre de leur personne. Ils deviennent irritables. Mieux vaut se tenir à distance quand on tombe sur une « charogne ».

Normalement, l'inspecteur principal Javier Falcón avait un mantra qu'il se récitait mentalement quand il se trouvait en présence d'un corps dans cet état. Il était capable d'affronter toutes les violences que peut subir un corps humain – les cratères des blessures par balle, les entailles ouvertes par les couteaux, les contusions des matraquages, les bleus des strangulations, la lividité des empoisonnements – mais depuis quelque temps, il supportait moins bien l'altération de la pourriture, l'odeur et les chairs bouffies. Il l'attribuait à l'angoisse de la déchéance, au trouble de l'esprit face au glissement vers la fin inéluctable du temps qui passe ; sauf qu'il ne s'agissait pas là du déclin naturel de la mort. C'était lié à la dégradation du corps, à la métamorphose, rapide à la chaleur, d'une frêle jeune fille en douairière décrépite ou, dans le cas du corps qu'ils étaient en train d'arracher aux détritus de la décharge située à la périphérie de la ville, à la mutation d'un homme ordinaire en caricature de sumo boursouflé.

Le corps était figé par la rigidité cadavérique dans une posture des plus dégradantes. Pire que le sumo vaincu, projeté tête la première au premier rang de la foule hurlante, avec l'épais bandage de son *mawashi* pour sauver sa pudeur, cet homme était nu. Habillé, on aurait pu le prendre pour un musulman en prière (la tête orientée à l'est), mais il n'avait pas de vêtements. Du coup, il avait l'air d'un homme prêt à subir un viol bestial, le visage enfoui dans le lit d'ordures, comme pour étouffer la honte de cet ultime outrage.

Pendant qu'il observait la scène, Falcón se rendit compte qu'il ne récitait pas son mantra habituel et qu'il avait l'esprit encore occupé par l'incident qui s'était produit quand il avait reçu l'appel lui annonçant la découverte du corps. Pour échapper au bruit du bar où il était en train de boire un café en solitaire, il était sorti à reculons et, en franchissant la porte, il avait heurté une femme. Ils avaient bredouillé un *Perdón*, échangé un regard perplexe et étaient restés abasourdis. C'était Consuelo Jiménez. Au cours des quatre années qui s'étaient écoulées depuis la fin de leur liaison, il ne l'avait aperçue que quatre ou cinq fois dans la rue ou des boutiques bondées et voilà qu'il tombait nez à nez avec elle. Ils n'avaient rien dit. Elle avait finalement renoncé à entrer dans le café pour se perdre aussitôt dans la foule des piétons. Elle lui avait néanmoins laissé son empreinte et il n'en avait pas fallu plus pour rouvrir le sanctuaire pourtant bien fermé qui lui était voué.

Un moment plus tôt, le *médico forense*, le médecin légiste, s'était aventuré avec précaution dans le tas de déchets pour confirmer que l'homme était bien mort. Les techniciens de la police scientifique faisaient leur travail : ils prélevaient et mettaient en sachet tous les indices qui pouvaient présenter un intérêt. Le médecin légiste, toujours masqué et revêtu de sa combinaison blanche, retourna auprès de la victime. Il l'inspecta du regard et fronça les sourcils. Il prit des notes et s'approcha de Falcón, qui venait d'être rejoint par le juge d'astreinte, Juan Romero.

— Je ne relève aucune cause de mort apparente, dit-il. Il n'est pas mort d'avoir eu les mains sectionnées. Cela a été fait après. Les poignets ont été solidement attachés avec un lien très serré. Aucune contusion dans la région du cou, aucune blessure par balle ou arme tranchante. Il a été scalpé, mais le crâne n'a pas subi de lésion grave. Il aurait pu être empoisonné, mais je ne peux pas le voir sur son visage, qui a été brûlé à l'acide. La mort doit remonter à quarante-huit heures.

Les yeux du juge Romero clignotaient au-dessus de son masque à chacune de ces révélations abominables. Il n'avait pas eu à traiter d'affaire de meurtre depuis plus de deux ans et les rares dont il avait eu à s'occuper ne l'avaient pas habitué à un tel degré de violence.

— Ils ne voulaient pas qu'on puisse le reconnaître, c'est ça ? remarqua Falcón. Des signes distinctifs sur le reste du corps ?

— Il faut que je le ramène au labo et que je le nettoie. Il est couvert d'immondices.

— Pas d'autres lésions sur le corps ? demanda Falcón. Il a dû arriver ici dans un camion poubelle. Il devrait y avoir des marques.

— Je n'en ai pas vu. Je trouverai peut-être des écorchures sous la crasse et quand je l'aurai ouvert au labo, je pourrai peut-être constater d'éventuelles fractures et ruptures d'organes.

Falcón acquiesça. Le juge Romero signa le *levantamiento del cadáver*, la levée du corps, et les infirmiers se mirent à l'œuvre en se demandant comment ils allaient caser un corps raidi dans cette position dans le sac mortuaire et sur la civière. Le ridicule s'invitait sur les lieux de la tragédie. Ils voulaient autant que possible éviter de libérer les gaz nocifs que le cadavre renfermait. En fin de compte, ils ouvrirent le sac sur la civière, soulevèrent le corps, toujours prostré, et l'y déposèrent. Ils calèrent les moignons de poignets et les pieds à l'intérieur et remontèrent la fermeture Éclair sur ses fesses relevées. Ils transportèrent le colis en forme de tente dans l'ambulance sous l'œil d'ouvriers municipaux qui s'étaient rassemblés pour assister aux dernières péripéties du drame. Ils éclatèrent de rire en se détournant quand l'un d'eux lâcha une remarque où il était question d'« en prendre plein le cul pour perpète ».

La tragédie, le ridicule et, maintenant, la vulgarité, se dit Falcón.

Les techniciens poursuivirent leurs recherches aux abords immédiats du corps et rapportèrent leurs trouvailles ensachées à Falcón.

— Nous avons ramassé des enveloppes avec des adresses à proximité du corps, annonça Felipe. Il y en a trois qui portent le même nom de rue. Cela devrait vous aider à localiser l'endroit où il a été déposé. À notre avis, il est resté dans la position du fœtus au fond d'une poubelle, c'est pour ça qu'on l'a retrouvé dans cette posture.

— Il est presque certain également qu'il a été enveloppé là-dedans, ajouta Jorge en brandissant un grand sac en plastique contenant un drap blanc souillé. Il y a des taches de sang provenant de ses mains coupées. On l'identifiera plus tard...

— Il était nu quand je suis arrivé, dit Falcón.

— C'était vaguement cousu et ça a dû lâcher dans la benne à ordures, observa Jorge. Le drap était accroché à l'un de ses moignons.

— Le légiste dit que les poignets ont été attachés avec un lien très serré et les mains coupées après.

— Tranchées net, remarqua Jorge. Pas tailladées n'importe comment, amputées avec une précision chirurgicale.

— Un bon boucher aurait pu en faire autant, dit Felipe. Mais le visage brûlé à l'acide et la tête scalpée... qu'est-ce que vous en dites, inspecteur principal ?

— Il devait avoir quelque chose de particulier pour qu'on se soit donné cette peine, répondit Falcón. Qu'y a-t-il dans le sac poubelle ?

— Des débris de jardinage, dit Jorge. À notre avis, on les a mis par-dessus pour camoufler le corps.

— Nous allons effectuer maintenant une fouille élargie de la zone, dit Felipe. Pérez a discuté avec le type qui fait marcher la pelleteuse, celui qui a trouvé le corps, et il a parlé d'une grande feuille de plastique noir. Ils s'en sont peut-être servis pour faire leur chirurgie *post mortem*, avant de le coudre dans le drap, de l'emballer dans le plastique et de le balancer dans la poubelle.

— Et vous savez qu'on adore le plastique noir quand il s'agit de trouver des empreintes, renchérit Jorge.

Falcón nota les adresses figurant sur les enveloppes et ils se séparèrent. Il retourna à sa voiture et ôta son masque. Son sens olfactif n'était pas assez aguerri pour que la puanteur des ordures de la ville ne le prenne pas à la gorge. Le grincement persistant des pelleteuses couvrait les croassements des charognards planant comme des ombres dans le ciel blanc. Triste endroit pour finir, même pour un cadavre insensible.

À l'arrière d'une voiture de service, l'inspecteur adjoint Pérez bavardait avec un autre membre de la brigade criminelle, l'ex-religieuse Cristina Ferrera. Pérez, beau brun bien bâti aux airs de chéri de ces dames des années 1930, n'avait pas grand-chose de commun avec la petite blonde plutôt nature qui était venue de Cadix rejoindre les rangs de la brigade quatre ans plus tôt. Là où Pérez tenait du bovin dans le comportement et la mentalité, Ferrera était vive, intuitive et tenace. Falcón leur donna les adresses prises sur les enveloppes et leur énuméra les questions qu'ils devraient poser. Ferrera lui en répéta la liste avant même qu'il ait terminé.

— Ils l'ont cousu dans un linceul, dit-il à Cristina Ferrera pendant qu'elle se dirigeait vers sa voiture. Ils lui ont coupé les mains, ils lui ont brûlé le visage à l'acide, ils l'ont scalpé, mais ils l'ont cousu dans un linceul.

— Je suppose qu'ils ont cru lui témoigner ainsi une forme de respect. Comme on fait en mer ou dans les inhumations collectives qui suivent les catastrophes.

— Du respect, répéta Falcón. Après lui avoir infligé le pire des affronts en lui prenant sa vie et son identité. Cela a quelque chose d'un rituel impitoyable, tu ne trouves pas ?

— C'était peut-être des gens très religieux, suggéra Ferrera avec un haussement de sourcils ironique. Vous savez, patron, on a commis bien des atrocités au nom de Dieu.

Falcón regagna le centre de Séville dans l'étrange lumière jaune tombant d'un énorme cumulo-nimbus qui s'était amassé sur la Sierra de Aracena et commençait à envahir la ville par le nord-ouest. La radio annonçait de fortes pluies pour la soirée. Sans doute les dernières avant la longue canicule de l'été.

Il pensa d'abord que c'était le choc physique et mental de sa rencontre inopinée du matin avec Consuelo qui le rendait nerveux. Ou peut-être était-ce le changement de pression atmosphérique ou un reste de malaise laissé par la vue du cadavre bouffi dans la décharge ? Alors qu'il était arrêté à un feu rouge, il se rendit compte que c'était plus profond que cela. Son instinct lui disait que c'était la fin d'un ordre ancien et le début inquiétant d'une ère nouvelle. Le corps sans identité était comme une névrose : une vilaine protubérance poussant sur la conscience de la ville comme le symptôme d'horreurs bien pires, encore enfouies. C'était le pressentiment de ces horreurs et leur capacité à heurter les esprits, meurtrir les âmes et bouleverser les vies qui le perturbaient tant.

Après une série d'entretiens avec des juges à l'*edificio de los juzgados*, il était sept heures quand il arriva à la *jefatura* et la nuit paraissait en avance. L'odeur de la pluie alourdissait l'air ionisé d'un poids métallique. L'orage semblait encore loin, mais le ciel s'assombrissait prématurément et des éclairs jaillissaient comme des menaces de mort.

Pérez et Ferrera l'attendaient dans son bureau. Ils le suivirent des yeux alors qu'il se dirigeait vers la fenêtre. Les premières gouttes de pluie s'abattirent sur les carreaux. La satisfaction était un sentiment humain bien étrange, se disait-il en regardant une vapeur légère monter du parking. Au moment où la vie devenait ennuyeuse, suscitant un désir de changement pour y remédier, une nouvelle vitalité s'offrait sous une forme sinistre et l'esprit replongeait dans une félicité béate.

— Alors, qu'avez-vous récolté ? demanda-t-il en longeant la fenêtre pour aller s'affaler sur la chaise devant son bureau.

— Vous ne nous avez pas indiqué l'heure de la mort, dit Ferrera.

— Désolé. Elle remonterait à quarante-huit heures.

— Nous avons localisé les poubelles où les enveloppes ont été jetées. Elles se trouvent dans le centre de la vieille ville, au coin d'une impasse et de la calle Boteros, entre la plaza de la Alfalfa et la plaza Cristo de Burgos.

— Quand sont-elles vidées ?

— Tous les soirs entre onze heures et minuit, répondit Pérez.

— Donc, reprit Ferrera, si, comme le pense le médecin légiste, il est mort dans la soirée du samedi 3 juin, ils n'ont sans doute pas pu y balancer le corps avant trois heures du matin le dimanche.

— Où se trouvent ces poubelles actuellement ?

— On les a envoyées à la police scientifique pour qu'elle examine les traces de sang.

— Mais la chance ne sera peut-être pas avec nous, soupira Pérez. Felipe et Jorge ont trouvé une sorte de bâche en plastique noir qui, d'après eux, a dû servir à envelopper le corps.

— Parmi les personnes que vous avez interrogées aux adresses figurant sur les enveloppes, est-ce que quelqu'un se rappelait avoir vu un emballage de plastique noir au fond d'une des poubelles ?

— Nous ignorions l'existence de ce plastique quand nous les avons interrogées.

— Oui, c'est vrai, admit Falcón.

Son cerveau, encore imprégné des sensations pénibles précédentes, n'était pas concentré sur les détails.

— Pourquoi pensez-vous que le corps a été placé dans la poubelle à trois heures du matin ?

— Le samedi soir dans le quartier d'Alfalfa... vous

savez ce que c'est... toute la jeunesse est dans les bars et traîne dans les rues.

— Pourquoi choisir ces poubelles-là s'il y a tant de monde aux alentours ?

— Peut-être qu'ils les connaissent, proposa Pérez. Ils savaient qu'ils pourraient se garer dans une impasse calme et sombre et ils connaissaient l'heure de passage de la benne. Ils pouvaient préparer leur coup. Il ne leur fallait que quelques secondes pour se débarrasser du corps.

— Il y a des appartements qui ont vue sur ces poubelles ?

— Nous referons la tournée des appartements de l'impasse demain, dit Pérez. Celui qui a la meilleure vue est au fond, mais il n'y avait personne.

Une longue fulguration vibrante jaillit, accompagnée d'un coup de tonnerre tellement violent qu'il sembla déchirer le ciel. Ils se recroquevillèrent instinctivement et la jefatura se retrouva plongée dans le noir. Ils se mirent à la recherche de lampes-torches tandis que la pluie fouettait le bâtiment et déversait des flots sur le parking. Ferrera cala une torche contre une pile de dossiers et ils se rassirent. Les éclairs incessants les éblouissaient et imprimaient le cadre de la fenêtre sur leur rétine. Les générateurs de secours se mirent en marche au sous-sol. La lumière se ralluma. Le portable de Falcón vibra sur son bureau : un message du médico forense lui disant que l'autopsie était terminée et qu'il pourrait le recevoir à partir de huit heures et demie pour lui en parler. Falcón lui renvoya un message pour accepter de le voir le lendemain matin. Il reposa son portable sur le bureau et resta les yeux fixés sur le mur.

— Vous n'avez pas l'air dans votre assiette, inspecteur, remarqua Pérez qui avait l'habitude d'énoncer des évidences alors que Falcón avait, lui, celle de l'ignorer.

— Nous avons un cadavre non identifié qui pourrait bien se révéler impossible à identifier, déclara Falcón pour tenter de mettre de l'ordre dans ses idées et de donner à Pérez et Ferrera une ligne sur laquelle axer leurs travaux d'investigation. Combien de personnes sont impliquées dans ce meurtre selon vous ?

— Au moins deux, dit Ferrera.

— Pour tuer, scalper, couper les mains, brûler le visage à l'acide... oui, mais pourquoi lui couper les mains quand ils auraient pu se contenter de brûler ses empreintes à l'acide ?

— Elles avaient quelque chose de particulier, suggéra Pérez.

Falcón et Ferrera échangèrent un regard.

— Continue à réfléchir, Emilio, dit Falcón. En tout cas, tout cela a été planifié et prémédité et il était important qu'on ignore son identité. Pourquoi ?

— Parce que l'identité du mort aurait désigné les meurtriers, dit Pérez. La plupart des victimes sont tuées par des gens...

— Et sinon ? demanda Falcón. S'il n'y avait pas de lien évident ?

— L'identité de la victime et/ou la nature de ses compétences risquaient, si elles étaient connues, de compromettre une opération ultérieure, proposa Ferrera.

— Bien. Maintenant, dites-moi combien de personnes il a vraiment fallu, d'après vous, pour balancer ce corps dans une poubelle, continua Falcón. Elles arrivent à hauteur de poitrine d'une personne de taille normale et le tout ne devait pas prendre plus de quelques secondes.

— Trois pour manipuler le corps et deux pour faire le guet, opina Pérez.

— En appuyant la poubelle sur le rebord du coffre, deux hommes peuvent suffire, rectifia Ferrera. Les gens qui pouvaient passer dans la calle Boteros à ce moment-là devaient être soûls et bruyants. Il pouvait être nécessaire de laisser un conducteur au volant. Trois maximum.

— Trois ou cinq, qu'est-ce que cela vous inspire ?

— C'est un gang, décréta Pérez.

— Qui a quelle activité ?

— La drogue. Les mains coupées, le visage brûlé...

— Les trafiquants de drogue n'ont pas l'habitude d'envelopper les gens dans un linceul, dit Falcón. Ils ont plutôt tendance à les flinguer, or il n'y a pas de blessure par balle... pas même de coup de couteau.

— Ça ne ressemble pas à une exécution, dit Ferrera, plutôt à une regrettable nécessité.

Falcón leur dit de refaire le tour des appartements ayant vue sur les poubelles à la première heure le lendemain matin, avant que tout le monde ne soit parti travailler. Ils devraient chercher à savoir s'il y avait un emballage de plastique noir dans l'une des poubelles et si quelqu'un avait aperçu ou entendu une voiture dans les parages le dimanche vers trois heures du matin.

Au labo, Felipe et Jorge avaient repoussé les tables et étalé le plastique noir sur le sol. Les deux grandes poubelles de la calle Boteros étaient dans un coin, fermées au ruban adhésif. Jorge était penché sur un microscope, tandis que Felipe, à quatre pattes sur le plastique, l'examinait au travers de ses lunettes grossissantes, fabrication maison.

— Nous avons trouvé sur le plastique un groupe sanguin identique à celui de la victime prélevé sur le drap blanc. Nous espérons avoir une concordance ADN demain matin, expliqua Jorge. J'ai l'impression qu'ils l'ont allongé sur le ventre sur le plastique pour pratiquer leur opération.

Il indiqua à Falcón les distances mesurées entre un dépôt de salive, quelques épanchements de sang et deux poils pubiens, lesquelles correspondaient à la taille de la victime.

— On va effectuer des tests ADN sur tout ça.

— Et qu'en est-il de l'acide sur le visage ?

— Ça a dû être fait avant et suivi d'un bon nettoyage. On n'en trouve pas trace.

— Des empreintes ?

— Pas d'empreintes digitales, seulement une empreinte de pied dans le coin supérieur gauche, répondit Felipe. Jorge l'a identifiée comme appartenant à une basket Nike, telle qu'en portent des milliers de gens.

— Vous aurez le temps d'examiner les poubelles ce soir ?

— On va jeter un œil, dit Felipe. Mais s'il était bien emballé, je n'ai pas grand espoir de trouver du sang ou de la salive.

— Avez-vous consulté la liste des personnes disparues ? demanda Jorge.

— On ne sait même pas encore s'il était espagnol, lui dit Falcón. Je vois le médecin légiste demain matin. Espérons que le corps présente quelques signes distinctifs.

— Ses poils pubiens sont noirs, précisa Jorge avec un large sourire. Et son groupe sanguin est O positif... si ça peut aider.

— Poursuivez vos brillants travaux, dit Falcón en les quittant.

La pluie tombait toujours, désespérément tenace après ses débuts diluviens. Falcón se plongea dans la paperasse avec l'esprit ailleurs. Levant les yeux de son ordinateur, il contempla le reflet de son bureau renvoyé par la fenêtre opaque. Le néon tremblotait. L'averse tambourinait furieusement contre les carreaux, comme si un fou voulait attirer son attention. Falcón se surprenait lui-même. Lui qui faisait preuve autrefois de rigueur scientifique, toujours impatient d'éplucher les rapports d'autopsie et les conclusions des experts, il s'en remettait désormais davantage à son intuition. Il essayait de se convaincre que c'était le bénéfice de l'expérience, mais cela ressemblait fort parfois à de la paresse. Le carillon de son portable le fit sursauter : un texto de Laura, sa copine du moment, l'invitant à dîner. Il consulta l'écran et se surprit à se masser distraitement le bras qui était entré en contact avec Consuelo à la porte du café. Il prit l'appareil pour répondre d'une main hésitante. Pourquoi tout était-il soudain si compliqué ? Il attendrait d'être rentré chez lui.

Ça roulait mal avec la pluie. Le journal de la radio commentait la procession de la Vierge du Rocío, qui s'était déroulée le jour même avec succès. Falcón traversa le fleuve et rejoignit le serpent de métal qui s'étirait en direction du nord. Il s'arrêta au feu et griffonna une note à la va-vite avant de tourner à droite dans la calle Reyes Católicos. Puis il s'engagea dans le dédale de ruelles où se trouvait la grosse baraque tarabiscotée qu'il avait héritée six ans plus tôt. Il se gara entre les orangers de la calle Bailén qui encadraient l'entrée de la maison mais resta dans sa voiture. Il se débattait à nouveau avec le trouble confus qui l'avait saisi plus tôt et, cette fois, cela avait un rapport avec Consuelo – ce qu'il avait lu sur son visage le matin. Ils étaient tous les deux stupéfaits, mais il y avait plus que de la surprise dans son regard. Il y avait de l'angoisse.

Il descendit de voiture, ouvrit la petite porte encastrée dans le grand portail de chêne clouté de cuivre et pénétra dans le patio dont les dalles de marbre luisaient de pluie. Derrière la porte vitrée de son bureau, une lumière clignotante lui signalait qu'il avait deux messages téléphoniques. Il appuya sur le bouton et attendit dans le noir, en contemplant le jeune coureur en bronze de la fontaine, au milieu du patio. La voix de son ami marocain, Yacoub Diouri, s'éleva dans la pièce. Il saluait Javier en arabe avant de poursuivre dans un espagnol parfait. Il ferait escale à Madrid le week-end suivant avant de reprendre l'avion pour continuer sur Paris et demandait s'ils pourraient se voir. Coïncidence ou synchronisme ? S'il avait rencontré Yacoub Diouri, l'une des rares personnes dont il soit devenu proche, c'était grâce à Consuelo Jiménez. C'était ça, le problème, avec l'intuition : on finissait par croire que tout avait une signification.

Le deuxième message était de Laura, qui voulait toujours savoir s'il viendrait dîner ; ils ne seraient que tous les deux. L'idée le fit sourire. Sa relation avec Laura n'était pas exclusive. Elle avait d'autres partenaires masculins qu'elle voyait régulièrement et il y trouvait son compte... jusqu'à cet instant où, pour une raison ou une autre, les choses lui semblèrent différentes. La perspective d'une paella et d'une nuit avec Laura s'avérait soudain ridicule.

Il l'appela pour lui dire qu'il ne pourrait pas se libérer pour le dîner mais qu'il passerait prendre un verre plus tard.

Il n'y avait rien à manger dans la maison. Sa femme de ménage avait supposé qu'il dînerait dehors. Il n'avait rien avalé de la journée. Le cadavre de la décharge avait court-circuité ses projets de déjeuner et lui avait coupé l'appétit. Maintenant, il avait faim. Il sortit faire un tour. Les rues, fraîches après la pluie, étaient pleines de monde. Il croyait marcher sans but quand il s'aperçut qu'il se dirigeait vers l'église Omnium Sanctorum. Alors seulement il s'avoua qu'il était en route pour le nouveau restaurant de Consuelo.

Le serveur lui donna un menu et il commanda aussitôt. Le *pan de casa* ne tarda pas à arriver ; de fines tranches de jambon posées sur des toasts nappés de *salmorejo*. Il les savoura avec une bière. Dans un accès d'audace soudaine, il sortit une de ses cartes et écrivit au dos : « Je dîne ici. Viendrais-tu boire un verre de vin avec moi ? Javier. » Le serveur revint avec le *revuelto de setas*, des œufs brouillés au jambon, et lui servit un verre de rioja rouge : Javier lui remit sa carte.

Le serveur reparut un moment plus tard pour lui apporter de minuscules côtes d'agneau. Il remplit son verre à ras bord.

— Elle n'est pas ici, dit-il. J'ai laissé votre carte sur son bureau pour qu'elle sache que vous êtes venu.

Falcón savait qu'il mentait. C'était l'un des rares avantages du métier de détective. Il mangea ses côtelettes en se reprochant intérieurement d'avoir cru au synchronisme du moment. Il vida un troisième verre de vin et commanda un café. À onze heures moins vingt, il se retrouva dans la rue. Il alla s'adosser au mur en face du restaurant, dans l'intention de la surprendre quand elle sortirait.

Pendant qu'il attendait patiemment, ses pensées eurent le temps de faire un bon bout de chemin dans sa tête. Il était sidéré du peu d'attention qu'il avait accordée à sa vie intérieure depuis qu'il avait cessé de voir son psychiatre quatre ans plus tôt.

Quand, une heure plus tard, il renonça, il savait exactement ce qu'il allait faire. Il était décidé à mettre un terme à sa relation superficielle avec Laura et, si son travail lui en laissait le loisir, il s'emploierait à ramener Consuelo dans sa vie.

2.

Séville – Mardi 6 juin 2006, 2 heures

Consuelo Jiménez se trouvait à son bureau, dans son restaurant branché situé au cœur de La Macarena, le vieux quartier ouvrier de Séville. Elle était dans un état d'extrême anxiété et les trois bonnes doses de Macallan qu'elle avait pris l'habitude de boire à cette heure de la soirée n'y pouvaient rien. Sa rencontre fortuite avec Javier en début de journée n'avait rien arrangé et c'était pire depuis qu'elle savait qu'il avait dîné à moins d'une dizaine de mètres d'elle. Sa carte était là, sur sa table, devant elle.

Elle avait une notion terriblement claire de son état physique et mental. Elle n'était pas de celles qui, ayant sombré au fond du désespoir, perdent le contrôle de leur vie et basculent inconsciemment dans un abîme d'autodestruction. Elle était trop méticuleuse pour cela, trop détachée. Tellement détachée qu'elle se surprit à examiner sa chevelure blonde sous laquelle son esprit contemplait le naufrage de sa vie. C'était une étrange situation : elle était physiquement en bonne forme pour son âge, mentalement très concentrée sur son travail, toujours très élégante, mais... comment dire ? Elle n'avait pas les mots pour décrire ce qui se passait en elle. Elle ne trouvait rien d'autre pour l'exprimer que l'image d'un documentaire télévisé sur le réchauffement de la planète : les soubassements d'un ancien glacier avaient fondu lors d'un été particulièrement torride et un bloc de glace monumental s'était un beau jour effondré dans le lac en contrebas dans un vacarme assourdissant. Elle savait, à l'affreuse déliquescence de ses organes, qu'elle assistait à la préfiguration de ce qui risquait de lui arriver si elle ne prenait pas le taureau par les cornes.

Le verre de whisky passa de ses lèvres à la table, au bout d'une main qui lui sembla étrangère. Elle appréciait la brûlure délicate de l'alcool qui lui rappelait qu'elle était encore douée de sensation. Elle jouait avec une carte de visite qu'elle tournait et retournait entre ses doigts, en caressant du pouce le relief du nom et de la fonction. Son gérant frappa et entra.

— Nous avons fini, annonça-t-il. Nous fermons dans cinq minutes. Il n'y a plus rien à faire... vous devriez rentrer chez vous.

— L'homme qui était là tout à l'heure... un serveur m'a dit qu'il attendait dehors. Vous êtes sûr qu'il est parti ?

— Certain, affirma le gérant.

— Je vais sortir par la porte de service, dit-elle en lui adressant son regard dur de femme d'affaires.

Il se retira à reculons. Consuelo était désolée. C'était un homme bien, qui savait quand quelqu'un avait besoin d'aide et quand cette aide n'était pas bienvenue. Ce qui se passait en elle était trop personnel pour être réglé en quelques phrases de conversation de bureau après le travail. Il ne s'agissait pas simplement de factures impayées et de clients difficiles. Il s'agissait... de tout.

Elle considéra la carte de visite. C'était celle d'une psychologue clinicienne du nom d'Alicia Aguado. Au cours des huit derniers mois, elle avait pris six rendez-vous et n'était allée à aucun. Elle avait donné chaque fois un nom différent, mais Alicia Aguado reconnaissait toujours sa voix. Pas étonnant. Elle était aveugle et les autres sens sont plus développés chez les aveugles. Les deux dernières fois, Aguado lui avait dit :

— Si vous souhaitez me voir, appelez-moi. Je vous prendrai quoi qu'il arrive, le matin tôt ou le soir tard. Sachez que je serai toujours là si vous avez besoin de moi.

Consuelo en avait été ébranlée. Alicia Aguado savait. Malgré son ton professionnel parfaitement neutre, elle avait deviné son désarroi.

La main se tendit vers la bouteille de whisky et remplit le verre. L'alcool se dilata dans son esprit. Elle savait pourquoi elle voulait voir cette psychologue en particulier : elle s'était occupée de Javier Falcón. Quand elle était tombée sur lui dans la rue, cela avait été comme une piqûre de rappel. Mais le rappel de quoi ? Du « flirt » qu'elle avait eu avec lui ? C'était ainsi qu'elle qualifiait leur liaison parce que c'était l'impression qu'elle donnait, vue de l'extérieur : quelques dîners et soirées de sexe endiablé. Mais elle avait rompu parce que... Elle se ratatina sur sa chaise en y repensant. Quelle raison lui avait-elle donnée ? Parce qu'elle n'était bonne à rien quand elle était amoureuse ? Qu'elle devenait quelqu'un d'autre quand elle nouait une relation sérieuse ? En tout cas, elle avait inventé un prétexte définitif et refusé de le voir ou de répondre à ses appels. Et voilà qu'il resurgissait, lui donnant une motivation supplémentaire. Elle ne pouvait ignorer le trait psychologique inquiétant qui se manifestait depuis quelque temps dans les brefs moments où elle ne travaillait pas avec l'acharnement quasi obsessionnel qui la caractérisait. Quand elle était distraite ou fatiguée à la fin de la journée, il lui venait des idées de sexe fort inopportunes. Elle imaginait des aventures cruciales et inédites avec des étrangers. Ses fantasmes évoquaient des hommes brutaux, voire dangereux, et prenaient des tournures pornographiques, la plaçant au centre de scènes inimaginables. Elle avait toujours exécré le porno, qu'elle trouvait ignoblement anatomique et ennuyeux, mais elle avait beau s'en défendre intellectuellement, elle ne pouvait nier les signes de l'excitation : l'excès de salive, la gorge serrée. Car cela la reprenait, à l'instant, alors qu'elle avait l'esprit apparemment occupé. Elle repoussa rageusement sa chaise, lâcha la carte d'Alicia Aguado dans l'ouverture béante de son sac, s'empara d'une cigarette, l'alluma et se mit à faire les cent pas en pompant la fumée trop vite et trop fort.

Ces élucubrations la révoltaient. Pourquoi imaginait-elle ces horreurs ? Pourquoi ne pensait-elle pas plutôt à ses enfants ? Ses trois adorables garçons – Ricardo, Matías et Darío – qui dormaient tranquillement à la maison sous la garde de leur nounou ! Elle s'était juré que cela n'arriverait pas. Après le meurtre de son mari, Raúl, elle s'était promis de leur consacrer toute son attention pour qu'ils ne souffrent jamais de l'absence de leur père. Et qu'est-ce qu'elle faisait ? Elle pensait à baiser pendant qu'ils étaient à la maison, gardés par quelqu'un d'autre. Elle ne méritait pas d'être mère. Elle attrapa son sac sur le bureau. La carte de Javier tomba à terre.

Elle avait besoin de sortir, de respirer l'air purifié par la pluie. Après les cinq ou six verres de Macallan qu'elle avait bus, il ne lui restait plus qu'à aller à pied à la Basilica Macarena pour trouver un taxi. Pour cela, elle devait passer par la plaza de Pumarejo où une bande d'ivrognes et de drogués traînait en permanence, toute la journée et jusque tard dans la nuit. Sous un dais de feuillage encore suintant de pluie, la place comportait un terre-plein surélevé, avec un kiosque fermé à une extrémité et, à l'autre, un ramassis d'épaves humaines.

Consuelo sentait la fraîcheur envelopper ses jambes engourdies par l'alcool. Elle n'avait pas pensé que son tailleur de satin couleur pêche serait si voyant à la lumière des lampadaires. Elle passa derrière le kiosque et suivit le trottoir qui longeait le vieux Palacio del Pumarejo. Une partie des clodos buvaient, agglutinés autour d'un homme qui parlait, tandis que les autres étaient avachis, complètement abrutis, sur des bancs.

La silhouette filiforme de l'orateur en chemise noire déboutonnée jusqu'à la taille ne lui était pas inconnue. Le discours qu'il prononçait devant son piteux auditoire tenait de la harangue, car il maniait les mots comme un politicien. Il avait de longs cheveux noirs, des sourcils en accent circonflexe inversé et un visage dur, effilé et criblé de cicatrices. Elle savait pourquoi ils buvaient tous ses paroles. Le contenu n'y était pour rien. C'était parce que, sous ses sourcils sataniques, il avait des yeux vert clair très brillants qui dardaient des regards inquiétants et donnaient l'impression que l'homme auquel ils appartenaient sortait facilement l'épée du fourreau. Il buvait à même une bouteille de mauvais vin qu'il tenait à la main, l'index planté dans le goulot.

Un mois plus tôt, alors que Consuelo traversait au feu, il s'était approché d'elle par-derrière et lui avait murmuré des phrases tellement obscènes qu'elles avaient marqué son esprit au fer rouge. Consuelo l'avait rabroué vertement. Mais contrairement aux autres voyous de son espèce, qui d'habitude s'éclipsent dans la foule sans demander leur reste, il l'avait serrée de plus près et réduite au silence d'un regard de ses yeux verts et d'un clin d'œil imperceptible qui l'avait amenée à se dire qu'il savait sur elle des choses qu'elle-même ignorait.

— Je connais les bonnes femmes comme toi, avait-il dit en pointant le bout de sa langue au coin de ses lèvres.

Son culot lui avait coupé le sifflet. Ainsi que le petit baiser qu'il avait soufflé dans sa direction et qui s'était posé sur son cou, comme un papillon.

Distraite par ces souvenirs, Consuelo avait ralenti le pas et s'était arrêtée. Un membre du groupe l'aperçut et la désigna d'un mouvement de la tête. L'orateur s'avança vers la rambarde et brandit sa bouteille au bout de son index.

— Tu veux boire un coup ? lui lança-t-il. Nous n'avons pas de verre, mais je te laisserai téter mon doigt si ça te va.

Un rire gras s'éleva de l'assistance, qui comptait quelques femmes. Surprise, Consuelo se remit en marche. L'homme sauta par-dessus la balustrade. Ses talons ferrés tintèrent sur les pavés. Il se dressa en travers de son chemin et entama une sevillana extrêmement suggestive, ponctuée de vigoureux mouvements saccadés du bassin. Les autres l'encouragèrent en frappant des mains sur un rythme de flamenco.

— Allez, doña Consuelo. Montre-nous que tu sais bouger. Tu as l'air d'avoir une bonne paire de jambes à ta disposition.

Elle fut affolée de l'entendre l'appeler par son nom. La peur l'envahit, assortie d'une étrange exaltation. Ses muscles frémirent à l'arrière de ses cuisses. Des pensées disparates s'entrechoquaient dans sa tête. Pourquoi était-elle allée se fourrer dans ce guêpier ? Elle se demandait quelle serait la rudesse de ses mains. Il avait l'air assez fort, il était peut-être capable de violence.

La perversité de ces idées la ramena à la réalité. Elle

devait s'éloigner de lui. Elle s'engagea dans une rue latérale en marchant aussi vite que le lui permettaient ses talons instables sur les pavés. Il était derrière elle, trahi par le cliquetis désinvolte de ses bouts ferrés.

— Mille bordels, doña Consuelo, je t'ai seulement demandé de m'accorder une danse, plaisanta-t-il dans son dos. Et toi, tu m'entraînes dans des ruelles sombres. Un peu de tenue, voyons. Ne sois pas si impatiente. On vient à peine de se rencontrer. On n'a même pas dansé ensemble.

Consuelo poursuivit son chemin, le souffle court. Dès qu'elle aurait atteint le bout de la rue, elle n'aurait plus qu'à tourner à gauche et elle serait aux portes de la vieille ville, il y aurait du monde et de l'animation... et un taxi pour la reconduire à sa vraie vie, chez elle, à Santa Clara. Un passage s'ouvrit sur sa gauche, elle aperçut les lumières de la grande rue entre les immeubles imbriqués les uns dans les autres. Elle s'y précipita. Merde, des pavés partout et trempés ! Il faisait trop noir et ses talons dérapaient. Quand la main s'abattit soudain sur son épaule, elle voulut hurler, mais il arriva ce qui arrive dans les rêves quand on veut crier pour donner l'alerte, elle n'émit qu'une plainte étranglée. Il la poussa contre le mur dont le crépi écaillé crissa contre sa joue. Son cœur tambourinait dans sa poitrine.

— Tu m'observes, hein, doña Consuelo ? dit-il, approchant son visage tout près du sien, et soufflant son haleine avinée dans ses narines. Tu as toujours un petit regard pour moi, non ? C'est que... depuis que tu as perdu ton mari, ton lit doit te paraître bien froid la nuit.

Elle étouffa une exclamation quand il glissa la main entre ses jambes nues. Une main rude en effet. Dans un réflexe automatique, elle serra les cuisses. Il insista et remonta sa main jusqu'à son pubis. Elle se reprochait mentalement sa stupidité. Une boule enflait dans sa gorge. Son cerveau la sommait de dire quelque chose.

— Si c'est de l'argent que vous voulez..., murmura-t-elle, la voix assourdie par le crépi effrité.

— Bien, dit-il en retirant sa main, combien tu as ? Je ne suis pas bon marché, tu sais. Surtout pour les gâteries que tu aimes.

Il lui arracha son sac, l'ouvrit et trouva son porte-monnaie.

— Cent vingt euros ! constata-t-il, dépité.

— Prenez-les, dit-elle d'une voix blanche.

— Merci, merci beaucoup.

Il laissa tomber son sac à ses pieds.

— Mais c'est pas assez pour ce que tu attends de moi. Reviens demain avec le reste.

Il se colla contre elle. Elle sentit son obscène grosseur contre sa fesse. Son visage s'encadra à nouveau au-dessus de son épaule et il l'embrassa sur le coin de la bouche, en insinuant entre ses lèvres sa petite langue acide aux relents d'alcool et de tabac.

Puis il s'écarta. Une alliance en or qu'il avait au doigt jeta un bref éclair. Il se recula et envoya valdinguer son sac d'un coup de pied.

— Fous le camp, putain. Tu me débectes.

Le cliquetis des bouts ferrés s'éloigna. Elle sentait les battements de son cœur se répercuter dans sa gorge douloureuse. Chaque bouffée d'air était comme une bouchée impossible à avaler. Elle regarda le trajet qu'elle avait parcouru, éberluée d'avoir échappé au pire. Les pavés déserts luisaient sous la lumière jaune. Elle se détacha du mur, ramassa son sac et détala en glissant et titubant vers la grande rue où elle héla un taxi. Le visage blême, elle resta immobile sur le siège arrière pendant que la ville défilait derrière la vitre. Ses mains tremblaient trop pour qu'elle arrive à allumer la cigarette qu'elle était parvenue à coincer entre ses lèvres. Le chauffeur l'alluma pour elle.

Chez elle, elle trouva de l'argent dans son bureau pour payer le taxi. Elle monta en courant pour vérifier que ses fils étaient bien dans leur lit. Puis elle alla dans sa chambre, se déshabilla et se regarda dans la glace. Il ne lui avait pas laissé de marque. Elle prit une douche interminable en se savonnant et se rinçant indéfiniment.

Elle retourna dans son bureau en peignoir et resta assise dans le noir, nauséeuse et migraineuse, en attendant le lever du jour. Dès que l'heure lui parut à peu près décente, elle appela Alicia Aguado et demanda un rendez-vous en urgence.

3.

Séville – Mardi 6 juin 2006, 2 heures

Le juge Esteban Calderón n'était pas de service. Le célèbre magistrat avait dit à sa femme Inès qu'il travaillerait tard avant d'aller dîner avec un groupe de jeunes substituts venus de Madrid pour suivre un stage. Il avait travaillé tard, en effet, et était allé au dîner, mais il en était parti tôt pour s'adonner à son escapade favorite du côté de l'église San Marcos et du « paradis des délices » qui dominait Santa Isabel. Il aimait fumer une cigarette en bordure de la petite place bien éclairée et admirer, dissimulé dans l'ombre, la fontaine et le grand portail de l'église. Cela l'apaisait à la fin d'une longue journée passée avec des procureurs et des policiers et il évitait ainsi les cafés du coin que fréquentaient ses collègues. S'ils le voyaient dans ces parages, cela reviendrait aux oreilles d'Inès et susciterait des questions embarrassantes. Et puis il lui fallait le temps de maîtriser le bouillonnement sexuel qui s'emparait de lui dès le matin au réveil quand il pensait à la longue chevelure cuivrée et à la peau caramel de sa dulcinée cubaine, Marisa Moreno, dont il apercevait les fenêtres de son poste d'observation.

Sa cigarette crépita dans la flaque où il venait de la jeter, à peine entamée. Il enleva sa veste. Un souffle de vent, et les orangers aspergèrent son dos de gouttelettes. Il fut saisi par cette fraîcheur soudaine. Il rasa le mur de l'église pour atteindre l'obscurité de la ruelle. Son doigt hésita devant le bouton du dernier étage. Un flot de pensées à peine ébauchées le retenait : subterfuge, infidélité, peur, sexe, vertige et mort. Il griffa le vide devant l'interphone ; ces réflexions inhabituelles lui donnaient la sensation d'un grand changement imminent. Que faire ? Foncer ou reculer ? Il déglutit, avalant l'amertume de sa cigarette trop vite fumée. La sensualité du jet de fraîcheur dans son dos éveilla un faisceau de nerfs au bas de sa colonne vertébrale. Le doute s'estompa. Son audace lui rendit l'impression d'être vivant et sa queue tressaillit dans son caleçon. Il appuya sur le bouton.

— C'est moi, répondit-il à la voix grésillante de Marisa.

— Tu as l'air d'avoir soif.

— Ce n'est pas de la soif, rectifia-t-il en se raclant la gorge.

L'air semblait manquer dans l'ascenseur. Il se mit à haleter. Les cloisons en inox réfléchissaient la saillie absurde de son érection. Il se rajusta. Il lissa en arrière ses cheveux rares, desserra sa cravate bariolée et frappa à la porte. Elle s'entrebâilla sur les yeux dorés de Marisa, puis s'ouvrit toute grande. Marisa portait une longue tunique de soie orange qui descendait presque jusqu'à terre. Elle était retenue par une simple boucle d'ambre calée entre ses seins menus. Elle l'embrassa en faisant glisser un cube de glace de sa bouche à la sienne, ce qui déclencha comme un feu d'artifice sous le crâne du juge.

Elle le tint à distance en pointant un doigt sur son sternum. Il sentait la glace refroidir sa langue. Elle le jaugea d'un œil averti et haussa un sourcil réprobateur. Elle lui prit sa veste qu'elle jeta dans la chambre. Il aimait ses façons putassières et elle le savait. Elle s'agenouilla, déboucla sa ceinture, baissa son pantalon et son slip et l'engouffra dans la fraîcheur de sa bouche. Calderón s'agrippa au montant de la porte et serra les dents. Elle assista à son supplice les yeux grands ouverts. Il ne résista pas plus d'une minute.

Elle se releva, tourna les talons et disparut au fond de son appartement. Calderón se ressaisit. Il ne l'entendit pas tousser et cracher dans sa salle de bains. Il la vit seulement surgir de sa cuisine avec deux coupes de *cava*.

— J'ai cru que tu ne viendrais pas, dit-elle en regardant la fine montre en or qui enserrait son poignet. Et puis je me suis rappelé ce que disait ma mère : les Sévillans ne ratent jamais l'heure du taureau.

Calderón était trop sonné pour commenter. Marisa porta sa coupe à ses lèvres. Vingt bracelets d'or et d'argent tintinnabulèrent à son bras. Elle alluma une cigarette et croisa les jambes. Un pan de sa robe glissa, révélant une longue cuisse mince, une culotte orange et un ventre brun et ferme. Calderón connaissait bien ce ventre, sa peau délicate, le doux relief de la musculature et le triangle d'or. Il y avait souvent reposé sa tête en caressant le duvet frisé de son pubis.

— Esteban !

Il s'arracha brutalement aux divagations naturelles de son esprit.

— Tu as mangé ? demanda-t-il à défaut de mieux, la conversation n'étant pas le point fort de leur relation.

— Je n'ai pas besoin de me nourrir, dit-elle en prenant une noix du Brésil dont elle brisa la coque entre ses dents. Je suis prête pour la baise.

La noix fila dans sa gorge à la vitesse d'une balle de silencieux. Calderón réagit comme le coureur dans les starting-blocks. Il tomba dans ses bras onduleux et mordilla son cou exceptionnellement long, étiré comme chez les femmes de certaines tribus africaines. C'était cela qui l'attirait chez elle : son côté mi-raffiné, mi-sauvage. Elle avait vécu à Paris, où elle avait été mannequin chez Givenchy et traversé le Sahara avec une caravane de Touaregs. Elle avait couché avec un grand réalisateur à Los Angeles et vécu avec un pêcheur sur une plage près de Maputo, au Mozambique. Elle avait travaillé avec un peintre à New York et passé six mois au Congo à apprendre à sculpter le bois. Calderón savait tout cela et le croyait parce que Marisa était vraiment une personne hors du commun, mais il n'avait pas la moindre idée de ce qui se passait dans la tête de cette femme. Aussi, en bon juriste, il s'en tenait à ces quelques faits étonnants.

Après l'amour, ils allèrent se coucher, le lit étant pour Marisa un lieu propice au sommeil ou à la conversation, mais certainement pas aux contorsions et débordements de la fornication. Ils étaient allongés nus sous le drap, environnés des rectangles de lumière que l'éclairage de la rue projetait sur les murs et au plafond. Le cava pétillait dans les verres posés en équilibre sur leur poitrine. Ils partageaient un cendrier coincé entre leurs deux corps.

— Tu ne devrais pas être parti ? dit Marisa.

— Oh, encore un peu, répondit Calderón d'une voix endormie.

— Qu'est-ce qu'Inès croit que tu fais pendant tout ce temps ? demanda Marisa pour dire quelque chose.

— Que je suis à un dîner... professionnel.

— Tu n'as vraiment pas un profil d'homme marié.

— Pourquoi tu dis ça ?

— Et puis si, peut-être. C'est vrai que vous, les Sévillans, vous êtes très conservateurs. C'est pour ça que tu l'as épousée ?

— En partie.

— Et quelle est l'autre raison ? continua-t-elle en

pointant le bout incandescent de sa cigarette vers son buste. La partie la plus intéressante ?

Elle brûla un poil près de son téton ; une odeur de roussi monta à ses narines.

— Attention. Tu vas mettre de la cendre sur les draps.

Elle roula sur le côté et lança son mégot sur le balcon.

— J'aime bien savoir ce que les gens me cachent.

Sa chevelure cuivrée était étalée sur l'oreiller blanc. Elle lui rappelait irrésistiblement une autre femme aux cheveux de la même couleur. Il n'avait jamais parlé à personne de feu Maddy Krugman, à part à la police dans sa déposition. Même à Inès, il n'avait pas raconté cette nuit. Elle connaissait l'histoire par la presse, au moins superficiellement, et elle ne voulait pas en savoir davantage.

Marisa leva la tête pour boire une gorgée. Elle l'attirait pour les mêmes raisons que Maddy Krugman : la beauté, le charme, le magnétisme et le mystère absolu. Mais lui, qu'était-il pour elle ? Qu'avait-il été pour Maddy Krugman ? Cette question le taraudait dans les rares moments où il avait le temps de penser. En particulier le matin, quand il se réveillait auprès d'Inès en se disant qu'il pourrait être mort.

— En fait, je me fous de savoir pourquoi tu l'as épousée, déclara Marisa, mettant en pratique une ruse éprouvée.

— En réalité, ce n'est pas très intéressant.

— Je n'ai sans doute pas besoin de savoir ce qui est intéressant. Les hommes qui se croient fascinants ne parlent que d'eux-mêmes... de leurs succès.

— Eh bien, ce n'en est pas un. C'est même un de mes plus grands échecs.

Il avait décidé brusquement de lui dire. La sincérité n'était pas son fort ; dans cette société, on la payait souvent cher, mais Marisa était différente. Et puis il voulait la subjuguer. Il avait toujours subjugué les femmes en qui il voyait clair et il avait la désagréable impression de paraître ordinaire aux personnalités exotiques comme Maddy Krugman et Marisa Moreno. Il avait là une occasion d'intriguer l'intrigante.

— C'était il y a à peu près quatre ans. Je venais d'annoncer mes fiançailles avec Inès. J'ai été appelé sur une affaire qui ressemblait à un meurtre suivi d'un suicide. Il y avait des anomalies et pour cette raison, l'inspecteur, qui se trouvait être l'ex-mari d'Inès, a voulu orienter l'enquête vers un double meurtre. Les voisins des victimes étaient américains. Elle était une artiste d'une beauté stupéfiante. Elle était photographe et avait un goût marqué pour le bizarre. Elle s'appelait Maddy Krugman. Je suis tombé amoureux d'elle. Nous avons eu une relation brève mais intense, jusqu'au jour où son mari a découvert le pot aux roses et nous a coincés dans un appartement un soir. Disons, pour abréger une longue et douloureuse histoire, qu'il l'a descendue avant de se tuer. J'ai eu de la veine de ne pas prendre une balle dans le ciboulot par la même occasion.

Ils restèrent silencieux. Des voix montaient de la rue par la fenêtre ouverte. Une brise tiède gonflait les voilages, qui flottaient dans la chambre en apportant un parfum de pluie et la promesse d'un temps chaud le lendemain.

— C'est pour ça que tu as épousé Inès.

— Maddy était morte. J'étais salement secoué. Inès représentait la stabilité.

— Tu lui as dit que tu étais tombé amoureux de cette femme ?

— Nous n'en avons jamais parlé.

— Et maintenant... au bout de quatre ans ?

— Je n'éprouve rien pour elle, dit Calderón.

Ce n'était pas l'exacte vérité. Il éprouvait quelque chose. Il la haïssait. Il avait du mal à supporter de partager son lit, se crispait à son contact, et il ne comprenait pas pourquoi. Il ne savait pas d'où cela venait. Elle n'avait pas changé. Elle avait été bonne avec lui et pour lui après l'épisode Maddy. L'impression de mourir qu'il avait quand il était au lit avec elle était un symptôme. De quoi, il l'ignorait.

— Mon cher Esteban, tu fais partie d'un club aux membres innombrables.

— Tu as déjà été mariée ?

— Tu plaisantes. J'ai assisté pendant quinze ans à la comédie conjugale de mes parents. Ça a suffi à me dégoûter de cette institution bourgeoise entre toutes.

— Que fais-tu avec moi alors ? demanda Calderón dans l'espoir de quelque chose, mais sans savoir de quoi. Il n'y a pas plus bourgeois qu'une liaison avec un magistrat.

— C'est un état d'esprit. Ce que tu fais m'est complètement égal. Ça ne compte pas dans notre relation. Elle durera le temps qu'elle durera. Mais je ne me marierai pas et d'ailleurs, tu es déjà marié.

— Tu as dit que je n'avais pas le profil.

— Les gens se marient quand ils veulent avoir des enfants et une place dans la société ou, s'ils sont sentimentaux, ils épousent leur rêve.

— Je n'ai pas épousé mon rêve, protesta Calderón. J'ai épousé le rêve de tout le monde. J'étais un jeune juge brillant, Inès une jeune, brillante et jolie magistrate. Nous formions le « couple idéal », comme on en voit à la télé.

— Vous n'avez pas d'enfants. Divorcez.

— Ce n'est pas si facile.

— Pourquoi pas ? Il t'a fallu quatre ans pour te rendre compte que vous n'étiez pas compatibles. Tire-toi tant que tu es encore jeune.

— Tu as eu des tas d'amants.

— J'ai couché avec beaucoup d'hommes, mais je n'ai eu que quatre amants.

— Comment définis-tu un amant ? s'informa Calderón, toujours titillé par l'espoir.

— Quelqu'un que j'aime et qui m'aime.

— Ça paraît simple.

— Ça peut l'être... à condition de ne pas laisser la vie tout bousiller.

La question tarabustait Calderón. L'aimait-elle ? Mais à peine jaillit-elle dans son esprit qu'il dut se demander si, lui-même, il l'aimait. Les deux interrogations s'annulaient l'une l'autre. Il la baisait depuis neuf mois. Ce n'était pas très loyal, si ? Marisa entendait travailler les méninges de Calderón. Elle reconnaissait le bruit. Les hommes croyaient toujours que leur cerveau carburait en silence, alors qu'il grinçait comme une vieille machine rouillée.

— Tu vas donc m'expliquer, reprit Marisa, que tu ne peux pas divorcer pour toutes ces raisons parfaitement bourgeoises : carrière, statut, réputation, convenances et argent.

C'était tout à fait ça, admit Calderón dont le visage se décomposa dans le noir. C'était précisément ce qui l'empêchait de demander le divorce. Il perdrait tout. Il venait tout juste de remettre sa carrière sur les rails après la débâcle provoquée par le chapitre Maddy. Ses liens avec le juge doyen de Séville l'y avaient aidé, mais son mariage avec Inès aussi. S'il divorçait maintenant, sa carrière risquait d'en pâtir, ses amis se disperseraient, il perdrait son appartement et il serait moins riche. Inès y veillerait.

— Naturellement, il y a une solution bien bourgeoise à cette situation, susurra Marisa.

— Laquelle ? demanda Calderón tout ragaillardi en

se tournant vers elle pour contempler son visage derrière le modelé de ses seins.

— Tu n'as qu'à la tuer, dit-elle en écartant les mains comme si elle énonçait une évidence.

Calderón commença par sourire avant de prendre conscience de ce qu'elle venait de dire. Puis son sourire s'élargit et il s'esclaffa. Sa tête rebondissait sur le ventre de Marisa, d'autant plus haut qu'elle était elle-même gagnée par le fou rire. Il se redressa en se tenant les côtes, mis en joie par cette idée désopilante.

— Moi, le premier juge d'instruction de Séville, tuer ma femme ?

— Demande conseil à son ex, dit Marisa en se gondolant. Il doit savoir comment commettre un crime parfait.

4.

Séville – Mardi 6 juin 2006, 5 h 30

Manuela Falcón était dans son lit, mais ne dormait pas. Il était cinq heures et demie du matin. Elle avait allumé sa lampe de chevet et, les genoux relevés, elle feuilletait *Vogue*, sans lire ni même regarder les photos. Elle avait trop de choses en tête : ses biens immobiliers, l'argent qu'elle devait à la banque, les remboursements d'emprunts, l'absence de revenus locatifs, les frais de notaire, les deux ventes qu'elle devait signer ce matin, qui transformeraient son capital en un joli montant de liquidités.

— Bon sang, détends-toi, dit Ángel en se réveillant à ses côtés, encore engourdi de sommeil et affligé d'une légère gueule de bois au cognac. Pourquoi es-tu si inquiète ?

— Tu me le demandes ? Je le crois pas ! Les ventes, ce matin.

Ángel Zarrías battit des paupières. Il avait oublié.

— Écoute, chérie, dit-il en se retournant, tu sais bien qu'il n'arrivera rien, même si tu n'arrêtes pas d'y penser. Les choses n'arrivent...

— Oui, je sais, les choses n'arrivent que quand elles arrivent. N'empêche, tu admettras qu'il subsiste toujours un doute avant.

— Mais tu auras beau ne pas dormir et ruminer

pendant des heures, ça ne changera rien au résultat. Alors tu ferais mieux de ne plus y penser. Gère la catastrophe si elle se produit, mais cesse de te torturer avec des drames hypothétiques.

Manuela tourna les pages de *Vogue* plus vigoureusement encore, mais elle se sentait mieux. Ángel avait cet effet sur elle. Il était plus âgé. Il avait de l'assurance. Il avait de l'expérience.

— Toi, évidemment, tu t'en fiches, dit-elle gentiment. Tu ne dois pas six cent mille euros à la banque.

— Mais je ne possède pas non plus deux millions de biens immobiliers.

— J'ai un million huit cent mille euros en biens immobiliers. Je dois six cent mille euros à la banque. Les frais de notaire s'élèvent à... Laisse tomber. Oublions les chiffres. Ils me rendent malade. Ça n'a aucune valeur tant que ce n'est pas vendu.

— Et c'est ce que tu t'apprêtes à faire, rappela Ángel de sa voix la plus ferme et la plus énergique.

— Il peut se passer n'importe quoi, déplora-t-elle en tournant une page si violemment qu'elle se déchira.

— Mais ce n'est généralement pas le cas.

— Le marché est nerveux.

— C'est la raison pour laquelle tu vends. Tes acheteurs ne vont pas changer d'avis dans les huit prochaines heures, assura-t-il en s'asseyant dans le lit. Il y a des gens qui tueraient pour être à ta place.

— Avec deux maisons, pas de loyer et quatre mille euros qui disparaissent par mois.

— Eh bien, il est certain que je vois les choses sous un angle beaucoup plus optimiste.

Manuela apprécia. Elle avait beau faire, jamais Ángel ne rentrait dans son jeu de prédictions calamiteuses. Face à son autorité naturelle, elle se sentait comme une petite fille. Elle n'en était pas encore arrivée au point de reconnaître ce qu'était devenue leur relation, d'admettre qu'elle y trouvait la satisfaction de ses besoins profonds. Tout ce qu'elle savait, c'était qu'Ángel lui procurait un immense réconfort.

— Détends-toi, répéta-t-il en l'attirant à lui pour lui poser un baiser sur le sommet du crâne.

— Ce serait génial si on pouvait comprimer le temps et être déjà à demain soir, dit-elle en se blottissant contre lui, avec de l'argent en banque et un été sans souci devant nous.

— Allons dîner ce soir chez Salvador Rojo pour fêter ça.

— J'y ai pensé, mais je n'ai pas réservé. Je suis trop superstitieuse. On pourrait demander à Javier. Il amènerait Laura, comme ça tu aurais quelqu'un avec qui flirter.

— Quelle gentille attention de ta part, dit-il en l'embrassant à nouveau sur la tête.

Quand Manuela avait rencontré Ángel, le seul objectif qui remplissait sa vie et lui donnait un sens était la bataille juridique qu'elle menait pour contester le droit de Javier à hériter seul de la maison qu'il habitait. Ils s'étaient rencontrés chez son notaire à elle, à qui Ángel s'était aussi adressé pour liquider le patrimoine de sa femme décédée. Dès qu'ils s'étaient serré la main, elle avait senti comme un frémissement au creux de l'estomac. Aucun homme ne lui avait jamais fait cet effet-là. Ils étaient allés prendre un verre en sortant de chez le notaire et, comme elle n'avait jamais regardé les hommes plus mûrs parce qu'elle s'intéressait plutôt aux « garçons », elle avait tout de suite saisi la différence. Les hommes mûrs s'occupaient de vous. On n'avait pas besoin de s'occuper d'eux.

Plus elle en apprenait sur Ángel, plus elle était séduite. C'était un homme merveilleusement attentionné, un politique engagé (un peu trop parfois), conservateur, de droite, catholique, amateur de taureaux et issu d'une bonne famille. En politique, il avait réussi à mettre d'accord des clans violemment opposés, simplement parce que personne ne voulait s'en faire un ennemi. Il avait été « quelqu'un » au Partido Popular d'Andalousie, mais il l'avait quitté en claquant la porte, furieux de ne pas pouvoir obtenir le moindre changement. Récemment, il avait rejoint, en qualité de chargé des relations publiques, un petit parti de droite, appelé Fuerza Andalucía, que dirigeait son vieil ami Eduardo Rivero. Il tenait une chronique politique dans les colonnes du journal *ABC*, dont il était également le commentateur attitré des courses de taureaux. Avec tant de talents à sa disposition, il ne lui avait pas fallu longtemps pour rabibocher Javier et Manuela.

— Toute l'énergie que tu dépenses en procès est une énergie négative, lui avait-il dit. Cette énergie négative plombe toute ta vie et la met entre parenthèses. La seule manière de repartir sur de bonnes bases, c'est d'y ramener une énergie positive.

— Et comment je fais ? avait-elle demandé en couvant de ses grands yeux marron l'immense source d'énergie positive qu'elle avait devant elle.

— Les procès épuisent toutes les ressources, pas seulement les ressources financières, mais aussi les ressources physiques et affectives. Tu dois chercher l'efficacité. Quel est le grand souhait de ta vie en ce moment ?

— Cette maison ! s'était-elle exclamée, au risque de le décevoir, en dépit du fait qu'elle avait un faible pour Ángel.

— Elle est à toi. Javier te l'a proposée.

— Moyennant la modique somme d'un million d'euros...

— Mais il ne refuse pas de te la céder. Dans ce cas, n'est-il pas plus efficace d'essayer de trouver l'argent qui te permettra d'acheter quelque chose dont tu as vraiment envie plutôt que de le gaspiller pour engraisser un avocat inutile ?

— Il n'est pas inutile, avait-elle protesté.

Elle s'était alors trouvée à court d'arguments. Elle avait un bon millier d'autres raisons de contester la logique imparable d'Ángel, liées pour la plupart à une affectivité en piteux état qu'elle ne tenait pas du tout à étaler devant lui. Donc, elle l'avait écouté, elle avait vendu son cabinet vétérinaire début 2003, contracté un emprunt, garanti par la propriété du Puerto de Santa Maria qu'elle avait héritée, et investi dans l'immobilier sévillan alors en plein boom. Depuis trois ans qu'elle achetait, rénovait et revendait, elle avait oublié la maison de Javier, les chicanes judiciaires et le frémissement qu'elle ressentait au creux de l'estomac. Elle vivait désormais avec Ángel dans un superbe appartement donnant sur les arbres de la magnifique plaza Cristo de Burgos, au cœur de la vieille ville, sa vie était belle et allait devenir plus douce encore.

— Comment ça s'est passé hier soir ? demanda Manuela. Quelque chose me dit que tu as terminé la soirée au cognac.

— Bah ! grimaça Ángel, perturbé par ses intestins.

— Pas de cigarette avant le café aujourd'hui.

— Mon haleine pourrait constituer un type très économique d'énergie renouvelable, plaisanta Ángel en se frottant les yeux pour en chasser un reste de sommeil. Pas seulement la mienne d'ailleurs, parce que nous passons l'essentiel de notre temps à rejeter des vapeurs d'alcool dans l'atmosphère.

— Le grand maître de l'énergie positive commencerait-il à se lasser de ses copains ?

— Non. Ce sont mes amis, dit Ángel en haussant les épaules. C'est un des avantages de l'âge de pouvoir nous raconter indéfiniment les mêmes histoires en les trouvant toujours aussi drôles.

— L'âge est un état d'esprit et tu es encore jeune. Tu devrais peut-être retourner exercer ton activité de relations publiques dans le monde des affaires. Laisse tomber la politique et tous ces crétins prétentieux.

— Elle avoue enfin ce qu'elle pense de mes meilleurs amis.

— J'aime tes amis, c'est... c'est la politique que je n'aime pas. Des discussions sans fin qui ne débouchent jamais sur rien.

— Tu as peut-être raison. La dernière fois qu'un grand événement s'est produit dans ce pays, c'était le 11 mars 2004 avec son cortège d'horreurs et qu'est-ce qui s'est passé ? Le pays entier s'est uni pour virer un très bon gouvernement en toute démocratie. Après quoi nous avons cédé aux terroristes et nous nous sommes retirés d'Irak. Et après ? Nous sommes retombés dans le confort de nos vies.

— Et avons bu trop de cognac.

— Absolument, convint Ángel en tournant vers elle une tête couronnée d'un fouillis de cheveux en bataille. Tu sais ce que quelqu'un a dit hier soir ?

— C'est la partie intéressante de l'histoire ? ironisa-t-elle.

— Il faudrait revenir à une dictature modérée, dit Ángel en levant les mains avec un geste d'indignation feinte.

— Ce serait prendre un gros risque. Les gens n'aiment pas l'agitation, ils n'aiment pas voir l'armée et les tanks déambuler dans les rues. Tout ce qu'ils veulent, c'est une bonne bière, un bon petit plat et une émission bien bête à la télé.

— C'est tout à fait ce que j'ai dit. Mais personne n'a écouté. On a une population qui meurt de décadence, tellement moribonde moralement qu'elle ne sait plus ce qu'elle veut, à part de la consommation à gogo, et mes « copains » sont persuadés qu'ils seront adulés s'ils rendent service à ce peuple en organisant un coup d'État.

— Je ne veux pas te voir à la télévision en train de brandir une arme, debout sur un banc de l'Assemblée.

— Il faudra d'abord que je maigrisse un peu.

Calderón se réveilla en sursaut, avec un sentiment de panique hérité d'un rêve dont il ne se souvenait pas. Il fut étonné de voir le long dos brun de Marisa dans le lit près de lui, au lieu de la chemise de nuit blanche d'Inès. Il avait dormi trop longtemps. Il était six heures du matin. Il allait devoir rentrer chez lui et affronter les questions très désagréables d'Inès.

En sautant du lit, il réveilla Marisa. Il s'habilla en considérant avec ennui les traînées de sperme luisant sur ses cuisses.

— Prends une douche, lui dit Marisa.

— Pas le temps.

— De toute façon, elle n'est pas idiote... si j'en crois ce que tu m'as dit.

— Non, reconnut Calderón en cherchant sa deuxième chaussure. Mais tant qu'on respecte certaines règles, on arrive à faire en sorte que les choses ne se sachent pas.

— Ce doit être le code bourgeois applicable en matière d'affaires extraconjugales.

— C'est ça, lâcha Calderón avec irritation. On ne peut pas découcher toute la nuit car c'est tourner l'institution en ridicule.

— Où est la limite entre un mariage « sérieux » et un mariage « pour rire » ? Trois heures du matin... trois heures et demie ? Non. Jusque-là, ça va. À mon avis, c'est à partir de quatre heures qu'on tombe dans le ridicule. À quatre heures et demie, ça tourne à la plaisanterie. À six heures, six heures et demie, ça devient grotesque.

— À six heures, c'est une tragédie, grommela Calderón sans cesser de parcourir le sol des yeux. Où est cette foutue godasse ?

— Sous la chaise, indiqua Marisa. Et n'oublie pas ton appareil photo qui est sur la table basse. Je t'y ai laissé un petit souvenir.

Il mit sa veste, empocha son appareil photo, enfila sa chaussure.

— Comment as-tu trouvé mon appareil ? demanda-t-il en s'agenouillant près du lit.

— En fouillant dans ta veste pendant que tu dormais. Je viens d'une famille bien bourgeoise ; je la critique, mais je connais tous les trucs. Ne t'inquiète pas, je n'ai pas effacé les petits clichés bien propres de ton dîner de juristes qui te permettront de prouver à ta femme que tu n'as pas passé la nuit à en baiser une autre.

— Merci beaucoup.

— J'ai été plutôt gentille.

— Ah oui ?

— Je te l'ai dit, je t'ai laissé quelques petits souvenirs. Mais fais en sorte qu'elle ne les voie pas.

Il acquiesça, soudain à nouveau pressé par le temps. Ils s'embrassèrent. Dans l'ascenseur, il rectifia sa tenue, mit de l'ordre dans ses vêtements et se frictionna le visage pour lui redonner des couleurs et se préparer à débiter le mensonge qu'il était en train d'inventer. Il songea même à réprimer l'infime haussement de sourcils qui, d'après Javier Falcón, trahissait irrémédiablement les menteurs. Si Javier le savait, Inès devait le savoir aussi.

Pas un taxi en vue à cette heure matinale. Il aurait dû en appeler un. Il se mit en marche d'un bon pas. Des souvenirs s'entrechoquaient dans sa tête. Ils semblaient surgir de son inconscient pour y replonger aussitôt. La vérité. Le mensonge. Le rêve. La réalité. Une vision fit renaître le sentiment de panique qui l'habitait à son réveil dans l'appartement de Marisa : celle de ses mains refermées sur la gorge fine d'Inès. Il était en train de l'étrangler, mais elle ne devenait ni violette ni écarlate, sa langue ne pendait pas, gonflée de sang. Non, elle posait sur lui un regard plein d'amour. Même elle lui caressait doucement les bras pour l'encourager dans son entreprise. La solution bourgeoise aux divorces compliqués : le meurtre. Absurde. À force de travailler avec la brigade criminelle, il savait que la première personne qu'on soupçonnait dans les affaires de meurtre était le conjoint.

Les rues gardaient l'humidité des pluies de la veille, les pavés étaient glissants. Il transpirait. L'odeur de Marisa monta de sa chemise. Il s'avisa tout à coup qu'il n'avait jamais éprouvé le moindre sentiment de culpabilité. Il ne savait pas ce que c'était, sauf dans les dépositions officielles. Depuis qu'il avait épousé Inès, il l'avait trompée avec quatre femmes, sa liaison avec Marisa étant celle qui avait duré le plus longtemps.

Il avait aussi eu des aventures d'une nuit ou d'un après-midi avec deux autres femmes. Sans compter la prostituée de Barcelone, mais il préférait ne pas y penser. Il avait même couché avec l'une d'elles alors qu'il avait une liaison tout en étant marié, ce qui devait faire de lui un coucheur en série. Sauf que ce n'était pas l'impression qu'il avait. La drague était censée être une activité réjouissante. C'était romantique... au sens XVIIIe siècle du terme. Mais pour lui, cela n'avait rien de réjouissant. Il cherchait à combler un vide qui se creusait un peu plus à chaque aventure. À quoi correspondait ce vide toujours plus abyssal ? Il faudrait qu'il trouve une réponse à cette question s'il parvenait à trouver le temps d'y réfléchir.

Il dérapa sur un pavé, faillit s'étaler, s'écorcha la main en se rattrapant. Cela le ramena à la réalité et à des préoccupations plus pratiques. Il faudrait qu'il prenne une douche en arrivant. Il était tout imprégné de Marisa. Il aurait peut-être dû le faire avant de partir, mais il aurait porté sur lui l'odeur du savon de Marisa. Il eut alors une autre révélation. Qu'est-ce qu'il en avait à faire ? Pourquoi jouer la comédie ? Inès savait. Ils s'étaient souvent disputés, jamais au sujet de ses incartades amoureuses, mais pour des vétilles qui servaient seulement de substituts à l'indicible. Elle aurait pu partir. Elle aurait pu le quitter depuis longtemps. Elle était restée. Donc...

L'éraflure de sa main le brûlait. Grâce à ses réflexions, il se sentait plus fort. Il n'avait pas peur d'Inès. Elle était capable d'en terroriser certains. Il l'avait vue à l'œuvre au tribunal. Pas lui. Il avait la haute main. Il cavalait à droite à gauche et elle restait.

Son immeuble de la calle San Vicente apparut devant lui. Il ouvrit la porte avec insouciance. Il ne savait pas si c'était la conclusion à laquelle il avait abouti, sa douleur à la main ou le fait qu'il trébucha dans l'escalier parce que les décorateurs, ces pauvres lopettes, avaient laissé leur ramasse-poussière au bord des marches au lieu de l'enlever, mais il se sentait soudain d'humeur cruelle.

L'appartement du premier étage était silencieux. Il était six heures et demie. Il passa dans son bureau et vida ses poches sur la table dans le noir. Il enleva sa veste et son pantalon et les laissa sur une chaise, puis il entra dans la salle de bains. Inès dormait. Il ôta ses chaussettes et son slip, les fourra dans le panier à linge et prit une douche.

Inès ne dormait pas du tout. Ses grands yeux noirs clignaient dans la lumière sépia du jour naissant qui filtrait des persiennes. Elle s'était réveillée à quatre heures et demie du matin pour découvrir que la place de son mari était vide. Elle s'était assise dans le lit, bras croisés sur sa maigre poitrine, furieuse. Pendant deux heures, ses pensées s'étaient bousculées dans sa tête et elle était restée, bouillant de rage et d'humiliation devant l'oreiller intact. Et puis soudain, le courage lui avait manqué à l'idée d'affronter cette ultime preuve de son infidélité, car c'était bien ce dont il s'agissait : une preuve.

Pendant ce laps de temps, elle s'était rendu compte que la seule chose qui marchait dans sa vie, c'était son travail, qui l'ennuyait. Le travail en lui-même n'avait pas changé, mais ses attentes n'étaient plus les mêmes. Elle avait envie d'être épouse et mère. Elle avait envie de vivre dans une grande maison, avec un jardin, dans l'enceinte de la ville. Elle avait envie d'aller se promener au parc, d'aller déjeuner avec ses amies, d'emmener ses enfants voir leurs grands-parents.

Rien de tout cela n'était arrivé. Après la sortie de scène de la catin américaine, Esteban et elle s'étaient retrouvés, rapprochés, croyait-elle. Elle avait arrêté les contraceptifs sans le prévenir, pour lui faire la surprise, mais ses règles revenaient toujours obstinément. Elle était allée consulter. On l'avait trouvée en excellente santé et en parfait état de fonctionnement. Un matin, après l'amour, elle avait récupéré un échantillon de son sperme pour le faire examiner. Le test de fertilité avait conclu à l'exceptionnelle virilité de l'intéressé. S'il avait su, il aurait encadré le résultat et l'aurait accroché à côté de leur photo de mariage.

Son appartement s'était vendu rapidement. Elle avait mis l'argent en banque et commencé à chercher la maison de ses rêves. Mais Esteban détestait celles qu'elle voulait acheter et refusait d'aller les voir. Le marché de l'immobilier s'était emballé. La somme que lui avait rapportée sa maison paraissait désormais dérisoire. Son rêve était devenu irréalisable. Ils habitaient donc chez lui, dans son appartement de la calle San Vicente, très masculin et d'un modernisme agressif, et il s'énervait si elle s'avisait d'y changer un détail. Il ne lui avait même pas permis de mettre une chaîne à la porte, mais ça, c'était parce qu'il ne voulait pas qu'elle vienne lui ouvrir quand il puait le sexe à la fin de ses soirées de débauche.

Leur vie sexuelle avait décliné. À force de rapports laborieux et peu concluants, elle avait compris qu'il allait voir ailleurs. Elle avait essayé de se montrer plus inventive. Mais il la ridiculisait en se moquant plus ou moins des « jeux » qu'elle lui proposait. Puis un beau jour, il l'avait prise au mot et avait accepté de « jouer à ses jeux », mais en lui donnant des rôles dégradants, dont il avait dû puiser l'idée sur des sites porno d'Internet. Elle se soumettait à ses exigences en ravalant sa douleur et sa honte.

Au moins, elle n'était pas grosse. Elle s'inspectait tous les matins dans la glace et contemplait avec satisfaction son ventre plat, ses côtes saillantes et le contour creux de ses cuisses. Il lui arrivait de se sentir un peu faiblarde au tribunal. Ses amies lui disaient qu'elle ne tomberait jamais enceinte. Elle leur répondait par un sourire qui accentuait la pâleur de son beau visage en y imprimant un air de béatitude inquiétante.

Inès était en train d'envisager une franche confrontation quand elle entendit Esteban glisser sa clé dans la serrure. Ses avant-bras filiformes semblaient s'être couverts d'un duvet plus épais et, en les voyant, elle se sentit tout à coup étrangement fragile. Elle s'allongea et fit semblant de dormir.

Elle l'entendit vider ses poches et aller à la salle de bains. Elle entendit couler la douche. Elle fila pieds nus dans son bureau, vit son costume et le renifla comme un chien : tabac, parfum, sexe. Son regard tomba sur l'appareil photo. Elle l'effleura. Il était encore chaud. Elle mourait d'envie de savoir ce que contenait sa mémoire. La porte de la douche s'ouvrit. Elle courut se remettre au lit, le cœur battant.

Le poids de son mari, en creusant le matelas, souleva le corps frêle d'Inès. Elle attendit que sa respiration prenne le rythme régulier qui indiquerait qu'il dormait. Les battements de son cœur se calmèrent. Son esprit s'apaisa. Elle se leva furtivement. Il ne broncha pas. Dans le bureau, elle appuya sur le bouton « aperçu » de l'appareil et étouffa une exclamation en voyant apparaître Marisa sur l'écran. Elle était nue sur le canapé, jambes écartées, les mains croisées sur son intimité. Inès appuya à nouveau. Marisa nue, à genoux, regardant derrière elle par-dessus son épaule. La pute ! Elle appuya encore et encore, mais ne trouva plus que les photos alibis du dîner des juges. Elle revint aux miniatures de la putain. Qui était-ce ? Garce de négresse. Il fallait qu'elle sache.

Son ordinateur était dans l'entrée. Elle le porta dans la cuisine et l'alluma. Pendant qu'il démarrait, elle retourna dans le bureau et fouilla les étagères jusqu'à ce qu'elle trouve le câble de connexion. Retour à la cuisine. Allumage de l'appareil, branchement du câble. Concentration absolue.

L'icône surgit sur l'écran. Le logiciel chargeait automatiquement les images. Elle cliqua sur « importer » et serra les poings en voyant qu'elle devrait importer cinquante-quatre clichés pour avoir les deux qu'elle voulait. Elle regardait fixement l'écran comme pour l'inciter à travailler plus vite. Elle n'entendait que le bourdonnement du système d'aération de l'ordinateur et les déclics du disque dur. Elle n'entendit pas le froissement des draps. Elle n'entendit pas le frôlement des pieds nus sur le sol. Elle n'entendit presque pas la question qu'il posa.

Sa voix finit quand même par attirer son attention. Quand elle découvrit l'absolue nudité de son mari sur le seuil de la cuisine, elle prit conscience du contact léger de sa chemise de nuit de coton à la pointe de ses épaules et en haut de ses cuisses.

— Que se passe-t-il ? demanda-t-il.

— Quoi ? sursauta Inès, incapable de détacher ses yeux de ses perfides testicules.

Il répéta sa question.

L'afflux d'adrénaline fut si violent qu'elle se dit que son cœur ne résisterait pas.

Au bout de vingt ans d'expérience dans le domaine de la criminalité, Calderón savait reconnaître les symptômes de la terreur. Les yeux écarquillés, la bouche ni ouverte ni fermée, les muscles du visage figés.

— Que se passe-t-il ? répéta-t-il pour la troisième fois, d'une voix nullement ensommeillée, tout en menace.

— Rien, dit-elle en tournant le dos à son ordinateur.

Pourtant, elle ne put empêcher ses bras de se détendre dans un geste automatique pour tenter de cacher l'écran.

Calderón l'écarta, sans brutalité, mais elle était tellement légère qu'elle faillit s'enfoncer les côtes contre le marbre noir du plan de travail. Il vit l'appareil photo, le câble, les vignettes du dîner des juges affichées dans la photothèque. Et clic, clic. Les deux clichés de Marisa. *Ma surprise*. C'était embarrassant, compromettant et pire : le petit garçon pris en faute.

— Qui est-ce ? s'enquit Inès, les doigts crispés sur le marbre. – Il avait un air terrible, nullement gêné par le ridicule de sa nudité. – Qui est-elle pour que tu désertes toute une nuit le lit conjugal ?

Ces paroles le mirent en fureur, c'était bien

l'intention d'Inès. Elle n'avait plus du tout peur. Il y avait une chose qu'elle voulait obtenir de lui : son attention pleine et entière.

— Qui est-elle pour que tu te vautres dans la luxure jusqu'à six heures du matin, au mépris de tes vœux de fidélité ?

Encore une phrase calculée pour piquer au vif, faisant appel aux formules oratoires qu'elle employait au tribunal.

Il se campa face à elle avec la lente détermination d'un animal qui trouve un rival sur son territoire. Les plis graisseux qui ceignaient son ventre, le pénis fripé, les jambes squelettiques auraient dû le rendre risible, mais il avait la tête enfoncée dans les épaules, le regard perçant sous son front baissé. Sa rage était palpable. Cela n'arrêta pas Inès. Les sarcasmes fusèrent de sa bouche.

— Est-ce que tu la baises comme moi ? En lui arrachant des cris de douleur ?

Elle ne put continuer car elle se retrouva à terre sans comprendre ce qui s'était passé, le souffle coupé. Son regard se concentra sur les orteils d'Esteban plaqués au sol pour prendre son élan. Il lui envoya un coup de pied. Son gros orteil s'enfonça dans son foie. Elle était sous le choc. C'était la première fois qu'il la frappait. Elle l'avait provoqué. Pour le forcer à réagir. Elle avait été étonnée de sa maîtrise. Elle pensait qu'il péterait les plombs, qu'il la giflerait pour la faire taire, fermer le robinet de ses invectives, en lui meurtrissant les lèvres, en lui bleuissant les joues. Elle voulait porter les marques de sa violence pour montrer au monde quel genre d'homme il était et lui infliger un remords quotidien jusqu'à ce que les traces disparaissent. Mais il l'avait frappée sous les côtes, marquée à la taille.

Sa poitrine émit comme un craquement quand le réflexe de la respiration lui revint. Elle sentit la main de son mari accroupi à côté d'elle se poser sur sa nuque et la caresser. Bien sûr, il l'aimait. Le remords lui rendait sa tendresse. C'était juste un accès passager... Sauf qu'il ne la caressait pas, il attrapa ses cheveux, une bonne poignée. Ses ongles se plantèrent dans son crâne. Et il lui secoua la tête, comme un chien qu'on tient par la peau du cou, et il se releva. Ses jambes ne la portaient pas, elle pendait au bout de sa main. Il la tira hors de la cuisine, la traîna dans le couloir et la jeta sur le lit. Elle rebondit et tomba par terre. En trois pas il se précipita à nouveau sur elle. Elle roula sous le lit.

Ça ne s'était pas passé comme prévu. Il tendit la main sous le lit, empoigna sa chemise de nuit. Elle s'écarta pour lui échapper. Son visage apparut, déformé par la colère. Il se redressa. Ses pieds s'éloignèrent. Elle les suivait du regard, comme si c'étaient des armes prêtes à tirer. Ils sortirent de la chambre. Il jura et claqua la porte. Elle avait la tête en feu. La peur la dominait, effaçant tout autre sentiment. Elle était incapable de crier, incapable de pleurer.

Elle était bien sous le lit. Elle y retrouvait des souvenirs d'enfance, un sentiment de sécurité, le plaisir de voir sans être vue, mais cela ne suffisait pas à apaiser son désarroi. Elle cherchait à se raccrocher à des certitudes, mais n'y trouvait aucun réconfort. En fait, elle essayait d'excuser son comportement. Elle lui avait mis sous le nez les preuves de son infidélité. Elle l'avait humilié. Il était en colère parce qu'il se sentait coupable. C'était normal. On s'en prend toujours à ceux qu'on aime. C'était ça l'explication. Ce n'était pas sa faute s'il couchait avec cette métisse. Il ne pouvait pas s'en empêcher. C'était un mâle dominant, un concentré de virilité. Elle ne devrait pas être aussi dure avec lui. Elle porta la main à son côté et ferma les yeux en sentant une vive douleur lui déchirer les reins.

La porte s'ouvrit brutalement, les pieds reparurent. Elle se recroquevilla. Il prit un caleçon et des chaussettes propres dans le tiroir et les enfila. Il mit un pantalon et choisit une chemise blanche amidonnée, repassée par la blanchisserie à laquelle il continuait d'envoyer ses vêtements. Il la déplia, passa ses bras dans les manches, boutonna les poignets. Il noua une cravate rouge autour de son cou en quelques gestes précis. Efficace, ferme, déterminé. Il glissa ses pieds redoutables dans une paire de chaussures, jeta une veste sur ses épaules – violence dissimulée sous les apparences.

— Je rentrerai tard, ce soir, dit-il d'un ton redevenu normal.

La porte de l'appartement se ferma avec un déclic. Inès sortit de sous le lit et s'affaissa contre le mur. Elle y resta adossée, les jambes étendues devant elle, les bras le long du corps, inertes. Le premier sanglot la secoua.

5.

Séville – Mardi 6 juin 2006, 6 h 30

Falcón ouvrit les yeux sur la profonde obscurité de sa chambre aux volets clos. Il resta allongé, blotti au cœur de son petit univers, à se remémorer la soirée de la veille. Après sa déception au restaurant de Consuelo, le pot chez Laura s'était passé mieux que prévu. Ils avaient décidé d'un commun accord de se voir désormais « en amis ». Elle était juste un peu vexée qu'il mette un terme à leur histoire sans avoir quelqu'un d'autre en vue, ainsi qu'il le lui dit.

Il prit une douche, revêtit un costume sombre sur une chemise blanche et fourra une cravate pliée dans sa poche. Il avait plusieurs rendez-vous programmés dans la matinée après sa visite au médico forense. Le ciel était éclatant, sans un nuage. La pluie avait purifié l'atmosphère de toute son électricité latente.

Dans la rue, un thermomètre lui apprit que la température était de seize degrés, tandis que la radio annonçait l'arrivée d'une vague de chaleur sur Séville et des températures de plus de trente-six degrés dans la soirée.

L'institut médico-légal se trouvait près de l'hôpital de la Macarena, derrière le parlement d'Andalousie, lui-même situé en face de la basilica de la Macarena, dans l'enceinte de la vieille ville. À huit heures et quart,

Falcón était en avance, mais le médecin légiste était déjà là.

Le Dr Pintado avait ouvert le dossier sur son bureau pour se remettre en mémoire les détails de l'autopsie. Ils se serrèrent la main, s'assirent et il reprit sa lecture.

— À part la cause de la mort, qui est évidente – il a été empoisonné au cyanure de potassium –, je me suis efforcé, pendant cet examen, de mettre en lumière tout ce qui pourrait vous aider à identifier le corps, dit-il tout en parcourant les pages de son rapport.

— Au cyanure de potassium ? releva Falcón. Ça ne colle pas exactement avec la brutalité des opérations *post mortem*. Par injection ?

— Non, ingestion, rectifia Pintado, l'esprit ailleurs. Le visage... je peux peut-être vous aider, ou plutôt, j'ai un ami qui est prêt à apporter sa contribution. Vous vous souvenez que je vous ai parlé d'une affaire que j'avais eue à traiter à Bilbao, dans laquelle on a reconstitué un visage à partir du crâne qu'on avait trouvé dans une tombe ?

— Ça coûte une fortune.

— C'est vrai, et vous n'avez pas les moyens de recourir à ce genre de technique pour le premier meurtre venu.

— Combien demande votre ami ?

— Rien, gratos.

— Qui est-ce ?

— C'est une espèce de sculpteur. Mais ce ne sont pas les corps qui l'intéressent, seulement les visages.

— J'ai pu entendre parler de lui ?

— Non. C'est un pur amateur. Il s'appelle Miguel Covo. Il a soixante-quatorze ans et il est retraité. Mais il travaille sur les visages depuis près de soixante ans. Il les façonne dans l'argile, en fait des moules et les sculpte ensuite dans la pierre, mais ça, c'est plus récent.

— Que propose-t-il et pourquoi le fait-il gratuitement ?

— Eh bien, il n'a encore jamais fait ce genre de choses, mais il voudrait essayer. Je lui ai permis de prendre un moulage en plâtre de la tête hier soir.

— Bon, donc, c'est tout vu.

— Il va préparer plusieurs modèles, faire quelques esquisses et il tentera ensuite de reproduire le visage. Il lui donnera des couleurs et ajoutera des cheveux, des vrais cheveux. Son atelier fout les boules, surtout quand il vous a à la bonne et vous présente sa mère.

— Je m'entends bien avec les mères en général.

— Il la range dans un placard, expliqua Pintado. Enfin, sa reproduction.

— Il serait cruel de ranger une presque centenaire dans un placard.

— Elle est morte quand il était petit. C'est là qu'il a commencé à se passionner pour les visages. Il trouvait que les photos d'elle n'étaient pas assez réalistes. Alors il l'a recréée. C'est la seule fois qu'il a reconstitué un corps entier. Il l'a mise dans son placard avec de vrais cheveux, maquillée et habillée avec ses propres vêtements.

— Il est quand même bizarre.

— Oui, il est bizarre, mais de façon supportable. Cela dit, vous ne l'inviteriez pas à dîner avec le commissaire et sa femme.

— Pourquoi pas ? Ça changerait de l'opéra.

— Toujours est-il qu'il vous appellera quand il aura quelque chose... mais ce ne sera pas demain matin.

— Qu'est-ce que vous avez d'autre ?

— Plein de choses utiles, mais pas aussi utiles qu'une image physique. J'ai travaillé avec un type qui a bossé sur les charniers de Bosnie et il m'a appris deux ou trois trucs. D'abord, la dentition. J'ai pris des radiographies digitales, accompagnées de notes, de toutes les dents. Notre mort est passé entre les mains d'un orthodontiste pour les redresser et avoir une dentition parfaite.

— Il a quel âge ?

— Une bonne quarantaine.

— Normalement, on fait ça à l'adolescence ?

— Exact.

— Et on ne se préoccupait pas beaucoup d'orthodontie en Espagne dans les années 1970.

— Ça a dû être fait en Amérique. Cela mis à part, continua Pintado, la dentition ne nous apprend pas grand-chose. Il n'a pas subi d'interventions importantes. Il lui manque seulement une molaire en bas à droite.

— Avez-vous trouvé des signes distinctifs sur le corps, des grains de beauté, des taches de vin ?

— Non, mais j'ai découvert quelque chose d'intéressant sur ses mains.

— Excusez-moi, docteur, mais...

— Je sais. Les mains ont été coupées. Mais j'ai examiné les ganglions lymphatiques pour voir ce qu'ils avaient en stock. Et je suis sûr que notre ami avait un petit tatouage sur chaque main.

— Je suppose que le ganglion lymphatique n'en garde pas un cliché ?

— Les ganglions lymphatiques sont très doués pour tuer les bactéries et neutraliser les toxines, mais pour ce qui est de recréer une image à partir de l'encre introduite dans le système circulatoire, leur talent reste extrêmement limité. Ils ont conservé une trace d'encre et c'est tout.

— Des opérations chirurgicales ?

— Là, j'ai une bonne et une mauvaise nouvelle. Il a été opéré, mais d'une hernie, c'est-à-dire une des opérations les plus courantes qui soient. Et il s'agissait en plus d'une hernie inguinale des plus banales. Il a donc une cicatrice à l'aine droite. Je pense que l'opération remontc à trois ans, mais je vais faire venir un spécialiste pour le confirmer. Nous en profiterons pour jeter un coup d'œil au filet prothétique qui a été posé lors de l'opération et, avec un peu de chance, il pourra me dire qui commercialise ce type d'accessoires. Ainsi, vous, vous pourrez chercher les hôpitaux qu'ils fournissent et... je sais que c'est du boulot et que ça va prendre du temps.

— Il a peut-être aussi subi cette opération-là en Amérique, remarqua Falcón.

— C'est ce que je disais : une bonne et une mauvaise nouvelle.

— Et ses cheveux ? Ils l'ont scalpé.

— Il les avait assez longs pour couvrir son cou.

— Comment vous savez ça ?

— Il est allé à la plage cette année, dit Pintado en présentant des photos à Falcón. On voit les marques de bronzage sur ses bras et ses jambes, mais quand on le retourne, il n'a aucune marque sur la nuque. En fait, si on y regarde bien, sa nuque est beaucoup plus blanche que le reste de son dos, ce qui pour moi veut dire qu'elle était rarement exposée au soleil.

— Diriez-vous qu'il a la peau « blanche » ?

— Non. Il a le teint mat.

— Vous pensez qu'il était espagnol ?

— Sans test génétique, je dirais qu'il est méditerranéen.

— Des cicatrices ?

— Rien d'important. Il a eu une fracture du crâne, mais c'est vieux.

— Y a-t-il quelque chose dans sa constitution physique qui pourrait nous donner une idée de ce qu'il faisait ?

— Ce n'était pas un adepte du body-building. La conformation de la colonne vertébrale, des épaules et des coudes plaide pour une vie sédentaire et un travail de bureau. À mon avis, ses pieds n'étaient pas souvent dans des chaussures. Les talons sont plus étalés que la normale et les plantes sont couvertes de corne.

— Vous l'avez dit, il aimait le soleil.

— Et il fumait du cannabis. Je dirais même que c'était un fumeur régulier, ce qui n'est pas habituel chez les gens de cet âge-là, ajouta Pintado. C'est courant chez les ados, mais si on continue à quarante ans, c'est qu'on appartient à un milieu qui s'y prête... qu'on est peintre, musicien ou qu'on fréquente ce type de population.

— C'était donc un employé de bureau aux cheveux longs, qui passait beaucoup de temps au soleil, ne portait pas de chaussures et fumait des pétards.

— Un hippy attardé.

— Ils ressemblaient peut-être à ça dans les années 1970, mais ça ne correspond pas au profil du dealer actuel, observa Falcón. Quant au cyanure de potassium, c'est une curieuse méthode d'exécution pour des types qui portent des neuf millimètres à la ceinture.

Les deux hommes s'enfoncèrent dans leur siège de part et d'autre du bureau. Falcón continuait à regarder les photos du dossier, dans l'espoir d'y repérer d'autres détails. Il pensait déjà à l'université et au département des Bellas Artes, mais ne voulait pas encore trop se focaliser à ce stade de l'enquête.

Dans le silence qui s'était installé provisoirement entre eux, les deux hommes se regardèrent, comme effleurés par la même intuition. Derrière les murs gris de la facultad de medicina, retentit une énorme explosion, tout près.

Gloria Alanis s'apprêtait à partir au travail. Normalement, à cette heure-là, elle aurait dû être en route pour rendre visite à son premier client en regardant s'éloigner dans son rétroviseur l'immeuble minable des années 1970 qu'elle habitait dans le quartier El Cerezo et qu'elle n'aimait décidément pas. Elle était VRP pour un fabricant de papeterie, mais elle exerçait dans la zone de Huelva. Tous les premiers mardis du mois, il y avait une réunion des équipes de vente au siège de Séville, suivie d'un exercice de coordination, d'un déjeuner, puis d'une mini-conférence visant à présenter et commenter les nouveaux produits et promotions.

Cela signifiait qu'une fois par mois, elle avait le temps de préparer le petit déjeuner pour son mari et ses enfants. Elle pouvait aussi emmener Lourdes, sa fille de huit ans, à l'école, pendant que son mari déposait leur fils de trois ans, Pedro, à la maternelle dont on apercevait les locaux de la fenêtre de leur cinquième étage.

Ce matin-là, elle ne détestait pas son appartement. Au contraire. Elle contemplait le haut des têtes de son mari et de ses enfants avec un sentiment de tendresse et d'affection inhabituel en début de semaine. Son mari s'en aperçut, la saisit par le bras et l'attira sur ses genoux.

— Fernando, le mit-elle en garde, au cas où il tenterait un geste déplacé en présence des enfants.

— Je me disais, murmura-t-il en lui mordillant le lobe de l'oreille.

— Je suis toujours inquiète quand tu commences comme ça, dit-elle en souriant aux enfants soudain attentifs.

— Je me disais que nous pourrions être plus nombreux. Gloria, Fernando, Lourdes, Pedro et...

— Tu es fou, protesta-t-elle, ravie de sentir ses lèvres contre son oreille et de les entendre prononcer ces mots.

— On avait dit qu'on en aurait quatre, non ?

— C'était avant de savoir ce que cela coûte d'en

avoir deux. On travaille toute la journée et on n'a toujours pas de quoi changer d'appartement ou prendre des vacances.

— J'ai un secret.

Elle savait que ce n'était pas vrai.

— Si c'est un billet de loterie, je ne veux pas le voir.

— Ce n'est pas un billet de loterie.

Elle savait ce que c'était : un fol espoir.

— Seigneur, s'exclama-t-il brusquement en regardant sa montre. Pedro, bonhomme, faut y aller.

— Dis-nous ton secret, demandèrent les enfants.

Il souleva Gloria et la posa à terre.

— Si je vous le dis, ce ne sera plus un secret. Vous devrez attendre l'heure de la révélation.

— Dis-nous maintenant !

— Ce soir, promit-il en posant un baiser sur la tête de Lourdes et en prenant la petite main de Pedro.

Gloria les accompagna à la porte. Elle embrassa Pedro qui regardait ses pieds en toute indifférence. Elle embrassa son mari sur la bouche en susurrant :

— Je te déteste.

— Ce soir, tu m'aimeras.

Elle retourna à table et s'assit en face de Lourdes. Elles avaient encore un quart d'heure devant elles. Elles passèrent quelques minutes à admirer un dessin de Lourdes avant d'aller à la fenêtre. Fernando et Pedro débouchèrent sur le parking de l'école maternelle. Elles leur firent signe. Fernando hissa son fils à bout de bras et il agita la main.

Après avoir laissé son fils à l'école, Fernando repassa entre les immeubles pour regagner la rue et prendre le bus pour aller travailler. Gloria se détourna de la fenêtre. Lourdes était retournée s'asseoir et avait déjà commencé un nouveau dessin. Gloria but son café en jouant avec les cheveux soyeux de sa fille. Fernando et ses secrets. Il jouait ce jeu pour les amuser et entretenir leur espoir d'acheter un jour un appartement, mais les prix de l'immobilier s'étaient envolés et ils savaient qu'ils seraient locataires toute leur vie. Gloria resterait VRP et Fernando avait beau dire qu'il allait prendre des cours de plomberie, il avait besoin de l'argent qu'il gagnait comme ouvrier du bâtiment. Ils avaient eu de la chance de trouver un appartement avec un loyer aussi bas. Ils avaient de la chance d'avoir deux beaux enfants en bonne santé. Comme disait Fernando : « Nous ne sommes peut-être pas riches, mais nous avons de la chance et la chance vaut mieux que tout l'argent du monde. »

Elle ne fit pas tout de suite le rapprochement entre le tremblement qui vibra sous ses pieds et la détonation qui retentit à l'extérieur. Une déflagration tellement violente qu'elle lui écrasa la cage thoracique et lui ôta l'air des poumons. La tasse de café tomba de sa main et se brisa sur le sol.

— MAMAN ! cria Lourdes, mais Gloria n'entendait plus.

Elle vit les yeux de sa fille dilatés d'horreur et elle la prit dans ses bras.

Une multitude de choses effroyables se produisirent simultanément. Les fenêtres volèrent en éclats. D'immenses fissures s'ouvrirent dans les murs. La lumière du jour apparut là où elle n'aurait pas dû. Les horizons basculèrent. Les portes se tordirent. Le béton plia. Le plafond rejoignit le sol. Les murs se cassèrent en deux. L'eau jaillit de nulle part. L'électricité vacilla et jeta des étincelles sous les carrelages broyés. Une armoire se volatilisa. La gravité appliquait sa loi redoutable. Mère et fille sombraient dans le vide. Leurs petits corps fragiles s'abîmèrent dans une avalanche de briques, d'acier, de béton, de câbles, de tuyaux, de meubles et de poussière. Le temps n'était plus aux mots. Plus le temps d'émettre un son, car le bruit était tellement phénoménal qu'il réduisait tout le reste au silence. Pas même de temps pour la peur, noyée dans l'incompréhension la plus absolue. Il n'y eut que la sensation de chute nauséeuse, le formidable impact et l'obscurité infinie d'un univers qui se dérobe.

— Qu'est-ce que c'était ? s'alarma Pintado.

Falcón savait très exactement ce que c'était. Il avait entendu exploser une voiture de l'ETA quand il était en poste à Barcelone. Là, c'était quelque chose d'énorme. Il repoussa sa chaise et partit en courant sans répondre. Tout en sprintant, il composa le numéro de la jefatura. Il pensa d'abord que cela venait de la gare de Santa Justa où arrivait l'AVE, le train à grande vitesse en provenance de Madrid. La gare se trouvait à moins d'un kilomètre au sud-est de l'hôpital.

— *Diga*, répondit Ramírez.

— Il y a eu une explosion, José Luis...

— Je l'ai entendue jusqu'ici.

— Je suis à l'institut. Ça avait l'air très proche. Essaie de te renseigner.

— Ne quitte pas.

Falcón passa devant le réceptionniste au pas de course, le portable collé à l'oreille ; il entendait Ramírez foncer dans le couloir et monter l'escalier quatre à quatre au milieu des gens qui s'interpellaient à grands cris à l'intérieur de la jefatura. Dans la rue, toutes les voitures s'étaient arrêtées. Conducteurs et passagers en sortaient pour regarder vers le nord-est où s'élevait un panache de fumée noire.

— Les rapports qui nous parviennent, annonça un Ramírez haletant, signalent qu'il y a eu une explosion dans un pâté d'immeubles au coin de la calle Blanca Paloma et de la calle de los Romeros dans le quartier El Cerezo.

— Où ça se trouve ? Je ne connais pas. Ce ne doit pas être loin parce que je vois la fumée.

Ramírez se planta devant une carte murale et lui donna des indications.

— A-t-on fait état d'une fuite de gaz ? demanda Falcón, sachant que c'était une éventualité d'un optimisme improbable, comme la prétendue surtension à laquelle on aurait voulu attribuer les attentats du métro de Londres.

— Je vérifie auprès de la compagnie.

Falcón traversa l'hôpital au galop. Les gens couraient, mais sans cris et sans panique. Ils avaient été entraînés à affronter ce genre de situation. Tout ce qui portait blouse blanche convergeait vers le service des urgences. Des infirmiers cavalaient en poussant des civières. Des infirmières se hâtaient en portant des perfusions. Les poches de sang étaient prêtes à servir. Falcón franchit un nombre incalculable de doubles portes avant d'atteindre la rue où il se cogna à un mur de bruit : une cacophonie de sirènes accompagnait le déploiement des ambulances.

La grande rue était singulièrement vide. En parcourant les voies désertes, il vit des voitures se garer le long des trottoirs. Pas un policier à l'horizon. C'était l'initiative de citoyens ordinaires qui savaient qu'il fallait dégager cette portion de rue pour faciliter le transport des blessés. Les ambulances s'élançaient deux par deux, frénétiques et trépidantes, leurs gyrophares en action, dans une atmosphère envahie de poussière gris-rose mêlée aux retombées de la fumée qui montait en tourbillons derrière les immeubles.

Des silhouettes ensanglantées s'avançaient en titubant aux carrefours, seules, transportées ou soutenues, et se dirigeaient vers l'hôpital en pressant des mouchoirs ou des carrés d'étoffe ou de papier contre leur front, leur joue, leurs oreilles. C'étaient les blessés légers, atteints par des débris de verre ou de métal, ceux qui s'étaient trouvés à quelque distance de l'épicentre, qui n'entreraient jamais au panthéon des statistiques mais perdraient peut-être un œil ou l'ouïe à cause de tympans éclatés, garderaient à vie des cicatrices au visage, perdraient l'usage d'un doigt ou d'une main, ne marcheraient plus jamais sans boiter. Les plus chanceux leur venaient en aide, ceux qui n'avaient même pas une égratignure mais portaient à jamais gravée l'image d'une connaissance ou d'un être cher qu'ils avaient vu soudain broyé, tailladé, assommé ou brisé.

La police évacuait les occupants des immeubles de la rue menant à la calle de los Romeros. Un vieil homme en pyjama rouge de sang s'appuyait sur un garçon imbu de sa soudaine importance. Un jeune homme tenant une serviette écarlate contre sa tête, le visage affreusement barré de coulures de sang figé par la poussière, fixa sur Falcón un regard vide. Il avait le bras passé sur les épaules de sa petite amie qui semblait indemne et débitait un flot de paroles dans son téléphone portable.

L'air opacifié par la poussière résonnait encore du fracas des éclats de verre qui continuaient de tomber des plus hautes fenêtres. Falcón rappela Ramírez et lui demanda d'affréter trois ou quatre bus pour servir d'ambulances de fortune afin d'amener les blessés légers des logements avoisinants à l'hôpital.

— La compagnie du gaz confirme qu'elle approvisionne ce quartier, dit Ramírez, mais on n'a pas signalé de fuite et ils ont effectué un contrôle de routine pas plus tard que le mois dernier.

— Ça ne ressemble pas à une explosion de gaz, pour tout un tas de raisons.

— Il nous arrive des informations selon lesquelles une école primaire, située derrière l'immeuble détruit, a été gravement endommagée par les retombées de débris. Il y aurait des victimes.

Falcón se fraya un passage à travers la foule des blessés. Dans cette partie de la rue, les immeubles ne paraissaient pas avoir subi de gros dégâts, mais les gens qui erraient en cherchant et en appelant les membres de leur famille au pied des appartements évacués avaient l'air de spectres éperdus et hagards sous leur habit de poussière. Le soleil enveloppé de fumée et d'une brume rougeâtre répandait une lumière étrange. Il flottait dans l'air une odeur que seuls ceux qui avaient connu la guerre pouvaient analyser. Une odeur de brique et de béton pulvérisés, d'effluves d'eaux usées, d'égouts éventrés et de relents de chair écœurants qui assaillait les narines. Une vibration parcourait l'atmosphère ; ce n'était pas un bruit identifiable, malgré la rumeur des gens qui parlaient, toussaient, vomissaient, gémissaient, plutôt le frémissement sourd de l'humanité saisie de peur collective en présence de la mort.

Des rangées de camions de pompiers s'alignaient, tous feux allumés, le long de l'avenida San Lazaro. Il n'y avait pas un carreau intact aux fenêtres de l'autre côté de la calle de los Romeros. Un conteneur de verre émergeait de la façade d'un immeuble telle une énorme excroissance verte. En face du bâtiment sinistré, un mur longeant le trottoir avait été soufflé et le jardin qu'il bordait était rempli de véhicules entassés, comme un dépôt de ferraille. Les moignons de quatre arbres se dressaient en bordure. Les autres véhicules garés dans la calle de los Romeros disparaissaient sous les gravats : toits enfoncés, pare-brise fendillés, pneus éclatés, enjoliveurs envolés. Il y avait des vêtements partout, comme si on avait vidé un sac à linge du haut du ciel. Une rambarde de métal pendait d'un balcon du quatrième étage.

Des pompiers avaient escaladé le tas de gravats et braquaient leurs lances à incendie sur les deux portions restantes du bâtiment en L. Il en manquait désormais une longueur de vingt-cinq mètres au milieu. L'explosion colossale avait ravagé les huit étages qui s'étaient effondrés, formant un empilement de crêpes de béton armé d'une hauteur de six mètres. Entre les pans déchiquetés de l'immeuble, à peine visible derrière le voile de poussière, on apercevait le toit de l'école en partie détruite et, un peu plus loin, les immeubles aux façades quadrillées de fenêtres sans vitres, béantes et noires. Un pompier surgit au bord d'une pièce dévastée du huitième étage et, à travers l'espace trouble comme sur un champ de bataille, fit un signe pour indiquer qu'il n'y avait plus personne dans l'immeuble. Un lit tomba du sixième étage et s'écrasa sur le tas de gravats. Le matelas rebondit et vola vers l'école.

Le véhicule du capitaine des pompiers était stationné de l'autre côté des décombres, plus bas dans la calle de los Romeros, mais il n'y avait pas un officier en vue. Falcón longea le mur écroulé et contourna l'immeuble pour voir ce qu'il était arrivé à l'école maternelle. L'extrémité du bâtiment la plus proche de l'explosion avait perdu deux murs, une partie du toit s'était affaissée, le reste penchait, prêt à céder. Les pompiers l'étayaient, aidés de civils, devant un groupe de femmes au regard fixe, qui contemplaient le spectacle dans un silence atterré, les mains plaquées sur les joues comme pour empêcher leur visage de tomber d'incrédulité.

Devant l'entrée de l'école, c'était pire. Quatre petits corps gisaient côte à côte, le visage caché sous des tabliers d'écolier. Une poignée d'hommes et de femmes tentaient de maîtriser deux des mères des enfants morts.

Couvertes de poussière, elles étaient comme des fantômes luttant pour reprendre pied dans le monde des vivants. Elles poussaient des cris hystériques en se débattant contre les mains qui les retenaient pour les empêcher de s'approcher des corps inertes. Une autre femme s'était évanouie, elle était allongée sur le sol, entourée de personnes agenouillées pour la protéger du flux et du reflux de la foule. Falcón chercha des yeux un instituteur. Il avisa une jeune femme assise sur un tapis de verre pilé, une moitié de visage en sang, secouée de sanglots incontrôlables malgré les efforts de l'amie qui essayait de consoler l'inconsolable. Un infirmier s'approcha pour poser un pansement provisoire sur ses blessures.

— Vous êtes enseignante ? demanda Falcón à l'amie de la jeune femme. Savez-vous où se trouve la mère du quatrième enfant ?

La jeune femme jeta un regard vers l'immeuble effondré.

— Elle est quelque part là-dedans, dit-elle en secouant la tête.

Seuls les pompiers circulaient à l'intérieur de l'école, écrasant sous leurs grosses chaussures des débris et du verre crissant. On apportait d'autres étais pour soutenir la toiture ébranlée. Dans une salle de classe intacte à l'autre extrémité de l'école, le capitaine des pompiers faisait son rapport au maire sur son téléphone portable.

— Toutes les alimentations en gaz et électricité de la zone ont été coupées et l'immeuble endommagé a été évacué. Deux incendies ont été circonscrits. Nous avons sorti quatre cadavres d'enfants de l'école primaire. Leur classe se trouvait dans l'axe direct de l'explosion et en a subi la déflagration de plein fouet. Mes hommes ont aussi trouvé une femme qui est apparemment morte de crise cardiaque dans un appartement de l'immeuble situé en face de celui qui a été détruit.

Il est impossible d'évaluer le nombre des blessés pour le moment.

Il écouta son interlocuteur, puis referma son téléphone. Falcón lui montra sa carte.

— Déjà sur place, inspecteur ! remarqua le chef des pompiers.

— J'étais à l'institut médico-légal. Au bruit, j'ai eu l'impression que c'était une bombe. Est-ce aussi votre avis ?

— Pour faire des dégâts pareils, cela ne fait pour moi aucun doute. Et une bombe sacrément puissante par-dessus le marché.

— Avez-vous une idée du nombre de personnes qui se trouvaient à l'intérieur de cet immeuble ?

— J'ai chargé un de mes hommes de s'informer. Il y en avait au moins sept. Par contre, il est difficile de savoir exactement combien de personnes étaient encore dans la mosquée, au sous-sol.

— La mosquée ?

— C'est une des raisons qui me font penser qu'il s'agit d'une bombe. Il y avait une mosquée au sous-sol, avec une entrée sur la calle de los Romeros. Il semble que les prières du matin venaient de se terminer, mais nous ne savons pas si tout le monde était sorti. Les témoignages sur ce point sont contradictoires.

6.

Séville – Mardi 6 juin 2006, 8 h 25

Le désespoir avait conduit Consuelo à la calle Vidio à la première heure. Sa voisine conduirait les enfants à l'école. Elle était garée devant le cabinet d'Alicia Aguado et commençait déjà à regretter le rendez-vous qu'elle avait demandé en urgence vingt-cinq minutes plus tôt. Elle arpenta la rue pour se calmer. Rien ne clochait chez elle.

Après avoir regardé l'aiguille de sa montre avaler les secondes, preuve d'une nette tendance à l'obsession, elle sonna à la porte à huit heures et demie précises. Le Dr Aguado l'attendait, comme elle n'avait cessé de le faire ces derniers mois, tout excitée à l'idée de traiter une nouvelle patiente. Consuelo gravit l'escalier étroit qui menait au cabinet de consultation, une pièce peinte en bleu clair, maintenue à une température constante de vingt-deux degrés.

Bien que déjà au courant de ses méthodes, Consuelo laissa la psychologue lui expliquer qu'elle était devenue aveugle à la suite d'une maladie dégénérative appelée rétinite pigmentaire et que, pour pallier ce handicap, elle avait mis au point une technique originale consistant à « lire » le pouls de ses patients.

— Pourquoi est-ce nécessaire ? demanda Consuelo

qui connaissait la réponse mais souhaitait retarder le moment de passer aux choses sérieuses.

— Comme je suis aveugle, les signaux les plus importants du corps, tout ce qui constitue la physionomie, m'échappent. Nous en disons plus par nos expressions et nos attitudes que par nos mots. Pensez à tout ce que vous manqueriez d'une conversation si vous n'entendiez que les paroles. Dans le cas d'une personne en proie à une émotion violente, comme la peur ou l'angoisse, vous pourriez percevoir son état d'esprit, mais le visage et le corps permettent de saisir tout un éventail de subtilités. On note des différences entre quelqu'un qui ment ou qui exagère, quelqu'un qui s'ennuie et quelqu'un qui veut coucher avec vous. La lecture du pouls, que j'ai apprise d'un médecin chinois et adaptée à mes besoins, me renseigne sur ces nuances.

— Vous fonctionnez en quelque sorte comme un détecteur de mensonges.

— Pas seulement. Je décèle plutôt les courants latents. Les plus grands écrivains peinent à traduire les sentiments en mots. À plus forte raison, les gens ordinaires ont du mal à m'expliquer ce qu'ils ressentent, surtout s'ils sont perturbés.

— Cette pièce est très agréable, remarqua Consuelo, alarmée par certaines paroles prononcées par Alicia Aguado.

Les courants latents lui rappelaient ses frayeurs, sa terreur d'être entraînée au beau milieu de l'océan pour y mourir seule d'épuisement, ballottée par la houle.

— Il y avait trop de bruit. Vous savez ce que c'est, à Séville. Le bruit me gênait tellement, dans mon état, que j'ai fait poser des doubles vitrages et insonoriser la pièce. Elle était blanche avant, mais je crois que le blanc intimidait mes patients autant que le noir. J'ai donc choisi un bleu paisible. Asseyons-nous, voulez-vous ?

Elles s'installèrent dans le « confident », le siège en S qui leur permettait d'être assises face à face. Elle montra à Consuelo le magnétophone posé sur l'accoudoir, en lui expliquant que c'était la seule manière pour elle de revenir sur les consultations. Alicia Aguado lui demanda de se présenter, d'indiquer son âge et les médicaments qu'elle prenait pour qu'elle puisse s'assurer que l'appareil enregistrait correctement.

— Pouvez-vous m'exposer brièvement vos antécédents médicaux ?

— À partir de quand ?

— Tous les faits marquants depuis votre naissance : opérations, maladies graves, accouchements... ce genre de choses.

Consuelo essaya de s'imprégner de la quiétude émanant du bleu des murs. Elle avait compté sur une sorte de traitement miracle de son tumulte intérieur, une technique extraordinaire capable de démêler d'un coup les enchevêtrements de son âme et d'y remettre ordre et clarté. Dans son désarroi, il ne lui était pas venu à l'idée qu'elle s'engageait dans un long processus dérangeant.

— Cette question semble vous embarrasser, observa Alicia Aguado.

— Je suis seulement en train de réaliser que vous allez me mettre à nu.

— Rien ne sort de cette pièce. Personne ne peut nous entendre. Les enregistrements sont bouclés dans un coffre dans mon bureau.

— Ce n'est pas le problème. Je n'aime pas m'épancher. Je préfère évacuer ma nausée par une bonne suée qu'en vomissant le trop-plein. Ce que vous me demandez, c'est du vomissement mental.

— Les gens qui viennent à ma consultation y aboutissent en général à cause d'un problème extrêmement intime, tellement intime que c'est parfois un secret pour eux-mêmes. La santé mentale et la santé physique ne sont pas différentes. Une blessure qu'on ne soigne pas s'infecte et contamine le corps entier. Les blessures de l'âme font de même si on les néglige. La seule difficulté, c'est que vous ne pouvez pas me montrer la plaie qui suppure. Vous ne savez pas forcément en quoi elle consiste ni où elle se situe. Nous ne pouvons le découvrir qu'en ramenant des choses enfouies dans le subconscient à la surface de la conscience. Ce n'est pas de la régurgitation. Ce n'est pas un poison qu'on expulse. Vous ferez peut-être resurgir des choses pénibles à la surface afin que nous puissions les examiner, mais elles resteront en vous. Il s'agit plus d'évacuer le mal par une bonne suée, comme vous dites, que de le vomir, pour reprendre votre image.

Consuelo se lança :

— J'ai subi deux avortements. Le premier en 1980, le deuxième en 1984. Les deux ont eu lieu dans une clinique de Londres. J'ai eu trois enfants. Ricardo en 1992, Matías en 1994 et Darío en 1998. Ce sont les seules fois où je suis allée à l'hôpital.

— Vous êtes mariée ?

— Plus. Mon mari est mort, dit Consuelo en renâclant devant le premier obstacle, un fait qu'elle était plus encline à dissimuler qu'à avouer spontanément. Il a été assassiné en 2001.

— Étiez-vous heureuse en ménage ?

— Il avait trente-quatre ans de plus que moi. Je ne le savais pas à l'époque, mais il m'a épousée parce que je lui rappelais physiquement sa première femme, qui s'était suicidée. Je ne voulais pas me marier avec lui, mais il a beaucoup insisté. J'ai accepté quand il m'a dit qu'il me donnerait des enfants. Très rapidement, il s'est aperçu ou a bien voulu admettre que ma ressemblance avec sa femme s'arrêtait au physique. Nous sommes quand même restés ensemble. Nous nous respections l'un l'autre, surtout en affaires. C'était un bon père. Mais quant à m'aimer, à me rendre heureuse... non.

— Vous avez entendu ? Un bruit, dehors. Violent, comme une explosion.

— Non.

— J'ai entendu parler du meurtre de votre mari, naturellement. C'est terrible. Cela a dû être un choc pour vous et les enfants.

— Oui. Mais ce n'est pas la raison directe de ma présence ici. L'enquête a été pesante. Je faisais partie des principaux suspects. C'était un homme riche et influent. J'avais un amant. Pour la police, j'avais un mobile. Ma vie a été fouillée de fond en comble. Des aspects déplaisants de mon passé ont été révélés au grand jour.

— Comme ?

— J'avais joué dans un film porno à l'âge de dix-sept ans pour gagner l'argent de mon premier avortement.

Alicia Aguado obligea Consuelo à retracer cette vilaine tranche de vie dans les moindres détails et ne la lâcha que lorsqu'elle lui eut soutiré l'histoire de la deuxième grossesse, des œuvres d'un fils de duc, qui l'avait conduite au deuxième avortement.

— Que pensez-vous de la pornographie ? lui demanda Alicia.

— Je l'exècre. J'ai surtout exécré les raisons qui m'ont amenée à m'y impliquer, parce que j'avais besoin d'argent pour couper court à la maternité.

— Pour vous, la pornographie, c'est quoi ?

— C'est filmer l'acte sexuel dans ce qu'il a de purement physique.

— C'est tout ?

— C'est le sexe sans émotion.

— Vous m'avez décrit des sentiments très forts quand vous m'avez raconté...

— De dégoût et de répulsion, oui.

— Pour vos partenaires du film ?

— Non, non, pas du tout. Nous, les filles, nous étions toutes dans la même galère. Et les hommes avaient besoin de nous pour jouer leur rôle. L'atmosphère, sur le plateau, n'avait rien de scabreux. Nous étions tous complètement shootés pour nous donner du courage.

Consuelo se désintéressait de son récit. Elle n'y trouvait pas son compte.

— Alors pour qui éprouviez-vous ces sentiments ?

— Pour moi-même, dit Consuelo en espérant que cet aveu partiel serait suffisant.

— Quand je vous ai demandé ce qu'était la pornographie pour vous, je ne crois pas que vous m'avez livré le fond de votre pensée. Vous m'avez fourni une réponse socialement acceptable. Essayez de répondre à nouveau à cette question.

— C'est le sexe sans l'amour, dit Consuelo en martelant l'accoudoir. C'est l'antithèse de l'amour.

— L'antithèse de l'amour, c'est la haine.

— La haine de soi.

— Quoi d'autre ?

— C'est la profanation du sexe.

— Que pensez-vous des hommes et des femmes qui se laissent filmer pendant qu'ils font l'amour avec des partenaires multiples ?

— C'est du vice.

— Quoi d'autre ?

— Comment ça, « quoi d'autre » ? Je ne sais pas ce qu'il vous faut de plus.

— Combien de fois avez-vous pensé à ce film

depuis que son existence a été révélée par l'enquête sur le meurtre de votre mari ?

— Je l'avais oublié.

— Jusqu'à aujourd'hui ?

— Ça veut dire quoi, au juste ?

— Nous ne sommes pas en société, señora Jiménez.

— J'en suis consciente.

— Vous n'avez pas à vous préoccuper de ce que je pense de vous.

— Mais je ne sais pas où vous voulez en venir.

— Pourquoi sommes-nous en train de parler de pornographie ?

— Parce que l'enquête sur la mort de mon mari a fait connaître cet aspect de ma vie.

— Je vous ai demandé si la mort de votre mari avait été un traumatisme.

— Je vois.

— Qu'est-ce que vous voyez ?

— Que j'ai été plus traumatisée par la révélation de l'existence de ce film que par la mort de mon mari.

— Pas forcément. C'était lié à un événement traumatisant et, dans ce contexte chargé d'émotion, cela vous a marquée.

Consuelo luttait en silence. Les enchevêtrements de son âme, loin de s'éclaircir, devenaient de plus en plus embrouillés.

— Vous avez pris plusieurs rendez-vous avec moi ces derniers temps et vous ne vous êtes jamais présentée, reprit Alicia Aguado. Pourquoi êtes-vous venue ce matin ?

— J'aime mes enfants, répondit Consuelo. Je les aime tellement que j'en ai mal.

— Où avez-vous mal ? demanda Alicia Aguado, saisissant au vol cette nouvelle confidence.

— Vous n'avez jamais eu d'enfants ?

Alicia Aguado haussa les épaules.

— J'ai mal en haut de l'estomac, au niveau du diaphragme.

— Pourquoi est-ce douloureux ?

— Vous ne pouvez donc jamais accepter simplement les faits ? J'aime mes enfants. Ça fait mal.

— Nous sommes là pour examiner votre vie intérieure. Je ne peux ni la voir ni la sentir. La seule chose qui m'y donne accès, c'est ce que vous exprimez.

— Et votre histoire de pouls alors ?

— C'est ce qui amène les questions. Ce que vous dites et ce que je sens dans vos pulsations ne coïncident pas toujours.

— Êtes-vous en train de me dire que je n'aime pas mes enfants ?

— Non, je vous demande pourquoi vous dites que ça fait mal. Qu'est-ce qui provoque la souffrance ?

— *Joder !* Putain, c'est l'amour qui fait mal, pauvre connasse ! s'énerva Consuelo en retirant brutalement sa main pour arracher son poignet à l'inquisition des doigts de la psy. Désolée. Je suis vraiment désolée. C'est impardonnable.

— Ne vous excusez pas. Nous ne sommes pas à un cocktail mondain.

— Sans blague. Écoutez, je suis intransigeante sur le chapitre de la vérité. Vous n'avez qu'à demander à mes enfants.

— Il s'agit d'un autre genre de vérité.

— Il n'y a qu'une vérité, proclama Consuelo avec la conviction du prosélyte.

— Il y a une vérité absolue et une vérité présentable. Elles sont souvent très proches, à quelques nuances affectives près.

— Vous vous trompez sur mon compte, docteur. Je ne suis pas comme ça. J'ai vu des choses, j'ai fait des choses et je les assume.

— C'est bien pour ça que vous êtes ici.

— Vous me traitez de menteuse et de lâche. Vous me dites que je ne sais pas qui jc suis.

— Je vous pose des questions et vous y répondez du mieux que vous pouvez.

— Vous venez de m'expliquer que mes paroles ne correspondent pas à ce que vous dit mon pouls. Donc, vous me traitez de menteuse.

— Je crois que c'est assez pour aujourd'hui. Nous avons déblayé pas mal de terrain pour une première séance. J'aimerais vous revoir très vite. Est-ce que cette heure vous convient ? Le début de matinée et la fin de matinée sont sans doute les meilleurs moments de la journée quand on est dans la restauration.

— Parce que vous pensez que je vais revenir pour cette merde ? grogna Consuelo en se dirigeant vers la porte, son sac sur l'épaule. Tu crois quoi, vieille bique aveugle !

Elle claqua la porte derrière elle et faillit perdre l'équilibre en déboulant dans la rue. Elle monta dans sa voiture, inséra la clé de contact, mais ne démarra pas. Elle s'accrocha à son volant comme à la dernière bouée capable de la sauver de la folie. Elle pleura. Elle pleura jusqu'à en avoir mal précisément là où la douleur la tenaillait quand elle regardait ses enfants dormir.

Ángel et Manuela prenaient leur petit déjeuner sur le toit en terrasse baigné de soleil matinal. Enveloppée dans un peignoir de bain blanc, Manuela examinait ses orteils. Ángel battait des paupières d'un air agacé en lisant un article qu'il avait écrit dans le journal *ABC*.

— Ils ont supprimé tout un paragraphe. Un sous-rédacteur a transformé mon édito en bouillie pour les chats.

— Je m'entends grossir, répondit distraitement

Manuela, l'esprit tout entier absorbé par la transaction qui devait avoir lieu dans la matinée. Je vais être condamnée au survêtement jusqu'à la fin de mes jours.

— Je perds mon temps. Je m'use inutilement à écrire des sornettes pour des demeurés. Pas étonnant qu'ils en coupent la moitié.

— Je vais me faire les ongles. Ton avis ? Rouge ou rose ? Ou une couleur insolite pour détourner les regards de mon postérieur ?

— C'est décidé, déclara Ángel en jetant le journal à l'autre bout de la terrasse. J'arrête avec ces conneries.

C'est à ce moment-là qu'ils entendirent le bruit lointain d'une déflagration impressionnante. Ils se regardèrent, oubliant soudain tous leurs soucis. Manuela ne put se retenir de prononcer la phrase inévitable :

— Qu'est-ce que c'était ?

Ángel se leva si brusquement qu'il renversa sa chaise dans son élan.

— Une énorme explosion.

— Mais où ?

— Ça venait du nord.

— Oh merde, Ángel. Merde, merde, merde, merde, merde !

— Quoi ? demanda Ángel qui s'attendait à la voir peinturlurée de vernis sur tout le pied.

— Ne me dis pas que tu as déjà oublié. On a passé la moitié de la nuit à en parler. Les deux appartements de la plaza Moravia... c'est au nord de là où nous sommes actuellement.

— Ce n'était pas si près. C'est en dehors de la ville.

— C'est bien les journalistes, ça. Tellement habitués à être au cœur de l'événement qu'ils croient tout savoir, y compris la distance d'où provient une explosion.

— Je dirais... Oh, mon Dieu. Tu crois que ça vient de la gare de Santa Justa ?

— C'est plus à l'est, opina-t-elle en esquissant un geste vague vers les toits.

— Au nord, il y a le Parlement, dit-il en consultant sa montre. Il n'y a personne là-bas à cette heure-ci.

— À part quelques femmes de ménage sans intérêt.

Ángel se planta devant le téléviseur et zappa fiévreusement jusqu'à ce qu'il tombe sur Canal Sur.

— Nous apprenons à l'instant qu'une importante explosion vient de se produire dans le nord de Séville... dans le quartier El Cerezo. Un témoin oculaire nous indique qu'un immeuble a été entièrement détruit et qu'une école maternelle voisine a subi de très gros dégâts. Nous n'avons pour l'instant aucune information sur la cause de l'explosion ni sur le nombre de victimes.

— El Cerezo ? dit Ángel. Qu'est-ce qu'il y a par là ?

— Rien. Des immeubles d'habitation bon marché. C'est sans doute le gaz.

— Tu as raison. C'est une zone d'habitations.

— Toutes les déflagrations ne sont pas dues à des bombes.

— Après les attentats du 11 Mars et ceux de Londres, on y pense tout naturellement, commenta Ángel en dépliant un plan de Séville.

— Eh bien, toi qui veux toujours qu'il se passe quelque chose, tu es servi. Essaie de savoir si c'est une explosion de gaz ou un acte terroriste. Mais quoi que tu fasses, Ángel, ne...

— El Cerezo est à deux kilomètres d'ici, l'interrompit-il pour freiner son hystérie. Tu l'as dit toi-même, c'est une zone d'habitations populaires. Rien à voir avec tes appartements de la plaza Moravia.

— Si c'est un acte terroriste, peu importe où il s'est produit... la ville entière va être en ébullition. L'un de mes acquéreurs est étranger. Il achète pour investir et les investisseurs n'aiment pas ce genre de chose. Je sais de quoi je parle, je suis pareille.

— Est-ce que l'immobilier madrilène s'est effondré après le 11 Mars ? Du calme, Manuela. C'est sans doute une fuite de gaz.

— C'est peut-être une bombe qui a éclaté accidentellement pendant qu'ils la préparaient. Ou ils se sont fait sauter avec quand ils se sont rendu compte que la police les avait repérés.

— Appelle Javier, suggéra Ángel en lui caressant la nuque. Il doit avoir des infos.

Falcón appela son supérieur immédiat, le *jefe de brigada de policía judicial*, *comisario* Pedro Elvira, pour lui faire un premier rapport, l'informer que le capitaine des pompiers était quasiment certain, vu l'ampleur des dégâts, qu'ils avaient été causés par une bombe puissante et lui indiquer un bilan provisoire.

Elvira sortait d'une réunion avec son propre supérieur, le *jefe superior de la policía* de Séville, comisario Andrés Lobo, premier policier de Séville, qui l'avait chargé de superviser l'enquête. Il lui confirma également que le *magistrado juez* Decano venait de nommer Esteban Calderón juge d'instruction chargé de diriger les investigations. Trois entreprises avaient été contactées pour envoyer des équipes de démolition afin de déblayer les gravats et d'assister les secours, qui étaient déjà en route, et les aider à trouver au plus vite d'éventuels survivants.

Falcón lui demanda un certain nombre de choses : des photos aériennes du site, à prendre avant que les opérations de démolition et de sauvetage ne défigurent les lieux. Il souhaitait aussi disposer de nombreux effectifs de police pour sécuriser un périmètre d'environ un kilomètre carré autour du bâtiment, car il voulait inspecter tous les véhicules se trouvant à proximité. S'il s'agissait d'une bombe, il avait fallu la transporter et lc véhicule était peut-être encore dans les parages. Quand ils commenceraient à fouiller les véhicules suspects, ils auraient besoin de membres de la police scientifique et de spécialistes des explosifs. Elvira lui signifia son accord et raccrocha.

Le capitaine des pompiers était très à son affaire. Il avait suivi un entraînement en vue de ce genre de calamité et maîtrisé l'urgence immédiate en moins d'une heure et demie. Il accompagna Falcón aux abords du site. Il ordonna en passant à une escouade de pompiers d'interrompre les travaux de soutènement du toit de la classe détruite pour permettre aux experts en bombes d'étudier les effets de l'explosion sur le bâtiment. Il décrivit à Falcón la configuration de l'immeuble détruit en remarquant que la déflagration avait dû être gigantesque pour arriver à souffler les quatre principaux piliers porteurs de cette aile. Leur rupture avait reporté le poids phénoménal des sols de béton sur les seuls murs dressés entre les étages. Le phénomène avait dû s'accentuer et s'accélérer au fur et à mesure qu'ils s'affaissaient les uns sur les autres.

— Personne ne peut survivre à un chambardement pareil. Nous ne pouvons qu'espérer des miracles.

— Pourquoi êtes-vous si sûr que cela n'a pas pu être provoqué par une explosion de gaz ?

— À part le fait qu'on n'a signalé aucune fuite et que nous n'avons eu à éteindre que deux petits foyers d'incendie, la mosquée du sous-sol est fréquentée quotidiennement. Le gaz est plus lourd que l'air. Il se serait accumulé dans les parties les plus basses. Il en aurait fallu une telle concentration que quelqu'un s'en serait forcément aperçu. En plus, il lui aurait fallu se répandre dans un espace assez grand avant d'exploser. L'effet aurait été dispersé. Nous aurions eu affaire à des feux plus qu'à des écroulements. Nous aurions eu un immense brasier qui aurait calciné toute la zone. Il y aurait eu des personnes brûlées. Il suffit à une bombe d'un espace restreint, confiné, pour éclater. Elle n'en est que plus destructrice. Il a fallu plusieurs bombes, ou une seule très grosse, pour réussir à abattre ces structures en béton armé. Les morts et les blessés que nous avons vus jusqu'à présent ont été atteints par des projections et des débris de verre. Toutes les vitres du quartier ont été pulvérisées. Tout cela est caractéristique de l'explosion d'une bombe.

En bordure du site, la lumière était jaunâtre et malsaine. Les briques et le béton broyés formaient une fine poussière qui se collait aux narines assaillies par des relents de décomposition. De l'empilement de planchers affaissés montaient des sonneries de téléphones portables indéfiniment répétées, suppliques désespérées en attente de réponses. Ces carillons d'ordinaire si crispants avaient là quelque chose de poignant. Le capitaine des pompiers agita la tête.

— C'est affreux, tous ces espoirs qui s'évanouissent.

Falcón sursauta en sentant son propre portable vibrer contre sa cuisse.

— Manuela, répondit-il en s'éloignant.

— Tu vas bien, petit frère ?

— Oui, mais je suis occupé, là.

— Je sais. Dis-moi juste une chose : c'était une bombe ?

— Nous n'en avons pas la confirmation...

— Ce n'est pas le communiqué officiel qui m'intéresse. Je suis ta sœur.

— Je ne veux pas qu'Ángel fonce à *ABC* avec une prétendue déclaration de l'inspecteur principal dépêché sur place.

— Ça reste entre nous.

— Tu parles !

— Dis-moi, Javier.

— Nous pensons que c'est une bombe.

— Merde.

Falcón raccrocha rageusement sans même dire au revoir. Des hommes, des femmes, des enfants étaient morts, blessés. Des familles étaient détruites, avaient perdu leur maison et tout ce qu'elles possédaient. Mais tout ce qui préoccupait Manuela, c'était de savoir si le marché de l'immobilier allait en souffrir.

7.

Séville – Mardi 6 juin 2006, 9 h 25

Une silhouette passa en courant entre le chef des pompiers et Falcón au moment où celui-ci refermait son portable. L'homme trébucha contre les gravats de l'immeuble effondré, se releva et se précipita vers l'empilement de plaques de béton. Il paraissait minuscule face à l'énormité du désastre. Il partit à droite puis à gauche, tel un pantin, essayant de trouver un endroit où il puisse avoir prise dans le chaos de béton fracassé, de ferraille hérissée, de treillis métalliques déchirés, de briques brisées.

Le capitaine des pompiers l'appela. Il ne l'entendit pas. Il plongea ses bras dans les décombres, prit son élan et enjamba une épaisse poutrelle d'acier : il était animé d'une puissance morbide, écrasé par la vanité de ses efforts.

Quand ils arrivèrent à sa hauteur, il était désespéré, les mains en sang, les traits déformés par la démesure de son chagrin. Ils l'enlevèrent de son affreux perchoir, comme des soldats décrochant leur camarade d'un rang de barbelés sur le front. À peine l'eurent-ils posé à terre qu'il retrouva des forces et s'élança à nouveau dans le champ de ruines. Falcón dut le plaquer au sol pour le retenir. Ils se tortillèrent au milieu des gravats comme une espèce de mille-pattes désarticulé. Falcón réussit enfin à saisir les bras de l'homme et à l'immobiliser.

— Il ne faut pas y aller, lui dit-il d'une voix rendue rauque par la poussière.

L'homme grogna et tenta de se dégager. Il avait la bouche grande ouverte, les yeux fixés sur les décombres, le visage strié de grosses gouttes de sueur.

— Qui est là-dessous ? lui demanda Falcón.

Entre les grognements de l'homme, deux mots se détachèrent : femme, fille.

— Quel étage ? demanda le capitaine des pompiers.

Il les regarda en clignant des yeux, comme si la question demandait une intense réflexion.

— Gloria. Lourdes.

— Oui, mais quel étage ?

Il cessa de lutter, soudain vidé de toute son énergie. Falcón le lâcha et l'étendit sur le dos.

— Vous connaissez d'autres personnes qui sont là, à part Gloria et Lourdes ?

Il tourna la tête et son regard tomba sur l'école ravagée. Il se redressa, se mit debout et franchit comme un robot l'étendue de plâtras et de débris qui séparait l'immeuble de la maternelle. Falcón lui emboîta le pas. L'homme s'arrêta à l'emplacement du mur disparu. La classe n'était plus qu'un fouillis de meubles cassés et de verre pilé. Sur le mur du fond s'étalaient des dessins d'enfants, frémissant à la brise : de grands soleils, des sourires béats, des cheveux dressés.

L'homme s'avança sur un tapis de verre crissant. Il buta contre un bureau tordu et tomba lourdement, mais se releva aussitôt pour se diriger vers les dessins. Il en décolla un et le contempla avec l'attention soutenue d'un collectionneur examinant un chef-d'œuvre. Un arbre, un soleil, un grand bâtiment et quatre personnages, deux grands, deux petits. Dans le coin inférieur droit, une main d'adulte avait écrit un nom : Pedro. Il plia soigneusement le dessin et le glissa dans sa chemise.

Les trois hommes empruntèrent le couloir pour ressortir par l'entrée principale. La police du quartier était sur place et tentait de frayer un chemin à l'ambulance venue emporter les corps des quatre enfants retirés des décombres. Les deux mères agenouillées auprès de leurs enfants poussèrent un hurlement hystérique. La troisième avait déjà été emmenée.

Une femme dont le visage disparaissait en partie sous un épais bandage blanc déjà imprégné de sang l'aperçut.

— Fernando.

Il se tourna, mais ne la reconnut pas.

— Je suis Martha, la maîtresse de Pedro.

Fernando avait perdu l'usage de la parole. Il sortit le dessin de sous sa chemise et désigna la plus petite des quatre silhouettes. Les fonctions motrices de Martha semblaient hors service. Elle ne pouvait avaler ce qui lui obstruait la gorge ni prononcer les mots qu'elle avait en tête. Les traits de son visage s'affaissèrent et elle ne parvint qu'à émettre un son tellement hideux et fruste que Fernando en resta haletant. Un cri qui échappait à tous les artifices de la civilisation. C'était la souffrance à l'état brut, avant que le passage du temps ou la sublimation poétique n'atténue la douleur. Un caillot d'émotion noir, guttural, fiévreux.

Fernando n'en fut pas offensé. Il replia le dessin et le remit dans sa poche. Falcón le prit par le bras et le conduisit devant les petits corps. L'ambulance reculait, la foule avait été écartée. Deux infirmiers surgirent, portant deux sacs mortuaires. Ils faisaient vite, car ils savaient que la situation serait moins pénible quand les petits corps auraient été enlevés. Falcón tenait Fernando par les épaules tandis que les infirmiers découvraient les corps un à un pour les placer dans les sacs.

Il dut lui rappeler de ne pas oublier de respirer. Au troisième corps, les genoux de Fernando fléchirent. Falcón ralentit sa chute. Il tomba à quatre pattes et se mit à ramper en tous sens comme un chien blessé qui cherche un endroit pour mourir. Un infirmier cria quelque chose en montrant quelque chose du doigt. Un cameraman s'était faufilé par l'arrière de l'école et filmait les enfants. Il détala sans demander son reste avant que quiconque ait pu réagir.

L'ambulance s'en alla. La foule somnambule s'élança à sa poursuite, puis renonça dans un dernier sursaut de chagrin, avant de se disperser en petits groupes, entraînant les deux mères éplorées, soutenues de tous côtés. Les journalistes de la télévision, accompagnés de leur cameraman, tentaient de s'ouvrir un passage pour interviewer les femmes. Ils furent éconduits. Falcón remit Fernando sur ses pieds, le poussa à l'intérieur de l'école, à l'abri des regards, et alla trouver un policier pour lui demander de retenir les journalistes.

Dehors, les médias avaient déniché un jeune homme d'une vingtaine d'années à la joue constellée de petites coupures, qui était là quand la bombe avait explosé. La caméra était braquée sur son visage, à quelques centimètres à peine, pour donner aux images, par ce gros plan, leur caractère d'urgence.

— ... juste après, après le bruit, je veux dire... vous n'imaginez pas la puissance de ce bruit, c'était tellement fort que je ne pouvais plus respirer, c'était comme...

— Comme quoi ? insista la journaliste, une jeune femme impatiente qui lui agitait le micro devant la bouche. Dites-nous. Dites aux Espagnols comment c'était.

— C'était comme si le bruit avait chassé l'air.

— Quelle est la première chose qui vous a frappé après l'explosion, après le bruit ?

— Le silence. Un silence de mort. Et puis, je ne sais pas si c'était dans ma tête ou dans la réalité, mais j'ai entendu sonner des cloches...

— Des cloches d'église ?

— Oui, des cloches d'église, mais elles sonnaient n'importe comment, comme si le souffle de l'explosion les avait déclenchées au hasard. Ça me rendait malade de les entendre. J'avais l'impression que le monde était devenu fou, que rien ne serait plus jamais pareil.

Le reste se perdit dans le vacarme d'un rotor d'hélicoptère, brassant la poussière de l'air, qui prit de l'altitude pour avoir une vue d'ensemble. C'étaient les photographies aériennes que Falcón avait demandées.

Falcón posta un policier à l'entrée de l'école, mais Fernando avait disparu. Il traversa le couloir pour aller voir dans la classe dévastée. Vide. Pendant qu'il enjambait les meubles déchiquetés, il appela Ramírez au téléphone.

— Où es-tu ?

— On vient d'arriver. On est dans la calle de los Romeros.

— Cristina est avec toi ?

— Nous sommes tous là. Toute l'équipe.

— Rappliquez immédiatement à l'école maternelle.

Fernando était retourné sur la pyramide de gravats. Il se jetait sur les décombres comme un dément. Il arrachait des morceaux de béton, de briques, de fenêtres et les lançait derrière lui.

— ... les secours sont à l'œuvre par ici, rugit Ramírez pour couvrir le bruit de l'hélico. Il y a des chiens dans les décombres.

— Amenez-vous.

Fernando tirait sur le treillis métallique d'un sol de béton, les pieds plantés dans les gravats. Les muscles de son cou saillaient, les veines ressortaient, grosses comme des cordes. Falcón alla le chercher. Ils luttèrent pendant un moment, titubant et chancelant dans la poussière et les débris, jusqu'à ce qu'ils ne soient plus que des fantômes.

— Vous avez le numéro de téléphone de Gloria ? lança Falcón.

Ils haletaient dans l'air vicié, leurs visages trempés de sueur étaient couverts de particules blanches, grises et marron soulevées par les pales de l'hélicoptère.

Fernando se figea sur place. Il était tellement assommé par le choc que, malgré toutes les sonneries qui tintaient autour de lui, il n'avait pas pensé à se servir de son portable. Il le prit dans sa poche. L'alluma d'un geste sec. L'hélicoptère s'éloigna, laissant la place au silence infini.

Fernando clignait des yeux, essayant de rassembler ses idées en déroute pour retrouver son code PIN. Il s'en souvint et composa aussitôt le numéro de Gloria. Il était resté à genoux. Il se releva et marcha vers les décombres, la main tendue comme pour demander au monde de faire silence. Les accords infimes et lointains d'un air cubain résonnèrent sur sa gauche.

— C'est elle ! s'écria-t-il. Elle était de ce côté de l'appartement quand... quand je l'ai vue pour la dernière fois.

Falcón se releva à son tour et tenta sans grand succès de secouer la poussière de ses vêtements. Son équipe arriva à cet instant précis. Il leur fit signe de rester où ils étaient et se dirigea vers l'endroit d'où provenait la musique. Il la reconnut. C'était une chanson intitulée *Lágrimas negras*, larmes noires.

— Elle est là ! répétait Fernando. Elle est là-dessous !

Baena, un jeune détective de la brigade de Falcón, repartit au pas de course chercher une équipe de secours assistée d'un chien. Les secouristes repérèrent l'emplacement d'où montait la sonnerie et parvinrent à faire dire à Fernando que sa femme et sa fille se trouvaient au cinquième étage. Leurs visages se fermèrent quand il leur livra cette information. Devant son espoir débordant, aucun d'eux n'avait le cœur de lui avouer qu'après une culbute pareille, et la chute des trois étages situés au-dessus, il ne leur restait qu'à prier.

— Elle est là ! cria-t-il à leurs visages inexpressifs. Elle a toujours son portable sur elle. Elle est représentante. *Lágrimas negras* était sa chanson préférée.

Falcón adressa un signe à Cristina Ferrera et ils ramenèrent Fernando à l'école maternelle où ils le confièrent à une infirmière en lui demandant de le nettoyer et de panser ses coupures. Puis Falcón rassembla son équipe dans les toilettes de l'école. Il se lava la figure et les mains, et les regarda dans la glace.

— Cette enquête va être la plus compliquée de toutes celles que nous avons eues à mener, moi compris, leur dit-il. Rien n'est simple dans les attentats terroristes. C'est la leçon que nous avons tirée des événements du 11 Mars à Madrid. Il va y avoir beaucoup de monde sur l'affaire – les agents de renseignement du CNI, la cellule antiterroriste du CGI, l'équipe de déminage et nous – rien que pour la partie enquête. En ce qui nous concerne, nous, brigade criminelle, nous devons avoir clairement à l'esprit le but que nous visons. J'ai déjà demandé qu'on envoie un cordon de sécurité pour que nous puissions travailler sur le site.

— Ils sont en place, annonça Ramírez. Ils sont en train de virer les journalistes.

Falcón se retourna face à eux en secouant ses mains mouillées.

— Maintenant, vous savez tous qu'il y avait une mosquée au sous-sol. Notre boulot n'est pas d'imaginer ce qui a pu se produire ni pourquoi. Notre boulot consiste à savoir qui est entré dans cette mosquée, qui en est sorti, ce qui s'y est passé au cours des dernières vingt-quatre heures, puis des dernières quarante-huit heures et ainsi de suite. Nous l'apprendrons en interrogeant tous les témoins que nous pourrons trouver. Autre tâche essentielle : nous renseigner sur tous les véhicules présents dans les environs. C'était une grosse bombe. Il a fallu la transporter jusqu'ici. Si le véhicule est toujours là, à nous de le trouver.

» Pour l'instant, tous les occupants des immeubles ayant été évacués, le premier point va être difficile à réaliser. Notre priorité va donc être d'identifier tous les véhicules et leurs propriétaires. José Luis va vous répartir en plusieurs groupes et vous allez fouiller tout le secteur, en commençant par les voitures les plus proches du lieu de l'explosion. Cristina, tu restes avec moi pour le moment.

» Et n'oubliez pas, tous les gens ici sont affectés à des degrés divers, parce qu'ils ont perdu un proche ou que quelqu'un de leur entourage est blessé, parce que leur maison est détruite ou leurs carreaux cassés. Vous avez un gros travail à effectuer et vous allez subir de fortes pressions, avec ou sans la presse sur le dos. Vous en apprendrez davantage si vous vous montrez sensibles et compréhensifs et si vous ne traitez pas cette enquête comme une affaire ordinaire. Vous êtes tous des gens bien. C'est la raison pour laquelle vous appartenez à la brigade criminelle. Alors, maintenant, à vous de jouer.

Ils s'en allèrent l'un après l'autre. Ferrera resta. Falcón se rinça les cheveux sous le robinet et s'essuya le visage et les mains.

— Il s'appelle Fernando. Sa femme et sa fille se trouvaient dans l'immeuble qui s'est effondré, son fils fait partie des enfants tués par l'explosion. Vois s'il a de la famille ou, à défaut, des amis proches. On ne peut pas le confier à n'importe qui. Il est parti de chez lui après le petit déjeuner pour s'apercevoir, une demi-heure plus tard, qu'il avait tout perdu. Quand il en prendra conscience, il perdra les pédales.

— Et vous voulez que je reste avec lui ?

— C'est un luxe que je ne peux pas me permettre. Je veux que tu veilles à le mettre entre les mains d'une cellule psychologique. Elle ne devrait plus tarder à arriver. Il faut qu'on lui explique sa situation. Il ne raisonne plus droit. Il voudra rester sur place jusqu'à ce qu'on trouve les corps. Mais ne le perds pas de vue. Je veux savoir comment ça se passe pour lui.

Ils sortirent des toilettes. Une équipe de spécialistes des explosifs arpentait la salle de classe telle une troupe de minéralogistes en quête de pierres rares. Ils glissaient leurs trouvailles dans des sacs en plastique. Dehors, deux autres équipes s'activaient pour permettre aux engins d'entamer au plus vite leur travail de déblaiement et aux secours de commencer à chercher des survivants.

Cristina Ferrera entra dans la classe où l'infirmière finissait de soigner les coupures de Fernando. Elle savait pourquoi Falcón l'avait choisie pour cette mission. L'infirmière faisait de son mieux, mais Fernando ne réagissait pas, la tête occupée à ferrer un plus gros poisson, noir et monstrueux. Ses pansements terminés, l'infirmière rangea son matériel. Cristina lui demanda d'envoyer dès que possible un membre de la cellule d'aide aux victimes. Puis elle alla s'asseoir près du tableau, à une certaine distance de Fernando pour ne pas lui imposer sa présence, même s'il était évident qu'il était enfermé en lui-même au point de ne plus avoir conscience du monde extérieur. L'ombre de la douleur et la lumière de l'espoir alternaient sur son visage comme un train de nuages sur un champ.

— Qui êtes-vous ? demanda-t-il au bout d'un moment, comme s'il venait seulement de la remarquer.

— Je suis de la police. Je m'appelle Cristina Ferrera.

— Il y avait un homme tout à l'heure. Qui c'était ?

— Mon chef, Javier Falcón. C'est l'inspecteur principal en charge de la brigade criminelle.

— Il a du pain sur la planche.

— C'est quelqu'un de bien. Quelqu'un d'exceptionnel. Il ira au fond des choses.

— On sait déjà qui c'est de toute façon.

— Pas encore.

— C'est les Marocains.

— Il est trop tôt pour le dire.

— Vous avez qu'à demander autour de vous. On y a tous pensé. Depuis le 11 Mars, on les voit aller et venir et on attend.

— Dans la mosquée ? La mosquée du sous-sol ?

— Oui.

— Il n'y a pas que des Marocains qui vont à la mosquée, vous savez. Beaucoup d'Espagnols se sont convertis à l'islam.

— Je travaille dans le bâtiment, dit-il, indifférent à son argument. Je monte des immeubles comme ceux-ci. Bien plus beaux, en fait. Je travaille l'acier.

— À Séville ?

— Oui, je construis des appartements pour les jeunes cadres riches... c'est ce qu'on me dit en tout cas.

L'esprit de Fernando avait été complètement chamboulé et il essayait de remettre les meubles en place. Mais parfois, il se rendait compte qu'ils étaient vides et il retombait dans un abîme de tristesse et de désespoir. Il essayait de parler de son métier, mais s'égarait de temps en temps dans les recoins de son imagination où il voyait sa femme et sa fille sombrer dans une avalanche de fer et de béton. Il voulait sortir de lui-même, de son corps, de sa tête pour aller... où ? Où l'esprit pouvait-il s'évader pour trouver le repos ? Le grondement d'un hélicoptère jeta ses idées sur une autre piste.

— Vous avez des enfants ? demanda-t-il.

— Un garçon et une fille.

— Quel âge ?

— Le garçon a seize ans. La fille quatorze.

— De gentils enfants, commenta-t-il.

Ce n'était pas une question, plutôt l'expression d'un espoir.

— Ils sont assez difficiles en ce moment. Leur père est mort il y a trois ans. Cela n'a pas été facile pour eux.

— Je suis désolé, dit-il, impatient de laisser un autre drame prendre la place du sien pendant au moins un moment. De quoi est-il mort ?

— D'une forme de cancer assez rare.

— C'est dur pour vos enfants. Ils ont besoin de leur père à cet âge-là. Ils provoquent leur mère pour se donner le courage de se rebeller contre le monde. C'est ce que m'a expliqué Gloria. Ils ont besoin de leur père pour leur montrer que les choses ne sont pas aussi simples qu'ils le pensent.

— Vous avez sans doute raison.

— Gloria dit que je suis un bon père...

— Votre femme...

— Oui, ma femme.

— Parlez-moi de vos enfants.

Il en était incapable. Il n'avait pas de mots. Il indiqua leur taille en tendant la main au-dessus du sol, pointa le doigt en direction de l'immeuble effondré et sortit le dessin de la poche de sa chemise. Tout y était dit : des bâtons, des triangles, un grand rectangle avec des fenêtres, un arbre vert tout rond et, au fond, un grand soleil orange dans un ciel bleu.

Une grue gigantesque arriva, précédée d'un bulldozer qui déblaya le terrain entre les décombres de l'immeuble et l'école. Deux camions à benne vinrent se placer derrière la grue et une pelleteuse commença à ramasser les gravats et à les déverser dans les bennes. La grue alla se positionner sur la parcelle dégagée et un groupe d'hommes coiffés de casques jaunes commença à préparer la machine.

Du côté de la façade, dans la calle de los Romeros, on venait d'apporter de la jefatura des vêtements de rechange pour Falcón. Les autres membres de la brigade étaient occupés à identifier les véhicules et leurs propriétaires avec la police du quartier. Le comisario Elvira s'était pointé en grand uniforme et découvrait le site en compagnie du capitaine des pompiers. Pendant qu'il visitait les lieux, son adjoint appelait tous les chefs des différentes équipes impliquées pour les convoquer à une réunion dans une salle de classe de l'école maternelle. Alors qu'ils convergeaient vers l'école, une femme aborda Elvira et lui donna une liste comportant douze noms.

— Qui sont ces gens ? demanda Elvira.

— Ce sont les noms de tous les hommes qui se trouvaient à la mosquée au moment de l'explosion, en plus de l'imam, Abdelkrim Benaboura. Je m'appelle Esperanza. Je suis espagnole. Mon compagnon, qui est aussi espagnol, était à la mosquée. Je représente les épouses, mères et compagnes de ces hommes. Nous nous faisons discrètes. Les femmes, surtout les Marocaines, ont peur qu'on croie leurs maris et leurs fils responsables de ce qui est arrivé. Il y a un numéro de téléphone portable au dos de la liste. Nous voulions vous demander de nous prévenir quand vous aurez des nouvelles de leurs... des nouvelles.

Elle s'éloigna et, à cause du manque de temps et de personnel, Elvira la laissa partir sans la faire suivre.

Calderón fendit la foule pour aller à la rencontre de Falcón.

— Javier, je ne vous avais pas reconnu, lui dit-il en lui serrant la main. Comment avez-vous fait pour vous mettre dans cet état ?

— J'ai dû empêcher un homme de se jeter dans les décombres pour essayer de sauver sa femme et sa fille.

— Alors, ça y est, continua Calderón sans s'émouvoir. Ça a fini par nous arriver.

Ils se dirigèrent vers l'école où la police, les magistrats, les pompiers, les démineurs, les sauveteurs, les cellules psychologiques, les services médicaux et les équipes de démolition étaient tous représentés. Elvira déclara fermement que personne n'était autorisé à dire un mot tant qu'il ne leur aurait pas exposé son plan d'action. Pour capter leur attention, il demanda au chef de l'équipe de déminage de leur faire part de leurs premières constatations après analyse des premiers fragments provenant de la déflagration. Ils indiquaient que l'immeuble avait été détruit par une bombe d'une puissance exceptionnelle, très probablement placée dans le sous-sol du bâtiment, confectionnée à l'aide d'explosifs d'origine plutôt militaire que commerciale. Cet avis d'expert cloua définitivement le bec à l'assistance et Elvira put marteler les grandes lignes de son plan en une quarantaine de minutes.

À la fin de la réunion, Ramírez rattrapa Falcón sur le chemin des toilettes où il comptait se changer.

— On a quelque chose.

— Mets-moi au parfum pendant que je me change.

Dès qu'il fut habillé, Falcón alla trouver le comisario Elvira et le juez Calderón et demanda à Ramirez de leur répéter ce qu'il venait de lui dire.

— Nous avons trouvé dans les parages immédiats de l'immeuble, mis à part les véhicules enfouis sous les décombres, trois voitures volées et une camionnette.

Elle est garée juste devant l'école. C'est un Peugeot Partner immatriculé à Madrid. Il y a un exemplaire du Coran sur le siège avant. Nous n'avons pas pu voir l'arrière parce que c'est une camionnette fermée et que les vitres sont fendillées, mais elle appartient à un certain Mohammed Soumaya.

8.

Séville – Mardi 6 juin 2006, 11 h 35

Le parking se trouvait derrière l'immeuble détruit, près de l'école. Il y poussait quelques arbres, qui abritaient de leur ombre des sièges offerts aux passants sur le bord de la calle Blanca Paloma et, de l'autre côté, un petit immeuble de cinq étages. Il n'y avait qu'une seule voie d'accès. Pendant que Calderón, Elvira, Falcón et Ramírez se dirigeaient vers le Peugeot Partner, l'adjoint d'Elvira se connectait au fichier de la police concernant le terrorisme et entrait le nom de Mohammed Soumaya. Il se trouvait dans la catégorie des suspects les moins dangereux, ce qui signifiait qu'on ne lui connaissait pas de lien avec des personnes ou organisations rattachées au terrorisme ou à l'islamisme radical. Il n'était inclus dans le fichier que parce qu'il correspondait au profil de base du terroriste potentiel : moins de quarante ans, musulman pratiquant et célibataire. Elvira entra les noms de la liste de tous les hommes présents à la mosquée au moment de l'explosion que lui avait remise la femme espagnole, Esperanza. Il n'y avait pas de Mohammed Soumaya parmi eux. Il transmit les noms au CNI, les services de renseignement espagnols.

Deux dépanneuses s'activaient dans le parking pour emporter les véhicules dont les propriétaires avaient été identifiés et contrôlés. La plupart avaient les vitres brisées et la carrosserie endommagée par les projections. Les deux vitres arrière du Peugeot Partner étaient fendillées et opaques et les portes arrière cabossées. Les fenêtres latérales étaient intactes, ainsi que le pare-brise, qui était orienté dans le sens opposé à l'explosion. L'exemplaire du Coran, une édition espagnole récente, gisait sur le siège du passager. Deux techniciens en combinaison blanche et gants de caoutchouc attendaient à proximité. Une discussion s'engagea sur le fait que la voiture pouvait être piégée. On fit venir des spécialistes des explosifs, dont un maître chien. Le chien ne renifla rien d'intéressant autour de la voiture. Le châssis et le compartiment moteur furent inspectés et déclarés sans risque. L'homme du déminage ôta le verre de l'une des vitres arrière et examina l'intérieur. On ouvrit les portes, on prit des photos du coffre vide et de son tapis. Une fine poudre blanche avait été renversée sur le sol, sur une surface de vingt centimètres sur trente. Le chien bondit, tout excité, et s'assit à côté de la tache. L'un des techniciens s'approcha avec un petit aspirateur à main muni d'un flacon de plastique transparent et aspira la poudre. On détacha le flacon de l'aspirateur, on le boucha et on lui attribua un numéro de pièce à conviction.

Les techniciens allèrent ensuite à l'avant et glissèrent l'exemplaire du Coran, dont la tranche était intacte, dans un sachet. Ils découvrirent un autre exemplaire dans la boîte à gants. Une traduction espagnole, abondamment manipulée celle-là et copieusement annotée dans les marges. C'était exactement la même édition que celle du Coran trouvé sur le siège avant. Le livre aboutit à son tour dans un sachet, ainsi que les papiers du véhicule. Falcón nota les numéro ISBN et les codes barres des deux volumes. Sous le siège, on dénicha une bouteille d'eau minérale en plastique, vide, et un long turban vert et blanc soigneusement plié et couvert de caractères arabes sur toute sa longueur. Il y avait aussi une cagoule avec des trous pour les yeux et la bouche.

— Ne nous emballons pas tant que nous n'avons pas analysé cette poudre blanche, dit Calderón. Il tient une épicerie. C'est peut-être tout bêtement du sucre.

— Pas si mon chien s'est assis à côté, dit le démineur. Il ne se trompe jamais.

— Il faudrait contacter Madrid et demander qu'on envoie quelqu'un faire un tour chez Mohammed Soumaya et à son épicerie, dit Falcón.

Ramírez s'éloigna aussitôt pour passer l'appel. Falcón poursuivit :

— Il nous faut aussi un compte rendu de ses faits et gestes au cours des dernières quarante-huit heures.

— Ça va vous demander du boulot de retrouver toutes les personnes qui avaient vue sur le parking depuis la façade et le dos du bâtiment, remarqua Calderón. Comme l'a dit le type du déminage, c'était une bombe très puissante, ce qui veut dire qu'il a fallu amener ici des quantités d'explosifs, sans doute par petits lots, probablement transportés par des personnes différentes à des moments différents.

— Nous aurons besoin de savoir si la mosquée, ou certains de ceux qui la fréquentaient, faisaient l'objet d'une surveillance de la part de la cellule antiterroriste du CGI ou des agents du CNI, reprit Falcón. Si c'est le cas, il nous faut l'information. D'ailleurs, où sont-ils ? Je ne vois personne du CGI.

— Le CNI est en route à l'heure qu'il est, assura Elvira.

— Et le CGI ? s'enquit Calderón.

— Ils sont en réunion confidentielle, dit tranquillement Elvira.

— Qu'est-ce que ça veut dire ? s'étonna Calderón.

— Nous le saurons quand le CNI arrivera.

— Combien de temps faudra-t-il avant que les pompiers et les démineurs déclarent les habitations alentour sans danger ? s'inquiéta Falcón. Si les riverains peuvent rentrer chez eux, nous aurons une chance de recueillir rapidement un certain nombre de témoignages.

— Ils en sont conscients, assura Elvira. Ils m'ont dit qu'ils devraient permettre le retour des habitants dans les prochaines heures, s'ils ne trouvent rien, s'entend. En attendant, on a communiqué à la presse et aux médias un numéro que les gens peuvent appeler s'ils ont des informations.

— Sauf qu'ils ne connaissent pas encore l'importance de ce Peugeot Partner, déplora Falcón. Nous n'arriverons à rien tant que les habitants n'auront pas réintégré leurs appartements.

Le maire, qui avait été pris dans les embouteillages créés par la soudaine paralysie de la ville, arriva enfin. Il fut rejoint par des ministres du parlement d'Andalousie qui venaient de l'hôpital où ils avaient été filmés en train de bavarder avec quelques-unes des victimes. Quelques journalistes avaient été autorisés à franchir le cordon de sécurité et s'affairaient autour des officiels tandis que les cameramen installaient leur matériel face à l'immeuble en ruine, qui leur fournirait un arrière-plan spectaculaire. Elvira se dirigeait vers le maire pour lui faire son rapport quand il fut intercepté par son adjoint. Ils échangèrent quelques mots. Elvira lui désigna Falcón.

— Seuls trois des douze noms dont on nous a communiqué la liste figurent dans le fichier des suspects de terrorisme, lui dit-il. Tous dans la catégorie la moins sensible. Sur les douze, cinq ont plus de soixante-cinq ans. Les jeunes fréquentent peu la prière du matin, d'autant que c'est l'heure où la plupart vont travailler.

— Pas vraiment les caractéristiques d'une cellule terroriste, remarqua Falcón. Mais nous ne savons pas encore qui il y avait d'autre.

— Combien ont moins de trente-cinq ans ? demanda Calderón.

— Quatre, répondit l'adjoint. Sur ces quatre, deux sont des frères, dont l'un est gravement handicapé et en chaise roulante, et un troisième est un Espagnol converti du nom de Miguel Botín.

— Et les trois autres ?

— Quatre avec l'imam qui n'est pas sur la liste. Il a cinquante-cinq ans et les trois autres ont une quarantaine d'années. Deux d'entre eux ont obtenu des pensions d'invalidité à la suite d'accidents du travail et le troisième est aussi un Espagnol converti.

— Pas de quoi constituer une troupe d'élite, observa Calderón.

— Il y a un détail intéressant. L'imam est répertorié dans le fichier des suspects de terrorisme. Il est en Espagne depuis décembre 2004. Il venait de Tunis.

— Et avant ça ?

— C'est là que ça coince. Je n'ai pas l'accès à cette information. Le commissaire l'a peut-être, lui, ajouta-t-il en s'éloignant en direction de l'essaim de journalistes qui frémissait autour du maire.

— Comment un individu peut-il à la fois figurer dans la catégorie des suspects à risque modéré et avoir un passé qui relève du secret défense ? demanda Ramírez.

— Tenons-nous-en aux certitudes ou quasi-certitudes, dit le juge Calderón. Nous avons une explosion dont l'épicentre semble avoir été la mosquée située dans le sous-sol de l'immeuble détruit. Nous avons un utilitaire appartenant à Mohammed Soumaya, un terroriste potentiel catégorie faible risque, dont nous ne savons pas s'il se trouvait dans le bâtiment au moment de l'explosion. Il y a des traces d'explosifs dans sa camionnette si l'on en croit le chien de l'équipe de déminage. Nous avons la liste de douze personnes présentes dans la mosquée au moment du sinistre, plus l'imam. Trois d'entre elles seulement, quatre avec l'imam, sont répertoriées au fichier des suspects de terrorisme, catégorie faible risque. Nous enquêtons sur la mort de quatre enfants de l'école maternelle et de trois personnes qui se trouvaient à proximité au moment de l'explosion. Autre chose ?

— La cagoule, le turban, les deux exemplaires du Coran, ajouta Ramírez.

— Il faudra montrer les notes en marge de l'exemplaire usagé à un expert, dit Calderón. Bon, quelles sont les questions auxquelles il nous faut trouver une réponse ?

— Mohammed Soumaya a-t-il amené lui-même sa camionnette ici ? Si ce n'est pas lui, qui ? S'il se confirme que la poudre blanche est bien un explosif, quel type d'explosif, pourquoi l'a-t-on stocké ici, pourquoi a-t-il explosé ? énuméra Falcón. En attendant que Madrid nous envoie de plus amples informations sur Soumaya, nous allons reconstituer ce qui s'est passé dans la mosquée et ses environs au cours de la dernière semaine. Nous pouvons commencer en demandant aux gens s'ils se souviennent d'avoir vu arriver la camionnette, combien de personnes l'occupaient, s'ils en ont vu décharger quelque chose, etc. On peut avoir une photo de Soumaya ?

Ramírez, qui était à nouveau au téléphone pour tenter de trouver quelqu'un qui puisse examiner l'exemplaire du Coran, hocha la tête et fit tourner son index en l'air pour indiquer qu'il s'en occupait. Une femme policier s'approcha et informa Calderón qu'on venait de trouver un premier corps dans les décombres de l'immeuble, une vieille femme du huitième étage.

Ils convinrent de reprendre contact deux heures plus tard. Ramírez raccrocha son téléphone au moment où Cristina Ferrera revenait de l'école maternelle.

Il fut entendu que Ramírez continuerait à travailler sur l'identification du véhicule avec les inspecteurs adjoints Pérez, Serrano et Baena. Falcón et Cristina Ferrera se mettraient en quête des occupants de l'immeuble de cinq étages qui donnait sur le parking où était stationné le Peugeot Partner. Ils remontèrent la rue jusqu'au cordon de police devant lequel s'était assemblé un groupe de personnes qui attendaient de pouvoir regagner leurs appartements.

— Comment allait Fernando quand tu l'as quitté ? demanda Falcón. Je n'ai pas entendu son nom de famille.

— Fernando Alanis. Il était dans un état à peu près normal, si on tient compte de ce qui lui est arrivé. Nous avons échangé nos numéros de téléphone.

— Il a quelqu'un qui peut l'héberger ?

— Pas à Séville. Ses parents habitent le Nord et sont vieux et malades. Sa sœur vit en Argentine. La famille de sa femme n'approuvait pas le mariage.

— Des amis ?

— Sa famille était toute sa vie.

— Est-ce qu'il sait ce qu'il va faire ?

— Je lui ai dit de venir chez moi.

— Tu n'étais pas obligée, Cristina. Tu n'es pas responsable de lui.

— Vous saviez que je le lui proposerais, pas vrai, inspecteur ? Si la situation l'exigeait.

— Je comptais le prendre chez moi. Tu as ton travail, tes enfants... et tu n'as pas la place.

— Il a besoin de retrouver ce qui lui a été enlevé. D'ailleurs, qui s'occuperait de lui chez vous ?

— Ma femme de ménage. Tu ne vas pas me croire, mais je n'avais pas l'intention d'en arriver là.

— Nous devons nous tenir les coudes. Si nous tombons dans le chacun pour soi, c'est eux qui gagnent. Et puis, c'est toujours à moi que vous confiez ce genre de cas. Bonne sœur un jour, bonne sœur toujours.

— Je ne me rappelle pas avoir dit ça.

— Mais vous vous rappelez sûrement l'avoir pensé. N'avez-vous pas dit que nous n'étions pas seulement des soldats engagés dans la guerre du crime, mais que nous étions aussi là pour aider ? Nous sommes les croisés de la police d'Andalousie.

— José Luis te rirait au nez s'il t'entendait. Et tu devrais faire attention à ne pas utiliser ce genre de vocabulaire dans une enquête comme celle-ci.

— Fernando accusait déjà les « Marocains ». Depuis le 11 Mars, ils les regardent aller et venir dans la mosquée en se posant des questions.

— C'est un réflexe naturel chez les gens par les temps qui courent et ils aiment bien voir leurs soupçons se confirmer. Nous ne pouvons pas prendre en compte leurs préjugés dans cette enquête. Nous devons examiner les faits en nous préservant des suppositions trop spontanées. Sinon, nous ferons la même erreur qu'au moment des attentats de Madrid, qu'on a tout de suite attribués à l'ETA. Déjà, les pièces à conviction que nous avons trouvées dans le Peugeot Partner ne sont pas sans ambiguïté.

— Des explosifs, un coran, un turban vert et une cagoule noire, je ne vois pas où est l'ambiguïté.

— Pourquoi deux exemplaires du Coran ? Une édition espagnole toute neuve et une autre toute défraîchie et abondamment annotée, mais absolument identique ?

— La neuve est un cadeau ?

— Pourquoi laisser le livre bien en vue sur le siège avant ? On est à Séville, les gens veillent à ne rien laisser dans leur voiture. Il faut qu'on en sache plus sur ces livres. Tu vas te renseigner pour savoir où ils ont été achetés et s'ils ont été payés avec un chèque ou une carte de crédit.

Il déchira la page de son carnet sur laquelle il avait noté les ISBN et les codes barres, les recopia et donna la page déchirée à Ferrera.

— Qu'est-ce que nous sommes censés demander aux occupants de l'immeuble d'en face ?

— Rien de compliqué. Ils sont tous en état de choc. Si nous arrivons à trouver des témoins, nous les amènerons ici et nous leur demanderons s'ils ont vu arriver le Peugeot Partner, s'ils ont vu des gens en sortir, combien, de quels âges et s'ils ont retiré quelque chose du coffre.

Au cordon de police, Falcón appela les habitants de l'immeuble. Un vieil homme de plus de soixante-dix ans s'avança, ainsi qu'une femme d'une quarantaine d'années au visage tuméfié, avec un bras en écharpe. Falcón se chargea de l'homme, Ferrera de la femme. Quand ils passèrent la porte d'entrée de l'immeuble, un pompier et un homme du déminage leur confirmèrent que le bâtiment était désormais hors de danger. Falcón montra le Peugeot Partner à l'homme et le conduisit à son appartement situé au troisième étage. Le salon et la cuisine étaient jonchés de verre pilé, les volets déchiquetés, les photos éparpillées, les sièges renversés, les tissus déchirés laissant échapper une mousse brunâtre par les trous.

L'homme était dans son lit au fond de l'appartement. Son fils et sa belle-fille étaient déjà partis au travail avec les enfants, qui avaient dépassé le stade de la maternelle, et donc, aucun d'eux n'avait été blessé. Debout au milieu de son appartement dévasté, la main gauche agitée de tremblements, il contemplait l'étendue des dégâts que découvraient ses yeux rouges larmoyants.

— Vous êtes seul ici toute la journée ? lui demanda Falcón.

— Ma femme est morte en novembre.

— Qu'est-ce que vous faites pendant tout ce temps ?

— Ce que font les vieux bonshommes comme moi : je lis les journaux, je bois des cafés, je regarde les enfants jouer dans la cour de l'école. Je me balade, je bavarde avec les gens et je choisis mes moments pour fumer les trois cigarettes que je m'autorise par jour.

Falcón alla à la fenêtre et repoussa les volets déglingués.

— Vous vous rappelez avoir vu cette camionnette ?

— Les camionnettes blanches, ça court les rues, répondit le vieil homme. Alors je ne peux pas savoir si c'est la même que j'ai vue deux fois ou si c'étaient deux camionnettes différentes. La première fois, c'était en allant à la pharmacie. Elle venait de la gauche et s'est engagée à droite dans la calle de los Romeros. Il y avait deux personnes à son bord. Elle s'est garée le long du trottoir devant la mosquée et voilà.

— Quelle heure ?

— Vers dix heures et demie hier matin.

— Et la deuxième fois ?

— Environ un quart d'heure plus tard, en revenant de la pharmacie, j'ai vu une camionnette blanche s'arrêter dans le parking, mais pas à cette place. Elle était de l'autre côté, l'arrière vers nous. Un type tout seul en est sorti.

— Vous l'avez bien vu ?

— Basané. Pour moi, il était marocain. Il y en a beaucoup par ici. Il avait une tête ronde, des cheveux coupés ras, de grandes oreilles.

— L'âge ?

— La trentaine. Il avait l'air en forme. Il portait un tee-shirt noir collant et il était musclé. Je crois qu'il avait un jean et des baskets. Il a fermé la voiture et il est parti en direction de la calle Paloma Blanca en passant sous les arbres.

— Avez-vous vu la camionnette quand elle est venue se mettre à l'emplacement où elle est actuellement ?

— Non. Tout ce que je peux vous dire, c'est qu'elle y était à six heures et demie du soir. Ma belle-fille s'est garée à côté. Je sais aussi que, quand je suis sorti pour aller prendre un café après le déjeuner, la camionnette n'était plus à sa place du matin. Il n'y a pas beaucoup de voitures dans le coin dans la journée, à part celles des professeurs qui sont garées devant l'école, alors je ne sais pas trop pourquoi je l'ai remarquée. Quand on est vieux, on n'est pas frappé par les mêmes choses que les autres.

— Et il y avait deux hommes à bord quand elle est passée dans la calle de los Romeros ?

— C'est pour ça que je ne suis pas sûr que ce soit la même.

— De quel côté de la camionnette votre belle-fille a-t-elle garé sa voiture ?

— À gauche quand on la regardait. Le vent a poussé sa portière, qui a heurté la camionnette.

— Est-ce qu'elle a bougé depuis ?

— Pas la moindre idée. Une fois que j'ai du monde autour de moi, je ne fais plus attention au reste.

Falcón prit le nom et le numéro de téléphone de la belle-fille et l'appela en montant à l'étage au-dessus. Il lui rapporta la conversation qu'il venait d'avoir avec son beau-père et lui demanda si elle avait un peu inspecté la camionnette quand elle l'avait cognée avec sa portière.

— J'ai vérifié que je ne l'avais pas abîmée.

— Vous avez regardé par la fenêtre ?

— Probablement.

— Vous avez vu quelque chose sur le siège passager ?

— Non, rien.

— Vous n'avez pas vu un livre ?

— Non, j'en suis sûre. Rien qu'un siège de couleur sombre.

Ferrera émergea de l'appartement du quatrième au moment où il raccrochait. Ils descendirent en silence.

— Ton témoin a été blessé dans l'explosion ? demanda-t-il enfin.

— Elle prétend qu'elle est tombée dans l'escalier hier soir, mais elle n'a pas de bleus sur les bras et les jambes, seulement sur la figure, dit Ferrera d'un ton vibrant de colère. Et elle avait peur.

— Pas de toi.

— Si, de moi. Parce que je lui posais des questions et qu'une question en amène une autre et que si on en était venues à parler de son mari, ça lui aurait fourni une occasion supplémentaire de la tabasser.

— Tu ne peux aider que ceux qui le veulent bien.

— On dirait que c'est de plus en plus fréquent, remarqua Ferrera d'un air exaspéré. Bon, toujours est-il qu'elle a vu la camionnette se garer à sa place actuelle. Il y a une femme qui est dans la même équipe qu'elle à l'usine où elle travaille et qui habite un peu plus bas dans la rue. Elles ont l'habitude de se retrouver pour bavarder sous les arbres de la calle Paloma Blanca. Elles sont passées près de la camionnette qui venait d'arriver à dix-huit heures. Deux types en sont sortis. Ils parlaient arabe. Ils n'ont rien pris dans le coffre. Ils ont remonté la calle de los Romeros et ont tourné à droite.

— Signalement ?

— Proches de la trentaine l'un et l'autre. L'un, la tête rasée, en tee-shirt noir. L'autre avec une tête plus carrée, des cheveux noirs, coupés court sur les côtés et coiffés en arrière sur le dessus. Beau gosse, d'après elle, mais les dents gâtées. Il portait un jean délavé, un tee-shirt blanc et elle se souvient qu'il avait des baskets plutôt voyantes.

— Elle a vu la camionnette quitter son emplacement ?

— Elle a toujours un œil sur le parking parce qu'elle surveille le retour de son mari. Elle dit qu'elle n'avait pas bougé quand il est rentré à vingt et une heures quinze.

La police laissait les gens franchir le cordon pour qu'ils puissent rentrer chez eux et commencer à réparer les dégâts. Un attroupement s'était formé devant la pharmacie, au coin de la calle Blanca Paloma et de la calle de los Romeros. Les gens s'en prenaient à la police qui ne voulait pas les laisser accéder à l'immeuble attenant à celui qui avait été détruit et qui n'était pas encore sécurisé. Falcón essaya d'interroger quelques personnes dans la foule, mais le Peugeot Partner était bien le cadet de leurs soucis.

Des marteaux-piqueurs se mirent en branle de l'autre côté de l'immeuble. Falcón et Ferrera traversèrent la calle de los Romeros pour pénétrer dans un bâtiment dont les vitres étaient restées plus ou moins intactes. Les appartements des deux premiers étages étaient encore vides. Au troisième, un enfant conduisit Falcón dans un salon où une femme balayait des débris de verre autour d'un amoncellement de cartons. Elle avait emménagé pendant le week-end, mais les déménageurs lui avaient livré ses meubles la veille seulement. Il lui posa sa série de questions sur la camionnette et ses deux occupants.

— Vous croyez que j'ai le temps de m'asseoir sur le balcon pour regarder passer les voitures avec tous ces cartons à défaire ? J'ai dû prendre deux jours de congé parce qu'ils n'ont pas été foutus de me livrer à temps.

— Vous savez qui occupait cet appartement avant vous ?

— Il était inoccupé. Personne n'y habite depuis trois mois. L'agence de l'avenida San Lazaro nous a dit que nous étions les premiers à visiter.

— Il restait des choses dans l'appartement quand vous êtes arrivée ? demanda Falcón en regardant par la fenêtre la calle de los Romeros et les décombres de l'immeuble.

— Pas de meubles si c'est ce que vous voulez savoir. Juste un sac de cochonneries dans la cuisine.

— Quel genre de cochonneries ?

— Des gens sont morts. Des enfants sont morts, s'indigna-t-elle en attirant son propre fils contre elle. Et vous me demandez quel genre de cochonneries j'ai trouvées dans ma cuisine ?

— Les voies de la police semblent souvent impénétrables. Si vous vous souvenez de certaines choses, cela peut nous aider.

— Il se trouve que j'ai dû nouer le sac avant de le jeter et je sais donc qu'il contenait un carton de pizza, des canettes de bière, des mégots de cigarettes, de la cendre et des paquets vides et un journal, l'*ABC*, je crois. Ça vous va ?

— C'est très bien, parce que nous savons maintenant que même si cet appartement n'était pas loué depuis trois mois, quelqu'un y a séjourné pendant pas mal de temps et cela peut se révéler très intéressant.

Il traversa le palier pour aller frapper à l'appartement d'en face.

Il était habité par une femme d'une soixantaine d'années.

— Votre nouvelle voisine vient de me dire que son appartement est resté inoccupé pendant trois mois.

— Pas tout à fait. Quand les précédents ont déménagé, il y a environ quatre mois, des hommes d'affaires très chic sont passés à plusieurs occasions. Et puis, il y a trois mois, un minibus est venu décharger un lit, deux chaises et une table. C'est tout. Après, des hommes jeunes venaient pendant la journée, toujours par deux, et restaient là trois ou quatre heures pour y faire Dieu sait quoi. Ils ne restaient jamais la nuit, mais de l'aube au coucher du soleil, il y avait toujours quelqu'un dans l'appartement.

— C'étaient les mêmes qui revenaient ou toujours des personnes différentes ?

— Il a bien dû en défiler une vingtaine.

— Ils apportaient quelque chose avec eux ?

— Des mallettes, des journaux, de la nourriture.

— Vous leur avez parlé ?

— Naturellement. Je leur ai demandé ce qu'ils fabriquaient. Ils m'ont simplement dit qu'ils tenaient des réunions. Ça ne me gênait pas plus que ça. Ils n'avaient pas l'air de drogués. Ils ne mettaient pas de la musique à tue-tête, ils ne faisaient pas de soirées. Tout le contraire, en réalité.

— Vous avez constaté des changements dans leurs habitudes pendant ces trois mois ?

— Personne n'est venu pendant la Semana Santa et la Feria.

— Vous avez pu voir l'intérieur de l'appartement quand ils étaient là ?

— Au début, je leur ai proposé de leur apporter quelque chose à manger, mais ils ont toujours refusé poliment. Ils ne m'ont jamais laissée entrer.

— Et ils ne vous ont jamais dit sur quoi portaient leurs réunions ?

— C'étaient des garçons tellement sérieux et conventionnels que j'ai pensé qu'il pouvait s'agir d'un groupe religieux.

— Comment ça s'est passé quand ils sont partis ?

— Un jour, une camionnette est arrivée et a emporté tous les meubles et voilà.

— Quand c'était ?

— Vendredi dernier... le 2 juin.

Falcón appela Ferrera et lui dit de continuer pendant qu'il se rendait à l'agence immobilière de l'avenida de San Lazaro.

La femme de l'agence avait été chargée de vendre l'appartement trois mois plus tôt et de le mettre en location à la fin de la semaine dernière. L'acheteur n'était pas un particulier, mais une entreprise d'informatique appelée « Informáticalidad ». Elle avait eu pour interlocuteur lors de la transaction le directeur financier, Pedro Plata.

Falcón nota l'adresse. Ramírez l'appela alors qu'il remontait la calle de los Romeros en direction de l'immeuble sinistré.

— Le comisario Elvira vient de me prévenir que la police de Madrid est allée questionner Mohammed Soumaya dans son épicerie. Il a prêté la camionnette à son neveu. Il était étonné d'apprendre qu'elle se trouvait à Séville. Son neveu lui avait dit qu'il en avait juste besoin pour transporter deux trois trucs dans le coin. Maintenant, ils suivent la piste du neveu. Il s'appelle Trabelsi Amar.

— Ils vont nous envoyer des photos de lui ?

— On leur a demandé, dit Ramírez. Au fait, la jefatura vient de s'équiper d'un interprète arabe depuis qu'elle a reçu des dizaines d'appels de nos amis de l'autre rive. Ils disent tous la même chose. Traduction : « Nous ne connaîtrons pas le repos tant que l'Andalousie ne sera pas rentrée dans le sein de l'Islam. »

— Tu as déjà entendu parler d'une entreprise qui s'appelle « Informáticalidad » ?

— Jamais, dit Ramirez, nullement intéressé par la

question. Encore une petite info. Le labo a identifié l'explosif trouvé à l'arrière du Peugeot Partner. C'est du cyclotrimethylenetrinitramine.

— Kezaco ?

— Également connu sous le nom de RDX. Research and Development Explosive, ânonna Ramírez avec un accent approximatif. On l'appelle aussi cyclonite ou hexogène. C'est du militaire de la meilleure qualité, le genre qu'on trouve dans les obus de l'artillerie.

9.

Séville – Mardi 6 juin 2006, 12 h 45

Ferrera avait déniché un occupant qui avait aperçu le Peugeot Partner la veille, lundi 5 juin, en fin d'après-midi. Le véhicule s'était arrêté calle de los Romeros, en face de la mosquée, et deux hommes en avaient déchargé quatre cartons et des sacs en plastique bleu. Pour toute description, le témoin avait indiqué qu'ils étaient jeunes et bien bâtis, vêtus de jeans et de tee-shirts. Les cartons étaient assez lourds pour être transportés un par un. Ils avaient tout transféré dans la mosquée, puis ils étaient ressortis et repartis dans la camionnette. Falcón lui dit de continuer à chercher des témoins et de se rendre au besoin à l'hôpital.

Quand il regagna le parking, le maire et les représentants du parlement d'Andalousie étaient partis. Le comisario Elvira et le juge Calderón terminaient une conférence de presse improvisée. On avait encore trouvé un corps au septième étage. Les secouristes n'avaient détecté aucun signe de vie dans les gravats. Les marteaux-piqueurs s'employaient à dégager le treillis d'acier des sols en béton armé, dont les dalles étaient débitées au chalumeau et à la tronçonneuse. La grue soulevait les plaques ainsi obtenues pour les déposer dans les camions à benne. Chaque information recueillie suscitait de nouvelles questions. Elvira était manifestement excédé, alors que Calderón s'en donnait à cœur joie, pour le plus grand plaisir des journalistes. Ils gravitaient avec délectation autour du très charismatique magistrat lorsque Elvira prit congé et se dirigea vers l'école maternelle. La police y avait établi un quartier général provisoire dans les salles de classe intactes situées à l'arrière du bâtiment.

Les journalistes reconnurent Falcón et convergèrent vers lui, l'empêchant de rejoindre Elvira. Des micros surgirent devant son visage. Des caméras apparurent entre les têtes. Comment s'appelle l'explosif ? D'où vient-il ? Les terroristes sont-ils encore en vie ? Ont-ils une cellule encore en activité à Séville ? Quels commentaires avez-vous à faire sur les évacuations du centre ville ? Y avait-il une autre bombe ? L'attentat a-t-il été revendiqué ? Falcón eut un mal fou à se dégager et il fallut l'intervention de trois policiers pour éloigner les journalistes de l'entrée de l'école. Il se rajustait dans le couloir quand Calderón émergea de la meute braillarde parquée devant la porte.

— *Joder*, jura-t-il en resserrant son nœud de cravate. Une vraie bande de vautours.

— Ramírez vient de me donner des précisions au sujet de l'explosif.

— Ils m'ont posé beaucoup de questions, là-dessus. Mais je ne sais rien.

— Le nom courant est RDX ou hexogène.

— Hexogène ? N'est-ce pas avec ça que les rebelles tchétchènes ont fait sauter un immeuble d'habitation à Moscou en 1999 ?

— Les armées l'emploient aussi dans leurs obus d'artillerie.

— Je me souviens d'un scandale à propos d'explosifs recyclés provenant d'un centre de recherche scientifique du gouvernement, qui avaient été achetés par la mafia pour être revendus aux rebelles tchétchènes. L'arsenal d'un pays retourné contre sa propre population.

— C'est bien un scénario à la russe.

— Cela ne va pas être facile, remarqua Calderón. L'hexogène peut venir de n'importe où, de Russie, d'un groupe terroriste de musulmans tchétchènes, d'un dépôt d'armes irakien, d'un pays du tiers-monde qui a connu un conflit et qui regorge encore de matériel. Et même, si ça se trouve, c'est du matos américain.

Le portable de Falcón se mit à vibrer. C'était Elvira, qui les convoquait à une réunion avec le *Centro nacional de inteligencia* et la section antiterroriste du *Comisaría general de información.*

Les hommes du CNI étaient au nombre de trois. Le chef était un sexagénaire aux cheveux blancs et aux sourcils bruns avec un beau visage d'ancien sportif. Il se présenta sous le seul prénom de Juan. Ses deux adjoints, Pablo et Gregorio, étaient plus jeunes et arboraient des airs de cadres moyens. Avec leurs costumes sombres, ils étaient difficiles à différencier, à part la cicatrice qui barrait la tempe gauche de Pablo. Falcón était vaguement gêné, car il ne le quittait pas des yeux depuis son entrée dans la pièce. Il commençait à se demander s'ils ne s'étaient pas déjà rencontrés.

La section antiterroriste du CGI n'avait dépêché qu'un seul représentant, l'inspecteur principal Ramón Barros, petit homme trapu aux cheveux gris coupés ras et aux dents parfaites, qui ajoutaient une note menaçante à son allure de brute enragée.

Le comisario Elvira demanda à Falcón de dresser un aperçu des éléments dont il disposait à ce stade. Il passa rapidement sur les suites immédiates de l'explosion pour en venir à la découverte du Peugeot Partner et de son contenu, et aux témoignages de ceux qui l'avaient vu stationné dans le parking.

— Nous avons appris depuis que la fine poudre blanche trouvée à l'arrière de la camionnette est un explosif militaire appelé hexogène. D'après mon collègue, le juge Calderón, c'est avec ce type d'explosif que les rebelles tchétchènes ont fait sauter deux immeubles à Moscou en 1999.

— Il ne faut pas croire tout ce qui se dit dans les journaux, nota Juan. On n'est plus du tout sûr que c'étaient les rebelles tchétchènes. Chez nous, on ne croit pas beaucoup aux théories du complot, quoique quand il s'agit de la Russie, on peut s'attendre à tout. On a naturellement tendance, après de tels drames, à chercher des similitudes avec d'autres attentats, pour essayer de dégager une trame commune. Les erreurs que nous avons commises après le 11 Mars nous ont montré qu'il n'y a pas de trame commune. C'est le rôle du gouvernement d'apaiser la panique en proposant une explication logique au public terrifié. Notre rôle à nous est de traiter chaque situation comme un cas unique. Continuez, inspecteur.

Les Sévillans n'apprécièrent que modérément ce discours pontifiant. Ils lorgnèrent l'envoyé du CNI, ses mocassins de luxe, son costume léger, sa cravate argentée, raide et empesée, en pensant que, mis à part le fait qu'il reconnaisse l'erreur passée, il était l'incarnation stéréotypée du Madrilène tout droit sorti de la capitale.

— Si ce n'étaient pas les Tchétchènes, qui alors ? s'informa Calderón.

— Ce n'est pas le sujet, monsieur le juge, répondit Juan. Poursuivez, inspecteur.

— Cela pourrait peut-être nous aider à identifier la provenance de l'hexogène, répliqua Calderón qui n'était pas homme à se laisser rembarrer aussi facilement. Nous avons trouvé une camionnette contenant des traces d'explosif et des objets musulmans. On sait que les Tchétchènes ont accès au matériel militaire russe et bénéficient de la sympathic du monde islamique. Pour la plupart des gens, ces rebelles sont responsables de la destruction des immeubles de Moscou. Si les renseignements savent qu'il n'en est rien, l'inspecteur principal devrait en être informé. L'origine des explosifs occupera une part importante de son enquête.

— Son enquête ? Notre enquête, rectifia Juan. Nous allons travailler de concert. Le *grupo de homicidios* ne va pas élucider seul cette affaire. L'hexogène a certainement été importé. Le CNI dispose des réseaux internationaux qui permettront de découvrir sa provenance.

— Quoi qu'il en soit, pérora Calderón, c'est le point de départ des investigations. Et l'inspecteur principal devrait être mis au courant pour ne pas partir d'un mauvais pied ou s'embarquer sur de fausses pistes.

Calderón était conscient de faire digression à force d'insistance, mais il lui semblait urgent de hausser le ton pour remettre ce Juan à sa place. Il était le juge d'instruction responsable et n'avait nulle intention de laisser saper son autorité par un outsider, un Madrilène de surcroît.

— Nous n'avons pas de certitudes, martela Juan, exaspéré par les rodomontades du juge, mais on s'accorde à penser que c'est le service fédéral de sécurité russe, le FSB, qui a lui-même perpétré ces atrocités et qu'il a réussi à faire porter le chapeau aux Tchétchènes. Poutine venait de prendre la direction du FSB. Il régnait une grande confusion dans le pays. C'était le moment ou jamais de pousser ses pions. Le FSB a provoqué une guerre en Tchétchénie et au Daguestan. Le Premier ministre a valsé et Poutine a pris sa place début 1999. L'explosion des immeubles de Moscou lui a fourni l'occasion de lancer une campagne de patriotisme. Début 2000, il était président de la Russie. L'hexogène utilisé par le FSB venait sans doute d'un centre de recherche scientifique situé à la Loubyanka, où se trouve le siège du FSB. Comme vous voyez, monsieur le juge, mes explications ne nous font pas beaucoup avancer, mais elles montrent comment le monde peut basculer du jour au lendemain dans l'insécurité et le chaos.

Silence. Les Sévillans méditaient sur ce pont soudain jeté entre leur ville et de lointains parages comme Moscou et la Tchétchénie. Falcón reprit son exposé : le Peugeot Partner, les deux hommes vus en train de décharger du matériel dans la mosquée, ceux qu'on pensait présents sur place au moment de l'explosion et les toutes dernières informations obtenues sur le propriétaire du véhicule et son neveu, Trabelsi Amar, qui le lui avait emprunté.

— Autre chose ? demanda Juan tandis que l'assistant d'Elvira entrait le nom de Trabelsi Amar dans la base de données des suspects de terrorisme.

— Juste un point à vérifier, dit Falcón. Est-ce que le CNI ou le CGI ont placé la mosquée sous surveillance ?

— Qu'est-ce qui vous fait envisager cette possibilité ? s'étonna Juan.

Falcón leur parla des mystérieux émissaires d'Informáticalidad propres sur eux qui avaient occupé un appartement tout proche au cours des trois derniers mois.

— Ce n'est pas notre manière de procéder et je n'ai jamais entendu parler d'Informáticalidad.

— Qu'en est-il de la section antiterroriste, inspecteur principal Barros ? interrogea Elvira.

— Nous n'avons pas mis la mosquée sous surveillance active, dit Barros qui semblait réprimer une sourde colère sous un calme apparent. Je connais

Informáticalidad. Ce sont les plus gros fournisseurs de logiciels et de consommables informatiques sur la place de Séville. Nous nous approvisionnons chez eux.

— Une dernière question à propos de l'imam, reprit Falcón. On nous dit qu'il est arrivé de Tunis en septembre 2004 et qu'il est sur la liste des suspects de terrorisme les moins dangereux, mais il faut une autorisation spéciale pour accéder aux détails de sa biographie.

— Son dossier est incomplet, expliqua Juan.

— Qu'est-ce que ça signifie ?

— Pour autant que nous le sachions, il est inoffensif. On l'a entendu déplorer l'ignoble lâcheté des attentats de Madrid. D'après sa demande de visa, il est venu à Séville, entre autres raisons, pour tenter un rapprochement entre les communautés musulmane et catholique. C'est son devoir, selon lui. Ce qui nous ennuyait, c'est qu'il y avait dans son parcours des blancs que nous n'arrivions pas à combler. Ils se situent dans les années 1980, un moment où de nombreux musulmans sont allés se battre au côté des moudjahidin contre les Russes en Afghanistan. Certains sont rentrés chez eux radicalisés dans les années 1990, d'autres ont rejoint plus tard les rangs des talibans. L'imam avait une trentaine d'années à cette époque, ce qui faisait de lui un candidat idéal. Finalement, les Américains se sont portés garants pour lui et nous lui avons accordé son visa.

— Cette bombe a donc tué un sympathisant potentiel, cinq hommes de plus de soixante-cinq ans, un homme de moins de vingt-cinq ans qui était en fauteuil roulant, deux Espagnols convertis et deux quadras qui recevaient des pensions d'invalidité. Restent deux adultes de moins de trente-cinq ans, physiquement aptes et originaires d'Afrique du Nord, récapitula Elvira. Le CNI a-t-il une hypothèse à proposer pour expliquer pourquoi cet amalgame de personnes étrangement disparates, qui ne faisaient l'objet d'aucune surveillance particulière, ainsi qu'on vient de nous le dire, a stocké des explosifs militaires et pourquoi l'explosion a été déclenchée.

Silence encore. Le grondement des engins à l'œuvre au-dehors parvenait jusqu'à eux. Le vacarme des gravats tombant dans les bennes vides, les cris et grincements des bascules, la plainte des câbles de grue déroulés et tendus, et les saccades des marteaux-piqueurs ponctuant cette cacophonie leur rappelaient la raison de leur rencontre et la tragédie qui venait de frapper la ville.

— Trabelsi Amar n'apparaît sur aucune des listes de suspects de terrorisme et c'est un étranger en situation illégale, annonça l'assistant d'Elvira, rompant le silence.

— Vous croyez que les explosifs ont pu être entreposés dans la mosquée à l'insu de l'imam ? demanda Calderón.

— Il est possible qu'il n'ait pas compris ce que c'était, admit Juan. Comme vous savez, l'hexogène ressemble à du sucre. Les traces retrouvées dans le coffre indiquent que l'emballage n'était pas absolument hermétique. Il se trouvait peut-être dans les cartons que les témoins de l'inspecteur principal ont vus décharger hier.

— Mais pour qu'il explose, il faut un détonateur, remarqua Falcón. S'ils l'ont trimballé comme ils l'ont fait, c'est que c'est un produit stable.

— En effet, confirma Juan.

— Cela voudrait dire que l'explosion s'est produite accidentellement pendant qu'ils fabriquaient des bombes. Je doute qu'ils aient pu le faire secrètement dans une mosquée de cette taille, au milieu de treize autres personnes. Je n'ai pas vu les plans, mais elle ne doit pas avoir plus de dix mètres sur vingt.

— L'imam est donc impliqué dans ce scénario, décréta Juan. Nous allons toucher un mot de cet Abdelkrim Benaboura aux Américains et tâcher d'obtenir la photo d'identité et le CV de Trabelsi Amar.

— Si Soumaya reconnaît qu'Amar est son neveu, cela ne me semble pas constituer une couverture très solide pour des terroristes. Il a sans doute des photos. Ce n'était peut-être pas lui qui conduisait la camionnette. Nous devons envisager cette possibilité. Elle a pu être volée ou, pour une raison quelconque, remise à quelqu'un d'autre pour transporter du matériel à Séville. Trabelsi Amar était peut-être simplement chargé de fournir un véhicule qui, dans ce cas, n'a pas fait l'objet d'une déclaration de vol.

— Nous demanderons au CNI de Canillas de se mettre en contact avec la police de Madrid qui interroge actuellement Mohammed Soumaya, déclara Juan, apparemment résolu à éclipser l'inspecteur principal Barros qui rongeait son frein. C'est un des problèmes de ces opérations terroristes : ceux que nous connaissons n'existent que dans la mesure où ils nous prennent notre temps et notre argent. Comme pour le 11 Mars, dont aucun des protagonistes n'était enregistré comme terroriste ni lié à des organisations islamistes répertoriées. Ils ont surgi de nulle part pour accomplir leur besogne.

— Mais vous êtes mieux placés maintenant qu'à l'époque, glissa Elvira.

— Depuis le 11 Septembre et les preuves de liens tissés par les membres de cellules terroristes islamiques basées en Espagne...

— Vous voulez dire des membres d'Al-Qaïda ? s'enquit Elvira.

— Nous n'aimons pas utiliser l'appellation Al-Qaïda

parce que cela implique une organisation hiérarchisée au sens occidental. Ce n'est pas le cas. Pour les médias, c'est un terme commode pour désigner tout ce qui a trait au terrorisme islamique, mais dans nos services, nous l'évitons. Nous devons veiller à rester prudents. Comme je le disais, depuis le 11 Septembre et les preuves de liens tissés par les membres de cellules terroristes islamiques basées en Espagne avec les auteurs des attentats des Twin Towers et de Washington, nous avons redoublé d'attention.

— Mais, comme vous le dites vous-même, il semble y avoir un flux incessant de jeunes activistes dont vous ignorez l'existence et qui sont manipulés à distance pour commettre des actes terroristes, intervint Calderón. Le problème est sans doute là.

— Ainsi que vous avez pu vous en rendre compte à l'occasion de l'enquête sur les attentats de Londres, tous les services secrets coopèrent activement entre eux. La proximité de l'Afrique du Nord nous rend vulnérables mais présente en même temps de grands avantages. Depuis les attentats du train de Madrid, nous avons considérablement renforcé notre implantation au Maroc, en Algérie et en Tunisie. Nous espérons améliorer notre capacité à détecter les cellules dormantes en interceptant les signaux destinés à les activer. Nous ne sommes pas parfaits, mais eux non plus. Vous n'entendez jamais parler de nos succès et il est trop tôt pour dire si nous sommes ici en présence d'un de nos échecs.

— Vous avez dit « l'imam est impliqué dans ce scénario », rappela Falcón. Doit-on comprendre que vous examinez d'autres scénarios ?

— Nous ne pouvons que nous tenir prêts à toute éventualité. Depuis deux ans, nous observons un phénomène local qui s'est d'abord manifesté au travers d'Internet. J'hésite à parler de groupe car nous n'avons aucune preuve de l'existence d'une organisation ni d'un réseau de communication. Ce quc nous avons trouvé, c'est une newsletter sur un site appelé www.vomit.org. Nous avons pensé qu'il s'agissait d'un site américain car il était rédigé en anglais, mais la CIA et le MI5 nous ont informés récemment que, selon eux, le mot VOMIT était le sigle de Víctimas del odio de los musulmanos, islámicos y terroristas, les victimes de la haine des musulmans, islamistes et terroristes.

— Que contient cette newsletter ?

— C'est une liste actualisée de tous les attentats terroristes commis par les extrémistes islamistes depuis le début des années 1990. On y lit un bref compte rendu des faits, le nombre de victimes, morts et blessés, et le nombre des personnes directement affectées par la mort ou la mutilation de leurs proches.

— Doit-on en déduire qu'ils prennent contact avec les familles des victimes ? demanda Elvira.

— Si c'est le cas, les victimes ne sont apparemment pas au courant. Elles se retrouvent en relation avec les médias, le gouvernement, les services sociaux, la police... mais nous n'avons encore rencontré personne qui nous ait dit avoir été contacté par VOMIT.

— Ça a commencé quand, après les attentats de Madrid ? insista Elvira.

— Les Anglais sont tombés sur ce site en 2004. En septembre 2004, il y était aussi question des attentats de musulmans contre des musulmans, comme les attentats suicides contre les bureaux de recrutement de la police irakienne et, début 2005, il s'est enrichi d'une section consacrée aux femmes musulmanes victimes de crimes d'honneur ou de viols collectifs. Dans ces cas-là, ils se contentent d'indiquer la nature de l'acte de violence et le nombre de victimes.

— Je suppose que ces articles sont publiés sur la Toile de façon totalement anonyme, commenta Calderón sans attendre de réponse. Les musulmans ont réagi, j'imagine ?

— La chaîne Al-Jazirah a diffusé un reportage sur le sujet en août 2004, ce qui a provoqué une avalanche de réactions sur le Net de la part de sites qui énuméraient les victimes arabes d'agressions israéliennes, américaines, européennes, russes, extrême-orientales et australiennes. Certains parmi les plus extrémistes remontaient jusqu'aux croisades, à l'expulsion des Maures d'Espagne et à la chute de l'Empire ottoman. Mais aucun n'avait de bannière aussi accrocheuse que VOMIT et beaucoup ne pouvaient pas s'empêcher de noircir leurs pages de longues harangues. Résultat : si les Arabes s'en délectaient, ils n'ont eu aucune audience en Occident.

— Qu'est-ce qui vous fait penser que la nébuleuse VOMIT est passée du stade de phénomène Internet inorganisé et passif à celui d'entité active et opérationnelle ? demanda Falcón.

— Nous ne le pensons pas. Nous consultons leurs pages Web tous les jours pour voir si on y trouve des incitations à la violence, des atteintes à l'islam ou des tentatives de recrutement au service de causes quelconques, mais elles se limitent à la mise à jour des attentats et des bilans de victimes.

— Vous avez pu discuter avec des victimes des attentats de Madrid ?

— Elles n'ont pas de volonté commune de vengeance. C'est à nos hommes politiques qu'elles en ont voulu, pas aux Nord-Africains en général ni aux fanatiques islamistes en particulier. La plupart reconnaissent que les attentats ont aussi tué un certain nombre de musulmans. Elles y ont vu un acte de barbarie aveugle, dicté par des motifs politiques.

— Elles connaissent l'existence de VOMIT ?

— Oui, mais aucune n'aurait envisagé d'adhérer si

cela avait été possible. Nous savons cependant qu'il existe un fort ressentiment de la part de groupes d'extrême droite profondément racistes et partisans d'une politique de lutte contre l'immigration. Nous les avons à l'œil. La police est confrontée à leurs actes de violence au niveau local. Mais ils n'ont pas, à notre connaissance, d'organisation à l'échelon national et n'ont encore jamais planifié ou commis d'attentat de cette ampleur.

— Et les groupes religieux ?

— Certains de ces cercles de fanatiques d'extrême droite comportent des éléments religieux. S'ils se manifestent d'une façon ou d'une autre, nous les repérons. Ce qui nous inquiète, c'est qu'ils pourraient s'inspirer des méthodes de leurs ennemis supposés.

— Donc, l'autre hypothèse, selon laquelle il s'agirait d'une attaque concertée contre une communauté musulmane, ne repose que sur... quoi ? L'idée qu'il est temps de répliquer au terrorisme islamique ? résuma Calderón.

— Chaque crime terroriste est unique. À cause des conditions particulières propres au moment où il survient. À l'époque des attentats du 11 Mars, le gouvernement Aznar s'attendait à une action de la part de l'ETA pour perturber les élections. Deux mois plus tôt, le soir de Noël 2003, on avait découvert deux bombes de vingt-cinq kilos dans le train Irún-Madrid. C'étaient typiquement le genre d'engins que l'ETA utilise habituellement. Ils étaient réglés pour exploser deux minutes avant l'arrivée à Chamartín. On a trouvé une autre bombe de l'ETA sur la voie ferrée Saragosse-Caspe-Barcelone, qui devait sauter dans la nuit du nouvel an 2003. Le 29 février 2004, comme vous le savez tous ici, la *guardia civil* a intercepté deux activistes de l'ETA dans un minibus qui se rendait à Madrid avec cinq cent trente-six kilos de titadine à son bord. Tous les indices faisaient craindre un attentat conséquent de l'ETA sur le réseau des chemins de fer, avant les élections du 14 mars 2004.

— Cette information, et les implications qui en découlaient, ont été transmises au gouvernement, précisa Calderón qui ne voulait pas être en reste.

— Et elle était fausse, monsieur le juge. Nous nous sommes trompés, déplora Juan. Nous avons entendu les enregistrements du Coran trouvés dans le Renault Kangoo près de la gare d'Alcalá de Henares, découvert des détonateurs d'un type jamais utilisé par l'ETA, l'explosif n'était pas la titadine chère à l'ETA, mais du Goma 2 ECO, et malgré cela, nous n'avons pas voulu croire que l'ETA n'y était pour rien. C'est là-dessus que je veux insister et c'est la raison pour laquelle nous devons envisager tous les scénarios possibles dans cet attentat sans nous laisser enfermer dans un carcan d'idées préconçues. Nous devons avancer pas à pas jusqu'à dégager la logique imparable qui nous conduira aux auteurs.

— Mais pendant ce temps, nous ne pouvons pas laisser les gens dans le noir, dit Calderón. Les médias, les hommes politiques et le public doivent savoir que des choses sont faites, que leur sécurité est assurée. La peur crée la confusion...

— Cette tâche revient au comisario Elvira, en tant que directeur de cette enquête, et aux politiques. Notre boulot à nous est de veiller à leur fournir la bonne information. Nous avons déjà commencé à appréhender cet attentat sous un angle historique : les explosions des appartements de Moscou, les objets de culte musulman dans la camionnette blanche. C'est quelque chose que nous ne pouvons pas nous permettre.

— Les médias savent déjà ce que nous avons découvert dans le Peugeot Partner, rappela Calderón. Nous ne pourrons pas les empêcher d'extrapoler.

— Comment sont-ils au courant ? s'étonna Juan. Il y avait un cordon de police.

— Nous l'ignorons, mais dès que les journalistes ont été autorisés à pénétrer sur le parking après l'enlèvement du véhicule, ils nous ont assaillis, le commissaire Elvira et moi, de questions sur l'hexogène, la cagoule, le turban et aussi tout un tas d'autres choses qui n'étaient pas dans la camionnette.

— Le parking grouillait de monde, dit Falcón. Quand nous avons inspecté la fourgonnette, il y avait là mes hommes, la police scientifique, le personnel d'enlèvement. Les journalistes font leur métier. On était censé tenir les caméras à l'écart des corps des enfants de la maternelle, mais apparemment, un petit malin a réussi à se faufiler.

— Comme on l'a souvent constaté, grommela Juan qui avait du mal à contenir son irritation, il est très difficile d'effacer la première impression de l'esprit du public. Des millions d'Américains croient encore à la responsabilité de Saddam Hussein dans les attentats du 11 Septembre. Les Sévillans vont désormais être persuadés qu'ils ont été victimes d'un attentat terroriste islamique. Or, nous n'en aurons le cœur net que lorsque nous aurons mis les pieds dans la mosquée, ce qui risque de prendre plusieurs jours, le temps de la dégager.

— Nous devrions peut-être analyser le contexte particulier qui a conduit à cet acte, suggéra Falcón, et interroger aussi l'avenir, essayer de voir quels sont les événements qu'il peut tenter d'influencer. Pour ma part, je suis arrivé très tôt sur place parce que je me trouvais à l'institut médico-légal en train de discuter des résultats de l'autopsie d'un corps trouvé dans la décharge publique, aux abords immédiats de Séville.

Il leur retraça les circonstances de la découverte, la veille, du cadavre mutilé et conclut :

— Bien sûr, il n'y a peut-être aucun rapport. Mais c'est néanmoins un cas unique dans l'histoire criminelle de Séville et ce n'est apparemment pas l'œuvre d'une seule personne, mais sans doute de plusieurs, qui se sont donné beaucoup de mal pour qu'on ne puisse pas identifier leur victime.

— Y a-t-il eu d'autres meurtres pour lesquels on a cherché à camoufler l'identité de la victime ?

— D'après l'ordinateur de la police, pas cette année en Espagne. Nous n'avons pas encore vérifié auprès d'Interpol. Notre enquête débute à peine.

— On a des élections prévues ?

— Les élections au parlement d'Andalousie ont eu lieu en mars 2004, dit Calderón. Les dernières municipales datent de 2003. Les prochaines sont donc pour mars. La mairie est actuellement aux mains des socialistes.

Juan prit une feuille de papier pliée dans sa poche.

— Avant de quitter Madrid, nous avons reçu un appel du CGI. Le rédacteur en chef d'*ABC* venait de les informer qu'ils avaient reçu au journal une lettre postée de Séville. Elle consistait en un simple feuillet dactylographié en espagnol. Depuis, nous avons appris que le texte était tiré de l'œuvre d'Abdullah Azzam, un prédicateur connu surtout comme le grand idéologue de la résistance afghane à l'occupation russe. Il dit ceci : « Notre mission ne s'arrête pas à la victoire en Afghanistan ; le djihad doit rester un devoir pour chacun jusqu'à ce que toutes les terres qui ont été musulmanes nous soient rendues et que l'islam y règne à nouveau : devant nous s'étendent la Palestine, Boukhara, le Liban, le Tchad, l'Érythrée, la Somalie, les Philippines, la Birmanie, le Yémen, Tachkent... – Il s'interrompit et regarda autour de lui avant de lâcher : – ... et l'Andalousie. »

10.

Séville – Mardi 6 juin 2006, 13 h 45

La réunion s'acheva sur l'annonce de la découverte d'un nouveau corps dans les décombres. Calderón partit immédiatement. Les trois hommes du CNI se mirent à discuter entre eux avec animation, tandis que Falcón et Elvira parlaient boutique. L'inspecteur principal Barros, du CGI, fixait ses pieds, remâchant son humiliation. Au bout de dix minutes, les hommes du CNI demandèrent à converser avec Elvira. Falcón et Barros furent priés de quitter la pièce. Barros entreprit d'arpenter le couloir en évitant Falcón. Un moment plus tard, Elvira rappela Falcón et les trois agents du renseignement se dirigèrent vers la porte en déclarant qu'ils allaient effectuer une fouille systématique au domicile d'Abdelkrim Benaboura.

— Le résultat pourra-t-il être communiqué ? s'inquiéta Falcón.

— Bien sûr, répondit Juan, sauf si la sécurité nationale est en cause.

— J'aimerais qu'un de mes collaborateurs soit présent.

— Au vu de ce qui vient de se dire, nous devons nous y atteler maintenant et vous avez déjà fort à faire.

Ils s'en allèrent. Falcón se tourna vers Elvira, les mains ouvertes, d'un air interrogateur.

— Ils ne veulent pas commettre d'erreur cette fois, dit Elvira. Et ils comptent bien s'attribuer tout le mérite de la chose. Des avenirs sont en jeu.

— Quel droit de regard avez-vous sur ce qu'ils font ?

— Le problème tient dans ces deux mots : « sécurité nationale ». Par exemple, ils souhaitent vous parler à vous en particulier d'une question de sécurité nationale, ce qui signifie qu'à moi, on ne dit rien, à part que ça doit rester confidentiel. Et que ça prendra du temps.

— Me parler ne va pas être facile aujourd'hui.

— Ils trouveront un créneau pour vous, la nuit au besoin.

— « Sécurité nationale », c'est la seule indication qu'ils vous ont donnée ?

— Ils s'intéressent à vos relations marocaines et souhaitent avoir un entretien avec vous.

— Avoir un entretien ? Ça fait très « entretien d'embauche », or j'ai déjà un emploi qui me donne beaucoup de travail.

— Où allez-vous là tout de suite ?

— J'ai assez envie d'assister à la fouille du domicile de l'imam. Mais je crois que vais suivre la piste d'Informaticálidad. C'est curieux, cette façon d'occuper un appartement pendant trois mois.

— Donc, vous restez ouvert à toutes les possibilités, contrairement à nos amis du CNI, dit Elvira.

— Juan a été très clair à ce sujet, il me semble.

— C'est ce qu'ils veulent qu'on croie, pour couvrir leurs arrières, mais pour moi, il est évident qu'ils sont persuadés d'avoir affaire aux premières manifestations d'une importante vague terroriste.

— Visant à ramener l'Andalousie dans le sein de l'Islam ?

— Pourquoi, sinon, voudraient-ils vous entretenir de vos « relations marocaines » ?

— Nous ignorons ce qu'ils savent.

— Je sais qu'ils cherchent à redorer leur blason et c'est ce qui m'inquiète.

— Et quel est le problème avec l'inspecteur principal Barros ? Il était là, muet comme une carpe, comme si on l'avait autorisé à être présent avec interdiction de dire un mot.

— Il y a un hic. Ils vous l'expliqueront eux-mêmes. Le chef du CGI à Madrid m'a seulement dit que la section antiterroriste de Séville ne pouvait pas participer à l'enquête.

Consuelo se trouvait à son bureau du restaurant de La Macarena. Elle avait enlevé ses chaussures et s'était pelotonnée en boule dans son luxueux fauteuil de cuir tout neuf et se balançait doucement d'avant en arrière. Dans son poing serré, enfoncé dans sa bouche, elle avait un paquet de mouchoirs en papier froissés. Elle y plantait ses dents quand la douleur devenait trop forte. Elle essayait de trouver des mots qui expriment sa souffrance, mais manquait d'éléments de référence. Elle avait l'impression que son corps avait craqué, expulsant, tel un volcan, des blocs de magma incandescents.

La télévision était allumée. Elle ne supportait pas le silence du restaurant. Les cuisiniers ne commenceraient à préparer les plats du déjeuner qu'à onze heures. Elle avait essayé d'apaiser son extrême agitation en marchant, mais la cuisine luisante de propreté, l'acier brillant de ses plans de travail, l'éclat tentateur des couteaux et hachoirs l'avaient terrifiée au lieu de la calmer. Elle avait parcouru les salles à manger et le patio, mais les odeurs, les textures, même l'agencement méticuleux des couverts sur les tables n'avaient pu combler le vide atroce qui l'oppressait.

Elle s'était repliée dans son bureau, s'y était recluse.

Le son de la télévision était réglé au plus bas, lui rendant les paroles inintelligibles. Mais elle puisa du réconfort dans le murmure des voix humaines. Elle glissa un regard aux images de destruction qui défilaient sur l'écran. Une odeur âcre de vomi flottait dans la pièce depuis la nausée qui l'avait saisie en voyant les petits corps recouverts de tabliers devant la maternelle. Les larmes traçaient un sillon de rimmel sur ses joues. La boule de mouchoirs en papier dégoulinait de salive acide. Quelque chose s'était débloqué ; un couvercle avait sauté, libérant ce qui était renfermé en elle et elle, qui s'était toujours vantée de savoir faire face, n'osait se demander ce que c'était. Elle ferma les yeux pour parer à un nouvel assaut de la douleur. Le fauteuil absorba ses frissons. Sa gorge émit un cri, comme si un objet tranchant s'y était coincé.

Elle aperçut du coin de l'œil les ruines de l'immeuble filmées sur l'écran. Elle ne pouvait se résoudre à éteindre le téléviseur pour se retrouver seule face au silence, même si les décombres du bâtiment la renvoyaient à son propre effondrement intérieur. Quelques heures plus tôt, elle était encore entière. Elle avait toujours pensé qu'il y avait un gouffre profond entre la raison et la folie. Elle s'apercevait que c'était comme une frontière dans un désert : on la franchissait sans s'en rendre compte.

Les images se succédaient : après le tas de gravats, un sac mortuaire sur une civière, les blessés titubant sur le trottoir, les contours déchiquetés de fenêtres fracassées, les arbres dépouillés de leurs feuilles, les voitures renversées dans des jardins, un panneau de signalisation couché sur la voie. Les journalistes de télévision étaient des pros de l'horreur : chaque image faisait l'effet d'une gifle destinée à ramener brutalement le public bienheureux aux affres de la réalité.

Soudain, le calme revint. Un homme apparut devant

l'église de San Hermenegildo. Il avait un visage avenant. Consuelo monta le son dans l'espoir d'entendre de bonnes nouvelles. La caméra fit un zoom sur la plaque de l'édifice avant de revenir sur le présentateur qui allait et venait en retraçant brièvement l'histoire de la chapelle. La caméra restait fixée en gros plan sur son visage. Il se dégageait de la scène une tension inexplicable. Il allait se passer quelque chose. Consuelo était hypnotisée. Le présentateur expliquait qu'à cet emplacement s'élevait autrefois une mosquée tandis que la caméra s'arrêtait sur le faîte d'une voûte mauresque. Le champ s'élargit pour dévoiler une nouvelle cause d'angoisse. Une inscription s'étalait en rouge sur les portes : *AHORA ES NUESTRA*[1].

D'autres images d'épouvante emplirent alors l'écran. Femmes hurlant sans qu'on en sache la raison. Du sang sur les trottoirs, dans le caniveau, coagulant la poussière. Un corps sorti des ruines, frappé de l'affreuse inertie de la mort.

Elle ne put en supporter davantage. Ces cameramen devaient être des robots pour scruter ainsi ces abominations. Elle éteignit le poste et se laissa envelopper par le silence.

Le spectacle l'avait secouée. Le couvercle était revenu se poser sur les noirceurs qui frémissaient en elle. Ses mains tremblaient, mais elle n'éprouvait plus le besoin de mordre dans ses mouchoirs en boule. Elle retrouva le sentiment de honte que lui avait laissé sa première consultation chez Alicia Aguado. Elle se prit le visage à deux mains en se rappelant ses paroles : « vieille bique aveugle ». Comment avait-elle pu lui dire une chose pareille ? Elle prit son téléphone.

Alicia Aguado se dit soulagée d'entendre sa voix.

1. Maintenant, elle est à nous. *(N.d.T.)*

Consuelo fut émue par sa sollicitude. Personne ne s'était jamais intéressé à elle. Elle bégaya une excuse.

— J'ai entendu bien pire, la rassura Alicia Aguado. Sachant que nous sommes les plus inventifs en matière d'injures, vous pouvez imaginer l'exceptionnelle créativité que suscitent les psys en tout genre.

— C'était impardonnable.

— Vous serez pardonnée à condition de revenir me voir, señora Jiménez.

— Appelez-moi Consuelo. Après les échanges que nous avons eus, nous pouvons laisser tomber les formalités. Quand pouvez-vous me recevoir ?

— J'aimerais vous voir ce soir, mais ce ne sera pas possible avant vingt et une heures.

— Ce soir ?

— Je m'inquiète pour vous. En temps normal, je n'insisterais pas, mais...

— Mais quoi ?

— Je crois que vous avez atteint un stade assez dangereux.

— Dangereux ? Dangereux pour qui ?

— Vous devez me promettre quelque chose, Consuelo. Venez me voir directement en sortant du travail. Ne vous laissez pas distraire. Ensuite, dès la fin de la consultation, il faudra rentrer chez vous immédiatement et demander à quelqu'un, parent ou ami, de rester avec vous.

Silence de Consuelo.

— Je pourrai demander à ma sœur, finit-elle par dire.

— C'est très important. Je suppose que vous vous êtes rendu compte de l'extrême vulnérabilité de votre état actuel et je vous conseillerais de limiter votre périmètre à votre domicile, votre bureau et mon cabinet.

— Vous pouvez m'expliquer ?

— Pas au téléphone, ce soir quand nous nous

verrons. N'oubliez pas, venez directement chez moi. Résistez à toutes les tentations qui pourraient vous faire faire un détour, quelle que soit l'envie que vous en ayez.

Assise dans le gros fauteuil confortable d'Ángel, Manuela Falcón regardait la télévision. Elle était incapable de bouger et n'avait même pas la force de tendre la main vers la télécommande pour éteindre l'écran qui diffusait des images d'horreur qui s'imprimaient immédiatement dans son cerveau. La police évacuait le Corte Inglés, sur la plaza del Duque, après quatre signalements de paquets suspects à différents étages du grand magasin. Deux maîtres-chiens arrivèrent avec leurs animaux pour inspecter le bâtiment. L'image changea pour montrer un carrefour désert au cœur de la ville, jonché de chaussures abandonnées, et des gens courant vers la plaza Nueva. Manuela se sentit pâlir. Sa circulation sanguine lui semblait tout juste suffisante pour maintenir ses fonctions respiratoire et cérébrale en état de marche minimum. Ses extrémités étaient glacées malgré la chaleur du dehors sans cesse croissante qui entrait dans l'appartement par la porte ouverte de la terrasse.

Le téléphone avait sonné deux fois depuis qu'Ángel était parti au siège d'*ABC* tâter le pouls fiévreux de la ville en émoi. Elle avait fini par répondre. Son avocat lui avait demandé si elle avait vu les nouvelles et lui avait dit que son acheteuse sévillane venait de se décommander en prétendant qu'elle n'avait pas encore réuni toute la somme et qu'elle était obligée de remettre la signature à plus tard.

— Elle peut toujours courir pour récupérer son dépôt ! avait rétorqué Manuela dans un ultime sursaut d'agressivité.

— Vous avez entendu le dernier reportage de Canal

Sur ? avait demandé l'avocat. Ils ont trouvé une camionnette avec des résidus d'explosif militaire à l'arrière. Le rédacteur en chef d'*ABC* à Madrid a reçu une lettre d'Al-Qaïda disant qu'ils ne connaîtraient pas le repos tant que l'Andalousie ne serait pas rentrée dans le sein de l'Islam. Un spécialiste de la sécurité a déclaré que c'était le début d'une vague de terrorisme intense et qu'il y aurait d'autres attentats dans les prochains jours.

— Bordel de merde, avait lâché Manuela en allumant une cigarette.

— Ce qui fait que, même si elle perd les vingt mille euros de son dépôt, votre acheteuse trouvera qu'elle s'en tire à bon marché.

— Et l'Allemand, son avocat a téléphoné ?

— Pas encore, mais il ne va pas tarder.

Manuela avait raccroché et laissé tomber le téléphone sur ses genoux. Elle tirait machinalement sur sa cigarette avec vigueur : l'apport de nicotine lui donna le courage d'appeler Ángel. Son portable était éteint. On ne parvint pas à le trouver dans les bureaux d'*ABC* où semblait régner la même effervescence qu'à la Bourse un jour de krach.

L'avocat rappela.

— L'Allemand s'est désisté. J'ai contacté l'étude du notaire. Toutes les signatures d'actes sont annulées pour la journée. Une annonce est passée à la télévision et à la radio. Le chef de la police et le directeur des services de sécurité nous demandent de n'utiliser nos téléphones portables qu'en cas de nécessité absolue.

L'atelier se trouvait dans une cour, au bout d'une vieille ruelle revêtue de gros pavés gris qui partait de la calle Bustos Tavera. Marisa Moreno l'avait loué à cause de cette ruelle couverte. Les jours de grand soleil comme ce jour-là, la lumière était tellement intense dans la cour qu'on ne pouvait rien voir du boyau plongé dans l'ombre. Elle aimait les pavés semblables à des lingots d'étain. Le passage correspondait à la vision qu'elle avait de la mort. Avec ses murs crasseux sous les arcades, ses façades en crépi blanc effrité, bourgeonnantes de boîtes à fusibles et de fils électriques, il n'était pas beau. Mais c'était tout l'intérêt justement. Il symbolisait le cheminement de ce bas monde matériel à la vive clarté rédemptrice. L'arrivée dans la cour avait pourtant de quoi décevoir quand on découvrait que le paradis n'était qu'un assemblage de locaux et d'entrepôts miteux, à la peinture écaillée et aux grilles rongées de rouille.

L'atelier n'était qu'à cinq minutes de marche de son appartement de la calle Hiniesta. C'était aussi l'une des raisons de son choix, même si l'espace était bien trop grand pour elle. Elle occupait le premier étage, auquel on accédait par un escalier extérieur en fer. Il comportait une immense fenêtre donnant sur la cour qui laissait entrer la lumière et une chaleur torride en été. Marisa aimait transpirer ; c'était son côté cubain. Elle travaillait souvent en bikini et s'amusait de voir les copeaux de bois de ses sculptures se coller sur sa peau.

Elle était sortie de chez elle ce matin-là pour aller prendre un café dans un bistrot de la calle Vergara. Il y avait une foule inhabituelle. Toutes les têtes étaient tournées vers la télévision. Elle avait commandé un café au lait, l'avait bu et était partie, refusant de se laisser entraîner dans les discussions de ses voisins. La politique ne l'intéressait pas, elle ne croyait ni à l'Église catholique ni à aucune autre religion et, de son point de vue, le terrorisme n'avait d'importance que si on se trouvait au mauvais endroit au mauvais moment.

À l'atelier, elle s'employa à colorer deux sculptures

et à en polir deux autres qui devaient être livrées rapidement. À midi, les ayant enveloppées dans du papier à bulles, elle descendit dans la cour pour attendre un taxi.

Les deux pièces lui avaient été achetées par un jeune marchand d'art mexicain qui possédait une galerie dans le centre, calle Zaragoza. Il était à moitié aztèque. Marisa avait eu une liaison avec lui quelques mois avant de rencontrer Esteban Calderón. Il continuait à lui acheter toutes ses œuvres, qu'il payait toujours cash à la livraison. À la façon dont ils s'embrassaient pour se dire bonjour, on aurait pu croire qu'ils se voyaient toujours, mais c'était plutôt une fraternité de sang, aztèque pour lui, cubain pour elle.

Esteban Calderón ignorait tout cet aspect de sa vie. Il n'avait jamais vu son atelier. Elle n'avait aucune de ses œuvres dans son appartement. Il savait qu'elle sculptait le bois, mais elle lui avait laissé entendre que cela appartenait au passé. Elle voulait qu'il en soit ainsi. Elle détestait entendre les Occidentaux parler d'art. Ils ne se rendaient pas compte que, pour bien apprécier, il fallait faire le contraire : laisser parler l'œuvre.

Marisa déposa ses deux sculptures terminées et empocha l'argent. Elle alla dans un bureau de tabac s'acheter un cigare cubain, un Churchill de la marque Roméo et Juliette. Elle passa devant le bâtiment des Archives des Indes et l'Alcázar. Les touristes étaient moins nombreux que d'habitude, mais tout de même présents, apparemment indifférents à l'explosion qui s'était produite à l'autre bout de la ville, ce qui la confortait dans son idée que le terrorisme ne concernait que ceux qui étaient directement touchés.

Elle traversa le quartier de Santa Cruz et pénétra dans les jardins de Murillo pour s'adonner au rituel qu'elle s'accordait toujours après une vente. Elle s'assit sur un banc, dévissa le cylindre d'aluminium et fit glisser le cigare dans sa paume. Elle le fuma sous les palmiers, en s'imaginant à Cuba.

Après avoir pleuré pendant un quart d'heure, Inès s'était ressaisie. Son ventre lui faisait trop mal. Les crampes qui lui crispaient l'abdomen devenaient insupportables. Elle s'était traînée jusqu'à la douche, avait ôté sa chemise de nuit et s'était écroulée dans le bac, en veillant à éloigner son crâne endolori du jet de gouttes cuisantes.

Au bout d'encore un quart d'heure, elle parvint à se relever, sans pouvoir se tenir droite à cause de la douleur. Elle enfila un tailleur sombre, avec un chemisier crème à col haut, et mit des tonnes de maquillage. Elle n'avait pas de marques à cacher sur le visage, mais il lui fallait un masque épais pour affronter la matinée. Elle trouva de l'aspirine qui atténua un peu la douleur, assez pour lui permettre de marcher sans être pliée en deux. D'habitude, elle se rendait au tribunal à pied, mais là, c'était hors de question et elle prit un taxi. C'est ainsi qu'elle apprit qu'il y avait eu une explosion. La radio ne parlait que de ça. Et le chauffeur jacassait sans arrêt. Elle restait silencieuse à l'arrière, à l'abri de ses lunettes de soleil, jusqu'au moment où le chauffeur, déconcerté par son absence de réaction, lui demanda si elle était malade. Elle lui répondit qu'elle était préoccupée. Ça suffisait. Comme ça, il savait au moins qu'elle l'entendait. Il se lança dans un long monologue sur le terrorisme, assurant qu'aux grands maux les grands remèdes et qu'il faudrait tous les virer.

— Qui ?

— Les musulmans, les Africains, les Arabes... tous. Il faudrait s'en débarrasser. L'Espagne aux Espagnols. Il nous faudrait de nouveaux Rois Catholiques. Ils avaient compris l'importance de l'homogénéité. Ils ont su ce qu'ils avaient à faire.

— Vous incluez les Juifs dans ces expulsions massives ?

— *No, no, no que no*, les Juifs ne posent pas de problème. C'est tous ces Marocains, Algériens et Tunisiens. Ce sont tous des fanatiques. Ils sont incapables de modérer leur ferveur religieuse. Faire sauter tout un immeuble d'habitation, qu'est-ce que ça prouve ?

— Que la terreur frappe sans discrimination, dit Inès qui sentait sa poitrine prête à éclater. Même chez nous, nous ne sommes plus en sécurité.

Le *palacio de justicia* était en proie à l'effervescence habituelle. Elle gagna lentement le deuxième étage, où se trouvait le bureau qu'elle partageait avec deux autres magistrats, tous les deux procureurs. Elle était résolue à ne rien laisser paraître de la douleur qui se déchaînait en elle à chaque pas. Après avoir voulu montrer au monde les signes de la violence de son mari, elle souhaitait désormais cacher sa souffrance.

Le rempart du maquillage l'aida à faire bonne figure devant ses collègues surexcités et impatients de commenter les dernières rumeurs, les dernières hypothèses, à défaut de faits pour les étayer. Comme aucun ne l'imaginait capable de désarroi moral, ils restèrent à la surface des choses et retournèrent travailler sans se douter de son état.

Il y avait des dossiers à préparer, des réunions à tenir. Inès s'y employa jusqu'au début de l'après-midi avant de se retrouver avec, devant elle, une demi-heure de battement. Elle décida d'aller se promener dans les jardins Murillo, en face. La nature la calmerait et elle échapperait aux gloses interminables sur l'explosion de la bombe. Une autre bombe venait d'ébranler sa relation et elle avait besoin d'y réfléchir. Un bol d'air au jardin ne réglerait pas son problème, mais lui inspirerait peut-être une idée de départ pour entamer la reconstruction de son mariage disloqué.

Depuis quatre ans que les choses avaient commencé à se dégrader entre eux, Inès se jouait mentalement un film. Une version revue et corrigée de sa vie avec Esteban. L'épisode de leur rencontre et de la liaison qui s'était ensuivie n'y figurait pas sinon le scénario aurait débuté par son infidélité, et elle ne voulait pas du rôle de celle qui brise un engagement conjugal. Dans son film, elle était sans tache. Elle avait réécrit son histoire en censurant tous les aspects qui ne lui convenaient pas. Ce n'était pas conscient. Pour ne pas affronter les moments douloureux ou peu flatteurs pour elle, elle les avait oubliés.

Tout autre qu'Inès aurait trouvé ce film infiniment ennuyeux. Un film de propagande. Du même acabit qu'un panégyrique à la gloire d'un dictateur. Inès y était la courageuse fiancée qui avait pris sous son aile son futur mari après le vilain incident dont on ne parlait jamais, lui avait apporté l'amour et l'attention dont il avait besoin pour remettre sa carrière sur les rails... et ainsi de suite. Et ça marchait. Pour elle. Chaque fois qu'elle le découvrait infidèle, elle se passait le film et y puisait un regain de force ; en fait, chaque film effaçait le précédent, ainsi elle ne souffrait que d'une infidélité à la fois et non de leur addition.

Cette fois, alors que, assise sur un banc du parc, elle se passait le film dans sa tête, il y eut un problème. La pellicule se mit à sauter, comme si la bande sortait de la bobine pour faire place à une image parasite sur son écran intérieur : une femme aux longs cheveux cuivrés, à la peau sombre et aux jambes interminables. Cette vision inopportune la dérangeait dans son exercice de retour à la sérénité. Inès tenta de mobiliser toutes les facultés amnésiques de son puissant cerveau en appuyant sur ses tempes et en clignant des yeux. Et soudain elle comprit que le brouillage venait de l'extérieur. La réalité s'imposait dans son jeu imaginaire. La putain rousse à la peau mate qu'elle avait vue nue ce matin dans l'appareil numérique de son mari fumait un cigare à quelques pas d'elle avec toute la désinvolture du monde.

Marisa n'aimait pas la façon dont la femme assise de l'autre côté de l'allée ombragée la regardait. Elle avait un air égaré de folle. Pas le genre « échappée de l'asile », mais une forme plus dangereuse : trop maigre, trop chic, trop frivole. Elle avait rencontré ses semblables aux vernissages du marchand d'art mexicain, femmes toujours au bord de la dépression nerveuse. Elles emplissaient l'air de leurs jacasseries de pie pour tenir le monde réel à distance, comme si leurs refrains de consommatrices pouvaient combler le grand vide de leurs vies béantes. À la galerie, elle tolérait leur présence parce qu'elles étaient susceptibles d'acheter ses œuvres, mais dans ces jardins, elle n'allait pas laisser une de ces *cabras ricas* lui pourrir l'arôme de son cigare.

— Qu'est-ce que vous regardez ? demanda Marisa. Vous me gâchez mon plaisir, vous savez ça ?

Il fallut un moment à Inès, qui battait des paupières avec perplexité, pour comprendre que cela s'adressait à elle. Alors l'adrénaline réveilla son âme de procureur. Un conflit se pointait. Elle connaissait.

— C'est vous que je regarde. *La puta con el puro*, la pute au cigare.

Marisa décroisa les jambes et se pencha en avant, les coudes sur les genoux, pour mieux scruter l'insolente hyperfardée. Elle attaqua bille en tête.

— Écoute, la pétasse racho, je suis désolée si je suis

sur ton terrain de chasse, mais là, je ne travaille pas, je savoure un cigare.

Inès reçut l'insulte comme une gifle qui fit monter à ses joues le rouge de l'outrage. L'afflux de sang lui brouilla la vue et perturba ses fonctions verbales.

— Je suis avocate, nom de Dieu ! hurla-t-elle.

Dans le parc, les têtes se tournèrent vers elle.

— Les avocats sont la pire espèce de putes. C'est pour ça que tu te peinturlures le visage ? Pour cacher la vérole ?

Inès bondit sur ses pieds en oubliant ses contusions. Malgré sa fureur, elle ne put ignorer la douleur et les spasmes qui lui tordirent le ventre. C'est ce qui la retint d'en venir aux mains. Mais aussi la puissance que suggéraient la musculature de Marisa sous ses airs langoureux et la brutalité impavide de ses paroles.

— C'est vous, la putain, dit-elle en pointant un doigt grêle et translucide vers la métisse à la beauté éclatante. C'est vous qui vous tapez mon mari.

Le trouble qui passa sur les traits de Marisa encouragea Inès. Croyant y lire la consternation, elle s'enhardit :

— Combien il vous paye ? Pas plus de quinze euros la nuit, j'imagine, une misère. C'est même pas le tarif plancher. À moins que la perruque soit cadeau et qu'il vous file les cigares en prime pour vous consoler quand il est pas là.

Marisa revint vite de sa surprise. C'était donc là la pâle petite épouse efflanquée qu'Esteban ne pouvait plus sentir. Elle avait aussi remarqué la grimace qui avait échappé à Inès quand elle s'était levée et deviné la douleur que tentait de cacher le maquillage outré. Elle avait vu des femmes battues dans les quartiers misérables de La Havane. Elle repérait la vulnérabilité à des kilomètres et ne se privait pas d'en tirer parti.

— Sachez une chose, Inès, c'est que quand il vous

bat, c'est parce qu'on a tellement bien baisé toute la nuit qu'il ne peut pas supporter votre petite mine déçue le lendemain matin.

En entendant son nom dans la bouche de la mulâtresse, Inès eut le souffle coupé. Puis les mots la pénétrèrent avec la férocité de lames acérées. L'arrogance née de sa colère s'éteignit. Elle se sentit aussi honteuse que si elle s'était retrouvée nue en public.

Marisa vit avec satisfaction ses épaules s'affaisser et sa combativité l'abandonner. Elle n'en éprouva aucune pitié ; elle avait connu bien pire quand elle vivait en Amérique. La main émaciée qu'Inès avait portée à son côté, incapable de dissimuler plus longtemps la douleur, ouvrait en fait d'autres horizons à Marisa. Le hasard les avait mises en présence, offrant à l'une l'occasion de forger le destin de l'autre.

11.

Séville – Mardi 6 juin 2006, 14 h 15

Un groupe d'ouvriers s'était rassemblé à l'emplacement où Fernando avait entendu sonner le téléphone de sa femme. Il était accroupi par terre, les mains croisées sur le sommet de son crâne comme pour augmenter son poids en s'appuyant sur la tête, au cas où l'excès de tragédie l'arracherait au monde comme un ballon de baudruche emporté par sa légèreté.

La grue se dandinait dans la hauteur en faisant grincer son énorme câble tendu. Des hommes perchés sur des échelles actionnaient des tronçonneuses à main capables de trancher le béton et l'acier dans un bruit d'enfer qui assaillait Falcón, soumis à un jet continu de débris. Ils avaient introduit des étais hydrauliques et de solides échafaudages dans l'amas de décombres pour soutenir les dalles effondrées pendant qu'ils creusaient leur tunnel. Des blocs de béton jaillissaient du trou dans un nuage de poussière. Les scies crachaient une pluie d'étincelles en mordant l'acier. Les silhouettes grises fantomatiques masquées d'énormes lunettes s'enfonçaient lentement. Soudain, l'insupportable vacarme cessa, quelqu'un cria pour demander d'autres étais et d'autres planches. Le soleil cognait. La sueur traçait de sombres sillons sur les visages des hommes couverts de poussière grise. Quand les planches et les piquets eurent été installés, les tronçonneuses se remirent en action, montrant aux humains la redoutable efficacité de leurs dents. Les ouvriers n'étaient plus sur l'échelle. Agenouillés sur les coussins de protection fixés à leurs jambes, ils examinaient le squelette disloqué de l'immeuble, traversé par les tiges d'acier saillant du béton fracassé.

Il savait qu'il devait s'en aller, que le spectacle des entrailles du bâtiment le préparait mal à la tâche qui l'attendait. Mais Falcón était subjugué par l'immensité du drame et laissait grandir en lui sa colère face à la tragédie. Il fallut que Ramírez l'appelle au téléphone pour l'arracher à sa sombre méditation.

— On nous signale qu'un minibus bleu était stationné devant l'immeuble hier matin, annonça Ramírez. Tout le monde n'est pas d'accord sur le nombre de personnes qui se trouvaient à bord. Certains disent deux, d'autres trois et d'autres encore, quatre. Ils transportaient des boîtes à outils, une caisse en plastique contenant du matériel électrique et des gaines d'isolation en rouleaux sur leurs épaules. Personne ne se souvient d'avoir vu un nom de société sur le véhicule.

— Et tout est allé dans la mosquée ?

— Là aussi, il y a un doute. Les personnes que nous avons interviewées n'habitent pas ici en général, c'étaient des passants pour la plupart. Certains ignoraient même qu'il y avait une mosquée au sous-sol. Nous essayons de nous procurer des photos. J'ai chargé Pérez d'établir la liste des résidents. Il est à l'hôpital. Serrano et Baena sont à la pêche aux infos dans les immeubles voisins et auprès des gens de la rue. Où est Cristina ?

— Elle doit être encore en train d'interroger les habitants de la calle de los Romeros. Il faudrait qu'on mette la main sur quelqu'un qui s'est trouvé dans la mosquée au cours des dernières quarante-huit heures pour corroborer les dires de ceux qui étaient à l'extérieur. Et la femme qui a remis la liste au comisario Elvira, Esperanza ? Elle n'a pas laissé un numéro où la joindre ? Appelle-la donc et essaie d'obtenir quelques noms et adresses. Ces femmes doivent savoir quelque chose.

— Aucun membre de la communauté marocaine ne s'est encore manifesté auprès du commissaire ?

— Le maire a été contacté. Tu sais ce que c'est. Ils doivent d'abord maîtriser les médias avant de pouvoir nous apporter leur aide.

— Tu te rappelles la mosquée qui devait être construite à Los Bermejales ? Un truc immense, pouvant accueillir sept mille fidèles. Les habitants ont constitué un groupe de protestation baptisé « los vecinos de los Bermejales ».

— En effet. Ils avaient aussi un site Internet, www.mezquitanogracias.com. On les a accusés de xénophobie, de racisme, d'action antimusulmane, surtout après le 11 Mars.

— On devrait peut-être aller regarder du côté des protagonistes de cette bataille. Ou est-ce que ça semble trop facile ?

— Contente-toi de bosser sur ce qui s'est passé à l'intérieur et à l'extérieur de l'immeuble au cours des dernières quarante-huit heures. En fin de compte, nous avons deux solutions : soit des terroristes ont stocké des explosifs qui ont sauté accidentellement, soit un groupe antimusulman a déposé une bombe et l'a fait exploser. Ces deux scénarios comportent chacun leur lot de complications, mais ce sont les deux idées de base. Exploitons les informations que nous pourrons recueillir au lieu de nous laisser distraire par des éventualités.

Falcón raccrocha. Les tronçonneuses s'étaient tues. Les ouvriers dégageaient les décombres à la main. Ils réclamèrent deux autres étais, d'autres planches, plus de lampes. Leurs coéquipiers gravirent les échelles avec le matériel. On leur passa des piquets. Ils posèrent des lampes à l'entrée. Une tronçonneuse attaqua un morceau d'acier et s'arrêta. Une tige de métal jaillit de l'ouverture, suivie de débris en tout genre. Adossés à leur ambulance, quatre infirmiers attendaient de jouer leur rôle. Les secouristes apportèrent deux civières équipées de sangles au pied des échelles. Suivant les conseils du psychologue chargé de l'accompagner, Fernando se concentrait sur sa respiration. Un médecin lança un ordre. Un légiste grimpa à l'échelle avec son sac mortuaire et se faufila dans le tunnel. À part le bourdonnement des générateurs diesel, le silence régnait. Les ouvriers avaient cessé de s'activer. Les conducteurs étaient sortis de leur cabine pour regarder. Tous avaient besoin de croire à l'espoir en ce jour néfaste.

Un autre cri, pour demander une civière cette fois. Le médecin reparut en rampant à reculons et redescendit le long de l'échelle, tandis que deux secouristes en escaladaient une autre en tirant un brancard. Fernando se releva et se précipita vers le médecin qu'il agrippa par les manches. Dans l'intensité de cette curieuse étreinte, ils avaient l'air de judokas luttant pour la victoire. Fernando laissa retomber ses mains. Le médecin l'entoura de son bras et fit signe au psychologue. Fernando s'abandonnait contre lui comme un enfant perdu. Le médecin s'adressa au psy par-dessus son épaule.

Le médecin rejoignit alors les ambulanciers qui établissaient le contact radio avec l'hôpital et fut mis en relation directe avec les urgences. Les infirmiers orientèrent l'arrière de l'ambulance vers les échelles, ouvrirent la double portière, installèrent une coquille sur la civière, actionnèrent l'arrivée d'oxygène, rechargèrent le défibrillateur.

Les ouvriers, qui avaient replongé dans la brèche après la sortie du médecin, guidaient maintenant les secouristes. Le médecin légiste s'approcha de Falcón au moment où Calderón revenait de derrière l'amas de décombres.

— On a un survivant ? s'informa le juge.

— La femme est morte, lui dit le médecin. Mais sa fille respire encore, même si son pouls est faible. Apparemment, la mère est tombée en lui faisant un rempart de son corps pour la protéger le plus possible de tout ce qui leur dégringolait dessus. Le problème, c'est de sortir l'enfant. La mère tourne le dos aux secouristes. Ils vont donc devoir hisser l'enfant pour la faire passer par-dessus le corps de sa mère et il n'y a pas beaucoup de place. Si l'enfant a la colonne vertébrale brisée, le moindre déplacement peut provoquer une paralysie à vie, mais si elle reste trop longtemps là-dessous, elle mourra.

Les ouvriers surgirent à l'air libre, pouces levés. Les secouristes reparurent, occupés à extraire la civière enveloppante en acier, qu'ils enclenchèrent dans les glissières de l'échelle pour l'amener jusqu'aux ambulanciers. Ceux-ci soulevèrent immédiatement la fillette et l'installèrent dans la coquille. Deux équipes de télévision arrivèrent au galop, poursuivies par la police. Le médecin légiste fit un rapport complet à Calderón. Les marteaux-piqueurs, tronçonneuses et pelleteuses se remirent à l'œuvre, comme galvanisés par ce mince espoir. Falcón monta à l'avant de l'ambulance. La civière fut montée à l'arrière, suivie par Fernando. Un ouvrier écarta brutalement un cameraman. Les portières se refermèrent sur le micro d'une journaliste. Le chauffeur sauta sur son siège et lança aussitôt la sirène.

Il démarra lentement sur le terrain accidenté pour accélérer dès qu'il toucha le goudron. Les photographes de presse s'agglutinèrent autour du véhicule, brandissant leurs appareils devant les fenêtres. L'éclat malsain des flashs, le hurlement hystérique de la sirène et le peloton de journalistes courant derrière l'ambulance laissèrent les passants ébahis et pantois.

La nouvelle de la découverte d'un survivant avait gagné l'ambulance de vitesse. Une horde de journalistes, aux prises avec une dizaine de policiers et d'aides-soignants, les attendaient à l'entrée de l'hôpital. La rampe d'accès aux urgences était dégagée. Ils réussirent à sortir la fillette et à lui faire passer les portes battantes avant qu'un journaliste ait pu approcher. Fernando disparut à l'intérieur avec elle. Les reporters entourèrent Falcón, qu'ils avaient repéré à l'avant de l'ambulance. Il les calma en les informant que l'enfant avait été sortie des décombres vivante. Un médecin ferait une déclaration après l'avoir examinée. Falcón leva la main pour arrêter le flot de questions qui s'ensuivit.

Dix minutes plus tard, il avait récupéré sa voiture à l'institut médico-légal et se frayait un chemin à travers la mêlée de journalistes toujours impatients de recueillir ses commentaires. Il traversa le fleuve et se rendit à l'ancien site de l'Exposition. Il trouva les bureaux d'Informáticalidad en face d'un vaste entrepôt de la calle Albert Einstein. Il montra son insigne de la police à la réceptionniste et lui dit qu'il voulait un entretien immédiat avec Pedro Plata dans le cadre d'une enquête criminelle. Il lui dédia le plus sévère de ses airs de policier intraitable et elle appela aussitôt. Le señor Plata était en réunion mais il allait le recevoir dans quelques minutes. Elle lui fit franchir le service de sécurité pour le conduire dans un bureau entouré de parois de verre. À part la réceptionniste, il ne voyait personne. Il régnait un calme absolu, comme si les affaires tournaient au ralenti ou ne tournaient pas du tout.

Pedro Plata arriva sur les pas de la réceptionniste qui posa des cafés devant eux avant de s'éclipser. Il avait seulement été chargé d'acheter l'appartement et ne pouvait rien lui dire sur l'usage qui en avait été fait.

— Aviez-vous une raison particulière de l'acheter au lieu de le louer ?

— Je ne répondrai que si vous pouvez me garantir que l'information ne sera pas communiquée au fisc ou utilisée à l'encontre de la société.

— Mon boulot à moi, c'est de démasquer les meurtriers.

— Nous avions une caisse noire à écouler.

— Et son affectation n'a pas été discutée en conseil d'administration ?

— Pas en ma présence en tout cas. C'était une idée de Diego Torres. C'est notre directeur des ressources humaines. Vous devriez vous adresser à lui.

Nouvelle attente. Glacé par l'air conditionné, il se faisait l'effet d'un animal arctique exposé dans un zoo entre ces murs de verre. Diego Torres le rejoignit enfin et, sans lui laisser le temps de s'asseoir, Falcón lui demanda à quoi leur avait servi l'appartement.

— Nous essayons d'encourager la créativité chez nos employés, pas seulement dans notre domaine d'activité, mais dans celui des affaires en général, répondit Torres. D'où viendront les prochaines opportunités ? Pourrions-nous élargir notre activité à d'autres secteurs ? Existe-t-il d'autres entreprises qui pourraient apporter un plus à la nôtre ou en faciliter la croissance ? Y a-t-il des projets totalement différents qui valent la peine d'être étudiés ? Des choses de ce genre.

— Et vous pensiez y arriver en investissant dans

l'acquisition d'un petit appartement dans un immeuble ordinaire dans un quartier pauvre de Séville ?

— Cela a été une décision raisonnée. Nos employés se plaignaient de n'avoir jamais le temps de réfléchir pour innover, d'être toujours trop absorbés par leur travail. Ils nous ont demandé de leur aménager des temps de brainstorming. De nombreuses sociétés offrent cela à leurs employés. Ça consiste en général à les envoyer à l'étranger dans des hôtels de luxe où ils assistent à des réunions, à des séminaires, aux conférences de gourous qui prennent des fortunes pour débiter des évidences, tout en bénéficiant de la piscine, du tennis et en faisant des fiestas nocturnes qui se terminent à cinq heures du matin.

— Ils ont dû être très déçus par votre solution. Combien d'employés vous ont quittés ?

— Aucun à cause de ce projet. De toute façon, ça tourne pas mal dans les équipes de vente. C'est un travail difficile, avec des objectifs exigeants. Nous payons bien, mais nous attendons des résultats. Les jeunes croient souvent qu'ils supporteront la pression, mais beaucoup s'usent ou perdent leur allant. Il faut être très jeune. Aucun de nos commerciaux n'a plus de trente ans.

— Vous voulez dire que personne n'est parti quand vous leur avez montré l'appartement d'El Cerezo ?

— Nous ne sommes pas idiots, inspecteur. Nous leur avons donné une compensation. Ils devaient prendre le brainstorming au sérieux. Nous les placions hors de leur environnement habituel, loin de toute distraction, sans même un café correct à proximité, pour qu'ils puissent se concentrer sur leur mission. Ils y allaient à deux et nous changions les équipes de temps en temps. On leur disait qu'il s'agissait d'un programme à durée déterminée, trois mois maximum, et qu'ils n'étaient pas obligés de rester plus de quatre heures d'affilée à l'appartement. On leur garantissait aussi qu'ils prendraient part au projet qu'ils auraient mis sur pied et qui aurait reçu l'aval du conseil d'administration.

— Quelle était la compensation ?

— Nous ne sommes pas si durs que ça avec eux. La compensation, c'était un séjour entièrement payé dans un hôtel en bord de mer, avec golf et tennis, pendant la Feria, sans aucun travail à fournir. Nous leur permettions aussi d'amener leur petite amie.

— Et leur petit copain ?

Torres battit des paupières, comme si la remarque avait créé un court-circuit dans ses méninges. Falcón se dit que Torres risquait de tirer des conclusions hâtives de sa question, puis il se souvint qu'on n'avait vu que des hommes passer à l'appartement.

— Vous employez bien sûr des femmes également, n'est-ce pas, señor Torres ?

— La réceptionniste qui vous a accueilli...

— Comment recrutez-vous ?

— Nous mettons des annonces dans les écoles de commerce et nous nous adressons à des agences.

— Donnez-moi des noms et des numéros de téléphone, dit Falcón en lui tendant son calepin. Combien de personnes avez-vous licenciées dans l'année ?

— Aucune.

— Depuis deux ans ?

— Aucune. Nous ne licencions pas les gens. Ils partent.

— Ça coûte moins cher, admit Falcón. J'aimerais avoir la liste de toutes les personnes qui ont quitté votre entreprise depuis un an, ainsi que les noms et adresses des hommes qui ont occupé l'appartement de la calle de los Romeros.

— Pourquoi ?

— Nous voulons savoir s'ils ont vu quelque chose

pendant qu'ils y étaient, en particulier pendant la semaine qui vient de s'écouler.

— Cela ne va pas être simple pour vous d'interroger mes commerciaux.

— Vous allez devoir me faciliter la tâche. Nous sommes à la recherche d'individus qui sont responsables de la mort de quatre enfants et cinq adultes... pour le moment. Et les deux premiers jours d'une enquête sont primordiaux.

— Quand voulez-vous commencer ?

— Deux membres de mon équipe les contacteront dès que vous m'aurez indiqué leurs coordonnées. Au fait, pourquoi teniez-vous à ce qu'ils aillent à l'appartement de jour ?

— Parce que ce sont les heures ouvrables. Ils vendent de neuf heures du matin à huit heures du soir, aux heures d'ouverture des bureaux. Ils ont, en plus de la paperasse, des réunions, des stages de formation, des séminaires d'information sur les produits. S'ils travaillent douze heures dans la journée, c'est un minimum.

— Donnez-moi aussi les noms et adresses des administrateurs.

— Maintenant ?

— Ainsi que les autres listes que je vous ai demandées, oui. Moi aussi, je suis très occupé, señor Torres. Si vous pouviez me les apporter d'ici dix minutes, ça m'arrangerait.

Torres se leva et vint serrer la main de Falcón.

— Apportez-moi ces listes, señor Torres. Ensuite, j'aurai d'autres questions à vous poser.

Torres disparut. Falcón alla aux toilettes. Au-dessus de chaque urinoir, un haut-parleur diffusait en continu des citations de la Bible et d'édifiants préceptes commerciaux. Informáticalidad tirait le meilleur de ses employés en leur dispensant un enseignement qui tenait de celui de la secte.

La réceptionniste l'attendait à la sortie des toilettes. On aurait dit qu'elle avait été chargée de l'empêcher de vaquer à sa guise dans les couloirs, alors que tous les bureaux avaient des accès sécurisés. Elle le ramena à Torres qui était revenu avec les listes.

— Est-ce qu'Informáticalidad fait partie d'une holding ? s'informa Falcón.

— Nous appartenons à la division informatique d'une société espagnole basée à Madrid qui s'appelle Horizonte, elle-même propriété d'un groupe d'investissement américain dénommé I4IT.

— Qui sont-ils ?

— Allez savoir. Les 4 I correspondent à Indianapolis Investment Interests Incorporated et le IT à Information Technology. Je crois qu'au départ, ils investissaient essentiellement dans l'industrie high-tech, mais ils se sont largement diversifiés depuis.

Torres le raccompagna à la réception.

— Combien d'idées et de projets vos commerciaux ont-ils pondus pendant leurs séjours à la calle de los Romeros ?

— Quinze idées, qui sont déjà mises en pratique dans nos méthodes de travail, et quatre projets qui sont encore à l'étude.

— Vous avez déjà entendu parler d'un site Internet appelé www.vomit.org ?

— Jamais, affirma Torres en laissant la porte se refermer doucement.

De retour dans sa voiture, Falcón regarda s'il avait eu des appels en absence sur ses téléphones portables. L'immeuble d'Informáticalidad, sorte de cage d'acier et verre teinté, reflétait les alentours. Au sommet du bâtiment, les logos de quatre sociétés s'étalaient sur quatre grands panneaux : Informáticalidad, Quirúrgicalidad, Ecográficalidad et, sur une enseigne un peu plus grande, ornée d'une énorme paire de lunettes sur lesquelles défilait un paysage, le nom Optivisión. Haute technologie, instruments chirurgicaux robotisés, appareils à ultrasons et laser pour corriger la vue. Ces entreprises avaient accès aux fonctions internes du corps humain. Elles avaient les moyens d'explorer le tréfonds de l'organisme, d'enlever et de remplacer des choses, de faire en sorte que vous voyiez le monde selon leurs propres critères. Cela mettait Falcón mal à l'aise.

12.

Séville – Mardi 6 juin 2006, 15 h 45

Tout en s'éloignant de l'immeuble dont la façade lui renvoyait l'image flottante de sa voiture, il appela Mark Flowers, qui portait le titre euphémique de « chargé de communication » au consulat des États-Unis à Séville. C'était un agent de la CIA, qui avait été rappelé après le 11 Septembre alors qu'il était à la retraite, pour être affecté à Madrid et de là, à Séville. Falcón l'avait rencontré à l'occasion d'une enquête en 2002. Ils étaient restés en contact. Plus exactement, Falcón lui servait d'informateur, en échange de quoi il l'alimentait en renseignements de nature plus sensible et lui assurait une liaison directe et efficace avec le FBI.

— Vous avez essayé de me joindre, Mark.

— Il faut que nous parlions.

— Vous avez quelque chose pour moi ?

— Rien. C'est venu comme ça. Je bosse sur des trucs.

— Pouvez-vous m'avoir des informations sur une société qui s'appelle I4IT, Indianapolis Investment Interests Incorporated in Information Technology ?

— Certainement. Quand pouvons-nous nous rencontrer ?

— Ce soir. Tard. Nos gens veulent avoir un

« entretien » avec moi. Si vous passez après, vous aurez peut-être quelques conseils à me donner.

Falcón raccrocha. Le journal de la radio présentait un dernier point des événements : un groupe appelé « Mártires islámicos para la liberación de Andalucía », MILA, avait appelé la TVE et la RNE pour revendiquer l'attentat. Le Corte Inglés avait été évacué et il régnait une grande agitation dans la calle Tetuán à cause d'une alerte à la bombe. Toutes les routes autour de Séville étaient embouteillées, en particulier l'autoroute de Jerez de la Frontera au sud.

Falcón chassa l'image d'un immense nuage de poussière flottant sur la banlieue de Séville envahie par un troupeau serré de bétail humain.

Son portable vibra alors qu'il traversait le fleuve dans l'autre sens ; Rámirez lui demandait où il en était.

— Nous avons trouvé quelqu'un qui fréquente régulièrement la mosquée, annonça-t-il. Il s'y rend tous les soirs après le travail pour la prière. Nous t'attendrons à la petite école.

Falcón entra dans le quartier El Cerezo par le nord pour éviter les encombrements aux abords de l'hôpital. À son arrivée à l'école, il photocopia les listes du personnel d'Informáticalidad et en donna quelques exemplaires à Ramírez en lui disant d'envoyer deux membres de l'équipe interroger les commerciaux pour leur demander s'ils avaient remarqué quelque chose. Ramírez lui présenta alors le Marocain, un certain Said Harrouch. Il était cuisinier et était né en 1958 à Larache, dans le nord du Maroc.

Le vacarme des travaux rendait toute conversation impossible dans les salles de classe qui n'avaient plus de carreaux aux fenêtres. Ils se déplacèrent chez le Marocain, qui habitait à proximité. Sa femme leur prépara un thé à la menthe et ils s'installèrent dans une pièce située à l'opposé de l'immeuble effondré.

— Vous êtes donc cuisinier d'une entreprise de fabrication implantée dans le Polígono Industrial Calonge, dit Ramírez. Quels sont vos horaires ?

— De sept heures du matin à cinq heures de l'après-midi. On m'a permis de rentrer chez moi quand on a appris la nouvelle de l'explosion.

— Vous allez à la mosquée à des heures régulières ?

— J'y arrive en général entre cinq heures et demie et six heures moins le quart.

— Tous les jours ?

— Et cinq fois par jour les week-ends.

— Vous assistez seulement à la prière ou vous y restez un peu ?

— Le week-end, on sert du thé. Je passe un peu de temps avec les autres.

L'homme était calme. Il était appuyé au dossier de son siège, les mains croisées sur le ventre. Il ouvrait et fermait les yeux en abaissant lentement ses paupières bordées de longs cils, sans montrer la moindre inquiétude face aux policiers.

— Depuis combien de temps vivez-vous à Séville ?

— Presque seize ans. Je suis arrivé en 1990 pour travailler sur le site de l'Expo universelle. Je ne suis jamais reparti.

— La vie dans ce quartier vous plaît ?

— Je préférais quand j'habitais dans la vieille ville. Ça ressemblait plus à mon pays.

— Comment sont les gens ici ?

— Les Espagnols ? Ça va, en général. Il y en a quelques-uns qui trouvent que nous, les Marocains, nous sommes trop nombreux dans le coin.

— Ne vous croyez pas obligé de prendre des gants, intervint Ramírez. Dites-nous comment les choses se passent réellement.

— Après les attentats du train de Madrid, beaucoup de gens sont devenus méfiants à notre égard. On a beau leur dire que tous les Nord-Africains ne sont pas des terroristes, comme nous sommes très nombreux par ici, ça n'aide pas. L'imam a fait tout ce qu'il a pu pour expliquer que le terrorisme est le fait d'une toute petite minorité, qu'il désapprouve lui-même leur interprétation radicale de l'islam et qu'il la combat dans sa mosquée. Ça n'a servi à rien. Ils sont toujours aussi soupçonneux. Je passe mon temps à dire aux gens d'ici que, même au Maroc, ils pourraient chercher longtemps avant de trouver des sympathisants prêts à défendre l'action des ces quelques fanatiques, mais ils ne nous croient pas. Naturellement, si vous allez dans un bar de Tanger, vous entendrez des gens récriminer contre les Américains et les Israéliens. Vous verrez des personnes défiler dans la rue pour protester contre la situation des Palestiniens. Mais ce ne sont que des discussions et des manifestations. Ça ne veut pas dire que nous sommes tous prêts à nous barder d'explosifs pour aller massacrer des civils. Ce sont nos propres coreligionnaires qui ont été tués dans les attentats de Casablanca en mai 2003. Des musulmans sont morts dans les trains de Madrid en 2004 et à Londres en 2005, mais tout le monde l'oublie.

— C'est le propre de la terreur, señor Harrouch, commenta Falcón. Les terroristes veulent que les gens sachent que ça peut arriver n'importe où, n'importe quand, à n'importe qui, chrétiens, musulmans, hindous ou bouddhistes. Nous en sommes là, aujourd'hui à Séville. On ne se sent plus en sécurité chez soi. C'est ce qu'il nous faut comprendre au plus vite : qui a intérêt à nous terroriser ou, au moins, pourquoi ?

— Naturellement, tout le monde va supposer que c'est nous, déplora Harrouch en pointant son doigt vers sa poitrine. En rentrant du travail ce matin, je me suis fait insulter dans la rue par des gens qui ne réfléchissent pas beaucoup quand ils apprennent qu'une bombe a explosé.

— Le 11 Mars, le gouvernement a tout de suite soupçonné l'ETA, rappela Ramírez.

— Nous savons qu'il existe des groupes anti-musulmans, dit Falcón.

— Nous avons entendu parler du VOMIT, confirma Harrouch. – Devant l'air surpris des policiers, il ajouta : – Nous passons beaucoup de temps sur Internet. C'est comme ça que nous communiquons avec nos familles au Maroc.

— Nous en avons découvert l'existence seulement ce matin.

— En fait, c'est dirigé contre nous, dit Harrouch. Ce site a pour but de démontrer que l'islam est une religion de haine, ce qui est faux. Pour nous, VOMIT n'est qu'un moyen de plus qu'a trouvé l'Occident pour nous humilier.

— Ce n'est pas l'Occident qui a créé ce site, remarqua Ramírez. C'est aussi une minorité fanatique, à l'intérieur de l'Occident.

— Objectivement, señor Harrouch, il va falloir un certain temps avant que nous puissions accéder au sous-sol où se trouvait la mosquée, dit Falcón pour ramener la conversation au sujet qui l'occupait. Nous allons devoir attendre des jours et des jours avant de pouvoir relever des indices à l'emplacement même de la bombe. D'ici là, nous n'avons que les témoignages à nous mettre sous la dent. Qui a-t-on vu entrer et sortir du bâtiment au cours des dernières soixante-douze heures ? Pour le moment, on nous a parlé de deux véhicules : un Peugeot Partner blanc, avec deux Marocains qui livraient des cartons...

— De sucre, précisa Harrouch avec une vivacité inattendue. J'étais là quand ils les ont apportés hier.

C'était du sucre. C'était écrit sur les cartons. Ils avaient aussi des sacs de menthe. C'était pour le thé.

— Vous connaissiez ces deux hommes ? demanda Ramírez. Vous les aviez déjà vus auparavant ?

— Non, je ne les connaissais pas. Je ne les avais jamais vus.

— Qui les connaissait alors ? Qui les avait contactés ?

— L'imam Abdelkrim Benaboura.

— Qu'ont-ils fait du sucre et de la menthe ?

— Ils les ont déposés dans la réserve, derrière la mosquée.

— Ces deux hommes ont-ils été présentés à quelqu'un ?

— Non.

— Savez-vous d'où ils venaient ? enchaîna Falcón.

— Quelqu'un a dit qu'ils venaient de Madrid.

— Combien de temps sont-ils restés dans la mosquée avec l'imam ?

— Ils étaient toujours là quand je suis parti à sept heures.

— Est-il possible qu'ils aient passé la nuit sur place ?

— C'est possible. Il est déjà arrivé que des gens dorment dans la mosquée.

— Vous vous souvenez de l'heure de leur arrivée ? reprit Ramírez.

— Ils sont arrivés une dizaine de minutes après moi. Il devait donc être six heures moins le quart.

— Pouvez-vous nous décrire exactement ce qu'ils ont fait ?

— Ils sont entrés en portant chacun un carton de sucre avec un sac de menthe posé dessus. Ils ont demandé l'imam. Il est sorti de son bureau et leur a montré la réserve. Ils ont laissé les cartons, sont ressortis et en ont rapporté deux autres.

— Ensuite ?

— Ils sont repartis.

— Les mains vides ?

— Je crois, dit Harrouch. Mais ils sont revenus quelques minutes plus tard. Je pense qu'ils étaient allés garer leur voiture. À ce moment-là, ils sont entrés dans le bureau de l'imam et ils y étaient encore quand je suis parti.

— Avez-vous entendu des bribes de conversations ?

Harrouch secoua la tête. Falcón devinait sa lassitude devant cette avalanche de questions au sujet de détails apparemment sans importance. Harrouch avait sans doute l'impression de compromettre ces deux hommes qui, selon lui, n'avaient fait que livrer du sucre. Falcón lui dit de ne pas s'inquiéter, que toutes ces questions avaient pour but de vérifier que les réponses cadraient avec les autres témoignages.

— Savez-vous si on a vu passer d'autres éléments extérieurs ce matin-là ? demanda Ramírez.

— Des éléments extérieurs ?

— Des ouvriers, des livreurs... des gens de ce genre.

— Les électriciens ont dû faire un tour à un moment quelconque. Il y avait eu une panne samedi soir. Dimanche, nous étions dans le noir, éclairés à la bougie, et quand je suis retourné à la mosquée hier soir, en rentrant du travail, l'électricité était revenue. Je ne sais pas quel était le problème ni ce qu'ils ont fait. Il faudra interroger quelqu'un qui était sur place à ce moment-là.

Ramírez lui demanda de lui indiquer des noms. Il les chercha sur la liste que l'Espagnole, Esperanza, avait remise à Elvira. Les trois premiers noms cités par Harrouch s'y trouvaient et les trois hommes étaient donc sans doute morts dans la mosquée. Le quatrième habitait dans une rue voisine.

— Vous connaissiez bien l'imam ?

— Il est avec nous depuis deux ans. Il lit beaucoup. Il paraît que c'est plein de livres chez lui. Mais il nous consacre énormément de temps malgré tout. Je vous l'ai dit, il n'est pas fondamentaliste. Il n'a jamais tenu de propos extrémistes et il a même clairement dit ce qu'il pensait des attentats suicides : à son avis, le Coran ne les autorise pas. Il ne faut pas oublier qu'il y avait aussi des Espagnols convertis à l'islam qui fréquentaient la mosquée. Ils ne sont pas du style à accepter les positions extrêmes...

— S'il prêchait un islam radical à des jeunes, vous l'auriez su ? s'informa Ramírez.

— Dans un quartier comme celui-ci, ce ne serait pas resté secret très longtemps.

— À part les deux hommes qui ont livré le sucre et la menthe, avez-vous vu d'autres étrangers dans l'entourage de l'imam ? Des personnes venues d'une autre ville ou d'un autre pays ?

— Je l'ai vu avec des Espagnols. Il était très préoccupé par l'image qu'avait l'islam après tous les événements des dernières années. Il s'efforçait de rencontrer des prêtres catholiques et de s'exprimer devant leurs assemblées pour les rassurer et les convaincre que tous les Nord-Africains ne sont pas des terroristes.

— Vous connaissez un peu son histoire ?

— Il est d'origine algérienne. Quand il est arrivé ici, il venait de Tunis. Il a dû vivre quelque temps en Égypte parce qu'il en parlait souvent. Il disait qu'il avait fait des études à Khartoum.

— Où a-t-il appris l'espagnol ? demanda Falcón. Dans ces pays, on parle anglais ou français, en plus de l'arabe.

— Il l'a appris ici. Avec les convertis. Il était doué en langues. Il en parlait plusieurs...

— Lesquelles ? voulut savoir Ramírez.

— L'allemand. Il parlait l'allemand, répondit Harrouch, à nouveau sur la défensive.

— Parce qu'il a aussi vécu en Allemagne ?

— Probablement, mais ça ne veut rien dire. Ce n'est pas parce que les auteurs des attentats du 11 Septembre venaient de Hambourg qu'il faut en déduire que tous les musulmans qui sont passés en Allemagne sont des extrémistes. J'espère qu'il ne vous a pas échappé que c'est une mosquée qui a été visée, avec plus de dix personnes à l'intérieur, des hommes d'âge mûr avec femme et enfants pour la plupart et non de jeunes fanatiques qui fabriquaient des bombes. Pour moi, nous étions la cible d'un attentat...

— Allons, señor Harrouch, l'apaisa Falcón. Sachez que nous envisageons toutes les possibilités. Vous avez évoqué VOMIT. Connaissez-vous d'autres groupes antimusulmans capables d'actions aussi radicales ?

— Il y avait eu des manifestations assez désagréables contre la construction de notre mosquée de Los Bermejales. Je ne sais pas si vous vous en souvenez... ils avaient égorgé un cochon à l'emplacement où elle devait s'élever, en mai, l'année dernière. Ils sont assez virulents.

— Nous les connaissons, admit Ramírez. Nous allons suivre leurs activités de près.

— Avez-vous eu l'impression d'être épiés, observés ? continua Falcón. Avez-vous remarqué de nouveaux arrivants que vous ne connaissiez pas, ou dont le comportement vous a paru étrange ?

— Les gens se méfient de nous, mais je ne pense pas qu'on ait été particulièrement surveillés.

Ramírez vérifia si les deux hommes que Harrouch avait vus livrer du sucre à la mosquée correspondaient à la description des occupants du Peugeot Partner. Harrouch lui répondit distraitement. Quand ils se levèrent pour partir, Harrouch ajouta soudain :

— Maintenant ça me revient. Il s'est passé quelque chose la semaine dernière. Quelqu'un m'a dit que la mosquée avait été inspectée par des gens de la municipalité. Comme c'est un bâtiment public, elle doit être conforme à certaines règles de sécurité et deux hommes ont débarqué sans prévenir et ont tout examiné, les évacuations, les tuyauteries, l'électricité, tout.

13.

Séville – Mardi 6 juin 2006, 16 h 55

— Qu'est-ce que tu en penses ? demanda Falcón à Ramírez pendant qu'ils regagnaient l'école maternelle où ils devaient retrouver le commissaire Elvira et le juge Calderón.

— La difficulté avec ces gens, c'est d'arriver à démêler le vrai du faux. Je ne pense pas que le señor Harrouch soit un menteur. Mais c'est un immigré arrivé il y a seize ans et il a appris à tenir le discours qui lui attirera le moins d'ennuis et qui montrera ses compatriotes sous un jour favorable. Il assure que l'imam n'a jamais prêché l'extrémisme, mais il a gaffé en avouant qu'il parlait plusieurs langues. Pourquoi était-il embêté de les citer ? Parce que dans le tas il y a l'allemand. Cela peut suggérer un passage à Hambourg, mais ça signifie surtout qu'il a voyagé en Europe. Et ça le rend suspect.

— Il a parlé très franchement des livreurs et de leurs cartons.

— De sucre, précisa Ramírez. Il a bien insisté là-dessus. Et il ne voulait pas trop entrer dans les détails. Il aurait bien aimé pouvoir dire qu'il les connaissait, mais il ne pouvait pas. Il cherchait manifestement à les protéger. Mais s'ils ne faisaient que transporter du sucre, où est le problème ? Pourquoi éprouve-t-il le besoin de les couvrir ?

— Solidarité entre musulmans, proposa Falcón.

— Ou crainte des répercussions ?

— Même s'ils ne se connaissent pas, ils se sentent un devoir les uns envers les autres. Le señor Harrouch est un homme honnête et travailleur, et il veut que nous pensions que tous ses congénères sont comme lui. Quand il se produit un drame comme cet attentat, ils se sentent fragilisés et ont aussitôt un réflexe de défense, quitte à soutenir des personnes qu'ils réprouvent par ailleurs.

Elvira et Calderón avaient été rejoints par Gregorio, du CNI.

— Il y a du nouveau à Madrid, annonça Elvira. Gregorio vous expliquera.

— Nous avons travaillé sur les notes griffonnées dans les marges du Coran trouvé dans le Peugeot Partner, dit Gregorio. On en a faxé des copies à Madrid. On les a comparées avec l'écriture du propriétaire de la camionnette, Mohammed Soumaya, et de son neveu Trabelsi Amar. Ça ne correspond pas.

— Ces annotations apportent-elles des informations ? demanda Calderón. Y décèle-t-on des tendances extrémistes ?

— Selon notre spécialiste du Coran, elles dénotent une interprétation du texte plus originale que radicale de la part du propriétaire du livre.

— Avez-vous retrouvé Trabelsi Amar ? demanda Ramírez.

— Il était encore à Madrid, acquiesça Gregorio. Il évitait son oncle en attendant de récupérer la camionnette. Quand il a appris la nouvelle de l'attentat, il s'est caché, ce qui n'était sans doute pas prévu au programme car il n'a rien trouvé de mieux que d'aller se terrer chez un ami, à défaut d'autre planque. La police locale l'a appréhendé il y a deux heures.

— A-t-il révélé les identités des types à qui il a prêté la camionnette ?

— Oui. Il est terrifié. D'après la cellule antiterroriste du CGI de Madrid, il n'a pas du tout un comportement de terroriste. Il leur a tout raconté sans faire de difficultés.

— Les noms d'abord, continua Ramírez.

— Celui qui a le crâne rasé s'appelle Djamel Hammad, trente et un ans, né à Tlemcen en Algérie. Son copain se nomme Smail Saoudi, trente ans, né à Tiaret, également en Algérie. Tous les deux habitaient au Maroc et devraient encore y être.

— Que sait-on d'eux ?

— Ce sont leurs vrais noms. Ils ont opéré sous différents pseudonymes. Ils étaient sur la liste des suspects moyennement à très dangereux, c'est-à-dire pas de ceux qui risquent d'être directement impliqués dans la préparation et l'exécution d'attentats, mais soupçonnés de falsification de documents et de participation à des actions logistiques et de reconnaissance. Ils ont tous les deux des parents qui ont milité dans le GIA, le Groupe islamique armé.

— Comment Trabelsi Amar les connaît-il ?

— Ce sont des immigrés clandestins. Ils ont fait la traversée ensemble, à bord de la même embarcation. Hammad et Saoudi se sont liés d'amitié avec lui. Ils l'ont amené à Madrid et l'ont aidé à obtenir ses papiers. Ils lui ont demandé un service en échange.

— Il n'a pas trouvé la manœuvre un peu suspecte ?

— Ça l'arrangeait de ne pas se poser de questions. Trabelsi Amar n'est pas une lumière.

— Qu'en est-il de la camionnette ?

— Amar travaillait pour son oncle, il effectuait ses livraisons. Il bricolait aussi à côté, pour arrondir ses fins de mois. Il faisait des courses pour les uns et les autres, parfois pour Hammad et Saoudi. Et puis ils lui ont demandé de leur prêter la camionnette ; la première fois, pour l'après-midi, la deuxième pour une journée entière. C'est venu progressivement, si bien que, quand ils ont voulu emprunter le véhicule pendant trois jours pour aller à Séville en lui proposant deux cent cinquante euros, il n'a pensé qu'à l'argent.

— Quelle explication a-t-il donnée à son oncle Mohammed ?

— Il lui a dit qu'il l'avait loué trente euros la journée. Il a beau ne pas être très malin, il avait quand même calculé que sa petite affaire lui rapporterait cent soixante euros sans qu'il ait à lever le petit doigt.

— Il sait donc probablement où habitent Hammad et Saoudi.

— L'appartement est fouillé à l'heure qu'il est.

— À quel moment exactement Amar s'est-il caché ? Quand il a appris qu'il y avait eu un attentat ou quand on a annoncé la découverte d'un Peugeot Partner à proximité ?

— Dès qu'il a entendu parler de l'attentat.

— Donc il se doutait déjà que ses nouveaux amis n'étaient pas tout à fait clairs.

— Quel rapport avaient-ils avec l'imam Abdelkrim Benaboura, demanda alors Falcón, à part le fait qu'ils étaient tous algériens ?

— Pour l'instant, nous n'avons trouvé qu'un point commun : Benaboura est aussi né à Tlemcen, ce qui ne veut pas dire grand-chose.

— Nous en avons plus appris sur l'imam en interrogeant un fidèle de la mosquée que par le CNI et le CGI réunis, remarqua Falcón.

— Nous n'avons toujours pas accès au restant des informations, répliqua Gregorio. Pas même Juan qui est pourtant assez haut placé dans la hiérarchie, comme vous vous en serez peut-être rendu compte.

— L'imam a joué un rôle, déclara Ramírez. J'en suis persuadé.

— Qu'est-ce que c'est que cette organisation, le MILA, qui a revendiqué l'attentat, d'après la télévision ? demanda encore Falcón.

— On ne leur connaît pas d'activité terroriste, répondit Gregorio. Nous savons que leur intention est de « libérer » l'Andalousie, mais cela ne nous a jamais beaucoup inquiétés. La situation militaire actuelle de ce pays étant ce qu'elle est, seule une grande puissance pourrait envisager d'annexer une région entière de l'Espagne. Les Basques n'y sont pas parvenus et ils n'ont même pas besoin d'organiser une invasion.

— Quels renseignements le CGI de Madrid avait-il sur Hammad et Saoudi et leurs faits et gestes en Espagne ?

— Aucun, reconnut Gregorio. Ce n'est pas si facile que ça de repérer les fondamentalistes au milieu d'une énorme population d'immigrés toujours mouvante, dont une partie est entrée clandestinement. Ainsi, nous savons qu'il y en a qui arrivent, exécutent une ou deux missions et repartent pour être remplacés par d'autres qui viennent de France, d'Allemagne ou de Hollande. Le plus souvent, ils ignorent le but ultime de leur action. Ils livrent un colis, déposent quelqu'un quelque part, récoltent des fonds à l'aide de cartes volées, voyagent dans un train à un horaire précis pour relever le nombre de passagers et le temps d'arrêt aux gares ainsi que leur fréquence, ou surveillent un immeuble pour en évaluer le niveau de sécurité. Même si nous les arrêtons et que nous leur arrachions des aveux, ce qui n'est pas évident, nous n'obtenons qu'un morceau minuscule d'un film beaucoup plus long, qui n'est peut-être lui-même qu'un épisode parmi une centaine d'opérations entrant dans la préparation d'un acte terroriste majeur, un copeau de pellicule qui tombera à la corbeille dans la salle de montage.

— On a une idée de ce que ces deux zigotos ont pu trafiquer ?

— On manque d'informations. Nous espérons en savoir plus après la fouille de leur domicile.

— Et que penser de la cagoule et du turban islamique ? dit Ramírez. N'est-ce pas ce que portent les kamikazes quand ils se font filmer avant un attentat suicide ?

— Le CGI n'a fait aucun commentaire à ce sujet, dit Gregorio. Après l'interrogatoire de Trabelsi Amar, ils pensent que leur intervention est purement logistique.

Ramírez répéta ce qu'ils avaient appris sur les livraisons de cartons à la mosquée, la visite d'inspection de la municipalité la semaine précédente, la panne d'électricité du samedi et les réparations effectuées par les électriciens le lundi matin. Falcón préférait attendre d'avoir interrogé les commerciaux d'Informáticalidad avant de relater son entretien avec Diego Torres.

— On a d'autres infos sur l'explosif ? demanda Calderón.

— J'ai eu un premier rapport des démineurs, dit Elvira. D'après leurs premières constatations sur place, vu la distance qui sépare l'épicentre du débris le plus lointain et le niveau de destruction des trois premiers étages du bâtiment, ils estiment, sous réserve pour le moment, que la quantité d'hexogène était trois fois supérieure à celle nécessaire pour anéantir l'immeuble d'habitation.

— Est-ce qu'ils en tirent des conclusions ? reprit

Calderón. Ou est-ce à nous, pauvres béotiens en la matière, d'y aller de nos suppositions ?

— Ils se préparent à les mettre par écrit, le rassura Elvira. Ils m'ont expliqué oralement que pour démolir un immeuble de cette taille, et on trouve toutes les indications qu'on veut sur Internet, on n'a pas besoin de plus de vingt kilos d'hexogène. C'est un explosif couramment utilisé en démolition, mais surtout pour venir à bout des structures en acier. Une charge de vingt kilos placée judicieusement dans un bâtiment ordinaire en béton armé aurait suffi à disloquer le bloc entier, pas seulement la partie qui a été détruite. Ils en déduisent que l'explosif était placé dans le sous-sol du bâtiment, plus vers l'arrière que vers l'avant, d'où les dommages subis par l'école maternelle. Selon eux, la charge qui a explosé devait approcher les cent kilos.

— Eh bien ! C'est assez pour commettre toute une série d'attentats dans la bonne ville de Séville, s'exclama Calderón. Et s'il s'agit d'une organisation décidée à libérer toute l'Andalousie...

— Vous n'avez sans doute pas entendu les dernières nouvelles, dit Elvira, mais nous avons déclenché l'alerte rouge dans toute la région. La cathédrale de Cordoue, l'Alhambra et le Generalife de Grenade ont été évacués. Des unités spéciales de sécurité se déploient actuellement dans les complexes hôteliers de la Costa del Sol et une vingtaine de barrages ont été dressés sur la N340. La Marine patrouille au large des côtes et des chasseurs de l'armée de l'air se tiennent prêts à décoller dans les bases principales. Plus de quarante hélicoptères sillonnent l'espace aérien d'Andalousie. Zapatero prend la menace très au sérieux.

— Il a vu s'effondrer les ambitions politiques de son prédécesseur. Il ne tient pas à suivre son exemple ni à être le Premier ministre du gouvernement à qui les musulmans ont repris l'Andalousie après cinq cents ans d'appartenance à l'Espagne.

Le cynisme de Calderón ne fit rire personne. Ils étaient tous trop accablés par l'énormité des moyens mis en œuvre qu'Elvira venait d'énumérer. Comme pour souligner ses paroles, un hélicoptère glissa au-dessus de leur tête, témoin de la crise en cours. Falcón rompit le silence.

— La cellule antiterroriste de Madrid pense que Hammad et Saoudi apportaient un soutien logistique à un organisme inconnu qui s'apprêtait à commettre un attentat ou une série d'attentats. De toute évidence, ils ont effectué une livraison le lundi 5 juin. Une cagoule et un turban ont été trouvés dans le véhicule de livraison, ce qui peut indiquer que l'un ou l'autre des deux hommes était susceptible de passer à l'action. Cela peut aussi vouloir dire que l'un d'eux comptait rapporter la camionnette à Madrid pour la rendre à Trabelsi Amar comme convenu. L'histoire nous apprend qu'avant les attentats du 11 Mars à Madrid deux membres d'un groupe terroriste se sont rendus à Avilés les 28 et 29 février pour récupérer des explosifs. Ils se sont donné dix jours entiers pour mettre leur opération sur pied. Dans notre scénario actuel, on voudrait nous faire croire que l'hexogène a été livré lundi sous sa forme brute, en poudre, qu'ils se sont mis le jour même à la confection des bombes et qu'elles étaient prêtes mardi matin. Alors, vers huit heures et demie, il s'est produit un accident et les bombes ont explosé. J'admets que ce n'est pas totalement impossible et il existe probablement dans l'histoire du terrorisme un cas où il ne s'est pas écoulé plus de vingt-quatre heures entre la livraison des explosifs et l'attentat, mais venant d'une organisation qui se propose de libérer l'Andalousie, cela paraît assez peu vraisemblable.

— Quel scénario envisagez-vous ? demanda Gregorio.

— Aucun. Je cherche les failles. J'essayais de dégager une ligne logique, mais il y a trop d'incompatibilités. Je ne veux pas que notre enquête s'engage sur une piste unique dès les premières heures. Nous allons sans doute devoir attendre deux ou trois jours avant de pouvoir recueillir des indices dans la mosquée. D'ici là, nous devons garder en tête les deux solutions possibles : l'accident pendant la fabrication de la bombe ou l'attentat délibéré contre la mosquée.

— Quelle raison aurait-on de s'attaquer à la mosquée ? s'étonna Calderón.

— Vengeance, xénophobie extrême, motivation politique ou économique, peut-être un mélange de tout cela. La terreur n'est qu'un outil pour provoquer un changement. Vous n'avez qu'à voir le trouble qu'a semé cette bombe. La terreur capte l'attention des gens et crée des opportunités pour ceux qui détiennent un tant soit peu de pouvoir. La population fuit déjà la ville. Dans une telle atmosphère de panique, tout devient possible, même l'inimaginable.

— La seule façon de contenir la panique, c'est de montrer à la population que nous contrôlons la situation, déclara Elvira.

— Même si ce n'est pas vrai, compléta Calderón. Même si nous n'avons pas l'ombre d'une piste.

— Quels que soient les organisateurs qui sont derrière, militants islamistes ou autres, ils ont bien planifié l'aspect médiatique, dit Falcón. La lettre contenant le texte d'Abdullah Azzam qui est parvenue à *ABC* a été postée à Séville. La TVE nous signale que le MILA les a appelés pour revendiquer l'attentat.

— Ils revendiqueraient une attaque contre une mosquée qui a tué un certain nombre des leurs ? interrogea Calderón.

— Ça arrive tous les jours à Bagdad, rappela Elvira.

— Quand on envoie un document comme la déclaration d'Azzam à *ABC*, c'est qu'on prévoit de commettre un attentat immédiatement... pas vingt-quatre heures plus tard, nota Gregorio. Les islamistes n'ont, à ma connaissance, jamais annoncé leurs intentions à l'avance ; tous les grands attentats se sont produits sans qu'on s'y attende et avaient pour objectif de tuer ou blesser un maximum de gens.

Gregorio répondit à un appel sur son portable et prit congé.

— Nous avons le rapport préliminaire de l'équipe de déminage sur l'explosion, reprit Falcón, mais *quid* de l'explosif ? D'où vient-il et à quoi correspondent tous les noms qu'on lui donne ?

— Hexogène est l'appellation allemande, répondit Elvira. Les Américains l'appellent cyclonite, les Anglais RDX et je crois que c'est T4 pour les Italiens. Ils ont chacun une signature qui permet d'en identifier l'origine, mais je ne pense pas qu'ils nous le diront.

— Ce serait pas mal d'avoir des photos de Hammad et Saoudi, dit Ramírez.

— S'ils pratiquent la falsification de documents, il doit y avoir des tonnes de photos dans leur appartement de Madrid, dit Falcón. On en est où des travaux de déblaiement du site ? Ils ont indiqué un délai ?

— Ils disent toujours qu'il leur faut quarante-huit heures minimum, si rien ne vient les ralentir.

Le juge Calderón prit un appel sur son téléphone mobile, annonça qu'on avait découvert un autre corps et s'en alla. Falcón accrocha le regard de Ramírez, qui s'éclipsa.

Falcón demanda :

— Toujours pas de nouvelles du CGI ? Je m'attendais à une étroite collaboration avec la cellule antiterroriste, or pour l'instant nous n'avons vu que l'inspecteur principal Ramón Barros qui ne dit pas un mot et semble profondément humilié.

— Il paraît que leur boulot consiste essentiellement à rassembler des informations dans un premier temps, dit le comisario Elvira.

— Ils ne pourraient pas nous prêter des agents pour nous aider à mener les interrogatoires ?

— Impossible.

— J'ai comme l'impression que vous ne pouvez pas parler...

— Tout ce que je peux vous dire, c'est que depuis le 11 Mars l'antiterrorisme a pris sous son bonnet de s'assurer que nos propres services ne sont pas infiltrés.

— Eh ben dites donc !

— La section de Séville fait actuellement l'objet d'une enquête. Je n'ai aucun détail, mais d'après ce que j'ai compris, le CNI a testé la cellule antiterroriste de Séville et n'a pas obtenu les résultats souhaités. Ils pensent qu'il y a une fuite quelque part. Ça discute actuellement au plus haut niveau pour savoir s'il faut ou non les associer à nos investigations. Ne comptez pas non plus sur l'aide du CGI de Madrid. Ils ont eux-mêmes fort à faire avec leur réseau d'informateurs, plus le micmac Hammad/Saoudi à débrouiller.

— Et la cellule de Séville, on peut espérer avoir des retours d'infos de son réseau ?

— Pas dans l'immédiat. Je suis désolé d'être aussi négatif, mais la situation est délicate. Je ne sais pas ce qu'on a raconté aux membres de la cellule antiterroriste pour qu'ils ne se sachent pas suspectés, mais le CNI essaie de jouer sur les deux tableaux. Si taupe il y a, ils ne veulent pas qu'elle se doute qu'ils cherchent à la débusquer, mais ils ne veulent pas non plus qu'elle puisse compromettre l'enquête alors qu'ils ne l'ont pas identifiée. L'idéal pour eux serait de démasquer le sous-marin, puis de lâcher le CGI sur l'enquête en se servant de lui.

— C'est une manœuvre risquée.

— C'est la raison pour laquelle ils mettent tant de temps à se décider. Maintenant, ça concerne aussi les politiques.

Le vacarme des engins faisait désormais partie du bruit ambiant. Les ouvriers allaient et venaient sur l'empilement de décombres en traînant derrière eux leurs manches à air, étranges extraterrestres poursuivis par des serpents dans un paysage lunaire. Des hommes masqués, armés de chalumeaux, marchaient derrière eux. Le câble de la grue se tortillait au-dessus d'eux. Les martèlements, les grincements, les grondements, les bruits de chute des gravats, les claquements métalliques des pans de béton lâchés dans les bennes tenaient la foule des curieux à distance. Seuls quelques photographes et journalistes de télévision restaient à proximité, objectifs braqués sur les décombres dans l'espoir de saisir un corps écrasé, une main ensanglantée, un moignon d'os brisé.

Un autre hélicoptère vint crachoter au-dessus de leurs têtes et alla survoler le parlement d'Andalousie tout proche. Tout en dévalant la calle de los Romeros, Falcón appela Ramírez pour obtenir le nom de l'homme dont le señor Harrouch avait parlé, un habitué de la mosquée qui s'y rendait tous les matins. Il s'appelait Majid Merizak. Ramírez lui proposa de le rejoindre, mais Falcón préférait s'en charger seul.

Si Majid Merizak ne faisait pas partie des victimes, c'est parce qu'il était malade et alité. Il était veuf. L'une de ses filles s'occupait de lui. Elle n'avait pu l'empêcher de se précipiter dans l'escalier pour aller voir ce qui était arrivé ; c'était son état de délabrement qui avait eu raison de ses velléités. Falcón le trouva affalé dans un fauteuil, la tête renversée en arrière, l'œil hagard et le souffle court, devant une télévision marchant à plein volume parce qu'il était quasiment sourd.

L'appartement puait le vomi et la diarrhée. Il n'avait presque pas dormi de la nuit et était encore faible. Sa fille éteignit le téléviseur et lui fit mettre son appareil auditif. Elle dit à Falcón que son père parlait mal espagnol. Il lui répondit que l'entretien pouvait avoir lieu en arabe. Elle transmit sa proposition à son père, qui semblait nerveux et perdu, déboussolé par tant d'événements. Quand sa fille eut vérifié le bon fonctionnement de son appareil et quitté la pièce, Majid Merizak reprit du poil de la bête.

— Vous parlez arabe ? demanda-t-il.

— Pas encore très bien. Une partie de ma famille est marocaine.

Il hocha la tête en sirotant son thé pendant que Falcón expliquait les raisons de sa présence. Il parut se détendre en l'entendant s'exprimer dans un arabe rudimentaire. C'était une bonne idée. Il se montrait moins méfiant que le señor Harrouch.

Pour le mettre en confiance, Falcón commença par lui demander s'il allait souvent à la mosquée. Tous les matins sans faute, fut la réponse, et il y restait jusqu'en début d'après-midi. Puis Falcón chercha à savoir s'il avait remarqué des têtes inhabituelles.

— La semaine dernière ? – Falcón acquiesça. – Deux jeunes types sont venus mardi matin, vers midi, et deux plus âgés vendredi à dix heures. C'est tout.

— Vous ne les aviez jamais vus auparavant ?

— Non, mais je les ai revus hier.

— Qui ?

— Les deux jeunes qui étaient passés mardi.

La description qu'en donna Merizak correspondait au signalement de Hammad et Saoudi.

— Que sont-ils venus faire mardi matin ?

— Ils sont entrés dans le bureau de l'imam et ont discuté avec lui jusqu'à une heure et demie.

— Et hier matin ?

— Ils ont apporté deux gros sacs. Ils ont dû s'y mettre à deux pour porter un des colis.

— Quelle heure était-il ?

— Dix heures trente à peu près. À la même heure que les électriciens. Oui, parce qu'il y avait aussi des électriciens. Eux non plus, je ne les avais jamais vus.

— Où ont-ils mis les sacs ?

— Dans la réserve, à côté du bureau de l'imam.

— Vous savez ce qu'ils contenaient ?

— Du couscous. C'était écrit dessus.

— Il y avait déjà eu des livraisons de ce genre à la mosquée ?

— Jamais en si grande quantité. Les gens apportent parfois de la nourriture pour l'imam... Vous savez, il est de notre devoir de donner à ceux qui ont moins que nous.

— Quand sont-ils partis ?

— Ils ont dû rester une heure.

— Et les hommes qui sont venus vendredi ?

— C'étaient des inspecteurs de la municipalité. Ils ont fait le tour de la mosquée. Ils ont parlé avec l'imam et ils sont partis.

— Il y a donc eu une panne d'électricité ?

— C'est arrivé samedi soir. Je n'y étais pas. L'imam était seul. Il a dit qu'il avait entendu un grand bruit et que toutes les lumières s'étaient éteintes. C'est ce qu'il nous a expliqué le lendemain matin, quand on s'est retrouvés dans le noir pour prier.

— Et les électriciens sont venus lundi pour réparer ?

— D'abord un homme tout seul, à huit heures et demie. Et deux heures plus tard, ils sont arrivés à trois pour faire le travail.

— Des Espagnols ?

— Ils parlaient espagnol en tout cas.

— Qu'ont-ils fait ?

— La boîte à fusibles avait cramé. Ils l'ont remplacée. Et puis ils ont installé une alimentation dans la réserve.

— Comment s'y sont-ils pris ?

— Ils ont percé un orifice dans le mur entre la réserve et le bureau de l'imam, à côté d'une prise. Ils ont glissé une espèce de tuyau gris dans lequel ils ont fait passer un fil et ils ont cimenté le tout.

Merizak avait aperçu le minibus bleu, assez déglingué selon lui, mais il n'avait pas remarqué d'inscriptions sur la carrosserie ni noté le numéro d'immatriculation.

— Comment l'imam les a-t-il payés ?

— Cash.

— Vous savez où il avait trouvé les coordonnées de l'entreprise ?

— Non.

— Pourriez-vous reconnaître les électriciens, les inspecteurs municipaux et les deux jeunes hommes si vous les voyiez ?

— Oui, mais je ne saurais pas vous les décrire très précisément.

— Vous avez écouté les nouvelles ?

— Ils disent n'importe quoi, s'indigna Merizak. Ça me met en colère. Une bombe éclate, c'est forcément des islamistes.

— Vous aviez entendu parler des Mártires islámicos para la liberación de Andalucía ?

— Aujourd'hui, aux nouvelles, c'était la première fois. C'est une invention des médias pour discréditer l'islam.

— Vous savez s'il est arrivé à l'imam de défendre des idéologies militantes dans ses prêches ?

— Au contraire.

— Il paraît qu'il parlait plusieurs langues.

— Il a très vite appris l'espagnol. Son appartement était bourré de livres français et anglais, à ce qu'on dit. Il parlait aussi allemand. Il discutait au téléphone dans des langues que je n'avais jamais entendues de ma vie. Il m'a dit une fois que c'était du turc. Des gens sont venus passer une semaine avec lui en février. Ils s'exprimaient aussi dans une langue bizarre. Quelqu'un a dit que c'était du pachtou et que ses visiteurs venaient d'Afghanistan.

14.

Séville – Mardi 6 juin 2006, 18 h 30

Les bureaux du quotidien *ABC*, grand cylindre de verre planté sur l'île de la Cartuja, grouillaient de l'agitation frénétique que seul le journalisme est capable d'engendrer. À l'extrémité de la salle de rédaction, Ángel Zarrías regardait les journalistes beugler dans les téléphones, houspiller leurs assistants et s'interpeller dans un vent d'hystérie.

Derrière les écrans tremblotants, les fils des téléphones tendus à la limite de la rupture, les mains frappant des fronts ébahis, il surveillait la porte du rédacteur en chef. Il attendait le bon moment. Pour l'instant, la meute était lancée. À eux d'écrire les papiers que le patron passerait à la moulinette pour en extraire l'image et le ton du nouvel épisode à ajouter à l'histoire d'une ville en crise.

Quand il avait quitté l'appartement de Manuela pour se rendre au journal, il avait demandé au taxi de le déposer en chemin dans une rue voisine de l'arène de la Maestranza où habitait son ami Eduardo Rivero, dans une maison qui abritait également le quartier général de son parti politique : Fuerza Andalucía. La veille, il avait dîné avec Eduardo Rivero et les nouveaux sponsors du parti. Depuis, ils avaient pris une décision capitale qui l'amènerait à travailler davantage pour Fuerza Andalucía et moins pour *ABC*. Il avait des préoccupations plus importantes et mieux à faire que vitupérer quotidiennement les mariages homosexuels dans ses colonnes politiques.

La maison majestueuse de Rivero illustrait en tout point l'éducation et le mode de pensée traditionnels de son propriétaire. Sur la façade ombrée d'ocre brun, les fenêtres aux encadrements soulignés d'enduit jaune d'or s'ornaient de belles grilles ouvragées. La grande porte en chêne, haute de trois mètres, brillait d'un vernis aux tons de châtaignier rehaussé de médaillons en cuivre. Elle s'ouvrait sur un vaste patio. Rivero avait dérogé à la tradition en y plantant deux carrés de buis, au centre desquels s'élevait une statue. Apollon à gauche, Dionysos à droite, encadrant la vasque immense d'une fontaine de marbre blanc. Le murmure incessant du mince filet d'eau imprégnait les lieux de révérence religieuse.

Le devant de la maison abritait le siège du parti, l'administration au rez-de-chaussée, le centre stratégique et politique à l'étage. Sitôt franchie la porte, Ángel avait emprunté l'escalier qui conduisait au bureau de Rivero. Ils l'attendaient : Rivero et son bras droit, le tout jeune Jesús Alarcón.

Contrairement à leur habitude, ils étaient installés au milieu de la pièce. Rivero avait déserté le gros fauteuil en bois et cuir qui trônait derrière son gigantesque bureau anglais. Ils s'étaient serré la main. Rivero, qui avait le même âge qu'Ángel, affichait un calme étonnant. Il souriait sous sa moustache blanche exubérante. La sérénité d'un homme que le scandale n'aurait jamais effleuré.

— Comme tout bon journaliste, tu arrives au moment crucial, Ángel, avait dit Rivero. Nous venons de prendre une grande décision.

— Je le crois pas !

— Il faudra bien, car c'est un fait. Tu as devant toi le nouveau leader de Fuerza Andalucía, Jesús Alarcón. En fonction depuis cinq minutes.

— C'est une excellente décision, habile et audacieuse, s'était réjoui Ángel en les félicitant d'une poignée de main et en les embrassant. Mais vous êtes de petits cachottiers.

— Le bureau l'a votée hier soir, avant notre dîner. Je ne voulais pas en parler tant que je n'en avais pas informé Jesús et obtenu son accord. Il fallait créer l'événement avant la campagne de 2007. Avec l'explosion de ce matin, la campagne commence dès aujourd'hui. Quel meilleur lancement que la nomination d'un nouveau dirigeant ?

L'expression grave d'Alarcón reflétait tout le poids de la responsabilité et le sérieux que la situation requérait, sans masquer tout à fait le sentiment profond qui frémissait derrière. La satisfaction transparaissait sous le costume gris, la cravate sombre, la chemise blanche. Il était comme l'écolier qui assiste à la distribution des prix en sachant déjà qu'il a le prix d'excellence.

Ángel Zarrías connaissait Jesús Alarcón depuis 2000. Il lui avait été présenté par son vieil ami, Lucrecio Arenas, le directeur général de la banque Omni à Madrid. Pendant les six années écoulées, il avait fait entrer Jesús dans le cercle d'Eduardo Rivero et l'avait peu à peu amené à occuper des fonctions de plus en plus importantes au sein du parti. Ángel n'avait jamais eu aucun doute sur l'intelligence du jeune homme, son sens politique, ni sur la sincérité de son engagement, mais en vieux routier de la communication, il déplorait son manque de charisme. La dernière bataille pour arracher la direction du parti aux griffes de Rivero avait opéré en lui une véritable métamorphose. Physiquement, il n'avait pas changé, mais il avait acquis une assurance étonnante. Ángel serra encore dans ses bras le nouveau chef de Fuerza Andalucía.

— Comme tu sais, avait repris Rivero, notre part de votes favorables a constamment augmenté au cours des trois dernières élections, mais elle ne dépasse pas 4,2 % et ce n'est pas assez pour prétendre devenir un allié sérieux du Partido Popular. Nous avons besoin de nouvelles énergies au sommet du parti.

— J'ai l'expérience commerciale nécessaire pour accroître nos finances dans des proportions jamais atteintes, avait enchaîné Alarcón avec l'aplomb qui venait de lui pousser. Mais c'est assez peu productif quand l'atmosphère politique est à l'apathie. L'événement de ce matin nous offre une occasion unique de sensibiliser les électeurs à la menace réelle et palpable que présente le fondamentalisme islamique. Il donne une nouvelle justification à notre politique d'immigration qui, même après le 11 Septembre, était mal accueillie parce que considérée comme trop extrême et contraire à l'évolution des démocraties contemporaines. Si nous passons les huit prochains mois à diffuser ce message auprès de la population andalouse, nous avons des chances d'augmenter substantiellement notre score en 2007. Nous avons donc l'idéologie la mieux adaptée à l'époque et je suis en mesure de réunir les fonds nécessaires pour la faire entendre dans le pays.

— Ce n'est certainement pas un hasard si le premier appel que nous avons reçu ce matin après l'explosion venait de toi, Ángel, avait dit Rivero. Tu sais mieux que personne comment produire une forte impression sur la population andalouse demain matin.

Ángel s'était enfoncé dans son fauteuil. Il se passa la main dans les cheveux et lâcha un soupir entre ses dents serrées. Il savait ce que voulait Rivero et ce n'était pas simple.

— Pense à l'impact que cela aurait, avait insisté

Rivero en inclinant la tête vers Jesús. Sa photo, son portrait et ses idées dans l'*ABC* de Séville lc lendemain d'une catastrophe de cette ampleur. Ça ferait les pieds à l'Izquierda Unida et le Partido Andaluz en aurait des cauchemars.

— Tu es prêt ? avait demandé Ángel.

— Plus que jamais, avait répondu Alarcón en lui tendant son CV.

Ángel avait feuilleté le CV d'Alarcón dans le taxi qui l'emmenait au siège d'*ABC*. Jesús Alarcón était né à Cordoue en 1965. Il était entré à l'université de Madrid à dix-sept ans pour y étudier la philosophie, l'histoire politique et l'économie. Catholique convaincu, il honnissait l'athéisme de la doctrine communiste et croyait que la meilleure manière d'abattre ses ennemis était de les connaître. Il avait donc poursuivi ses études à Berlin pour y apprendre le russe et l'histoire politique de la Russie. Il y était quand le Mur était tombé en 1989, ainsi qu'en attestait une photographie. Les choses n'étaient pas censées se dérouler ainsi. Cet événement capital l'avait laissé orphelin d'une cause à défendre.

Au même moment, l'affaire de son père périclitait et ce dernier était mort peu après. Sa mère l'avait suivi dans la tombe six mois plus tard. Jesús s'était alors inscrit à l'INSEAD, à Paris, pour y obtenir un MBA. À Noël 1991, il était embauché par McKinsey, à Boston. Au cours des quatre années suivantes, il avait travaillé pour eux comme analyste et consultant en Amérique latine. En 1995, il rejoignait le service fusions-acquisitions de Lehman Brothers. Là, il avait changé d'ère géographique pour exercer dans l'Union européenne, où il s'était créé un imposant carnet d'adresses d'investisseurs cherchant à s'introduire sur le marché espagnol en pleine expansion. En 1997, sa vie avait pris un nouveau tournant lorsqu'il avait rencontré une belle Sévillane du nom de Mónica Abellón, dont le père était un des plus gros clients de Jesús. Le père de Mónica lui avait fait rencontrer Lucrecio Arenas, qui l'avait recruté pour le très sélect Banco Omni, et il avait alors déménagé à Madrid, où Mónica travaillait comme mannequin.

C'est en 2000 qu'Ángel, dégoûté du Partido Popular, avait accepté des missions de communication pour certains clients du Banco Omni. Convaincu d'avoir trouvé en Jesús Alarcón l'un des futurs dirigeants du pays, Lucrecio Arenas tenait absolument à lancer son nouvel ami dans l'arène politique locale pour qu'il s'y fasse les dents et avait demandé son aide à Ángel. Quand Ángel avait présenté Alarcón à Eduardo Rivero et aux autres membres du bureau de Fuerza Andalucía, ils l'avaient accueilli à bras ouverts et reconnu comme l'un des leurs. Jesús Alarcón était traditionaliste, catholique pratiquant, fervent adversaire du socialisme et du communisme, il croyait au pouvoir de l'argent pour améliorer la société et était en plus amateur de taureaux. Il avait vingt ans de moins que tous les autres. Il était bel homme, quoique un peu terne, mais compensait ce défaut en ayant pour épouse la lumineuse Mónica Abellón et deux enfants magnifiques.

Dans les bureaux d'*ABC*, Ángel se plongea dans le dossier et les archives. Au bout d'une heure, il avait rédigé une page. Le rédacteur en chef n'en lirait pas davantage. Titre : CET HOMME A LES SOLUTIONS. La photo principale, extraite d'un cliché de Jesús qu'Ángel avait déniché dans un magazine économique, accolé à un article sur les perspectives de l'Espagne. Jesús était tourné vers un soleil, qui n'était sans doute que le projecteur du photographe, et son visage rayonnait d'espoir et de foi en l'avenir. Il avait aussi des photos de Jesús avec la superbe Mónica et du couple avec leurs enfants. Un sous-titre affirmait : *Le nouveau leader de Fuerza Andalucía croit en notre avenir.* Le papier, écrit sous forme de billet, exposait la politique radicale de Fuerza Andalucía en matière d'immigration, ainsi que les réformes économiques et agraires à mettre en œuvre pour que l'Andalousie soit plus tard une force qui compte. Il décrivait aussi le parcours professionnel de Jesús, preuve qu'il était économiquement compétent et bénéficiait de relations internationales et de contacts dans le monde des affaires susceptibles de donner réalité à ses idées.

L'activité connut une accalmie vers deux heures, juste avant le déjeuner. Le va-et-vient avait cessé dans le bureau du rédacteur en chef. Ángel jugea le moment venu.

— Nous allons sans doute devoir supprimer ta rubrique pendant quelques jours, lui dit son patron quand il franchit le seuil.

— Bien sûr. Les potins politiques n'intéressent personne dans les périodes comme celle-ci.

— Qu'attends-tu de moi, alors ? demanda-t-il, rassuré de constater qu'Ángel n'était pas venu pour récriminer.

— Le journal de demain ne contiendra pratiquement que des nouvelles sinistres, souvent très dures quand il s'agira d'évoquer la destruction de l'école maternelle et les enfants morts. Les seuls articles un peu positifs seront ceux qui rendront hommage à l'efficacité des secours. Il paraît d'ailleurs qu'on a dégagé une survivante. Vous écrirez un édito dans lequel vous rendrez compte de l'état d'esprit qui règne en ville, réagirez au texte d'Abdullah Azzam et remarquerez que les choses n'ont pas autant évolué depuis le 11 Mars qu'on voudrait bien le croire.

— Bien, Ángel, maintenant que tu m'as expliqué

comment faire mon métier, si tu me disais ce que tu proposes ?

— Une vision d'espoir, répondit-il en lui tendant l'article qu'il venait de rédiger. En ces temps de crise, il y a dans les coulisses un jeune homme énergique et compétent, qui peut rendre à l'Andalousie la paix et la prospérité.

Le rédacteur en chef parcourut le feuillet, en comprit la teneur, hocha la tête et émit un grognement.

— Les rumeurs qui courent sur Eduardo Rivero sont donc vraies.

— Je ne vois pas très bien à quoi vous faites allusion.

— Allons, Ángel, protesta-t-il en agitant un poing dédaigneux. Il a été surpris les fesses à l'air.

— Je crois que c'est pure invention.

— Avec une mineure, en plus. Il a été question d'un DVD.

— Personne ne l'a vu.

— Les commérages sont allés bon train. Et maintenant, ça... ajouta-t-il en agitant la feuille de papier. Sans la bombe, j'aurais envoyé quelqu'un touiller la boue du côté de chez ton vieux pote.

— Écoutez, cette succession était prévue depuis longtemps. L'explosion de la bombe a été comme un signal. Il s'est dit qu'il était temps de passer la main et de confier les rênes du parti à quelqu'un de plus jeune. Il aura soixante-dix ans à la fin de l'année.

— Nous avons donc là la première victime politique de la bombe.

— Ce n'est pas ainsi qu'il faut le voir. C'est un changement brusque qui proclame que c'est par le changement que nous pourrons relever le défi qui est lancé à notre liberté.

— Te voilà bien sérieux, Ángel. Où est passé le

grand pourfendeur d'ego ? L'homme qui dégonflait les individus trop bouffis à coups de piques acérées ?

— Peut-être que la bombe a eu raison aussi de mon cynisme.

— Eh bien, toi qui te plains toujours qu'il ne se passe rien... Voilà que tu te mets à croire en ce type sur qui tu n'avais jamais écrit une ligne auparavant.

— Comme vous le faisiez remarquer, ma rubrique servait avant tout à égratigner les ego. Jesús Alarcón n'a pas eu le temps de se forger un ego. Il a tranquillement transformé l'organisation légèrement endettée qu'était Fuerza Andalucía en une formation bénéficiant des cotisations régulières de ses adhérents, individus et entreprises. Il a accompli, dans l'ombre, un travail remarquable.

— Qu'est-ce qui te fait croire qu'il a la personnalité qui convient ?

— Je l'ai vu ce matin. Il a beaucoup appris...

— Mais le charisme s'apprend-il ?

— La charisme n'est qu'une forme intense de confiance en soi, dit Ángel. Jesús Alarcón a toujours eu confiance. Il est ambitieux. Il a connu des déboires personnels qui, à mon avis, donnent mieux la mesure d'un homme que sa capacité à négocier de gros contrats financiers au niveau international. Il a la force intérieure et le bon sens qui caractérisaient notre précédent Premier ministre. Vous savez ce qu'est la politique. C'est comme la boxe. C'est très bien de savoir mouliner des poings et d'avoir un joli jeu de jambes, mais les plus grands champions encaissent des coups et, si on n'est pas capable d'endurer la souffrance, on est fini. Jesús Alarcón réunit toutes ces qualités et, depuis qu'on lui a confié la direction du parti, je vois émerger chez lui ce je-ne-sais-quoi qui donnera aux gens l'envie de le suivre.

— Parfait, déclara le rédacteur en chef, qui

accueillait l'idée plutôt favorablement. Un nouveau visage pour une ère nouvelle. Écris-moi un portrait. Au fait, je suis d'accord avec toi, le charisme est bien une forme intense de confiance en soi. Mais il est facilement aveugle et aveuglant. La corruption peut vite devenir son alliée la plus proche : le sentiment de pouvoir faire n'importe quoi en toute impunité. J'espère que Jesús Alarcón n'a pas l'étoffe d'un personnage de tragédie.

— Ce n'est pas un homme creux. Il a souffert et il a surmonté sa souffrance.

— Pense à le lui rappeler, conseilla le rédacteur en chef. Tous les hommes politiques devraient avoir en permanence présentes à l'esprit les paroles de la présidente de l'Association des victimes des terroristes, Pilar Manjón : « Ils ne pensent qu'à eux-mêmes. »

La police de Madrid n'avait pas chômé dans l'appartement occupé par Djamel Hammad et Smail Saoudi. Elle avait découvert, scotchés sous une bonbonne de gaz, un assortiment de cartes d'identité et de passeports volés et trafiqués, avec les photos des deux hommes dont le signalement correspondait à celui fourni par Trabelsi Amar et la section homicides de Séville. Elle avait aussi déniché cinq mille huit cent soixante-quinze euros en petites coupures, réparties en trois paquets cachés en divers endroits de l'appartement. Des prélèvements d'ADN avaient été effectués sur les cheveux et les poils pubiens et autres trouvés dans la salle de bains. La page vierge d'un bloc-notes abandonné sur la table de la cuisine portait des marques en creux, qui avaient révélé le tracé d'un itinéraire compliqué menant à une maison située au sud-ouest de Madrid, près d'un village appelé Valmojado. Une visite sur les lieux avait permis de constater que la bicoque isolée au bord du Guadarrama était vide et ne semblait pas avoir été habitée récemment. La police en avait déduit qu'il devait s'agir d'une sorte de boîte aux lettres, un endroit servant à déposer et récupérer du matériel, rien de plus. La maison avait été louée au nom d'un Espagnol, dont l'identité était fausse. Les propriétaires avaient perçu six mois de loyer d'avance, ce qui ne les avait pas incités à poser trop de questions. La police scientifique poursuivait ses recherches sur place, mais jusqu'à présent, elle n'avait trouvé aucune trace d'explosifs. La guardia civil avait interrogé les gens du coin, y compris quelques bergers, et appris que depuis quatre mois que la maison était louée, une camionnette blanche s'y était arrêtée cinq fois. Trois des dates correspondaient à peu près aux moments où Trabelsi Amar avait prêté le Peugeot Partner à Hammad et Saoudi.

Il y avait un hic à ce scénario. Le plan d'accès à la maison retrouvé dans l'appartement de Madrid avait été noté récemment, de la main de Hammad, ce qui impliquait que leur visite du dimanche à midi était la première. Et cela supposait que, les deux fois où ils avaient emprunté la camionnette de Trabelsi Amar auparavant, ils l'avaient à leur tour laissée à d'autres individus qui s'étaient rendus à la ferme isolée. Les déclarations de témoins qui avaient vu six personnes différentes, dont une femme, faire halte à la ferme leur confirmèrent que Hammad et Saoudi n'avaient pas été les seuls à y passer. Cette information eut un effet dopant sur le CGI de Madrid, qui en conclut que Hammad et Saoudi opéraient au sein d'un réseau beaucoup plus important qu'ils ne l'avaient cru de prime abord. Ils contactèrent les principales agences de renseignement, mais aucune n'avait intercepté de « message » parlant d'attentat planifié en Espagne. Ils craignaient désormais que les missions logistiques de

Hammad et Saoudi ne s'inscrivent dans un projet beaucoup plus vaste.

Avec l'aide de la guardia civil, le CGI tentait maintenant de reconstituer le trajet des deux hommes de Madrid à la ferme isolée de Valmojado et de là à Séville. Ils voulaient savoir s'ils s'étaient arrêtés en route, dans des cafés pour des rencontres d'apparence anodine, dans d'autres maisons isolées ou, pire, pour effectuer d'autres livraisons dans d'autres grandes villes d'Andalousie.

Ce fut le sujet principal du rapport de sept pages, rédigé par plusieurs officiers supérieurs de la cellule antiterroriste, que le CGI de Madrid remit au comisario Elvira à l'école maternelle sinistrée de Séville. Il comportait une conclusion, écrite de la main même du directeur du CNI, qui avait aussi été communiquée au Premier ministre Zapatero :

Au vu des informations recueillies et des rapports provenant des services du CGI, compte tenu par ailleurs des premières constatations effectuées sur les lieux de la catastrophe par la police et les équipes de déminage, force nous est de conclure, à ce stade, que nous sommes en présence d'un réseau terroriste islamique qui fomentait un attentat ou, plus probablement, une série d'attentats dans le but de fragiliser le tissu politique et social de la région andalouse. Si les différents services chargés de l'enquête ont observé certaines dissemblances par rapport au mode opératoire habituel des groupes islamistes radicaux, ils n'ont pas non plus détecté d'activité suspecte ni de déclaration d'intention de la part d'autres groupes désireux de s'en prendre à la population musulmane d'Andalousie. En conséquence, nous recommandons au gouvernement de prendre les mesures nécessaires pour protéger les principales villes de la région.

Le vacarme des travaux de déblaiement remplit à nouveau la pièce quand Elvira eut achevé la lecture du rapport. L'inspecteur principal Falcón et le juge Calderón étaient assis, bras croisés, derrière un petit bureau d'enfant, les jambes repliées sous eux et le regard fixé sur le sol maintenant débarrassé des débris de verre. Les feuilles de plastique tendues sur les fenêtres pour remplacer les carreaux absents laissaient entrevoir le monde extérieur en formes indistinctes qui vacillaient et ondulaient sous les assauts du vent chaud soufflant du sud.

— On dirait qu'ils ont leur petite idée, commenta Calderón. Après nous avoir dit de ne pas nous en tenir à une piste unique, c'est exactement ce qu'ils font. Il n'est question ni du site de VOMIT, ni d'aucun autre groupe antimusulman.

— Avec tout ce qu'ils viennent de trouver dans l'appartement de Hammad et Saoudi à Madrid, ajouté aux traces d'hexogène à l'arrière du Peugeot Partner et aux objets islamiques à l'avant, qui pourrait leur en vouloir ? dit Elvira.

— Ce n'est pas à l'avantage des fondamentalistes, en effet, remarqua Falcón. Mais les démineurs n'ont pas encore atteint l'épicentre de l'explosion. Il reste des indices essentiels à découvrir. J'ai parlé aux hommes de la police scientifique qui travaillent sur le Peugeot Partner. Tout ce qu'ils savent pour le moment, c'est que le pneu arrière gauche a été changé et que le pneu de rechange est crevé. Les éléments recueillis dans l'appartement et l'existence de la ferme isolée pourraient plaider en faveur d'une activité terroriste ou d'immigration clandestine. On nous dit que Hammad et Saoudi ont participé à des opérations de logistique par le passé, mais qu'est-ce que ça prouve ? Si on les avait surpris la main dans le sac, on saurait à quoi s'en tenir. Si leur nom a simplement été cité par d'autres, le renseignement ne vaut pas grand-chose.

— Mon impression en lisant ce document, dit Elvira en secouant le papier qu'il tenait à la main d'un air narquois, c'est qu'il a été rédigé à l'intention des politiques, pour qu'ils aient l'air informés et déterminés face à la crise. Le CNI et le CGI s'en tiennent aux faits. Ils parlent de « dissemblances », sans entrer dans les détails. Le VOMIT et les autres groupes ne sont pas évoqués parce que rien ne permet de les croire impliqués. Le MILA est aussi passé sous silence, bien que les journaux l'aient mentionné. C'est parce qu'ils n'ont aucune information sur ces organisations.

— Sommes-nous autorisés à parler du CGI ? demanda Falcón, décidé à mettre les pieds dans le plat.

Calderón flaira aussitôt le secret à éclaircir. Elvira leva les mains d'un geste vif.

— Inutile de préciser que cela ne doit pas sortir de cette pièce, mais étant donné que vous êtes le juge d'instruction chargé de coordonner cette enquête, il faut que vous sachiez qu'on a des doutes sur la fiabilité de l'antenne du CGI à Séville. On doit décider dans les hautes sphères si on la laissera ou non prendre part à la bataille. Leurs agents sont en contact avec leur réseau d'informateurs. Ils ont rédigé des rapports, mais pour l'instant, nous n'avons aucun retour. Ils n'ont pas accès à nos dossiers et n'ont pas connaissance de certains éléments, comme le Coran annoté, dont la presse ignore l'existence, pour autant que je sache.

— C'est un sacré coup pour l'enquête, dit Calderón. On aurait peut-être pu nous mettre au courant.

— Je ne suis pas autorisé à vous en parler.

— Qu'est-ce que cet exemplaire du Coran a de si important ?

— Je ne sais pas, mais le CNI s'y intéresse de très près. En tout cas, cela ne nous concerne pas pour le moment. Vous avez eu des nouvelles de vos équipiers récemment ?

— Oui, et je peux vous dire que nous avons maintenant un bon aperçu de ce qui s'est passé ici au cours des dernières quarante-huit heures, certains faits étant liés à d'autres qui se sont produits dans la semaine qui a précédé l'explosion.

Falcón avait à présent deux témoins qui avaient assisté aux incidents significatifs survenus peu avant le drame. Hammad et Saoudi avaient été vus à la mosquée le mardi 30 mai à midi. Ils étaient arrivés à pied et s'étaient entretenus avec l'imam jusqu'à treize heures trente. Deux autres faits notables avaient retenu l'attention : la visite des inspecteurs municipaux à dix heures le matin du vendredi 2 juin et une panne d'électricité dans la nuit du samedi 3, alors que l'imam se trouvait seul dans la mosquée.

Du coup, un électricien s'était présenté à huit heures et demie le matin du mardi 5 juin pour identifier l'origine de la panne et estimer les travaux à entreprendre. Il était revenu avec deux ouvriers à dix heures et demie pour réparer les fusibles défectueux et installer par la même occasion une prise dans la réserve contiguë au bureau de l'imam.

La deuxième visite de l'électricien avait coïncidé avec l'arrivée de Hammad et Saoudi en Peugeot Partner et le déchargement de deux grands sacs en polypropylène contenant du couscous, pensait-on. Ils étaient restés environ une heure. Les électriciens étaient partis juste avant le déjeuner, vers deux heures et demie. Hammad et Saoudi étaient revenus à six heures moins le quart avec quatre cartons, peut-être de sucre, plus quelques sacs de menthe, et avaient déposé le tout dans la réserve. Ils y étaient encore à dix-neuf heures. Personne ne les avait vus quitter les lieux.

— À partir de là, quel est votre plan d'action ?

— Nous avons les témoignages de gens qui ont assisté aux allées et venues de toutes ces personnes, répondit Falcón. Mais nous n'avons pas réussi à localiser l'électricien. Pour y parvenir au plus vite, j'ai demandé à mes équipiers, qui sont déjà fort occupés à interroger tout le monde, de se mettre en rapport avec la police locale pour la charger de ratisser toutes les entreprises d'électricité dans un rayon d'un kilomètre autour du lieu de l'explosion. Pour l'instant, cela n'a rien donné. Nous savons seulement que trois hommes sont arrivés dans une camionnette bleue qui ne portait aucune inscription et dont personne n'a relevé le numéro d'immatriculation.

— Voulez-vous qu'on fasse une annonce dans les médias ? proposa Elvira.

— Pas tout de suite. Je préfère m'en tenir au travail sur le terrain pour le moment.

— Autre chose ?

— Quelques membres de mon équipe s'emploient actuellement à interroger les commerciaux d'Informáticalidad. Ils ne m'ont encore rien signalé de particulier, mais j'attends d'en parler avec eux pour me faire une idée.

— On a fait le tour ?

— Ce qui me préoccupe, à part le fait qu'on n'arrive pas à mettre la main sur l'électricien, c'est que la mairie n'a aucune trace indiquant qu'elle ait envoyé des inspecteurs à la mosquée, dans l'immeuble, ni même dans le quartier, le vendredi 2 juin, ni d'ailleurs au cours des trois derniers mois.

15.

Séville – Mardi 6 juin 2006, 19 h 55

Avant de partir, Calderón donna le dernier bilan des victimes. Quatre enfants étaient morts de lésions à la tête et d'hémorragie interne à l'école maternelle. Sept autres avaient subi de graves blessures, allant de la perte d'une jambe au-dessous du genou à de profondes mutilations faciales. Dix-huit étaient légèrement blessés, généralement atteints par des éclats de verre. Deux hommes et une femme qui passaient devant l'immeuble dans la calle de los Romeros avaient été tués par la projection de débris ou la chute de blocs de maçonnerie. Une femme âgée était morte de crise cardiaque dans son appartement, de l'autre côté de la rue. On comptait trente-deux blessés graves parmi les personnes qui se trouvaient dans les immeubles voisins de l'explosion ou à proximité, et cent quarante-trois blessés légers. On avait jusqu'à présent dégagé des décombres quatre morts, deux hommes et deux femmes, et une survivante, la petite Lourdes Alanis. Le nombre des disparus, parmi lesquels l'imam de la mosquée, s'élevait à treize. Sans les compter, on arrivait à un total de douze morts, trente-neuf blessés graves et trois cent soixante et un blessés légers.

Les équipes de déblaiement enlevaient les dernières

plaques de béton provenant de ce qui avait été le cinquième étage. La zone était éclairée par de puissants projecteurs qui leur permettraient de travailler toute la nuit. Une tente climatisée avait été dressée entre l'école et un autre immeuble pour recevoir les indices qui seraient collectés. Une autre abriterait les corps ou restes humains qui seraient éventuellement exhumés des ruines de la mosquée. Les juges, les policiers de la section des homicides, ceux de la police scientifique et les secouristes avaient organisé des roulements pour qu'il y ait toujours un de leurs représentants sur place pendant toute la nuit.

Il faisait encore jour et très chaud quand Elvira, Falcón et Calderón quittèrent l'école maternelle un peu avant vingt heures. Un groupe de personnes s'était assemblé dans un coin de la cour de récréation. Sur le sol, des centaines de bougies scintillaient au milieu des bouquets de fleurs. Des affiches et des pancartes tapissaient la clôture de métal : *No más muertes. Paz. Sólo los inocentes han caido. Por el derecho de vivir sin violencia.* (Assez de morts. Paix. Ceux qui sont tombés étaient innocents. Pour le droit de vivre sans violence.) Mais la plus grande proclamait en lettres rouges sur fond blanc : *ODIO ETERNO AL TERRORISMO*. (Haine éternelle au terrorisme.) Le mot VOMIT apparaissait en bas à droite. Falcón demanda si quelqu'un avait vu la personne qui avait déployé la bannière. Personne. C'était cette bannière qui avait attiré les gens de ce côté de la cour et les voisins avaient tout naturellement adopté cet emplacement pour rendre leur hommage aux victimes.

Ils se tenaient dans la clarté mauve du soleil qui se couchait sur ce jour maléfique et le murmure de leurs prières couvert par les fracas des machines agrippant les gravats, les bougies liquéfiées, les fleurs déjà fanées étaient pathétiques et touchants, aussi pitoyables et désolants que la mort inutile des humains dans l'immense absurdité de la guerre. Comme les trois hommes s'éloignaient de ce sanctuaire, le portable d'Elvira se mit à sonner. Il répondit et tendit l'appareil à Falcón. C'était Juan, du CNI, qui lui disait qu'il voulait le voir dans la soirée. Falcón lui dit qu'il serait chez lui une heure après.

Le calme était revenu à l'hôpital après l'activité frénétique de la journée. Aux urgences, on ôtait encore des éclats de verre et on recousait des plaies. La salle d'attente était encore pleine de monde, mais l'horrible ballet des infirmières déambulant parmi les victimes pour les trier, glissant sur le sang, lisant dans les yeux noirs, écarquillés des blessés, une supplique muette, était terminé. Falcón montra sa carte et demanda Lourdes Alanis, qui se trouvait en soins intensifs au premier étage.

Derrière les panneaux de verre, il put voir Fernando au chevet de sa fille à qui il tenait la main. Elle était reliée à une batterie de machines, mais semblait respirer sans assistance. Le médecin des urgences dit à Falcón que son état s'améliorait. Elle avait un bras cassé et une jambe écrasée, mais sa colonne vertébrale était intacte. C'étaient surtout ses blessures à la tête qui les avaient inquiétés. Elle était toujours dans le coma, mais le scanner n'avait pas révélé de lésions au cerveau ni d'hémorragie. Pendant qu'ils parlaient, Fernando quitta la salle pour se diriger vers les toilettes. Falcón lui laissa quelques minutes avant de le rejoindre. Il se lavait le visage et les mains.

— Qui êtes-vous ? dit-il d'un ton soupçonneux en apercevant Falcón dans la glace, sachant qu'il n'était pas médecin.

— Nous nous sommes rencontrés tout à l'heure près de chez vous. Je m'appelle Javier Falcón. Je suis l'inspecteur principal du groupe des homicides.

Fernando plissa le front, secoua la tête. Il ne se souvenait pas.

— Vous avez arrêté ceux qui ont détruit ma famille ?

— Non. Pas encore.

— C'est pas la peine d'aller chercher bien loin. Ils pullulent dans le coin.

— Qui ça, « ils » ?

— Ces foutus Marocains. Cette vermine. Depuis le 11 Mars, on les regarde en se demandant... quand ils recommenceront. On a toujours su qu'ils recommenceraient.

— Qui, « on » ?

— D'accord, moi. C'est ce que moi, j'ai toujours pensé, admit Fernando. Mais je sais que je ne suis pas le seul.

— Je n'imaginais pas que les relations entre les deux communautés étaient aussi mauvaises, dit Falcón.

— C'est parce que vous ne vivez pas dans ces « communautés ». J'ai regardé les nouvelles. C'est plein de gens très aimables et bien protégés qui vous expliquent que tout va bien, que les catholiques et les musulmans se parlent et qu'un « processus de réconciliation » est en cours. Je peux vous dire que c'est des conneries. Nous vivons dans la peur et la méfiance.

— Vous savez pourtant que les terroristes ne représentent qu'un pourcentage infime de la population musulmane.

— C'est ce qu'on nous dit, mais rien ne nous le prouve. En plus, on ne sait absolument pas qui c'est. Ils peuvent très bien être assis à côté de moi au bar à boire de la bière et manger du *jamón*. Oui, parce qu'il y en a qui le font. Qui boivent de l'alcool et mangent du cochon. Mais apparemment, cela ne les empêche pas de se faire sauter à l'occasion, exactement comme ceux qui passent leur vie le nez sur le tapis à la mosquée.

— Je ne suis pas venu pour vous mettre en colère, dit Falcón. Vous avez déjà bien assez à penser comme ça.

— Vous ne m'avez pas mis en colère. Je suis en colère. Je suis en colère depuis un bon bout de temps. Deux ans et trois mois exactement. Gloria, ma femme...

Il se tut. Son visage se décomposa. Un trop-plein de salive inonda ses lèvres. Il dut s'appuyer au lavabo sous l'assaut physique de la douleur. Il mit plusieurs minutes à se reprendre.

— Gloria était quelqu'un de bienveillant. Elle croyait à la part de bonté qui existe en chacun. Mais sa conviction ne l'a pas protégée, elle n'a pas protégé notre fils. Les gens qu'elle défendait l'ont tuée, comme ils ont tué ceux qu'ils haïssent et qui les haïssent. Bon, ça suffit. Il faut que je retourne auprès de ma fille. Vous n'étiez pas obligé de venir jusqu'ici. Vous avez beaucoup de pain sur la planche. Alors je vous en remercie... je vous remercie de votre gentillesse. Et je vous souhaite bonne chance pour votre enquête. J'espère que vous trouverez les meurtriers avant moi.

— Je veux que vous m'appeliez, lui dit Falcón en lui tendant sa carte, n'importe quand, de jour comme de nuit, quelle qu'en soit la raison. Si vous êtes furieux, déprimé, emporté, seul ou même si vous avez faim, appelez-moi.

— Je croyais que les gens comme vous ne devaient pas s'impliquer personnellement.

— Je veux aussi que vous me préveniez si vous êtes contacté par un groupe appelé VOMIT. Il est donc important à tout point de vue que nous ne nous perdions pas de vue.

Ils sortirent des toilettes et se serrèrent la main à l'extérieur. De l'autre côté de la paroi de verre, la vie de sa fille s'affichait en vert sur les écrans. Fernando hésita en s'appuyant à la porte.

— Un seul homme politique est venu me parler

aujourd'hui, dit-il. Je les voyais parader devant les caméras, entourés des victimes et de leurs familles. C'était pendant l'opération de Lourdes, alors j'ai eu le temps de regarder leurs simagrées. Un seul est venu me trouver.

— Lequel ?

— Jesús Alarcón. J'avais jamais entendu parler de lui. C'est le nouveau leader de Fuerza Andalucía.

— Qu'est-ce qu'il vous a dit ?

— Il n'a rien dit. Il a écouté... et il n'y avait pas une caméra à l'horizon.

Le ciel s'obscurcissait, étendant sur la vieille ville une ombre pourpre, vaste ecchymose sur une plaie douloureuse. Falcón conduisait machinalement, concentré sur des problèmes insolubles : une bombe éclate, blesse, tue, détruit. Quand la poussière est retombée et que les corps ont été emportés, il reste une effrayante confusion politique et sociale qui exacerbe les sentiments ; dès lors, comme l'herbe souple de la prairie au gré du vent, les esprits ploient de-ci de-là au gré des influences et le paisible buveur de bière se transforme en va-t-en-guerre.

Les trois hommes du CNI l'attendaient devant chez lui, calle Bailén. Il gara sa voiture devant le grand portail de chêne. Ils le saluèrent d'une poignée de main et le suivirent dans le patio, un peu négligé ces derniers temps. Sa femme de ménage, Encarnación, n'était plus aussi efficace qu'autrefois et il n'avait pas les moyens d'entreprendre les travaux de rénovation nécessaires. D'ailleurs, il ne détestait pas l'envahissante vétusté de son environnement.

Il installa quelques chaises autour de la table de marbre du patio et laissa ses trois visiteurs se délecter du doux murmure de la fontaine. Il revint avec des bières fraîches, des olives, des câpres, de l'ail confit, des chips, du pain, du fromage et du jamón. Ils burent et grignotèrent en discutant des chances de l'Espagne dans la Coupe du Monde en Allemagne ; toujours pareil : une équipe pleine de talent et de promesses qui n'étaient jamais tenues.

— Savez-vous pourquoi nous désirons vous parler ? demanda alors Pablo, qui s'était un peu détendu et avait cessé de jeter autour de lui des regards inquiets.

— À cause de mes relations au Maroc, à ce qu'on m'a dit.

— Vous nous intéressez beaucoup, avoua Pablo. Je ne vous cacherai pas que cela fait un moment que nous vous observons.

— Je crois que je n'ai plus la mentalité qu'il faut pour jouer les agents secrets. Vous m'auriez demandé il y a cinq ans, j'aurais peut-être été un bon candidat...

— Qu'est-ce qu'un bon candidat ? demanda Juan.

— Quelqu'un qui dissimule déjà beaucoup de choses au monde, à sa famille, à sa femme, à lui-même. Quelques secrets d'État en plus ne posent pas de problèmes.

— Nous ne voulons pas vous demander d'espionner.

— De faire de la désinformation ?

— Non, nous pensons que ce serait une très mauvaise idée dans la situation actuelle.

— Vous comprendrez mieux ce que nous attendons de vous en répondant à quelques questions, dit Pablo, reprenant la parole confisquée par son patron.

— Pas trop compliquées, le pria Falcón. J'ai eu une rude journée.

— Dites-nous comment vous avez fait la connaissance de Jacoub Diouri.

— Ça risque de prendre du temps.

— Nous ne sommes pas pressés.

Comme un seul homme, Juan et Gregorio se calèrent contre leur dossier, sortirent un paquet de cigarettes et en allumèrent une. C'était dans ces moments-là, après une bonne bière et quelques hors-d'œuvre à la fin d'une longue journée, qu'il regrettait de ne plus fumer.

— Vous savez sans doute qu'il y a un peu plus de cinq ans, le 12 avril 2001, j'ai mené une enquête sur le meurtre d'un entrepreneur reconverti dans la restauration qui s'appelait Raúl Jiménez.

— Il n'y a que les policiers pour avoir une telle mémoire des dates, remarqua Juan.

— Vous la trouverez gravée sous forme de cicatrice sur mon cœur quand je serai mort, dit Falcón. Mon métier de policier n'y est pour rien.

— Cette affaire vous a tellement marqué ? s'informa Pablo.

— Cette histoire est connue de l'Espagne entière. Tous les journaux en ont parlé pendant des semaines, répondit Falcón, un peu agacé par le propos délibéré de la question.

— Nous n'étions pas en Espagne à l'époque, expliqua Juan. Nous avons lu les dossiers, mais ce n'est pas la même chose que de l'entendre raconter de vive voix.

— En fouillant dans le passé de Raúl Jiménez, j'ai découvert qu'il avait connu mon père, le peintre Francisco Falcón. Ils s'étaient associés pour faire de la contrebande pendant et après la Deuxième Guerre mondiale. Cela devait leur permettre de s'installer et de fonder une famille et, pour Francisco Falcón, de s'établir comme peintre.

— Mais... Raúl Jiménez, dit Pablo. Il a rencontré sa femme quand elle était très jeune, non ?

— Raúl Jiménez avait un faible un peu malsain pour les très jeunes filles, admit Falcón en poussant un grand soupir, car il savait où ils voulaient en venir. En ce temps-là, il n'était pas si rare, à Tanger ou en Andalousie, de voir une fille se marier à l'âge de treize ans, mais ses parents ont obligé Raúl à attendre qu'elle en ait dix-sept. Ils ont eu deux enfants, deux naissances très difficiles et le médecin a donc déconseillé qu'elle en ait d'autres.

» Dans les années 1950, peu avant l'indépendance du Maroc, Raúl a fait la connaissance d'un homme d'affaires, un certain Abdullah Diouri, qui avait une très jeune fille. Raúl a couché avec elle et je crois qu'elle s'est retrouvée enceinte. Cela n'aurait pas posé de problème s'il avait fait ce qu'il devait faire et l'avait épousée. Pour les musulmans, elle aurait été sa deuxième épouse et la question aurait été réglée. En tant que catholique, il ne pouvait pas l'envisager. Pour compliquer les choses, sa femme s'est retrouvée enceinte d'un troisième enfant, malgré les recommandations du médecin.

» Raúl a choisi la solution la plus lâche et s'est enfui avec sa famille. Abdullah Diouri a été outré quand il l'a appris. Il a écrit à Francisco Falcón pour l'informer de la trahison de Raúl et de sa détermination à se venger, ce qu'il a fait cinq ans plus tard.

» Le troisième enfant, un garçon prénommé Arturo, a été kidnappé en revenant de l'école, dans le sud de l'Espagne. Raúl Jiménez a réagi à cette perte terrible en niant l'existence de l'enfant. Ce drame a détruit la famille. Sa femme s'est suicidée et les enfants ont terriblement souffert : l'un d'eux est définitivement démoli.

— C'est à cause de cette triste histoire que vous avez décidé de retrouver Arturo trente-sept ans après sa disparition ? s'étonna Pablo.

— Comme vous savez, en enquêtant sur le meurtre de Raúl Jiménez, j'ai rencontré sa deuxième femme, Consuelo. Un an plus tard, nous avons eu une liaison, pendant laquelle nous nous sommes avoué l'un à l'autre que la disparition d'Arturo continuait de nous hanter depuis le meurtre de son mari. Nous ne pouvions nous empêcher de penser au petit garçon de six ans qui s'était volatilisé.

— C'était en juin 2002, précisa Pablo. Quand avez-vous commencé à rechercher Arturo ?

— En septembre de la même année. Nous ne pouvions pas croire qu'Abdullah Diouri avait tué l'enfant. Nous pensions qu'il avait dû l'intégrer à sa famille.

— Qu'est-ce qui vous motivait ? voulut savoir Juan. L'enfant perdu... ou autre chose ?

— J'étais parfaitement conscient de rechercher un homme de quarante-trois ans.

— Il s'était passé quelque chose entre Consuelo et vous entre-temps ? insista Pablo.

— Notre liaison s'est terminée alors qu'elle venait à peine de commencer, mais je n'ai pas l'intention d'en parler avec vous.

— N'est-ce pas Consuelo Jiménez qui y a mis fin ?

— En effet, reconnut Falcón en levant les mains, résigné à l'idée que toute la jefatura était au courant. Elle ne voulait pas s'engager.

— Et vous avez été malheureux ?

— Très.

— Alors qu'est-ce qui vous a poussé à vous mettre à la recherche d'Arturo ? demanda Juan.

— Consuelo refusait de me voir, de me parler. Elle m'avait évacué de sa vie.

— Un peu comme Raúl avait fait avec Arturo.

— Si vous voulez.

Juan prit une gousse d'ail confite et la croqua.

— J'ai compris que pour la revoir dans de bonnes conditions, autrement que comme un obsédé éconduit, il fallait que je fasse quelque chose d'extraordinaire. Si je retrouvais Arturo, elle serait obligée de me revoir. Il avait été le lien qui nous avait réunis au début. Elle n'y serait pas indifférente.

— Et ça a marché ? interrogea Juan, fasciné par l'histoire douloureuse de Falcón.

16.

Séville – Mardi 6 juin 2006, 20 h 45

Une brise tiède s'engouffra dans le patio et agita une grande plante desséchée qui agonisait dans un coin.

— Il vaudrait mieux prendre les choses dans l'ordre chronologique, suggéra Pablo. Expliquez-nous donc comment vous avez retrouvé Arturo Jiménez.

Le bruissement des feuilles anémiques de la plante avait attiré le regard de Falcón. Il faudrait qu'il se débarrasse de ce végétal.

— Parce que j'étais porté par cet espoir de réconciliation avec Consuelo, j'y ai vu comme une quête. En fait, cela a été plus simple. J'ai eu la chance d'être aidé dans mon entreprise. Je suis allé à Fès avec un membre de ma nouvelle famille marocaine. Il a trouvé un guide qui nous a conduits chez Abdullah Diouri, au fin fond de la médina. À part un très beau portail sculpté, la maison n'avait l'air de rien, vue de l'extérieur. Mais la porte s'est ouverte sur un paradis de patios, de bassins, de jardins miniatures, laissés à l'abandon mais dont on devinait la splendeur passée. Il manquait des tuiles, les carreaux étaient fendus et les claires-voies de la galerie cassées par endroits. Le domestique qui nous a accueillis nous a dit qu'Abdullah Diouri était mort depuis une vingtaine d'années mais que le souvenir de l'homme bon et généreux qu'il avait été était toujours vivant.

« Nous avons demandé à voir l'un de ses fils. Il nous a répondu qu'il n'y avait que des femmes dans la maison. Les fils vivaient dispersés au Maroc et au Proche-Orient. Nous lui avons alors demandé si l'une des femmes accepterait de nous parler de l'épisode délicat survenu une quarantaine d'années plus tôt. Il a pris nos noms et a disparu. Il est revenu un quart d'heure plus tard, a prié mon parent marocain de rester à la porte et m'a entraîné à l'intérieur. Nous avons abouti au premier étage. Il m'a laissé près d'une dentelle de pierre rafistolée d'où je pouvais voir le jardin en contrebas. Au bout d'un moment, je me suis rendu compte qu'il y avait quelqu'un d'autre que moi dans la pièce. Une femme vêtue de noir, entièrement voilée, m'a désigné un siège et je lui ai raconté mon histoire.

» Heureusement, j'avais fait part de mes intentions à ma famille marocaine et je savais que je devais faire très attention à la façon dont je relatais les faits. Je devais les rapporter d'un point de vue marocain.

— Ce qui veut dire ?

— Que Raúl Jiménez devait être présenté comme le méchant et Abdullah Diouri comme l'homme qui avait sauvé l'honneur de la famille. Si j'entachais son nom, si je faisais de lui un criminel, un kidnappeur d'enfant, je n'obtiendrais rien. C'était un bon conseil. La femme m'a écouté sans rien dire, aussi immobile qu'une statue sous son voile. Quand je me suis tu, sa main gantée a surgi de sous sa grande robe et elle a laissé tomber une carte sur la table basse qui nous séparait. Puis, elle s'est levée et elle est partie. La carte portait une adresse à Rabat et un numéro de téléphone sous le nom de Yacoub Diouri. Le domestique a reparu et m'a reconduit à la porte.

— Bon, ce n'était pas le Saint-Graal, commenta Juan, mais ce n'était pas si mal.

— Les Marocains ont le goût du mystère. Abdullah

Diouri était un fervent musulman. Yacoub m'a dit plus tard que les gens qui résidaient dans la maison de Fès conservaient cet état d'esprit en mémoire du grand homme. Aucun de ses fils n'a pu accepter de vivre là, de cette façon, ce qui explique le délabrement des lieux, et elle a été exclusivement consacrée aux femmes de la famille.

— Donc, vous aviez une adresse à Rabat..., l'encouragea Pablo.

— J'ai passé la nuit à Mekhnès et j'ai appelé Yacoub de là-bas. Il savait déjà qui j'étais et ce que je voulais. Nous sommes convenus de nous retrouver le lendemain chez lui, à Rabat. Vous n'ignorez sans doute pas qu'il habite une grande résidence moderne, construite dans le style arabe, dans le quartier des ambassades en bordure de la ville. Il a bien deux hectares de terre autour, avec une orangeraie, des jardins, des tennis, des piscines, un vrai palais. Il a des domestiques en livrée, des fontaines constellées de pétales de rose, des trucs de ce genre. On m'a installé dans un salon immense donnant sur une piscine, meublé de canapés de couleur crème. On m'a apporté du thé à la menthe et on m'a laissé mijoter une demi-heure avant que Yacoub n'arrive.

— Il ressemblait à Raúl ?

— J'ai vu des photos de Raúl quand il était plus jeune à Tanger et moins marqué par la vie. Il y a quelques similitudes, mais Yacoub est une tout autre espèce d'animal. La richesse de Raúl n'a jamais pu effacer son côté paysan andalou, alors que Yacoub est un être raffiné, qui parle couramment l'espagnol, le français et l'anglais. L'allemand aussi. C'est indispensable pour ses affaires. Il fabrique des vêtements pour les grands couturiers d'Europe. Il compte parmi ses clients Dior et Adolfo Dominguez. Yacoub est un félin racé comparé au vieux lion rugueux qu'était son père.

— Comment s'est passée cette première rencontre ?

— Nous avons tout de suite accroché, ce qui ne m'arrive pas souvent, précisa Falcón. J'ai plutôt du mal depuis quelque temps à m'entendre avec les gens de mon milieu qui ont la même éducation que moi, alors que j'ai apparemment un don pour me lier avec les marginaux.

— Comment ça se fait ? demanda Juan.

— Je suppose qu'à force de vivre avec mes démons, j'ai appris à comprendre les subtilités des autres, ou en tout cas à ne pas me fier aux apparences. Toujours est-il que Yacoub et moi sommes devenus amis dès cette première rencontre et nous le sommes restés, même si nous ne nous voyons pas très souvent. D'ailleurs, il m'a appelé hier soir pour me proposer de nous retrouver à Madrid ce week-end.

— Et lui, il connaît votre histoire à vous ?

— Il l'a lue dans la presse à l'époque du scandale Francisco Falcón. Ça a fait du bruit quand on a découvert que les fameux nus du grand artiste avaient été peints en réalité par le Marocain Tariq Chefchaouni.

— C'est étonnant que les journalistes n'aient pas cherché à le joindre, s'avisa Pablo.

— Ils ont essayé. Mais ils n'ont jamais pu franchir la porte de la maison d'Abdullah Diouri à Fès.

— Vous dites que Yacoub est un marginal, intervint Gregorio. Pourtant, il n'en a pas l'air. Affaires florissantes, marié, deux enfants, musulman pratiquant. Il semble au contraire parfaitement dans la norme.

— Oui, vu de l'extérieur, c'est l'impression qu'il donne. Mais dès que je l'ai vu, j'ai compris qu'il n'était pas en paix. Il est heureux de vivre là où il vit, sans se sentir totalement intégré. Il a été arraché à sa famille, mais Abdullah Diouri lui a offert la sienne et donné son nom. Son vrai père n'est pas venu le chercher ; en même temps, Diouri l'a traité comme l'un de ses fils.

Il m'a dit un jour que non seulement il respectait son ravisseur, Abdullah Diouri, mais qu'il l'aimait comme un père. Bien que sa nouvelle famille l'ait totalement accepté, il ne s'est jamais défait du sentiment d'avoir été abandonné par la sienne. C'est ce que j'appelle un marginal.

— Il est marié, dites-vous. Combien a-t-il de femmes ? s'informa Pablo.

— Une seule.

— N'est-ce pas inhabituel chez un homme comme lui ? enchaîna Juan.

— Pourquoi ne posez-vous pas la question franchement au lieu de tourner autour du pot ?

— Parce que nous voulons nous rendre compte de la solidité du lien qui vous unit à Yacoub. S'il vous a révélé des détails très personnels, c'est significatif pour nous.

— Yacoub Diouri est homosexuel, avoua Falcón à contre-cœur. Il est marié parce que c'est ce qu'attend de lui la société dans laquelle il vit. En bon musulman, il doit prendre femme et avoir des enfants, mais sexuellement, il n'est attiré que par les hommes. Et pour qu'avec votre curiosité malsaine, vous n'alliez pas imaginer des choses, je dis bien par les hommes, pas par les jeunes garçons.

— Pourquoi vous semble-t-il important de préciser ce détail ? s'enquit Juan.

— Vous êtes des espions. Je voulais juste vous éviter de penser que son homosexualité peut constituer un point faible à exploiter.

— Pourquoi croyez-vous que nous sommes en train de vous poser des questions sur Yacoub Diouri ?

— J'aimerais savoir comment Yacoub en est venu à vous parler de son homosexualité, reprit Pablo.

— Désolé de vous décevoir, Pablo, mais il ne m'a

pas fait de propositions. Et vous, comment l'avez-vous appris ?

— Les services secrets collaborent étroitement de nos jours, expliqua Juan. Les musulmans convaincus, riches et importants sont... observés.

— Un jour, nous parlions du mariage, Yacoub et moi. Je lui ai dit que le mien n'avait pas duré très longtemps, que ma femme m'avait quitté pour un juge en vue. Je lui ai parlé de Consuelo. C'est là qu'il m'a dit qu'il était marié pour la galerie, qu'il était gay et que le milieu de la mode lui convenait parfaitement.

— Pourquoi ?

— Parce qu'il grouille d'hommes séduisants qui ne sont pas à la recherche d'une relation stable qu'il ne serait pas en mesure de leur offrir.

Silence. Juan leur fit savoir qu'il était temps d'avancer.

— Donc, Yacoub et vous êtes devenus amis. Que s'est-il passé ensuite ? relança Pablo.

— Je l'ai vu souvent au début, plusieurs fois en trois ou quatre mois. J'avais commencé à apprendre l'arabe et j'allais voir ma famille marocaine à Tanger dès que je le pouvais. Yacoub m'invitait chez lui. Nous parlions, il m'aidait à améliorer mon arabe.

Les envoyés du CNI burent une gorgée de bière à l'unisson.

— Et que s'est-il passé avec Consuelo ? demanda Juan en lâchant un jet de fumée dans la nuit.

— Comme je vous l'ai dit, j'avais parlé de Consuelo à Yacoub et de l'intérêt que je lui portais. Il a été ravi de venir à Séville pour me donner un coup de main. Ça l'amusait de jouer les entremetteurs.

— C'était combien de temps après votre rupture ?

— Presque un an.

— Vous avez pris votre temps.

— Ce sont des choses qui ne se font pas à la va-vite.

— Comment faisiez-vous pour communiquer, puisqu'elle ne voulait pas vous parler ?

— Je lui ai écrit pour lui demander si elle souhaitait faire la connaissance de Yacoub. Elle m'a répondu qu'elle aimerait beaucoup le rencontrer, mais seule.

— Et vous n'avez jamais réussi à la revoir ? demanda Juan, perplexe.

— Yacoub a fait tout ce qu'il a pu pour plaider ma cause. Ils s'aimaient bien tous les deux. Il l'a invitée à dîner de ma part. Elle a refusé. Il a proposé de tenir la chandelle. Elle n'a pas voulu. Il n'y a pas eu d'explication et ça s'est arrêté là. Et si on prenait une autre bière pour que vous m'expliquiez la raison de cet interrogatoire indiscret.

Dans la cuisine, Falcón aperçut son reflet translucide dans la vitre noircie de nuit. Il ne s'était pas livré à ce point depuis ses séances avec Alicia Aguado, quatre ans auparavant. Depuis, en réalité, il n'avait plus eu de lien proche avec qui que ce soit, à part Yacoub. Cela ne l'avait pas soulagé de se confier ainsi à des étrangers, mais ses sentiments pour Consuelo en avaient été ravivés. Il surprit même son double, renvoyé par le carreau de la fenêtre, en train de frotter distraitement le bras qui l'avait effleurée la veille. Il secoua la tête et ouvrit une bouteille de bière.

— Vous souriez, Javier, lui dit Juan à son retour. Après une telle épreuve, je vous admire.

— Je suis solitaire, mais pas déprimé.

— Pas mal pour un enquêteur de la criminelle qui n'est plus tout jeune.

— Mon métier d'enquêteur à la PJ ne me pose pas de problème. Les meurtres ne sont pas si fréquents à Séville et comme je les élucide presque tous, cela me donne l'illusion que toutes les difficultés peuvent être résolues. Et, comme vous le savez, l'illusion est mère de bien-être. Si je devais trouver des solutions au réchauffement de la planète ou à la baisse des ressources halieutiques des océans, j'aurais sûrement moins bon moral.

— Et le terrorisme ? demanda Pablo. Ça vous mettrait dans quel état ?

— C'est pas mon boulot. J'enquête actuellement sur la mort de victimes du terrorisme. Je me rends compte que ce n'est pas simple. Mais nous avons au moins des chances d'éclaircir les circonstances de cette explosion et les tragédies font en général ressortir les plus belles qualités des gens. Je n'aimerais pas faire votre travail, qui consiste à prévoir et prévenir les attaques terroristes. Si vous y parvenez, vous restez des héros méconnus. Si vous échouez, vous vivez avec la mort d'innocents sur la conscience, les vitupérations des médias et les reproches de politiciens pénards. Alors, au cas où vous aviez l'intention de me proposer un job, non merci.

— Pas vraiment un job, rectifia Juan. Nous voulons savoir si vous seriez prêt à apporter une ou deux pièces au puzzle du renseignement.

— Je vous l'ai déjà dit, je n'ai plus la fibre de l'espionnage.

— Nous vous demanderions, en premier lieu, de recruter pour nous.

— Vous voulez que je recrute Yacoub comme informateur ?

Les hommes du CNI acquiescèrent, avalèrent une lampée de bière, allumèrent des cigarettes.

— D'abord, je ne vois pas très bien ce que Yacoub pourrait vous raconter, reprit Falcón. Ensuite, pourquoi moi ? Vous avez sûrement d'excellents recruteurs qui passent leur temps à faire ça.

— Ce n'est pas tant ce qu'il peut nous raconter maintenant qui nous intéresse que ce qu'il pourrait nous dire s'il entreprenait certaines démarches, expliqua Pablo. Et vous avez raison, nous avons d'excellents recruteurs, mais aucun n'entretient avec lui les liens particuliers qui vous unissent.

— Mes « liens particuliers » reposent sur l'amitié, la franchise et la confiance. Qu'arrivera-t-il si je lui demande tout à coup : « Yacoub, tu veux bien espionner au profit de l'Espagne ? »

— Ce ne serait pas seulement pour l'Espagne, risqua Gregorio. Mais pour l'humanité tout entière.

— Oh, vous m'en direz tant, Gregorio. Je penserai à le lui dire quand je lui demanderai de trahir sa famille et ses amis pour fournir des renseignements à quelqu'un qui est entré il y a seulement quatre ans dans sa vie compliquée.

— Nous ne prétendons pas que c'est facile, admit Juan. Nous ne nions pas non plus la valeur d'une telle relation ni les considérations d'ordre moral qu'implique notre requête.

— Merci, ça me rassure, Juan, ironisa Falcón. Vous avez dit « en premier lieu ». Dois-je comprendre qu'il y en a un second ? Vous feriez mieux de me mettre tout de suite au parfum. Comme ça, je pourrai essayer d'avaler vos insanités d'un seul coup.

Les hommes du renseignement échangèrent des regards et haussèrent les épaules. Juan se lança :

— Nous venons d'apprendre que la cellule antiterroriste du CGI de Séville est autorisée à prendre part à l'enquête. Nous pensons qu'il y a chez eux une taupe qui refourgue les informations. Nous voulons savoir qui c'est et à qui sont destinées les fuites. Vous serez amené à travailler en étroite collaboration avec eux. Nous avons besoin de votre perspicacité.

— Qu'est-ce qui vous fait croire que j'en suis capable ?

— La très bonne note que vous obtenez au terme de cet interrogatoire, répondit Pablo.

— Quelle est ma note de moralité ?

Les émissaires du CNI furent secoués d'un grand rire. Non pas parce qu'ils trouvaient ça drôle, mais parce qu'ils étaient soulagés d'en avoir fini avec les aspects les moins reluisants.

— Qu'est-ce que j'y gagne en retour ? demanda Falcón.

— Un meilleur salaire, si c'est ce que vous souhaitez, dit Juan, pris au dépourvu.

— Je ne pensais pas tellement à l'argent, plutôt à un échange de bons procédés.

— Comme ?

— Vous me donnez aussi des informations. Comprenez bien que je ne dis ni oui ni non, mais vous pourriez peut-être m'expliquer ce qu'a de si crucial le Coran annoté qu'on a trouvé dans le Peugeot Partner...

— Ça ne va pas être possible à ce stade, dit Pablo.

— Nous commençons à nous demander, déclara Juan, interrompant son subalterne, si notre moisson de Séville n'est pas le signe collatéral d'un projet terroriste beaucoup plus important.

— Plus important que la libération de l'Andalousie ?

— Nous pensons que nous avons là l'indice de quelque chose qui a mal tourné dans un plan dont nous ne savons presque rien. Nous croyons que ce que nous avons entre les mains avec cet exemplaire du Coran, c'est le code d'un réseau.

17.

Séville – Mardi 6 juin 2006, 21 heures

Au restaurant, on en était au milieu du premier service, celui des touristes qui précédaient la grande affluence des locaux à dix heures du soir. Consuelo quitta son bureau pour se rendre à son deuxième rendez-vous avec Alicia Aguado. Elle n'était sortie qu'une fois, pour aller déjeuner chez sa sœur. Elles n'avaient parlé que de l'explosion pendant tout le repas. Ce n'est qu'à la dernière minute que Consuelo lui avait demandé si elle pourrait venir chez elle, à Santa Clara, vers vingt-deux heures trente. Sa sœur avait supposé qu'elle avait un problème de nounou.

— Non, non, elle sera là pour s'occuper des garçons, l'avait rassurée Consuelo. Mais on m'a dit qu'il fallait que j'aie un proche chez moi quand je rentrerai.

— Tu vois un gynéco ?

— Non. Une psy.

— Toi ?

— Oui, Ana, ta sœur Consuelo va chez la psy.

— Mais tu es la personne la plus équilibrée que je connaisse, avait protesté sa sœur. Si toi, tu déraillles, quel espoir ça nous laisse ?

— Je ne suis pas dingue, mais je pourrais le devenir. Je suis sur le fil du rasoir. La femme que je vois va m'aider, mais elle insiste pour que j'aie le soutien de quelqu'un à mon retour. Tu es ce quelqu'un.

Cet aveu à sa sœur les avait secouées toutes les deux, surtout parce qu'il leur avait permis de se rendre compte qu'elles n'étaient peut-être pas aussi proches qu'elles le pensaient.

En abandonnant la sécurité de son bureau, Consuelo sentit la panique lui nouer l'estomac. Aussitôt, les paroles d'Alicia Aguado lui revinrent : « Venez me voir directement en sortant du travail. Ne vous laissez pas distraire. » Cette recommandation la mit mal à l'aise, car une petite voix y répondait : « Et pourquoi pas ? » Pendant qu'elle bouclait sa ceinture, son esprit fit une embardée et elle oublia son objectif : elle songea à éviter la plaza del Pumarejo au cas où *il* s'y trouverait. Son cœur s'emballa et elle appuya sur le klaxon si fort et si longtemps qu'un serveur finit par venir voir ce qui se passait dans la rue. Elle démarra et traversa la plaza del Pumarejo en regardant droit devant elle.

Un quart d'heure plus tard, elle était assise sur le confident dans la pièce bleue apaisante, les poignets offerts aux doigts inquisiteurs d'Alicia Aguado. Elles parlèrent d'abord de la bombe. Consuelo n'arrivait pas à se concentrer. Elle était trop occupée à recoller les morceaux de son âme en lambeaux. L'évocation des effets dévastateurs de l'explosion n'arrangeait rien.

— Vous étiez un peu en retard, remarqua Alicia en posant ses doigts sur sa veine. Vous êtes venue ici directement ?

— J'ai été retardée au bureau. Je me suis libérée dès que j'ai pu.

— Pas de distraction ?

— Aucune.

— Répondez encore à cette question, Consuelo.

Elle considéra son poignet. Les battements de son cœur étaient-ils si révélateurs ? Elle déglutit. Pourquoi était-ce si difficile ? Elle n'avait eu aucun problème de toute la journée. Ses yeux s'emplirent de larmes. L'une d'elles glissa jusqu'au coin de sa bouche.

— Pourquoi pleurez-vous, Consuelo ?

— N'est-ce pas à vous de me le dire ?

— Non, c'est le contraire. Moi, je ne suis que le guide.

— J'ai eu un moment de distraction.

— Vous ne vouliez pas me le dire parce que cette distraction était d'ordre sexuel ?

— Oui. J'ai honte.

— De quoi exactement ?

Pas de réponse.

— Réfléchissez-y avant notre prochaine séance et demandez-vous ce qu'il en est, dit Alicia Aguado. Parlez-moi de cette distraction.

Consuelo lui rapporta l'incident de la veille, qui l'avait décidée à l'appeler pour lui demander son aide.

— Vous ne connaissez pas cet homme ?

— Non.

— Vous l'aviez déjà vu ou rencontré incidemment ?

— C'est un de ces types qui abordent les femmes pour leur débiter des obscénités. Je ne supporte pas ces manières. Je fais un scandale quand ça m'arrive. Pour les dissuader de récidiver avec d'autres femmes.

— Pour vous, c'est un devoir moral ?

— Absolument. Les femmes ne devraient pas être exposées à de telles agressions sexistes. On ne doit pas encourager ces hommes à laisser libre cours à leurs pulsions grossières. Il ne s'agit pas de sexe, c'est une question de pouvoir, d'abus de pouvoir. Ces hommes haïssent les femmes. Ils expriment ainsi leur haine. Ils prennent plaisir à choquer et à humilier. Des femmes assez insensées pour se lier à ce genre d'hommes subiraient leur violence physique. Ce sont des brutes en puissance.

— Alors qu'est-ce qui vous fascine chez cet homme ?

Les larmes à nouveau, mêlées à une étrange sensation d'effondrement, d'écroulement désordonné et soudain, au moment où la chute gravitationnelle de son être fragmenté atteignait son point d'accélération critique, elle éprouva comme une libération, l'impression de se dissocier de la personne qu'elle pensait être. Elle y voyait la manifestation extrême d'un phénomène qu'elle appelait basculement existentiel : un bref instant d'introspection pendant lequel la question du sens de notre présence sur cette planète tournoyant dans le vide engendrait le vertige des interrogations sans réponse. D'habitude, cet état disparaissait en une fraction de seconde et elle reprenait pied dans la réalité. Cette fois, il se prolongea et elle se demanda si elle saurait en revenir. Elle bondit sur ses pieds et se ceignit le corps de ses deux bras comme pour l'empêcher de se désagréger.

— Tout va bien, dit Alicia en posant la main sur elle. Tout va bien, Consuelo. Vous êtes toujours là. Revenez vous asseoir près de moi.

Le curieux fauteuil baptisé « confident » lui faisait l'effet d'un chevalet de torture. Une machine à insérer des instruments dans les conjonctions nerveuses pour les titiller et créer des niveaux de souffrance inédits.

— Je ne peux pas, s'entendit-elle murmurer. Je ne peux pas.

Elle tomba dans les bras d'Alicia. Elle avait besoin d'un contact humain pour revenir au monde. Elle sanglotait. Le pire, c'est qu'elle ne connaissait pas la raison de sa souffrance. Alicia la fit rasseoir. Elles se retrouvèrent face à face sur le siège, doigts entremêlés, comme d'intimes confidentes.

— J'étais en train de me disloquer, dit Consuelo. Je ne voyais plus... je ne savais plus qui j'étais. J'étais comme un astronaute qui flotte à côté de son vaisseau spatial. Prête à sombrer dans la folie.

— Qu'est-ce qui a provoqué cette impression ?

— Votre question. Je ne m'en souviens pas. Vous m'interrogiez sur un ami, ou sur mon père ?

— Nous avons assez parlé de ce qui vous trouble. Tâchons de clore cette entrevue sur une note positive. Citez-moi quelque chose qui vous rend heureuse.

— Mes enfants.

— Si vous vous rappelez, à la fin de notre dernière consultation, nous avons eu une discussion sur les sentiments que vous inspiraient vos enfants. Vous avez dit...

— Que je les aime tellement que j'en ai mal, compléta Consuelo.

— Pensons plutôt à un bonheur sans douleur.

— Je n'ai pas mal en permanence, seulement quand je les regarde dormir.

— Et vous les regardez souvent dormir ?

Consuelo se rendit compte que c'était devenu un rituel quotidien. Le moment où elle contemplait le sommeil insouciant de ses fils était le couronnement de sa journée. Et elle savourait la douleur qui naissait alors en son ventre.

— Bien, répondit prudemment Consuelo, essayons donc de nous souvenir d'un moment de bonheur sans douleur. Ça ne devrait pas être trop difficile, vous ne croyez pas, Alicia ? C'est vrai, nous sommes dans la plus belle ville d'Espagne. Quelqu'un n'a-t-il pas dit : « À celui qu'il aime, Dieu donne une maison à Séville » ? L'amour de Dieu vaut bien un demi-million d'euros à l'heure actuelle. Voyons... Vous posez cette question à tous vos patients ?

— Non, pas à tous.

— Combien ont pu vous répondre ? J'imagine que les psychologues voient surtout des gens malheureux.

— Ils trouvent toujours quelque chose. Ceux qui aiment la campagne pensent aux reflets du soleil sur l'eau ou au vent dans les herbes. Les citadins évoquent un tableau qu'ils ont vu, ou un ballet ou aux moments passés dans un square qu'ils affectionnent.

— Je ne vais pas à la campagne. Autrefois, je m'intéressais à l'art, mais j'ai perdu...

— D'autres pensent à une amitié ou à une ancienne passion.

Alicia Aguado avait lâché la main de Consuelo pour replacer ses doigts sur son poignet.

— À quoi pensez-vous en ce moment, par exemple ? demanda-t-elle.

— Ce n'est rien.

— Rien ? Quoi que soit ce rien, il faut vous y accrocher.

Inès était chez elle depuis plus d'une heure. Il était un peu plus de vingt et une heures trente. Elle avait essayé d'appeler Esteban, mais son portable était éteint, comme d'habitude. Elle était très calme, même si elle avait dans la tête comme un câble tendu jusqu'au point de rupture. Elle était allée voir son médecin pour s'éclipser finalement au moment où cela allait être son tour. Le médecin l'aurait auscultée et elle ne voulait pas être examinée, inspectée.

L'échange avec la putain métisse au parc continuait d'interférer avec son film intérieur, de le faire s'écarter de son scénario originel et d'encombrer son esprit d'images inopportunes : le visage livide d'Esteban et le frôlement de ses pieds nus sur le carrelage de la cuisine.

La cuisine n'était pas un endroit pour elle. Les arêtes aiguës des plans de travail granités, le sol de marbre glacial, les reflets déformés réfléchis par les chromes lui rappelaient trop les violences du matin. Elle détestait cette cuisine fasciste. Elle lui rappelait la guardia civil, ses bottes, ses casques noirs luisants. Elle ne pouvait imaginer un enfant dans cette cuisine.

Elle s'était réfugiée dans la chambre. Elle se sentait toute petite, assise sur l'immense lit conjugal vide. La télévision était éteinte. On y parlait trop de la bombe, il y avait trop d'images des décombres, trop de sang, trop de chairs broyées, de verre et de vies brisés. Elle se vit dans la glace, au-dessus de la collection de brosses à cheveux et de boutons de manchettes. Une question dansait dans sa tête : qu'est-ce qui m'est arrivé ?

À dix heures moins le quart, n'en pouvant plus, elle sortit faire un tour. Elle croyait marcher sans but, mais elle se retrouva sur la plaza del Museo, attirée par la jeunesse qui commençait à s'y rassembler sous l'épaisse frondaison des arbres. Puis, sans s'en rendre compte, elle aboutit calle Bailén, devant la maison de son ex-mari. Elle la regarda avec envie. Elle aurait pu avoir cette maison, ou au moins la moitié, sans cette foutue avocate engagée par Javier. C'était cette femme qui s'était aperçue qu'Inès s'envoyait Esteban Calderón depuis des mois et qui lui avait demandé (quel culot !) si elle voulait vraiment voir ses histoires sordides déballées devant les tribunaux. Et voilà où elle en était. Ah, elle s'était bien débrouillée ! Mariée à un homme brutal qui, quand il ne sodomisait pas sa femme sous prétexte de « contraception », culbutait toutes les putes qui passaient en frétillant des nichons... D'où lui venait ce langage épouvantable ? Inès Conde de Tejada n'employait pas ce vocabulaire. Pourquoi toutes ces saletés dans sa tête ?

Elle en était réduite à déambuler devant la maison. Sous sa jupe courte, ses jambes tremblaient. Elle marcha jusqu'à l'hôtel Colón et fit demi-tour. Il fallait qu'elle voie Javier. Il fallait qu'elle lui dise. Pas que son mari l'avait battue. Pas qu'elle regrettait ce qu'elle avait fait. Non, elle ne voulait rien lui dire. Elle voulait seulement rester à proximité d'un homme qui l'avait aimée, qui l'avait adorée.

Alors qu'elle se préparait à entrer, dissimulée dans l'ombre des orangers, elle vit la porte s'ouvrir et trois hommes sortir. Ils allèrent chercher un taxi devant l'hôtel Colón. La porte se referma. Inès sonna. Falcón ouvrit et fut ahuri en voyant la silhouette rabougrie de son ex-épouse.

— *¡Hola!*, Inès. Ça va ?

— ¡Hola !, Javier.

Ils s'embrassèrent. Il s'écarta pour la laisser passer et il la suivit dans le patio en pensant : « Elle est tellement petite et maigrichonne, on dirait une enfant. » Il emporta les restes laissés par les hommes du CNI et revint avec une bouteille de manzanilla.

— Après une journée comme celle-ci, tu devrais être épuisé. Et pourtant, tu reçois des gens pour l'apéritif.

— La journée a été éprouvante, confirma Falcón, qui se disait : « Qu'est-ce qu'elle fait là ? » Esteban tient le coup ?

— Je ne l'ai pas vu.

— Il est sans doute encore sur place. Ils se sont organisés pour se relayer toute la nuit. Tu vas bien, Inès ?

— Tu me l'as déjà demandé, Javier. Je n'ai pas l'air d'aller bien ?

— Quelque chose te préoccupe ?

— Ai-je l'air préoccupée ?

— Non, juste un peu maigrichonne. Tu as minci ?

— Je me maintiens en forme.

Falcón, qui ne savait déjà plus quoi lui dire, se demandait toujours comment il avait pu être à ce point entiché de cette femme. Elle lui semblait maintenant parfaitement banale ; rompue au bavardage superficiel et à l'art d'énoncer des poncifs, snob et ennuyeuse. Pourtant, avant de se marier, ils avaient eu une liaison passionnée, ponctuée d'ébats sexuels enflammés. Le bonhomme de bronze de la fontaine n'était pas remis de leurs folies.

Ses talons cliquetaient sur le marbre du patio. Dès qu'il l'avait vue, il avait eu envie de se débarrasser d'elle au plus vite, mais quelque chose dans son aspect, sa fragilité pitoyable, son manque de fierté sévillane le retenait de la renvoyer.

— Comment va la vie ? demanda-t-il en cherchant un sujet de conversation plus intéressant dans les recoins de son esprit déjà complètement occupé par la décision qu'il devait prendre dans les huit prochaines heures. Comment ça se passe avec Esteban ?

— Tu le vois plus que moi.

— Nous n'avons pas travaillé ensemble depuis un moment et, tu sais, il a de l'ambition, donc...

— Oui, il a toujours eu de l'ambition, l'ambition de coucher avec toutes les bonnes femmes qui passent à sa portée.

Le verre de manzanilla que Falcón portait à sa bouche s'arrêta en chemin. Puis il en but assez pour faire baisser le niveau de deux centimètres.

— Je ne suis pas au courant, biaisa-t-il pour éviter un chapitre connu de tous depuis des années dans la police et la magistrature.

— Ne sois pas stupide, Javier. Toute la putain de ville de Séville sait qu'il nique tout ce qui bouge.

Silence. Falcón n'avait pas le souvenir de l'avoir entendue employer un tel langage autrefois. À croire que la poissarde perçait sous le vernis.

— Je suis tombée sur une de ses putes tout à l'heure aux jardins Murillo, dit-elle. Je l'ai reconnue parce qu'il avait une photo d'elle dans son appareil numérique. Elle était tranquillement installée sur un banc en face de moi, en train de fumer un cigare, qu'elle tétait en pensant probablement à son...

— Écoute, Inès, ce n'est pas à moi qu'il faut raconter ça.

— Pourquoi pas ? Tu me connais. Nous avons été intimes. Tu le connais. Tu sais ce qu'il... que c'est... que je...

Elle craqua. Falcón lui prit son verre des mains, alla lui chercher des mouchoirs en papier. Elle se moucha, martela la table du poing et tenta de planter ses talons dans le sol du patio avec force grimaces. Elle décida de faire le tour de la fontaine, mais une violente douleur au côté la cloua sur place.

— Tu vas bien, Inès ?

— Arrête de me poser cette question. C'est rien, un problème de calculs rénaux. Le médecin dit que je ne bois pas assez.

Il lui rapporta un verre d'eau et chercha un moyen de se sortir de cette situation. Mark Flowers allait arriver d'une minute à l'autre. Il n'en revenait pas qu'elle soit venue le voir, lui, pour se plaindre des frasques de son mari. Qu'est-ce que cela cachait ?

— Je voulais te parler, continua-t-elle, parce que je n'ai personne d'autre à qui me confier. Il n'y a aucun de mes amis avec qui je peux avoir un tel degré d'intimité. Je suis sûre que certaines de mes copines sont passées dans son lit. Ma souffrance ne fera qu'ajouter un potin à leurs bavardages, c'est tout. Je sais que tu as traversé des moments difficiles il y a quelques années et que tu peux comprendre ce que j'endure en ce moment.

— Mon expérience n'a rien de comparable, glissa Falcón, ennuyé de la voir si préoccupée d'elle-même et de sentir que la situation lui échappait.

— Je crois que quand nous nous sommes séparés, tu étais encore amoureux de moi. J'étais désolée pour toi.

Il était bien persuadé qu'il n'en était rien. Elle avait reporté toute sa culpabilité sur lui en lui répétant sans cesse le même refrain sur son insensibilité : *Tú no tienes corazón, Javier Falcón.*

— Tu envisages de quitter Esteban ? demanda-t-il timidement, épouvanté à l'idée qu'elle espérait peut-être qu'il la reprendrait.

— *No, no, no que no*, scanda-t-elle. Nous n'en sommes pas là. Nous sommes faits l'un pour l'autre. Nous avons vécu tant de choses ensemble. Je ne l'abandonnerai jamais. Il a besoin de moi. C'est seulement...

C'est seulement que cette femme bafouée ne sait plus à quel cliché se raccrocher, songea Falcón.

— C'est seulement que... il a besoin d'aide.

Qu'est-ce qui se passait aujourd'hui ? Le CNI le chargeait de convaincre son nouvel ami de faire de l'espionnage. Son ex-femme voulait qu'il incite son mari, avec qui il n'entretenait que des relations professionnelles, à aller voir un psy.

— Qu'est-ce que tu en penses, Javier ?

— Je pense que ça ne me regarde pas, dit-il d'un ton ferme.

— Mais je veux quand même avoir ton avis, insista-t-elle en posant sur lui des yeux immenses.

— Tu ne pourras jamais persuader Esteban, ni quelque homme que ce soit d'ailleurs, d'aller voir un psy ou une conseillère conjugale s'il ne se rend pas compte qu'il y a un problème. Et dans ces cas-là, les hommes admettent rarement que le problème vient d'eux.

— Il n'a pas cessé de me cocufier depuis... même avant que nous soyons mariés. Il doit comprendre qu'il faut qu'il change.

— La seule chose qui puisse le faire changer serait un coup dur dans sa vie, qui pourrait l'amener à réfléchir à son... appétit insatiable. Malheureusement, cela peut vouloir dire aussi que ceux qui sont proches de lui actuellement ne le resteront pas...

— Je suis restée à ses côtés pendant tout le temps qu'a duré sa crise avec la pouffiasse américaine, je resterai avec lui maintenant. Je sais qu'il m'aime.

— Ce que je te dis, c'est ce que j'ai vécu en tout cas, dit Falcón en écartant les mains. – Il s'apercevait qu'il venait d'expliquer à Inès pourquoi elle ne faisait plus partie de sa vie. – Sauf que mon problème à moi, ce n'était pas les femmes.

— Non, c'est vrai. Tu as été tellement stoïque, Javier.

Ce ton de fausse compassion lui tapait sur les nerfs. La sonnette retentit, lui évitant de puiser dans ses dernières réserves de patience. Il la reconduisit à la porte.

— Tu es très recherché ce soir, remarqua Inès.

— Je ne vois pas ce qu'on me trouve, ironisa Falcón.

— Nous ne nous voyons plus beaucoup, dit-elle en l'embrassant avant qu'il ouvre la porte. Je suis désolée... si je ne te revois pas...

— Me revoir ?

La sonnette tinta de nouveau.

— Je suis désolée, répéta-t-elle.

Calderón avait débarqué chez Marisa à vingt et une heures trente. Vingt minutes plus tard, ils gisaient à terre devant le canapé, nus et couverts des sécrétions de leur étreinte. Ils buvaient des cuba libre dans de grands verres débordant de glace en fumant à la chaîne des Marlboro light. Elle l'enfourcha en titillant ses lèvres de la pointe de ses tétons et posa légèrement sa croupe sur son sexe épuisé. Il plaqua les mains sur ses fesses et lui mordilla un mamelon avec un peu trop d'entrain.

— Aïe ! cria-t-elle en se dégageant. Tu as si faim que ça ?

— Je n'ai pas vraiment eu le temps de dîner.

— Tu veux que je te fasse des pâtes ? proposa-t-elle, debout devant lui et le dominant de toute sa hauteur, jambes écartées, mains sur les hanches, la cigarette pendant au coin de ses lèvres charnues.

Je suis Helmut Newton, rêva Calderón.

— Bonne idée.

Elle enfila un peignoir de soie turquoise et disparut dans la cuisine pendant que Calderón buvait, fumait et contemplait la nuit chaude et profonde en songeant : tout cela est parfait.

— Il m'est arrivé un truc bizarre tout à l'heure, lança soudain Marisa de la cuisine où elle coupait de l'ail et de l'oignon avec un couteau tranchant. Je me suis offert un cigare, un vrai, un havane. Je m'installe sous les palmiers des jardins Murillo pour le fumer parce que ça me rappelle mon pays, d'autant qu'il faisait très chaud aujourd'hui, la première vraie chaleur de l'été. J'étais déjà en train de m'imaginer à Cuba...

Rien qu'en voyant Calderón de dos, Marisa savait qu'il l'écoutait à peine.

— ... quand une femme vient s'asseoir en face de moi. Belle. Très mince, de longs cheveux bruns, de grands yeux, très jolis... Peut-être un peu trop maigre en y repensant. Elle avait des yeux immenses et me regardait d'un drôle d'air.

Elle avait capté son attention. Il était absolument immobile, comme pétrifié.

— J'aime avoir la paix quand je fume mes cigares. Je n'ai aucune envie d'être dévisagée par les curieux. Je lui ai donc demandé ce qu'elle regardait. Elle m'a répondu la pute au cigare, *la puta con el puro*. Je ne laisse personne me traiter de putain ni me gâcher le plaisir d'un superbe havane. Alors je lui ai dit ma façon de penser. Et tu sais quoi ?

Calderón tira nerveusement sur sa cigarette.

— Tu sais ce qu'elle m'a répondu ?

— Quoi ? demanda Calderón d'un air absent.

— Elle m'a dit : « C'est vous la putain qui vous tapez mon mari. » Elle m'a demandé combien tu me payais en ajoutant que ça ne devait pas dépasser quinze euros mais que tu me faisais sans doute cadeau de la perruque et du cigare pour compenser. Peux-tu m'expliquer comment il se fait qu'elle sache qui je suis ?

Calderón se leva. Il était tellement furieux qu'il n'arrivait pas à parler. Il avait les lèvres décolorées et le pénis tout rabougri au milieu des poils, comme si la colère avait drainé tout le sang de son organisme. Il serrait et desserrait les poings en fixant la nuit avec des éclairs de violence dans le regard. Marisa avait déjà observé ce type de réaction chez les hommes au physique quelconque. Les grands gaillards tout en muscles n'avaient rien à prouver, alors que les gros, les chétifs et les sots avaient toujours des leçons à donner.

En entendant couler la douche, Marisa interrompit ses préparatifs culinaires. Calderón s'habilla sans un mot. Elle lui demanda ce qu'il faisait, pourquoi il s'en allait. Il noua sa cravate avec des gestes rageurs.

— Personne n'a le droit de t'insulter, déclara-t-il et il partit.

Inès s'arrêta devant la vitrine d'une boutique de faïences peintes à la main, dans la calle Bailén. Elle se sentait mieux après sa conversation avec Javier. Elle avait réussi à se persuader, pendant le court trajet parcouru depuis sa visite, qu'il avait encore des sentiments pour elle. Il était tellement attendrissant quand il lui avait demandé si elle songeait à quitter Esteban. Il avait encore de l'espoir après toutes ces années. Quel dommage de devoir le décevoir.

Le dais obscur des grands arbres de la plaza del Museo, où flottait une odeur de marijuana, bruissait du murmure des voix d'une jeunesse plus nombreuse et du tintement des bières. Les fenêtres de l'appartement étaient éclairées, ce qui la mit en joie. Esteban était rentré. Ils allaient pouvoir réparer les dégâts. Après l'incident de ce matin, elle était sûre qu'il se rendrait à la raison et qu'elle arriverait à le convaincre de prendre rendez-vous avec un psy.

L'escalier ne lui faisait plus peur et si ses côtes douloureuses l'empêchèrent de gravir les marches quatre à quatre, c'est le cœur léger qu'elle arriva devant la porte. Ses cheveux dansaient joyeusement sur ses épaules quand elle la referma. Elle sentit aussitôt l'épaisseur de sa présence. Un sourire se dessinait déjà sur ses lèvres quand il lui saisit les cheveux et les enroula autour de son poignet. Elle vacilla et tomba à genoux. Il lui renversa la tête en arrière pour lever son visage vers le sien, livide et déformé par la haine.

18.

Séville – Mardi 6 juin 2006, 22 h 05

Mark Flowers avait déjà dîné. Son estomac américain n'avait jamais pu s'habituer à la manie espagnole de repousser les repas à des heures impossibles. Il refusa la bière et le manzanilla que lui proposait Falcón et opta pour un simple whisky. Falcón engouffra un sandwich bricolé à la va-vite dans la cuisine et resta au manzanilla. Il faisait encore très chaud. Ils s'installèrent dehors, dans le patio.

— Alors, de quoi voulaient vous parler « vos gens » ? demanda Flowers, toujours homme à poser les questions le premier.

— Ils voudraient que je recrute pour eux.

— Et vous allez le faire ?

— J'ai jusqu'à six heures du matin pour décider.

— C'est bien aimable à eux d'attendre que vous ayez fini votre assiette, dit Flowers qui tenait à lui montrer que tous les Américains ne souffraient pas d'une grave carence d'humour. Je ne sais pas qui ils veulent vous charger de recruter, mais si c'est un ami, il risque de ne pas le rester. D'après mon expérience, c'est généralement ce qui se passe.

— Et pourquoi ça ?

— Les gens ont de drôles de réactions quand on

leur demande de faire de l'espionnage. Cela remet en question la nature des relations : est-il devenu mon ami pour pouvoir me recruter ? Il y entre aussi une part de duplicité. Vous, le recruteur, poursuivez un objectif précis, qui suppose d'amener quelqu'un à mentir et tromper pour vous. C'est une relation bizarre.

— Des conseils ?

— C'est comme quand on sort avec une fille. Tout est dans le choix du moment. Si on va trop vite en besogne, elle vous trouve trop entreprenant. Si on tarde trop, elle risque de se lasser et de douter de votre sincérité. C'est unc affaire délicate et, comme pour les filles, c'est en forgeant beaucoup qu'on apprend à forger.

— Me voilà rassuré, Mark. Il y a plus d'un an que je n'ai pas fait du gringue à une femme.

— Certains vous diront que c'est comme la bicyclette. Mais il y a une différence entre se mettre à monter à dix-huit ans et essayer de s'y remettre à quarante. Vous devriez changer de marque de whisky, Javier. Ce truc est imbuvable.

— Ça passerait peut-être mieux avec du Coca-Cola ?

Flowers rit.

— Vos gens sont sûrs que votre ami marocain est « fiable » ?

— Vous ai-je dit qu'il s'agissait de recruter un ami et qu'il était marocain ?

Nouveau ricanement de Flowers, arrosé d'une grande lampée de whisky.

— Non, mais étant donné les circonstances, ce n'était pas très difficile à deviner.

— Apparemment, ils ont pas mal enquêté sur lui, dit Falcón, renonçant à tourner autour du pot.

— Ce n'est pas ainsi qu'on vérifie la fiabilité de

quelqu'un. C'est comme espérer réussir en affaires parce qu'on a lu une méthode.

— Je sais qu'il est fiable.

— Vous êtes flic à la criminelle. Vous devez savoir quand quelqu'un vous ment. Avez-vous eu avec votre ami des discussions au sujet du terrorisme, de l'Irak, de la question palestinienne, qui vous permettent de penser qu'il est « fiable » ?

— Aucune dont l'enjeu ait pu être crucial, si c'est ce que vous voulez dire.

— Je peux rencontrer, dans les bars à thé d'Afrique du Nord, des milliers de musulmans prêts à condamner l'action des groupes extrémistes et leur violence aveugle, mais je serais bien en peine d'en trouver un seul qui me donne des renseignements pouvant conduire à l'arrestation et à la mort possible d'un djihadiste. C'est l'étrange contradiction de ce type d'espionnage : il faut de solides convictions morales pour agir de façon immorale. Alors, comment pouvez-vous être certain qu'il est « fiable » ?

— Je ne vois pas ce que je pourrais vous dire pour vous convaincre sans avoir l'air idiot.

— Essayez toujours.

— Nous nous sommes reconnu une affinité dès notre première rencontre.

— Ce qui signifie ?

— Nous avons connu des expériences semblables qui créent une compréhension mutuelle immédiate.

— Je ne suis pas encore convaincu, avoua Flowers en fermant un œil pour mieux examiner son whisky.

— Que se passe-t-il quand deux personnes tombent amoureuses ?

— Du calme, Javier.

— Comment font-elles pour retirer de tout un jeu de communication forcément compliqué l'assurance qu'elles passeront la nuit ensemble ?

— Vous savez ce qui ne colle pas dans votre métaphore ? Les amoureux passent leur temps à se raconter des craques.

— Ce que vous admettez là, Mark, c'est qu'on ne peut jamais être certain à cent pour cent.

— La comparaison amoureuse est assez juste, finalement. Il suffit de s'assurer que l'être cher n'en aime pas un autre plus que vous.

— Merci.

— De qui parlons-nous, au fait ?

— Vous avez mis le temps.

— Si j'avais su que vous seriez évasif, je vous aurais emmené dîner.

— Ce n'est pas mon affaire, c'est celle du CNI.

— Vous croyez vraiment que vous pourrez débarquer à l'aéroport de Casablanca sans être pisté par mes gars ?

— Je suis surpris que vous ne m'ayez pas fait suivre plus tôt.

Silence. Flowers sourit.

— Vous saviez depuis le début, reprit Falcón. Pourquoi jouer à ce jeu avec moi ?

— Pour vous rappeler que, dans mon monde, vous êtes un amateur. Qu'espérez-vous obtenir de Yacoub Diouri ?

— Je ne sais pas. Je ne suis même pas encore sûr d'accepter ce qu'on me demande et, si oui, d'avoir l'autorisation de mes supérieurs.

— Où en sont vos investigations ici ?

— Il y a encore du boulot, mais au moins, nous savons maintenant ce qui s'est passé à l'intérieur de la mosquée et aux alentours dans les jours qui ont précédé l'explosion.

— C'est pour ça que vous vouliez des renseignements sur I4IT ?

— Ils ont été évoqués en marge de l'enquête... très en marge.

Falcón lui expliqua comment il en était venu à s'intéresser à Horizonte et Informáticalidad.

— I4IT n'est pas basé à Indianapolis en fait, lui dit Flowers. Le siège de la société est à Columbus, Ohio, parce que ce n'est pas loin de Westerville, Ohio, d'où est parti le mouvement antialcoolique à l'origine de la prohibition des années 1920.

— À vous entendre, ce détail a de l'importance.

— L'entreprise appartient à ses deux directeurs, deux « nouveaux chrétiens » qui ont découvert la foi à cause de l'inconduite de leur jeunesse. Cortland Fallenbach était programmeur chez Microsoft jusqu'à sa « mise en disponibilité » pour abus d'alcool et de substances louches. Morgan Havilland était commercial chez IBM : il en a été chassé pour que la société évite d'être traînée en justice pour harcèlement sexuel à cause de l'obsession de ce monsieur pour la bagatelle.

— Ils se sont rencontrés en thérapie ?

— À Indianapolis. Comme ils avaient tous les deux travaillé dans les deux plus grandes entreprises d'informatique du monde, ils ont décidé de créer un groupe destiné à investir dans des sociétés de high-tech. Fallenbach était un as du logiciel et Havilland avait de bonnes connaissances de l'aspect matériel. Au début, ils se sont contentés d'investir et de tirer parti de leur expérience du secteur. Par la suite, ils ont carrément acheté des sociétés, allié leurs forces en les fusionnant pour les revendre ou les regrouper pour leur propre compte. Mais il y avait, et il y a toujours, une condition indispensable pour faire partie de I4IT...

— Il faut croire en Dieu ?

— Il faut croire dans le vrai dieu, rectifia Flowers. Il faut être chrétien. Cela ne les empêche pas d'acquérir des sociétés appartenant à des hindous, des musulmans, des bouddhistes ou des shintoïstes, mais dans ce cas, elles n'intègrent pas le groupe I4IT. Ils y mettent de l'ordre et, si elles ont encore de la valeur, ils les vendent ; sinon, ils les laissent pourrir sur pied.

— Impitoyables, ces chrétiens.

— Plutôt des croisés. Et des croisés qui se débrouillent très bien. I4IT a des actifs de plus de douze millions de dollars dans le monde entier. Au premier trimestre de cette année, ils annonçaient un bénéfice de trois cent soixante-quinze millions de dollars.

— Et côté politique ?

— Fallenbach et Havilland sont membres du Christian Right et donc républicains. Leur philosophie se fonde sur la religion. Tant qu'on pratique la même religion, on peut se comprendre. Si on a un musulman et un chrétien, il y aura toujours entre eux des différences fondamentales qui entraveront la communication. Les athées n'entrent pas dans le schéma ; les communistes n'ont pas droit de cité. Les agnostiques peuvent encore être « sauvés »...

— C'est à ce niveau que se situe la discussion avant une acquisition ?

— Absolument. Ils attachent une grande importance à la culture de l'entreprise et la religion en constitue la base. S'ils peuvent l'éviter, ils n'emploient pas de femmes. Sinon, ils s'en tiennent au minimum légal. Ils n'embauchent pas non plus d'homosexuels. Dieu n'aime pas les pédés... vous savez ça, Javier.

— Je ne me souviens pas de l'avoir lu dans la Bible.

— Leur réussite et leur enrichissement sont la preuve de leur légitimité.

— Quelle est leur part de militantisme en dehors de leur groupe ?

— Pour autant que nous le sachions, ils se limitent au refus de faire des affaires avec ceux dont ils n'approuvent pas les principes. Ainsi, ils fabriquent des appareils à ultrasons, qu'ils ne vendront jamais aux cliniques connues pour pratiquer des avortements. Mais nous n'avons entendu parler d'aucune action antireligieuse de leur part.

— Vous ne trouvez pas étranges ces séances de créativité organisées par Informáticalidad dans un appartement ?

— Si vous voulez savoir, moi, ce que je trouve étrange, c'est les milliards de dollars et d'euros que versent les entreprises et les gouvernements à des consultants qui viennent leur fourguer des conseils de bon sens que ma grand-mère leur aurait donnés gratuitement. Apparemment, Informáticalidad n'a pas avalé toutes ces salades et a adopté une solution bien moins onéreuse, et sans doute plus efficace, qui lui assure un joli bénéfice au bout du compte. En revanche, si vous pouvez établir un lien entre ces « créatifs » et la mosquée, c'est une autre affaire...

— Pas pour le moment. Autre chose : avez-vous des informations sur une organisation baptisée VOMIT ?

— VOMIT... oui, j'ai vu leur site Internet. Nous pensions que le sigle signifiait « Victims of muslim and islamic terror », victimes du terrorisme musulman et islamique, jusqu'à ce que nous découvrions la transcription espagnole. On peut à la rigueur les accuser de ne pas montrer tous les aspects du problème, mais ce n'est qu'un manque d'objectivité. Ce n'est pas un crime. On n'y trouve pas d'incitation à la vengeance, de conseils pour fabriquer des bombes ou s'entraîner au maniement des armes, ni de tentatives de recrutement.

— S'il ne s'agit que de quelques dingos armés de téléphones et d'ordinateurs, c'est une chose. Mais si c'était une entreprise brassant des milliards de dollars et implantée dans le monde entier, c'en est une autre, non ?

— D'abord, je ne vois rien qui y ressemble. Ensuite, il faudrait que VOMIT représente plus qu'unc menace présumée pour nous inciter à approfondir la question. D'ailleurs, Javier, pourquoi vous intéressez-vous aux à-côtés farfelus de cet attentat au lieu de vous concentrer sur le cœur du sujet. C'est vrai, VOMIT, I4IT...

— Le cœur du sujet est enfoui sous des tonnes de gravats à l'heure qu'il est, répondit Falcón. Informáticalidad est un élément du film des événements qui se sont déroulés à l'extérieur de la mosquée qu'on ne peut ignorer. VOMIT a été mis sur le tapis par le CNI. Nous avons connaissance de certains faits qui se sont produits à l'intérieur de la mosquée, pour lesquels nous n'avons pas d'explication satisfaisante.

— Comme quoi ?

Falcón lui parla des inspecteurs municipaux, de la panne d'électricité et des électriciens.

— Je sais ce que vous pensez, lui dit Flowers.

— Vous n'en savez rien du tout parce que je n'ai pas moi-même d'idée précise de scénario. Je reste ouvert à toutes les possibilités. Nous savons que deux terroristes potentiels, Djamel Hammad et Smail Saoudi, ont livré des colis à la mosquée, peut-être anodins, mais qui pouvaient aussi contenir de quoi confectionner une bombe. On a trouvé des traces d'hexogène, ou de cyclonite comme vous dites, à l'arrière de leur camionnette...

— Bon sang, Javier, s'exclama Flowers en se redressant sur son siège. Et vous n'appelez pas ça des preuves !

— C'est assez accablant, en effet. À première vue. Mais nous ne devons pas nous fier aux apparences.

— Il vous reste un peu de ce whisky ? Je prends goût à ce breuvage au goût charbonneux.

Falcón remplit le verre de Mark et se versa une autre rasade de manzanilla. Il s'affaissa contre le dossier de sa chaise. Ses conversations avec Flowers lui faisaient toujours le même effet : il avait l'impression d'être idiot et vidé.

— Vous savez, Mark, vous ne m'avez encore rien appris que je n'aurais pu trouver moi-même en une demi-heure sur Internet, alors que je vous ai dit... tout. Je sais que vous tenez à garder l'avantage dans nos échanges, mais j'aimerais une vraie coopération de votre part. Que pourriez-vous me dire sur le MILA ou l'imam Abdelkrim Benaboura ?

— Il y a une bonne raison pour que je ne vous donne pas autant d'informations que vous m'en fournissez, dit Flowers qui laissa Falcón citer tous ces noms sans broncher. Je dirige une antenne qui couvre tout le sud de l'Espagne et ses relations avec le Maroc, l'Algérie et la Tunisie. Je n'ai aucune idée de ce qui se passe à Madrid, dans le nord de l'Espagne ou le sud de la France. Je n'aperçois qu'un coin du tableau général. Londres, Paris, Rome et Berlin apportent leur contribution, mais je ne suis pas au courant. Comme vous, je ne suis qu'un informateur.

— À vous entendre, on croirait que vous n'avez qu'un rôle passif.

— Mes informations me viennent de sources extrêmement diverses, mais je dois faire très attention à la façon dont je les exploite. L'espionnage est un jeu, mais je n'oublie jamais qu'il se joue avec des personnes réelles, qui peuvent se faire tuer. Vous ne recevez que des renseignements qui sont sans danger pour vous ou pour mes autres sources. Si j'ai le moindre doute, on ne vous les donne pas. Vous avez de la chance que je ne sois pas une tête brûlée.

— Je vous en remercie, Mark. Dites-moi donc ce que vous savez des Mártires islámicos para la liberación de Andalucía.

— J'en ai entendu parler pour la première fois à la fin de l'année dernière, non pas sous l'appellation de

« los mártires », mais d'« el movimiento ». Mon informateur d'Alger m'a dit que c'était une faction dissidente du GIA algérien, le Groupe islamique armé, qui avait émigré au Maroc et s'était associée à un groupe local ayant pour objectif, à l'époque, la libération des enclaves espagnoles du Maroc : Ceuta et Melilla. Les Algériens apportaient un réseau comportant des activistes déjà en place à Madrid, Grenade, Málaga et Valence.

— Mais pas à Séville ?

— J'y viens. Mon informateur m'a expliqué que les Marocains, eux, apportaient les moyens financiers. Ils tiraient des liquidités importantes de leur implication dans le trafic de haschisch dans les montagnes du Rif. Ce qui leur manquait, c'était un réseau et une stratégie. Ceuta et Melilla sont de petites enclaves bien protégées et pourvues par la métropole espagnole. Alléchés par tant d'argent, les Algériens les ont engagés à voir les choses en grand. Libérer l'Andalousie, couper la voie d'approvisionnement de Ceuta et Melilla et ce territoire occidental de l'empire islamique serait enfin réunifié.

— Il faut une armée et des forces navales pour annexer l'Andalousie.

— Sans compter qu'il y a les Anglais à Gibraltar et qu'ils ont peut-être une opinion sur la question. Mais le problème n'est pas là. La libération de l'Andalousie constitue un idéal exaltant pour les fanatiques islamistes tout entiers dévoués à la cause d'Allah. C'est le grand rêve susceptible d'attirer des adeptes. Mon informateur s'est d'ailleurs mépris sur les intentions des Algériens. Ils ne voulaient pas avoir accès au trafic de haschisch pour l'argent, mais pour profiter de leurs transports clandestins afin d'acheminer des hommes et du matériel en Espagne.

— Et c'est ce qui s'est passé ?

— On n'a jamais arrêté personne. Les trafics clandestins existent parce qu'on le veut bien. Il y a des arrivages constants de haschisch en provenance du Maroc et de cocaïne en provenance d'Amérique du Sud, qui transitent par les côtes de la péninsule, beaucoup trop longues pour être surveillées, et qui génèrent assez d'argent pour apaiser les autorités.

Falcón en avait des sueurs froides. Argent, organisation, corruption, tout était en place pour faire de l'annexion de l'Andalousie, non une utopie, mais une possibilité vraisemblable.

— Qu'en est-il de Séville et du MILA ? demanda Falcón.

— Des Afghans sont arrivés au Maroc en janvier.

— Où au Maroc ? D'où ceux qui vous renseignent tiennent-ils ces informations ? Pourquoi elles ne nous parviennent pas ?

— Il ne s'agit pas d'une structure fixe. D'une salle polyvalente sur la porte de laquelle on colle une affiche « Réunion du MILA ce soir ». J'ai un informateur, qui n'est qu'un sous-fifre et qui me rapporte des petites choses par-ci par-là. On ne rentre pas dans ces groupes comme ça. Quelqu'un doit se porter garant. Les liens familiaux et tribaux jouent un grand rôle. Je crois ce que me dit mon informateur, mais j'hésite toujours à partager ses infos parce qu'il ne fait pas partie du bureau directeur du groupe.

— Ce qui veut dire que ce n'est peut-être que pure invention ?

— Vous voyez, Javier, ce n'est pas parce qu'on recueille des renseignements qu'on a une vision plus claire du tableau général.

— Parlez-moi de la filière afghane.

— Des Afghans ont donc débarqué et offert à l'organisation les services d'un correspondant à Séville. Ils ont dit qu'il pouvait assurer des missions de reconnaissance et un appui logistique, mais qu'il n'avait pas les moyens de mettre en œuvre une attaque en règle.

— Son nom ?

— Elle ne le connaissait pas.

— Un fidèle de la mosquée m'a dit qu'un groupe d'Afghans était passé et que l'imam leur avait parlé en pachtou.

— Je me garderais de faire coïncider ces deux informations sans vérification préalable.

— Qu'avez-vous sur Abdelkrim Benaboura ? Il n'est apparemment pas considéré comme suspect dangereux et en même temps l'accès à sa biographie est classé confidentiel. Qu'est-ce que ça signifie ?

— Qu'on a des doutes sur son identité à partir d'une certaine date, qui doit se situer entre fin 2001 et début 2002, quand les Américains sont allés en Afghanistan et que le régime taliban est tombé et s'est dispersé. Il ne faut pas oublier qu'avant le 11 Septembre les réseaux de renseignement américains et européens étaient quasi inexistants dans le monde musulman. Nous avons, chacun dans notre secteur, identifié un certain nombre d'individus, mais il y avait, et il y a toujours, de grandes zones d'ombre, ce qui n'est pas étonnant s'agissant d'une religion introvertie qui s'étend de l'Indonésie au Maroc et de l'Europe du Nord à l'Afrique du Sud. Pas évident, dans ces conditions, de savoir qui est qui, d'autant que leur mode vestimentaire, leur tête couverte, leur barbe, n'aident pas à les reconnaître, et on a du mal à savoir qui a fait quoi.

— Vous ne m'avez toujours rien dit sur Abdelkrim Benaboura.

— Pourquoi le CNI tient-il tellement à ce que vous recrutiez Yacoub maintenant, au moment où vous avez à diriger l'enquête la plus importante de votre carrière ?

— Le CNI pense avoir mis le doigt sur quelque chose d'encore plus important.

— Comme ?

— Ils n'ont pas voulu le dire.

— Qu'est-ce qu'ils ont découvert pour penser une chose pareille ?

— Vous ne lâchez jamais prise, hein, Mark ?

Flowers ne répondit pas. Il était plongé dans un abîme de pensées. Soudain, il regarda sa montre, avala son whisky d'une traite et déclara qu'il devait s'en aller. Falcón le raccompagna à la porte.

— Est-ce que vous-même, vous avez essayé de recruter Yacoub Diouri ? lui demanda-t-il.

— Bon à savoir : il n'aime pas les Américains. Dites-moi, qui était cette jolie jeune femme que j'ai croisée en arrivant ?

— Mon ex-épouse.

— J'ai deux ex-épouses. C'est drôle comme les ex sont toujours plus jolies que celles du moment. Pensez-y, Javier.

— C'est bien vous, ça, de me laisser plus de sujets de réflexion quand vous partez que quand vous arrivez.

— Je vais vous laisser une autre occasion de méditer : le CNI a balancé l'histoire du MILA dans la presse. Qu'en dites-vous ?

— Pourquoi ont-ils fait ça ?

— Bienvenue dans mon monde de mystères, Javier, lança Flowers en s'éloignant dans la nuit.

Il s'arrêta au bout de l'allée d'orangers et se retourna vers Javier, dont la silhouette se découpait dans l'encadrement de la porte.

— Un dernier conseil, lui dit-il. N'essayez pas de comprendre la situation dans son ensemble... Personne n'y arrive.

19.

Séville – Mercredi 7 juin 2006, 4 h 05

Manuela était seule dans le lit. Elle essayait d'oublier le faible martèlement des doigts d'Ángel sur le clavier de l'ordinateur, quelque part dans une autre pièce. Elle cligna des yeux dans le noir pour retarder l'invasion de l'horrible pensée : la vente de sa villa d'El Puerto de Santa María, sur la côte, à une heure de route de Séville. La maison lui avait été léguée par son père et toutes les pièces étaient chargées de nostalgie adolescente. Francisco Falcón n'aimait pas l'endroit et détestait cordialement le voisinage, la soi-disant bonne société sévillane, mais Manuela avait oublié ce détail. Son père devait se retourner dans sa tombe à l'idée qu'elle veuille la vendre. Mais c'était le seul moyen qu'elle avait trouvé pour redresser sa situation financière. Les banques l'avaient appelée avant la fermeture pour lui demander où étaient passés les fonds qu'elle leur avait annoncés. La solution lui était apparue à l'heure du doute et des dettes, vers quatre heures du matin. L'agent immobilier lui avait confirmé l'évidence : le marché était gelé jusqu'à nouvel ordre. Elle avait quatre acheteurs potentiels, qui se rappelaient constamment à son bon souvenir. Mais pouvait-elle s'en défaire ?

Ángel n'avait pas cessé de l'appeler toute la journée, sans parvenir à contenir l'excitation de sa voix. Sa conversation tournait essentiellement autour des répercussions du retrait de Rivero et de l'étoile montante de Fuerza Andalucía, Jesús Alarcón, qu'il avait piloté toute la journée après l'avoir interviewé pour dresser son portrait dans les pages d'*ABC*. Il avait manipulé les médias avec maestria. Il avait écarté les caméras lors de la visite de Jesús à l'hôpital et l'avait invité à s'entretenir en privé avec les victimes et leurs familles. Son coup de génie avait consisté à lui faire rencontrer Fernando Alanis à l'unité de soins intensifs. Les deux hommes avaient bavardé. Sans caméra. Et ils avaient réussi leur coup. Quand le maire s'était présenté un peu plus tard, Fernando avait déclaré, devant la caméra, que Jesús Alarcón était le seul homme politique qui n'avait pas cherché à tirer un parti médiatique du malheur des victimes. La chance y était pour beaucoup, mais elle avait royalement servi la campagne d'Ángel. Le maire avait réussi à réprimer le sourire nerveux qui cherchait à se dessiner sur ses lèvres.

Consuelo ne put résister. Pourquoi se priver ? Elle n'arrivait pas à dormir. La meilleure manière de retrouver la voie du sommeil serein n'était-elle pas d'observer les experts ? Les innocents aux paupières frémissantes, à la respiration lente, plongés dans une douce inconscience sans rêves. D'abord Ricardo, son fils de quatorze ans, entré dans l'âge ingrat, dont le visage tentait des modifications hasardeuses pour trouver sa forme adulte. Un âge compliqué, où le corps affronte la bousculade des hormones et où l'esprit est tiraillé entre le foot et le désir sexuel. Matías avait douze ans, mais grandissait plus vite que son frère aîné ; toujours plus aisé de marcher dans les pas d'un autre que de tracer la route, comme avait dû faire Ricardo sans père pour le guider.

Consuelo savait à quoi s'en tenir. Ces deux-là se

débrouillaient tout seuls. C'est vers Darío, le petit dernier de huit ans, qu'elle était attirée. Elle aimait son visage, scs cheveux blonds, ses yeux noisette, sa bouche parfaitement dessinée. C'est dans sa chambre qu'elle alla s'asseoir par terre, à cinquante centimètres de son lit, pour contempler ses traits paisibles et laisser s'installer la sensation inconfortable qu'elle voulait retrouver. Elle la sentait poindre d'abord sur sa bouche, sur les lèvres qui avaient embrassé sa tête de bébé. Puis elle glissait dans sa gorge et elle en sentait le pincement dans sa poitrine. Elle coulait dans son estomac, à la hauteur du diaphragme, et y posait une douleur qui irradiait de ses entrailles à la surface de sa peau. Elle ne comprenait pas les objections d'Alicia Aguado. Qu'avait cet amour d'inacceptable ?

Fernando Alanis était toujours à l'unité de soins intensifs de l'hôpital de la Macarena. Il surveillait les signes vitaux de sa fille affichés sur les écrans. Un étalage de chiffres gris et de lignes vertes porteuses d'un message encourageant, puisqu'elle avait encore le pouvoir d'animer des machines à défaut de communiquer avec son père. Ses pensées erraient en trébuchant comme un pauvre ivrogne dans une impasse étroite encombrée de poubelles. Elles frémissaient à la vue de l'immeuble réduit à un amas de ruines, revenaient avec effroi sur les quatre petits corps inertes devant l'école. Il ne pouvait pas croire qu'il avait tant perdu. L'esprit éloignait-il de façon automatique les vérités trop insupportables pour les ramener à de simples souvenirs de cauchemar estompé ? Des personnes qui avaient survécu après être tombées d'échafaudages lui avaient dit que ce n'était pas tellement l'approche du sol qui était effrayante. C'était le réveil éventuel. Là-dessus, il se pencha avec inquiétude vers le visage tuméfié de sa fille, hérissé d'un faisceau de tuyaux clairs jaillis de ses lèvres molles. En lui, tout prenait des proportions trop importantes. Ses organes enflaient sous la pression colossale d'un vent de haine et de colère soufflant tous azimuts, qui n'aboutissaient qu'à le mettre mal à l'aise. Il se remémora le temps où l'immeuble était intact et sa famille saine et sauve, mais le souvenir du troisième enfant qu'ils avaient souhaité le brisa. Il ne pouvait se résoudre à évoquer une époque à jamais révolue, il ne pouvait supporter l'idée de ne plus jamais revoir Gloria et Pedro, il ne pouvait affronter ce qu'avait de définitif le mot « jamais ».

Il se concentra sur les battements de cœur de sa fille. La ligne agitée de petits soubresauts. Bip, bip, bip. En voyant les saccades régulières du trait vert brillant sur le fond noir de l'écran, il se tassa sur son siège. C'était si fragile. Tout pouvait arriver en ce bas monde, arrivait... était arrivé. La solution était peut-être de se replier dans l'absence. Mais elle portait aussi sa part de terreur. L'affreuse négativité du trou noir qui absorbe toute lumière. Il inspira. L'air lui dilata les poumons. Il expira. Son ventre se détendit. C'était pour l'instant ce qu'il avait de mieux à faire.

Inès restait affalée là où elle était tombée. Elle n'avait pas bougé depuis qu'il était parti. Son corps n'était que douleur à cause de l'avalanche de coups de poing qu'elle avait reçus. Une nausée lui tordait l'estomac. Il avait frappé malgré le faible rempart de ses mains tendues pour se protéger et il lui avait retourné un doigt. Emporté par sa fureur, il avait détaché sa ceinture pour la cingler avec la boucle dont le métal lui avait lacéré les fesses et les cuisses. À chaque coup assené, il lui répétait, les dents serrées : « Ne... parle... plus jamais... à mon amie... comme ça. Tu m'entends ? Plus... jamais. » Elle s'était recroquevillée dans un coin de la pièce pour lui échapper. Il s'était penché sur elle, le souffle court, comme quand il était sexuellement émoustillé. Leurs yeux s'étaient rencontrés. Il avait pointé un doigt vers elle comme une arme pour l'abattre. Elle n'avait pas saisi ce qu'il disait. Elle avait perçu le caractère absolu de sa haine à la dureté vipérine de son regard, à la décoloration de ses lèvres, au gonflement écarlate de son cou.

Il n'avait pas quitté l'appartement qu'elle recommençait déjà à se bercer d'illusions. Sa colère était compréhensible. La putain avait dû lui raconter des histoires pour le monter contre elle. Cela se passait toujours ainsi. Il voulait juste se l'envoyer, mais elle en demandait plus. Elle voulait être dans les meubles de sa femme, prendre sa place dans le lit conjugal, mais elle n'était que la maîtresse, alors elle devait ruser. Inès la détestait. Il lui revint une phrase d'une conversation avec Javier : « Les gens sont tués le plus souvent par quelqu'un qu'ils connaissent, parce que ce sont les seuls à pouvoir inspirer des sentiments passionnels susceptibles de déchaîner une violence incontrôlée. » Inès connaissait Estebán. Mon Dieu, oui, elle connaissait Estebán Calderón comme personne. Elle l'avait vu couronné des lauriers de la gloire avant d'être honni comme un chien galeux. C'est pourquoi elle seule pouvait susciter ces sentiments chez lui. Elle seule. Les vieux clichés n'étaient pas morts. L'amour et la haine puisaient à la même source. Il l'aimerait à nouveau quand la pute noire cesserait de lui troubler l'esprit.

Elle se mit à quatre pattes. La douleur lui arracha un cri étouffé. Un filet de sang coula de sa bouche. Elle avait dû se mordre la langue. Elle s'accrocha au lit pour se relever. Elle baissa la fermeture Éclair de sa robe et la laissa tomber à ses pieds. Ce fut une torture de dégrafer son soutien-gorge. Quand elle dut se baisser pour enlever sa culotte, elle faillit s'évanouir. Elle se planta devant la glace. Un gigantesque hématome s'étalait sur son torse à l'emplacement des coups. Elle avait mal dans tout le buste, jusqu'à la colonne vertébrale. Ses fesses et le haut de ses cuisses étaient zébrés de marques, ponctués d'écorchures ouvertes par la boucle de la ceinture. Douleur exquise. Estebán s'était bien occupé d'elle.

Javier était allongé dans le noir, la tête encore pleine des images du dernier journal télévisé : le bâtiment écroulé sous la lumière crue des projecteurs ; les vitrines cassées de boutiques d'articles marocains ; les pompiers arrosant un appartement en flammes, incendié par des gosses excités ; le visage tuméfié, labouré d'un jeune Nord-Africain attaqué par des néonazis armés de chaînes et de matraques ; une voiture encastrée dans le rideau de fer d'une boucherie halal. Falcón les chassa de son esprit pour n'y laisser que l'ultime vestige de la terreur : une profonde incertitude.

Il revint mentalement à la situation qui avait précédé l'attentat pour tenter d'arracher au bouillonnement d'émotions un indice qui puisse donner un sens à l'événement. Son esprit lui jouait des tours. L'incertitude provoque ces bizarreries. Les hommes croient toujours qu'il y a des signes annonciateurs. Ils ont besoin de trouver un ordre aux choses. L'humanité supporte mal le chaos.

Il eut l'illusion de voir les ténèbres insondables reculer, s'éloigner dans le mouvement d'éternelle expansion de l'univers. Une nouvelle certitude naissait, celle qui replace tous les discours qui nous servent à structurer nos vies dans l'étroit recoin de la compréhension humaine. Nous devons trouver d'autres assurances maintenant que la science nous a expliqué qu'on ne pouvait se fier au temps, et que la lumière elle-même se comporte différemment dès qu'on a le dos tourné. C'est quand même contradictoire qu'au moment où la science repousse les limites de notre compréhension, la religion, le plus ancien des schémas de l'humanité, fasse un retour en force. Est-ce par dépit d'avoir été mise au rebut de la vie européenne moderne que la religion se rebiffe ? Falcón ferma les yeux et s'appliqua à détendre tous les muscles de son corps jusqu'à oublier les questions sans réponses et sombrer dans un profond sommeil. Il avait pris sa décision et une voiture devait venir le chercher tôt dans la matinée pour l'emmener à l'aéroport.

La voiture, une Mercedes noire aux vitres teintées, arriva à six heures du matin. Pablo était assis à l'arrière, en costume sombre et chemise à col ouvert.

— Comment s'est passée la conversation avec Yacoub hier soir ? demanda Pablo quand la voiture démarra.

— Sachant qu'une bombe avait explosé hier à Séville, il se doute que je ne viens pas lui faire une visite de courtoisie.

— Qu'est-ce qu'il a dit ?

— Il est content de me revoir, mais il sait que j'ai une idée derrière la tête.

— Il est l'homme idéal dans cette affaire.

— Je ne suis pas sûr qu'il le prenne comme un compliment.

— À cause de votre enquête, nous disposons de très peu de temps. J'ai affrété un jet privé pour nous emmener là-bas. Il ne nous faudra pas plus d'une heure et demie pour atteindre Casablanca à partir du moment où nous aurons obtenu l'autorisation de décoller. Vous avez le statut diplomatique, ce qui va vous simplifier les formalités. Deux heures après le décollage, vous serez sur la route de Rabat. Je suppose que vous devez retrouver Yacoub chez lui ?

— Je suis un ami, pas une relation d'affaires,

rappela Falcón. Quoique, après cette rencontre, ça changera peut-être.

— Mark Flowers vous a sûrement donné d'excellents conseils.

— Depuis combien de temps savez-vous pour Mark... et moi ? demanda Falcón en souriant.

— Depuis que vous lui avez damé le pion en juillet 2002 et qu'il a décidé de vous prendre comme informateur. Mark ne nous pose pas de problème. C'est un ami. Après le 11 Septembre, les Américains ont voulu poster un des leurs en Andalousie. Nous leur avons demandé d'envoyer Mark. Juan le connaissait depuis qu'ils s'étaient trouvés ensemble à Tunis pour tenir Kadhafi à l'œil. Mark vous a dit comment vous y prendre avec Yacoub Diouri ?

— Je suis quasiment certain qu'il a essayé de le recruter et qu'il s'est fait rembarrer. Il prétend que Yacoub n'aime pas les Américains.

— S'il a déjà eu des propositions, ça devrait vous faciliter les choses.

— Je ne pense pas que Yacoub Diouri soit de ceux à qui on « fait des propositions ». Celui qui essaierait, il le verrait venir de loin. Nous parlerons de choses et d'autres, comme nous faisons d'habitude. Le sujet viendra sur le tapis dans la conversation. Je n'ai pas l'intention de ruser avec lui. Comme beaucoup d'Arabes, il a un sens aigu de l'honneur, qui lui a été transmis par l'homme qui est devenu son père. C'est quelqu'un qu'on traite avec respect et pas seulement dans l'attitude. Vous devriez peut-être me dire ce que vous attendez de lui, comment il devra opérer, quels contacts vous voudriez qu'il prenne. Vous espérez obtenir de lui des informations sur le MILA ?

— Le MILA ? C'est Mark qui vous en a parlé ?

— Vous êtes tous les mêmes, dans le renseignement. Vous êtes incapables de répondre à une question autrement qu'en en posant une à votre tour. Ça vous arrive, d'échanger des informations ?

— Le MILA n'a rien à voir avec Yacoub.

— Le journal de la TVE leur attribuait la responsabilité de l'explosion. Un texte a été envoyé de Séville au siège d'*ABC* à Madrid, annonçant le retour de l'Andalousie dans le sein de l'Islam.

— Les intérêts du MILA sont purement financiers, commenta Pablo. Ils enrobent leurs intentions dans un discours djihadiste, mais s'ils veulent libérer les enclaves de Ceuta et Melilla, c'est pour leur usage personnel.

— Expliquez-moi le but que nous poursuivons.

— Du point de vue de cette mission, l'important n'est pas de savoir qui a détruit l'immeuble de Séville, ni pourquoi, mais plutôt ce que cette explosion nous apprend. Oubliez le MILA. Il n'a pas d'importance. Ce qui nous intéresse, ce n'est pas votre enquête sur l'attentat d'hier. Ce n'est pas le passé, mais l'avenir.

— D'accord, je vous écoute, dit Falcón qui commençait à croire que Flowers disait vrai quand il prétendait que l'histoire du MILA était une invention du CNI.

— L'année dernière, des élections parlementaires se sont tenues en Grande-Bretagne. Les Britanniques n'ont pas attendu les attentats de Madrid pour savoir que ces élections fourniraient l'occasion à des terroristes de tenter d'infléchir l'opinion de la population.

— Il ne s'est rien passé, remarqua Falcón. Le « petit Satan », Tony Blair, a été réélu avec une faible majorité.

— Exactement. Et personne n'a su que le MI5 avait empêché trois cellules distinctes de mettre à exécution leur plan d'action. C'était toutes des cellules dormantes, attendant des instructions qu'elles ont reçues en janvier 2005. Les membres étaient des immigrés de la deuxième ou troisième génération, originaires du Pakistan, d'Afghanistan ou du Maroc, mais bénéficiant de la nationalité britannique. Ils parlaient un anglais parfait, avec l'accent de leur région. Ils avaient tous des casiers judiciaires vierges. Ils travaillaient, après avoir suivi des parcours tout à fait honorables. En un mot, ils étaient indétectables dans un pays comptant des millions d'individus de la même ethnie. Pourtant, ils ont été repérés et mis hors d'état de nuire, parce que le MI5 détenait un code qui leur a été fort utile.

» En fouillant les domiciles de suspects arrêtés en 2003 et début 2004, ils sont tombés sur des éditions identiques d'un texte intitulé *Le Livre des preuves*, d'un auteur arabe du XIXe siècle appelé al-Jahiz. Les deux éditions étaient annotées... en anglais, car les prévenus ne connaissaient pas un mot d'arabe. Certaines annotations présentaient d'étonnantes similitudes. Le MI5 a photocopié les livres, remis les originaux en place, relâché les suspects et mis ses décrypteurs au travail.

— Quand les services anglais ont-ils transmis cette information au CNI ?

— En octobre 2004.

— Dans ce cas, comment expliquez-vous les attentats de Londres des 7 et 21 juillet 2005 ?

— Les Anglais pensent qu'ils ont arrêté de se servir du *Livre des preuves* après les élections de mai 2005.

— Et vous croyez avoir mis la main sur un nouveau code. L'exemplaire du Coran trouvé sur le siège passager du Peugeot Partner, c'est quoi à votre avis ?

— Un nouveau code qu'ils étaient en train d'élaborer pour le communiquer à quelqu'un.

— L'imam Abdelkrim Benaboura ?

— Nous n'avons pas fini de fouiller son appartement, répondit Pablo en haussant les épaules.

— Ça en met, du temps !

— L'imam habitait un deux-pièces à El Cerezo. Il est rempli de livres, du sol au plafond.

— Tout cela ne me dit pas pourquoi vous voulez recruter Yacoub Diouri.

— Les djihadistes ont besoin d'un autre coup d'éclat. Quelque chose de l'envergure du 11 Septembre.

— Des faits un peu moins modestes que la mort d'une centaine de personnes dans le train madrilène ou le métro londonien, grommela Falcón qui avait du mal à adhérer à cette forme de cynisme.

— Je ne minimise pas l'ampleur de ces atrocités. Je note simplement que l'ordre de grandeur n'est pas le même. Vous apprendrez la réalité du renseignement en la pratiquant, Javier. Ce n'est pas comme dans les tranchées, où on voit tomber ses camarades. Madrid était une cible programmée dans un but spécifique. Ce n'était pas le grand fait d'armes destiné à asséner un message. Juste une indication : voici ce que nous sommes capables de faire. Ce n'est absolument pas comparable à l'opération qui a détruit les tours jumelles. Il n'y a pas eu d'entraînement au pilotage ni de piratage d'appareil. Il leur a suffi d'embarquer dans des trains et d'y laisser des sacs à dos. La partie la plus difficile consistait à se procurer des explosifs et à les déposer et nous savons maintenant qu'ils ont bénéficié d'importantes complicités de la part des petits criminels locaux.

— Quel sera ce coup d'éclat ? demanda Falcón que ces tranquilles évocations de mort et de destruction mettaient mal à l'aise. La Coupe du Monde en Allemagne ?

— Non. Pour la même raison qu'il ne s'est rien passé aux Jeux olympiques d'Athènes. C'est trop compliqué. Les terroristes ont affaire à des spécialistes qui travaillent à la sécurité de ces événements depuis des années. Rien que la construction des installations tient déjà compte des problèmes de sécurité. Les risques d'échec sont considérables. Pourquoi gaspiller leurs forces ?

Silence dans la Mercedes qui roulait vers l'aéroport sur l'asphalte voilé de brume matinale.

— En fait vous ne savez pas de quoi il retourne, dit Falcón. Vous savez seulement que quelque chose se prépare ou, du moins, vous en avez l'intuition.

— Oui, nous n'en avons pas la moindre idée, admit Pablo. Mais c'est plus qu'une intuition, nous connaissons leur combativité. L'attaque des tours jumelles avait pour but d'attiser la ferveur des musulmans du monde entier, de les inciter à se soulever contre l'Occident décadent qui, selon eux, les humilie depuis des siècles, et à se retourner contre leurs propres dictateurs et gouvernements corrompus. Ça n'a pas marché. Les musulmans sont de plus en plus écœurés par ce que les fanatiques sont capables de faire : les enlèvements et les décapitations de personnes comme Margaret Hassa, qui œuvrait contre le sida, l'assassinat quotidien d'Irakiens qui ne demandent qu'à vivre normalement. Ça passe mal. Le problème, c'est que la démographie du monde musulman penche sérieusement du côté de la jeunesse et les jeunes en rupture de ban n'aiment rien tant que les manifestations de pouvoir des factions rebelles. C'est très exactement ce que recherchent actuellement les radicaux : un signe de leur pouvoir, même si ce doit être le dernier baroud d'honneur avant leur disparition.

— Que vous a donc appris l'explosion de la bombe à Séville ?

— La découverte de l'hexogène a de quoi inquiéter, d'autant que, vu l'énormité des dégâts, la quantité n'était pas négligeable. L'utilisation de cet explosif, que les moudjahidines n'avaient jamais employé auparavant, nous fait penser que l'idée n'était pas de terroriser la population de Séville, mais qu'il s'agissait d'un projet beaucoup plus important. Les Anglais nous ont d'ailleurs signalé que leurs informateurs locaux avaient entendu parler d'un « gros truc » en préparation, mais leurs agents n'ont remarqué aucun changement au sein des communautés. Il ne faut pas oublier que, depuis les attentats du 7 juillet dans le métro de Londres, ces communautés sont plus avisées. C'est pourquoi le MI5 et le MI6 s'attendent plutôt à un attentat organisé de l'extérieur, or l'Espagne s'est révélée un pays très prisé des terroristes, où ils aiment à se retrouver pour mettre au point leurs plans d'action.

— Quelle aide espérez-vous de Yacoub Diouri ? Il ne travaille pas beaucoup avec l'Angleterre. Il va à Londres pour faire ses courses et pour les deux semaines de la mode. Il a des amis qui sont tous dans l'industrie de la mode. Je suppose que vous avez besoin de Yacoub justement parce qu'il n'a aucun lien avec le terrorisme international, mais qu'il pourrait avoir des contacts avec des personnes qui en font partie sans qu'il le sache.

— Nous n'allons pas lui demander de se lancer dans des activités inhabituelles ou incongrues. Il fréquente une mosquée qui nous intéresse et il connaît déjà les gens avec lesquels nous voulons qu'il établisse des contacts. Il lui suffira d'intensifier un peu ses relations.

— Je ne savais pas qu'il fréquentait une mosquée radicale.

— Une mosquée qui comporte des éléments radicaux et où il n'est pas difficile, quand on s'appelle Diouri, de s'« impliquer » plus activement. Comme vous savez, le « père » de Yacoub, Abdullah, militait dans le mouvement indépendantiste, Istiqlal, dans les années 1950 ; il a été l'un des premiers à dénoncer la décadence européenne de Tanger. Son nom a du poids chez les islamistes traditionalistes. Ils adoreraient avoir un Diouri à leurs côtés.

— Et vous savez qui sont ces éléments radicaux ?

— Je vais à l'église. Je suis un catholique modéré,

répondit Pablo. Je n'ai pas le temps de m'investir dans les affaires de la paroisse ni d'entretenir des relations avec les autres membres de la communauté. Mais même moi, je sais qui sont ceux qui défendent des idées rigoristes, parce qu'ils sont incapables de discrétion et qu'ils ne peuvent dissimuler leur appartenance.

— Mais on peut avoir des convictions profondes et de la sympathie pour les idées radicales sans être un terroriste pour autant.

— Absolument. C'est pourquoi il faut, pour en avoir le cœur net, s'investir et passer à la vitesse supérieure. Ce que nous voulons mettre au jour, c'est le dispositif hiérarchique. D'où viennent les ordres qui mettent en action les cellules dormantes ? Où naissent les idées d'attaques terroristes ? Y a-t-il une section chargée de la planification ? Existe-t-il des équipes indépendantes de reconnaissance et de logistique qui se déplacent pour recueillir les informations nécessaires aux cellules activées ? Nous avons une idée tellement floue de ce que sont ces réseaux terroristes que nous ne sommes même pas sûrs qu'ils existent.

— Où se situent les Anglais dans ce tableau ? Ils craignent de nouveaux attentats orchestrés de l'extérieur. Ils doivent connaître Yacoub depuis le temps qu'il va à Londres. Pourquoi n'ont-ils pas essayé de le recruter eux-mêmes ?

— Ils ont essayé. Sans succès. Les Britanniques sont très attentifs à ce qui se passe dans le sud de l'Espagne et en Afrique du Nord parce qu'avec leur base navale à Gibraltar, ils sont coincés entre les deux. Ils connaissent les risques d'agression, comme la barque bourrée d'explosifs qui avait été lancée contre le *USS Cole* au Yemen en octobre 2000. Ils ont des informateurs chez les criminels expatriés qui opèrent entre la Costa del Sol et la bande côtière marocaine située entre Melilla et Ceuta. Le propre du trafic de drogue, c'est de générer de grandes quantités d'argent qu'il faut pouvoir blanchir efficacement. D'autres criminels sont forcément impliqués. Les informations proviennent de sources diverses. Quand nous avons annoncé aux Anglais que la bombe de Séville était à base d'hexogène, ils ont fait le rapprochement avec quelque chose qu'ils savaient déjà ou, plus exactement, dont ils avaient eu vent.

— Vous ont-ils dit de quoi il s'agit ?

— Nous devons vérifier. L'important, pour l'instant, est de voir si Yacoub est prêt à travailler pour nous. S'il a déjà refusé sa collaboration aux Américains et aux Anglais, c'est peut-être que ça ne l'intéresse pas de s'embarquer dans une activité qui est, croyez-moi, très prenante. Nous verrons bien s'il est assez joueur pour se laisser convaincre cette fois.

La voiture avait atteint une entrée privée de l'aéroport, située derrière les bâtiments du terminal. Le chauffeur échangea quelques mots avec le policier de garde et lui montra un laissez-passer. Pablo baissa sa vitre et le policier inspecta l'intérieur. Il fit un signe d'assentiment. La barrière s'ouvrit. La voiture roula à travers un portique et poursuivit sa route. Elle franchit la zone de fret et se dirigea vers un hangar sous lequel étaient rangés six petits avions. Ils s'arrêtèrent près d'un Lear jet. Pablo prit les journaux du matin qui étaient dans un sachet plastique à ses pieds. Ils montèrent dans l'avion et s'installèrent. Pablo feuilleta les journaux, qui parlaient tous de l'explosion de la veille.

— Comment trouvez-vous ce titre ? dit-il en tendant à Falcón un quotidien anglais.

« EST-ELLE DE RETOUR ?
DÉCHIFFREZ LE NOMBRE DE LA BÊTE : 666
6 JUIN 2006 »

20.

Casablanca – Mercredi 7 juin 2006, 8 h 03

L'avion se posa peu après huit heures, heure espagnole. Le Maroc a deux heures de moins. Une Mercedes s'avança à leur rencontre. À bord se trouvait un membre de l'ambassade d'Espagne à Rabat qui leur prit leurs passeports. On les conduisit dans une partie tranquille du terminal. Quelques minutes plus tard, ils sortirent de l'autre côté. La Mercedes les amena au parking des voitures de location. L'envoyé de l'ambassade espagnole tendit un jeu de clés à Falcón qui s'installa au volant d'une Peugeot 206.

— Il ne faut pas qu'on voie un véhicule de l'ambassade entrer chez lui, expliqua Pablo.

Le diplomate lui remit quelques dirhams pour le péage. Falcón quitta l'aéroport et s'élança sur l'autoroute de Casablanca à Rabat. Le soleil était déjà haut et la chaleur effaçait les couleurs du paysage monotone et plat. Falcón ouvrit la fenêtre pour laisser entrer l'air humide de la mer. Il dépassa des camions extrêmement surchargés qui lâchaient des salves de fumée noire en secouant les garçons juchés sur leurs ballots de toile. Dans les champs, un homme en burnous frappait de son bâton l'âne blanc étique sur lequel il était assis. Parfois une BMW le doublait à vive allure, imprimant sur sa rétine un tracé fugace de lettres arabes. Il flottait une odeur de mer, de bois brûlé, de terre meuble et de pollution mêlés.

Les faubourgs de Rabat apparurent bientôt. Il emprunta le périphérique pour entrer dans la ville par l'est. Il se souvenait qu'il fallait tourner après la Société marocaine de banques. Aussitôt, le goudron céda la place à un chemin défoncé qu'il suivit jusqu'au portail de la résidence de Yacoub Diouri fermée de murs. Le gardien le reconnut. Il remonta l'allée bordée de palmiers et s'arrêta devant la porte d'entrée. Deux domestiques en livrée bleue passepoilée de rouge et coiffés de fez surgirent. L'un d'eux alla garer la voiture de location. L'autre conduisit Falcón au salon donnant sur la piscine où Yacoub enchaînait ses longueurs tous les matins. Falcón s'assit sur un canapé de cuir crème, devant une table basse en bois incrustée de nacre. Le domestique le laissa. Des oiseaux voletaient dans le jardin. Un jeune garçon déroula un tuyau et entreprit d'arroser les hibiscus.

Yacoub Diouri arriva, en djellaba bleue et babouches blanches. Un domestique vint déposer sur une table un plateau en cuivre avec du thé à la menthe et deux petits verres, et s'éclipsa. Les cheveux de Yacoub, qu'il avait laissés pousser, étaient humides et il arborait une barbe rase. Ils s'embrassèrent chaleureusement à la manière arabe et restèrent un moment à se tenir par les épaules en se regardant dans les yeux avec de grands sourires. Falcón vit de la bienveillance teintée de méfiance dans les yeux de son ami. Il ignorait ce que son ami pouvait lire dans les siens.

— Tu préfères du café, Javier ? demanda Yacoub en s'écartant.

— Le thé me va très bien, assura Falcón en s'asseyant de l'autre côté de la table.

Falcón tournait et retournait sa question dans sa tête. Il sentait une tension inhabituelle entre eux. Il était désormais convaincu que le franc-parler espagnol n'était pas la bonne solution. Il fallait en passer par des cheminements moins directs, plus philosophiques.

— Le monde se remet à tourner de travers, soupira Diouri en versant le thé d'une grande hauteur.

— Si tant est qu'il ait jamais tourné rond. Nous nous lassons vite de la platitude du parfait équilibre.

— Mais jamais, apparemment, de celle de la décadence, déplora Diouri en lui tendant un verre.

— Parce que les petits malins qui bossent dans l'industrie de la mode savent toujours nous persuader que le choix du prochain sac à main est capital.

— Touché, sourit Diouri en prenant place sur l'autre canapé. Tu es en forme, ce matin, Javier.

— Rien ne vaut une bonne trouille pour aiguiser l'esprit.

— Tu n'as pas l'air terrifié.

— Pourtant, j'ai peur. Vivre les choses sur place ou les voir à la télévision, ce n'est pas pareil.

— En tout cas, la peur avive la créativité, remarqua Diouri, évitant de se laisser entraîner sur la voie que lui traçait Falcón, alors que la terreur la paralyse quand elle ne nous incite pas à courir en tous sens comme des poules à qui on a coupé la tête. Crois-tu que la peur qu'éprouvaient les gens sous le régime de Saddam Hussein les rendait inventifs ?

— Et que dire de la peur qu'engendre la liberté ? Tous les choix et les responsabilités qu'elle comporte ?

— Et de celle qui naît de l'insécurité ? renchérit Diouri en savourant son thé, ravi de constater que Falcón ne semblait pas trop décidé à se comporter en Européen. On a déjà discuté de l'Irak ?

— Nous avons abondamment parlé de l'Irak, déjà. Les Marocains adorent me parler de l'Irak alors que tous ceux qui habitent au nord de Tanger évitent soigneusement le sujet.

— Mais nous, toi et moi, nous n'avons jamais eu de discussion de fond sur l'Irak. Sur cette question : pourquoi les Américains ont-ils envahi le pays ?

Falcón se cala dans le canapé avec son verre de thé. C'était toujours comme ça avec Yacoub quand il venait au Maroc. C'était toujours comme ça avec sa famille marocaine de Tanger. Avec tous les Marocains en fait. Du thé à la menthe et des palabres interminables. Falcón n'avait jamais ce genre d'échange en Europe. S'il essayait, on l'envoyait balader. Là, c'était le moyen de placer sa requête. Ils allaient devoir se sonder mutuellement avant d'en venir au fait.

— Presque tous les Marocains avec qui j'en ai parlé pensent que c'est pour le pétrole.

— Tu apprends vite, approuva Diouri. Il y a sans doute plus de marocain en toi que tu ne le croies.

— J'alimente ma part marocaine, dit Falcón en vidant son verre de thé.

Diouri éclata de rire, lui fit signe d'approcher son verre et resservit deux grandes rasades de thé qu'il laissa tomber du haut de la théière.

— Si les Américains voulaient mettre la main sur le pétrole irakien, pourquoi organiser une invasion qui leur a coûté cent quatre-vingts milliards de dollars au lieu d'imposer des sanctions d'un trait de plume ? Non. C'est la vision facile de ce que les Anglais appellent « l'Arabe de la rue ». Les piliers des bars à thé croient toujours que les actions ne sont motivées que par l'intérêt immédiat. Ils oublient la précipitation avec laquelle ça s'est passé. Le prétexte des armes de destruction massive, inventé de toutes pièces. Les discours à l'ONU pour demander toujours plus de résolutions. Les troupes amassées en hâte aux frontières. L'invasion organisée à la va-vite, sans préparer la suite. Pourquoi tout ça ? Quel problème avec le pétrole irakien ? Il n'était pas en train de se perdre dans les sables du désert.

— Est-ce qu'il ne s'agissait pas plutôt de contrôler la production de pétrole en général ? Nous ne pouvons plus ignorer les économies émergentes de l'Inde et de la Chine.

— Mais les Chinois ne bougeaient pas. Leur économie n'atteindra pas le niveau américain avant 2050. Non, ce n'est pas non plus la raison. En tout cas, tu n'as toujours pas prononcé le mot dont on me rebat les oreilles dans tous les dîners de Rabat et Casablanca où je me trouve assis à côté de diplomates et d'hommes d'affaires américains. Ils disent et répètent qu'ils sont allés en Irak pour y apporter la démocratie.

— C'est vrai qu'il y a eu des élections. Ils ont une assemblée et une constitution parce que la population irakienne a pris d'énormes risques pour aller voter.

— En cela, les terroristes ont commis une erreur politique. Ils ont omis de proposer une alternative à la violence. Ils leur ont dit : « Allez voter et nous vous tuerons. » Mais ils les tuaient déjà de toute façon quand ils marchaient tranquillement dans la rue pour aller chercher le pain avec leurs enfants.

— C'est la raison pour laquelle tu n'échapperas pas au mot démocratie dans tes dîners en ville. C'est la victoire qui justifie « l'occupation ».

— Quand ils me le ressortent, je leur demande – très posément, je précise : Quand comptez-vous envahir le Maroc pour nous débarrasser de notre roi despotique et de son gouvernement corrompu et y instaurer la démocratie, la liberté et l'égalité ?

— Non, je ne te crois pas.

— Tu as raison, je n'ai rien dit de tel. Pourquoi à ton avis ?

— À cause des délateurs de la sécurité d'État laissée par le régime d'Hassan II ? Que leur dis-tu réellement ?

— Je fais comme tous les Arabes, je dis ces choses dans leur dos.

— Personne n'aime s'entendre traiter d'hypocrite, surtout pas les leaders du monde moderne.

— En face, je leur répète les mots de Palmerston, un Premier ministre britannique du XIXe siècle. Parlant de l'empire britannique, il disait : « Nous n'avons pas d'alliés éternels ni d'ennemis permanents. Nous avons des intérêts éternels et permanents. »

— Quelle est la réaction des Américains ?

— Ils croient en général que c'est une phrase d'Henry Kissinger.

— Jules César n'est-il pas le premier à l'avoir dit ?

— On nous reproche souvent, à nous autres Arabes, de ne pas être ouverts à la négociation, sans doute parce que nous avons un sens de l'honneur extrêmement développé. Nous ne transigeons pas quand l'honneur est en jeu. Les Occidentaux n'ont que des intérêts, ça permet plus de souplesse.

— Vous devriez peut-être veiller aussi sur vos intérêts.

— Naturellement, certains pays arabes ont des intérêts vitaux dans l'économie globale : le pétrole et le gaz, répondit Diouri. Il est assez miraculeux qu'ils ne soient pas devenus des instruments de pouvoir. Mais il n'y a pas que les étrangers qui nous trouvent inaptes à la négociation ; apparemment, nous n'en sommes même pas capables entre nous.

— Ce qui vous place toujours en position de faiblesse.

— Exact, Javier. Nous nous comportons comme tout le monde. Nous avons en tête des idées contradictoires, que nous approuvons toutes. Nous disons une chose, en pensons une autre et en faisons une troisième. Et en jouant à ce jeu, comme tout le monde, nous oublions toujours le principal : défendre nos intérêts. Ainsi, un pouvoir mondial peut nous vanter la « démocratie » avec condescendance alors que ses affaires étrangères sont responsables du meurtre d'un Patrice Lumumba démocratiquement élu pour permettre l'installation du dictateur Mobutu au Zaïre, de l'assassinat d'un Salvador Allende démocratiquement élu pour faire place au régime sanglant d'un Pinochet au Chili, parce qu'il n'a pas d'honneur, mais seulement des intérêts. Il est toujours en position de force. Tu vois où ça nous mène ?

— Pas vraiment.

— C'est encore un de nos problèmes. Nous sommes trop émotifs. Il suffit de voir la réaction provoquée par les caricatures parues dans un journal danois au début de l'année. Nous sommes scandalisés, nous nous mettons en colère, et nous nous lançons dans des combats inutiles qui nous éloignent toujours plus de ce qui devrait être notre objectif. Mais je m'égare. Revenons à la raison pour laquelle les Américains ont envahi l'Irak.

— Dans ma famille marocaine, ceux qui ne pensent pas que c'était pour le pétrole croient que le but était de protéger les Israéliens.

— Ah oui, encore une idée bien ancrée dans les esprits des buveurs de thé. Ce sont les juifs qui régentent tout. La plupart de mes employés sont convaincus que les attentats du 11 Septembre ont été commandités par le Mossad pour créer un sentiment anti-Arabes dans l'opinion et que George Bush était au courant mais n'a rien fait pour l'empêcher. Même chez mes cadres supérieurs, certains sont persuadés que c'est Israël qui a voulu la guerre en Irak, que c'est le Mossad qui a fourni les faux renseignements sur les armes de destruction massive et qu'Ariel Sharon était le commandant en chef des armées américaines sur le terrain. Dès que les juifs sont concernés, nous devenons de parfaits adeptes des théories de la conspiration.

— Le problème des Arabes, c'est qu'ils sont complètement aveuglés par la fureur que leur inspire l'occupation de la Palestine par Israël. Cette injustice monumentale, cet affront à leur sens de l'honneur est une telle blessure qu'elle les empêche de réfléchir, qu'ils ne voient plus rien d'autre. Ils se focalisent sur les juifs, oubliant la corruption de leurs propres dirigeants, l'absence de lobby pour les représenter à Washington, la frilosité des régimes dictatoriaux et autoritaires du monde arabe... Allons, bon ! Je m'ennuie moi-même.

— Tu vois, Javier, nous sommes incapables d'évoluer. L'esprit arabe est comme cette maison, ou comme les médinas. Tout y est tourné vers l'intérieur. Pas de vue, pas d'ouverture... aucune vision de l'avenir. Nous y restons enfermés en cherchant des solutions dans la tradition, l'histoire et la religion pendant qu'au-delà de nos murs et de nos rivages, le monde avance inexorablement en broyant nos convictions et nos intérêts. Les futures générations regarderont le XXe siècle avec effarement. Comment expliquer, se demanderont-ils, que les pays qui détenaient la ressource principale de l'humanité, le pétrole, celle qui faisait marcher tout le système, aient pu laisser leurs populations vivre dans la misère et n'exercer presque aucune influence politique, économique et culturelle ?

» Quand il s'agit de discuter avec les Arabes, il ne faut surtout pas leur envoyer les Américains. Nous sommes complètement antinomiques. Pour devenir américain, le pacte consiste en partie à tourner le dos à son passé, à son histoire, et à prendre le parti de l'avenir, du progrès en adoptant la manière américaine. Alors que, pour un Arabe, ce qui s'est passé au XVIIe siècle ou en 1917 est aussi présent aujourd'hui qu'à l'époque. On veut que nous nous projetions dans l'avenir, mais nous ne pouvons pas renoncer à notre histoire.

— Quand tu parles des Arabes, parfois tu dis « nous », parfois tu dis « ils ». Pourquoi ?

— Comme tu le sais, j'ai un pied en Europe et l'autre en Afrique du Nord et j'ai l'esprit qui fonctionne à mi-chemin entre les deux. Je ressens l'injustice de la situation palestinienne, mais je n'adhère pas sentimentalement à leurs solutions : l'Intifada et les attentats suicides. Ce n'est qu'une version plus effrayante de l'attitude qui consiste à jeter des pierres aux tanks : un aveu de faiblesse. L'incapacité à unir ses forces pour changer les choses.

— Depuis la disparition d'Arafat, elles ont bougé.

— Vaille que vaille... clopin-clopant. La maladie de Sharon a sonné la fin de la vieille garde. Le vote en faveur du Hamas était un vote contre la corruption du Fatah. On va voir maintenant si le reste du monde souhaite qu'ils réussissent.

— Malgré toutes ces réserves, tu n'envisages toujours pas de vivre en Espagne.

— C'est tout mon problème. J'ai été élevé dans une famille très religieuse, où l'on m'a enseigné la discipline quotidienne de l'observance. J'aime le ramadan. Je me débrouille toujours pour être ici au moment du ramadan parce que, pendant un mois dans l'année, les soucis du monde passent à l'arrière-plan et le spirituel et le religieux prennent le dessus. Nous sommes tous unis dans une abstinence et une célébration communes. L'individu et la communauté y puisent une force spirituelle. Dans l'Europe chrétienne, vous avez le carême, mais c'est devenu une pratique personnelle, presque égoïste. Vous vous dites : je vais me priver de chocolat ou je ne vais pas boire de bière pendant un mois. Il n'y a pas d'obligation pour la société comme en crée le ramadan.

— Est-ce la seule raison pour laquelle tu ne vis pas en Espagne ?

— Tu es l'un des rares Européens à qui je peux parler de ces choses sans que tu me ries au nez. Mais c'est l'héritage de mes deux pères, celui qui m'a abandonné et celui qui m'a appris comment bien me comporter. C'est pourquoi j'ai un problème avec l'Europe et les États-Unis. Tu sais, l'état d'esprit s'est beaucoup modifié ici dernièrement. Avant, on rêvait d'aller en Amérique. Les jeunes Marocains appréciaient la culture, la liberté d'une société nettement moins raciste que dans la vieille Europe, les facilités d'immigration, l'ouverture des universités. La jeunesse a changé d'avis. Ils étaient attirés par l'Europe, mais depuis les émeutes qui ont eu lieu en France l'année dernière et les publications outrageantes de la presse danoise, ils rêvent désormais de revenir au pays. Personnellement, quand je suis seul dans une chambre d'hôtel en Occident et que j'essaie de me détendre en regardant la télévision, j'ai l'impression de me désagréger et j'éprouve le besoin de m'agenouiller pour prier.

— Et à quoi ça tient ?

— À la décadence d'une société minée par le matérialisme.

— Auquel tu contribues très largement en en retirant de confortables profits, remarqua Falcón.

— Tout ce que je sais, c'est que si je vivais ailleurs qu'au Maroc, je n'aurais plus une once de volonté au bout de quelques semaines.

— En même temps, tu déplores l'absence de progrès et l'inaptitude au changement du monde arabe.

— Je déplore la pauvreté, le manque de travail pour

une population jeune toujours plus nombreuse, l'humiliation d'un peuple par...

— Mais si tu donnes du travail à un jeune, il gagnera de l'argent, s'en ira et s'achètera un téléphone portable, un iPod et une voiture.

— En effet, mais seulement quand il se sera assuré que sa famille ne manque de rien. C'est très bien, tant que le matérialisme ne devient pas son nouveau dieu. Beaucoup d'Américains sont très religieux tout en adhérant totalement au matérialisme. Ils sont convaincus que c'est indissociable. Ils sont riches parce qu'ils sont le peuple élu.

— Beau mélange des genres !

— Ce sont les extrémistes qui marchent à la simplification. Ils réduisent la nature humaine à un modèle : personne n'a envie de s'encombrer de la complexité de la situation. L'invasion de l'Irak était motivée par le pétrole. Non, pas du tout. Il s'agissait de restaurer la démocratie. Les deux extrêmes sont loin de la vérité, mais les deux affirmations suffisent à convaincre. La finalité est en effet le pétrole, mais pas le pétrole irakien. Le but visé est aussi la démocratie, mais pas le machin bizarre qu'il faudra cloner pour que l'Irak tienne debout.

— Je crois que nous avons fait le tour. Nous ne devons plus être très loin.

— Le pétrole, la démocratie, les juifs. Il y a du vrai dans tout. C'est la grande astuce du plan d'avoir créé une diversion tellement énorme que le monde oublie de regarder ailleurs.

— Le problème des théories de la conspiration, c'est qu'elles attribuent d'extraordinaires talents de renseignement et d'anticipation à des gens qui, en général, ne se sont pas montrés tellement doués de ce côté-là.

— L'entreprise ne demandait pas tellement de capacités de renseignement et d'anticipation, car elle ramenait toutes les complexités à un seul intérêt constant. En outre, elle obéit à une logique impressionnante dont manquent toutes les théories du complot. Comme je te l'ai dit, il s'agit bien de défense, de pétrole et de démocratie, mais l'Irak n'a rien à voir là-dedans.

— Pour rester les maîtres du monde, les Américains ont besoin d'un approvisionnement régulier en pétrole à des prix compétitifs. La démocratie, c'est très beau du moment que c'est la bonne personne qui gagne, c'est-à-dire celle qui sera le mieux à même de veiller aux intérêts de l'Amérique. Dans le monde arabe, la démocratie est dangereuse parce que la politique y est toujours intimement liée à la religion. Si elle est encouragée en Irak, c'est uniquement parce le monde accepterait mal d'y voir remplacer Saddam Hussein par un autre despote un peu plus docile.

— Ça a au moins le mérite d'y introduire l'idée de démocratie.

— Il y a déjà eu des tentatives pour implanter la démocratie dans le monde arabe. Elles sont abandonnées dès qu'il devient évident que les élections seront gagnées par les candidats islamiques. La démocratie met le pouvoir dans les mains du plus grand nombre et pour eux, l'Islam sera toujours la priorité. Ce n'est guère sécurisant pour les intérêts américains et c'est la raison pour laquelle la constitution irakienne et son assemblée élue démocratiquement ont dû être... mises en place par la force.

— Tu crois que c'est le cas ?

— Peu importe que ce soit ou non le cas. C'est ainsi que c'est perçu dans le monde arabe.

— Qui les Américains cherchent-ils à protéger par tout ce déploiement de force dans la région si ce n'est les Israéliens ?

— Les Israéliens peuvent très bien se débrouiller

tout seuls du moment qu'ils ont le soutien des États-Unis et ils sont assurés de l'avoir car ils sont extrêmement bien représentés à Washington. Non, les Américains veulent protéger les faibles, les décadents, les corrompus, qui sont les gardiens de leur intérêt le plus sacré : le pétrole. Je crois, et je ne suis pas un hystérique isolé des théories du complot, qu'ils ont envahi l'Irak pour protéger la famille royale saoudienne.

— Saddam Hussein n'était pas un voisin très accommodant.

— Exactement. Ils ont donc inventé un prétexte en se servant de faits anciens. Tout le monde savait que, depuis la première guerre du Golfe de 1991, Saddam était à bout de forces. C'est pourquoi Bush père a préféré le laisser tranquille plutôt que créer une vacance de pouvoir aux conséquences imprévisibles. Fort heureusement, Saddam continuait à se pavaner dans son pré carré avec toute l'arrogance d'une figure emblématique. Il était cruel, perpétrait des génocides : il gazait les Kurdes, massacrait les chiites. Il n'a pas été difficile d'en faire une incarnation du mal qui déstabilisait le Proche-Orient. On a même réussi à le rendre responsable des attentats du 11 Septembre.

— C'est un fait qu'il était cruel, barbare et despotique.

— Dans ce cas, qu'attendent les forces de la coalition pour s'intéresser à Robert Mugabe au Zimbabwe, par exemple ? Mais c'est tout l'art des Américains. Ils sèment des bouts de vérité et personne ne s'y retrouve plus.

— Si Saddam était à bout de forces, pourquoi les Saoudiens éprouvaient-ils le besoin d'être protégés ?

— Ils ont eu peur du militantisme qu'ils avaient eux-mêmes favorisé. Pour conserver leur crédibilité en tant que gardiens des lieux sacrés de l'Islam, ils ont financé les medressas, les écoles religieuses, qui sont devenues du coup des foyers d'extrémisme. Comme tous les régimes décadents, ils sont paranoïaques. Ils ont senti l'antipathie du monde arabe et des factions extrémistes. Ils ne pouvaient pas inviter les Américains chez eux comme ils l'avaient fait en 1991, mais ils pouvaient leur demander de s'installer à côté. Les Américains en ont retiré un double avantage : non seulement ils sauvegardaient leur intérêt de toujours, le pétrole, mais ils détournaient les forces terroristes de leur territoire en leur offrant une cible au cœur de l'Islam. Bush a remboursé sa dette aux compagnies pétrolières, la population américaine se sent plus en sécurité et ils peuvent tout faire passer pour la lutte des forces du bien contre celles du mal.

Silence, le temps pour Diouri d'allumer sa première cigarette de la journée et d'avaler quelques gorgées de thé. Falcón puisa une petite goulée de liquide sirupeux dans son propre verre, avec sa question toujours sur le cœur.

— Thé, cigarettes, nourriture... autant d'instruments utiles à la négociation, murmura Diouri, énigmatique.

Falcón observait Yacoub derrière son verre. Les espions étaient forcément des gens compliqués, même ceux qui avaient un objectif clair. L'aspect inquiétant et pourtant indispensable de leur personnalité tenait à leur besoin et donc à leur faculté de tromper. Mais pourquoi espionner ? Pourquoi fournissait-il lui-même des informations à Mark Flowers ? Parce que l'illusion de la vie lui avait soudain paru ennuyeuse. On se lassait de voir à la télévision la pseudo-réalité incarnée par les politiciens engagés, les hommes d'affaires prospères et les experts pontifiants, dont l'aura était maintenant tellement écornée. S'il espionnait, ce n'était pas pour échanger une illusion facile contre une autre un peu moins naïve, c'était pour se souvenir que l'acceptation est une attitude passive, parce qu'il avait compris les dangers du déni et de l'inaction. Mais il s'apprêtait à demander à son ami d'espionner vraiment, pas seulement de communiquer à Mark Flowers quelques détails pour compléter ses petits tableaux. Il comptait lui demander de transmettre des informations qui pourraient conduire à la capture, voire à la mort, de personnes de sa connaissance.

— Tu es songeur, Javier. Normalement, à ce stade de la conversation, les Européens gigotent sur leur siège, accablés d'ennui par tout ce bavardage sur l'Irak, la question palestinienne et toute la cohorte des horreurs insolubles. Ils n'ont plus de goût pour le débat. Dans l'univers de la mode où j'évolue, ils ne discutent que du nouvel album de Coldplay ou des costumes du dernier film de Baz Luhrman. Les hommes d'affaires eux-mêmes préfèrent parler football, golf et tennis que politique mondiale. On dirait que nous, les Arabes, constituons un centre d'intérêt dont personne ne veut. Nous avons acculé le marché au sujet de conversation le plus ennuyeux qui soit.

— Ça vous passionne parce que vous n'avez pas ce que vous voulez. Ceux qui vivent dans le confort n'ont pas envie de parler de choses qui les mettront mal à l'aise.

— Je me sens à l'aise, assura Diouri.

— Vraiment ? Tu as de l'argent, mais as-tu ce que tu veux ? Et sais-tu d'abord ce que tu veux ?

— J'associe le confort à l'ennui. C'est peut-être à cause de mon passé, mais je ne supporte pas la satisfaction. J'ai besoin de changement. J'ai besoin d'être en état de révolution permanente. Il n'y a que comme ça que je me sens vivre.

— La plupart des Marocains que j'ai rencontrés aimeraient avoir le confort d'un travail, d'une maison, d'une famille et d'une société stable.

— Si c'est ce qu'ils souhaitent, ils doivent accepter le changement.

— Aucun d'eux n'est favorable au terrorisme ni aux régimes de type taliban.

— Combien en as-tu entendu condamner des actes de terrorisme ?

— Ils n'approuvent pas...

— Je parle de condamner ouvertement, précisa Diouri avec fermeté.

— Uniquement ceux qui étaient convaincus que les actes terroristes avaient été commis par les Israéliens.

— Tu vois, c'est compliqué, la mentalité arabe, dit Diouri, un doigt sur la tempe.

— En tout cas, ils ne trouvent pas le terrorisme honorable.

— Tu sais quand le terrorisme est honorable ? demanda Diouri en braquant sur Falcón le cylindre blanc de sa cigarette française. On a jugé le terrorisme honorable quand les juifs l'ont employé contre les Anglais pour obtenir le droit de fonder leur État sioniste. Il a été jugé honteux quand les Palestiniens y ont eu recours contre les juifs pour récupérer les terres et les biens qui leur avaient été volés. Les terroristes sont respectables quand ils sont devenus assez forts pour être considérés comme des combattants de la liberté. Tant qu'ils sont faibles et peu représentatifs, ce ne sont que de vulgaires tueurs sanguinaires.

— Mais ce n'est pas ce dont il est question ici, commenta Falcón, en ravalant son dépit de voir la conversation repartir dans une autre direction.

— Ce sera toujours au cœur du problème. Ce nœud d'injustice mine tous les Arabes. Ils savent que les agissements de ces fanatiques sont condamnables, mais l'humiliation a de curieux effets sur l'esprit humain. Elle engendre l'extrémisme. Regarde les Allemands avant la Deuxième Guerre mondiale. Le pouvoir de l'humiliation vient de ce que c'est un sentiment profondément intime. Nous n'oublions jamais la première humiliation que nous avons subie dans notre enfance. Ce qu'ont bien compris des extrémistes comme Ben Laden et Zarqawi, c'est que l'humiliation est vraiment dangereuse quand elle devient collective, qu'elle remonte à la surface et exige clairement réparation. C'est ce que veulent les terroristes. C'est la finalité ultime de leurs attentats. Ils disent : « Vous voyez, si nous agissons ensemble, nous sommes puissants. »

— Et alors quoi ? Vous reviendrez aux temps glorieux du Moyen Âge ?

— En avant vers le passé, dit Diouri en écrasant son mégot dans la coquille argentée du cendrier. Je ne suis pas sûr que cela en vaille la peine, si c'est le prix à payer pour laver l'humiliation.

— Tu as entendu parler d'une organisation baptisée VOMIT ?

— C'est le site antimusulman qui plonge les gens d'ici dans une colère noire. Je ne l'ai pas vu personnellement.

— Apparemment, il énumère les victimes des attentats perpétrés par des musulmans contre des civils, pas seulement en Occident, car il répertorie aussi les actions de musulmans contre des musulmans, comme les attentats suicides contre la police irakienne, les crimes « d'honneur », les viols collectifs de femmes...

— Où veux-tu en venir, Javier ? demanda Diouri en fronçant les sourcils. Tu veux dire que cette organisation a un but précis ?

— Pour autant que je sache, elle a pour seul objectif de tenir des comptes.

— Que t'évoque le nom de ce site ?

— Le dégoût...

— Tu sais, la vie des musulmans n'a pas grande valeur en Occident. Pense au prix attaché aux trois mille victimes des tours jumelles, aux cent quatre-vingt-onze voyageurs des trains de Madrid, aux cinquante et quelque personnes tuées dans les attentats de Londres. Que valent les cent mille civils irakiens morts au cours de l'offensive qui a précédé l'invasion ? Rien. Je ne sais même pas si on en a parlé. Y a-t-il eu un site pour recenser les victimes des massacres serbes en Bosnie ? Et qu'en est-il des attentats commis par des hindous contre des musulmans en Inde ?

— Je ne sais pas.

— C'est pour ça que le VOMIT est antimusulman. Il a isolé les actions de quelques fanatiques pour en rendre responsable une religion entière. Si tu me disais qu'ils sont à l'origine de l'explosion de la mosquée hier à Séville, je ne serais pas étonné.

— Ils ont marqué leur présence. Notre agence de renseignement, le CNI, les a à l'œil.

— Qui d'autre le CNI a-t-il à l'œil ? demanda Diouri, visiblement embarrassé.

— La situation est assez compliquée et nous cherchons des gens intelligents, cultivés et possédant un bon réseau de relations pour nous aider.

Falcón se remit à boire son thé, heureux d'avoir lancé la perche. Il avait enfin réussi à mettre la question sur le tapis. Il avait du mal à croire qu'il y était enfin arrivé. Yacoub Diouri non plus n'en croyait pas ses oreilles. Il écarquillait les yeux au-dessus de la table ouvragée qui les séparait.

— Ai-je bien entendu, Javier ? dit-il d'une voix soudain dépourvue de toute bienveillance, un masque dur sur le visage. Tu as le culot de venir chez moi me demander d'espionner pour ton gouvernement ?

— Tu savais, quand je t'ai appelé hier soir, que le but de ma visite n'était pas uniquement amical, répliqua Falcón sans se laisser démonter.

— Les espions sont la lie des combattants.

— Je n'aurais pas songé à te faire cette proposition si j'avais cru un seul instant que tu étais homme à te satisfaire de ce qu'on veut nous faire avaler. C'était bien l'idée de ton discours à propos de l'Irak, non ? Tu ne voulais pas seulement m'exposer le point de vue des Arabes, mais me montrer que tu avais conscience d'une vérité plus vaste.

— Qu'est-ce qui t'a fait croire que tu pouvais me demander une chose pareille ?

— Le fait que tu es, comme moi, proarabe, promusulman et contre le terrorisme. Que tu aspires davantage au changement et au progrès qu'à la grande régression. Tu es un homme d'honneur et de droiture...

— Deux vertus qui me semblent étrangères à l'amoralité de l'espionnage.

— Sauf que, te connaissant, je sais que tu ne serais pas motivé par l'argent ou la vanité, mais par le désir de contribuer au changement sans violence inutile.

— Toi et moi, nous sommes très semblables, sauf que nos rôles ont été inversés. Nous avons été tous les deux trahis par des pères indignes. Tu as découvert un beau jour que tu étais à moitié marocain alors que moi, qui aurais dû grandir en Espagne, je suis devenu marocain. Nous sommes peut-être les incarnations de deux cultures entremêlées.

— Et les fruits d'histoires compliquées.

21.

Séville – Mercredi 7 juin 2006, 8 h 43

La radio annonçait aux Sévillans une journée caniculaire, avec des températures de plus de quarante degrés et une légère brise saharienne qui leur brûlerait les yeux, assécherait la sueur et jetterait un risque sanitaire sérieux sur les lieux du sinistre. Consuelo était encore assommée par les cachets qu'elle avait pris à trois heures du matin. Elle s'était soudain avisée que la contemplation des paupières frémissantes de Darío ne l'aiderait pas à dormir. Elle avait comme toujours une journée chargée devant elle, désormais encadrée par les parenthèses de ses séances chez Alicia Aguado. Elle n'y pensait pas. Elle était en retrait par rapport à ce qui arrivait. Elle se concentrait davantage sur la fine ossature de son visage et le masque ajusté qu'y dessinait sa peau, derrière lequel elle espérait rester opérationnelle.

Le présentateur de la radio était d'humeur sombre. Ses commentaires ne l'atteignaient pas. Elle n'enregistra pas non plus l'annonce de la minute de silence en hommage aux victimes, prévue à midi. Elle ouvrait et fermait les yeux comme si elle s'attendait chaque fois à découvrir un nouveau décor au lieu de retrouver le même, marqué d'une modification infinitésimale.

Le somnifère endiguait le flux d'adrénaline dans son

organisme. Si elle avait eu l'esprit plus alerte, l'impression de délitement terrible qu'elle avait éprouvée la veille l'aurait assaillie d'un souvenir trop vif et elle serait passée sans s'arrêter devant le cabinet d'Alicia Aguado pour filer directement au bureau. Dans l'état où elle se trouvait, elle gara sa voiture et laissa ses jambes la porter jusqu'à l'étage. Elle glissa sa main dans celle de la psy en calant ses hanches entre les bras du confident. Elle dégagea son poignet. Des mots parvinrent à ses oreilles. Elle ne les comprit pas.

— Excusez-moi, dit-elle. Je ne suis pas bien réveillée. Vous pouvez répéter ?

— Hier soir, avez-vous réfléchi à ce que je vous avais dit ?

— Je ne me souviens pas très bien de ce que je vous ai dit... de ce à quoi vous m'avez demandé de réfléchir.

— À quelque chose qui vous rend heureuse.

— Ah, oui. Je l'ai fait.

— Vous avez pris quelque chose, Consuelo ? Vous êtes un peu apathique ce matin.

— J'ai pris un somnifère à trois heures du matin.

— Pourquoi n'arriviez-vous pas à dormir ?

— J'étais trop heureuse.

Aguado alla dans la cuisine préparer un café serré et l'apporta à Consuelo, qui le refusa.

— Il faut que vous soyez plus éveillée quand nous nous voyons, sinon ça ne sert à rien. Il faut que vous soyez en phase avec vous-même.

Alicia Aguado se planta devant Consuelo, lui redressa la tête comme elle aurait levé le visage d'un enfant pour l'embrasser, et appuya sur son front avec ses pouces. L'esprit de Consuelo s'éclaircit. Alicia Aguado se rassit.

— Pourquoi vous n'arriviez pas à dormir ?

— Je pensais trop.

— À tout ce qui vous rend « trop heureuse » ?

— Le bonheur n'est pas pour moi un état normal. Il me fallait le temps de m'habituer.

— C'est quoi, votre état normal ?

— Je ne sais pas. J'évite de me pencher sur la question.

— Vous vous écoutez ?

— Je ne peux pas m'en empêcher. Je ne sais pas résister.

— Donc, vous n'avez pas fait ce que je vous avais demandé hier soir.

— Je vous l'ai dit. Le bonheur n'est pas pour moi un état normal. Je ne le recherche pas.

— Qu'est-ce que vous avez fait ?

— J'ai regardé mes enfants dormir.

— Qu'est-ce que cela vous apprend sur l'état que vous recherchez ?

— Il est inconfortable.

— Vous vous démenez beaucoup dans votre travail ?

— Bien sûr, c'est la seule façon de réussir.

— Pourquoi la réussite est-elle importante pour vous ?

— C'est un critère plus commode...

— Que quoi ?

Une bouffée de panique étreignit Consuelo.

— Il est plus facile de mesurer sa réussite professionnelle que de mesurer, enfin de voir... d'évaluer... Vous comprenez ce que je veux dire.

— Je veux que vous le disiez.

Consuelo s'agita sur sa moitié de siège, prit une profonde inspiration.

— Je compense mes échecs personnels en affichant mes succès professionnels.

— Et c'est quoi la réussite pour vous ?

— C'est mon bouclier. Elle me vaut l'admiration

des gens, alors que s'ils savaient qui je suis vraiment, ce que j'ai fait, ils me mépriseraient.

— Vos trois enfants dorment dans des chambres séparées ?

— Maintenant, oui. Les deux plus grands ont besoin d'un espace à eux.

— Quand vous les regardez dormir, quel est celui avec lequel vous restez le plus longtemps ?

— Le plus jeune, Darío.

— Pourquoi ?

— Il est encore très proche de moi.

— Il y a une grande différence d'âge ?

— Il a quatre ans de moins que Matías.

— Vous l'aimez plus que les deux autres ?

— Je ne devrais pas, mais oui.

— À qui ressemble-t-il le plus, à vous ou à votre mari ?

— À moi.

— Vous avez toujours regardé vos enfants dormir ?

— Oui, admit-elle en y réfléchissant. Mais c'est devenu... obsessionnel depuis cinq ans, depuis que mon mari a été assassiné.

— Vous aviez une façon différente de les regarder avant ?

— Avant, je les regardais et je me disais : ce sont mes belles créations. Ce n'est qu'après la mort de Raúl que, quand je les contemplais tous les trois – ils étaient dans la même chambre au début –, j'ai commencé à ressentir une douleur. Mais ce n'était pas une douleur pénible.

— Qu'est-ce que ça veut dire ?

— Je ne sais pas. Les douleurs ne sont pas toutes pénibles. De la même façon que la tristesse n'est pas toujours épouvantable et le bonheur pas toujours si merveilleux.

— Expliquez-moi ça. Quand est-ce que la tristesse n'est pas épouvantable ?

— La mélancolie peut être un état agréable. J'ai eu des liaisons qui m'ont satisfaite tant qu'elles duraient. Quand c'était fini, j'étais triste, tout en sachant que c'était mieux ainsi.

— Quand est-ce que le bonheur n'est pas si merveilleux ?

— Je ne sais pas, dit encore Consuelo en tortillant sa main libre. Quand une femme sort du tribunal en disant qu'elle est « heureuse » que le meurtrier de son fils ait été condamné à la prison à vie, il me semble...

— Je voudrais une version personnelle.

— Ma sœur pense que je suis heureuse. Elle me voit riche, en bonne santé, avec trois enfants et une affaire qui marche. Quand je lui ai parlé de mes séances avec vous, elle est tombée des nues. Elle m'a dit : « Si toi, tu déraille, quel espoir ça nous laisse ? »

— Mais vous, vous n'avez pas l'impression d'être si heureuse que ça ?

— C'est ce que je voulais dire. Je devrais être heureuse, mais je ne le suis pas. Pourtant, j'ai tout ce qu'on peut souhaiter.

— Et l'amour ?

— Mes enfants me donnent tout l'amour dont j'ai besoin.

— Vraiment ? Vous ne croyez pas plutôt que les enfants demandent beaucoup d'amour ? Vous êtes la lumière qui les guide pendant qu'ils grandissent, vous les éduquez, vous leur apprenez à affronter le monde avec confiance. Ils vous comblent d'amour en échange parce qu'ils sont conditionnés à ça, mais ils ne savent pas ce qu'est l'amour. Vous ne croyez pas que les enfants sont essentiellement égoïstes ?

— Vous n'avez pas d'enfants, Alicia.

— Nous ne sommes pas ici pour parler de moi. Et

les points de vue que j'exprime ne sont pas forcément les miens. Croyez-vous que la vie soit complète sans l'amour d'un adulte ?

— Beaucoup de femmes ont fini par le penser. Demandez aux femmes battues. Elles vous diront que l'amour peut signifier la mort.

— Vous n'avez pas l'air d'une femme battue.

— Pas physiquement.

— Avez-vous subi un harcèlement moral de la part d'un homme ?

Consuelo fut parcourue d'un tremblement et les doigts d'Alicia Aguado quittèrent son poignet. Elle pensait avoir gardé ses distances pendant cette séance. Ce qu'elle avait dit était en elle, certes, mais relégué et soigneusement bouclé dans un coin de sa tête. Et voilà qu'une barrière avait cédé. Comme si les vaches folles s'étaient rendu compte de la fragilité de leur clôture et l'avaient renversée pour se ruer dehors et vagabonder autour d'elle. Elle ressentait la même terreur que la veille. L'impression de se désagréger... ou bien était-ce la peur de quelque chose qu'elle avait contenu et qui se manifestait ?

— Restez calme, Consuelo, lui dit Alicia Aguado.

— J'ignore d'où vient cette peur. Je ne sais même pas si elle est liée à ce que je viens de vous dire ou si elle a une tout autre cause qui s'ajoute au reste.

— Essayez de verbaliser. C'est tout ce que vous pouvez faire.

— Je me méfie de moi-même. Je me dis que tout un pan de mon existence se maintient, en étant bridé peut-être, grâce à une illusion que je me suis forgée pour continuer à avancer.

— La plupart des gens préfèrent vivre dans l'illusion. C'est moins compliqué de se nourrir des magazines et de la télévision. Mais ce n'est pas pour vous, Consuelo.

— Qu'en savez-vous ? Il est peut-être trop tard pour commencer à démonter les choses pour les reconstruire.

— Il est surtout trop tard pour que vous vous arrêtiez. C'est la raison pour laquelle vous avez abouti ici. Vous êtes comme quelqu'un qui a vu un pied dépasser d'une poubelle en se promenant sur un chemin. Vous voudriez faire comme si vous n'aviez rien vu. Vous ne voulez pas être impliquée. Malheureusement, vous avez trop bien vu ce pied et vous ne serez pas tranquille tant que l'affaire n'aura pas été résolue.

— Je suis venue vous voir à cause de l'homme de la plaza del Pumarejo, de mon... attirance incompréhensible et du danger qu'elle présentait. Nous avons parlé de tout un tas d'autres choses qui n'avaient aucun rapport et j'ai l'impression de n'avoir nulle part où aller. De ne plus pouvoir me fier à mon esprit. Seul mon travail me permet de penser à autre chose et c'est provisoire. Même mes enfants sont devenus potentiellement dangereux.

— Tout ça n'est pas sans lien. Je tire les fils de la pelote emmêlée. Nous finirons par trouver l'origine de tout cela. Une fois que vous aurez vu et compris, vous serez en mesure d'aller vers une vie plus heureuse. Cette terreur a une compensation.

Inès se réveilla en tremblant de peur. Elle cligna des yeux et observa la pièce dans tous les coins. Esteban n'était pas là. Son oreiller n'était pas creusé. Elle se souleva sur un coude et repoussa le drap. La douleur lui arracha un gémissement. Elle haletait comme un sportif, rassemblant son énergie pour passer à l'étape suivante, au prochain assaut de douleur.

Impossible de trouver une position qui ne lui fasse pas mal. Elle devait réviser toute la géographie de son corps, essayer de trouver des modes de fonctionnement de ses membres, de ses organes, qui ne réveillent pas la souffrance. Elle se mit à quatre pattes et retint une plainte. La tête pendante, elle avait la vue obstruée par la masse de ses cheveux. Et brouillée par les larmes. Il y avait une tache rouge diffuse sur son oreiller. Elle posa un pied à terre et se leva. Elle se traîna jusqu'à la glace et écarta ses cheveux. Elle ne pouvait pas croire que cette tête plantée sur ce corps était la sienne.

Les contusions étaient importantes. Un camaïeu de bleu, noir, jaune et violet s'étalait sur toute la poitrine, rejoignant les hématomes de l'abdomen qui s'étendaient désormais jusqu'à la lisière du pubis. Mais bon, elle avait une peau qui marquait facilement. Ce n'était pas aussi terrible que ça en avait l'air. Les douleurs étaient dues aux courbatures, pas à des lésions. Une douche chaude y remédierait.

Dans la salle de bains, elle entrevit son dos. Les zébrures avaient pris un vilain ton agressif. Elle allait devoir désinfecter les entailles laissées par la boucle de la ceinture. Elle s'adaptait avec une facilité déconcertante à ce nouvel état des choses. Elle fit couler l'eau, tendit sous le jet ses mains, dont l'une était enflée à la base du doigt qui avait été retourné. Elle entra dans la cabine et s'accrocha au robinet en se retenant de crier à cause de la brûlure infligée. Pas question de soutien-gorge ce matin.

Les larmes jaillirent. Elle se laissa tomber au fond du bac. L'eau bouillonnait dans ses cheveux. Que lui était-il arrivé ? Elle n'était même plus capable de penser à elle-même à la première personne du singulier, tant elle s'était éloignée de la personne qu'elle était avant. Elle éteignit la douche et sortit en rampant comme un chien battu.

Elle se découvrit des réserves insoupçonnées. Elle prit des calmants. Elle allait travailler. Elle ne pouvait se résoudre à rester dans l'enfer de cet appartement.

Elle se sécha, s'habilla et se maquilla. Rien ne transparaissait. Elle sortit et attrapa un taxi.

Le chauffeur parlait de l'explosion. Il était remonté. Il donnait des coups sur son volant. Il les traitait de salopards, sans savoir qui « ils » étaient. Il disait qu'on avait assez tergiversé, qu'il était temps de punir ces gens. Inès ne prenait pas parti. Elle se mâchouillait l'intérieur de la joue en se disant qu'elle avait grand besoin de quelqu'un à qui se confier. Elle passa en revue ses amis. Rien à en attendre. Aucun qui lui fût vraiment proche. Ses confrères ? Des gens bien, mais pas pour ça. Sa famille ? Elle ne supportait pas l'idée d'avouer son échec. Et soudain une pensée qu'elle ne s'était jamais permis de laisser éclore s'imposa : sa mère était sotte et son père un con prétentieux qui se prenait pour un intellectuel.

Le bureau était vide. Elle en fut soulagée. Son agenda lui rappela qu'elle avait deux réunions, puis plus rien. Elle avait veillé à dégager son emploi du temps car elle devait siéger au tribunal le lendemain et voulait préparer son intervention. Elle se dirigeait vers la porte quand un collègue surgit avec un paquet de dossiers dans les bras. La collision raviva la douleur au centuple. L'évanouissement semblait la seule solution pour neutraliser les circuits responsables de la souffrance. Elle tomba. Son collègue s'empressa en répétant qu'il était désolé. Elle s'en alla sans un mot.

Les réunions eurent lieu. Ce n'est qu'à la fin de la deuxième que le juge lui demanda si elle se sentait bien. Elle alla aux toilettes et ne voulut pas voir le filet de sang qui se dissolvait dans l'eau. Ses règles ? Ce n'était pas ça. Pas le moment. Elle s'en fichait. Elle avala encore quelques calmants.

Elle traversa l'avenue pour aller aux jardins Murillo. Elle savait ce qu'elle cherchait : elle voulait revoir la putain. Elle ne savait pas trop pourquoi. Une part d'elle-même voulait lui montrer ce qu'il lui avait fait, l'autre... Que voulait l'autre part d'elle-même ?

La putain n'était pas là. Il faisait chaud. Les panneaux suspendus dans la rue lui apprirent que la température était de trente-neuf degrés à midi moins le quart. Elle se promena dans le Barrio Santa Cruz au milieu des touristes. Comment retrouver la putain ? Les calmants étaient efficaces. Son esprit fonctionnait indépendamment de son corps. La réalité s'estompa encore un peu. Il ne lui était pas venu à l'idée que les analgésiques atténuaient les douleurs de toute nature.

Ses lèvres picotaient et semblaient extérieures à son corps. Les bruits de la rue lui parvenaient assourdis. Son champ de vision était réduit. Elle était portée par une multitude qui convergeait vers l'avenida de la Constitución pour atteindre la plaza Nueva. Certains tenaient des banderoles qu'elle ne pouvait pas lire parce qu'elle n'en voyait que le verso. Sur la place, des centaines de pancartes brandies proclamaient ce simple mot : *PAZ*. Paix. Oui, elle en avait besoin.

L'horloge sonna les douze coups de midi et la foule se tut. Elle déambula parmi les gens en les regardant sous le nez pour essayer de comprendre ce qui leur arrivait. Ils la regardaient en retour, impassibles. Le brouhaha de la circulation aussi avait cessé. On n'entendait que les oiseaux. C'était très beau, ces gens qui se rassemblaient pour demander la paix. Elle quitta la place au moment précis où l'animation revenait et où le bourdonnement de l'humanité s'élevait à nouveau derrière elle. Elle s'engagea dans la calle Zaragoza dans l'intention d'aller grignoter quelque chose au Cairo. On l'aimait bien au Cairo. Elle croyait qu'on l'aimait bien au Cairo. Mais tout le monde aime tout le monde dans les cafés de Séville.

C'est alors qu'elle aperçut la putain. Pas en personne, mais en photographie. Elle s'immobilisa au milieu de la rue, perplexe. Les putains pouvaient faire ça ? S'afficher dans les vitrines pour faire leur promo ? Maintenant, on balance du porno dans les salons à partir de minuit, mais on permet aussi aux putes de racoler de cette manière ? Elle fut très étonnée quand elle comprit qu'elle était devant une galerie d'art.

Une voiture donna un petit coup de klaxon. Elle s'écarta et se rapprocha de la vitrine. Elle déchiffra la carte posée près de la photo : *Marisa*. C'était tout. Marisa. Quel âge avait-elle ? La carte n'en disait rien. C'est pourtant la question que tout le monde pose actuellement. Quel âge avez-vous ? On veut contempler votre beauté. On a besoin de connaître votre âge. Si on a du talent, c'est un plus, mais l'âge et la beauté sont les clés du succès.

À l'intérieur, il y avait une femme derrière un comptoir. Inès entra. Ses talons cliquetaient sur le sol de marbre. Elle avait oublié de regarder les œuvres de la pouffiasse, mais elle ne pouvait plus reculer.

— J'adore cette Marisa, s'entendit-elle déclarer. Je l'adore.

La jeune femme en fut ravie. Inès était bien habillée et semblait assez écervelée pour accepter les prix exorbitants. Elles admirèrent ensemble les œuvres de Marisa, deux sculptures en bois. Inès encouragea la jeune femme à parler. Au bout de quelques minutes, elle connaissait l'adresse de l'atelier de l'artiste.

Inès ne savait pas trop comment exploiter cette information. Elle se rendit au Cairo et commanda un poivron farci et un verre d'eau. Elle titilla du bout de la fourchette le légume rouge qui avait quelque chose d'obscène. On aurait dit une langue avide en quête d'un orifice humide. Elle le trancha et l'enfourna sans appétit dans sa bouche.

Elle rentra chez elle, alluma la climatisation et s'allongea sur le lit. Elle s'endormit et se réveilla dans la fraîcheur glacée de l'appartement avec le souvenir d'avoir fait un rêve, et une profonde impression de solitude. Elle n'avait jamais été aussi seule que dans ce rêve. Elle se dit qu'elle ne pourrait connaître pareille solitude que dans la mort.

L'effet des calmants s'était dissipé et elle était frigorifiée. Elle se rendit compte qu'elle parlait toute seule et était très intriguée par ce qu'elle avait pu dire.

Il était quatre heures et demie de l'après-midi. Elle devrait retourner au bureau pour travailler sur son dossier, mais elle n'en ressentait pas l'utilité. Bizarrement, elle ne croyait plus à demain.

Elle s'entendit dire : « Ne sois pas idiote. » Elle alla dans la cuisine boire un verre d'eau et avaler d'autres calmants. Elle sortit. La rue lui paraissait écrasée de chaleur après l'atmosphère réfrigérée de l'appartement. Elle monta dans un taxi et entendit sa voix demander au chauffeur de la conduire calle Bustos Tavera. Pourquoi avait-elle donné cette adresse ? Ce n'était pas une bonne idée...

Quelque chose dépassait de son sac mal fermé. Elle l'ouvrit et vit un manche noir où brillait un clou métallique, prolongé par une longue lame, à côté de sa brosse à cheveux. Elle leva les yeux vers le chauffeur qui croisa son regard dans le rétroviseur.

— Vous avez vu ça ? dit-il.

— Quoi ? demanda Inès, terrifiée à la vue du couteau.

Mais il montrait quelque chose dehors.

— Les gens accrochent des jambons à leur porte. Ou bien, quand ils ne peuvent pas acheter de jambon, ils accrochent des photos de jambon. C'est un producteur d'Andalousie qui les distribue. Un type à la radio a dit que c'était une forme de résistance passive. Ça remonte au XVe siècle, quand les Maures ont été chassés d'Andalousie. Les Rois Catholiques avaient incité les populations à manger du porc pour marquer la fin de la domination musulmane. La journée a été baptisée *día de los Jamónes*. Qu'est-ce que vous dites de ça ?

— J'en dis... je ne sais pas quoi en penser, balbutia Inès, la main sur le manche du couteau.

Le chauffeur changea de station de radio. Un air de flamenco emplit la voiture.

— Je n'aime pas trop entendre parler de la bombe, expliqua-t-il. Je finis par me demander qui je transporte dans mon taxi.

22.

Séville – Mercredi 7 juin 2006, 16 heures

Après la journée de la veille, riche en travail et en émotions, les trois réunions qui avaient suivi, le soir, sa nuit trop courte et le vol du matin l'emmenant vers une mission difficile, Falcón était épuisé. Il avait dit en quelques mots à Pablo que Yacoub avait accepté de collaborer avec eux, à certaines conditions, puis il s'était effondré sur un siège du Lear et s'était endormi aussitôt.

Ils atterrirent à l'aéroport de Séville un peu avant quatorze heures trente et se séparèrent en convenant de se retrouver plus tard dans la soirée. De retour chez lui, Falcón prit une douche et se changea. Sa femme de ménage lui avait préparé un poisson en court-bouillon, qu'il mangea en buvant un verre de vin rouge frais. Il appela Ramírez, qui l'informa qu'une autre grande réunion était prévue à seize heures trente et lui résuma rapidement les dernières nouvelles, dont une plutôt réjouissante : Lourdes, la fillette qui avait été extraite des décombres la veille, avait repris conscience pendant quelques minutes peu après midi. Elle allait s'en sortir. Rien en revanche sur les électriciens ou les inspecteurs municipaux. Elvira avait rédigé une annonce pour la presse et des appels avaient été lancés à la télévision et à la radio. Les interrogatoires des commerciaux d'Informáticalidad n'avaient rien donné d'extraordinaire. Ramírez termina son rapport par un éloge inattendu du juge Calderón, qui avait remarquablement géré des médias très opiniâtres.

— Tu sais que je ne l'aime pas beaucoup, dit Ramírez, mais il s'y prend comme un chef. Depuis hier, l'enquête piétine, mais Calderón trouve le moyen de vanter notre compétence.

— Objectivement, quand pouvons-nous espérer accéder, au plus tôt, à l'épicentre de l'explosion ? demanda Falcón.

— Pas avant neuf heures demain matin. Dès qu'ils seront à la verticale de la mosquée, ils devront dégager les décombres à la main, sous la surveillance des équipes de déminage et de la police scientifique. Ça va prendre du temps et les conditions seront particulièrement difficiles. D'ailleurs, elles le sont déjà. La puanteur est féroce.

— Nous sommes sûrs à 99 % qu'un des morts de la mosquée est un informateur du CGI, annonça le comisario Elvira en ouverture de la réunion de seize heures trente. Nous n'en aurons la confirmation définitive que lorsqu'on aura comparé les échantillons d'ADN à ceux prélevés dans son appartement.

— Qu'est-ce qu'il faisait là ? demanda Calderón.

— L'inspecteur principal Barros va vous en dire plus.

— Il s'appelle Miguel Botín. Il est espagnol. Il a trente-deux ans et habite à Séville.

— Esperanza, la femme qui a donné au comisario Elvira la liste des personnes présumées présentes dans la mosquée, avait un ami qui se trouvait dans le bâtiment détruit, rappela Falcón. C'est lui ?

— Oui, dit Barros. Il s'est converti à l'islam il y a onze ans. Sa famille venait de Madrid. Son frère a perdu un pied dans les attentats du 11 Mars. Miguel Botín a été recruté par un de mes agents en novembre 2004 et est devenu opérationnel il y a près de quatorze mois, en avril 2005.

Dans la salle de classe de l'école maternelle, on n'entendait que le bourdonnement des climatiseurs portables. Même le vacarme constant des machines de déblaiement à l'extérieur avait diminué quand Barros avait commencé son rapport.

— Au cours des huit premiers mois, Botín n'a pas eu grand-chose à nous dire. Les fidèles de la mosquée, presque tous d'origine étrangère, étaient de bons musulmans et ne montraient aucune tendance radicale. Tous compatissaient au sort de son frère et ont été scandalisés par les attentats de Londres, qui ont eu lieu peu de temps après que Botín a commencé à travailler pour nous.

» C'est en janvier de cette année que Botín a perçu un changement. Il s'est mis à y avoir davantage de visites de gens de l'extérieur. Cela n'a apparemment pas eu de conséquences pour la communauté des fidèles, mais à partir de mars, il en a vu les premiers effets sur l'imam Abdelkrim Benaboura. Il était soucieux et semblait sous pression. Le 27 avril, mon agent a demandé l'autorisation de placer un micro dans le bureau de l'imam. J'ai eu un entretien avec le juge doyen de Séville, après lui avoir transmis le rapport de mon agent. Le motif lui a paru trop léger et il n'a pas accordé l'autorisation.

» À la demande de mon agent, Botín est passé la vitesse supérieure et s'est mis à suivre l'imam Abdelkrim Benaboura quand il quittait la mosquée. Entre le 2 mai et la date de ce rapport, c'est-à-dire le mercredi 31 mai, Botín a vu l'imam rencontrer trois binômes différents de six hommes, à raison de dix rencontres dans dix endroits distincts de la ville. Il ne sait pas ce qu'ils se sont dit à l'occasion de ces rencontres, mais il a réussi à prendre des photos, dont deux seulement permettent de distinguer des visages. Avec ce nouveau rapport et les photos à l'appui, nous avons déposé une nouvelle demande d'autorisation pour poser des micros jeudi dernier, 1er juin. Nous n'avions toujours pas de réponse hier matin, quand l'explosion a eu lieu.

— Combien d'hommes peut-on voir sur ces deux photos ? voulut savoir Falcón.

— Quatre. Et depuis que le CGI de Madrid nous a envoyé les clichés de l'appartement qu'ils ont fouillé hier, nous avons pu en identifier deux. Il s'agit de Djamal Hammad et Smail Saoudi. Nous ne savons pas encore qui sont les deux autres, mais les photos sont actuellement entre les mains du CNI, du MI6 et d'Interpol. Naturellement, j'aurais aimé pouvoir communiquer cette information plus tôt, mais...

— Parlez-nous de ces dix lieux de rencontre, intervint Calderón. Ont-ils quelque chose de spécial ? Se trouvaient-ils dans le voisinage de bâtiments publics, du domicile de personnalités ? Ont-ils l'air de faire partie d'un plan d'attaque ?

— Il y a chaque fois un bâtiment important dans un rayon de cent mètres du lieu de rencontre, répondit Barros, mais c'est le propre des grandes villes. L'une des rencontres a eu lieu dans le pub irlandais proche de la cathédrale. On peut se demander si c'était une excellente couverture pour trois musulmans qui ne boivent pas d'alcool ou si c'est délibérément qu'ils ont choisi de se retrouver près du seul vestige qui reste de la mosquée Almohad du XIIe siècle.

— Quand le juge doyen a-t-il rejeté la première demande de pose de micros dans le bureau de l'imam ? s'informa Falcón.

— Le jour même où elle a été déposée, le 27 avril.

— Et pourquoi la deuxième demande n'a-t-elle pas été examinée et accordée ?

— Le juez Decano était en déplacement à Séville. Il n'a pris connaissance de la demande que lundi après-midi, le 5 juin.

— Comment Miguel Botín a-t-il décrit l'état d'esprit de l'imam pendant ces mois où il l'a observé de plus près ? s'informa Falcón.

— De plus en plus préoccupé. Moins attentif à ses fidèles qu'il ne l'avait été l'année précédente. Botín a fini par s'apercevoir qu'il prenait des médicaments, mais il n'a pas réussi à savoir ce que c'était.

— Nous avons trouvé du Tenormin sur sa table de chevet. C'est un médicament contre l'hypertension, dit Gregorio, du CNI. Il y avait aussi chez lui une armoire à pharmacie très pleine. Son médecin a confirmé qu'il était soigné pour hypertension depuis huit ans. Il s'est plaint récemment de tachycardie et suivait aussi un traitement à cause d'un ulcère à l'estomac.

— Quand pourrons-nous voir l'appartement de l'imam et ce que vous avez trouvé ? demanda Falcón.

— Ne vous inquiétez pas, inspecteur, le rassura Juan, nous avons été secondés par une équipe de police scientifique dès le moment où nous avons ouvert la porte.

— Nous aimerions quand même jeter un coup d'œil, insista Falcón.

— Nous avons presque fini, dit Gregorio.

— Est-ce que le CNI a un avis sur les trouvailles de Botín et le médecin de l'imam ? demanda Calderón.

— Et est-ce que vous en savez plus sur son mystérieux passé ? ajouta Falcón.

— Nous attendons encore l'autorisation d'y regarder de plus près, indiqua Gregorio.

— L'imam était sous pression, récapitula Falcón sans laisser le temps à Calderón de s'en prendre à nouveau à Juan. On sait que Hammad et Saoudi se chargeaient de la préparation logistique des attentats. Ils ont rencontré l'imam. Lui ont-ils demandé d'intervenir ? Peut-être lui ont-il rappelé un service qu'il leur devait ou une promesse faite au cours de cette période de son histoire à laquelle nous n'avons pas accès. À partir de là, qu'est-ce qui pouvait mettre l'imam dans cet état de stress ?

— Le fait qu'ils lui demandent de faire quelque chose qui aurait de graves conséquences, suggéra Calderón.

— Mais s'il croyait à « la cause », cela aurait dû lui faire plaisir, dit Falcón. C'est un honneur pour un fanatique d'avoir l'occasion de participer à une mission.

— Vous pensez qu'il était préoccupé parce que réticent ? résuma Gregorio.

— Ou à cause de la nature de ce qu'on attendait de lui, dit Falcón. Le poids de la responsabilité n'est pas le même selon qu'on se charge de stocker un produit inconnu pendant quelques semaines ou qu'on est amené à prendre une part active dans un acte terroriste.

— Il faut que nous en sachions plus sur les activités de l'imam, dit Elvira.

— Nous n'en avons pas encore la confirmation, mais il est probable que Hammad et Saoudi se trouvaient dans la mosquée quand elle a sauté, dit Falcón. Nous le saurons avec certitude quand nous aurons pu effectuer les tests ADN. Il faudra identifier et retrouver les deux autres hommes photographiés par Miguel Botín si nous voulons connaître le rôle de l'imam.

— C'est en cours, assura Gregorio.

— J'aimerais avoir une conversation avec l'agent qui traitait avec Miguel Botín, reprit Falcón.

L'inspecteur principal Barros acquiesça. Le comisario Elvira demanda un point de la situation concernant les électriciens et les inspecteurs municipaux. Ramírez lui répéta les maigres informations qu'il avait rapportées à Falcón un moment plus tôt.

— Nous savons que la cellule antiterroriste du CGI ne surveillait pas la mosquée, poursuivit Falcón. Nous avons deux hommes qui se sont fait passer pour des inspecteurs municipaux, avec la ferme intention de pénétrer à l'intérieur de la mosquée. Les électriciens venaient remplacer un compteur grillé. Il faut voir s'il y avait un lien entre les prétendus inspecteurs municipaux et les électriciens. Il n'est pas normal qu'aucun électricien ne se soit encore manifesté. L'avantage de cette profession, c'est qu'elle permet d'apporter beaucoup de matériel sur les lieux de l'intervention et de nombreux témoins ont confirmé que cela avait été le cas.

— Vous pensez que ce sont eux qui ont posé la bombe ? demanda Barros.

— On est obligé de l'envisager. On ne peut pas écarter cette possibilité sous prétexte qu'elle ne colle pas avec ce que nous avons appris jusqu'à présent. Et peut-être qu'il y avait déjà un dépôt d'explosifs dans la mosquée. L'un n'empêche pas l'autre. Il faut que nous rencontrions votre agent. Comment réagit-il ?

— Pas très bien. Il est tout jeune, à peine plus âgé que Miguel Botín. Nous les avons recrutés dans cette tranche d'âge pour qu'il leur soit plus facile de s'entendre. Il avait de l'amitié pour Botín. Ils se retrouvaient sur le terrain de la religion.

— Ils étaient tous les deux convertis ?

— Non, mon agent est catholique. Mais ils prenaient leurs convictions religieuses très à cœur. Ils se respectaient et s'appréciaient mutuellement.

— Nous voulons le voir tout de suite, dit Falcón.

Barros s'éloigna pour l'appeler.

— Les techniciens de la police scientifique vont

devoir entrer en contact avec les épouses et les familles des hommes qui se trouvaient dans la mosquée, dit Elvira. Il faut qu'ils puissent prélever très rapidement des échantillons d'ADN. La femme qui les représente, Esperanza, ne veut traiter qu'avec vous, Falcón.

Elvira donna le numéro de portable. La réunion étant terminée, ils se dispersèrent. Elvira resta pour parler à Falcón.

— On m'envoie du monde de Madrid, lui dit-il. Pas de problème avec vous ou votre équipe, mais vous savez aussi bien que moi que la tâche est considérable. Vous aurez besoin de renfort et ce sont tous des inspecteurs et inspecteurs principaux expérimentés.

— Tous ceux qui peuvent nous donner un coup de main sont les bienvenus. À condition qu'ils ne nous compliquent pas les choses.

— Ils sont sous mon autorité. Vous n'aurez pas à vous en occuper. Ils seront affectés là où le besoin sera le plus grand.

— Est-ce que la guardia civil a des précisions sur l'itinéraire de Hammad et Saoudi entre Madrid et Séville ?

— Ça prend du temps.

Barros intercepta Falcón à sa sortie de la pièce.

— Mon agent est parti déjeuner. On me rappellera dès qu'il sera de retour.

— Il est tard pour déjeuner, non ? remarqua Falcón en lui donnant son numéro de portable. Il est un peu en retard, non ?

Barros secoua la tête, haussa les épaules. Les choses ne se passaient pas bien pour lui.

— Comment s'appelle-t-il ?

— Ricardo Gamero.

Falcón appela Esperanza et ils convinrent de se retrouver dans un jardin voisin. Il demanda à être accompagné d'une femme policier.

Cristina Ferrera l'attendait devant l'école maternelle. Il lui expliqua la situation en chemin. Esperanza reconnut Falcón dès qu'elle le vit descendre de voiture. Il fit les présentations. Ils remontèrent dans le véhicule. Esperanza était assise à côté de Falcón et Ferrera, installée à l'arrière, dévisageait Esperanza comme si son visage lui rappelait quelque chose.

— Les femmes tiennent le coup ? demanda Falcón. Ce doit être difficile pour elles.

— Elles sont partagées entre le désespoir et la peur. Elles sont anéanties par la perte de ceux qu'elles aimaient et puis elles voient les nouvelles, les saccages et les déprédations. Elles sont un tout petit peu rassurées depuis que votre commissaire a annoncé à la télévision que toutes les exactions et déprédations commises contre des musulmans ou leurs biens seraient sévèrement punies.

— Vous êtes leur représentante, glissa Ferrera.

— Elles me font confiance. Je ne suis pas des leurs, mais elles me font confiance.

— Vous n'êtes pas des leurs ?

— Je ne suis pas musulmane. Mon ami s'est converti à l'islam. C'est par lui que je les connais.

— Votre ami, c'est Miguel Botín ? demanda Falcón.

— Oui. Il veut que je me convertisse aussi pour que nous puissions nous marier. Je suis catholique pratiquante et, en tant qu'européenne, je n'approuve pas la façon dont sont traitées les femmes dans l'Islam. Miguel m'a présentée aux femmes de la mosquée pour m'aider à comprendre, à me débarrasser de mes préjugés. Mais ce n'est pas évident de passer du catholicisme à l'islam.

— Comment avez-vous rencontré Miguel ? demanda Ferrera.

— Par l'intermédiaire d'un vieux copain de classe. Je les ai rencontrés par hasard il y a un peu plus d'un an et, peu de temps après, Miguel et moi avons commencé à sortir ensemble.

— Comment s'appelle cet ami ? demanda Falcón.

— Ricardo Gamero. Il travaille dans la police. Je ne sais pas très bien ce qu'il y fait. Il m'a dit qu'il était dans la partie administrative.

Séville est un village, se dit Falcón. Il expliqua à Esperanza ce qu'ils attendaient des femmes et lui dit que Ferrera irait avec elle prélever et étiqueter les échantillons d'ADN.

— Il nous en faudra aussi un de Miguel Botín, ajouta Falcón. Je suis désolé.

Esperanza hocha la tête, les yeux dans le vide. Elle avait un visage net, sans artifice. Elle portait pour seuls bijoux une croix en or au cou et deux perles d'or aux oreilles, qu'on voyait bien car ses cheveux noirs légèrement ondulés étaient tirés en arrière. Elle avait des sourcils très droits, qui furent les premiers à trahir son désarroi avant que les larmes ne lui mouillent les yeux. Elle leur serra la main et sortit de la voiture. Falcón raconta rapidement à Ferrera qui était Ricardo Gamero et lui demanda de se renseigner pour savoir si Esperanza connaissait les véritables activités de son compagnon.

— Ne vous en faites pas, inspecteur principal, lui répondit l'ex-religieuse. Esperanza et moi, nous nous sommes reconnues. Nous avons suivi le même chemin.

Les deux femmes s'éloignèrent. Falcón resta dans l'habitacle climatisé et respira profondément pour évacuer le stress. Il se persuada que le temps jouait en sa faveur. L'aspect terroriste du sinistre lui échappait pour le moment, ainsi que les informations concernant le passé de l'imam, mais les choses avançaient. Il devait concentrer ses moyens sur la recherche d'un lien éventuel entre les pseudo-inspecteurs municipaux et les électriciens. Il devait bien y avoir un autre témoin, quelqu'un de plus crédible que Majid Merizak, qui avait vu les uns et les autres. Il appela Ferrera et lui dit de demander aux femmes si elles connaissaient quelqu'un d'autre qui avait pu se trouver à la mosquée les matins du vendredi 2 juin et du lundi 5 juin.

Il reprit son carnet. Il avait trop de choses en tête pour pouvoir se rappeler les détails. La première demande adressée au juez Decano par le CGI pour obtenir l'autorisation d'installer des micros avait été déposée et rejetée le 27 avril. Quand Informáticalidad avait-elle acheté l'appartement ? Il y avait trois mois. Pas de date précise. Il téléphona à l'agence immobilière. La vente avait eu lieu le 22 février. Qu'est-ce qu'il espérait ? Qu'est-ce qu'il cherchait ? Il avait bien envie d'asticoter un peu Informáticalidad. Malgré les interrogatoires menés auprès des commerciaux, il restait méfiant. Mais il ne voulait pas le faire directement. Il ne fallait pas que cela vienne du groupe des homicides. Il verrait leur réaction.

S'il arrivait à trouver un ancien employé d'Informáticalidad qui avait été licencié depuis peu, ou qui avait « démissionné » récemment, il connaîtrait encore du monde dans la société, peut-être certains des types qui étaient passés à l'appartement de la calle de los Romeros. Il retrouva la liste que lui avait remise Diego Torres, le directeur des ressources humaines. Noms, adresses, numéros de téléphone et les dates de leur départ de la société. Allait-il les trouver à cette heure de la journée ? Il commença par ceux dont le départ était le plus récent, en se disant qu'ils risquaient d'être sans emploi jusqu'à la fin de l'été. Il tomba indéfiniment sur des répondeurs et des numéros qui n'étaient plus attribués, jusqu'à ce qu'il entende enfin une sonnerie. Au bout d'un moment, une voix de femme endormie répondit. Falcón demanda David Curado. Elle appela en lâchant le téléphone, qui tomba avec un bruit assourdi. Curado le récupéra. Il avait l'air à peine vivant. Falcón lui expliqua le motif de son appel.

— Volontiers, dit Curado, soudain parfaitement réveillé. Je suis prêt à parler de ces bandits à qui voudra m'entendre.

Curado habitait dans un immeuble moderne de Tabladilla. Falcón connaissait l'endroit. Il y était venu trois ans plus tôt pour assister au règlement d'une prise d'otage. Curado vint lui ouvrir la porte torse nu, vêtu d'un short blanc du style de ceux que porte le joueur de tennis Rafael Nadal. Comme Nadal, il avait l'air de partir à sa séance de gym. Des gouttes de sueur perlaient à son front.

Il faisait très chaud dans l'appartement. La fille qui avait répondu au téléphone était étalée de tout son long sur le lit en pantalon corsaire et tee-shirt minuscule. Curado proposa à Falcón quelque chose à boire. Il prit un verre d'eau. La fille se retourna en grognant. Ses bras retombèrent mollement sur le matelas.

— Elle est contrariée, commenta Curado. Quand je ne gagne rien, je n'allume pas la clim dans la journée.

— Daviiiid, gémit la fille.

— Puisque vous êtes là, dit Curado en levant les yeux au ciel.

Il se leva et abaissa l'interrupteur. Une brume volatile se forma devant les appareils. La fille lâcha un petit cri de plaisir orgasmique.

— Pendant combien de temps avez-vous travaillé pour Informáticalidad ? commença Falcón.

— Un peu plus d'un an. Quinze mois, quelque chose comme ça.

— Comment avez-vous trouvé ce job ?

— J'ai été contacté par un chasseur de têtes. Mais j'ai fait ma petite enquête de mon côté.

— Comment avez-vous été repéré ?

— Je suis allé à la messe. Les commerciaux d'Informáticalidad étaient les mieux payés du secteur, et pas seulement à la commission. Ils avaient un bon salaire de base de mille quatre cents euros par mois, qu'on pouvait tripler en travaillant dur. À l'époque, je bossais comme un malade pour mille trois cents euros par mois, tout en commission. Alors, j'ai commencé à me renseigner. C'était bizarre : personne ne savait comment l'entreprise recrutait. J'ai appelé toutes les agences, épluché la presse et les magazines économiques, regardé sur Internet. J'ai même appelé directement Informáticalidad. On n'a pas voulu me dire comment ils recrutaient. J'ai essayé de faire ami-ami avec l'équipe de commerciaux de la boîte, mais ils me battaient froid. J'ai essayé de voir à qui ils vendaient. Quel que soit le prix que je proposais, je n'arrivais jamais à conclure une vente. Une fois, une société s'est mise à acheter les produits d'Informáticalidad, à titre exclusif. C'est ce qui leur permet d'offrir des salaires élevés. Ils ne sont pas soumis à la concurrence. Alors, j'ai tenté de me rapprocher des personnes qui travaillaient dans les entreprises auxquelles ils vendaient, sans succès.

» Je n'arrivais à rien. Jusqu'au moment où une acheteuse d'une de ces entreprises s'est fait virer. C'est elle qui m'a expliqué comment ça marchait : il fallait aller à l'église et ne pas être une femme. Donc, je répondais à l'un des critères, mais je n'avais pas mis les pieds à l'église depuis quinze ans. Il y avait trois églises qui les intéressaient : la Magdalena, Santa Maria la Blanca et San Marcos. J'ai acheté un costume sombre et je suis allé à la messe. Au bout de deux mois, on m'a contacté.

— Vous avez obtenu le job, avec l'argent et le joli appartement qui allaient avec, dit Falcón. Qu'est-ce qui a dérapé ?

— Très rapidement, ils ont commencé à empiéter

sur mon temps libre. On nous collait des formations : stage de vente et présentation de produits. Normal. Sauf que ça revenait presque tous les week-ends et qu'on nous rabâchait des tas de maximes sur l'éthique de la société, mêlées à des sentences religieuses, et c'était pas toujours facile de faire la différence. Mais il n'y avait pas que ça. On nous mettait en binôme avec un ancien qui travaillait pour la société depuis deux ou trois ans et qui nous servait de mentor. Si on n'avait pas de chance et qu'on tombait sur un « sérieux », il nous bourrait encore plus le crâne. J'ai vu des types qui étaient arrivés en même temps que moi disparaître complètement.

— Disparaître ?

— Perdre leur personnalité. Devenir des robots d'Informáticalidad, avec le regard vide et le cerveau réglé sur une seule fréquence. Ça m'a fichu les boules. Ça, plus l'absence totale de femmes, dit Curado d'un ton de conspirateur en se penchant en avant. Pas une seule...

— Comment vous entendiez-vous avec votre mentor ?

— Marco ? Il était sympa. On s'appelle encore de temps en temps, bien que les employés d'Informáticalidad aient l'interdiction de parler à ceux qui n'y sont plus.

— Pourquoi êtes-vous parti ?

— À part l'absence de femmes et tout leur lavage de cerveau, on m'empêchait d'accéder aux plus grosses affaires. Comme je vous l'ai dit, ils vendaient à des entreprises sans être soumis à la concurrence, ce qui permettait de verser de bons salaires. Mais si on voulait obtenir de grosses commissions, il fallait en fait convertir de nouveaux candidats à la philosophie Informáticalidad. Une fois qu'on y était arrivé, on recevait des comm' sur tout ce qui était vendu à l'entreprise en question, absolument tout.

— Comment ça fonctionnait ?

— J'ai jamais réussi à savoir. Je n'ai jamais dépassé le stade des commerciaux de base. Je n'avais pas la bonne mentalité. Ils ont fini par m'avoir à l'ennui. J'étais cantonné au courrier et au remplissage de formulaires. Recevoir les commandes, les transmettre. C'est comme ça qu'on se débarrasse des indésirables chez Informáticalidad.

Falcón reçut alors un appel de l'inspecteur principal Barros.

— Je suis en route pour un appartement de la calle Butrón, dit Barros. Vous feriez bien de venir.

— Je suis en train d'interroger quelqu'un, protesta Falcón.

— Ricardo Gamero tardait vraiment beaucoup à revenir de sa pause-déjeuner. Alors j'ai fini par envoyer un de mes agents chez lui. Pas de réponse. La femme de l'appartement du dessous lui a ouvert. Elle a dit qu'elle avait vu Gamero monter, mais pas redescendre. Mon agent m'a rappelé. Je lui ai dit de forcer la porte et c'est là que la femme s'est mise à hurler. Il y a une cour derrière l'immeuble. Elle a ouvert sa fenêtre pour l'appeler et elle a vu que Gamero était pendu à la fenêtre de sa chambre.

23.

Séville – Mercredi 7 juin 2006, 16 h 30

Marisa sortit de chez elle. Il faisait très chaud, sans doute plus de quarante, un moment idéal pour travailler à l'atelier. Sa fine peau métisse aimait suer à profusion. Elle marchait en plein soleil dans la rue, en s'emplissant les poumons de l'air du désert. Les rues étaient vides. Elle trébucha sur les pavés ronds de la calle Bustos Tavera. Ses yeux s'habituèrent à l'ombre. Elle s'engagea dans la ruelle terminée en cul-de-sac. Au bout de l'impasse, la lumière était aveuglante. Au-delà de l'entrée en arcade, le soleil s'était même retiré du bord des toits. Elle accueillit en frissonnant la sensation qu'elle éprouvait toujours en parcourant le boyau.

Elle s'arrêta au bout, là où les pavés arborent des tons anthracite au seuil de sa porte. L'endroit était toujours désert à cette heure-là. Son intuition lui disait qu'il y avait quelqu'un. Elle aperçut Inès au milieu de l'escalier qui conduisait à l'atelier.

Un frémissement de rage la parcourut. Cette petite pimbêche prétentieuse venait profaner le sanctuaire où naissaient ses œuvres avec ses préjugés bourgeois, sa puante avidité de consommatrice, son « idéal de minceur » autoproclamé ? Marisa rentra dans la pénombre de la ruelle.

Quand Inès se tourna pour gravir les dernières marches menant à l'atelier, Marisa vit les marques en bas de ses cuisses. Ces deux-là se valent, pensa-t-elle. Ils traversent la vie, convaincus de leur pouvoir absolu sur la réalité qui les entoure, sans voir les reflets irisés de la bulle d'illusion dans laquelle ils flottent. Ils pourraient aussi bien être morts.

Marisa réfréna son envie de foncer dans l'escalier pour tabasser l'intruse, la jeter en bas de l'escalier, lui fracasser le crâne et constater la légèreté de son contenu. Mon Dieu, elle détestait ces gens, élevés dans la tradition, arborant leurs noms comme des oriflammes : Inès Conde de Tejada de merde, titre et patronyme confondus.

Arrivée en haut, Inès posa son sac, l'ouvrit et en sortit un couteau à manche noir. Voilà qui devenait intéressant. La petite pétasse était venue la tuer ? La poupée aux jambes-bâtons ne manquait pas de cran tout compte fait. Inès trafiqua quelque chose sur la porte et se recula en tendant le cou pour admirer son œuvre. Elle remit le couteau dans son sac et redescendit. Marisa fit demi-tour rageusement, retourna chez elle et y resta une heure. Quand elle revint à l'atelier, l'impasse était vide et la chaleur plus intense. Elle s'élança dans l'escalier pour voir le message d'Inès. Elle lut, gravé dans le bois, le mot prévisible : *PUTA*.

La nouvelle du suicide de Gamero avait tellement surpris Falcón qu'il avait quitté Curado presque sans un mot. Tandis qu'il roulait au volant de sa voiture, une idée lui vint. Il appela Curado.

— Vous connaissez un certain Ricardo Gamero ?

— Je devrais ? Il était à Informáticalidad ?

C'était peut-être une idée un peu tirée par les cheveux.

— Je voudrais que vous fassiez quelque chose pour

moi, David. Je voudrais que vous appeliez votre ami d'Informáticalidad, Marco... ?

— Marco Barreda.

— Dites-lui que vous avez eu la visite de l'inspecteur principal du groupe des homicides, Javier Falcón. Le flic qui enquête sur l'explosion de Séville. Racontez-lui notre conversation sur le mode « pour que tu sois au courant ». Ton naturel, sans en rajouter. Et répétez-lui ma dernière question.

— À propos de Ricardo Gamero ?

— Oui.

Quand Falcón arriva sur les lieux, le médecin légiste était déjà perché en haut de l'échelle, en train d'effectuer un premier examen du corps de Ricardo Gamero. Il était mort, aucun doute là-dessus. L'agent du CGI qui l'avait trouvé, Paco Molero, avait tâté son pouls. Même si Gamero avait survécu après avoir enjambé sa fenêtre avec une corde autour du cou, il n'aurait pas vécu très longtemps. Treize plaquettes de paracétamol jonchaient le sol. Même si on l'avait emmené à l'hôpital pour lui faire un lavage d'estomac, il serait resté dans le coma et son foie aurait lâché dans les quarante-huit heures. Ce n'était pas un appel à l'aide. C'était un policier expérimenté qui avait assuré son coup. Sa porte d'entrée était verrouillée, la chaîne enclenchée à l'intérieur. La porte de sa chambre était elle aussi fermée à clé, une chaise calée sous la poignée.

Falcón salua l'inspecteur principal Barros d'une poignée de main.

— Je suis désolé, Ramón. Sincèrement désolé, dit Falcón qui n'avait jamais perdu aucun membre de son équipe, mais savait que ce serait terrible.

Deux infirmiers appuyèrent le corps à l'échelle et le tirèrent à l'intérieur. Ils l'allongèrent sur le sol du salon, laissant la chambre à la police scientifique. Falcón demanda au juge d'instruction l'autorisation de fouiller le corps.

Gamero portait un pantalon de costume et une chemise. Il avait un portefeuille dans une poche, de la petite monnaie dans l'autre. Quand Falcón le retourna pour vérifier les poches de derrière, la tête bascula trop mollement. Il y avait un billet du musée archéologique dans la poche arrière droite. Falcón le montra à Barros, qui n'arrivait pas à se défaire de son air désespéré. Le billet portait la date du jour.

— C'est un habitant de Séville. Il n'a pas besoin d'acheter un billet pour visiter ce musée.

— Il ne voulait peut-être pas révéler son identité, dit Barros. Il voulait rester anonyme.

— C'est là qu'il rencontrait ses informateurs ?

— On leur demande de ne pas avoir d'habitudes.

— J'aimerais dire un mot à celui qui l'a trouvé, Paco Molero ?

— Bien sûr, acquiesça Barros. Ils étaient bons amis.

Paco était assis à la table de la cuisine, la tête dans les mains. Falcón lui effleura l'épaule et se présenta. Paco avait les yeux rouges.

— Vous étiez inquiet pour Ricardo.

— Je n'en ai pas eu le temps, dit Paco. Il était embêté parce qu'il croyait avoir perdu l'un de ses meilleurs informateurs dans l'explosion de la mosquée.

— Vous connaissiez cet informateur ?

— Je l'avais vu, mais je ne le connaissais pas. Ricardo me demandait parfois de l'accompagner, pour surveiller ses arrières, une simple mesure de précaution pour s'assurer qu'il n'était pas surveillé ou suivi.

— A-t-il quitté le bureau à un moment quelconque aujourd'hui avant l'heure du déjeuner ?

— Non. Il est parti à une heure et demie. Il était censé revenir deux heures plus tard. Comme il n'avait toujours pas reparu à cinq heures moins le quart et que son portable était éteint, l'inspecteur Barros m'a demandé d'aller voir ce qui se passait.

— À quelle heure l'avez-vous découvert ?

— J'ai dû arriver ici à cinq heures moins cinq, donc ce devait être un peu après cinq heures.

— Racontez-moi ce qui s'est passé hier... après l'explosion.

— Nous étions tous au boulot quand c'est arrivé. Nous avons appelé nos informateurs pour organiser une réunion. Ricardo n'arrivait pas à joindre Botín. On nous a dit alors de ne pas quitter le bureau. Nous avons donc rédigé des comptes rendus de ce que nos informateurs nous avaient appris la dernière fois que nous les avions vus. On nous a apporté de quoi déjeuner sur place. On ne nous a autorisés à rentrer chez nous qu'à dix heures du soir.

— Savez-vous si Ricardo avait des soucis particuliers, à part les soucis professionnels habituels ?

— Inhabituels, vous voulez dire.

— Pourquoi inhabituels ?

— Nous faisions l'objet d'une enquête, inspecteur principal. Nous ne serions pas un très bon organisme de lutte contre le terrorisme si nous n'étions pas capables de nous rendre compte que nos propres services étaient sous surveillance.

— Depuis combien de temps le saviez-vous ?

— Nous pensons que cela a dû commencer fin janvier.

— Que s'est-il passé ?

— Rien... juste un changement d'attitude ou d'atmosphère...

— Vous vous soupçonniez les uns les autres ?

— Non. Il régnait entre nous un climat de confiance absolue et nous croyions à ce que nous faisions. J'ajouterai que, de nous quatre, qui nous occupions des menaces du terrorisme islamique, Ricardo était celui qui s'investissait le plus.

— Par conviction religieuse ?

— Vous avez pris le temps de vous renseigner, remarqua Molero.

— Je viens de voir la compagne de son informateur, qui se trouve être une ancienne camarade de classe de Ricardo.

— Esperanza, admit Molero. Ils ont été au lycée et à l'université ensemble. Elle s'apprêtait à prendre le voile quand elle a rencontré Ricardo.

— Ils sont sortis ensemble ?

— Non. Ricardo ne s'est jamais intéressé à elle.

— Il avait une copine ?

— Pas à ma connaissance.

— Esperanza m'a dit qu'il y avait entre Ricardo et son informateur un respect mutuel de leurs convictions religieuses.

— La religion comptait pour eux. Mais ils étaient aussi contre le fanatisme. Ricardo comprenait les fanatiques mieux que n'importe qui.

— Pourquoi ?

— Parce qu'il en avait été un lui-même. – Falcón lui fit signe de poursuivre. – Il pensait que c'était dû à une profonde aspiration au bien, court-circuitée par une méfiance viscérale et une peur constante du mal. De là vient la haine.

— La haine ?

— Dans sa perpétuelle recherche du bien, le fanatique vit dans la peur du mal. Il a tendance à le voir partout. Dans ce que nous considérons comme une décadence inoffensive, le fanatique voit une percée insidieuse du mal. Il finit par se défier de tous ceux qui ne tendent pas vers le bien avec le même zèle que lui. Il accepte de plus en plus mal la faiblesse consternante des autres et sa perception change. Ils ne sont plus pour lui de pauvres créatures égarées, mais des activistes du mal, et c'est là qu'il se met à les haïr. Dès lors, le fanatique est dangereux parce qu'il devient réceptif aux idées les plus extrêmes.

» Ricardo avait de longues discussions avec Botín, pour qui la grande différence entre l'islam et le catholicisme résidait dans leur livre fondateur. Le Coran est la transcription directe de la parole de Dieu par le prophète Mahomet. Le mot "coran" signifie "récitation". Rien à voir avec notre Bible, qui est une suite de récits rapportés par de grands sages. Le Coran est la parole de Dieu reçue par le prophète. Ricardo nous demandait d'imaginer l'impact que cela peut avoir sur un fanatique. Non pas un livre écrit par des humains inspirés, mais la parole de Dieu lui-même. Dans sa quête obsessionnelle du bien et son exécration du mal, le fanatique se pénètre toujours plus de la parole, y cherchant le "meilleur" par des interprétations toujours plus exigeantes. C'était la force de Ricardo. Étant lui-même passé par le fanatisme, il nous permettait d'entrer dans la pensée de ceux que nous combattions.

— Mais il n'était plus fanatique ?

— Il disait qu'il en était arrivé au point de ne plus regarder ses frères humains seulement comme des êtres imparfaits, mais comme des sous-hommes. C'est une forme suprême d'arrogance religieuse. Quand on en vient à ne plus considérer que les humains sont tous égaux, on n'a plus de scrupules à les tuer.

— Il avait atteint ce stade ?

— Un prêtre l'en a empêché.

— Vous savez qui était ce prêtre ?

— Il est mort d'un cancer en septembre dernier.

— Ça a dû être un choc.

— Je suppose, oui. Il ne m'en a pas parlé. C'était sans doute un sujet trop personnel pour les bavardages de bureau. Il s'est jeté à corps perdu dans le travail. Il se sentait investi d'une mission.

— Quel genre de mission ?

— Empêcher les attentats avant qu'ils arrivent au lieu de poursuivre les auteurs après qu'il y a eu mort d'hommes. En fait, Ricardo a traversé une mauvaise période en juillet dernier. Les attentats de Londres l'ont beaucoup affecté et, tout de suite après, on a découvert que son ami prêtre avait un cancer. Six semaines plus tard, il était mort.

— Pourquoi les attentats de Londres l'ont-ils tellement affecté ?

— Il était perturbé par le profil des terroristes : des citoyens britanniques de classe moyenne, jeunes, certains pères de jeunes enfants, ayant tous une famille. Ce n'étaient pas des solitaires. C'est à ce moment-là qu'il a commencé à se pencher sur la nature du fanatisme. Il développait ses théories en exposant ses idées tour à tour à un ami – le prêtre malade –, puis à un autre, converti à l'islam.

— Il a dû prendre l'explosion d'hier comme un échec personnel.

— Oui et en plus, elle a coûté la vie à Miguel Botín, qui était devenu un ami très proche.

— Il venait de demander pour la deuxième fois l'autorisation de poser des micros.

— Nous n'avons pas compris le premier rejet. Après les attentats de Londres, on nous avait demandé d'être très attentifs au moindre changement de... tonalité dans les communautés de fidèles. Ça bougeait suffisamment dans cette mosquée pour justifier la pose d'écoutes... d'après l'informateur de Ricardo en tout cas.

— Vous pensez que l'enquête dont votre service faisait l'objet y est pour quelque chose ?

— Ricardo en était persuadé. Cela ne nous paraissait pas évident. Nous pensions qu'il était surtout vexé d'avoir essuyé un refus. Vous savez comment ça marche : votre esprit vous joue des tours et vous voyez des complots partout.

— Il avait un ticket d'entrée au musée archéologique dans la poche. Il a dû s'y rendre pendant sa pause déjeuner. Vous avez une opinion là-dessus ?

— À part le fait qu'il n'avait pas besoin d'acheter un ticket, non.

— Ça peut avoir une signification ? Était-il du style à laisser quelque chose comme un message ?

— Je crois que vous allez chercher trop loin.

— Il a rencontré quelqu'un à l'heure du déjeuner et, ensuite, il s'est tué, résuma Falcón. Il n'en avait pas l'intention avant ; pourquoi prendre la peine de se déplacer si on projette de se donner la mort ? Il s'est donc passé quelque chose pendant l'entrevue qui l'a fait basculer, qui l'a amené à croire, bouleversé comme il l'était, qu'il avait une part de responsabilité.

— Je ne vois pas qui cela pouvait être, ni ce que cette personne a bien pu lui dire.

— À quelle église son ami prêtre était-il rattaché ?

— C'est tout près. C'est pour ça qu'il avait pris cet appartement. San Marcos.

— A-t-il continué à fréquenter cette église après la mort du prêtre ?

— Je ne sais pas. Nous ne nous voyions pas beaucoup en dehors du bureau. Je sais seulement qu'il s'agit de San Marcos parce que je lui avais proposé de l'accompagner à l'enterrement.

Pour comprendre la raison qui avait poussé Gamero au suicide, il fallait retrouver la personne qu'il avait rencontrée au musée archéologique. Falcón chargea Barros de demander aux autres membres de la cellule antiterroriste s'ils avaient vu Gamero communiquer avec quelqu'un qui leur était inconnu. Il voulait aussi tous les noms et numéros de téléphone figurant sur la liste des contacts de son téléphone de bureau. Pendant ce temps, il s'occuperait, avec son équipe, de son portable et du téléphone fixe de son appartement. Barros lui donna les numéros de portable des deux autres agents de la cellule antiterroriste et le laissa avec Paco Molero. Le juge d'instruction signa le levantamiento del cadáver et on emporta le corps de Gamero. Falcón et les deux membres de la police scientifique entreprirent alors une inspection minutieuse de l'appartement.

— Nous savons qu'il s'est suicidé, récapitula Felipe. Toutes les portes étaient fermées de l'intérieur et les empreintes prélevées sur le verre qui se trouvait à côté des plaquettes de paracétamol semblent appartenir au mort. Alors, qu'est-ce qu'on cherche ?

— Tout ce qui pourra nous donner une indication sur la personne qu'il a rencontrée pendant sa pause déjeuner, dit Falcón. Une carte de visite, un numéro ou une adresse notés sur un bout de papier, un rappel du rendez-vous...

Falcón s'assit à la table de la cuisine avec le portefeuille de Gamero et le billet du musée. On voyait ses muscles des mains s'activer sous la membrane opaque des gants de caoutchouc. Il était certain qu'il y avait un indice qui lui échappait. Aucune des pistes qu'ils suivaient ne rejoignait le fil du scénario en cours. Il y avait des soubresauts, des sortes de répliques sismiques, qui faisaient des victimes comme Ricardo Gamero, un homme dévoué à son travail, admiré de ses collègues, qui avait pris conscience... de quoi ? Sa part de responsabilité ou simplement la preuve de son échec ?

Il sortit un à un les objets contenus dans le portefeuille : de l'argent, des cartes de crédit, une pièce d'identité, des tickets de caisse, des cartes de restaurants, des reçus du distributeur de billets... les trucs habituels. Falcón appela Serrano et lui demanda de chercher le nom et les coordonnées du prêtre de San Marcos. Il se pencha à nouveau sur le portefeuille, retourna les cartes et les reçus en se disant que Gamero avait appris à vivre en préservant ses secrets. Il n'aurait pas noté ni conservé les numéros importants dans son portable. Il devait les mémoriser ou les inscrire sous une forme codée. Il n'avait sans doute pas contacté la personne qu'il avait rencontrée au musée, le jour de l'explosion de la bombe. Son service était sous surveillance et ils étaient tous consignés au bureau. Il avait peut-être téléphoné le soir, quand on les avait libérés. Dans ce cas, il aurait utilisé une cabine publique. Il ne restait plus qu'à espérer qu'il ait eu du mal à retenir un numéro qu'il appelait rarement. Il retourna le dernier reçu du portefeuille. Rien. Il pianota sur la table.

— Vous trouvez quelque chose ? lança-t-il aux deux autres.

— Rien, répondit Jorge.

Cristina Ferrera l'appela à ce moment-là. Elle lui donna les nom et numéro de téléphone d'un autre Espagnol converti à l'islam qui aurait dû aller à la mosquée ce fameux matin mais était parti pour Grenade le lundi soir. Il était de retour à Séville. Il s'appelait José Duran.

Quelques minutes plus tard, c'était Serrano qui appelait pour lui donner les nom et numéro de téléphone du curé de San Marcos. Falcón lui dit de venir toutes affaires cessantes calle Butrón prendre la carte d'identité de Gamero et de filer ensuite au musée archéologique pour demander au vendeur de billets et aux gardiens s'ils se rappelaient avoir vu Gamero avec quelqu'un.

Le curé ne pouvait le recevoir qu'après la messe du soir, vers vingt et une heures. Il était déjà dix-huit heures trente. Falcón n'en revenait pas qu'il soit déjà cette heure-là. La journée touchait à sa fin sans aucune avancée significative. Il appela José Duran, qui se trouvait en centre-ville. Ils convinrent de se retrouver au Café Alicantina Vilar, un grand salon de thé toujours bondé du centre.

Serrano n'était toujours pas arrivé. Falcón confia la carte d'identité à Felipe et se dit qu'il irait plus vite à pied qu'en s'engouffrant en voiture dans les embouteillages de fin d'après-midi. En chemin, il appela Ramírez pour lui parler de Ricardo Gamero et le prévenir qu'il lui avait emprunté Serrano pour quelques heures.

— On n'arrive à rien avec ces foutus électriciens, lui dit Ramírez. Toute cette agitation pour chercher quelque chose qui n'existe pas.

— Ils existent, José Luis. Mais pas comme nous croyons.

— La terre entière sait que nous les recherchons et ils ne se sont pas manifestés. Pour moi, ça ne plaide pas en leur faveur.

— Tout le monde n'est pas bon citoyen. Ils ont peut-être peur. Ils n'ont sans doute pas envie d'être mêlés à tout ça. C'est pas leur problème. Surtout s'ils sont impliqués. Il faut donc absolument les trouver, parce qu'ils sont le lien entre la mosquée et le monde extérieur. Il faut que nous sachions quel a été leur rôle dans ce scénario. Ils étaient trois, bon sang. Il doit bien y avoir quelqu'un quelque part qui a une idée.

— Il devient urgent que nous apportions un résultat. Tout le monde y va de sa trouvaille sauf nous.

— C'est toi qui as fait la découverte la plus importante, José Luis, le Peugeot Partner avec tout ce qu'il y avait dedans. Ne relâchons pas notre effort et les choses se décanteront d'elles-mêmes. C'est quoi, les trouvailles des autres ?

— Elvira a prévu une réunion à huit heures demain matin. Il ne peut rien dire pour le moment, mais la question est internationale. La toile s'étend d'heure en heure.

— C'est toujours comme ça maintenant. Rappelle-toi Londres. Au bout d'une semaine, ils en étaient à traquer des suspects au Pakistan. Mais je vais te dire une chose, José Luis, il y a aussi du local dans cette affaire. Les services de renseignement sont en mesure d'explorer les réseaux terroristes au niveau mondial. Nous, nous nous intéressons à ce qui se trame à notre porte. Tu as lu le rapport concernant le corps non identifié découvert dans la décharge publique lundi matin ?

— Putain, non.

— C'est Pérez qui l'a rédigé. Il y a aussi un rapport d'autopsie. Lis-le ce soir. Nous en reparlerons demain.

Le serveur lui apporta un café et un feuilleté collant renfermant une matière visqueuse d'une couleur peu engageante. Il avait besoin de sucre. Il avait une demi-heure devant lui avant l'arrivée de José Duran. En l'attendant, il reçut des coups de fil de Pablo du CNI, de Mark Flowers du consulat américain, de Manuela, du comisario Elvira et de Cristina Ferrera. Il éteignit son portable. Ils voulaient tous le voir le soir même et il n'avait plus une minute de temps à donner.

José Duran avait un visage blême, émacié, les cheveux plaqués au plus près de son crâne, des lunettes rondes et une barbe fournie. Son corps ignorait les bienfaits du déodorant alors que la température avoisinait encore les quarante degrés à l'extérieur. Falcón lui commanda une camomille. Duran laissa Falcón se présenter et l'écouta en lissant sa barbe en forme de pointe. Il souffla sur ses lunettes et les essuya dans un pan de sa chemise. Il but une gorgée d'infusion et se présenta à son tour. Il était allé à la mosquée tous les jours de la semaine dernière. Il avait vu Hammad et Saoudi parler avec l'imam dans son bureau le mardi

30 mai. Il n'avait pas entendu ce qu'ils se disaient. Il avait vu les inspecteurs municipaux le vendredi 2 juin.

— Ils devaient être envoyés par les services sanitaires, dit Duran. Ils ont absolument tout examiné : les canalisations d'eau, les évacuations, l'électricité. Ils ont même vérifié l'état des portes... une histoire d'incendie. Ils ont dit à l'imam qu'il fallait remplacer la boîte à fusibles, mais qu'il fallait attendre qu'ils remettent leur rapport et qu'alors, il aurait quinze jours pour la mettre aux normes.

— Et elle a cramé le samedi soir ?

— C'est ce que nous a dit l'imam le dimanche matin.

— Vous savez quand il a appelé les électriciens ?

— Dimanche matin après la prière.

— Comment le savez-vous ?

— J'étais dans son bureau.

— Où a-t-il trouvé leur numéro ?

— C'est Miguel Botín qui le lui a donné.

— Miguel Botín a donné à l'imam le numéro des électriciens ?

— Non. Il lui a rappelé qu'il lui avait remis une carte. L'imam a commencé à la chercher au milieu de tous ses papiers. Miguel Botín lui en a donné une autre en lui disant qu'il y avait un numéro de portable qu'il pouvait appeler à tout moment.

— Et c'est à ce moment-là que l'imam a appelé les électriciens ?

— Ces détails ne sont pas un peu dérisoires par rapport à... ?

— Nous ne savons pas quelle peut être leur importance, José. Répondez-moi.

— L'imam les a appelés avec son portable. Ils ont dit qu'ils viendraient lundi matin jeter un coup d'œil pour voir combien ça coûterait. C'est du moins ce que j'ai compris d'après les questions de l'imam.

— Et vous étiez sur place lundi matin ?

— Le type est arrivé à huit heures et demie et a regardé la boîte à fusibles...

— Il était espagnol ?

— Oui.

— Vous pouvez me le décrire ?

— Il n'y a rien à décrire, dit Duran en promenant son regard sur les tables voisines. Taille moyenne, environ un mètre soixante-quinze. Pas très corpulent, mais pas maigre non plus. Les cheveux noirs, avec une raie sur le côté. Glabre. Il n'avait rien de particulier. Je suis désolé.

— Vous n'êtes pas obligé de tout me dire maintenant, mais réfléchissez-y. Et si vous pensez à quelque chose, appelez-moi, lui dit Falcón en lui tendant sa carte. Est-ce qu'il a dit bonjour à Miguel Botín ?

Duran cligna des yeux. La question demandait réflexion.

— Je crois que Miguel n'était pas là à ce moment-là.

— Et plus tard, quand il est revenu avec ses collègues ?

— En effet, il avait besoin d'aide. L'imam voulait installer une prise dans la réserve. Pour ça, il fallait creuser un trou à proximité de la boîte de jonction qui se trouvait dans le bureau de l'imam. Miguel était avec lui. Je pense qu'ils se sont salués.

— Et les autres, les ouvriers... ils étaient aussi espagnols ?

— Non. Ils parlaient espagnol, mais ils n'étaient pas d'ici. Ils venaient d'un pays de l'Est, de l'ex-bloc soviétique. La Roumanie, la Moldavie, un endroit de ce genre.

— Vous me les décrivez ?

— Vous m'en demandez beaucoup, protesta Duran en se frottant le visage d'un air accablé.

— Pensez-y, José. Et appelez-moi. C'est important. Au fait, vous avez le numéro de portable de l'imam ?

24.

Séville – Mercredi 7 juin 2006, 20 h 30

Falcón appela l'inspector jefe Barros pour lui demander si on avait fouillé l'appartement de Miguel Botín. Aucun membre du CGI n'y était passé. Il appela Ramírez, lui indiqua l'adresse de Botín, lui dit de s'y rendre et d'y chercher la carte de l'entreprise d'électricité. Puis il appela Baena, lui donna le numéro de portable de l'imam et lui demanda de se procurer les registres téléphoniques. Il appela ensuite Esperanza, la compagne de Miguel Botín. Elle n'avait jamais entendu parler d'amis électriciens. Le temps qu'il passe tous ces appels, il se retrouva devant l'église San Marcos. Il n'était pas tout à fait neuf heures. Il inventoria ses messages pour voir si Serrano avait appelé. C'était le cas. Les gens du musée se souvenaient d'avoir vu Gamero au guichet. Deux gardiens l'avaient vu traverser les salles à toute vitesse, sans regarder autour de lui. Un troisième l'avait vu parler à un homme d'une soixantaine d'années pendant une vingtaine de minutes. Le gardien en question était à présent à la jefatura, où un dessinateur de la police tentait d'esquisser un portrait du sexagénaire.

Le père Román avait une petite quarantaine. Il avait enlevé son aube et se présenta en simple costume sombre, la veste sur le bras. Il se tenait au milieu de la nef, dans l'église en brique. Il parlait avec deux femmes vêtues de noir. En apercevant Falcón, il s'excusa auprès de ses paroissiennes, vint lui serrer la main et l'entraîna dans son bureau.

— Vous avez l'air fatigué, inspecteur, lui dit-il en s'asseyant derrière sa table.

— Les premiers jours qui suivent ce genre d'événements sont toujours les plus durs.

— Le nombre de mes fidèles a doublé depuis mardi matin. Parmi eux, beaucoup de jeunes. Ils sont perturbés. Ils ne savent pas quand cela va finir ni même si ça finira un jour.

— Il n'y a pas que les jeunes. Excusez-moi, mon père, mais je suis obligé de faire vite.

— Bien sûr.

— Vous savez peut-être qu'un de vos fidèles s'est suicidé aujourd'hui... Ricardo Gamero. Vous le connaissiez ?

Le père Román accusa le coup. L'horrible nouvelle le laissa sans voix.

— Pardonnez-moi, je ne savais pas comment vous l'annoncer moins brutalement, dit Falcón. Il a mis fin à ses jours cet après-midi. Apparemment, vous le connaissiez. J'ai cru comprendre qu'il était très...

— J'ai fait sa connaissance quand mon prédécesseur est tombé malade. Ils étaient très proches. Mon prédécesseur l'avait aidé à répondre à certaines questions au sujet de sa foi.

— Vous connaissiez bien Ricardo ?

— Il n'a pas cherché à nouer avec moi la même relation qu'avec mon prédécesseur.

— Vous avez une idée de ce qu'étaient les questions qu'il se posait au sujet de sa foi ?

— C'était une affaire entre eux. Ricardo ne m'en a pas parlé.

— Quand l'avez-vous vu pour la dernière fois ?

— Il était là dimanche dernier à la messe, comme toujours.

— Vous ne l'avez pas revu depuis ?

Silence du père Román, qui semblait lutter contre les assauts d'une pénible nausée.

— Excusez-moi, dit-il en se ressaisissant. J'essayais de me rappeler notre dernière conversation... en me demandant s'il avait l'air encore aussi préoccupé que du temps de mon prédécesseur.

— Vous ne l'auriez pas vu aujourd'hui, par hasard ?

— Non, pas aujourd'hui, répondit le prêtre distraitement.

— Vous avez entendu parler d'une société qui s'appelle Informáticalidad ?

— J'aurais dû ? demanda le père Román en plissant le front.

— Ils recrutent leur personnel parmi vos fidèles. Vous l'ignoriez ?

— Pardonnez-moi, inspecteur. Je suis un peu dérouté par le tour que prend cette conversation. Je sens peser comme un soupçon et je ne comprends pas pourquoi.

— Il vaut mieux vous contenter de répondre à mes questions sans essayer d'en chercher la raison d'être. La situation est assez compliquée. Avez-vous eu l'occasion de rencontrer un homme qui s'appelle Diego Torres ?

— C'est un nom assez courant.

— C'est le directeur des ressources humaines d'Informáticalidad.

— Je ne connais pas toujours la profession de mes fidèles.

— Y a-t-il parmi vos fidèles un homme qui porte ce nom ?

— Oui, lâcha le prêtre comme s'il crachait un noyau.

Falcón passa en revue toute la liste des membres du conseil d'administration d'Informáticalidad. Quatre d'entre eux étaient des ouailles du père Román.

— Vous voulez bien m'expliquer ce qui se passe exactement ici ? demanda Falcón.

— Il ne se passe rien. Si, comme vous le dites, cette société prend mon église pour une agence de recrutement, qu'est-ce que j'y peux ? Il est normal que les gens se réunissent à l'église et que cela crée des relations sociales. Il est très possible qu'ils s'échangent des invitations et pourquoi pas des offres d'emploi. Ce n'est pas parce que l'Église a perdu de son influence sur la société que certaines paroisses ne peuvent pas jouer le rôle qui était le leur autrefois.

Falcón acquiesça. Il s'était un peu emballé, tout content d'entrevoir enfin une amorce de piste, qui se révélait finalement bien incertaine.

— Vous savez quel était le métier de Ricardo Gamero ?

— Je savais par mon prédécesseur qu'il était dans la police, mais je n'ai aucune idée de ce qu'il y fait, ou plutôt de ce qu'il y faisait. Il faisait partie de votre équipe ?

— C'était un agent du CGI ; plus précisément de la cellule antiterroriste. Luttant contre le terrorisme islamique.

— J'imagine qu'il ne devait pas beaucoup en discuter autour de lui.

— Avez-vous remarqué s'il fréquentait certains des membres d'Informáticalidad dont je vous ai parlé ?

— Ils ont sûrement été en contact. Quand les gens sortent de l'église, ils vont dans les deux cafés qui sont à côté. Ils s'y retrouvent pour bavarder.

— Certains se rencontraient-ils de façon régulière ?

Le père Román secoua la tête.

Falcón se laissa aller contre le dossier de son siège.

Il manquait de munitions pour cet entretien. Et puis, il était épuisé. Il avait l'impression qu'il y avait un mois qu'il avait fait l'aller-retour à Casablanca. Chaque minute apportait son lot de découvertes, les siennes, mais aussi les ramifications de toutes les enquêtes parallèles menées par une multitude de gens dans toute l'Espagne, en Europe et dans le monde entier. Les heures trop remplies semblaient aussi longues que des jours.

— Saviez-vous qu'Informáticalidad prospectait dans deux autres églises de la ville en plus de la vôtre ?

— Écoutez, inspecteur, il est très possible que cette entreprise applique une politique officieuse de recrutement visant à embaucher uniquement des catholiques pratiquants. Je n'en sais rien. On n'a pas le droit de nos jours de demander aux cabinets de recrutement de pratiquer ce genre de discrimination. Que feriez-vous à leur place ?

— Ils appliquent effectivement une politique de recrutement qui ne dit pas son nom, confirma Falcón. Ils ne prennent aucune femme. C'est un peu comme l'Église catholique.

En regagnant sa voiture, Falcón appela Ramírez, qui était toujours en train d'inspecter l'appartement de Miguel Botín.

— On n'arrive à rien ici, lui dit Ramírez. Je ne sais pas à quoi ça tient, mais nous avons la certitude que quelqu'un est passé avant nous. C'est un peu trop en ordre. Nous avons tout retourné. Maintenant, on s'attaque à la bibliothèque.

— J'ai un témoin qui l'a vu donner une carte à l'imam.

— Elles sont peut-être sur lui, sous les décombres.

— Où en était le chantier la dernière fois que tu l'as vu ?

— Le plus gros est fait. La grue est repartie. Ils dégagent à la main maintenant. Il n'y a plus que deux camions à benne. Ils ont monté des échafaudages autour du tas de décombres restants qu'ils ont recouvert de bâches. Six équipes de la police scientifique se tiennent prêtes. Ils pensent pouvoir pénétrer dans la mosquée demain en milieu de matinée.

— Quand tu auras fini chez Botín, renvoie tous les gars chez eux pour qu'ils se reposent. Nous aurons encore une rude journée demain. Tu as vu le juge Calderón ?

— Seulement à la télévision. Il donnait une conférence de presse avec le commissaire Lobo et le commissaire Elvira.

— Ils ont dit des trucs intéressants ?

— Le juge pourra se reconvertir dans le talk-show s'il a envie de changer de métier.

— Donc il ne dit rien tout en donnant l'impression du contraire.

— Exactement. Et nous qui avons pédalé dans le vide aujourd'hui, il nous fait passer pour des héros.

Il rentra chez lui : la ville était étrangement calme. À dix heures du soir, les rues auraient dû grouiller de monde et les bars être pleins à craquer. Un grand nombre d'établissements avaient fermé leurs portes. La circulation était tellement fluide que Falcón passa par le centre-ville. Les jeunes rassemblés sous les arbres de la plaza del Museo n'étaient qu'une poignée. L'humeur était sombre et les rues étroites sentaient l'angoisse.

L'inspection de son frigidaire lui permit de dénicher quelques crevettes cuites et un steak d'espadon frais. Il engloutit les crevettes avec de la mayonnaise en buvant une bière au goulot. Il fit revenir le poisson, l'arrosa de jus de citron, se servit un verre de rioja blanc et s'attabla, la tête pleine des détails du jour. Il se remémora sa conversation avec le père Román. Le prêtre avait-il tenté d'éviter de mentir par omission ou en éludant les questions ? Ça en avait tout l'air. Il se versa un autre verre de vin blanc, repoussa son assiette, croisa les bras et commençait tout juste à réfléchir au principal événement de la journée, le suicide de Ricardo Gamero, quand son premier visiteur s'annonça.

Pablo venait à titre professionnel. Il refusa la bière que lui proposait Falcón et entra directement dans son bureau.

— Vous avez dit que Yacoub exigeait certaines conditions avant de vous endormir comme une masse dans l'avion ce matin, dit Pablo.

— Première condition : il veut n'avoir affaire qu'à moi. Il ne traitera avec aucun autre agent et ne prendra aucun appel téléphonique à part les miens.

— C'est bien normal, sauf que vous ne serez pas dans le même pays. Je vous expliquerai plus tard la procédure à suivre pour communiquer, mais ça exclut le contact direct. C'est pour vous que ça va être compliqué.

— Il prévient aussi que sa participation n'aura qu'un temps.

— Ça se comprend. Mais vous savez, certains deviennent accros à l'espionnage.

— Comme Juan. Il a l'air d'avoir son lot de secrets. Comme s'il avait deux familles qui ignoraient chacune l'existence de l'autre.

— C'est le cas. Il a une femme et deux enfants et, d'autre part, le CNI. Et les uns ignorent tout des autres. Quelles sont les autres conditions ?

— Yacoub ne nous donnera aucune information qui puisse mettre en danger les membres de sa famille.

— Nous nous y attendions. Est-ce qu'il a des soupçons sur certains membres de sa famille ?

— Il dit que non. Mais ce sont tous des musulmans convaincus qui mènent des vies très différentes de la sienne. Il découvrira peut-être qu'ils sont impliqués jusqu'au cou ou qu'ils jouent un rôle quelconque, mais dans ce cas, il ne participera pas à leur neutralisation. Ils l'ont totalement accepté comme un des leurs et il ne les trahira pas.

— Autre chose ?

— Mon problème à moi : Yacoub n'a aucune formation pour ça.

— C'est le cas de la plupart des espions. Ils se trouvent en général dans une situation qui les met sur le chemin des informations.

— À vous entendre, on croirait que c'est facile.

— Ce n'est dangereux que si on oublie de faire attention.

Falcón dut faire un effort de concentration pour absorber le briefing de Pablo sur les méthodes à employer pour communiquer avec Yacoub. Il lui demanda de récapituler les points essentiels, à savoir : ils communiqueraient par e-mail, par l'intermédiaire d'un site géré par le CNI. Falcón et Diouri devraient tous les deux installer dans leur ordinateur des logiciels de décodage distincts. Les messages électroniques transiteraient par le site du CNI, où ils seraient décryptés avant d'être transférés. Le CNI prendrait connaissance de tous les messages et donnerait ses instructions sur les mesures à prendre. Tout ce que Falcón avait à faire dans l'immédiat, c'était d'appeler Yacoub pour lui dire d'aller à la boutique de Rabat et d'y prendre deux livres. Il y trouverait toutes les informations dont il avait besoin. Falcón téléphona et abrégea la conversation en disant qu'il était fatigué.

— Il faut le mettre tout de suite au boulot, dit Pablo. Tout ça va très vite.

— Quoi, tout ça ?

— Le jeu, le plan, l'opération. Nous ne savons pas très bien. Tout ce que nous savons, c'est que depuis que la bombe a explosé hier le nombre des messages codés qui voyagent sur la toile a été multiplié par cinq.

— Et combien de ces messages arrivez-vous à lire ?

— Pas beaucoup.

— Ce qui veut dire que vous n'avez pas déchiffré le code du Coran trouvé dans le Peugeot Partner ?

— Pas encore. Mais nous avons les meilleurs mathématiciens du monde sur le coup.

— Que pense le CNI du suicide de Ricardo Gamero ?

— Que la taupe, c'était lui, évidemment. Mais ce n'est qu'une hypothèse. Nous essayons de trouver le lien entre tous ces éléments.

— Si c'était la taupe, d'après ce que je sais sur lui, j'ai du mal à croire qu'il ait pu transmettre des informations à un mouvement terroriste islamique.

— Oui, mais que savez-vous de Miguel Botín ?

— Que son frère a été gravement blessé dans les attentats du train de Madrid et que cela lui donnait une bonne raison de lutter contre le terrorisme islamique. Que sa petite amie était une copine de classe de Gamero et que c'est une fervente catholique qui ne s'est pas encore laissé convaincre de se convertir à l'islam. Que c'est Botín qui a suivi l'imam et pris des photos de Hammad et Saoudi, ainsi que des autres inconnus, et que c'est lui qui les a données au CNI. Il incitait aussi Gamero à obtenir l'autorisation de mettre le bureau de l'imam sur écoutes. C'est à peu près tout.

— Ça n'en fait pas un bon candidat au terrorisme.

— Vous avez fouillé l'appartement de Botín ?

Pablo se caressa le genou et hocha la tête.

— Qu'est-ce que vous avez trouvé ?

— Je ne peux pas vous le dire.

— Mais vous avez trouvé quelque chose qui vous conduit à penser que Botín collaborait avec les terroristes tout en travaillant pour Gamero ?

— C'est comme ça, Javier, dit Pablo en haussant les épaules. Le palais des miroirs. Nous devons perpétuellement réviser nos jugements sur ce que nous voyons.

— Vous avez trouvé un autre exemplaire du Coran annoté, c'est ça ? continua Falcón en s'affaissant sur son siège, abasourdi. Qu'est-ce que ça veut dire ?

— Ça veut dire que vous ne devez souffler mot de cette conversation à personne. Ça veut dire qu'il faut que nous mettions le contre-espionnage à l'œuvre sans traîner.

— Mais ça veut dire aussi que les terroristes, quels qu'ils soient, laissaient Miguel Botín communiquer au CGI des informations qui compromettaient l'imam, Hammad et Saoudi, ainsi que l'opération planifiée dans la mosquée.

— Nous n'avons pas fini d'enquêter.

— Ils les ont sacrifiés ? s'ébahit Falcón, exaspéré par la difficulté qu'il avait à assimiler ce nouvel élément.

— D'abord, nous vivons à l'ère des attentats suicides... un sacrifice, comme vous dites. Ensuite, tous les services de renseignement du monde entier ont toujours sacrifié certains de leurs agents dans l'intérêt supérieur de la mission. Ce n'est pas une nouveauté.

— Ainsi l'électricien dont Miguel Botín a donné la carte à l'imam était l'instrument de leur destruction ? Il a été envoyé par les terroristes islamistes qui manœuvraient Botín pour faire exploser le bâtiment ? C'est tout bonnement ahurissant.

— Nous ne pouvons pas le certifier. D'ailleurs, je ne vous apprends rien si je vous dis que tous les auteurs d'attentats suicides ne savent pas forcément qu'ils vont y laisser leur peau. Parfois, on leur a simplement demandé de déposer une voiture ou d'abandonner un sac à dos dans un train. On avait chargé Botín de donner la carte d'un électricien à l'imam. Ce qu'il faudrait savoir, c'est *qui* l'en avait chargé.

— Ne serions-nous pas en train de perdre notre temps ? Cette enquête ne serait-elle pas une pure gesticulation, les terroristes cherchant à brouiller les pistes susceptibles de mener à leur réseau ?

— Nous sommes quand même très impatients de voir ce qu'il y a dans la mosquée. Et de mettre Yacoub au travail.

— Comment savez-vous que Yacoub a des contacts avec le bon groupe, d'ailleurs ? demanda Falcón qui n'en pouvait plus de fatigue et d'agacement.

— Nous avons de bonnes raisons de le penser, parce que le tuyau nous vient d'une source fiable et que les agents britanniques ont vérifié sur place à Rabat.

— De quel groupe s'agit-il ?

— Du GICM, le Groupe islamique de combattants marocains. Ils étaient plus ou moins impliqués dans les attentats de Casablanca, de Madrid et de Londres. Ce n'est pas une idée qui nous est venue comme ça hier, Javier. C'est le fruit de mois de travail de renseignement.

Pablo s'en alla peu après. La conversation avait déprimé Falcón. Toute l'énergie déployée par les membres de son équipe semblait soudain inutile et pourtant, il restait des zones d'ombre dans la démonstration de Pablo. On avait l'impression que chacun des services impliqués dans l'enquête n'accordait foi qu'à ses propres trouvailles. Ainsi, le CNI pensait que l'exemplaire du Coran contenait un code, à cause de l'exemplaire du *Livre des preuves* des renseignements britanniques, et cette conviction orientait leur vision des choses. Le témoin de la mosquée, José Duran, disait de l'élcctricien et de ses ouvriers que l'un était espagnol et les deux autres originaires d'Europe de l'Est, ce qui ne les apparentait guère à des terroristes islamiques, mais Pablo n'en tenait pas compte. En même temps, c'était des petits délinquants du coin qui avaient fourni les explosifs aux auteurs des attentats de Madrid. Que faut-il pour déposer une bombe ? Un peu de prudence et un esprit dérangé.

Après la conférence de presse qu'il avait donnée sur TVE avec les commissaires Lobo et Elvira, le juge Calderón avait pris un taxi pour se rendre à Canal Sur. Là, on l'avait équipé d'un micro et amené sur le plateau où avait lieu un débat sur le terrorisme islamiste. Il était l'homme du jour. Très vite, la présentatrice l'avait intégré à la discussion. Il avait dominé l'émission par ses commentaires incisifs et pertinents, son humour et ses piques assassines en direction des soi-disant spécialistes de la sécurité et pontes du terrorisme.

Après l'émission, il avait été invité à dîner par quelques manitous du service des actualités de Canal Sur et la présentatrice. Ils le régalèrent et le flattèrent pendant une heure et demie et, tout à coup, il se retrouva seul avec la journaliste, qui lui fit comprendre qu'ils pouvaient poursuivre ce tête-à-tête dans des lieux plus intimes. Pour une fois, il déclina. Il était fatigué. Il avait encore une longue journée devant lui et, surtout, il était persuadé que Marisa était un meilleur coup.

Il trônait à l'arrière de la limousine de Canal Sur. Il avait l'impression d'être un héros. Son esprit était dopé aux endorphines après ses prestations télévisées. Il avait le monde à ses pieds. Séville, dont les lumières défilaient derrière les vitres, lui semblait soudain bien petite pour lui. Il imaginait ce que pouvait représenter un tel succès dans une ville comme New York. Là, on sait faire sentir à un homme son importance.

La limousine le déposa devant l'église San Marcos à minuit quarante-cinq. Au lieu de contourner l'édifice par-derrière comme d'habitude, il passa devant les bars en espérant que des amis d'Inès venus y boire un verre l'arrêteraient pour le féliciter. Il avait vraiment été particulièrement brillant. En fait, les bars étaient déjà fermés. Dans l'état d'euphorie où il était, Calderón n'avait pas remarqué le calme qui régnait dans la ville.

Dans l'ascenseur qui montait, il se dit qu'il ne pourrait dormir qu'après une séance de cul bien déjantée et épuisante avec Marisa, sur le balcon, dans l'entrée de l'immeuble, dans l'ascenseur, dans la rue. Il se sentait tellement maître du monde qu'il voulait qu'on le voie à l'œuvre.

Marisa avait regardé les émissions de télévision avec un ennui profond. Elle avait bien vu que toute la conférence de presse était centrée sur Esteban, que les journalistes ne posaient des questions qu'à lui. Elle avait bien vu aussi qu'il menait le débat dans le talk-show qui avait suivi et que la présentatrice s'intéressait surtout à ce qu'il avait dans le pantalon. Le ronron l'avait anéantie. Pourquoi les Occidentaux éprouvent-ils le besoin de tout savoir et de pérorer pendant des heures sur les problèmes, comme si ça allait les résoudre ? Et tout à coup, elle eut une illumination. C'était ça qui la chiffonnait chez les Occidentaux. Ils restaient toujours à la surface des choses, parce que c'était tout ce qu'ils pouvaient contrôler, mesurer. Ils se débitaient leurs petits mensonges et se félicitaient ensuite de « contrôler la situation ». C'est pour ça que les Blancs l'assommaient. Ils se contentaient des apparences. « Qu'est-ce que tu fais à rêvasser toute la journée, Marisa ? » C'était la question qu'on lui posait le plus souvent aux États-Unis. En Afrique, on ne la lui posait pas. On ne lui posait aucune question d'ailleurs. Poser des questions sur l'existence n'aide pas à la vivre.

Elle assista de son balcon à l'arrivée de Calderón. Elle le vit sautiller, enchaîner ses petits préparatifs. Quand il lança son habituel : « C'est moi ! » dans l'interphone, elle répondit : « Mon héros. »

Il débarqua dans l'appartement comme au théâtre, bras levés, attendant les applaudissements. Il l'attira à lui et l'embrassa, en franchissant la barrière de ses dents avec sa langue. Elle n'apprécia pas. Leurs baisers n'avaient jamais été plus qu'une jonction des lèvres.

Il était évident qu'il était encore sous le coup de son succès médiatique. Elle se laissa entraîner sur le balcon, où ils firent l'amour. Il contemplait les étoiles, soudé à ses hanches, en rêvant de gloires immenses. Elle joua le jeu en s'agrippant à la balustrade et en émettant les sons qui convenaient.

Dès la fin des ébats, il s'effondra, physiquement et mentalement, comme après une défonce à la coke. Elle réussit à le traîner jusqu'au lit et à lui retirer ses chaussures et il sombra aussitôt dans un profond sommeil. Il était une heure et quart. Elle resta debout près de lui en fumant une cigarette et en se demandant si elle parviendrait à le réveiller deux heures plus tard.

Elle fit une toilette dans le bidet en fermant son œil droit assailli par la fumée de sa cigarette. Elle s'allongea sur le canapé et laissa le temps passer comme il sait si bien le faire. À trois heures, elle secoua Calderón, mais il restait complètement inerte. Elle approcha la flamme d'un briquet de ses orteils. Il se tortilla et donna des coups de pied. Il mit un temps infini à émerger. Il ne savait plus où il était. Elle lui expliqua qu'il fallait qu'il rentre chez lui, qu'il commençait tôt et qu'il devait se changer avant.

À trois heures vingt-cinq, elle commanda un taxi.

Elle lui enfila ses chaussures, l'aida à se mettre debout, glissa un bras sous sa veste et appela l'ascenseur. Elle attendit dehors avec lui en offrant son épaule à sa tête dodelinante. Le taxi arriva cinq minutes plus tard. Elle l'aida à monter à l'arrière et dit au chauffeur de le conduire calle San Vicente. Elle ajouta qu'il était épuisé, que c'était le juge qui supervisait l'enquête sur l'explosion de la veille. Le chauffeur se sentit investi d'une mission. Il refusa son billet de dix euros. Pour ce client, ce serait gratuit. Le taxi démarra. Calderón était affalé sur le siège, la tête renversée sur la plage arrière. À la lueur jaune des éclairages, on voyait de quoi il aurait l'air quand il serait mort. Ses paupières mi-closes laissaient entrevoir le blanc des yeux.

À cette heure de la nuit, dans Séville silencieuse comme une ville fantôme, il n'y avait pas de circulation. Le taxi arriva à destination en moins de dix minutes. Après avoir supplié Calderón en vain, le chauffeur dut le saisir à bras-le-corps et le tirer littéralement hors du taxi. Il le soutint jusqu'à la porte de l'immeuble et lui demanda ses clés. Il ouvrit et se rendit compte qu'il allait devoir l'accompagner jusque chez lui. Il entra avec lui dans le hall.

— Où est la lumière ? demanda le chauffeur.

Calderón donna une claque sur le mur. La lumière jaillit, rythmée par le tic-tac de la minuterie. Le chauffeur l'aida à gravir l'escalier.

— C'est là, marmonna Calderón quand ils furent au premier étage.

Le chauffeur ouvrit la porte, qui était fermée à double tour, et rendit ses clés à Calderón.

— Ça va aller ? s'inquiéta-t-il.

— Oui, ça va maintenant. Merci.

— Vous faites du bon travail. Je vous ai vu à la télé avant de partir bosser.

Calderón lui tapota l'épaule. Le chauffeur redescendit. La lumière s'éteignit. Le taxi démarra et s'éloigna. Calderón entra chez lui tant bien que mal. La cuisine était allumée. Il referma la porte et s'y adossa. Malgré son extrême fatigue et ses paupières lourdes, il était assez irrité pour serrer les dents.

25.

Séville – Jeudi 8 juin 2006, 4 h 07

Calderón reprit conscience dans un sursaut et se cogna la tête contre le mur. Il avait la joue appuyée contre le plancher. L'odeur de cire emplissait ses narines. Ses paupières se soulevèrent. Il fut tout de suite parfaitement réveillé, comme s'il sentait un danger proche, imminent. Il était toujours habillé. Il ne comprenait pas ce qu'il faisait, couché dans le couloir de son appartement. Était-il tellement épuisé qu'il s'était endormi sur place ? Un coup d'œil à sa montre. À peine plus de quatre heures. Il n'était resté dans les vaps qu'une dizaine de minutes. Il était sidéré. Il se souvenait être entré dans l'appartement, avoir vu la lumière allumée dans la cuisine. Elle était toujours allumée. Il gisait plus loin de la porte d'entrée, presque au milieu de l'appartement qui était plongé dans l'obscurité et glacé par la climatisation. Il se mit péniblement debout, s'examina. Il n'avait rien, même pas une bosse. Il avait dû glisser le long du mur.

— Inès ? appela-t-il d'une voix forte, intrigué par la clarté provenant de la cuisine.

Il remua les épaules. Il était tout raide. Il s'avança dans le carré de lumière dessiné sur le parquet du couloir. Il remarqua d'abord le sang, une grande mare écarlate qui s'étalait sur le carrelage blanc. Sa couleur rehaussée par la vivacité de l'éclairage était franchement impressionnante. Il recula d'un pas, comme s'il redoutait de tomber sur un intrus. Il se baissa et la vit sous la chaise et la table. Il comprit qu'elle était morte. Elle avait les yeux grands ouverts, dépourvus de la moindre étincelle de vie.

Le sang s'était répandu sur la droite de la table et en dessous. Un liquide visqueux qui encerclait les pieds des meubles. La couleur était tellement intense qu'elle lui écorchait les yeux, comme une chose vivante. Calderón se traîna à quatre pattes jusqu'à la gauche de la table où le pied inerte d'Inès pointait à l'aplomb de l'évier. Sa chemise de nuit était retroussée. Il regarda ses jambes blanches, sa culotte de coton, sa taille et là, les hématomes. Il ne les avait pas vus avant. Il ne s'était pas rendu compte qu'il avait causé des dégâts aussi flagrants avec ses poings. Presque aussitôt il admit qu'il savait, car un souvenir de panique le traversa, le laissant la gorge nouée et le cerveau comme privé d'oxygène. Il fit marche arrière à genoux et se prit la tête dans les mains.

Il sortit de la cuisine en rampant à reculons et se redressa dans le couloir. Il se précipita sur le palier, ce qui l'obligea à déverrouiller la porte d'entrée. Il appuya sur l'interrupteur, regarda autour de lui et revint dans l'appartement. La lumière était toujours allumée dans la cuisine. Inès gisait toujours sur le carrelage. Le sang n'était plus qu'à un carreau du plancher en bois du couloir. Il se frotta vigoureusement les yeux, mais cela ne fit pas disparaître l'horrible spectacle. Il retomba à quatre pattes.

— Salope ! Connasse ! Tu es bien avancée maintenant.

Le rouge tapageur du sang irradiait la froideur brute de la cuisine. Il se déplaçait, avalait la blancheur des carreaux, avançait vers lui. Il retourna près de la table.

Les hideuses taches violettes des contusions semblaient s'être assombries entre-temps, ou alors c'étaient ses allées et venues entre la pièce éclairée et le couloir sombre qui lui jouaient des tours. Il remarqua les traces laissées sur ses cuisses par ses coups de ceinture. Il se dressa sur ses genoux, se couvrit les yeux de ses mains et se mit à sangloter. Voilà. C'était la fin. Il était fini, fichu, foutu. Même le juge de base le plus nul avait tous les éléments pour le coincer. Un homme qui battait sa femme et qui était allé un peu trop loin. Un homme qui battait sa femme, qui, en revenant de chez sa maîtresse, avait eu droit à une scène, une de plus, et là... Bien sûr, c'était peut-être un accident. Est-ce que c'en était un ? Sans doute. Mais cette fois, il avait exagéré et elle s'était fracassé le crâne. Il bourra la table de coups de poing.

L'accès de panique passa comme il était venu. Calderón s'assit sur ses talons et s'aperçut que l'affreuse angoisse s'était dissipée. Il avait l'esprit à nouveau en état de marche. Du moins, il le croyait. Ce qui lui échappait, c'était l'effet néfaste de la panique, sa propension à ouvrir des brèches sur les faiblesses de caractère. Pour lui, il avait retrouvé toute l'acuité mentale du juge le plus en vue à Séville. Puisqu'il n'avait pas de grand congélateur, il ne restait qu'une solution : la sortir de l'appartement et vite. Plus qu'une heure avant le lever du jour.

Le problème, ce n'était pas son poids. Inès pesait quarante-huit kilos. En revanche, sa taille, un mètre soixante-douze, rendait la chose plus compliquée. Il contourna la table et se précipita dans le débarras où étaient rangées les valises. Il prit la plus grosse qu'il trouva, une énorme Samsonite grise montée sur quatre roues. Il attrapa deux serviettes blanches dans le placard.

Il en posa une sur le seuil de la porte pour empêcher

le sang de se répandre dans le couloir. L'autre lui servit à envelopper la tête d'Inès. Il en eut presque la nausée. Elle avait le dos du crâne écrabouillé et le sang imprégnait allégrement le tissu-éponge qu'il teignait rapidement en rouge. Il dénicha un sac poubelle, le lui enfila sur la tête et l'attacha avec de la ficelle à rôti. Il se lava les mains. Il posa la Samsonite sur la table, ramassa Inès et la coucha dans la valise. Inès était trop grande. Même en chien de fusil, elle dépassait. Il n'arrivait pas à rentrer ses pieds et même s'il avait réussi, les épaules étaient trop larges. Ça ne fermait pas. Il la considéra en mobilisant ses exceptionnelles facultés intellectuelles, mais dans la mauvaise direction.

— Je n'ai plus qu'à la découper, se dit-il. Lui sectionner les pieds et lui briser les clavicules.

Non. Ça ne marcherait pas. Il avait vu des tas de films et lu des tas de livres dans lesquels on découpait les corps et ça ne marchait jamais, même dans les histoires fictives où tout est soi-disant possible. Et puis, ça le dégoûtait un peu. Il avait du mal à regarder les séries gore à la télévision sans se tortiller sur le canapé. Réfléchis. Il fit le tour de l'appartement en regardant tous les objets avec un œil neuf. Dans le salon, il s'immobilisa devant le tapis, effaré de tomber dans le plus éculé des clichés.

— Tu ne vas pas la rouler dans le tapis. On va remonter directement à toi. Pareil pour la valise. Réfléchis.

Le fleuve coulait à moins de trois cents mètres de la calle San Vicente. Il lui suffisait de la fourrer dans sa voiture, de rouler sur cinquante mètres, de tourner à droite dans la calle Alfonso XII, de la suivre jusqu'au feu, de traverser la calle Nuevo Torneo et là, il y avait une ruelle très sombre qui descendait vers le fleuve et bifurquait à gauche, derrière la grande station de bus de la plaza de Armas. Il ne serait alors qu'à quelques mètres du bord de l'eau. Mais les joggeurs du petit matin y passaient. Il faudrait agir vite.

Les décorateurs. Il se rappela son exaspération en constatant qu'ils avaient laissé leurs bâches de protection sur le palier la semaine précédente. Il ressortit en trombe de l'appartement, alluma et s'arrêta. Il coinça la porte avec le pêne du loquet. Ce serait le pompon s'il se retrouvait à la porte avec sa femme morte dans la cuisine. Il dévala les marches quatre à quatre. Le matériel était là, sous l'escalier. Il y avait même des pots de peinture avec lesquels il pourrait lester le corps. Il tira une longueur de toile de jute maculée de peinture, remonta au pas de course et l'étendit sur la partie du carrelage qui était restée propre. Il enleva sa femme de la valise où elle était repliée comme un mannequin dans un tour de magie et la déposa sur la bâche. Il rabattit les bords. Il étouffa une exclamation en prenant conscience de l'abomination de ce qu'il était en train de faire. Le beau visage d'Inès réduit à l'état de déchet dans un sac poubelle.

Le sang avait atteint la serviette roulée sur le seuil. Il dut sauter par-dessus. Il retomba de l'autre côté avec toute la lourdeur d'une armoire qui se renverse et se cogna la tête et l'épaule contre le mur. Il se secoua pour chasser la douleur. Il se rua dans son bureau, ouvrit les tiroirs, trouva le rouleau de ruban adhésif. Il l'embrassa. Au retour, il fit plus attention et enjamba la serviette en prenant soin de ne pas perdre l'équilibre.

Il enroula le Scotch autour de ses chevilles, de ses genoux, de sa taille, de son buste, de son cou et de sa tête. Il glissa le rouleau et la ficelle à rôti dans sa poche. Sans prendre le temps d'admirer sa femme transformée en momie, il repartit, en attrapant au vol ses clés et la télécommande du garage. Cette fois, il ferma la porte. Ralluma la foutue minuterie – tic, tic, tic, tic, tic –, et dégringola l'escalier. Il courut jusqu'au garage, qui se trouvait au coin de la calle San Vicente. Il actionna la télécommande dès qu'il arriva à proximité de la porte du garage qui commença à s'ouvrir, si lentement qu'il se mit à sautiller d'impatience en jurant et en gesticulant. Il passa sous la porte dès qu'il en eut la place et s'élança dans le parking en appuyant sur un autre bouton de la télécommande pour faire jaillir la lumière. Il retrouva sa voiture. Il ne s'en était pas servi depuis des semaines. À Séville, on n'en a pas besoin. Mais par tous les diables, il en avait une.

Ne pas commettre d'erreur. Il enclencha la marche arrière calmement, comme s'il était sous sédatifs. Il s'engagea vers la sortie. La porte du garage finissait à peine de s'ouvrir. Il déboucha dans la rue, totalement vide. Les chiffres lumineux du tableau de bord lui apprirent qu'il était quatre heures trente-sept. Il se gara devant l'immeuble, ouvrit le coffre. Il réattaqua l'escalier, dans le noir cette fois, trébucha. Son tibia heurta violemment la dernière marche. La douleur se répercuta dans tous ses os jusque dans son crâne. Cela ne l'arrêta pas. Il déverrouilla la porte, ralentit à l'approche de la cuisine et sauta par-dessus la serviette écarlate.

Inès. Non, ce n'était plus Inès. Il la souleva. Elle était incroyablement lourde pour quelqu'un qui pesait moins de cinquante kilos et avait perdu au moins trois kilos de sang. Il l'emporta dans le couloir, mais elle était trop lourde pour qu'il continue à la porter dans ses bras. Il la hissa sur son épaule et referma la porte de l'appartement. Il aborda l'escalier avec précaution, toujours dans le noir. Ses nerfs n'auraient pas supporté le tic-tac de la minuterie. Il coula un regard dans la rue.

Déserte.

Deux pas. Hop dans le coffre. Le refermer. Tirer la porte de l'immeuble. Attendre. Ralentir. Réfléchir. Les pots de peinture pour lester le corps. Déverrouiller le coffre. Retour sous l'escalier. Prendre les deux pots. Aussi lourds qu'Inès. Les mettre dans le coffre. Fermeture. Grimper dans la voiture. Un coup d'œil dans le rétroviseur. Aucun phare. Tranquille. Doucement, l'air de rien. Tu y es presque. Ça va marcher.

Aucune autre voiture aux feux de la plaza de Armas, qui étaient rouges. Les cadrans du tableau de bord scintillaient devant lui. Il regarda encore dans le rétroviseur, vit ses yeux. Pitoyables. Le feu passa au vert. Il traversa les six voies de circulation et prit la ruelle qui descendait vers le fleuve. L'aube commençait à poindre. Il ne faisait pas aussi sombre qu'il l'aurait voulu au bord de l'eau. Il aurait préféré une obscurité souterraine, genre antimatière, l'antithèse absolue de la lumière que sont les trous noirs.

Il n'était pas au bout de ses peines. Il fallait sortir le corps, y attacher les pots de peinture et le pousser dans le fleuve. Il examina longuement les alentours, stupéfait de les trouver si dénués de vie. Luttant contre une inclination à la paranoïa, il ouvrit le coffre. Il enleva le corps et le posa le long de la voiture pour le cacher en partie. Puis il souleva les pots de peinture avec une force surhumaine. Il dégoulinait de sueur. Sa chemise lui collait à la peau. Le vide se fit dans sa tête. C'était la dernière étape. Finissons-en.

Il ne vit pas l'homme qui se tenait derrière la station de bus, ne se rendit pas compte que celui-ci appelait la police. Calderón s'activait fébrilement pendant que l'inconnu racontait ce qu'il voyait dans son téléphone portable et indiquait le numéro d'immatriculation de la voiture.

Sans circulation dans les rues, il fallut moins d'une minute au véhicule de police pour arriver sur place. Il patrouillait le long du fleuve à moins d'un kilomètre de là quand les deux officiers avaient reçu l'appel du central de la jefatura. Ils suivirent la pente feux et moteur éteints. Ils n'aperçurent d'abord que la voiture de Calderón. Il était agenouillé derrière, occupé à fixer le deuxième pot au cou d'Inès à grand renfort de ruban adhésif. Sa sueur gouttait sur la bâche. Il avait terminé. Il n'avait plus qu'à traîner ce colis de près de cent kilos sur le bitume, à le hisser sur le muret dressé le long du bord et à le faire basculer dans l'eau. Il rassembla ce qui lui restait de forces. Avec les deux pots de peinture, le corps était devenu particulièrement difficile à manier. Il glissa ses mains par en dessous sans s'occuper des écorchures que subissaient ses doigts. Il poussa en s'aidant de ses jambes. Avec son buste au ras du sol, il ressemblait à un énorme lézard aux prises avec une proie récalcitrante. Le corps d'Inès bougea, se heurta au muret. Il haletait et sanglotait. Les larmes coulaient sur ses joues. Il ne sentait pas les élancements qui irradiaient de ses doigts éraflés et de ses ongles arrachés, mais quand les policiers allumèrent enfin leurs phares, l'enfermant dans un carcan de lumière comme une curiosité du zoo sous les projecteurs, il se raidit comme s'il avait été touché par une balle.

Les policiers sortirent du véhicule en brandissant leurs armes. Calderón avait lâché le corps, avait roulé sur lui-même et gisait, allongé sur le dos. Son ventre se contractait sous l'assaut de sanglots déchirants. Le soulagement tenait une grande part dans ce débordement d'émotions. C'était fini. Il était pris. L'ignoble désespoir s'était déversé. Il pouvait maintenant se laisser aller et sombrer dans la honte et l'infamie.

Tandis que l'un des policiers le surveillait, l'autre promena le faisceau de sa torche sur la toile saucissonnée. Il enfila des gants de caoutchouc et pinça l'épaule d'Inès pour vérifier ce qu'il savait déjà, qu'il s'agissait d'un cadavre. Il retourna à sa voiture et appela la jefatura par radio.

— Ici alpha 2-0, nous sommes au bord du fleuve, en contrebas de Torneo, derrière la station de bus de la plaza de Armas. Je confirme que nous sommes en présence d'un individu de sexe masculin, âgé d'une quarantaine d'années, qui s'apprêtait à se débarrasser d'un corps non identifié. Vous feriez bien d'envoyer l'inspecteur principal de la section homicide sur les lieux.

— Numéro d'immatriculation de la voiture ?

— SE 4738 HT.

— Merde alors !

— Quoi ?

— C'est le numéro que m'a donné le type qui a signalé l'incident. Putain, j'y crois pas.

— Qui est le propriétaire ?

— Tu ne l'as pas reconnu ?

Le policier informa son collègue qui braqua sa torche sur le visage de Calderón. Il était déjà difficile de reconnaître en lui un être humain, encore moins une personne en particulier. Ses traits étaient déformés par la souffrance comme peuvent l'être ceux d'un chanteur de flamenco particulièrement inspiré. Le policier haussa les épaules.

— Aucune idée, dit-il dans le micro de la radio.

— Ne serait-ce pas le juge Calderón ?

— Putain ! s'exclama le policier en laissant tomber le micro.

Il dirigea sa lampe vers le visage de l'homme, le saisit par le menton pour qu'il se tienne tranquille. Sous l'effet de la surprise, Calderón cessa de se contorsionner. Le policier laissa s'épanouir sur ses lèvres un sourire narquois avant de regagner son véhicule.

Falcón dut faire un effort immense pour s'arracher au sommeil, comme un spéléologue perdu qui cherche désespérément un halo de lumière au bout d'un tunnel obscur. Il émergea dans un sursaut, en poussant un grognement de protestation, comme si c'était son lit lui-même qui l'éjectait. La lumière de la lampe de chevet lui écorcha les yeux. Les chiffres de son réveil digital annonçaient cinq heures trois. Il s'empara du téléphone et retomba sur son oreiller, l'écouteur collé à l'oreille.

Il reconnut la voix de l'officier de service à la jefatura. Il bafouillait. Il parlait très vite, avec un accent andalou tellement prononcé que Falcón ne distinguait que les premières syllabes. Il l'interrompit et le pria de reprendre depuis le début.

— Nous avons un problème près de la station de bus de la plaza de Armas. Un homme a été surpris en train d'essayer de se débarrasser d'un corps dans le fleuve, près du puente de Chapina, derrière la station de bus. Nous avons identifié le propriétaire du véhicule qui a servi à transporter le cadavre, ainsi que l'homme qui tentait de le faire disparaître. Et, inspecteur, il s'agit de... Esteban Calderón.

Falcón eut un spasme dans les jambes, comme si elles avaient reçu un courant électrique. Il bondit hors du lit et se mit à faire les cent pas.

— Esteban Calderón, le juge ? Vous en êtes sûr ?

— Absolument. Le policier qui est sur place a vérifié son identité et m'a lu le numéro d'immatriculation. Ce sont bien ceux d'Esteban Calderón.

— Vous en avez parlé à quelqu'un ?

— Pas encore, chef.

— Vous avez prévenu le *juez de guardia*, le juge de permanence ?

— Non, vous êtes le premier. J'aurais dû...

— Comment avez-vous été alertés ?

— Par un appel anonyme d'un type qui promenait son chien au bord du fleuve.

— À quelle heure ?

— Il a été enregistré à quatre heures cinquante-deux.

— C'est une heure pour promener son chien ?

— Pour les personnes âgées qui n'arrivent pas à dormir, surtout par cette chaleur, oui.

— Comment vous a-t-il avertis ?

— Il a appelé sur son portable, m'a dit ce qu'il voyait, m'a indiqué le numéro d'immatriculation et a raccroché.

— Nom et adresse ?

— Pas eu le temps de lui demander.

— N'en parlez à personne, lui recommanda Falcón. Appelez les policiers qui sont sur la zone et dites-leur que je veux le silence radio sur cette affaire tant que je n'en ai pas informé le comisario Elvira.

Le vent mauvais du scandale semblait souffler sur la chambre. Falcón sortit sur le balcon surplombant le patio. L'air était doux. Il était écœuré. Il appela Elvira, lui laissa le temps de se réveiller et lui annonça la nouvelle du ton le plus neutre possible. Il brisa lui-même le silence qui suivit en énumérant les personnes qui étaient au courant à ce stade.

— Il faut l'emmener et enlever le cadavre et le véhicule au plus vite, quoi qu'il advienne. Et pour cela, il nous faut un juge et un médecin légiste.

— Le juge Romero est fiable et il n'est ni ami ni ennemi d'Esteban Calderón.

— Il ne faut pas que ça ait l'air d'une manœuvre pour étouffer l'affaire, marmonna Elvira comme pour lui-même.

— Une affaire comme celle-ci ne peut pas être étouffée.

— Il faut faire les choses dans les règles. Nous allons sans doute devoir vous décharger de l'enquête étant donné vos liens avec Calderón.

— Il vaut mieux me laisser démarrer les opérations.

— On va suivre la procédure normale, mais personne, absolument personne ne doit souffler mot de cette affaire. Il faut impérativement éviter les fuites tant que nous n'aurons pas fait une déclaration commune à la presse. Je vais contacter le comisario Lobo. Dites au policier du central téléphonique de passer les appels habituels mais de ne surtout pas alerter la presse, en aucun cas. Si cette histoire sort avant que nous ayons pu nous préparer, ça va être l'enfer.

— La seule personne que nous ne pouvons pas contrôler, c'est le correspondant anonyme qui a prévenu la police.

— Il n'est pas censé savoir de qui il s'agit.

Le scandale était trop énorme pour être maîtrisé. Elvira en demandait trop. L'affaire transpirerait, les murs de la jefatura ne resteraient pas étanches. Falcón appela le central, donna ses instructions et demanda au standardiste de joindre Felipe et Jorge pour les envoyer sur les lieux. Il se doucha et se livra aux picotements du jet en essayant de trouver une explication anodine plausible à la présence de Calderón au bord du fleuve avec un cadavre.

Il était cinq heures et demie et le jour était presque levé quand il traversa la plaza de Armas. Dans l'avenida Torneo, la circulation était encore sporadique. Un véhicule était stationné en haut de la ruelle en pente, environné de cônes destinés à empêcher les voitures de s'engager dans la ruelle. Le juge de permanence était déjà sur les lieux, ainsi que le photographe de la police qui était en train de prendre des clichés. Jorge et Felipe arrivèrent et on les autorisa à descendre.

Aucun signe de Calderón. Deux policiers veillaient à ce qu'aucun joggeur ne vienne courir à proximité. Le juge expliqua à Falcón que Calderón patientait dans le véhicule de police avec l'un des deux officiers qui étaient arrivés les premiers sur place.

— Nous n'attendons plus que le légiste pour qu'il examine le corps.

Des pneus crissèrent en haut de la ruelle. Une voiture s'approcha et se gara. Le médecin en sortit avec sa sacoche. Il avait déjà revêtu une combinaison blanche. Un masque pendait à son cou. Il les salua, enfila des gants et ils se dirigèrent vers le corps. Une ambulance se présenta, sans sirène ni gyrophare.

Le médico forense coupa les rubans adhésifs enroulés autour du corps avec un scalpel. Il partit des pieds pour remonter vers la tête. Il déplia la bâche. La tête enfermée dans un sac poubelle offrait un spectacle lugubre, comme si le corps avait subi les lubies d'un pervers sexuel. Falcón fut pris de vertige. Le légiste décrivait dans son dictaphone les hématomes sévères qu'il constatait sur le torse. Il passa son scalpel sur la ficelle qui enserrait le cou et ôta le sac poubelle. Un voile noir obscurcit la vision de Falcón qui s'accrocha à la manche du juge.

— Ça va, inspecteur ?

Sous le sac en plastique, la tête était enveloppée dans une serviette. Devant, elle était blanche avec des taches de sang. Le médecin légiste souleva un pan de la serviette et le rabattit derrière la tête. Les contours du visage apparurent comme entourés d'un linceul. Il écarta l'autre pan de la serviette et Falcón s'écroula, inconscient, les traits de son ex-femme imprimés sur sa rétine.

Il revint à lui allongé sur le sol. Le juge avait réussi à le retenir et à amortir sa chute. Les ambulanciers étaient penchés sur lui. Il entendit la voix du juge s'élever derrière eux.

— Il a eu un choc. C'est son ex-femme. Il ne devrait pas être ici.

Les ambulanciers l'aidèrent à se relever. Le légiste

se remit à marmonner dans son dictaphone. Il vérifia la température, fit un calcul et annonça l'heure de la mort.

Falcón ne put contenir ses larmes en regardant le corps inerte d'Inès. C'était un moment de son existence qu'il n'avait jamais envisagé : celui de sa mort. Il avait beaucoup pensé à elle et beaucoup parlé d'elle au fil des années. Alicia Aguado avait cru devenir folle à force de l'entendre évoquer indéfiniment leur vie commune. Quand Inès occupait son esprit jusqu'à l'obsession, il n'avait pu s'en guérir qu'en acceptant de la voir telle qu'elle était et de reconnaître tout le mal qu'elle lui avait fait. Mais elle n'aurait pas dû finir comme ça. L'égoïsme le plus monstrueux ne mérite pas ça.

Les infirmiers l'éloignèrent et le firent asseoir sur le muret qui longeait le fleuve, à l'écart de l'endroit où le médecin légiste faisait son travail. Falcón respira profondément. Le juge vint vers lui.

— Vous ne pouvez pas vous occuper de cette affaire, déclara-t-il.

— Je vais appeler le comisario Elvira, acquiesça Falcón. Il nommera quelqu'un d'autre. Les membres de mon équipe aussi sont juge et partie.

Au téléphone, Elvira resta sans voix, mais finit par lui présenter ses condoléances. La catastrophe était encore pire qu'il ne l'avait imaginée. Tout en parlant, d'abord avec Falcón puis avec le juge, Elvira prit peu à peu conscience de l'effroyable épreuve que serait la conférence de presse qu'il devrait assurer dans la matinée.

Le juge mit fin à la communication et rendit son téléphone à Falcón. Ils se serrèrent la main. Falcón jeta un dernier coup d'œil au corps. Le visage était intact. Il secoua la tête, incrédule. Il lui revint un souvenir ancien : sa rencontre avec Inès dans la rue. Elle riait ; elle riait si fort qu'elle était pliée en deux, les cheveux tombant en rideau, et qu'elle titubait sur ses hauts talons.

Il se détourna et s'en alla. Il passa devant le véhicule de patrouille dans lequel se trouvait Calderón. La portière était ouverte. La radio grésillait. Calderón était menotté ; ses mains égratignées et sanguinolentes reposaient sur ses genoux. Il regardait droit devant lui. Il ne cilla pas quand Falcón se pencha vers lui.

— Esteban.

Calderón se tourna alors et prononça la phrase que Falcón avait si souvent entendue dans la bouche des meurtriers :

— Je ne l'ai pas tuée.

26.

Séville – Jeudi 8 juin 2006, 8 h 04

Les vitres avaient été remplacées dans la salle de classe de l'école maternelle et on avait posé des volets neufs. Les climatiseurs fonctionnaient à plein. C'était la seule façon d'estomper l'odeur putride des corps encore emprisonnés dans les décombres. Il était plus de huit heures et le comisario Elvira n'était toujours pas arrivé. Tout le monde était fatigué. Un bourdonnement d'impatience résonnait dans la pièce.

— Il s'est passé quelque chose, dit Ramírez. J'ai le sentiment que c'est quelque chose d'énorme. Qu'est-ce que t'en penses, Javier ?

Falcón était incapable de parler.

— Où est Calderón ? demanda Ramírez. C'est ce qui me fait dire que c'est du lourd. C'est lui, le spécialiste des conférences de presse.

Falcón hocha la tête, réduit au silence par l'abomination de ce qu'il avait vu au bord du fleuve. La porte s'ouvrit sur Elvira qui se fraya un chemin jusqu'au tableau noir dressé à l'autre bout de la pièce. Trois hommes l'escortaient. Étaient déjà présents pour assister à la réunion : Pablo et Gregorio du CNI, l'inspecteur principal Ramón Barros et l'un de ses officiers supérieurs de la cellule antiterroriste du CGI, et enfin Falcón et Ramírez du groupe des homicides. Elvira se tourna vers eux, le visage fermé.

— Ce que j'ai à vous dire n'est pas facile. Je me contenterai donc de vous exposer les faits. Vers six heures ce matin, le juge Esteban Calderón a été arrêté. Il est soupçonné du meurtre de sa femme. Deux policiers qui faisaient leur ronde l'ont surpris à l'aube alors qu'il tentait de jeter le corps dans le Guadalquivir. Étant donné les circonstances, il cesse d'exercer les fonctions de juge d'instruction dans notre enquête. Notre groupe des homicides ne sera pas non plus en mesure de mener cette enquête pour meurtre, qui sera donc confiée à ces trois officiers venus de Madrid, sous la direction de l'inspecteur principal Luis Zorrita. Je vous remercie.

Les trois officiers de la police judiciaire de Madrid confirmèrent d'un signe et quittèrent aussitôt la pièce en s'arrêtant çà et là pour se présenter et pour serrer les mains de Falcón et Ramírez. La porte se referma. Elvira reprit la parole. Ramírez regardait Falcón, abasourdi.

— Nous avons décidé de nommer un juge d'instruction qui ne soit pas de Séville, disait Elvira. Le juge Sergio del Rey, de Madrid, est actuellement en route. Dès qu'il sera arrivé, nous ferons une déclaration aux médias lors d'une conférence de presse qui se tiendra dans les locaux du parlement d'Andalousie. D'ici là, je vous demande de garder cette information pour vous. Après le suicide hier de Ricardo Gamero, du CGI, nous avons pris connaissance d'éléments importants. Le CNI va maintenant nous les expliquer.

Le visage d'Elvira avait changé pendant la nuit. Accablé par l'effarante gravité de la nouvelle qu'il avait dû annoncer, il était hagard. Il se laissa aller contre le dossier de son siège professoral, inerte, le menton dans la main, comme si sa tête avait besoin de ce support pour tenir en place. Pablo alla le rejoindre.

— Juste avant le suicide de l'agent du CGI, Ricardo Gamero, les renseignements britanniques nous avaient fait savoir qu'ils avaient réussi à identifier les deux autres hommes photographiés par l'informateur de Gamero, Miguel Botín. Ces deux hommes sont de nationalité afghane et vivent à Rome. Ils étaient connus du MI5 car ils avaient été arrêtés après les attentats avortés du 21 juin et interrogés en vertu du Terrorism Act. Ils ont été relâchés sans être mis en cause. Les Anglais n'ont pas réussi à savoir ce que ces deux hommes faisaient à Londres à ce moment-là, à part rendre visite à des membres de leur famille. La police italienne s'est rendue hier aux adresses de leurs domiciles à Rome et n'ont trouvé personne. Nous ignorons où ils se trouvent actuellement. Ce qui nous préoccupe chez ces deux suspects, c'est que nous pensons qu'ils sont en cheville avec le haut commandement de Al-Qaïda. Les Anglais, quant à eux, croient qu'ils ont tissé des liens avec le GICM au Maroc. On sait qu'au cours de l'année dernière ils ont fait des séjours au Royaume-Uni, en Belgique, en France, en Italie, en Espagne et au Maroc. Il y a probablement des cellules dormantes du GICM dans tous ces pays. Nous devons poursuivre nos investigations pour clarifier le rôle exact de Miguel Botín, la nature des relations existant entre l'imam Abdelkrim Benaboura et ces deux hommes et leur implication dans les événements qui se sont produits ici à Séville.

» Après le suicide de Ricardo Gamero, nous avons fouillé l'appartement de Miguel Botín et nous y avons trouvé un exemplaire du Coran abondamment annoté, identique à celui découvert dans le Peugeot Partner conduit par Hammad et Saoudi. Les notes retranscrites dans les deux exemplaires sont souvent identiques et nous pensons que ces livres contiennent un code. Nous pensons que, chaque fois qu'une cellule dormante est activée, on lui remet un de ces codes, qu'elle utilise jusqu'à la fin de sa mission.

» Le fait que nous ayons trouvé cet exemplaire du Coran chez Miguel Botín peut vouloir dire que l'informateur de Ricardo Gamero était un agent double : travaillant à la fois pour le CGI et pour le compte d'une cellule terroriste. Cela sème le trouble dans notre enquête, car cela signifierait que les renseignements que Botín fournissait à Gamero étaient ceux que ses supérieurs voulaient nous transmettre. Et cela signifierait aussi que Hammad et Saoudi, les deux Afghans et l'imam étaient des pions à jeter.

» Il y a un dernier détail qui nous gêne dans la compréhension du rôle de Botín dans ce scénario. Comme vous le savez, des efforts considérables ont été déployés pour essayer de retrouver les faux inspecteurs municipaux et les pseudo-électriciens. L'inspecteur principal Falcón a trouvé un témoin qui était à la mosquée le dimanche matin, après la défaillance du boîtier électrique qui s'était produite la veille au soir. Ce témoin a vu Miguel Botín donner la carte des électriciens à l'imam et l'imam les appeler pour prendre rendez-vous. L'inspecteur principal Barros nous a informés que ni lui ni ses services ne peuvent confirmer. Le CGI attendait encore l'autorisation de poser des écoutes dans la mosquée.

» Nous devons envisager la possibilité que les électriciens et les inspecteurs municipaux aient été membres ou employés d'une cellule terroriste. Il se pourrait – mais nous ne pourrons le vérifier que lorsque les experts de la police judiciaire auront pu pénétrer dans la mosquée – que les inspecteurs municipaux aient installé un dispositif pour faire sauter le disjoncteur et que les électriciens aient été chargés de poser une bombe destinée à balayer l'imam, Hammad et Saoudi, et Botín lui-même.

— Il y a quelque chose qui ne va pas dans la logique de ce scénario, intervint Barros. On peut imaginer que Botín ait été l'agent involontaire de leur destruction, mais aucun chef terroriste ne laisserait importer dans ce pays une telle quantité d'hexogène, avec tous les frais et les risques que cela comporte, pour l'anéantir d'un coup.

— En outre, ces électriciens et ces inspecteurs municipaux constitueraient une forme de cellule terroriste d'un autre type que celles que nous avons connues jusqu'à présent, ajouta Falcón. D'après le témoin, il y avait un Espagnol et deux ressortissants des pays de l'Est.

— Et comment expliquer le suicide de Ricardo Gamero dans ce scénario ? renchérit Barros.

— Par un profond sentiment d'échec pour n'avoir pas su empêcher cette horreur, répondit Pablo. D'après ce que nous savons, il prenait son métier très à cœur.

Silence, chacun méditant sur les hypothèses du CNI. Falcón sortit de son état de choc pour faire part de son avis et dire que, selon lui, on attachait trop d'importance à l'éventuelle fonction de code des corans. En même temps, difficile de comprendre comment deux exemplaires identiques avaient pu atterrir à la fois dans le Peugeot Partner et chez Botín.

— Qu'est-ce qui vous fait croire que cette cellule s'est autodétruite ? demanda Barros.

— La seule explication que nous voyons, c'est que c'était une diversion pour occuper nos enquêteurs et tous les services de renseignement européens pendant qu'ils organisent un attentat ailleurs, dit Pablo. Si Botín était un agent double, ses employeurs terroristes devaient savoir que la mosquée était suspectée. Ils ont confirmé les soupçons en y faisant entrer de l'hexogène, ainsi que Hammad et Saoudi, deux hommes connus pour leurs activités logistiques. Ensuite, ils ont tout fait sauter. Ils s'en fichent. Ils iront tous au paradis, qu'ils soient poseurs de bombes ou dindons de la farce.

— Et les Afghans ? continua Barros. Ils ont été identifiés, mais non sacrifiés.

— Botín espérait peut-être que la photo des Afghans nous lancerait sur la piste d'un attentat en préparation en Italie. Botín a fourni ces photos à l'époque où il était considéré comme un informateur fiable du CGI.

— Une autre manœuvre de diversion ?

— Les Italiens, les Danois et les Belges sont tous en alerte rouge, comme après les attentats de Londres.

— Ainsi la lettre contenant le texte d'Abdullah Azam qui a été envoyée à *ABC* et toutes les allusions au MILA diffusées par la presse feraient partie de cette grande entreprise de diversion ? reprit Barros, ravi d'épingler à son tour le CNI après l'humiliation qu'il lui avait infligée, à lui et à ses services.

— Nous essayons maintenant de cerner la véritable cible, dit Pablo. Le texte d'Abdullah Azam et l'évocation du MILA sont de puissants facteurs d'angoisse. Ils inspirent une peur panique à la population. Nous y voyons une intensification de cette forme particulière de terrorisme. Nous nous battons contre l'équivalent d'un virus mutant. Dès que nous trouvons un traitement efficace, il s'y adapte en se renforçant pour devenir encore plus redoutable. Il n'y a pas de règle. Ce n'est que lorsque nous avons subi un certain nombre d'attentats que nous commençons à percevoir un *modus operandi*. Les renseignements recueillis grâce aux centaines de personnes interrogées après les attentats de Madrid et de Londres ne nous sont plus d'aucune utilité. Nous n'avons pas affaire à une organisation reconnue reposant sur une structure stable, mais plutôt à une nébuleuse à la structure insaisissable, douée d'une souplesse absolue.

— Vous êtes sûrs de ne pas trop vous orienter vers la manœuvre de diversion uniquement ? interrogea Elvira. Après les attentats de Madrid...

— Nous sommes convaincus que l'ETA a opéré la diversion qui a assuré le terrible succès des attentats de Madrid. Nous ne pensons pas que ce soit une coïncidence si la guardia civil a intercepté, à cent vingt kilomètres au sud-est de Madrid, une camionnette conduite par deux incompétents de l'ETA qui transportaient cinq cent trente-six kilos de titadine à destination de la capitale pendant que, le même jour, à cinq cents kilomètres de là, à Avilés, trois terroristes marocains prenaient possession des cent kilos de Goma 2 Eco qui ont servi à faire sauter les trains. Les services de sécurité et les renseignements britanniques étaient focalisés sur les risques d'attentat au sommet du G8 à Edimbourg quand les attentats suicides ont eu lieu dans le métro de Londres.

— D'accord, donc il y a des précédents, admit Elvira.

— Dont une manœuvre de diversion pour laquelle on n'a pas hésité à sacrifier cinq cent trente-six kilos de titadine, insista Pablo en regardant ostensiblement Barros.

— La vérité, dit Elvira, c'est que nous ne savons pas à qui nous avons affaire, la plupart du temps. Nous disons Al-Qaïda parce que ça nous aide à dormir, mais nous sommes confrontés à une forme de terrorisme pur dont le but est de mettre à mal notre mode de vie et « nos valeurs décadentes » par tous les moyens. Il semble même qu'il y ait une sorte de compétition entre ces différentes mouvances, à celle qui mettra sur pied et exécutera l'attentat le plus ravageur.

— C'est bien ce qui nous préoccupe, remarqua

Pablo, réconforté de voir qu'Elvira se rangeait à son avis. Sommes-nous en train d'assister à une succession de petites agressions qui laissent prévoir un attentat de bien plus grande ampleur – à l'échelle du World Trade Center de New York ?

— Nous, ce que nous avons besoin de savoir, glissa Ramírez, que ce concours d'hypothèses commençait à assommer, c'est dans quel sens nous devons orienter notre enquête ici, à Séville.

— Tant que Sergio del Rey n'est pas arrivé de Madrid, nous n'avons pas de juge d'instruction, rappela Elvira. Le CGI de Madrid a cherché les contacts de Hammad et Saoudi pour les interroger, mais jusqu'à présent, il semble qu'ils aient agi seuls. La guardia civil a réussi à reconstituer le trajet emprunté par le Peugeot Partner entre Madrid et la maison de Valmojado où ils ont sans doute planqué l'hexogène. Elle a du mal en revanche à reconstituer le trajet de Valmojado à Séville. On se demande s'ils n'ont pas fait un détour.

— Où le Peugeot Partner a-t-il été aperçu pour la dernière fois ?

— Il roulait vers le sud sur la NIV/E5. Il s'est arrêté à une station-service près de Valdepeñas. Le problème, c'est qu'il y a une fourche quatre-vingt-dix kilomètres plus loin. La NIV continue vers Cordoue et Séville. La N323/E902 va vers Jaen et Grenade. Ils examinent les deux itinéraires, mais ce n'est pas facile de repérer une camionnette blanche en particulier parmi les milliers qui sillonnent les routes. Ce n'est possible que si le véhicule s'arrête quelque part et que les deux hommes en descendent. Dans ce cas, ils peuvent être identifiés. C'est ce qui s'est passé à la station-service de Valdepeñas.

— Ce qui veut dire qu'il n'est pas impossible qu'il y ait un autre stock d'hexogène ailleurs, dit Pablo. Notre boulot dans l'immédiat va consister à nous intéresser aux contacts qu'a pu établir Botín. Et nous allons interroger sa compagne, Esperanza, ce matin.

— Super, approuva Ramírez. Mais nous, qu'est-ce que nous sommes censés faire ? Continuer à chercher des électriciens et des inspecteurs municipaux virtuels ? Pour le moment, nous passons pour des incompétents. Le juge Calderón avait l'art de détourner de nous la trop grande attention des médias. Maintenant, il est en prison. Un agent de la cellule antiterroriste du CGI s'est suicidé et il se peut que son informateur ait été un agent double. C'est la Berezina. Notre équipe ne peut pas continuer comme ça.

— Tant que nous n'aurons pas les résultats des examens qu'aura effectués la police scientifique dans la mosquée, nous ne pouvons pas faire grand-chose, constata Falcón. Nous pouvons retourner voir les fidèles de la mosquée pour leur poser des questions sur Miguel Botín et voir ce qui en sort. Mais je crois que nous devons persévérer à rechercher les électriciens et les inspecteurs municipaux qui existent bel et bien. Ils ont été vus. Et si j'ai bien compris la thèse du CNI, les inspecteurs municipaux ont fourni le prétexte qui a permis aux électriciens de poser la bombe. Ce sont eux, les auteurs de cette atrocité. Il faut les trouver, eux et leurs commanditaires. C'est cela, notre but, à nous, groupe des homicides.

— Mais pour l'atteindre, vous aurez sans doute impérativement besoin d'une bonne coopération du renseignement, dit Elvira. Font-ils ou non partie d'une cellule terroriste ? La réponse se trouve peut-être dans le cursus de Miguel Botín, qui a donné leur carte à l'imam.

— Qu'en est-il de l'imam ? demanda Ramírez, qui n'avait pas l'intention de rester à l'écart. Quelle est sa place dans tout ça ? Le CNI a terminé la fouille de son appartement ? Est-ce qu'on pourrait en connaître les résultats ? Y a-t-il quelqu'un qui a eu enfin accès à son dossier et qui serait autorisé à nous en dire davantage ?

— Nous n'y avons pas accès parce qu'il n'est pas en notre possession, dit Pablo.

— Qui le détient ?

— Les Américains.

— Avez-vous aussi trouvé un exemplaire annoté du Coran chez l'imam ? demanda Falcón.

— Non.

— Et donc, vous pensez qu'il n'a pas pris part au complot ? déduisit Ramírez.

— Nous n'en savons pas assez pour répondre à cette question.

La réunion prit fin peu après cet échange. Les hommes du CNI et du CGI quittèrent l'école ensemble. Elvira demanda à Falcón d'assister à la conférence de presse qui se tiendrait au parlement d'Andalousie quand le nouveau juge serait arrivé, pour montrer un front uni. Ramírez attendait dehors.

— Je suis désolé, Javier, dit-il en le tenant par l'épaule et en lui serrant la main. Je sais qu'Inès et toi étiez séparés, mais... c'est terrible. J'espère que tu n'étais pas sur les lieux du crime.

— Si, j'y étais. Je ne sais pas à quoi j'ai pensé. On m'a dit au téléphone qu'on avait identifié le juge Calderón et qu'il tentait de se débarrasser d'un cadavre. Je ne sais pas pourquoi... je n'ai pas imaginé qu'il pouvait s'agir d'Inès.

— C'est lui qui l'a tuée ?

— Je suis allé le voir dans le véhicule de police. Il m'a dit : c'est pas moi.

Ramírez secoua la tête. Le déni était un état psychologique fréquent chez les maris qui tuaient leur femme.

— Ça va être un déchaînement, dit-il. Il y a beaucoup de gens qui attendaient ce moment.

— Tu sais, José Luis, le pire..., dit Falcón avec

effort, c'est que son torse était couvert de bleus et c'étaient des hématomes anciens.

— Il la battait ?

— Son visage était intact.

— Tu ferais mieux d'emmener la brigade anti-émeute avec toi à la conférence de presse. Les gens vont péter les plombs s'ils apprennent ça.

— Inès est venue me voir l'autre jour. Elle était bizarre. J'ai cru un moment qu'elle espérait revenir vivre avec moi, mais maintenant, je crois qu'elle essayait de me dire ce qui lui arrivait.

— Elle avait l'air mal en point ?

Ramírez préférait s'en tenir aux faits.

— Elle jurait comme jamais et, oui, c'est vrai, à un moment elle s'est tenu les côtes. Elle lui en voulait à mort...

— Oui, évidemment... dit Ramírez qui ne s'attendait pas à des confidences aussi intimes.

Les larmes affluèrent dans les yeux de Falcón qui prenait peu à peu la mesure de son chagrin. Ramírez lui serra l'épaule d'une pression de sa grande main brune.

— Revenons à nos moutons du jour, réagit Falcón. Tu as eu le temps de lire le rapport sur le corps non identifié trouvé dans la décharge lundi ?

— Pas encore.

— Il n'y a pas tant de meurtres que ça à Séville. Je n'ai jamais vu un corps aussi esquinté de toute ma carrière. Empoisonné au cyanure qui plus est. Et ça arrive juste avant qu'une bombe n'explose en pleine ville.

— Les deux choses ne sont pas forcément liées, dit Ramírez qui commençait à en avoir assez de se démener pour rien.

— En attendant la tonne d'indices qui seront relevés dans la mosquée, j'aimerais en éclaircir au moins un. Je voudrais au moins identifier la victime. Cela pourrait nous ouvrir de nouvelles perspectives.

— Des indications avant que je commence ma lecture ?

— D'après le légiste, il avait une quarantaine d'années, les cheveux longs, faisait un travail de bureau tout en étant bronzé et marchait plus souvent pieds nus que chaussés. Il avait des traces de haschisch dans le sang. Ainsi que de l'encre de tatouage dans les ganglions lymphatiques, raison pour laquelle on lui a coupé les mains : elles portaient des tatouages, de petite taille, mais sans doute reconnaissables.

— Pour moi, ça ressemble à un universitaire, dit Ramírez qui se méfiait toujours des titulaires de trop longues études. Super-diplômé ?

— Ou un professeur nostalgique de sa jeunesse.

— Espagnol ?

— Teint mat. Il a été opéré d'une hernie. Le médecin légiste a retiré le filet prothétique. Essaie de savoir d'où il vient, quelle entreprise les fournit et à quels hôpitaux. Évidemment, il s'est peut-être fait opérer à l'étranger...

— Tu veux que je m'en occupe tout seul ?

— Prends Ferrera avec toi. Elle s'est déjà un peu penchée sur la question. Pendant ce temps-là, Pérez, Serrano et Baena feront le tour des chantiers de la ville, principalement ceux qui emploient de la main-d'œuvre étrangère. Dis-leur qu'il faut absolument qu'ils trouvent ces électriciens.

— Il me semble que quelqu'un m'a dit que tu faisais faire un modelage de la tête du type... celui de la décharge.

— Le sculpteur est un ami du médecin légiste. Je vais voir ce que ça donne.

— Vous avez manqué notre rendez-vous hier soir, dit Alicia Aguado.

— J'ai appris un truc, expliqua Consuelo. Ça m'a beaucoup perturbée.

— C'est pour ça que nous sommes là.

— Vous m'aviez dit de demander à quelqu'un de ma famille de venir me tenir compagnie quand je rentrerais chez moi après notre séance de mardi. J'ai donc demandé à ma sœur. Elle est venue, mais elle ne pouvait pas rester très longtemps. On a parlé de mes séances avec vous. Elle a vu que j'allais bien et elle est partie. Hier après-midi, elle m'a appelée pour prendre de mes nouvelles. On a bavardé et tout à coup, elle s'est souvenue d'une chose dont elle avait oublié de me parler la veille. La personne qui s'occupe depuis peu de l'entretien de ma piscine.

— De votre piscine ?

— Le type qui s'occupe de la piscine. Il vérifie le PH, passe l'aspirateur au fond, nettoie la surface et les..., énuméra Consuelo, prête à se noyer dans les détails.

— Ça va, Consuelo. Je ne suis pas une spécialiste de l'entretien des piscines.

— Le problème, c'est que je n'ai pas embauché quelqu'un récemment. Il y a un bonhomme qui vient tous les jeudis après-midi depuis que j'ai acheté la maison. Il était déjà employé par les précédents propriétaires.

— Et ?

Consuelo essaya de déglutir. Sans succès.

— Ma sœur me l'a décrit. C'est le petit vicieux de la plaza del Pumarejo.

— Troublant en effet. Je suis sûre que ça vous a inquiétée. Donc vous avez appelé la police et vous êtes restée avec vos enfants. Je peux le comprendre.

Silence. Consuelo était assise de guingois sur le siège, comme si le rembourrage n'était pas égal.

— Bon, reprit Aguado. Dites-moi ce que vous avez fait, ou pas fait.

— Je n'ai pas appelé la police.

— Pourquoi ?

— J'étais un peu gênée. J'aurais dû tout raconter.

— Vous pouviez vous contenter d'expliquer qu'un intrus rôdait dans votre jardin.

— Vous connaissez mal la police. J'ai été suspectée de meurtre pendant deux semaines il y a quelques années. Ils vous soumettent à un feu roulant de questions comme vous ici. Ils soupçonnent quelque chose derrière la moindre parole que vous prononcez. Quand quelqu'un leur cache quelque chose, ils le sentent. Ils voient ça tous les jours. Ils m'auraient posé une question du genre : est-il possible que vous connaissiez cette personne ? Et qu'est-ce qui se serait passé ? Fragilisée comme je le suis...

— Cela va sans doute vous paraître difficile à croire, mais pour moi, c'est un point positif.

— Moi, je me sens complètement nulle. Je ne sais pas si ce type peut présenter un danger pour mes enfants, mais parce que j'ai honte, je suis prête à prendre le risque.

— Mais maintenant, au moins, je sais qu'il existe vraiment.

Silence de Consuelo qui n'avait pas envisagé cette éventualité.

— Notre esprit corrige à sa manière les difficultés qui nous mettent en porte à faux, dit Alicia Aguado. Ainsi, un grand patron qui contrôle la vie de milliers de personnes rétablira l'équilibre en rêvant qu'il est à l'école et que le maître lui dit ce qu'il doit faire. C'est une façon anodine de régler ses problèmes. Il en existe de plus violentes. On voit assez souvent des hommes d'affaires importants qui ont des relations avec des femmes dominatrices et vont les voir régulièrement pour être ligotés, réduits à l'impuissance et punis. Un psychologue de New York m'a raconté que certains de ses patients allaient dans des nurseries pour qu'on leur mette des couches et qu'on les enferme dans des parcs surdimensionnés. Le danger vient du risque de confusion entre le fantasme, le réel et l'illusoire. L'esprit s'embrouille et ne sait plus faire la différence et c'est là qu'il peut s'ensuivre une dépression qui peut avoir des séquelles durables.

— Vous voulez dire que j'ai eu mon fantasme et que je peux maintenant passer à l'étape suivante et revenir à la réalité ?

— En tout cas, ce que vous m'avez raconté n'était pas purement imaginaire. Avant que votre sœur ne confirme l'existence de cet homme, je me demandais à quel stade vous en étiez arrivée. Je l'ai prié de ne pas vous laisser distraire en chemin quand vous veniez ici, parce que si cet homme existait réellement, la réalité vers laquelle vous tendiez était dangereuse pour vous... d'un point de vue personnel. Cet homme ignore tout de vos problèmes. Il a perçu votre vulnérabilité et ce n'est sans doute qu'un prédateur.

— Il connaît mon nom et il sait que mon mari est mort. Il me l'a dit quand il m'a accostée lundi soir.

— Dans ce cas, vous devriez avertir la police. S'ils vous trouvent bizarre, dites-leur de s'adresser à moi.

— Et là, ils sauront que je suis timbrée et ils laisseront tomber. Une bombe a explosé à Séville et une riche bourgeoise s'inquiète de la présence d'un voyou dans son jardin.

— Essayez de leur en parler. Cet homme pourrait vous agresser ou vous violer.

Silence.

— Qu'est-ce que vous êtes en train de faire, Consuelo ?

— Je vous regarde.

— Et vous vous dites...

— Que j'ai confiance en vous comme je n'ai jamais eu confiance en personne.

— Personne ? Pas même vos parents ?

— Je les aimais, mais ils ne savaient rien de moi.

— En qui avez-vous eu confiance dans votre vie ?

— J'ai fait confiance à un marchand d'art de Madrid pendant un temps, jusqu'à ce qu'il vienne s'installer ici.

— Qui d'autre ? Raúl ?

— Non, il ne m'aimait pas. Il vivait dans un univers très fermé, replié sur son malheur. Il ne me parlait pas de ses problèmes, ni moi des miens.

— Il y a eu quelque chose entre vous et le marchand d'art ?

— Non, notre entente n'avait rien à voir avec le sexe ou l'amour.

— Elle tenait à quoi alors ?

— Nous savions que nous trimbalions l'un et l'autre des tas de complications et des secrets que nous ne pouvions pas révéler. Il m'a quand même avoué un jour qu'il avait tué un homme.

— Ce n'est pas un aveu facile, remarqua Alicia Aguado qui avait l'impression qu'elles étaient sur le point de toucher au cœur du problème, même si Consuelo ne s'en rendait pas compte.

— Nous buvions un brandy dans un bar de la Gran Vía. J'étais déprimée. Je venais de lui parler de mes avortements. À son tour, il m'a livré son secret, en me disant que c'était un accident alors qu'en fait, c'était un crime bien plus honteux.

— Plus honteux que de tourner un film porno pour payer un avortement ?

— Certainement. Il a tué un homme pour...

Consuelo s'interrompit comme si elle avait reçu un coup de couteau dans la gorge. Le mot ne voulait pas sortir. Elle ne parvint à émettre qu'une sorte de coassement, comme si elle avait une lame en travers du larynx. Un grand spasme la parcourut. Alicia Aguado lâcha son poignet et lui saisit le bras pour la calmer. Consuelo glissa à terre. Un son étrange jaillit de sa poitrine. Comme un cri d'orgasme, une libération, mais ce n'était pas un cri de plaisir. C'était celui d'une douleur intense.

Alicia Aguado ne s'attendait pas à arriver si vite à ce stade de la thérapie. L'esprit est décidément un organe imprévisible. Il passe son temps à évacuer, à déverser des horreurs dans la conscience. Étrangement, le conscient parvient parfois à franchir l'obstacle, à éluder d'affreuses révélations, à franchir l'abîme. Parfois, le choc le jette à bas. Consuelo venait de vivre une expérience comparable à ce qui arrive quand on est fauché par-derrière par un taureau d'une demi-tonne lancé à pleine vitesse. Elle se retrouva en position fœtale sur le tapis afghan, poussant des gémissements comme si elle cherchait à expulser d'elle quelque chose d'énorme.

27.

Séville – Jeudi 8 juin 2006, 9 h 28

La salle de conférences du parlement d'Andalousie était pleine à craquer, sans compter toutes les personnes restées dans les couloirs. On avait laissé la porte ouverte à deux battants. Falcón ne pouvait pas croire qu'il n'y avait pas eu des fuites. Une conférence de presse ordinaire ne suscitait pas un intérêt de cette ampleur.

À cause de la gravité de la situation, le comisario Lobo avait tenu à venir. Sa présence était réconfortante. Lobo forçait le respect. Il inspirait aussi la peur. Son immense carcasse et son teint rubicond en imposaient. Il était le doyen des hauts gradés de la police à Séville et pourtant, il semblait avoir encore du mal à canaliser son tempérament bouillonnant.

Sur l'estrade, six chaises se dressaient derrière deux tables, sur lesquelles avaient été placés six micros. Les six stars de la conférence de presse : les commissaires Lobo et Elvira, le juge del Rey, le juge doyen de Séville Spinola, les inspecteurs principaux Barros et Falcón, attendaient dans la coulisse en se répartissant les cartons pliés sur lesquels leurs noms étaient imprimés. Del Rey venait d'arriver. Il avait pris un taxi directement de la gare Santa Justa. Il avait l'air remarquablement serein pour un homme qui avait été réveillé à six heures du matin pour s'entendre dire qu'il devait sauter dans le premier AVE pour Séville et prendre la direction de la plus grosse enquête criminelle que l'Andalousie ait connue.

À neuf heures et demie précises, ils montèrent sur l'estrade à la suite de Lobo comme des gladiateurs entrent dans l'arène. Les photographes déclenchèrent une rafale de flashes. Lobo prit place au centre, leva le doigt et promena son regard sur l'assistance qui se tut aussitôt.

— Cette conférence de presse a pour premier objectif de vous présenter la nouvelle équipe chargée de mener l'enquête sur l'explosion qui s'est produite à Séville et que nous appellerons « attentat du 6 juin ».

Il présenta les membres de l'équipe un par un, en expliquant le rôle de chacun. Une rumeur s'éleva à l'annonce de la reprise de l'enquête par Sergio del Rey, nouveau juge d'instruction. Les attributions de Falcón passèrent inaperçues dans le brouhaha qui s'ensuivit.

— Où est le juge Calderón ? cria une voix au fond de la salle.

Lobo leva à nouveau son doigt imposant, d'un air plus autoritaire cette fois. Le silence se fit.

— Le juge doyen de Séville va maintenant vous expliquer la raison du remplacement de notre juge d'instruction.

Spinola se leva et fit un exposé aussi austère et factuel des événements survenus le matin même au bord du Guadalquivir que celui d'Elvira une heure plus tôt. Quand il eut fini, il y eut un temps mort, qui fut aussitôt suivi d'une immense clameur, semblable à la protestation d'une foule indignée qui vient d'assister à une manœuvre déloyale sur un terrain de basket. Une forêt de mains jaillit, brandissant des crayons, des carnets, des micros. Comme leurs vociférations semblaient sans effet, ils se mirent à pousser des cris comme ceux des traders effarés devant la chute de la Bourse. Il était impossible de comprendre quelque question que ce soit. Lobo était toujours debout face à la meute mais le colosse de la jefatura ne les impressionnait plus. Le scandale était trop énorme et la horde trop surexcitée pour se laisser atteindre par son immense autorité. Les journalistes envahirent l'estrade. Falcón se réjouit d'être protégé par la barrière des tables. Lobo n'eut pas une hésitation. Il donna le signal de départ et les six hommes lui emboîtèrent le pas en se retenant de ne pas piquer un sprint vers la porte de sortie. Barros fermait la marche. Il dut lutter pour se dégager de l'emprise d'une main aux ongles écarlates. Les gardes refermèrent la porte et la verrouillèrent. Les journalistes tambourinaient de l'autre côté. Les battants vibraient, comme prêts à éclater.

— Pas question de leur parler, déclara Lobo. De toute façon, il n'y a rien de plus à dire. Nous tiendrons une autre conférence de presse plus tard et nous leur demanderons de nous soumettre leurs questions à l'avance.

Ils quittèrent le bâtiment pour être reconduits à l'école maternelle, à l'exception de Lobo, Elvira et Spinola. Le juge del Rey n'avait pas encore fini de lire le dossier, qui était déjà bien épais. Il dit qu'il l'aurait terminé vers midi et souhaitait rencontrer alors l'équipe chargée de l'enquête.

Falcón appela le Dr Pintado, le médecin légiste qui avait examiné le corps trouvé dans la décharge, et lui demanda le numéro de Miguel Covo, en lui expliquant qu'il voulait voir où en était le sculpteur. Pintado lui dit que Covo se manifesterait quand il aurait quelque chose à montrer.

Son portable sonna. C'était Ángel. Il aurait dû éteindre ce foutu téléphone.

— J'y étais, annonça Ángel. Je n'avais jamais rien vu de pareil.

— On a bien failli vous enfumer au lacrymogène, répondit Falcón, décidé à rester sur le mode léger.

— C'est une catastrophe pour ton enquête.

— Le juge del Rey est très compétent.

— Javier, tu es en train de parler à Ángel Zarrías, expert en relations publiques. Tu as là une situation...

— Nous en sommes bien conscients. Mais qu'y pouvons-nous ? On ne peut pas revenir en arrière et rendre la vie à Inès.

— Je suis désolé, dit-il, la mention de ce nom le rappelant à son devoir de compassion. Je suis vraiment désolé, Javier. J'étais encore dans l'excitation de ce qui s'est passé là-bas. Ça a dû être difficile pour toi. Malgré toute ton expérience, rien ne pouvait te préparer à ça.

Submergé par une vague inattendue de chagrin, Falcón avait soudain la bouche sèche. Il en fut surpris. Il pensait s'être libéré de tout lien affectif avec Inès, mais il en restait quelques vestiges. Il l'avait aimée, ou avait cru l'aimer. Il était stupéfait de constater que ce sentiment avait résisté à l'épreuve de la cruauté et de l'égoïsme d'Inès.

— Que puis-je pour toi, Ángel ? demanda-t-il d'un ton professionnel.

— Écoute, Javier, je ne suis pas idiot. Je sais que tu ne peux rien me dire, même si tu sais ce qui s'est passé. Je veux seulement que tu saches qu'*ABC* est de ton côté. J'ai parlé au rédacteur en chef. Si le comisario Elvira a besoin d'un coup de pouce, nous lui apporterons notre soutien.

— Je le lui dirai, Ángel. Il faut que je te laisse. J'ai un autre appel.

Falcón ferma son téléphone et ouvrit l'autre. C'était le sculpteur, Miguel Covo. Il avait quelque chose à lui montrer. Il indiqua à Falcón le chemin de son atelier.

Falcón lui dit qu'il y serait dans dix minutes. Il appela Elvira dans la foulée pour lui rapporter sa conversation avec Ángel Zarrías.

— Rien n'est gratuit en ce bas monde, dit Elvira. Mais nous allons avoir besoin en effet de toute l'aide possible. Je viens de prendre connaissance du rapport d'autopsie... pardon, Javier, je n'aurais pas dû vous en parler.

— Je l'ai vue, lui rappela Falcón avec un pincement à l'estomac.

Mais il ne voulait pas savoir. Il avait déjà lu les rapports d'autopsie de femmes ou de compagnes battues et avait toujours été effaré par la capacité du corps à encaisser des sévices et à continuer à fonctionner. Il choisit de s'abstraire et de ne pas écouter la voix d'Elvira. Il ne voulait vraiment pas savoir ce qu'Inès avait subi.

— ... un homme civilisé, cultivé, un magistrat brillant et respecté. Nous nous rencontrions souvent à l'opéra. Il n'y a pas à dire, Javier. C'est affolant de penser qu'on ne peut se fier à rien, même quand on croit tenir des certitudes.

— Je n'aurais peut-être pas dû vous parler de la proposition d'Ángel Zarrías.

— Je ne vous suis pas.

— C'est tout l'art d'Ángel. Il a un vrai talent pour manipuler l'image.

— On va nous soupçonner d'avoir été au courant du comportement de Calderón et d'avoir fermé les yeux à cause de sa compétence exceptionnelle, dit Elvira, soudain inquiet du pouvoir des médias maintenant qu'il avait perdu son grand communicant. Les choses vont commencer à se savoir quand l'inspecteur Zorrita se mettra à fouiner. Et là, nous aurons toutes les femmes qu'il... vous savez...

— Baisait ?

— Ce n'était pas le mot que je cherchais, mais bon. Apparemment il n'y en a pas eu qu'une ou deux. Certains journaux moins scrupuleux qu'*ABC* pourraient s'intéresser à elles et exhumer de vieilles histoires... Nous allons tous passer pour des imbéciles, ou pire, pour des incompétents qui n'ont pas été capables de détecter les défaillances de son caractère.

— Personne ne se doutait de rien. Nous n'avons aucune raison de nous sentir coupables. Et le monde est ainsi fait que ces affaires doivent en passer par les médias. En tout cas, il en sortira au moins quelque chose de bon.

— Comment ça ?

— Les gens changeront de mentalité. Ils sauront que n'importe qui peut être l'auteur de violences conjugales. Ce n'est pas l'apanage de brutes incultes incapables de se maîtriser ; ce sont aussi parfois des hommes intelligents, raffinés, cultivés qui se pâment en écoutant *La Tosca.*

Ils raccrochèrent. L'atelier de Covo était situé près de la plaza de Pelicano, dans un bloc d'immeubles modernes des années 1970 particulièrement laid, dont l'espace vert était devenu le réceptacle des crottes de tous les chiens du quartier. Falcón se gara devant l'atelier de Covo, qui se trouvait dans une aile réservée aux locaux commerciaux. Il prit un appareil photo numérique dans la boîte à gants.

— Avant, je gardais tout chez moi, expliqua Covo en conduisant Falcón dans une salle dépourvue de toute décoration, simplement meublée d'une table et de deux chaises, dans laquelle ils entrèrent par une porte grillagée. Mais ma femme a protesté quand j'ai commencé à déborder sur les autres pièces.

Covo prépara un café bien fort, enleva le filtre d'une Ducado et l'alluma. Un duvet blanc très court repoussait sur son crâne rasé. Il portait des verres demi-lune cerclés de métal doré qui lui donnaient un air de comptable. Il était mince, avec un corps brun noisette aux membres tout en muscles, visibles sous un tee-shirt à mailles et un short de sport. Il était chaussé de sandales.

— Le seul problème ici, c'est qu'il y fait une chaleur épouvantable en été, dit-il.

Ils burent un café. Covo se taisait. Il examinait minutieusement le visage de Falcón de haut en bas et de gauche à droite. Il hochait la tête, fumait, buvait son café. Falcón n'en était pas gêné. Il appréciait ce moment de répit après l'effervescence, en compagnie de cet étrange personnage.

— Nous sommes tous uniques, déclara soudain Covo, et en même temps complètement semblables.

— Il y a des types humains. Je l'ai remarqué.

— Mais dans cette partie de l'Europe, il y a eu beaucoup de mélanges génétiques. Ainsi, le marqueur génétique e3b se retrouve aussi bien en Afrique du Nord que dans la péninsule Ibérique. Avec toute la bonne volonté du monde, on ne pourra pas vous dire d'où vient votre cadavre exactement, seulement qu'il est soit espagnol, soit nord-africain.

— C'est déjà quelque chose. Comment avez-vous trouvé le marqueur génétique ?

— Le Dr Pintado a demandé quelques petits services au labo. Votre bonhomme a de bonnes dents. Vous savez déjà qu'il a subi un traitement pour les redresser ; cher et inhabituel chez quelqu'un de sa génération. Cela n'a pas été fait en Espagne.

— Vous avez approfondi la question.

— J'ai pensé que la mort de cet homme pouvait avoir un rapport avec l'explosion de la bombe, alors j'ai travaillé dur. Il est important de savoir dans quelle mesure cela peut modifier la forme du visage. L'état des dents a une influence non négligeable. Le système pileux aussi, les cheveux et la barbc.

— Vous pensez qu'il avait une barbe ?

— La destruction à l'acide n'a pas été aussi radicale qu'elle aurait pu être. Je suis sûr qu'il portait la barbe, mais ça pose d'autres problèmes. Elle était comment ? Tout ce que je peux dire, c'est qu'elle n'était pas longue et fournie. L'intervention sur les dents laisse penser qu'il était soucieux de son apparence.

— Et il avait les cheveux longs.

— Oui. Et des pommettes saillantes. Un nez proéminent... la cloison était en partie intacte. C'était probablement un type physique assez frappant et c'est sans doute la raison pour laquelle on s'est donné tant de mal pour effacer ses traits.

— C'est étonnant qu'on ne lui ait pas bousillé les dents.

— Il aurait fallu les extraire une par une pour que ça serve à quelque chose. Ça prenait sans doute trop de temps. Je vais vous montrer ce que j'ai fait.

Covo écrasa sa Ducado après en avoir tiré une dernière bouffée et emmena Falcón dans l'atelier. Des lumières fusaient çà et là. Le centre de la pièce était occupé par un bloc de pierre d'où émergeaient des visages. Il s'en dégageait une impression d'effort, comme s'ils étaient prisonniers de la pierre et cherchaient à atteindre le monde extérieur en luttant pour se libérer de la matière avilissante. Le long des murs, les spectateurs se tenaient dans la pénombre. Des centaines de têtes, quelques-unes en argile, d'autres en cire, d'un réalisme impressionnant.

— Je ne laisse pas souvent entrer les gens. Ça leur fiche la trouille.

— À cause du silence, je pense. On s'attendrait à entendre tous ces visages s'exprimer.

— Ça leur fait trop penser à la mort. Je ne suis pas

un artiste, mais un artisan. Je peux recréer un visage, mais je ne sais pas lui donner vie. Ils sont inertes, privés d'âme. J'embaume les gens dans l'argile et la cire.

— Les visages qui émergent du bloc de pierre me paraissent bien vivants.

— Je crois que j'ai commencé à prendre conscience de ma propre condition de mortel. Venez voir notre ami.

À droite du bloc de pierre, une table était couverte d'un drap sous lequel on devinait quatre têtes.

— J'ai reproduit sa tête en quatre exemplaires, sans le visage, dit Covo. Ensuite, j'ai fait plusieurs croquis de son visage tel que je l'imagine. Et après, j'ai commencé à le modeler.

Il souleva le drap pour faire apparaître la première tête.

— Là, j'ai essayé d'évaluer la quantité de chair et de peau qui recouvraient les os. En observant le reste du corps, j'ai pu me faire une idée.

Il découvrit deux autres têtes.

— Là, j'ai travaillé sur les traits en m'efforçant de mettre en place le nez, la bouche, les oreilles et les yeux. Comme vous pouvez voir, le troisième visage est déjà plus précis. Arrivé à ce stade, je me remets au dessin, en me concentrant sur le système pileux et les couleurs. J'ai modelé le dernier visage cette nuit. J'y ai ajouté les cheveux, les poils et les couleurs ce matin. C'est celui qui s'approche le plus de la vérité, selon moi.

Il retira le drap pour lui montrer une tête d'homme aux yeux marron soulignés de longs cils, au nez aquilin, aux pommettes saillantes sur des joues creuses. La barbe coupée court épousait le menton, les cheveux étaient longs, noirs et souples et la denture blanche et parfaite.

— Je crains seulement de m'être laissé emporter et de ne l'avoir fait plus beau qu'il n'était en réalité.

Falcón prit des photos tandis que Covo dessinait d'autres portraits possibles. À onze heures, Falcón traversait le pont pour regagner la jefatura. Il scanna les dessins et chargea les photos sur son ordinateur. Il appela Pintado et lui demanda de lui envoyer les radios des dents par mail. Il rédigea une fiche sur laquelle il nota l'âge probable et la taille approximative, et les détails relatifs à l'opération de la hernie, aux tatouages et à la fracture du crâne. Il appela Pablo, qui lui donna l'adresse e-mail de l'homme qui, au CNI de Madrid, s'occuperait de diffuser le signalement aux autres services de renseignement, au FBI et à Interpol.

Ramírez appela au moment où il s'en allait.

— J'ai contacté le chirurgien à l'hôpital. D'après lui, le filet prothétique prélevé sur le corps est un article de la marque SURUMESH, fabriqué par Suru International Ltd à Bombay en Inde.

— C'est ce qu'il utilise ?

— Pour les hernies inguinales, il utilise une marque allemande qui s'appelle TiMESH.

— Tu as appris plein de choses intéressantes, José Luis.

— Absolument passionnantes, dit Ramírez assez sèchement. Il m'a dit que Suru International doit vendre ses produits aux hôpitaux par l'intermédiaire de grossistes.

— Je vais en toucher un mot à Pablo. Le CNI doit pouvoir en obtenir la liste auprès de Suru International.

— Ensuite, il faudra contacter les hôpitaux qui se fournissent auprès de ces grossistes. Il est très possible que certains hôpitaux utilisent des filets provenant de fabricants différents. Il y a aussi les cliniques spécialisées dans ce type d'opération. Ça va prendre du temps.

— Nous devons avancer sur plusieurs fronts à la fois, dit Falcón. Maintenant, j'ai un visage avec lequel nous allons pouvoir travailler. Nous avons aussi des radios des dents. Je pencherais pour les États-Unis. Il s'est fait arranger les dents par un orthodontiste...

— Ces hernies se déclarent en général après quarante ans. Le Dr Pintado pense que l'opération date de trois ans. Donc, nous pouvons limiter nos recherches aux opérations pratiquées dans les quatre ou cinq dernières années. À peu près deux millions et demi d'opérations dans le monde.

— Reste positif, José Luis.

— Je peux te dire à l'année prochaine.

Falcón lui signala la réunion avec le juge del Rey à midi et raccrocha. Il envoya un e-mail au sujet de Suru International à son contact du CNI. Il se levait à nouveau pour partir quand son téléphone personnel se mit à vibrer. Aucun nom sur l'écran. Il prit quand même l'appel.

— *Diga.*

— C'est moi, Consuelo.

Il s'assit lentement. Mon Dieu, se dit-il intérieurement. Son sang se mit à bouillonner, son estomac se serra. Son cœur tambourinait dans sa poitrine.

— Ça fait longtemps, dit-il.

— J'ai appris pour Inès. Je voulais te dire que je suis désolée et que je pense à toi. Je sais que tu dois être très occupé... je ne veux pas te retarder.

— Merci, Consuelo. – Il aurait aimé trouver autre chose à dire. – C'est bon d'entendre ta voix. Quand je t'ai vue dans la rue...

— J'en suis désolée aussi. On n'y pouvait rien.

Il ne comprenait pas ce qu'elle voulait dire. Il cherchait un moyen de la retenir au téléphone. Rien ne lui venait. Son esprit était trop encombré par le corps, les filets prothétiques et les deux millions et demi d'opérations.

— Je vais te laisser, dit-elle. Tu dois en avoir lourd sur les épaules.

— C'est gentil d'avoir appelé.

— C'est la moindre des choses.

— J'aimerais avoir de tes nouvelles, tu sais.

— Je pense à toi, Javier.

Et ce fut tout.

Il retomba contre le dossier de son siège, les yeux fixés sur le téléphone comme s'il renfermait encore sa voix. Elle avait son numéro depuis quatre ans. Elle pensait à lui. Comment l'interpréter ? Simple convention sociale ? Il n'en avait pas eu l'impression. Il enregistra son numéro.

Il régnait une chaleur écrasante sur le parking de la jefatura où les reflets aveuglants du soleil étincelaient sur les pare-brise. Falcón s'installa dans sa voiture, le visage offert à la soufflerie de la clim montée au maximum. Ces quelques phrases, le son de sa voix, avaient rouvert un chapitre entier de souvenirs, qu'il avait clôturé des années auparavant. Il secoua la tête et démarra. Il se dirigea vers El Cerezo par un trajet secondaire, via le site de l'Expo, et traversa le fleuve au puente del Alamillo. Il arriva sur les lieux de l'explosion en même temps que Ramírez.

— Des nouvelles des électriciens ? demanda Falcón.

— Pérez a appelé. Ils ont visité dix-sept chantiers. Rien.

— Que fait Ferrera en ce moment ?

— Elle cherche des témoins qui auraient assisté à la mise en poubelle de notre copain à la hernie dans la calle de los Boteros.

Ils entrèrent dans le bâtiment de l'école maternelle. Le juge del Rey les attendait, seul, dans la salle de classe. Ils s'assirent au bord des tables. Del Rey croisa les bras et baissa les yeux. Il énuméra les principales avancées de l'enquête à ce jour sans en omettre aucune. Il parlait sans notes. Il avait parfaitement retenu les noms des témoins marocains. Il avait en tête les horaires exacts de tout ce qui s'était passé dans la mosquée et à proximité. Il voulait impressionner les deux détectives et il y parvint. Falcón vit Ramírez se détendre. Le remplaçant de Calderón n'était pas un minable.

— Deux éléments de cette enquête me préoccupent tout particulièrement, dit le juge. Le suicide de Ricardo Gamero et l'hypothèse selon laquelle son informateur était un agent double.

— Gamero a été aperçu par un gardien du musée archéologique du parque María Luisa, dit Falcón. Un dessinateur de la police tente actuellement de dresser le portrait d'un homme plus âgé avec qui il a parlé.

— Je vais appeler Serrano pour voir où ça en est, annonça Ramírez.

— Je ne suis pas convaincu qu'un homme comme Gamero se soit suicidé, poussé par un sentiment d'échec parce qu'il n'a pas pu empêcher l'attentat, dit del Rey. Il y a autre chose. Le sentiment d'échec est une notion trop générale. C'est quand ils se sentent personnellement responsables que les gens se suicident.

— Le dessinateur de la police n'a pas eu beaucoup de chance avec le gardien hier soir, dit Ramírez qui venait de raccrocher. Il l'a revu ce matin. Il devrait avoir un résultat à l'heure du déjeuner.

— Je ne suis pas convaincu non plus par l'idée que Miguel Botín était un agent double, reprit del Rey. Son frère a été estropié par une bombe islamique, bon sang de bois ! Vous croyez qu'on peut retourner un type comme ça ?

— Il était converti à l'islam, rappela Falcón. Il était très religieux. On ne sait pas quelle influence peut avoir un prêcheur radical charismatique sur une personnalité de ce genre. Nous avons l'exemple de Mohammed Sidique Khan, l'un des auteurs de l'attentat de Londres, qui est devenu militant radical alors qu'il était éducateur spécialisé.

— Nous ne savons pas non plus quelle relation il avait avec son frère, remarqua Ramírez.

— J'ai aussi un problème avec les électriciens et les pseudo-inspecteurs municipaux. Je ne crois pas à la thèse du CNI qui les voit membres d'une cellule terroriste. Pour moi, le CNI a tendance à tirer les choses par les cheveux.

On frappa à la porte. Un policier passa la tête.

— Les experts de la scientifique ont réussi à descendre dans la réserve de la mosquée. Ils ont trouvé une grande boîte en métal ignifugée et résistante aux chocs. Ils l'ont transportée dans la tente et ils ont pensé que vous voudriez être présents quand ils l'ouvriront.

28.

Séville – Jeudi 8 juin 2006, 12 h 18

Aux abords de l'école, tout le monde portait des masques à cause de la puanteur. Falcón, Ramírez et del Rey traversèrent le site, une main plaquée sur le nez et la bouche. La tente de la police scientifique comportait une antichambre, où ils revêtirent des combinaisons blanches à capuche et enfilèrent des masques. L'intérieur de la tente était climatisé à vingt-deux degrés. Cinq équipes travaillaient sur le site. Tout le monde s'était arrêté pour assister à l'ouverture de la boîte. Il y a quelque chose dans l'âme humaine qui fait qu'il est impossible, même à des scientifiques, de résister au mystère d'un récipient hermétiquement fermé.

Un dictaphone fut placé au milieu de la table après qu'on eut vérifié son bon fonctionnement. Le chef de l'équipe d'experts adressa un signe au juge et aux deux détectives quand ils s'approchèrent. Il avait posé ses mains gantées de caoutchouc de part et d'autre d'une boîte en métal rouge. Il y avait près de lui un carton peu profond destiné à la collecte d'indices, portant une date et l'adresse de l'imam sur le rabat. On apercevait à l'intérieur trois sachets en plastique contenant des clés. Une silhouette vêtue de blanc donna un coup de coude à Falcón. C'était Gregorio.

— Ce serait bien si l'une de ces clés ouvrait la boîte,

dit-il. Deux des jeux proviennent du bureau de l'imam. Le troisième de sa cuisine.

— Tout le monde est prêt ? demanda le chef de l'équipe scientifique. Nous sommes le jeudi 8 juin 2006, douze heures vingt-quatre. Nous avons une boîte en métal verrouillée, dont le couvercle a été endommagé par la déflagration. La serrure semble néanmoins intacte. Nous allons essayer d'ouvrir cette boîte à l'aide des clés récupérées dans l'appartement de l'imam lors d'une fouille effectuée le mercredi 7 juin 2006.

Il écarta le premier sachet de clés pour en prendre un autre. Il fit tomber les deux clés jumelles dans sa main. Il en introduisit une dans la serrure, la tourna et le couvercle s'ouvrit.

— Nous sommes parvenus à ouvrir la boîte à l'aide d'une clé trouvée dans un tiroir de la cuisine, chez l'imam.

Il souleva le couvercle et exhiba trois chemises en plastique de couleur renfermant une bonne épaisseur de papier plié. Il alla poser la boîte, désormais vide, sur une autre table. Puis il ouvrit la première chemise, de couleur verte.

— Nous avons ici une page écrite en arabe, agrafée à des feuilles de dessin ressemblant à des plans d'architecte.

Il déplia les croquis. Il s'agissait du plan détaillé d'une école secondaire de San Bernardo. Les deux autres dossiers contenaient aussi des plans, respectivement ceux d'une école primaire de Triana et ceux de la faculté de biologie de l'avenida de la Reina Mercedes.

Silence : les techniciens de la police scientifique contemplaient leur trouvaille. Falcón imaginait les esprits s'acheminant vers des conclusions peu engageantes. Chaque atrocité du terrorisme islamique infligeait un nouveau syndrome d'horreur à l'Occident. À peine l'Occident avait-il intégré le phénomène des hommes transformés en bombes humaines qu'il avait dû y ajouter celui des femmes et même des enfants. Il avait fallu, hélas, admettre l'évidence qu'après les véhicules piégés était venu le temps des bateaux piégés et même des avions devenus bombes volantes. Finalement ces abominations avaient cessé de se dérouler loin, au Proche-Orient, en Extrême-Orient et en Amérique, pour se produire au cœur de Londres et de Madrid. Puis, l'inimaginable. De quoi donner des insomnies au plus tordu des scénaristes d'horreur : la diffusion dans le monde entier de vidéos montrant l'exécution d'hommes et de femmes décapités au couteau. Et pour finir, Beslan, les enfants pris en otages, affamés, la tête bardée d'explosifs. Comment un cerveau ordinaire peut-il fonctionner normalement devant une telle escalade ?

— Ils comptaient faire exploser ces bâtiments ? interrogea une voix.

— Prendre des otages, dit une femme. Rendez-vous compte, ils s'attaquent à des enfants de cinq à vingt-cinq ans.

— Les salauds !

— Ils ne s'arrêteront donc jamais ? Ils n'ont aucune limite ?

— Je crois, dit le juge del Rey, pressé d'enrayer la montée d'hystérie, que nous devrions attendre d'avoir la traduction des textes écrits en arabe avant de tirer des conclusions trop hâtives.

Mais ils ne voulaient pas entendre la voix de la raison. Pas encore. Ils avaient attendu longtemps pour mettre la main sur un indice tangible. Maintenant qu'ils détenaient un élément spectaculaire, ils avaient besoin de laisser éclater leur colère. Del Rey s'en rendit compte. Il assouplit sa position.

— Par mesure de précaution, il serait préférable de fouiller ces trois édifices. S'ils projetaient de s'en emparer, il se peut qu'ils y aient stocké des armes.

Tous approuvèrent, heureux de constater que l'envoyé de Madrid souffrait de la même paranoïa, des mêmes déviations de la pensée qu'eux-mêmes.

— Nous allons soumettre tout de suite ces plans et les textes en arabe aux experts de la scientifique, dit-il. Il nous faut la traduction au plus vite.

— Il y a autre chose, intervint le chef d'équipe. Les démineurs ont fait une découverte intéressante en ce qui concerne les explosifs.

Un militaire, reconnaissable au bandeau vert qu'il portait au bras sur sa combinaison blanche, s'approcha de la table.

— Pour l'instant, nous avons seulement exploré la zone située au-dessus de la réserve, car nous n'avons pas trouvé trace de corps ou de restes humains. Nous continuons à penser que l'explosion a été provoquée par une grande quantité d'hexogène, mais nous avons aussi décelé des résidus de Goma 2 Eco, l'explosif qui a été utilisé dans les attentats de Madrid.

— Ce serait l'un des explosifs qui aurait fait sauter l'autre ?

— C'est bien possible, mais difficile à prouver.

— Pourquoi deux types d'explosifs différents à votre avis ?

— Le Goma 2 Eco est un explosif industriel, l'hexogène un explosif militaire. Quand on dispose d'une grande quantité d'hexogène, explosif beaucoup plus puissant, je ne vois pas l'intérêt d'avoir recours à un autre explosif de moindre efficacité, à moins de vouloir déclencher d'autres explosions de diversion ou créer un état de peur dans la population.

— Vous avez estimé la quantité d'hexogène stockée dans le bâtiment à cent kilos, intervint del Rey.

— Sous réserve.

— Avec cent kilos, quels seraient les dégâts subis par les écoles et l'université représentées sur les plans ?

— Un expert connaissant bien l'architecture des bâtiments doit pouvoir les raser totalement, répondit le militaire. Mais il faut pour cela effectuer un travail visant à leur démolition : percer des trous dans la structure pour relier les charges entre elles afin qu'elles explosent en même temps.

— Et les gens ?

— Si tout le monde est rassemblé dans une ou deux pièces, avec seulement trente kilos, vous n'aurez pas, ou très peu, de survivants.

— Pouvez-vous dire quelle quantité de Goma 2 Eco a explosé dans la réserve de la mosquée ?

— Personnellement, je dirais vingt-cinq kilos, peut-être un peu moins, mais je ne pourrais pas l'affirmer devant un tribunal parce que l'hexogène domine largement.

— On produit de l'hexogène en Espagne ?

— Non. Au Royaume-Uni, en Italie, en Allemagne, aux États-Unis et en Russie. Les Chinois doivent aussi en fabriquer, mais ils ne s'en vantent pas.

— Pourquoi se donner le mal de l'importer ?

— Parce qu'on en trouve autant qu'on veut. Partout où il y a conflit, il y a des armes et du matériel. Il n'y a qu'à se servir. Avec l'hexogène, on a un explosif puissant, pas trop encombrant, peu visible, facile à transporter et à dissimuler. Les armes à feu sont bien plus contrôlées depuis le 11 Mars, même s'il y a eu des vols, par exemple au Portugal l'année dernière. Dans l'espace européen ouvert, les chances de repérer un transport d'hexogène sont minces. Alors qu'en organisant un cambriolage pour se procurer de la poudre d'armes à feu, on se retrouve avec un explosif de faible puissance et les autorités sont immédiatement alertées.

— Qu'en est-il de la variété artisanale qui a servi à Londres ? demanda del Rey. N'est-il pas plus simple de mélanger des ingrédients faciles à obtenir plutôt que d'importer de l'hexogène ou de voler du Goma 2 Eco, avec les complications et les risques que cela comporte ?

— Vous avez raison, le triperoxyde triacetone est facile à fabriquer, mais je n'aimerais pas me trouver à proximité de celui qui s'y aventure, à moins qu'il n'ait un doctorat de chimie et qu'il n'opère dans un local à température régulée. C'est un produit volatil. Et puis, tout dépend du genre d'horreur que vous voulez commettre. Le TATP convient parfaitement si vous souhaitez tuer des gens, mais si vous envisagez une explosion spectaculaire qui provoque autant de dégâts matériels que de ravages humains, l'hexogène est plus approprié. C'est aussi un produit plus stable, manipulable à toute température, ce qui n'est pas sans importance à cette époque de l'année dans une ville comme Séville, où on peut enregistrer des écarts de température de vingt degrés.

Le rythme de travail s'intensifiait. Les éléments matériels provenant du site de l'explosion ne cessaient de s'accumuler. Des morceaux de cartes de crédit, des bouts de pièces d'identité, des permis de conduire, des lambeaux de vêtements, des chaussures. Les restes les plus macabres, comme les fragments humains, étaient déposés dans la tente voisine qui servait de morgue. Tandis que del Rey observait les activités des experts scientifiques, Falcón exposa la situation à Elvira qui arrivait d'une réunion à l'hôtel de ville avec le maire, le comisario Lobo et le juez Decano Spinola. Elvira ordonna aussitôt une fouille complète des trois bâtiments cités dans les dossiers trouvés. La police locale se chargerait de l'évacuation et l'examen des lieux serait supervisé par l'équipe de déminage, au cas où il y aurait des pièges. Elvira craignait que d'autres cellules terroristes soient déjà en alerte et se préparent à prendre le contrôle des bâtiments. Il fallait prévenir le CGI. Gregorio, du CNI, était déjà en contact avec Pablo, qui demandait que les traductions lui soient envoyées par courrier électronique sécurisé dès qu'elles seraient terminées.

Falcón, Ramírez et del Rey ôtèrent leurs combinaisons à l'entrée de la tente et regagnèrent l'école maternelle pour y tenir une nouvelle réunion.

— Que vous inspirent ces faits nouveaux, inspecteur ? demanda del Rey.

— On nous a demandé de garder un esprit ouvert dans cette enquête, surtout le CNI, dit Falcón. Or, depuis qu'on a trouvé le Peugeot Partner, presque tous les éléments recueillis par la suite nous incitent à penser qu'une campagne d'attentats était en cours d'organisation dans la mosquée.

— Presque tous ?

— Nous n'avons pas d'explication satisfaisante à l'intervention des inspecteurs municipaux et des électriciens et, en même temps, nous les soupçonnons d'avoir joué un rôle. Ils paraissent être intimement liés au déclenchement de l'explosion. D'après ce que nous a dit l'officier du déminage, il semble qu'on ait posé un dispositif plus petit qui a provoqué la mise à feu de l'hexogène. Nous avons établi qu'il existait un lien entre Miguel Botín et les électriciens. On l'a vu donner leur carte à l'imam. Mais pour qui travaillait-il ?

— Vous ne croyez pas non plus à la thèse du CNI ?

— J'y croirais si elle s'appuyait sur des preuves, mais il n'y en a aucune.

— Que pensez-vous du fait que la boîte ait été ouverte par une clé trouvée dans l'appartement de l'imam ? demanda Ramírez. Quelle place cela lui donne-t-il ?

— Cela en fait un rouage actif, dit del Rey.

— Sauf que les clés ont été trouvées dans un tiroir de la cuisine, rappela Falcón. Cela me paraît étrange alors que toutes les autres clés étaient rangées dans son bureau. En plus, c'étaient deux clés identiques. Pourquoi les laisser ensemble ?

— Si on part du principe que Botín était agent double et qu'il tirait parti de son rôle de pion du CGI auprès de l'imam pour en faire profiter un autre mouvement terroriste, comme le croit le CNI, que faut-il penser des plans enfermés dans la boîte de métal ? interrogea del Rey.

— Si ce sont les clés de l'imam qui ont ouvert la boîte, cela signifie que ces plans correspondent à un projet non opérationnel, dit Falcón. Le CNI sera bien obligé d'admettre que cela faisait aussi partie de la tactique de diversion.

— Quel est votre avis, inspecteur ?

— Je n'ai pas assez d'informations pour avoir un avis.

— Vous disiez que vous gardiez l'esprit ouvert. Qu'est-ce que cela veut dire ? Que vous suivez d'autres pistes ?

Falcón lui parla d'Informáticalidad et lui expliqua ce qu'étaient Horizonte et I4IT. Il lui dit pourquoi ils avaient acheté l'appartement et ce qu'y faisaient les commerciaux qu'on y envoyait. Il lui dit aussi un mot des méthodes de recrutement d'Informáticalidad.

— En effet, c'est assez curieux, mais je ne vois pas en quoi cela les implique dans notre affaire.

— J'ai jamais vu un truc pareil, commenta Ramírez.

— Jusqu'à présent, la seule irrégularité que j'ai constatée dans leur mode de fonctionnement, c'est l'achat de l'appartement avec l'argent d'une caisse noire, reprit Falcón. J'ai essayé de déterminer le rapport qu'ils pouvaient avoir avec ce qui se passait à la mosquée.

— Et vous avez trouvé ?

— Je n'en vois qu'un seul : l'église où Informáticalidad recrute ses employés est celle que fréquentait l'agent de la cellule antiterroriste du CGI, Ricardo Gamero. L'église San Marcos.

— Avez-vous la preuve que Gamero y a rencontré quelqu'un de chez Informáticalidad ?

— Aucune. J'ai parlé avec le curé de San Marcos. Tout ce que je peux dire, c'est qu'il s'est parfois montré extrêmement prudent dans ses réponses, mais c'est tout.

— Vous espérez que le portrait-robot de l'homme que Gamero a rencontré au musée vous permettra de faire le lien avec Informáticalidad ?

— Ce n'est pas évident d'arriver à dresser un portrait ressemblant d'après les descriptions d'un gardien de musée qui a entrevu une personne sans y prêter attention. Les gardiens guettent les éventuels perturbateurs, ils ne s'intéressent pas à deux grands adultes qui bavardent entre eux.

— Voilà pourquoi nous n'avons toujours rien au bout de cinq heures, conclut Ramírez.

— Nous tâchons également d'avancer dans une enquête que nous avions commencée la veille de l'explosion.

Falcón raconta la découverte du corps mutilé.

— Et à cause de la proximité dans le temps, vous pensez qu'il peut y avoir un lien ? s'informa del Rey.

— Pas seulement. Après avoir subi de sérieuses dégradations destinées à le rendre méconnaissable, le corps a été cousu dans un linceul. J'ai eu l'impression d'une marque de respect, répondant à des préoccupations religieuses. Le corps présentait également ce qu'on appelle un marqueur génétique berbère, ce qui signifie que la victime était originairc de la péninsule Ibérique ou d'Afrique du Nord.

— Vous dites qu'il a été empoisonné.

— Par ingestion, ce qui veut sans doute dire qu'il ne savait pas qu'on était en train de l'« exécuter ». Ensuite, on a effacé son identité, mais on l'a traité avec respect.

— En quoi cela peut-il nous aider à retrouver les pseudo-électriciens et inspecteurs municipaux ?

— Je ne le saurai pas tant qu'on n'aura pas identifié la victime de la décharge. J'espère qu'on y parviendra bientôt maintenant qu'on a envoyé à tous les services de renseignement, Interpol et FBI compris, une photo de son visage reconstitué et un jeu de radios dentaires.

Del Rey hocha la tête, prit quelques notes.

— Nous n'arrivons à rien en recherchant ces électriciens par les canaux habituels, remarqua Ramírez.

— Pendant que l'officier du déminage parlait, je me suis dit qu'un expert en explosifs devait avoir des connaissances en électronique et donc en électricité d'une façon générale. Le Goma 2 Eco est un explosif utilisé dans l'exploitation des mines. Nous devrions présenter à nos témoins les photos d'identité de tous les spécialistes d'explosifs agréés en Espagne.

— Vos témoins ont été en mesure de vous donner le signalement des électriciens ?

— Le plus crédible est un Espagnol converti, un certain José Duran, mais il n'a pas pu nous en faire une description très précise. Ils n'avaient apparemment rien de particulier.

— Vous avez parlé de témoins au pluriel.

— Il y a aussi un vieux Marocain, mais il ne s'était même pas rendu compte qu'ils n'étaient pas espagnols.

— On devrait peut-être envoyer un dessinateur à

José Duran quand on lui montrera les photos des personnes autorisées à manipuler les explosifs, suggéra Ramírez. Je m'en occupe.

Falcón lui passa son téléphone pour qu'il note le numéro de Duran. Ramírez quitta la pièce.

— J'ai l'impression que le CNI se fourvoie ou qu'ils ne nous disent pas tout ce que nous devrions savoir, déplora del Rey. Je ne comprends pas pourquoi ils ne vous ont pas encore laissé entrer dans l'appartement de l'imam.

— Ils ne s'intéressent plus à ce qui s'est passé ici, dit Falcón. Cette explosion était un leurre ou le résultat d'une erreur et, dans un cas comme dans l'autre, il est inutile de dépenser de l'énergie pour bien peu de choses alors que d'autres attentats beaucoup plus dévastateurs sont en préparation quelque part.

— Mais vous n'adhérez pas à leur façon de voir.

— Je pense qu'il y a deux forces en présence. D'une part un mouvement terroriste islamique qui préparait un attentat auquel devait servir l'hexogène transporté dans le Peugeot Partner et stocké dans la mosquée...

— Un attentat visant les écoles et la faculté de biologie ?

— Attendons de voir ce que pourront éventuellement nous apprendre les plans et les textes, dit Falcón. Et leur traduction.

— Et l'autre force ?

— Je ne sais pas.

— Comment se manifeste-t-elle ?

— Par un hiatus dans la logique du scénario. Nous n'arrivons pas à y faire cadrer les électriciens et les inspecteurs municipaux dans l'ensemble, pas plus que le Goma 2 Eco.

— Mais qui constitue cette force, selon vous ?

— Pour quoi ces terroristes islamiques se battent-ils, ou plutôt contre qui ?

— C'est difficile à dire. On a du mal à discerner un plan ou une stratégie cohérente. On dirait qu'ils infligent des punitions. Londres et Madrid avaient sans doute pour cause l'Irak. Nairobi, l'*USS Cole* et les tours jumelles voulaient châtier l'Amérique, considérée comme l'empire du mal. Bali a été la réplique à l'action de l'Australie au Timor-Oriental. Casablanca visait probablement les juifs et les Espagnols. Karachi... je ne sais pas. C'était le Sheraton, non ?

— Tout le problème est là. Nous ne savons pas qui est notre ennemi. L'autre force est peut-être simplement composée de gens qui en ont assez et ont décidé de ne plus se laisser terroriser sans rien faire. Ils ont choisi de riposter. Ils veulent préserver leur mode de vie, décadent ou non. C'est peut-être eux qui sont derrière le site Internet VOMIT. Ou bien c'est un groupe andalou qui a entendu parler du MILA et le perçoit comme une menace pour eux et leurs familles. C'est peut-être un mouvement religieux qui veut défendre la foi catholique en Espagne et renvoyer l'islam en Afrique du Nord. Ou alors, nous sommes encore plus décadents que nous le pensons et il s'agit d'une manœuvre politique. Quelqu'un a compris le profit politique et économique qu'on retire en semant la terreur. Quand les avions ont percuté les tours du World Trade Center, tout a changé. Les gens voient les choses différemment, les bons comme les mauvais. Une nouvelle page a été tournée dans l'histoire de l'horreur et chacun exerce ses talents créatifs pour en écrire un paragraphe.

29.

Séville – Jeudi 8 juin 2006, 13 h 10

— Vous avez pu joindre votre ex-mentor d'Informáticalidad, Marco Barreda ? demanda Falcón.

— J'ai fait mieux que ça, répondit David Curado. Je suis allé le voir.

— Comment ça s'est passé ?

— Eh bien, je l'ai appelé et j'ai commencé à lui raconter notre conversation. Il m'a arrêté, m'a dit que c'était dommage que nous ne nous soyons pas vus depuis que j'avais quitté la société et m'a proposé de le rejoindre pour une bière et tapas.

— C'était la première fois ?

— Absolument. On s'était seulement parlé au téléphone. Ça m'a étonné. On n'est déjà pas censé parler aux ex-employés, encore moins aller prendre une bière avec eux.

— Vous étiez juste vous deux ?

— Oui. C'était assez bizarre. Il était tout feu tout flamme au téléphone et quand on s'est retrouvés, il donnait l'impression d'avoir changé d'avis. Il était distrait, mais je voyais bien que c'était pas naturel.

— Comment ça ?

— Je lui ai parlé de notre conversation, mais il m'écoutait à peine. Par contre, quand je lui ai posé la question que vous m'aviez dit de lui poser sur Ricardo

Gamero, il est resté bouche bée. Je lui ai demandé qui était ce Ricardo Gamero. Il m'a répondu que c'était un de ses co-paroissiens qui venait de se suicider. Comme vous savez, je vais aussi à San Marcos et je n'y ai jamais vu Ricardo Gamero. Alors je lui ai demandé s'il s'était suicidé parce qu'il avait les flics sur le dos et il m'a dit qu'il était flic lui-même.

— Comment a-t-il pris la nouvelle du suicide de Gamero ?

— Il en était malade, ça se voyait. Très affecté.

— Ils étaient amis ?

— Je ne pense pas, mais il n'a pas précisé.

Falcón se dit qu'il fallait qu'il parle directement à Barreda. Curado lui donna son numéro. Ils raccrochèrent. Falcón s'enfonça dans son siège en donnant des petits coups sur le volant avec son téléphone. Le suicide de Gamero avait-il fragilisé Marco Barreda ? S'il était en état de vulnérabilité et que Falcón pût en jouer, en sortirait-il quelque chose ?

Il ne savait pas très bien où il mettait les pieds. Il avait parlé au juge del Rey de deux forces en présence : le terrorisme islamique et une autre entité, encore inconnue, aussi féroces l'une que l'autre dans leurs actions, mais dont il ignorait la structure et les objectifs, à part la volonté manifeste de tuer. L'une s'était-elle inspirée de l'autre pour adopter son mode de fonctionnement : aucun programme établi, une hiérarchie inexistante, un saupoudrage de cellules indépendantes, isolées les unes des autres, activées à distance pour accomplir leur mission meurtrière ?

Ce monologue intérieur déboucha sur une constatation claire. C'était là l'une des différences culturelles entre l'Islam et l'Occident : quand un attentat islamique se produisait, les Occidentaux cherchaient tout de suite un « cerveau ». Il y avait forcément un mauvais génie à l'origine, parce que l'esprit occidental avait besoin de ce modèle : une hiérarchie, un plan visant un objectif réalisable. Comment s'agençait l'enchaînement des faits ?

Il remonta à l'électricien qui avait posé la bombe. Il était venu, appelé par l'imam, qui tenait sa carte de Miguel Botín. La carte constituait le lien entre la mission et l'autorité qui l'avait ordonnée. Ni les électriciens, ni d'ailleurs les inspecteurs de la municipalité, ne se trouvaient dans la mosquée au moment de l'explosion, or ils faisaient partie du plan au même titre que la carte. Une cellule terroriste islamique n'agirait pas ainsi. Ce qui voudrait dire, logiquement, que la seule personne qui ait pu donner ses ordres à Miguel Botín était Ricardo Gamero. Pourquoi Gamero s'était-il suicidé ? Parce qu'il ne s'était pas rendu compte qu'en donnant cet ordre à Miguel Botín il l'envoyait déclencher l'anéantissement d'un immeuble entier et de toutes les personnes qui s'y trouvaient.

Une raison suffisante pour mettre fin à ses jours.

Le jour de l'explosion, la section antiterroriste du CGI est restée en retrait parce qu'elle soupçonnait l'existence d'une taupe dans ses rangs. Ce n'est que le lendemain que Ricardo Gamero a pu sortir et demander à voir un supérieur, l'homme plus âgé du musée archéologique, à qui il a réclamé une explication. Cette explication n'a pas suffi à le détourner du suicide. Falcón appela Ramírez.

— Est-ce que le dessinateur de la police a terminé le portrait-robot de l'homme que Gamero a rencontré au musée ?

— Nous venons de le scanner et de le transmettre au CNI et au CGI.

— Envoie une copie sur l'ordinateur de l'école maternelle.

— Le témoin José Duran doit arriver d'un moment à l'autre. Nous lui montrerons les photos des spécialistes d'explosifs agréés, mais je n'ai pas grand espoir. La bombe a pu être fabriquée par quelqu'un d'autre et laissée dans la mosquée. Ou l'homme n'était que l'assistant de l'expert en bombe et a juste appris ce qu'il avait besoin de savoir.

— Continue, José Luis. Si tu veux vraiment t'embarquer dans une mission impossible, mets-toi à la recherche des inspecteurs municipaux.

— En plus des deux millions et demi d'opérations de hernie qu'il me reste à vérifier.

— Autre chose. Contacte toutes les fraternités, les Hermandades, en lien avec les trois églises : San Marcos, Santa María La Blanca et La Magdalena.

— Quel intérêt ?

— Tout ce qui se passe ici répond à des motivations religieuses. Informáticalidad recrute parmi les fidèles. Ricardo Gamero était un catholique convaincu, paroissien de San Marcos. Le texte d'Abdullah Azzam a été envoyé à *ABC*, le principal journal catholique, et il comportait une menace directe envers la confession catholique en Andalousie.

— Qu'est-ce que les fraternités de ces églises ont à voir là-dedans ?

— Peut-être rien. On peut ne pas vouloir afficher son appartenance à une fraternité, mais on ne sait jamais, ils connaissent peut-être des membres qui le sont en secret ou sont peut-être au courant de manigances étranges qui nous permettraient de faire pression sur les prêtres. Il faut tout tenter.

— Ce n'est pas joli joli.

— Parce que tu trouves que la situation actuelle l'est ?

— On a à nouveau les médias sur le dos. Je viens d'apprendre que le comisario Lobo et le magistrado juez Decano de Séville vont donner une nouvelle conférence de presse pour faire un premier point après la défection du juge Calderón. Il paraît que celle qui a eu lieu au Parlement ce matin a eu un effet désastreux. Il y a une foule de crétins qui se pressent à la télévision et à la radio pour nous dire que, depuis l'arrestation de Calderón pour meurtre et violence conjugale, notre enquête a perdu toute crédibilité.

— Comment en est-on arrivé là ?

— Les journalistes ont envahi le palais de justice et interviewé les amis et collègues d'Inès. Ils ne parlent plus seulement de mauvais traitements avérés, mais d'une campagne de harcèlement mental et d'humiliation publique sur une longue période.

— C'était bien ce que craignait Elvira.

— Un certain nombre de personnes attendaient depuis longtemps d'avoir la peau d'Esteban Calderón et, maintenant qu'il est à terre, ils vont s'acharner sur lui jusqu'au bout, quitte à torpiller notre enquête.

— Qu'est-ce que Lobo et Spinola espèrent en donnant cette nouvelle conférence de presse ? Ils ne peuvent pas parler d'une enquête pour meurtre en cours.

— Limiter les dégâts. Et dire le plus grand bien de del Rey. Il doit arriver plus tard avec le commissaire Elvira pour dire où en est l'enquête.

— Je comprends pourquoi il était si aimable avec nous. Mais il vaudrait mieux qu'il ne dévoile pas nos objectifs du moment.

— Tu as raison. Tu devrais l'appeler.

Del Rey avait éteint son portable. Il était peut-être déjà en studio. Falcón appela Elvira pour lui demander de transmettre un message assez laconique au juge. Il n'avait pas le temps d'entrer dans les détails. Il récupéra le portrait-robot dans l'ordinateur de l'école maternelle. Il avait le mérite d'être assez réaliste. Un homme dans les soixante ans, peut-être soixante-dix, en costume et cravate, le cheveu rare, la raie sur le côté, ni barbe ni moustache. Le dessinateur avait indiqué la taille et le poids estimés par le gardien, un mètre soixante-cinq et soixante-quinze kilos. Mais était-ce l'homme qu'ils cherchaient ?

De retour dans sa voiture, il jeta un coup d'œil aux listes que lui avait remises Diego Torres, le directeur des ressources humaines d'Informáticalidad. Marco Barreda ne faisait pas partie de ceux qui étaient passés à l'appartement de la calle de los Romeros. Il était peut-être trop haut placé. Il appela le numéro que lui avait donné David Curado et se présenta en indiquant son grade.

— Je voudrais vous parler face à face, dit Falcón.

— Je suis très occupé.

— Ça ne prendra qu'un quart d'heure.

— Je n'ai pas le temps.

— J'enquête sur un attentat terroriste, plusieurs meurtres et un suicide. Vous devez m'accorder un peu de votre temps.

— Je ne vois pas en quoi je peux vous être utile. Je ne suis ni un terroriste, ni un meurtrier, et je n'en connais aucun autour de moi.

— Mais vous connaissiez celui qui s'est suicidé, Ricardo Gamero. Où êtes-vous ?

— Au bureau. Je m'apprête à sortir.

— Donnez-moi une adresse.

Gros soupir de Barreda. Il savait qu'il ne pourrait pas éviter indéfiniment Falcón. Il indiqua un bar de Triana.

Falcón rappela Ramírez.

— Tu as la liste des communications passées sur les portables de Ricardo Gamero ?

Ramírez farfouilla bruyamment dans le bureau pendant une minute avant de reprendre son téléphone. Falcón lui dicta le numéro de Barreda.

— Intéressant, commenta Ramírez. C'est la dernière personne qu'il a appelée sur son téléphone personnel.

— Tant que j'y pense, il nous faut aussi la liste des appels passés par l'imam sur son portable. En particulier celui qu'il a passé en présence de José Duran dimanche matin, parce que c'est le numéro de téléphone des électriciens.

Le bar était à moitié plein. Tous les clients étaient tournés vers le téléviseur et en oubliaient leur verre. Le journal venait de s'achever. C'était le tour de Lobo et Spinola. Mais Ramírez s'était trompé : ce n'était pas une conférence de presse, c'était une interview. Falcón arpenta le bar à la recherche d'un homme seul. Personne ne lui fit signe. Il s'assit à une table pour deux.

La journaliste malmenait Spinola. Elle ne pouvait pas croire qu'il ignorait que Calderón terrorisait sa femme. Le juge doyen de Séville – un éléphant de la vieille école aux yeux de saurien et au sourire aimable et néanmoins inquiétant – n'était pas du tout alarmé de se retrouver sur la sellette.

Falcón se désintéressa de ce débat inutile. Spinola ne se laisserait pas intimider. La journaliste était aveuglée par l'aspect affectif de l'affaire. Elle aurait dû attaquer Spinola sur l'intégrité de Calderón et sa capacité à assumer les fonctions de juge chargé de l'enquête. Au lieu de cela, elle espérait quelque révélation sensationnelle d'ordre personnel et ne s'était pas adressée au bon interlocuteur.

Un jeune homme en costume aborda Falcón. Ils se présentèrent et s'assirent. Falcón commanda deux cafés et de l'eau.

— Vous n'êtes pas à la fête, remarqua Barreda en montrant de la tête le téléviseur.

— On a l'habitude.

— Combien de fois est-il arrivé qu'on surprenne un

juge d'instruction en train de se débarrasser du corps de sa femme en pleine enquête d'envergure sur une affaire de terrorisme international ?

— Aussi souvent qu'il est arrivé qu'un membre important de la cellule antiterroriste se suicide en pleine enquête d'envergure sur une affaire de terrorisme international, rétorqua Falcón. Depuis combien de temps connaissiez-vous Ricardo Gamero ?

— Deux ans à peu près, répondit un Barreda impressionné par la repartie de Falcón.

— C'était un ami ?

— Oui.

— Vous ne le voyiez donc pas seulement à la messe du dimanche ?

— Nous nous retrouvions parfois dans le courant de la semaine. Nous aimions tous les deux la musique classique. Nous allions au concert ensemble. Informáticalidad a des billets d'abonnement.

— Quand l'avez-vous vu pour la dernière fois ?

— Dimanche.

— Je sais qu'Informáticalidad recrute son personnel parmi les fidèles de San Marcos et d'autres églises. Est-ce que d'autres employés de la société le connaissaient ?

— Bien sûr. Nous allions prendre un café après la messe et je le présentais aux uns et aux autres. C'est normal, non ? Ce n'est pas parce qu'on est flic qu'on n'a pas le droit de voir du monde.

— Vous saviez donc qu'il travaillait à la cellule antiterroriste du CGI ?

Barreda se raidit quand il s'aperçut qu'il s'était laissé piéger.

— Je le connaissais depuis deux ans. Il a fini par en parler.

— Vous vous souvenez quand ?

— Au bout de six mois. Comme j'essayais de le

convaincre d'entrer à Informáticalidad en lui faisant des offres de plus en plus alléchantes, au bout d'un moment, il m'a dit ce qu'il faisait. Il m'a expliqué que c'était comme une vocation et qu'il ne changerait pas de métier.

— Une vocation ?

— C'est le mot qu'il a employé. Il prenait son travail très à cœur.

— Ainsi que sa religion. Il avait le sentiment que les deux étaient liés ?

Barreda dévisageait Falcón pour tenter de le percer à jour.

— Vous étiez tout de même un ami qu'il rencontrait à l'église, reprit Falcón. J'aurais pensé que vous en seriez forcément venus à parler de la menace islamique à un moment quelconque. Une fois qu'il avait avoué... quelle était la nature de son travail, il pouvait sembler naturel d'aborder la question.

Barreda se recula sur sa chaise en regardant autour de lui comme pour trouver l'inspiration.

— Vous avez rencontré un certain Paco Molero ? – Double clignement des yeux. Il l'avait rencontré. – D'après lui, enchaîna Falcón, Ricardo reconnaissait lui-même avoir été fanatique et disait qu'il n'avait réussi que très récemment à passer du fanatisme à la simple ferveur. Qu'il avait pu opérer cette métamorphose grâce à un prêtre qui est mort dernièrement d'un cancer. Où vous situeriez vous-même sur une échelle allant de, disons, la tiédeur au fanatisme ?

— J'ai toujours été très croyant. Dans ma famille, il y a un prêtre à chaque génération.

— Y compris la vôtre ?

— Sauf la mienne.

— Est-ce une... déception pour vous ?

— Oui.

— Est-ce l'un des aspects de la culture d'Informáticalidad qui vous a attiré dans cette société ? Elle a quelque chose du couvent, dans un esprit capitaliste.

— J'y ai toujours été bien traité.

— Vous ne pensez pas que des gens ayant les mêmes modes de pensée et les mêmes convictions religieuses risquent, en étant privés de toute influence extérieure, de basculer dans l'extrémisme ?

— C'est ce qui arrive dans les sectes.

— Comment définiriez-vous une secte ?

— Une organisation dirigée par un leader charismatique qui utilise des techniques psychologiques discutables pour manipuler ses disciples.

Falcón laissa s'installer un silence, le temps de boire une gorgée de café, suivie d'une gorgée d'eau. Il leva les yeux vers l'écran de télévision. Elvira et del Rey avaient remplacé Lobo et Spinola.

— L'appartement qu'avait acheté Informáticalidad dans la calle de los Romeros... vous y êtes allé ?

— Avant de l'acheter, ils m'avaient demandé d'aller y jeter un coup d'œil pour voir s'il pourrait convenir.

— Convenir à quoi ? Diego Torres m'a dit...

— Vous avez raison. Il n'y avait pas grand-chose à voir. Il convenait parfaitement.

— Vous avez été très affecté par la mort de Ricardo ? C'est un acte terrible pour un catholique convaincu : se suicider. Pas de derniers sacrements. Pas d'absolution. Savez-vous pourquoi les gens se suicident ? – Un pli avait surgi sur le front de Marco. Un pli tremblant. Il regardait fixement son café en se mordant l'intérieur de la joue, assailli par une émotion qu'il avait de la peine à contenir. – Certains se suicident parce qu'ils se sentent responsables d'une catastrophe. D'autres n'ont plus le courage de continuer. Nous avons tous quelque chose qui nous retient, un être aimé, des amis, une famille, un travail, un foyer, mais il y a des gens plus exceptionnels qui sont retenus par des idéaux bien plus élevés. Ricardo était de ceux-là : un homme remarquable animé par une foi profonde et une vocation. Est-ce tout cela qui s'est écroulé quand cette bombe a explosé le 6 juin ?

Barreda sirota son café, essuya d'un coup de langue la mousse restée sur sa lèvre et reposa bruyamment la tasse sur la soucoupe.

— J'ai été très affecté par sa mort, admit Barreda pour arrêter le discours de Falcón. Je ne sais pas pourquoi il s'est suicidé.

— Mais vous reconnaissez la gravité d'un tel acte de la part d'un homme de foi tel que lui ?

Barreda acquiesça.

— Vous savez qui était l'autre grand ami de Ricardo ? demanda Falcón. Miguel Botín. Vous le connaissez ?

Pas de réaction. Il le connaissait. Falcón insista.

— Miguel était l'informateur de Ricardo à la mosquée. Un Espagnol converti à l'islam. Ils étaient très proches. Ils avaient un grand respect réciproque pour leur foi. J'ai l'impression que Miguel Botín a contribué autant que le vieux prêtre de Ricardo à l'arracher au fanatisme pour le ramener à quelque chose de plus raisonnable. Qu'en pensez-vous ?

Barreda avait les coudes sur la table, le bout des doigts posés sur son front et les pouces enfoncés dans les joues au point d'y laisser une marque blanche.

Falcón avait poussé Barreda au bord du gouffre, mais il ne parvenait pas à lui faire franchir le dernier centimètre. Il semblait emprisonné dans un état d'incertitude et de doute. Falcón avait encore un atout dans sa manche. Mais le dessin ? S'il le lui montrait et que le portrait ne fût pas ressemblant, il perdrait son avantage ; en revanche, s'il était reconnaissable, cela pourrait tout décoincer. Il décida de jouer son atout.

— La dernière fois que vous avez vu Ricardo, c'était dimanche. Mais ce n'est pas la dernière fois que vous lui avez parlé, n'est-ce pas ? Savez-vous qui est la dernière personne sur terre à qui Ricardo a parlé avant d'aller se pendre à la fenêtre de sa chambre ? Le dernier numéro qu'il a appelé sur son portable ?

Silence, troublé seulement par le murmure de la télévision à l'extrémité de la salle.

— Que vous a-t-il dit, Marco ? Avez-vous été en mesure de lui accorder l'absolution de ses péchés ?

Tout à coup, une grande agitation secoua le bar. Tout le monde était debout, invectivant la télévision. Deux bouteilles de plastique atteignirent l'écran où le visage de del Rey s'affichait en gros plan.

— Qu'est-ce qu'il a dit ? demanda Falcón à son plus proche voisin qui criait *cabrón, cabrón*, à l'unisson avec les autres.

— Il essaie de nous faire croire que ce n'est peut-être pas un attentat islamique, dit l'homme dont l'énorme bedaine vibrait de rage. Des gens de chez nous qui feraient sauter un immeuble et une école en tuant des innocents ? Repars à Madrid, bouffon !

Falcón se retourna vers Marco Barreda, qui semblait abasourdi par la virulence de la réaction de ceux qui l'entouraient.

— Rentre à Madrid, *cabrón* !

Le patron du bar changea de chaîne avant que quelqu'un ne s'avise de lancer une bouteille en verre. Les hommes se rassirent. Le bedonnant s'adressa à Falcón.

— L'autre juge, il battait peut-être sa femme, mais il ne disait pas n'importe quoi.

La télévision avait un autre reportage d'actualité à montrer. La journaliste présenta ses deux invités. Le premier était Fernando Alanis, dont la présentation fut couverte par les applaudissements qui fusèrent dans le bar. Ils savaient qui il était. C'était celui qui avait perdu sa femme et son fils et dont la fille, qui avait miraculeusement survécu, était actuellement entre la vie et la mort à l'hôpital. Falcón se rendit compte que c'était lui, l'homme qu'ils étaient disposés à croire. Quoi qu'il dise, le drame qui le frappait lui conférait une légitimité à laquelle ne pouvait prétendre le juge del Rey malgré son immense expérience et sa grande compétence. En face de lui, se trouvait Jesús Alarcón, le nouveau leader de Fuerza Andalucía. Les clients du café se turent, attentifs. C'étaient ces deux-là qui allaient leur dire la vérité.

Barreda s'excusa pour aller aux toilettes. Falcón s'affaissa contre son dossier, en état de choc. Il venait de perdre l'avantage qu'il s'était soigneusement façonné. Pourquoi Elvira n'avait-il pas transmis à del Rey son message le priant de ne pas divulguer l'autre aspect de l'enquête ? Maintenant que l'erreur était commise, la population n'accepterait jamais l'orientation de l'enquête et même la vérité éventuelle.

Le débat télévisé portait sur l'immigration. La première question était inutile, car Fernando savait déjà ce qu'il allait dire devant les caméras. Quand il commença à parler, on aurait entendu une mouche voler dans le bar.

— Je ne suis pas un politicien. Je suis désolé de le dire devant le señor Alarcón, car c'est un homme que j'ai appris à respecter depuis l'explosion, mais je n'aime pas les politiciens et je ne crois pas un mot de ce qu'ils disent. Et je sais que je ne suis pas le seul. Je suis ici aujourd'hui pour vous dire comment ça se passe. Je n'ai pas d'influence sur l'opinion. Je suis un ouvrier qui travaille sur un chantier de construction et j'avais une famille. – Fernando dut s'interrompre, le temps que se calment les mouvements de sa pomme d'Adam. – J'habitais dans l'immeuble d'El Cerezo qui a sauté mardi. Les gens de la presse que j'ai rencontrés au cours des dernières heures voudraient croire et faire croire au monde que nous vivons dans une société harmonieuse et tolérante ici en Espagne. En parlant avec eux, j'ai compris pourquoi. Ce sont tous des gens intelligents, beaucoup plus intelligents qu'un simple ouvrier, mais la vérité, c'est qu'ils ne vivent pas comme je vis. Ils sont à l'aise, ils habitent de jolies maisons dans des quartiers protégés, ils prennent des vacances régulièrement, leurs enfants fréquentent de bonnes écoles. C'est comme ça qu'ils voient leur pays. Et ils veulent qu'il reste comme il est de leur point de vue.

» J'habite... enfin, je veux dire j'habitais un affreux appartement, dans un immeuble moche, entouré d'autres immeubles tout aussi moches. La plupart d'entre nous n'ont pas de voiture. La plupart d'entre nous ne prennent pas de vacances. La plupart d'entre nous n'ont plus d'argent à la fin du mois. Et c'est nous qui vivons avec les Marocains et les autres Africains du Nord. Je suis quelqu'un de tolérant. Il faut bien. Je travaille sur des chantiers qui emploient toute une main-d'œuvre d'immigrés à bon marché. Je respecte le droit des gens à croire dans n'importe quel dieu et à fréquenter les églises ou les mosquées qu'ils veulent. Mais depuis le 11 mars 2004, je suis devenu méfiant. Depuis ce jour, où cent quatre-vingt-onze personnes sont mortes, je me demande toujours d'où va venir la prochaine agression. Je ne suis pas raciste et je sais que les terroristes ne sont qu'une petite minorité d'une nombreuse population, mais le problème, c'est que... je ne sais pas qui ils sont. Ils vivent avec moi, ils vivent dans mon pays, ils profitent de sa prospérité, jusqu'au jour où ils décident de poser une bombe dans mon immeuble et de tuer ma femme et mon fils. Nous sommes nombreux à avoir vécu dans la crainte depuis le 11 Mars jusqu'à ce mardi 6 juin. Maintenant, c'est nous qui sommes en colère.

Barreda revint des toilettes. Il devait partir. Falcón sortit avec lui dans la chaleur et la lumière violente de la rue. Le bénéfice de sa manœuvre avait été déjoué. Ils se serrèrent la main sous l'auvent du bar. Barreda avait repris du poil de la bête. Il avait eu le temps de se ressaisir aux toilettes et avait peut-être été réconforté d'entendre le discours d'Alanis en revenant.

— Je ne sais toujours pas ce que Ricardo vous a dit lors de son dernier appel, tenta Falcón.

— Ça me gêne d'en parler après... ce que nous avons dit sur lui.

— Ça vous gêne ?

— Je n'avais pas pris la mesure de ses sentiments pour moi. Vous savez... je ne suis pas gay.

30.

Séville – Jeudi 8 juin 2006, 14 h 05

— Pourquoi ces nouveaux aspects de l'enquête n'ont-ils pas été consignés dans un rapport ? demanda le commissaire Elvira en quittant des yeux le juge del Rey pour se tourner vers Falcón.

— Comme vous le savez, j'ai collaboré à une mission du CNI, répondit Falcón. J'ai dû poursuivre l'enquête sur le meurtre qui a eu lieu avant l'explosion et depuis, je me suis retrouvé avec un suicide sur les bras. Cela dit, je pense que toutes ces affaires sont liées et doivent être examinées conjointement. Je ne me suis à aucun moment détourné de mon objectif premier, qui était de découvrir ce qui s'est passé dans l'immeuble détruit. Vous admettrez qu'il y a des défaillances dans la logique du scénario. C'est mon job d'orienter l'enquête dans plusieurs directions pour tenter de dégager une logique susceptible de la faire aboutir. Je n'ai pas entendu l'interview à la télévision, mais on m'a expliqué que c'est la journaliste qui a interrompu le juge del Rey pour lui dire : « Donc, selon vous, ce serait des gens de chez nous qui auraient commis ces atrocités ? » C'est cette question qui a créé ce problème de communication.

— Problème ? Catastrophe, oui, rectifia Elvira. Qui vient s'ajouter à la débâcle de ce matin.

— Vous avez eu Ángel Zarrías d'*ABC* ? demanda Falcón.

— Nous nous méfions un peu des médias pour le moment, voyez-vous, dit Elvira. Je dois retrouver tout à l'heure le commissaire Lobo pour voir avec lui comment nous allons pouvoir réparer les dégâts.

— Le juge del Rey s'est très vite mis au diapason de cette affaire particulièrement compliquée et délicate, dit Falcón. Nous ne pouvons laisser les médias nous dicter la marche à suivre de notre enquête sous prétexte qu'ils y voient l'occasion de manipuler une opinion nerveuse nous manœuvrant à la télévision.

— C'est avec la vérité que nous jouons, dit Elvira. La vérité présentable et la vérité acceptable. Et tout tient...

— Que fait-on de la vérité vraie ?

— Tout tient au timing, reprit Elvira. Quelle vérité révéler à quel moment.

— Les textes joints aux plans ont été traduits ? demanda Falcón.

— Vous n'avez donc pas vu les nouvelles qui ont précédé l'interview. Nous non plus d'ailleurs. C'est ce qui a permis à la journaliste de rebondir sur les paroles du juge. Ce n'est qu'après que nous avons découvert que les évacuations des deux écoles et de la faculté de biologie avaient été filmées et que la traduction d'un des textes arabes avait été diffusée en même temps à l'antenne.

— Les textes expliquent avec précision comment isoler chaque bâtiment, où détenir les otages et où placer les explosifs pour qu'ils soient les plus meurtriers possibles au cas où les forces spéciales investiraient les lieux, intervint del Rey. Chaque texte comporte une dernière instruction recommandant de relâcher un otage toutes les heures, en commençant par les enfants les plus jeunes dans le cas des écoles, et, une fois qu'il est en terrain dégagé, de l'abattre sous les yeux des journalistes. Et cela jusqu'à ce que le gouvernement espagnol reconnaisse l'Andalousie comme un État islamique soumis à la loi de la charia.

— Cela explique le soulèvement auquel j'ai assisté dans le café où j'étais tout à l'heure, commenta Falcón. Comment les médias se sont-ils procuré ce texte ?

— Il a été livré par coursier à la réception de Canal Sur, dans une grosse enveloppe de papier kraft adressée au producteur des actualités, dit le juge del Rey.

— Une enquête est en cours, ajouta Elvira. Que faisiez-vous dans ce café ?

— J'interrogeais le dernier homme à qui Ricardo Gamero a parlé avant de se suicider. Il est commercial à Informáticalidad.

— Ce n'est pas l'homme âgé qui a été vu avec lui au musée archéologique ? demanda del Rey.

— Non. C'est la dernière personne que Gamero a appelée sur son téléphone portable. Je suppose que tous les membres de la cellule antiterroriste du CGI font l'objet d'une enquête, commissaire, et qu'on vérifie, entre autres, leur sexualité ?

— Naturellement, confirma Elvira. On contrôle de près toutes les personnes qui ont accès à des informations hautement confidentielles pour s'assurer qu'elles ne sont pas vulnérables.

— Donc, si Gamero était homosexuel, vous le sauriez ?

— Certainement... à moins qu'il ne pratique pas... si je puis dire.

— Le type à qui j'ai parlé dans le bar était sur le point de craquer quand les gens se sont déchaînés. Il sait quelque chose. Il a sans doute l'impression qu'il ou ils, au singulier ou au pluriel, se sont embarqués dans une affaire qui a totalement échappé à leur contrôle. Il est très affecté par la mort de Gamero. Ce n'était pas prévu au programme.

— Et c'est quoi, le programme ? demanda Elvira qui aurait bien aimé le savoir.

— Je l'ignore. Mais cela doit expliquer en partie ce qui s'est passé à la mosquée mardi. Si j'avais les effectifs, je convoquerais tout le personnel d'Informáticalidad à la jefatura pour qu'on les cuisine jusqu'à ce qu'ils craquent.

— Alors, qu'a dit Gamero à Barreda juste avant de mourir ?

— Qu'il l'aimait. Il ne voulait pas l'avouer parce qu'il était gêné. Quand il est allé aux toilettes, je me suis dit que ce n'était pas un hasard. Je suis persuadé qu'il a appelé quelqu'un pour demander conseil. Il était prêt à craquer et, quand il est revenu, il était tout ragaillardi.

— Qu'est-ce qu'on a sur Informáticalidad ?

— Rien, à part le fait que l'appartement a été acheté avec l'argent d'une caisse noire.

— Et à quoi servait-il selon vous ?

— À surveiller la mosquée.

— Dans quel but ?

— Pour l'attaquer ou permettre à d'autres de l'attaquer.

— Pour quelle raison ?

— En dehors du fait que l'entreprise recrute dans l'Église catholique et constitue donc une organisation représentative du droit religieux, opposée à l'influence de l'islam en Espagne, je ne sais pas trop. Il y a peut-être un aspect politique ou économique que j'ignore pour le moment.

— Ce n'est pas suffisant, dit Elvira. Vous avez interrogé tous les commerciaux et vous avez misé sur la vulnérabilité de Marco Barreda sans succès. Vous n'avez qu'une hypothèse sans fondement. Comment faire pression avec ça ? Si vous convoquiez tout leur personnel dans vos bureaux, ils arriveraient avec un peloton d'avocats. Et il faudrait encore compter avec les médias. Il va vous falloir quelque chose de plus solide que votre intuition pour ébranler Informáticalidad.

— Surtout s'ils n'ont fait que ça, approuva Falcón. Surveiller et rien d'autre. Auquel cas nous pourrions les interroger pendant des jours sans rien obtenir de plus. Je veux mettre la main sur le sexagénaire que Gamero a rencontré au musée.

— Vous avez montré les dessins à Marco Barreda ? s'informa del Rey.

— Non. J'avais peur qu'ils ne soient pas assez ressemblants et je voulais l'attaquer par son point faible, Ricardo Gamero.

— Qu'allez-vous faire maintenant ?

— Je vais jeter un coup d'œil au conseil d'administration d'Informáticalidad et des autres sociétés du groupe, y compris la société mère, Horizonte, pour voir si je trouve quelqu'un parmi les membres qui ressemble au portrait-robot. Où en sont le CNI et le CGI ?

— Ils se préoccupent de l'avenir, répondit Elvira. Juan est reparti pour Madrid. Les autres exploitent les noms qui sont sortis de l'enquête pour voir s'ils peuvent les mettre sur la voie d'autres cellules ou d'autres réseaux.

— Donc, maintenant, nous sommes seuls sur cette enquête ?

— Nous ne les reverrons que si les analyses ADN démontrent que l'imam ou Hammad et Saoudi ne se trouvaient pas dans la mosquée quand la bombe a éclaté. Ils estiment n'avoir plus rien à tirer de la situation actuelle et préfèrent s'employer à prévenir de futurs attentats.

De retour au bureau, Falcón se rendit sur les sites Internet d'Informáticalidad et Horizonte et récupéra les photos des administrateurs de toutes les sociétés, du groupe et de la société mère. En cliquant sur les résultats de sa recherche sur Horizonte, il tomba sur une page consacrée à la célébration de leur quarantième anniversaire en 2001. Comme il l'avait espéré, il y avait des photos du banquet offert aux meilleurs pour l'occasion, au nombre de vingt-cinq.

La mémoire est un curieux phénomène. Les souvenirs semblent surgir au gré du hasard, mais d'autres fonctions se chargent d'y remettre de l'ordre. Falcón savait que, s'il ne venait pas de le voir à la télévision, il ne l'aurait pas remarqué dans la foule des visages alignés derrière une profusion de fleurs et de bougies autour de la table du banquet. Il lâcha la souris, revint en arrière. C'était bien Jesús Alarcón, accompagné de sa ravissante épouse assise un peu plus loin à sa droite. Il lut la légende, qui ne disait rien, à part que c'était la table des banquiers de Horizonte, le Banco Omni. Oui, ça collait. Alarcón travaillait dans la banque à Madrid avant de venir s'installer à Séville. Il imprima la page avec toutes ses photos et quitta la jefatura après que Serrano lui eut indiqué le nom du gardien du musée archéologique.

Le gardien fut appelé au guichet. Falcón lui montra les photos des administrateurs, qu'il regarda les unes après les autres en secouant la tête. Il examina les photos du banquet en promenant son doigt sur la page imprimée. Rien.

Il faisait trop chaud pour avaler un déjeuner rapide sous les fleurs mauves des jacarandas du parc. Falcón remonta dans sa voiture et regagna le centre-ville, la tête trop pleine. Pablo l'appela et ils convinrent de se retrouver dans un café de la calle Leon XII, non loin de l'immeuble détruit.

Falcón arriva le premier. L'endroit était assez minable. Les serveurs n'avaient pas pris la pcinc dc nettoyer la couche de mégots, de sachets de sucre et de serviettes en papier qui tapissait le sol. Il commanda un gaspacho, qui moussait, et une tranche de thon, qui avait moins de goût que l'assiette dans laquelle il était servi. Quant aux chips, elles dégoulinaient d'huile. Tout allait bien. Pablo le rejoignit et commanda un café.

— Premièrement, dit-il en s'asseyant, Yacoub a pris contact. Nous lui avons transmis des instructions de votre part. Maintenant, il sait ce qu'il a à faire.

— Et c'est quoi ?

— Yacoub fréquente deux mosquées. L'une à Rabat : la grande mosquée Ahl-Fès, où vont les riches et puissants. On ne lui connaît pas de tendances radicales. Mais il fréquente aussi une mosquée de Salé, près de son lieu de travail, qui est d'un tout autre genre, et Yacoub le sait. Tout ce qu'on lui demande, c'est de passer de l'autre côté et de s'engager. Il connaît les personnes...

— Comment les connaît-il ?

— Javier, dit Pablo sur un ton de reproche, pas de questions. Vous n'avez pas besoin de savoir.

— Quel danger cela représente-t-il pour lui ? L'islam radical ne brille pas par sa clémence et je suppose que la réaction est particulièrement impitoyable en cas de trahison.

— Tant qu'il s'en tient à son rôle, il ne court aucun risque. Il communique avec nous à distance. Aucun contact direct, or c'est généralement ce qui met la puce à l'oreille. S'il a besoin de voir quelqu'un, il n'a qu'à prévoir un voyage à Madrid.

— Qu'arrivera-t-il si on le démasque et qu'on nous inonde d'e-mails de désinformation ?

— Il doit toujours insérer une phrase dans sa correspondance. Si la phrase est absente, nous saurons que le message ne vient pas de lui et nous prendrons les mesures nécessaires.

— Combien de temps faudra-t-il avant qu'ils lui fassent confiance ? Vous pensez depuis le début que l'explosion est le résultat d'une erreur ou que c'était une manœuvre de diversion. Vous n'obtiendrez peut-être pas les informations aussi vite que vous l'espérez si vous comptez sur lui pour vous aider à prévenir des attentats déjà planifiés.

— Ils l'adopteront tout de suite...

— Il a déjà eu des propositions du GICM ? demanda Falcón qui n'avait encore jamais envisagé cette possibilité.

— Il a une position privilégiée du fait de son métier, dit Pablo en éludant ouvertement la question de Falcón. Il voyage beaucoup, il est connu et reconnu, estimé et respecté en affaire. Il n'éveillera aucun soupçon de la part des autorités marocaines qui traquent les extrémistes, ni de la part des autorités européennes qui pourchassent les terroristes et leurs organisations.

— Ils vont quand même d'abord le mettre à l'épreuve ? Je ne sais pas comment ça marche, mais ils peuvent lui communiquer une information d'une certaine importance pour voir ce qu'il en fait. Voir par exemple si elle réapparaît ailleurs. Comme le CNI a fait pour le CGI de Séville en fait.

— Ça, c'est notre boulot, Javier. Nous savons ce que nous pouvons ou non exploiter venant de lui. Si nous recevons une information qui ne peut pas venir d'une autre source que lui, nous saurons faire preuve de prudence. S'il nous annonce qu'il y a une cellule du GICM qui opère à Barcelone, nous n'allons pas débarquer en force à l'adresse qu'il nous aura indiquée.

— Quel est le deuxièmement ?

— Nous voulons que vous contactiez Yacoub ce soir. Vous n'aurez rien de spécial à lui dire, nous voulons seulement qu'il sache que vous êtes là et que vous gardez le contact.

— C'est tout ?

— Pas tout à fait. Nous avons eu une réponse de la CIA concernant l'identité de votre mystérieux cadavre sans visage et sans mains.

— Ils ont fait vite.

— Ils ont mis au point un système très performant pour ficher les individus d'origine arabe, même quand ils sont citoyens américains. Votre sculpteur a réussi une bonne reconstitution du visage et l'opération, les tatouages et les radios des dents ont confirmé son identité.

— Que représentaient les tatouages ?

— Il avait quatre points disposés en carré dans le creux de la main droite, entre le pouce et l'index, et cinq à la main gauche.

— Quel intérêt ?

— Ça lui servait à compter.

— Jusqu'à neuf ?

— Apparemment, ça intriguait beaucoup les femmes.

— Ce détail figure dans son dossier ? s'étonna Falcón.

— Vous comprendrez pourquoi quand je vous aurai dit qu'il était professeur de lettres arabes à l'université de Colombia jusqu'à ce qu'il soit renvoyé en mars dernier après avoir été surpris au lit avec une de ses étudiantes. Et vous savez comment ça s'est su ? Il a été dénoncé par une autre étudiante qu'il se tapait en même temps. Dans une université américaine, ça ne passe pas. La police est venue. Les parents de la jeune fille ont menacé d'attaquer l'université en justice et lui par la même occasion. Ça a été la fin de sa carrière. Il a réussi à échapper à l'action en justice, grâce aux conseils de ses avocats qui savaient qu'il perdrait et qu'ils ne seraient pas payés. Il a été obligé de vendre son appartement, qu'il tenait de ses parents. Le seul job qu'il a trouvé quand l'affaire s'est tassée a été un boulot de prof particulier de maths à Columbus, dans l'Ohio. Il a tenu trois mois d'hiver avant de débarquer à Madrid en avril dernier.

» Après, nos renseignements sont maigres. Nous savons qu'il a fait un voyage de trois semaines au Maroc à la fin d'avril. Il a pris un ferry à Algesiras pour Tanger le 24 avril et il est revenu le 12 mai. Voilà.

— Il a un nom ?

— Son vrai nom est Tateb Hassani. Quand il a pris la nationalité américaine en 1984, ses deux parents étant morts cette année-là, l'un dans un accident de voiture, l'autre d'un cancer, il a changé son nom en Jack Hansen. Il est fréquent que les immigrés anglicisent leur nom. Il est né à Fès en 1961. Ses parents ont quitté le Maroc en 1972. Son père était un homme d'affaires. Il allait et venait souvent entre les deux pays. Tateb n'est retourné au Maroc que deux fois en trente ans. Il n'aimait pas le Maroc. Ses parents l'ont obligé à conserver une culture arabe et sa mère ne lui parlait que français. Il écrivait et parlait l'arabe couramment. Il avait fait des études de mathématiques, mais comme il ne trouvait pas de poste malgré son diplôme supérieur, il s'est spécialisé en études arabes et a écrit une thèse sur les mathématiciens arabes. Il est sorti de Princeton avec un doctorat en 1986. Il a enseigné quelque temps dans les universités de Madison, du Minnesota et de San Francisco avant d'atterrir à New York. Il vivait confortablement : il avait son salaire de l'université, plus les loyers de l'appartement de ses parents. Quand il a pris la chaire de Columbia, il s'est installé dans l'appartement en question et menait une existence parfaite jusqu'au jour où il a commencé à coucher avec ses étudiantes.

— Et sa religion dans tout ça ?

— Il est enregistré comme musulman, mais, vous l'aurez compris, il a laissé tomber.

— On lui connaissait des opinions sur l'islam radical ?

— Vous n'avez qu'à lire le dossier envoyé par la CIA, dit Pablo en le sortant de sa serviette pour le poser sur la table.

Il y avait apparemment une dizaine de pages.

— Il y a des échantillons de son écriture là-dedans ?

— Je n'en ai pas vu.

— La CIA pourrait nous en faire parvenir ? demanda Falcón en feuilletant le dossier. En arabe et en anglais.

— Je leur pose la question.

— Il connaissait d'autres langues, à part le français, l'anglais et l'arabe ?

— Il parlait et écrivait aussi l'espagnol. Il donnait des cours de maths tous les étés à l'université de Grenade.

— Le comisario Elvira me dit que vous ne vous intéressez plus à notre enquête et que Juan est reparti pour Madrid. Est-ce que cela veut dire que vous avez déchiffré le code des exemplaires annotés du Coran ?

— Juan est rentré à Madrid parce qu'on a détecté une certaine activité de la part d'autres cellules, qui sont sans rapport avec Hammad et Saoudi. Nous nous intéressons encore à votre enquête, mais pas sous le même angle que vous. Et, non, nous n'avons pas déchiffré le code.

— Où en est la thèse de la diversion ?

— Madrid s'est cassé le nez en remontant la piste Hamad et Saoudi. Il y a eu quelques arrestations, mais c'est toujours pareil. Ils ne connaissent que leur petit bout de mission. Ils ont reçu des mails codés leur disant ce qu'ils avaient à faire et ils l'ont fait. Jusqu'à présent, nous avons repéré quelques « associés » de Hammad et Saoudi, mais ça ne s'appelle pas démonter un réseau, si tant est qu'il y en ait un à démonter. Nous espérons que Yacoub pourra nous apporter une aide dans ce domaine.

— Et le MILA ?

— Une histoire inventée par les médias, à partir d'un fond de vérité : ce groupe existe bien. Mais ils ne sont pas impliqués. C'était une pure élucubration à partir du texte d'Abdullah Azzam envoyé à *ABC*. De quoi chatouiller l'imagination du public, mais c'était du bidon. Si vous voulez mon avis, c'est du journalisme irresponsable.

— Et VOMIT ? Vous en avez aussi fait le tour ?

— Pour nous, ce n'est pas une priorité, répondit Pablo sans relever l'ironie de la remarque. Nous sommes plus préoccupés par les attentats qui pourraient être commis dans les pays européens à partir de l'Espagne que par l'énumération de ceux qui ont déjà eu lieu.

— Donc, rien n'a changé ? Vous croyez toujours que Miguel Botín était agent double et que c'est un membre de son réseau d'islamistes radicaux qui lui a demandé de remettre la carte des électriciens à l'imam ?

— Je sais que vous êtes sceptique, mais nous avons plus d'informations que vous.

— Et vous ne comptez pas m'en faire part ?

— Demandez à votre vieux pote, Mark Flowers. Il faut que j'y aille.

— Vous savez, c'est une clé trouvée dans un tiroir de la cuisine de l'imam qui ouvrait la boîte ignifugée récupérée dans la réserve de la mosquée. Gregorio était là quand on l'a ouverte et cela l'a beaucoup intrigué.

Mais naturellement, comme d'habitude, il n'a pas voulu dire pourquoi c'était si important pour le CNI.

— Nous sommes obligés d'agir ainsi, Javier. Ce n'est pas dirigé contre vous, c'est la nature de notre travail et du travail de nos collaborateurs qui veut ça.

— Prévenez-moi quand vous recevrez les échantillons d'écriture envoyés par la CIA.

— Qu'est-ce que vous voulez qu'on en fasse ?

— Vous avez un expert graphologue à Madrid, non ?

— Oui.

Falcón inclina la tête et se pencha sur le dossier de Tateb Hassani qu'il se remit à feuilleter. Il savait que c'était puéril, mais il voulait lui montrer que lui aussi pouvait jouer au jeu du secret.

— Je passerai vous voir chez vous ce soir avec Gregorio.

Falcón acquiesça, attendit que Pablo ait disparu. Il referma le dossier et laissa son esprit vagabonder. La télévision était allumée. Le journal de quatre heures montrait l'évacuation des écoles et de la faculté de biologie, investies par les spécialistes du déminage accompagnés de leurs chiens. Peu à peu, un palimpseste du texte arabe qui était joint aux plans d'architecte se superposa aux scènes en cours sur l'écran tandis qu'une voix *off* en lisait la traduction. Retour de la caméra sur le journaliste posté devant l'école, bien marri de devoir annoncer qu'on n'avait rien trouvé de compromettant dans les bâtiments.

Le regard de Falcón tomba sur la chaise que Pablo venait de quitter. Puis il dériva vers les photographies du quarantième anniversaire de Horizonte et en particulier sur celle de la table du Banco Omni. Quelque chose l'avait frappé : une chaise vide à côté de Mónica, la femme de Jesús Alarcón. En examinant le cliché de plus près, on voyait un homme en costume sombre s'en éloigner. Le fond noir ne permettait de distinguer qu'une main surmontée d'un poignet de chemise blanc et une couronne de cheveux gris.

Quand il arriva à l'école maternelle, elle était déserte, à part le policier qui montait la garde à la porte et un autre penché sur l'ordinateur installé dans l'une des classes. La puanteur qui s'élevait du lieu du sinistre avait un effet dissuasif. Falcón se connecta à Internet et entra « Horizonte : quarantième anniversaire ». Il cliqua sur le premier article, qui provenait des pages économiques d'*ABC*. La signature lui sauta aux yeux parce que c'était celle d'A. Zarrías. Il lut le papier attentivement en y cherchant une allusion au Banco Omni. Il la trouva, mais aucun nom n'était cité. La photographie montrait le conseil d'administration lors du dîner. Il passa à un autre article publié dans un magazine économique. La signature était encore celle d'Ángel Zarrías. Falcón cliqua sur cinq autres articles, dont trois avaient été écrits par Ángel. Il avait dû se charger des relations publiques du quarantième anniversaire de Horizonte. Intéressant. Il lança une recherche sur le Banco Omni et Horizonte.

Le moteur de recherche afficha des milliers de résultats. Il les parcourut jusqu'à ce qu'il tombe sur des articles écrits en 2001. Il les ouvrit, non pas pour les lire, mais pour voir qui les avait publiés. Ángel Zarrías était l'auteur de 80 % d'entre eux. Ainsi, quand Ángel avait quitté la politique, il était devenu journaliste et avait endossé en même temps la fonction très lucrative de chargé de communication du Banco Omni, qui avait dû le mettre en relation avec Horizonte. Il entra « conseil d'administration du Banco Omni » dans le moteur de recherche. Il remonta dans le temps au travers des différents articles qu'il affichait à l'écran. Il y avait des noms, mais jamais de photos. En fait, la seule photo de membres du Banco Omni qui existait était celle du banquet du quarantième anniversaire.

31.

Séville – Jeudi 8 juin 2006, 17 h 30

— J'ai dû attendre des heures pour pouvoir parler à cette personne, dit Ferrera, mais je crois que ça en valait la peine. J'ai un témoin... fiable qui a vu des gens se débarrasser du corps trouvé dans la décharge.

— Ce corps a désormais un nom, annonça Falcón. Il s'appelait Tateb Hassani. Tu as hésité sur le mot « fiable ».

— Il boit, ce qui, en général, passe mal devant un tribunal. De toute façon, je crois que nous aurions du mal à le faire venir au procès.

— Dis-moi ce qu'il a vu et nous nous préoccuperons ensuite de sa crédibilité éventuelle.

— Il habite un appartement au fond d'une impasse qui donne dans la calle Boteros. Sa fille est propriétaire du troisième et du quatrième étage de l'immeuble. Elle vit au troisième et son père est au-dessus. Les deux appartements ont une vue imprenable sur les poubelles qui sont au coin de la calle Boteros.

— C'est sûrement ce qui a poussé la fille à les acheter, ironisa Falcón. Et que fait ce type à regarder par la fenêtre à trois heures du matin ?

— Il est insomniaque. Plus exactement, il n'arrive à dormir que le jour mais pas la nuit. Il dort de huit heures à quatre heures. Sa fille n'a pas voulu que je le dérange tant qu'elle ne lui avait pas donné son déjeuner. Elle sait que, si elle perturbe ses habitudes, il lui fera une vie d'enfer pendant une semaine.

— Il commence direct par le déjeuner ? Pas de petit déjeuner ?

— Il aime bien le vin, alors elle préfère qu'il avale un repas substantiel en même temps.

— Quel est son problème au juste ?

— Assez inhabituel pour un Sévillan : il est agoraphobe. Il ne peut pas sortir et ne supporte pas plus de deux personnes à la fois dans son entourage.

— Je comprends maintenant pourquoi il sera difficile de le citer comme témoin au procès. Bon, donc, il était debout à trois heures du matin, mais pas assez soûl pour ne pas voir ce qui se passait du côté des poubelles.

— Il était soûl, mais il prétend que ça ne l'empêche pas d'avoir une bonne vue. Un peu après trois heures, dimanche matin, il a vu un grand break noir entrer dans l'impasse et reculer en direction des poubelles. Le conducteur, le passager avant et le passager arrière, tous des hommes, sont descendus. Le conducteur est allé se poster au milieu de la calle Boteros qu'il a scrutée à droite et à gauche. Les deux autres ont ouvert le coffre. Ils ont inspecté les poubelles, qui étaient vides à cette heure-là, en ont basculé une sur le côté et l'ont appuyée contre l'arrière du véhicule. Ils ont pris quelque chose dans le coffre qu'ils ont tiré et mis dans la poubelle. Ils ont replacé la poubelle, qui semblait lourde, sur le trottoir et sont retournés s'affairer à l'arrière de la voiture. Ils en ont retiré deux sacs-poubelle noirs qui, d'après le témoin, étaient volumineux mais légers, et les ont jetés dans le conteneur pardessus ce qu'ils venaient d'y mettre. Ils ont rabattu le couvercle. Le conducteur a refermé le coffre. Ils sont remontés dans le break, ont tourné dans la calle Boteros et sont repartis vers Alfalfa.

— Il t'a donné des détails sur les trois hommes ?

— Il pense, à la façon dont ils se déplaçaient, que les deux qui s'activaient étaient jeunes ; pour lui, cela signifie une trentaine d'années. Le conducteur était plus âgé, plus empâté à la taille. Ils étaient tous habillés de vêtements sombres, mais portaient des espèces de gants blancs. Je suppose qu'il s'agit de gants de caoutchouc. Le chauffeur et un des deux plus jeunes avaient les cheveux noirs, le troisième était chauve ou avait le crâne rasé.

— Pas mal pour un vieil ivrogne.

— Il y a un lampadaire au coin des rues. Mais, quand même, c'est pas mal pour un bonhomme qui, selon sa fille, boit comme un trou.

— À ne surtout pas mentionner dans son PV de déposition, précisa Falcón. Qu'a-t-il dit à propos des deux sacs-poubelle « volumineux mais légers » qu'ils ont jetés par-dessus le corps ?

— Il avait l'impression qu'ils contenaient des débris de jardinage, des restes de haie taillée, des trucs de ce genre.

— Pourquoi ?

— Il a déjà vu des gens jeter ce genre de choses dans ces poubelles, mais en fin d'après-midi, pas à trois heures du matin.

— As-tu remarqué des grandes maisons dans le voisinage, avec des jardins d'où pourraient provenir ces détritus ? Il y a surtout des appartements dans le quartier de Alfalfa.

— Ils ont pu récupérer les sacs n'importe où.

— Si c'était le cas, ils les auraient sortis du coffre en premier, alors que, d'après ton ami, ils ont commencé par tirer « quelque chose de lourd ».

— J'irai voir.

— J'y pense, Felipe et Jorge ont dit qu'ils avaient ramassé un sac-poubelle plein de résidus de jardinage dans la décharge, juste à côté du corps. Je vais voir s'ils ont eu le temps d'y jeter un coup d'œil.

Ramírez appela Falcón au moment où il sortait pour se rendre à la tente réservée à la police scientifique.

— Les relevés des communications du portable de l'imam, dit-il. Le CNI se les est procuré et ne veut pas me les transmettre. Plus exactement, Pablo m'a dit qu'il allait d'abord les étudier et depuis, il ne répond plus à mes appels et ne me rappelle pas.

— Je vais voir ce que je peux faire, promit Falcón.

Une vingtaine de personnes en combinaison, impossibles à identifier derrière leurs masques, se pressaient dans la tente de la police scientifique. Falcón appela Felipe et lui demanda de sortir. Felipe se souvenait des déchets de jardinage et avait eu le temps de les examiner.

— Tous les résidus provenaient de la même haie. Le genre qu'on trouve dans les jardins d'agrément. Du buis. Des très petites feuilles d'un vert foncé brillant.

— Coupé depuis quand ?

— Pendant le week-end. Vendredi après-midi ou samedi.

— Une idée de la longueur de haie ?

— Vous savez, il n'y a peut-être pas tout ce qui a été taillé. En plus, j'habite en appartement, les haies ne sont pas ma spécialité.

Calderón était allongé sur le lit pliant de la cellule. Les mains derrière la tête, il contemplait quatre carrés de lumière blanche déposés par le soleil au-dessus de la porte. Quand il fermait les yeux, les quatre carrés s'embrasaient en rougeoyant sur ses paupières. S'il plongeait son regard dans la pénombre de la cellule, ils viraient au vert. Il était assez calme pour s'en apercevoir. Depuis qu'il avait été surpris avec le cadavre d'Inès au bord du fleuve, il était apaisé. Le cadavre d'Inès ? Comment ces mots avaient-ils pu entrer dans son vocabulaire ?

On l'avait emmené à la jefatura aux premiers rayons du soleil. Il était torse nu parce que les experts de la police scientifique lui avaient pris ses vêtements imprégnés de sang pour les enfermer dans un sac. Les flics avaient déjà allumé la climatisation. Il avait la chair de poule, il frissonnait. Quand ils avaient traversé le fleuve, il avait vu deux canots de huit rameurs à l'entraînement glisser sous le pont et il s'était senti déchargé d'un poids énorme. Le relâchement de la tension qui lui nouait les épaules et la nuque lui avait procuré un bien-être presque érotique. La drogue que lui concoctait sa chimie interne pour remplacer la peur avait un effet stimulant, étrangement aphrodisiaque.

Il avait subi passivement la procédure d'incarcération, comme un animal à l'abattoir, passant du véhicule au poste de police, à la cellule de détention, sans mesurer les conséquences. On lui avait prélevé un échantillon d'ADN à l'intérieur de la joue, on l'avait photographié et on lui avait donné une chemise orange à manches courtes. Il avait éprouvé un immense soulagement quand on l'avait enfin laissé tranquille, délesté de tout ce qu'il possédait, y compris sa ceinture, avec en tout et pour tout un paquet de cigarettes. Sa fatigue l'avait poussé vers le lit. Il avait ôté ses savates et s'était laissé tomber sur la couchette dure pour sombrer aussitôt dans un profond sommeil dont on l'avait tiré à trois heures en lui apportant son déjeuner. Il l'avait englouti en concentrant ses neurones aiguisés sur les réponses qu'il ferait quand on l'interrogerait, puis il avait sombré dans cet état de torpeur, occupé seulement par la contemplation des carrés de lumière. C'était assez agréable d'être débarrassé de la contrainte du temps. À cinq heures, le gardien vint lui annoncer que l'inspecteur principal Luis Zorrita l'attendait pour l'interroger.

— Vous êtes bien sûr autorisé à exiger la présence de votre avocat, dit Zorrita en entrant dans la salle d'interrogatoire.

— Je suis avocat, rétorqua Calderón, encore imbu de son arrogance d'avant le meurtre. Allons-y.

Zorrita amorça l'enregistrement avec les déclarations d'usage et demanda à Calderón de confirmer qu'on lui avait laissé la possibilité de faire appel à un avocat et qu'il avait refusé.

— Je voulais avoir le rapport d'autopsie du médecin légiste avant de vous voir, dit Zorrita. Maintenant, je l'ai et j'ai pu commencer l'enquête préliminaire...

— Quelle enquête préliminaire ? demanda Calderón dans le seul but de montrer qu'il n'avait pas l'intention de rester passif.

— J'ai plus ou moins reconstitué vos emplois du temps, le vôtre et celui de votre femme, au cours des vingt-quatre heures qui ont précédé le meurtre.

— Plus ou moins ?

— Il reste quelques détails à vérifier concernant les faits et gestes de votre femme hier après-midi. C'est tout. Ce que je voudrais, señor Calderón, c'est que vous me racontiez, avec vos propres mots, ce qui s'est passé la nuit dernière.

— À partir de quelle heure ?

— Eh bien, disons à partir du moment où vous avez quitté les studios de Canal Sur pour vous rendre chez votre amoureuse. Ce qui a eu lieu avant est connu.

— Mon amoureuse ?

— C'est le terme qu'a employé Marisa Moreno, dit Zorrita en consultant ses notes. Elle a bien précisé qu'elle ne voulait pas être considérée comme votre maîtresse.

Cette exigence de Marisa le rendit sentimental. Quelle ironie qu'il ait fallu une enquête de police pour lui arracher cet aveu. Comme il n'avait guère pensé à elle depuis qu'il avait été arrêté, il se sentit soudain en manque d'elle.

— Ce terme vous paraît-il approprié pour décrire votre relation ? De votre point de vue ? continuait Zorrita.

— Oui, nous étions amoureux, c'est bien cela. Nous nous connaissions depuis neuf mois à peu près.

— Ce qui explique pourquoi elle cherchait à vous protéger.

— Me protéger ?

— Elle essayait de nous faire croire que vous étiez parti de chez elle plus tard qu'en réalité, et que vous n'aviez donc pas eu le temps de tuer votre femme...

— Je n'ai pas tué ma femme, affirma Calderón en retrouvant la sévérité de son ton professionnel.

— ... mais elle avait oublié qu'elle vous avait appelé un taxi et que nous avons accès à tous les relevés de communication, ainsi qu'aux registres des compagnies de taxis, et que nous pouvons interroger le chauffeur, naturellement. Et donc, ses efforts pour vous disculper ont été vains, je le crains.

L'interrogatoire ne prenait pas la tournure que Calderón avait prévue dans sa tête d'avocat quand il gisait sur son lit dans sa cellule. Il n'avait assisté qu'à quelques interrogatoires de police à l'époque où il était procureur et avait une expérience limitée dans ce domaine. C'est pourquoi, quelques minutes à peine après les premières questions de Zorrita, il était désemparé. Réconforté à l'idée que Marisa avait dit de lui qu'il était son « amoureux », mais terrifié à l'idée qu'elle ait éprouvé le besoin de voler à son secours, ce qui ne présageait rien de bon. La lutte entre ces deux sentiments extrêmes eut pour effet de saper son équilibre. Sa pensée refusait d'adopter son bon ordre de marche habituel et virevoltait de droite et de gauche comme une bande d'enfants sur un terrain de jeu.

— Alors, señor Calderón, dites-moi à quelle heure vous êtes arrivé chez votre amie.

— Vers une heure moins le quart.

— Qu'avez-vous fait ?

— Nous avons fait l'amour sur le balcon.

— L'amour ? répéta Zorrita, imperturbable. Vous n'avez pas opté pour le sexe anal par hasard ?

— Certainement pas.

— Vous avez l'air bien catégorique. Si je vous pose une question aussi intime, c'est que l'autopsie a révélé que votre femme était souvent pénétrée de cette façon.

Calderón sentit une bulle de panique gonfler dans sa poitrine. Une ou deux répliques et il avait perdu pied. Son arrogance lui coûtait cher. Lui qui était convaincu qu'aux jeux d'esprit et joutes verbales, il ne pouvait qu'écraser Zorrita, il avait tout faux. Cet homme expert en rouerie criminelle avait une stratégie contre laquelle le cerveau analytique de Calderón ne pouvait rien.

— Nous avions des rapports, dit Calderón sans oser préciser davantage pour ne pas tomber dans l'ergotage biologique.

— Diriez-vous que ces deux relations fonctionnaient de la façon suivante : vous traitiez votre amoureuse avec respect et admiration et votre femme comme la dernière des putains.

Calderón reçut la question comme un affront, mais il apprenait vite. Il commençait à discerner les armes de Zorrita : un coup de griffe aux sentiments, avant d'abattre le marteau de la logique.

— Je ne traitais pas ma femme comme la dernière des putains.

— C'est vrai, vous avez raison. Même les putains n'acceptent pas de se laisser battre et sodomiser pour de l'argent.

Silence. Calderón agrippa la table avec une telle force que ses ongles blanchirent. Zorrita n'en avait cure.

— Au moins, vous n'avez pas l'audace de nier que vous infligiez ces sévices ignobles à votre femme, constata Zorrita. J'imagine que votre « amoureuse » ignorait ce double aspect de votre personnalité ?

— Pour qui vous prenez-vous pour penser que vous savez tout de mes relations avec ma femme ou mon amie ? s'indigna Calderón, vert de rage. Un petit inspecteur de merde descendu de Madrid...

— Je comprends maintenant pourquoi votre femme avait peur de vous. Sous ce bel esprit de juriste se cache un homme très irascible.

— Je ne suis pas irascible, gronda Calderón en martelant violemment la table de son poing. C'est vous qui m'irritez.

— Si c'est le cas, je ne le fais pas en criant ou en vous insultant. Mais seulement en vous posant des questions sur des faits avérés. L'autopsie a révélé que vous sodomisiez votre femme et que vous la battiez si brutalement que certains de ses organes vitaux étaient atteints. Sans parler des humiliations constantes, dont la moindre n'est pas d'avoir annoncé vos fiançailles alors que vous aviez une liaison avec une autre femme.

— Qui vous a raconté ça ? demanda Calderón, toujours incapable de maîtriser sa fureur.

— Comme vous le savez, je ne suis sur cette affaire que depuis ce matin. Mais j'ai eu le temps de rencontrer votre amie, avec qui j'ai eu une conversation très intéressante, ainsi qu'un certain nombre de vos collègues et des collègues de votre femme. J'ai aussi bavardé avec quelques-uns des greffiers de l'edificio de los juzgados et du palacio de justicia, ainsi qu'avec les hommes de la sécurité, qui voient tout. Sur les vingt et quelques personnes que j'ai interrogées, aucune n'a cherché à justifier votre comportement. Le commentaire le plus objectif que j'ai entendu a été « coureur invétéré ».

— Qu'est-ce que votre conversation avec Marisa avait de si intéressant ? demanda Calderón, mordant à l'hameçon.

— Elle m'a rapporté une conversation que vous avez eue à propos du mariage. Vous vous en souvenez ?

Calderón cligna des yeux sous l'afflux des souvenirs. Il s'était passé trop de choses en trop peu de temps.

— La raison pour laquelle vous avez épousé Inès... Maddy Krugman ? Le fait qu'Inès vous apportait la stabilité après cette... liaison dramatique ?

— À quoi vous jouez, inspecteur ?

— À stimuler votre mémoire, señor Calderón. Vous y étiez, pas moi. Je n'ai que le récit de Marisa. Vous avez parlé de l'« institution bourgeoise du mariage » et Marisa vous a dit qu'elle n'en voulait pas. Vous étiez d'accord avec elle, non ?

— Que voulez-vous dire ?

— Vous n'étiez pas heureux en ménage, mais ne vous ne vouliez pas divorcer. Pourquoi ?

Calderón n'en croyait pas ses oreilles. Il était à nouveau au fond du trou. Cette fois, il se ressaisit.

— Sans doute parce que quand on a pris un engagement devant Dieu à l'église, on doit s'y tenir.

— Ce n'est pas ce que vous avez dit à votre amie, n'est-ce pas ?

— Qu'est-ce que je lui ai dit ?

— Vous lui avez dit : « Ce n'est pas facile. » Qu'est-ce que vous entendiez par là ? Nous ne vivons plus dans la crainte de l'excommunication. Ce n'était pas de rompre votre engagement qui vous chagrinait. Quel était le problème ?

Même le puissant cerveau de Calderón ne pouvait passer en revue toutes les réponses possibles à cette question en moins de trente secondes. Zorrita s'enfonça dans son fauteuil et regarda le juge se creuser les méninges pour trouver quelque chose qui soit tout sauf la vérité.

— Ce n'est pas une question si difficile, dit Zorrita au terme d'un long silence. Nous savons tous ce que sont les répercussions d'un divorce. Si vous voulez échapper aux complications juridiques, vous êtes sûr d'y perdre des plumes. Vous aviez peur d'y perdre des plumes, señor Calderón ?

Présenté comme ça, ce n'était pas si terrible. C'était la crainte de tous les hommes confrontés à un divorce. Il était comme les autres.

— Les trucs habituels, lâcha-t-il enfin. J'avais peur pour mes finances et mon appartement. Je n'y ai jamais vraiment songé. Inès est la seule femme que j'aie...

— Aviez-vous peur aussi des conséquences pour votre statut social et peut-être même votre métier ? J'ai cru comprendre que votre femme vous avait été d'un grand soutien après la calamiteuse affaire Maddy Krugman. D'après vos collègues, elle a sauvé votre carrière.

Ses collègues avaient dit ça ?

— Ma carrière n'a jamais été vraiment compromise. Ainsi, il n'a jamais fait aucun doute que je serais nommé juge d'instruction d'une affaire aussi importante que celle de l'explosion de Séville.

— Votre amie vous a suggéré une solution pour régler le problème, n'est-ce pas ?

— Quel problème ? demanda Calderón, un peu perdu. Je viens de vous dire qu'il n'y avait eu aucun problème pour ma carrière et Marisa...

— Le problème embarrassant du divorce.

Silence. Les souvenirs tournoyaient dans la tête de Calderón, comme des insectes cherchant la lumière.

— Une solution « bourgeoise » à un problème « bourgeois ».

— Oh, la tuer, vous voulez dire, lâcha Calderón dans un rire sarcastique. Ce n'était qu'une plaisanterie idiote...

— Pour elle, oui. Mais quel chemin a fait cette idée dans votre esprit ? Là est la question.

— C'était une idée absurde. Ridicule. Nous en avons ri tous les deux.

— C'est ce qu'a dit Marisa. Mais l'idée ne vous a-t-elle pas marqué ?

Silence.

— Jamais, à aucun moment, je n'ai songé à tuer ma femme, assura Calderón. Et je ne l'ai pas tuée.

— Quand vous êtes-vous mis à la battre, señor Calderón ?

L'interrogatoire ressemblait à un quatre cents mètres haies dont les obstacles étaient de plus en plus hauts au fur et à mesure de la course. Zorrita suivait en observateur le débat intérieur auquel il avait déjà si souvent assisté : l'inacceptable vérité, l'inévitable esquive et l'effort pour fabriquer un mensonge à partir de ces deux ingrédients incertains.

— L'aviez-vous déjà battue avant cette semaine ?

— Non, répondit-il d'un ton ferme pour s'apercevoir aussitôt que cette réponse revenait à admettre une part de culpabilité.

— Voilà qui nous éclaire un peu, remarqua Zorrita en prenant des notes. Le médecin légiste avait du mal à situer le début des violences car, si j'ai bien compris, les meurtrissures anciennes sont moins faciles à interpréter que... la température du corps par exemple. Il n'est pas évident de dater des hématomes qui ne sont plus tout récents... ainsi que des lésions et des hémorragies internes.

— Écoutez, protesta Calderón, secrètement effaré

par ces révélations. Je sais ce que vous êtes en train de faire.

— J'ai besoin de savoir précisément à quel moment vous avez commencé à battre votre femme. Était-ce dimanche soir ou lundi matin ?

— Je ne l'ai pas battue, c'étaient des accidents, se défendit Calderón, épouvanté d'avoir employé le pluriel. De toute façon, cela ne signifie pas que j'ai assassiné ma femme... je ne l'ai pas tuée.

— Mais l'avez-vous battue pour la première fois dimanche soir ou lundi matin ? répéta Zorrita. Ou mardi ? Vous avez employé le pluriel. C'était donc sans doute dimanche, lundi et mardi et, une dernière fois, qui lui a été fatale, mercredi. Et nous ne saurons jamais de quel jour datent les contusions. À quelle heure êtes-vous rentré mardi matin en revenant de chez Marisa ?

— Vers six heures et demie.

— Ça correspond à ce qu'a dit Marisa. Inès dormait ?

— Je le croyais.

— Mais elle ne dormait pas. Elle s'est réveillée. Et qu'a-t-elle fait ?

— OK. Elle a piqué mon appareil numérique et a importé les photos dans son ordinateur. Il y avait deux photos de Marisa.

— Vous avez dû être furieux quand vous vous en êtes aperçu. Quand vous l'avez prise sur le fait, la main dans le sac, continua Zorrita qui ne parvenait pas à se réjouir d'atteindre son but. Elle était fragile, votre femme, non ? Le légiste estime son poids avant l'hémorragie à quarante-sept kilos.

— Nous étions dans la cuisine, je l'ai seulement poussée. Je n'avais pas conscience de ma force ni de sa fragilité. Elle est mal tombée contre le plan de travail. Il est en granit.

— Cela n'explique pas les marques sur son

abdomen, ni la trace d'un orteil à hauteur des reins, ni les cheveux arrachés que nous avons trouvés dans tout l'appartement.

Calderón s'affaissa sur lui-même. Ses mains tombèrent le long de son corps. Il n'avait pas fait carrière dans la criminalité et il trouvait bien difficile d'avoir à se défendre pied à pied. La dernière fois qu'il avait dû sortir de sa manche autant de mensonges, c'était dans son enfance.

— En la poussant, j'ai dû la heurter à l'estomac. Elle s'est cognée au plan de travail et s'est écroulée sur mon pied.

— À l'autopsie, elle avait la rate enfoncée et le rein qui saignait. Je crois qu'il a fallu plus que la pousser, vous ne pensez pas, señor Calderón ? D'après la forme de l'ecchymose relevée dans la région lombaire, bordée de la marque plus sombre laissée par l'ongle, le médico forense pense qu'il s'agit plus sûrement d'un coup de pied que d'une chute sur un pied posé à plat sur le sol.

Silence.

— Tout ça s'est passé mardi matin ?

— Oui.

— C'était combien de temps après la petite blague de votre copine sur la façon de régler votre problème de divorce ?

— Sa blague n'a rien à voir.

— Quand avez-vous battu votre femme ensuite ? Quand vous avez découvert qu'elle avait rencontré votre copine par hasard aux jardins Murillo ?

— Comment vous savez ça ?

— J'ai demandé à Marisa si elle avait rencontré Inès. Elle a commencé par me mentir. Pourquoi à votre avis ?

— Je ne sais pas.

— Elle a dit qu'elle ne l'avait jamais rencontrée, mais, vous savez, j'ai passé plus de la moitié de ma carrière à interroger des menteurs. Au bout d'un moment, c'est comme avec les enfants. On apprend à reconnaître les signes et leurs tentatives en deviennent risibles. Donc, pourquoi, à votre avis, a-t-elle menti pour vous défendre ?

— Pour me défendre ? Elle n'a pas cherché à me défendre.

— Pourquoi ne voulait-elle pas que je sache qu'elle avait eu cet... échange avec feu votre épouse ?

— Aucune idée.

— Parce qu'elle était encore furieuse, señor Calderón, voilà pourquoi. Et si elle était furieuse d'avoir été insultée par votre femme, d'avoir été traitée de putain en public par elle... Je me demande quelle réaction cela a pu provoquer chez vous. En fait, elle me l'a dit.

— Elle vous l'a dit ?

— Oh, elle a encore essayé de vous protéger, señor Calderón. Elle a essayé de minimiser la chose. Elle répétait sans arrêt : « Esteban n'est pas violent. » Elle prétendait que vous étiez seulement « contrarié », mais je crois qu'elle s'est rendu compte que vous étiez dans une colère noire. Qu'avez-vous fait le soir où Marisa vous a raconté qu'Inès l'avait traitée de putain ?

Silence encore de Calderón. Il ne lui avait jamais semblé aussi difficile d'articuler. Il était trop submergé par l'émotion pour imaginer une réponse.

— Est-ce ce soir-là que vous avez roué votre femme de coups à la poitrine et l'avez fouettée à coups de ceinture si violemment que la boucle lui a lacéré les fesses et les cuisses ?

Il était arrivé dans la salle d'interrogatoire avec la capacité de résistance d'un barrage en béton armé. Au bout d'une demi-heure, il ne pouvait plus se réfugier que derrière quelques tiges frêles comme des ajoncs, qui cédaient à leur tour. Il s'imagina face à un procureur, essuyant le même feu roulant de questions, et il comprit que sa situation était désespérée.

— Oui, répondit-il machinalement, incapable d'inventer même un mensonge de gamin pour camoufler sa violence.

Les zébrures laissées par la ceinture et les lacérations de la boucle étaient sans ambiguïté.

— Pourquoi ne pas me raconter en détail ce qui s'est passé la nuit de la mort de votre femme ? Nous en étions restés au moment où vous avez fait l'amour avec Marisa sur son balcon.

Le regard de Calderón s'arrêta à mi-chemin entre Zorrita et lui, et demeura fixe comme peut l'être celui d'un homme qui plonge dans les abîmes obscurs de son âme. On ne lui avait jamais parlé ainsi. On ne lui avait jamais fait de telles révélations dans des circonstances aussi bouleversantes. Il était accablé de découvrir l'ampleur de sa brutalité. Il ne comprenait pas comment elle avait pu germer dans le terreau de sa bonne éducation. Il essayait de s'imaginer en train d'infliger ces coups à Inès, mais n'y parvenait pas. Il ne se voyait pas sous ce jour. Il ne voyait pas les poings d'Esteban Calderón s'abattre sur le corps fluet de sa femme. Pourtant c'était bien lui, aucun doute. Il se revoyait avant et après. Il se rappelait le bourgeonnement de la colère jusqu'à l'envie de la battre et son apaisement ensuite. Il était impressionné d'avoir pu sombrer dans une sauvagerie aveugle, une violence telle qu'elle n'avait pas de place dans sa configuration d'homme civilisé. Un doute affreux lui étreignit la poitrine, altérant sa respiration. Il devait se concentrer pour garder le réflexe d'inspiration, d'expiration. Et c'est là, arrivé au repli le plus profond et le plus sombre de sa pensée en déroute, au recoin le plus obscur de son âme, qu'il se rendit compte que peut-être, en effet, il avait tué sa femme. Cette idée le laissa figé d'horreur. Jamais auparavant il n'était rentré aussi loin en lui-même. Il se mit à parler, décrivant les horribles scènes comme s'il racontait un film.

— Il était éreinté. Totalement épuisé par sa journée. Il est entré en titubant dans la chambre, s'est affalé sur le lit et s'est endormi aussitôt. Il ne ressentait plus que la souffrance. Il a donné un violent coup de pied. Quand il s'est réveillé, il ne savait pas où il était. Elle lui a dit de se lever. Il était plus de trois heures du matin. Il était temps de rentrer chez lui. Il ne pouvait pas mettre les mêmes vêtements que la veille pour passer à la télévision. Elle a appelé un taxi. Elle l'a accompagné dans l'ascenseur. Il voulait continuer à dormir sur son épaule dans la rue. Le taxi est arrivé. Elle a parlé au chauffeur. Il est monté à l'arrière. Sa tête a basculé contre le dossier. Il était à peine conscient de l'oscillation de la voiture et des éclairs de lumière sur ses paupières. La portière s'est ouverte. Des mains l'ont tiré. Il a donné ses clés au chauffeur. Le chauffeur a ouvert la porte de l'immeuble. Il a allumé la lumière. Ils sont montés ensemble. Le chauffeur de taxi a ouvert la porte de l'appartement. Deux tours de clé. Le chauffeur est redescendu. La minuterie s'est éteinte. Il est entré dans l'appartement et a vu de la lumière venant de la cuisine. Il était contrarié. Il ne voulait pas la voir. Il ne voulait pas expliquer... encore une fois. Il s'est dirigé vers la lumière.

Calderón s'interrompit, car tout à coup il n'était pas sûr de ce qu'il allait dire.

— Il est sorti de l'ombre en franchissant le seuil et il est entré dans le cadre de lumière.

Calderón clignait des yeux pour en chasser les larmes. Il était infiniment soulagé de la découvrir debout devant l'évier en chemise de nuit. Elle s'est tournée en entendant son pas. Il s'apprêtait à contourner la table pour l'attirer à lui et lui communiquer son amour en la serrant contre lui, mais il est resté cloué sur place car en se tournant elle ne lui a pas ouvert les bras, elle n'a pas souri, il n'y avait aucune lueur de joie dans ses grands yeux noirs... écarquillés de terreur.

— Que s'est-il passé ? demanda Zorrita.

— Quoi ? dit Calderón comme s'il émergeait d'un rêve.

— Vous avez passé la porte de la cuisine et qu'est-ce que vous avez fait ?

— Je ne sais pas, balbutia Calderón, étonné de sentir ses joues humides.

Il les essuya du plat de la main et sécha ses mains sur son pantalon.

— Les gens ont souvent des trous de mémoire quand ils ont commis des actes terribles. Dites-moi ce que vous avez vu quand vous avez passé la porte de la cuisine.

— Elle était debout devant l'évier. J'étais content de la voir.

— Content ? Je croyais que vous étiez contrarié.

— Non, dit-il en se prenant la tête dans les mains. Non, c'était... J'étais couché par terre.

— Vous, vous étiez couché par terre ?

— Oui. Je me suis réveillé dans le couloir, je suis retourné vers la lumière de la cuisine et c'est là que j'ai vu Inès allongée sur le sol. Il y avait énormément de sang et il était très très rouge.

— Comment s'est-elle retrouvée allongée sur le sol ? Elle est d'abord debout et, tout à coup, elle gît par terre dans une mare de sang. Qu'est-ce que vous lui avez fait ?

— Je ne sais pas si elle était vraiment debout, murmura Calderón en fouillant sa mémoire pour vérifier si l'image existait réellement.

— Je vais vous donner quelques précisions sur le meurtre de votre femme, señor Calderón. Comme vous l'avez dit, le chauffeur de taxi a ouvert la porte de votre appartement en donnant deux tours de clé. Ce qui signifie qu'elle avait été fermée à double tour de l'intérieur. Votre femme était seule dans l'appartement.

— Ou-ou-i, admit Calderón qui se concentrait sur chacune des paroles que prononçait Zorrita dans l'espoir qu'elles lui fourniraient l'indice indispensable pour débloquer sa mémoire.

— Quand le médecin légiste a pris la température de votre femme au bord du fleuve, elle était de trente-six degrés et un centième. Elle était encore chaude. La température ambiante hier soir était de vingt-neuf degrés. Ce qui signifie que votre femme venait tout juste d'être tuée. L'autopsie a révélé que le crâne de votre femme était fracassé sur sa partie postérieure, qu'il y avait eu une gigantesque hémorragie interne et que deux vertèbres cervicales étaient écrasées. L'examen des lieux a mis en évidence la présence de sang et de cheveux sur le rebord du plan de travail en granit et d'une grande quantité de sang, mêlé de fragments d'os et de matière cérébrale, sur le sol autour de la tête de votre femme. Les échantillons d'ADN prélevés dans l'appartement n'appartiennent qu'à vous et votre femme. La chemise que vous portiez au bord du fleuve était couverte du sang de votre femme. Le corps de votre femme portait des traces de votre ADN sur le visage, le cou et les membres inférieurs. La scène de crime, dans la cuisine, indique que quelqu'un a saisi Inès par les épaules ou le cou et l'a précipitée contre le plan de travail de granit. C'est ce que vous avez fait, señor Calderón ?

— Je voulais seulement l'embrasser, dit Calderón dont le visage reflétait l'horreur de son débat intérieur. Je voulais seulement la serrer contre moi.

32.

Séville – Jeudi 8 juin 2006, 18 h 30

La Taberna Colonial se trouvait à l'extrémité de la plaza Cristo de Burgos. Ses fenêtres vertes, son long comptoir de bois et son sol de pierre avaient en effet un petit air colonial. L'endroit était connu pour ses tapas succulentes et apprécié pour son décor traditionnel et ses tables débordant sur le trottoir de la place. C'était la cantine d'Ángel et Manuela. Falcón ne voulait pas qu'Ángel fourre son nez de journaliste dans le travail mené par la police dans la zone de l'immeuble sinistré et préférait éviter de discuter de sujets sensibles dans le cylindre de verre qui abritait les bureaux de *ABC* sur l'isla de la Cartuja. En plus, il fallait qu'Ángel ne soit pas trop loin de chez lui pour qu'il puisse lui donner ce qu'il voulait sans trop de complications. C'est pourquoi il s'était installé à une table extérieure de la Taberna Colonial, sous un parasol, pour y savourer une bière et mordre dans la chair glacée d'olives vertes en attendant qu'Ángel le rejoigne.

Il reçut un appel de Pablo.

— Les Américains ont envoyé les échantillons d'écriture que vous aviez demandés, des notes en arabe et en anglais de la main de Jack Hansen.

— Je le vois plus en Tateb Hassani qu'en Jack Hansen, commenta Falcón.

— Que voulez-vous que nous en fassions ?

— Demandez à votre expert graphologuc de comparer l'écriture de Tateb Hassani à celle des documents joints aux plans trouvés dans la boîte ignifugée récupérée dans la mosquée. Qu'il compare aussi l'écriture en anglais à celle des annotations des corans trouvés dans le Peugeot Partner et l'appartement de Miguel Botín.

— Vous pensez que c'était l'un d'entre eux ? Je ne comprends pas.

— Faisons d'abord les comparaisons et nous tirerons les conclusions après. Au fait, le relevé du téléphone portable de l'imam... nous avons besoin d'y jeter un coup d'œil. L'un des numéros qu'il a appelés dimanche matin est celui de l'électricien.

— J'en ai parlé à Juan. Gregorio a vérifié tous les numéros que l'imam a appelés dimanche matin. Le seul pour lequel il n'a pas d'explication logique correspond à un téléphone enregistré au nom d'une vieille dame de soixante-quatorze ans qui vit dans l'est de Séville et qui ne connaît rien à l'électricité.

— J'aimerais voir cette liste.

— Encore un truc dont vous pourrez parler à votre pote Mark Flowers, dit Pablo avant de raccrocher.

Falcón but une gorgée de bière en essayant de se persuader qu'il était calme et que sa stratégie était la bonne. Il avait arraché Serrano et Baena à leur tournée des chantiers pour les envoyer aider Ferrera à localiser la haie dont les branches taillées avaient abouti dans la même poubelle que la victime. Ramírez et Pérez arpentaient les rues aux alentours d'Alfalfa avec des photos de Tateb Hassani pour essayer de trouver quelqu'un qui le reconnaisse. Cela voulait dire qu'aucun membre de l'équipe des homicides ne travaillait directement en ce moment sur l'explosion de l'immeuble. Il n'avait pas de crainte en ce qui concernait Elvira. Le comisario était trop empêtré dans les problèmes de relations publiques pour s'inquiéter du coup de poker que Falcón était en train de tenter.

— Pour un homme qui est censé diriger la plus grosse enquête de l'histoire de Séville, tu as l'air remarquablement détendu, Javier, dit Ángel qui commanda une bière en s'asseyant.

— Il faut donner une apparence de calme à une population angoissée qui a besoin de croire que quelqu'un maîtrise la situation.

— Dois-je comprendre qu'elle est maîtrisée ?

— Le comisario Elvira fait du bon travail.

— Du point de vue du policier, peut-être. Mais il n'inspire pas confiance à l'opinion. Il est nul en communication, Javier. Quelle idée de demander à ce pauvre bougre... le juge...

— Sergio del Rey.

— Oui, lui. Aller le faire passer à la télévision alors qu'il a à peine eu le temps de lire les dossiers et encore moins de s'imprégner du contexte émotionnel de l'affaire. Le commissaire devrait savoir depuis le temps que la télévision n'est pas le lieu de la vérité. Il est du genre à regarder les reality shows en croyant que c'est vraiment la réalité ?

— Ne sois pas trop dur avec lui, Ángel. Il a des tas de qualités qui ne sont simplement pas celles de l'ère télévisuelle.

— Malheureusement, c'est l'ère dans laquelle nous vivons. Calderón, lui, avait tout compris. Il donnait à la télévision ce qu'elle attend : du drame, de l'humour, de l'émotion, des dehors brillants.

— Tu l'as dit, « des dehors ». C'est moins joli sous la surface.

— De quoi as-tu l'air à ton avis ? Tu te souviens des attentats de Londres ? Quel était le grand sujet qui occupait les foules dans les jours qui ont suivi ?

L'histoire qui marquait les esprits et suscitait la plus grande émotion ? Ce n'était pas les victimes. Ni les terroristes. Ni les bombes et leurs conséquences. Ces aspects en faisaient partie, mais le grand sujet, c'était la mort de ce Brésilien, Jean Charles de Menezes, tué par erreur par les policiers en civil.

— Quel est notre grand sujet à nous ?

— Ton problème est là. C'est l'arrestation – pour le meurtre présumé de sa femme – du juge d'instruction chargé de toute l'affaire. Tu as vu tout ce qui se raconte à la télévision à propos de Calderón ? Tu n'as qu'à écouter...

Autour d'eux, les tables étaient maintenant toutes occupées et une foule s'était amassée devant le bar. Tout le monde parlait d'Esteban Calderón. Coupable ? Non coupable ?

— Ce n'est pas ton enquête qui les préoccupe. Ni les cellules terroristes qui sont peut-être à l'œuvre à Séville en ce moment. Ni même la petite fille qui a survécu à l'effondrement de l'immeuble. C'est Esteban Calderón qui est au cœur de toutes les conversations. Dis-le au comisario Elvira.

— Ángel, je dois dire que pour un homme qui aime plus que n'importe qui Séville, je te trouve plutôt... guilleret.

— C'est affreux, hein ? Je ne me suis jamais senti autant d'allant. Manuela est furieuse. Je crois qu'elle me préférait quand je mourais d'ennui.

— Comment va-t-elle ?

— Elle est déprimée. Elle pense qu'elle va devoir vendre la maison de El Puerto de Santa María. En fait, elle l'a mise en vente. Elle s'est affolée. Toute cette histoire de « libération » islamique de l'Andalousie l'a tourneboulée. Elle en est à vendre la mine d'or pour sauver les filons de cuivre et de nickel.

— Pas la peine d'essayer de lui parler quand elle est

dans cet état. Mais dis-moi, d'où te vient ce bel entrain ?

— Si tu ne regardes pas souvent les nouvelles, tu ne sais sans doute pas que mon petit hobby a le vent en poupe.

— Fuerza Andalucía, tu veux dire ? J'ai vu Jesús Alarcón en compagnie de Fernando Alanis tout à l'heure, à la télévision.

— Tu as vu ça ? Ça a été fantastique. Après l'émission, Fuerza Andalucía avait progressé de 14 % dans les sondages. Ça ne veut pas dire grand-chose, je sais. C'est une réaction à chaud, mais cela représente 10 % de plus que nos scores habituels, et la gauche est en chute libre.

— Depuis quand connais-tu Jesús Alarcón ? demanda Falcón, dont la curiosité était sincère.

— Depuis des années. Au début, je ne l'appréciais pas beaucoup. C'était le genre banquier ennuyeux et j'ai été surpris quand il m'a annoncé qu'il voulait faire de la politique. Je ne pensais pas qu'on voterait pour lui. Il était raide et empoté. Et comme tu sais, de nos jours, ce ne sont pas les idées politiques ou la connaissance des dossiers régionaux qui comptent, tout est question d'image. Mais j'ai appris à mieux le connaître depuis qu'il est à Séville et, pour tout te dire, son attitude à l'égard de Fernando Alanis, c'est de l'or en barre. Quand on est dans la communication, c'est le genre de choses dont on rêve.

— Quand l'as-tu rencontré pour la première fois ? Quand tu étais chargé de relations publiques ?

— Quand j'ai quitté la politique, j'ai accepté de m'occuper des relations publiques du Banco Omni.

— Un job plutôt sympathique.

— Nous autres catholiques, nous nous tenons les coudes, dit Ángel avec un clin d'œil. À vrai dire, le directeur général et moi sommes de vieux amis. Nous avons été à l'école et à l'université ensemble et nous avons fait notre service militaire ensemble. Quand j'ai envoyé balader les branleurs du Partido Popular, il a compris que j'aurais du mal à « me retirer » complètement des affaires. Il m'a donc engagé et une chose en a amené une autre. Ils étaient les banquiers d'une holding de Barcelone dont j'ai assuré la communication du quarantième anniversaire. Ensuite, il y a eu une compagnie d'assurances de Madrid, puis une agence immobilière de la Costa del Sol. J'aurais pu créer une affaire si j'avais voulu. Mais, tu vois, Javier, une agence de com', c'est... trop étriqué. On ne change pas le monde en se consacrant à ça.

— Tu ne l'as pas changé en faisant de la politique.

— Pour tout te dire, le PP, c'était pareil. C'était comme travailler dans une grande entreprise : pas de vagues, on s'en tient à la ligne du parti, tout est calculé au millimètre, pas question de s'envoler vers de nouveaux horizons ni de changer la façon de vivre et de penser des gens.

— Le changement ? Personne n'en veut. La plupart des gens le détestent tellement qu'il faut des guerres et des révolutions pour y parvenir.

— Mais regarde, Javier, nous sommes là, à discuter dans un bar. Pourquoi ? Parce que nous sommes en crise. Parce que notre mode de vie est menacé.

— Tu l'as dit toi-même, Ángel. Les gens ne veulent pas s'y résoudre, alors de quoi parlent-ils ?

— Tu as raison. Le nom d'Esteban Calderón est sur toutes les lèvres. Et cette fois, ce ne sont pas les fadaises habituelles. C'est une tragédie. Le grand homme déchu, victime de son arrogance.

— Que suggérerais-tu au comisario Elvira ?

— Ah, voilà donc le fin mot de l'histoire, Javier ? demanda Ángel avec un sourire narquois. Tu m'as fait venir pour me soutirer gratuitement des conseils pour ton boss ?

— Je veux l'avis du communicant sur notre monde.

— Il faut vous fixer des priorités, fondées sur la certitude. La nature de l'attentat étant ce qu'elle est, ce n'était pas facile pour vous, mais maintenant que vous avez atteint la mosquée, il est temps d'en dire davantage et d'être précis. L'évacuation des écoles et de l'université, ça rime à quoi ? Les gens veulent un os à ronger ; la rumeur naît de l'incertitude et elle n'aide pas à apaiser la panique. Le juge del Rey a commis une erreur en ne prenant pas le pouls de la ville et quand il a ravivé l'incertitude...

— Ce sont les questions des journalistes qui ont ravivé l'incertitude.

— Les téléspectateurs ont ressenti les choses autrement.

— Ce n'est que plus tard que del Rey a découvert qu'il y avait eu des fuites au sujet des notices en arabe.

— Del Rey n'aurait jamais dû présenter la situation telle qu'elle est : dire qu'il y a encore beaucoup de paramètres inconnus dans ce qui s'est passé à la mosquée. Il aurait dû insister sur les certitudes. Si finalement la vérité est autre, vous n'avez qu'à changer votre histoire. Votre enquête a perdu beaucoup de crédibilité quand votre porte-parole a été arrêté pour meurtre. Votre seule chance de regagner la confiance du public est de confirmer ses soupçons. La journaliste savait que le public n'était pas d'humeur à entendre qu'il pouvait y avoir des nationaux parmi les auteurs de l'attentat.

— Elvira ne sait pas trop à quel moment énoncer les vérités qui peuvent permettre à l'enquête d'avancer.

— La politique est un excellent entraînement de ce point de vue.

— Et tu penses que Jesús Alarcón a les qualités requises ?

— Il est bien parti, mais c'est encore trop tôt pour le dire. C'est ce qui se passera dans six ou sept mois qui compte. Il surfe sur une immense vague d'émotion pour l'instant, mais les vagues les plus grosses finissent tôt ou tard par disparaître dans le sable.

— Il pourra toujours reprendre sa place au Banco Omni si ça ne marche pas.

— Ils ne le reprendraient pas. On ne quitte pas le Banco Omni. Une fois qu'ils ont embauché quelqu'un, ils lui accordent leur pleine confiance. Si on les quitte pour partir ailleurs, on ne revient pas.

— Jesús prend donc un risque.

— Pas vraiment. Il a été chaudement recommandé par mon ami, qui a une haute opinion de lui. Il lui trouvera autre chose si ça ne donne rien.

— Je connais ce mystérieux ami ?

— Lucrecio Arenas ? Je ne sais pas. Manuela le connaît. Il n'est plus aussi mystérieux depuis qu'il a pris sa retraite.

— Il l'était donc avant ?

— Le Banco Omni est une banque privée. Elle gère une part considérable des finances de l'Église catholique. C'est une institution discrète. Tu ne verras jamais de photos des dirigeants. J'ai été chargé d'une mission de communication pour eux, mais c'était grâce à Lucrecio. Je n'ai rien trouvé sur l'établissement à part les éléments dont j'avais besoin pour faire ce que j'avais à faire. Au fait, pourquoi parlons-nous du Banco Omni ?

— Parce que Jesús Alarcón est l'homme du jour. Après Esteban Calderón.

— Ah, oui. Tu ne m'as toujours pas dit pourquoi tu voulais me voir.

— Je te sondais, Ángel, avoua Falcón en haussant

les épaules. J'ai parlé à Elvira de notre conversation et de ta proposition, mais il hésite. J'aimerais pouvoir le rassurer et le convaincre d'employer tes talents. Il ne faut pas grand-chose pour le décider.

— Je suis disposé à apporter mon aide en temps de crise. Mais je ne cherche pas un engagement à long terme.

— Le problème, c'est qu'Elvira voit en toi un journaliste, donc un ennemi. Si je peux lui parler de ton activité de relations publiques et des clients que tu as représentés, il verra les choses sous un autre angle.

— Je donnerai des conseils, mais je ne veux pas être employé. Certains pourraient considérer qu'il y a conflit d'intérêts.

— Indique-moi les noms d'autres entreprises pour lesquelles tu as travaillé ? Quelle était la société que tu représentais pour leur quarantième anniversaire ?

— Horizonte. La société immobilière s'appelait Mejorvista et la compagnie d'assurances Vigilancia. Mais ne m'en demande pas trop, Javier. Je passe déjà pas mal de temps à piloter Fuerza Andalucía à travers la jungle des médias.

— Le hic, c'est que ce boulot de communication est difficile à vendre. Si je pouvais faire valoir auprès d'Elvira la qualité des personnes pour lesquelles tu as travaillé, ce serait bien. Tu as des photos des gens de Horizonte ou du Banco Omni, ou des clichés du quarantième anniversaire ? Tu sais, des photos d'Ángel Zarrías avec les dirigeants. Elvira a besoin de concret.

— Bien sûr, Javier, tout ce que tu voudras. Mais ne vante pas trop mes mérites.

— Nous traversons une crise, Ángel. Nos deux juges d'instruction ont été discrédités. Il faut que nous redorions notre image avant qu'il ne soit trop tard. Elvira est un bon policier. Je ne veux pas le voir échouer simplement parce qu'il ne sait pas jouer le jeu des médias.

Ils allèrent chez lui. Manuela n'était pas là. C'était un bel appartement de quatre pièces dont deux servaient de bureau. Ángel se dirigea vers le mur de son bureau personnel et désigna une photo.

— C'est celle-ci qu'il te faut, déclara-t-il en la tapotant du bout du doigt. On y voit tous les dirigeants de Horizonte et du Banco Omni réunis au même endroit. Une photo unique. Elle a été prise à la réception du quarantième anniversaire. J'en ai une copie quelque part.

Ángel s'assit à sa table, ouvrit un tiroir et fouilla dans un paquet de photographies. Falcón en avait besoin pour vérifier si l'un des individus ressemblait au portrait-robot de l'homme aperçu en compagnie de Ricardo Gamero.

— Lequel est Lucrecio Arenas ? demanda-t-il. Je ne vois aucune tête connue. Si je l'ai rencontré, où cela aurait-il pu être ?

— Il a une maison à Séville, mais il n'y habite que la moitié de l'année. Sa femme ne supporte pas la chaleur, alors ils vont se réfugier dans une villa monumentale, construite pour eux par Mejorvista à Marbella. Tu te souviens du grand dîner que j'avais organisé au restaurant La Juderia en octobre ? Il y était.

— J'étais parti donner des conférences à l'école de police.

Ángel lui tendit la photo et lui montra Lucrecio Arenas, qui se trouvait au centre, alors qu'Ángel était relégué tout au bout des deux rangées d'hommes. Arenas avait un point commun avec le portrait-robot – l'âge –, mais sinon, il n'y avait rien de flagrant.

— Merci, dit Falcón.

— Ne la perds pas, lui recommanda Ángel en la glissant dans une enveloppe.

— C'est quoi, cette photo de toi avec le roi Juan Carlos ? Tu as aussi un double de celle-là ?

Ils éclatèrent de rire.

— Le roi n'a pas besoin de mes services pour ses relations publiques. C'est inné chez lui.

— Tu arrives à quelque chose, José Luis ? s'enquit Falcón.

— Je n'en reviens pas, chou blanc sur toute la ligne, répondit Ramírez. Si Tateb Hassani a habité ce quartier, il ne sortait jamais prendre un café, manger des tapas, boire une bière, faire ses courses, acheter le journal... rien. Personne ne l'a jamais vu alors qu'il a un physique qu'on n'oublie pas.

— Des nouvelles de Cristina et Emilio ?

— Ils ont inspecté toutes les grandes maisons du coin et n'ont vu aucune haie de buis. Elles ont plutôt des patios intérieurs que des jardins. Il y a le convento de San Leandro et la casa Pilatos, mais ça n'aide pas beaucoup.

— Je voudrais que vous alliez jeter un coup d'œil à une autre maison. Je n'ai pas l'adresse, mais elle appartient à un certain Lucrecio Arenas. J'ai touché un mot du relevé téléphonique de l'imam au CNI. Ils ont déjà cherché le numéro de l'électricien. Ils sont tombés sur un bec.

— On pourrait avoir ces relevés ?

— Ils ont été classés confidentiels.

Falcón raccrocha. Il était en route pour voir le gardien du musée archéologique qui avait fini sa journée et était rentré chez lui. Il habitait loin, au nord-est de la ville. Pendant le long trajet, Falcón reçut un appel de Pablo.

— J'ai quelque chose qui va vous faire plaisir, annonça l'agent du CNI. D'après notre graphologue, l'échantillon d'écriture arabe est de la même main que les notices jointes aux plans des écoles et de la faculté de biologie. L'écriture de Tateb Hassani en anglais est aussi identique à celle des annotations des deux exemplaires du Coran. Que faut-il en conclure, Javier ?

— Je ne sais pas encore ce qu'il faut en déduire à terme, mais vous pouvez dire à vos experts du chiffre d'arrêter de s'acharner à décrypter un code qui n'existe pas. Je crois que ces corans ont été placés dans le Peugeot Partner et chez Miguel Botín précisément pour nous embrouiller.

— C'est tout ce que vous pouvez dire pour le moment ?

— Je vous verrai plus tard chez moi. J'espère que j'en saurai davantage.

Le gardien du musée habitait au sixième étage : l'ascenseur de l'immeuble était en panne. Falcón était en nage quand il appuya sur le bouton de la sonnette. La femme et les enfants furent expédiés dans les chambres. Falcón posa les photos sur la table de salle à manger. Son cœur battait férocement tant il souhaitait que le gardien reconnaisse Lucrecio Arenas.

— Voyez-vous l'homme âgé dont vous avez parlé sur cette photo ?

Il y avait deux rangées d'hommes, au nombre de trente en tout. Ce n'était pas la première fois que le gardien se trouvait dans cette situation. Il prit deux morceaux de papier dont il se servit pour isoler les visages l'un après l'autre et les examiner attentivement. Il commença à gauche. Il les scrutait avec soin. Pour échapper à la tension de l'attente, Falcón regardait par la fenêtre. Le gardien prenait son temps. Il savait que ce devait être important pour qu'un inspecteur principal vienne en personne jusque chez lui pour lui montrer cette photo.

— C'est lui, déclara-t-il. J'en suis absolument sûr.

Le cœur de Falcón tambourinait dans sa poitrine quand il se pencha pour voir. Mais le gardien ne désignait pas Lucrecio Arenas au milieu du cliché. Son doigt pointait l'homme placé à l'extrême droite du deuxième rang. Et cet homme était Ángel Zarrías.

33.

Séville – Jeudi 8 juin 2006, 20 h 15

Le soleil se couchait sur le troisième jour écoulé depuis l'explosion. En regagnant la ville au volant de sa voiture, Falcón avait atteint un état d'intense concentration et la personne d'Ángel Zarrías occupait tout son esprit.

Chez le gardien, il avait été saisi d'un accès de colère. Il avait pris le portrait-robot dans sa poche d'un geste violent, l'avait étalé sur la table et avait demandé au pauvre homme consterné de lui montrer où se trouvaient les similitudes. Falcón devait pourtant admettre un ou deux faits : pour un homme jeune, les personnes plus âgées se ressemblent toutes, quand elles ne passent pas totalement inaperçues ; Ángel Zarrías mesurait un mètre soixante-cinq et ne pesait guère plus de soixante-quinze kilos ; Ángel Zarrías n'avait ni barbe ni moustache et portait la raie sur le côté, et même s'il avait le crâne un peu dégarni, il répartissait savamment ce qu'il possédait de cheveux pour donner l'impression qu'il en avait encore en abondance. Lorsque le gardien lui avait parlé du nez et de la mâchoire, Falcón avait reconnu en effet Ángel sur le dessin, comme un adulte découvre enfin dans les contours d'un nuage le visage que l'enfant dépité tente de lui faire voir.

Ramírez vint à sa rencontre sur le parking de l'école maternelle.

— Nous avons trouvé la maison de Lucrecio Arenas. Elle est située sur la plaza Mercenarias. J'ai envoyé Cristina y jeter un coup d'œil. Elle est hermétiquement fermée. Les voisins disent qu'ils n'y sont pas souvent en été et qu'il n'y a pas de jardin, seulement un patio intérieur. Ils n'ont pas non plus reconnu Tateb Hassani.

Ils entrèrent dans la classe du fond où les attendaient le juge del Rey et le commissaire Elvira. Avec ses huit heures de sommeil en trois jours, Elvira accusait la fatigue. Ils s'assirent. Ils étaient tous épuisés. Même del Rey, qui aurait dû être fringant, paraissait fourbu, comme s'il avait été malmené par une foule en furie.

— Bonnes ou mauvaises nouvelles ? demanda Elvira.

— Les deux, répondit Falcón. La bonne nouvelle, c'est que j'ai identifié l'homme qu'on a vu parler avec Ricardo Gamero au musée archéologique quelques heures avant son suicide.

— Son nom ?

— Ángel Zarrías.

Silence, comme s'ils venaient de voir quelqu'un recevoir un mauvais coup.

— C'est le compagnon de ta sœur, non ? interrogea Ramírez.

— Comment êtes-vous arrivé à l'identifier ? voulut savoir Elvira.

Falcón leur rapporta sa conversation avec Ángel à la Taberna Coloniales et leur raconta comment il lui avait soutiré la photographie des dirigeants de Horizonte et du Banco Omni.

— Ce qui m'amène à la mauvaise nouvelle : je ne suis pas sûr que cela nous fasse beaucoup avancer.

— Parce que ?

— Qu'avons-nous trouvé qui puisse nous permettre de faire pression sur Zarrías pour l'inciter à nous en dire un peu plus ? demanda Ramírez.

— Exactement, approuva Falcón. Il est la dernière personne à avoir parlé avec Ricardo Gamero. Et alors ? Il connaissait Gamero par la paroisse et voilà. Pourquoi s'est-il adressé à Zarrías et non au prêtre ? Son confesseur est mort. De quoi ont-ils parlé ? Zarrías me fera peut-être la même réponse que Marco Barreda. Peut-être que c'est Zarrías qui a demandé à Barreda de me dire que Gamero était un homo inavoué. Nous n'en savons pas assez pour en tirer quoi que ce soit.

— J'ai du mal à croire que Ricardo Gamero soit allé trouver Ángel Zarrías à ce moment précis pour lui confier ses problèmes affectifs, dit del Rey.

— Vous pourriez montrer la photo de Tateb Hassani à Zarrías pour voir sa réaction, suggéra Elvira.

Ni Elvira ni del Rey n'avaient reçu de nouvelles de Pablo. Falcón leur répéta ce qu'il lui avait dit au sujet de Tateb Hassani et des échantillons d'écriture qui correspondaient à celle des documents trouvés dans la boîte hermétique de la mosquée et des annotations des corans.

— Pourquoi avez-vous demandé cette analyse ? s'informa Elvira.

— J'ai repris la question que j'avais posée à mes collègues quand nous avons découvert le corps à la décharge publique : pourquoi s'être donné tant de mal pour effacer son identité ? On le fait parce que l'identité de la victime risque de conduire les enquêteurs aux personnes de son entourage ou parce que ses compétences particulières constituent un indice qui peut compromettre une opération future. L'identité de Tateb Hassani révèle un certain nombre de choses. Ses compétences, en tant que professeur de culture arabe, signifient qu'il pouvait écrire l'arabe et avait une connaissance approfondie du Coran. Il avait aussi enseigné les maths à Grenade pendant les mois d'été et savait donc parler et écrire l'espagnol. Il n'avait pas le profil d'un militant islamique ; il était agnostique, buveur et tombeur de filles. Quand il a perdu son poste à l'université de Columbia et dû vendre son appartement de New York, il a eu tellement besoin d'argent qu'il a donné des cours particuliers de maths à Columbus, dans l'Ohio, où se trouve le siège de I4IT qui possède Horizonte, qui, à son tour, possède Informáticalidad. Enfin, j'étais tarabusté par le fait que les clés qui ont permis d'ouvrir la boîte ignifugée provenant de la mosquée avaient été trouvées dans un tiroir de la cuisine et non dans le bureau de l'imam avec ses autres jeux de clés. Pour moi, elles y avaient été placées par quelqu'un qui avait accès à l'appartement de l'imam, mais pas à son bureau, quand il n'était pas chez lui.

— Qui aurait introduit les clés ?

— Botín, sur ordre de Gamero ? proposa Ramírez.

— Au début de cette enquête, Juan nous a exhortés à garder l'esprit ouvert et à ne pas considérer cet attentat sous l'angle historique, parce que les terroristes islamiques ne fonctionnent pas selon un modèle immuable. C'est vrai. C'est leur style. Chaque attentat se produit sans qu'on s'y attende et présente toujours un nouvel aspect qui renforce le sentiment de terreur de l'Occident. Songez à la virtuosité avec laquelle les attentats ont été commis jusqu'à présent.

» Pendant que je revenais de chez le gardien de musée, j'ai constaté que ce qui était frappant dans l'attentat de Séville, c'était son manque d'originalité. Naturellement, ce n'est pas la première chose à laquelle j'ai pensé. Ma première pensée a été : ces terroristes s'apprêtent à attaquer des lieux résidentiels. Et puis j'ai commencé à m'apercevoir que l'explosion de Séville rappelait certains aspects des attentats précédents. L'écroulement de l'immeuble d'habitation rappelle l'effondrement de ceux de Moscou en 1999. Le turban islamique, la cagoule et le Coran trouvés dans le Peugeot Partner font penser aux enregistrements du Coran et aux détonateurs trouvés dans le Renault Kangoo devant la station de Alcalá de Henares. Le Goma 2 Eco employé dans le dispositif placé dans la mosquée rappelle les explosifs utilisés le 11 Mars. La menace pesant sur les écoles et la faculté de biologie renvoie à Beslan. Comme si celui qui a organisé cette opération tirait son inspiration des attentats antérieurs.

— VOMIT, dit Ramírez. S'il y a quelqu'un qui sait tout ce qu'il y a à savoir sur les attentats terroristes islamiques, c'est l'auteur de ce site.

— Maintenant que le gardien a désigné Ángel Zarrías, on perçoit une logique. Il est journaliste, mais aussi chargé de relations publiques, rappela Falcón. Il sait comment fonctionne l'esprit humain. Et je me pose une question : qui a communiqué les documents en arabe trouvés dans la boîte ignifugée à Canal Sur ? Ou plutôt, qui n'a pas eu besoin de les communiquer parce qu'il les avait déjà en sa possession ? Et qui a monté l'histoire du MILA ? Qui a envoyé le texte d'Abdullah Azzam à *ABC* de Séville à Madrid ?

— Jusqu'où va la machination à votre avis ? interrogea Elvira. Si les corans, le turban et la cagoule ont été déposés volontairement, est-ce parce qu'on connaissait l'existence de l'hexogène ?

— Je ne le pense pas. Je pense que l'idée était seulement de s'en prendre à la mosquée et aux gens qui s'y trouvaient. Ils ont su par Miguel Botín, par l'intermédiaire de Ricardo Gamero, que quelque chose se préparait. Le CGI n'a pas obtenu l'autorisation de placer des micros lors de sa première demande. Gamero a trouvé un autre moyen, suggéré en fait par

Zarrías, qui consistait à faire surveiller la mosquée par les commerciaux d'Informáticalidad. Une fois qu'ils ont eu confirmation des agissements sinistres de Hammad et Saoudi, ils ont décidé de les supprimer, ainsi que tous ceux qui auraient le malheur de se trouver dans la mosquée à ce moment-là, pour pouvoir mener à bien l'attaque qu'ils projetaient.

» Une fois la décision prise, ils ont mis fin à la surveillance et rendu l'appartement de la calle de los Romeros. Puis les faux inspecteurs municipaux se sont introduits dans la mosquée pour y placer un petit dispositif destiné à faire sauter les fusibles afin de justifier l'intervention des électriciens. On a donné leur carte à Miguel Botín en le chargeant de la remettre à l'imam. Il est possible que Miguel Botín n'ait pas pris part au complot et que Gamero lui ait simplement dit qu'ils avaient enfin obtenu l'autorisation de placer des écoutes et que les électriciens devaient cacher les micros pour permettre au CGI d'exercer sa surveillance. Botín était sur place pour s'assurer que l'imam appellerait bien les bons électriciens. Ils ont alors déposé la bombe au Goma 2 Eco, ainsi que la boîte ignifugée. Le plan visait à faire croire que la bombe avait explosé au cours de la phase préparatoire. Tout le monde serait tué et on découvrirait dans la boîte ignifugée l'effroyable objectif final du soi-disant attentat en préparation.

» Ils savaient que les intentions de Hammad et Saoudi étaient louches, mais je crois qu'ils ne s'étaient pas rendu compte du pouvoir de destruction potentiel des explosifs qu'ils stockaient dans la mosquée. Ils n'avaient pas prévu de faire exploser cent kilos d'hexogène, d'anéantir complètement les immeubles d'habitation et de détruire partiellement l'école maternelle. C'est la raison pour laquelle Ricardo Gamero s'est suicidé. Pas seulement parce que son ami et informateur avait été tué, mais parce qu'il se sentait responsable du carnage.

— Cela infléchit en effet la logique du scénario, reconnut Elvira. Mais d'abord, j'ai du mal à admettre qu'Ángel Zarrías ait été le seul cerveau et meneur de ce complot. Ensuite, je ne vois pas du tout où vous trouverez des preuves que je puisse faire valoir devant un tribunal.

— Le problème, c'est que si cette version est la bonne, je ne peux pas aller trouver Ángel Zarrías et lui dévoiler mes cartes. Je n'ai que deux atouts en main : je sais qu'il est la dernière personne à avoir parlé face à face avec Gamero et le fait qu'on ait identifié Tateb Hassani devrait lui causer un choc.

— Il faut trouver le maillon de la chaîne qui est directement relié à Ángel Zarrías, dit del Rey. Il est journaliste et chargé de relations publiques. Pour qui travaille-t-il ?

— C'est ce qui m'a conduit à lui. J'étais certain que les gens d'Informáticalidad n'opéraient pas seuls. J'ai supposé qu'ils recevaient leurs ordres de leur maison mère. Je me suis intéressé à Horizonte. Je suis tombé sur leur banque, le Banco Omni. Et...

— Et ?

— Jesús Alarcón a travaillé pour le Banco Omni, continua Falcón qui poursuivait sa réflexion tout en parlant. Il a été proposé comme candidat politique par le vieil ami d'Ángel Zarrías, le directeur général du Banco Omni, Lucrecio Arenas.

— Candidat à quoi ?

— Il est le nouveau leader de Fuerza Andalucía.

— Mais Fuerza Andalucía ne compte pas en politique, dit Elvira. Ils récoltent 4 % des votes quand ils ont de la chance.

— Après le passage d'Alarcón à la télévision avec

Fernando Alanis, ils sont montés à 14 % dans les sondages, dit Falcón. Zarrías était aux anges. Il prétend que son travail de communication au profit de Fuerza Andalucía est un hobby, mais je crois que c'est plus que ça. Il veut partager le pouvoir avec le Partido Popular parce qu'il aimerait avoir une fois dans son engagement politique la capacité de changer les choses. Je crois qu'il essaie de mettre Jesús Alarcón en position de prétendre à la direction du Partido Popular. Je ne pense pas exagérer en disant qu'il est à Jesús Alarcón ce que Karl Rove fut à George Bush.

— Quel est le maillon suivant dans la chaîne ? insista del Rey.

— Tateb Hassani résidait quelque part quand il a été sollicité. C'est sans doute là qu'il a été tué. J'ai supposé que ce devait être près de l'endroit où on s'est débarrassé de son corps. Les poubelles se trouvaient dans une impasse donnant sur une rue tranquille. Il fallait en connaître l'existence. Je me suis rendu compte que l'information devait venir de Zarrías, qui habite à proximité, sur la plaza Cristo de Burgos. Je pense que Tateb Hassani devait être hébergé dans la maison qui sert de quartier général à Fuerza Andalucía, la maison d'Eduardo Rivero, calle Castelar.

— Il y a un jardin ? s'informa Ramírez. Avec une haie ?

— Il y a un bout de jardin entre le devant de la maison, où se trouvent les bureaux de Rivero, et l'arrière, où habite la famille. J'y suis allé une fois à une réception avec Ángel et Manuela, mais il faisait noir et je n'ai pas regardé s'il y avait des haies. Il nous faudrait le témoignage de quelqu'un qui aurait vu Tateb Hassani entrer dans cette maison pour établir le lien.

— Et Ángel Zarrías ? demanda Ramírez. Tu crois que ça vaut la peine de le placer sous surveillance vingt-quatre heures sur vingt-quatre ?

— Je crois que oui, d'autant que ça ne devrait pas durer longtemps. Mais il y a autre chose qui me tracasse dans cette affaire, c'est le meurtre lui-même.

— Tateb Hassani a été empoisonné au cyanure, précisa Ramírez. Il n'a pas été poignardé, étranglé ou abattu à coups de feu.

— Première chose, comment se sont-ils procuré le cyanure ? Ensuite, on l'a défiguré. Les mains ont été amputées proprement. Il doit y avoir un médecin ou un chirurgien impliqué dans ce meurtre.

— Et que dire de la bombe ? reprit Ramírez. Il faut vraiment être un criminel sans scrupule pour faire un truc pareil.

Falcón appela Ángel Zarrías pour convenir avec lui d'un rendez-vous avec le comisario Elvira afin d'envisager un moyen de restaurer l'image de l'équipe chargée de l'enquête. Ils avaient décidé de feindre de s'intéresser à ses talents de communication. En plus, en faisant venir Zarrías, Serrano et Baena pourraient amorcer leur surveillance.

Falcón ne pouvait pas se montrer calle Castelar, près de la maison d'Eduardo Rivero, où il risquait d'être reconnu. Ce furent donc Ferrera, Pérez et Ramírez qui furent chargés de vérifier que Tateb Hassani avait bien séjourné chez Rivero.

Elvira, del Rey et Falcón attendaient Ángel à l'école maternelle.

— Vous êtes soucieux, Javier, remarqua Elvira. Vous craignez que cette affaire détériore vos relations avec votre sœur ?

— Non. Il est vrai que ça me préoccupe, mais il ne s'agit pas de ça. Ce qui m'ennuie, c'est que si mon hypothèse se révèle la bonne, cela n'explique toujours pas pourquoi Hammad et Saoudi ont apporté cent kilos d'hexogène à Séville.

— C'est le boulot du CNI, pas le vôtre.

— Une chose m'effraie : si on a vraiment l'intention de ramener l'Andalousie dans le sein de l'Islam, sans armée et sans marine, la meilleure manière d'y parvenir est d'organiser une prise d'otages de type Beslan. Je me suis dit à l'époque que les forces spéciales russes avaient riposté parce que Poutine voyait la situation s'engager dans une impasse. Il devait réagir avant que le grand cirque médiatique concentre toute l'attention et toute l'émotion sur l'événement. Il n'aurait plus eu d'autre choix alors que de faire des concessions. Poutine a bâti sa réputation sur la force et l'implacabilité. Il ne pouvait laisser une poignée de terroristes le faire passer pour faible. Il a donc répliqué à leur inflexibilité par la sienne et trois cents personnes y ont perdu la vie. Si une situation semblable se produisait ici, que des enfants étaient pris en otages au moment où ils sont censés partir en vacances, vous imaginez les réactions en Espagne, en Europe et dans le monde ? Une réaction à la Poutine ne serait pas admise.

— Les précautions nécessaires ont été prises, le rassura Elvira. Nous ne pouvons pas inspecter tous les établissements scolaires d'Andalousie comme nous l'avons fait pour les trois de Séville, mais nous leur avons recommandé d'examiner leurs locaux et nous avons alerté les polices locales.

— Vous nous avez dit que la prétendue implication du MILA était une invention médiatique d'Ángel Zarrías, intervint del Rey. Du coup, nous ne savons pas vraiment quelle était l'intention de départ des terroristes islamiques.

— Mais pourquoi importer de puissants explosifs à Séville, capitale de l'Andalousie ? L'idée du MILA lançant une offensive osée pour rendre l'Andalousie à l'Islam a quelque chose de séduisant. Comme si la fiction pouvait rejoindre la réalité. On a les résultats des analyses ADN ? Sommes-nous certains que Hammad et Saoudi ont péri dans la mosquée ? Est-ce que nous savons s'ils ont fait un détour sur le trajet de la maison de Valmojado à Séville ?

— Les policiers de la scientifique ont pour instruction de me prévenir dès qu'ils en auront confirmation, dit Elvira, mais ça m'étonnerait qu'ils le fassent aujourd'hui. Nous n'avons pas eu d'autres précisions de la guardia civil sur l'itinéraire du Peugeot Partner. N'essayez pas de tout gérer, Javier. Concentrez-vous sur la tâche qui vous revient.

Ángel Zarrías arriva à vingt et une heures. Falcón fit les présentations et les laissa entre eux. Il se dirigea vers la tente de la police scientifique. Les équipes travaillaient à la lumière des projecteurs sur le site de l'explosion, désormais aplani. La grue avait disparu, ainsi que les excavatrices. Il ne restait qu'un camion-benne, prêt à embarquer d'éventuels gravats. Falcón revêtit une combinaison et entra dans la tente, illuminée par de puissants halogènes. Il trouva le chef d'équipe penché sur un étalage de bouts de tissus, de morceaux de chaussures, de plastique, de cuir. Il se présenta à nouveau.

— Je cherche tout objet qui pourrait être considéré comme une incitation à fabriquer et déposer des bombes.

— En plus de ce que nous avons déjà trouvé dans la boîte ignifugée ?

— Quelque chose comme un mode d'emploi. Il a pu être dissimulé dans la doublure d'une veste ou dans un portefeuille.

— Nous avons encore beaucoup à faire avant de pouvoir pénétrer dans le local de la mosquée. Nous avons très vite trouvé la boîte ignifugée parce qu'elle avait été projetée en hauteur par la déflagration. Maintenant, nous descendons petit à petit, mais c'est un travail de fourmi car nous devons tout répertorier au fur et à mesure. Nous accéderons à la mosquée elle-même demain matin au plus tôt.

— Je voulais juste m'assurer qu'on continue à chercher cette pièce du puzzle. Ce peut être un code, des chiffres, une note en arabe.

Dix personnes s'activaient à l'extérieur sous les projecteurs. Le chantier ressemblait à celui d'un site archéologique, avec un plan de la mosquée étalé sur une table et quadrillé pour permettre de repérer l'exacte provenance de chaque débris exhumé. Les experts de la police scientifique n'étaient qu'à trente centimètres en dessous du niveau du sol. L'odeur de putréfaction empuantissait l'atmosphère. Ils travaillaient en silence avec parfois de brefs échanges murmurés. Leur tâche était ingrate, rebutante. Falcón appela le numéro de Mark Flowers et demanda à le rencontrer.

— Volontiers. Où êtes-vous ?

— Sur le site de l'explosion, mais je pensais que nous pourrions nous retrouver à l'appartement de l'imam Abdelkrim Benaboura. Vous savez où il se trouve, n'est-ce pas, Mark ?

Flowers ne releva pas le sarcasme. Falcón se rendit à pied à l'appartement, situé dans un immeuble tout proche, semblable à celui qui avait été détruit par l'explosion. Un policier montait la garde à l'entrée. Falcón lui montra sa carte. L'homme lui dit qu'il n'était pas autorisé à le laisser entrer.

— Vous savez qui je suis ? lui demanda Falcón.

— Oui, inspecteur, mais vous n'êtes pas sur ma liste.

— Je peux la voir ?

— Désolé. C'est classé confidentiel.

Le téléphone du policier sonna. Il prit l'appel et écouta attentivement.

— Il est déjà ici, dit-il avant de raccrocher.

Il ouvrit la porte et fit entrer Falcón.

Les hommes du CNI n'avaient pas exagéré le nombre de livres que contenait l'appartement. Les pièces de séjour en étaient tapissées et le sol de la chambre jonché. Ils couvraient tous les domaines du savoir humain. La plupart étaient écrits en français ou en anglais, mais une pièce entière était consacrée aux textes arabes. La pièce du fond, qui aurait dû servir de chambre principale, abritait le bureau de l'imam. Elle comportait un lit simple et une table, chacun à une extrémité. Les murs étaient couverts de livres. Falcón s'assit devant le bureau dans un fauteuil pivotant. Il inspecta les tiroirs. Ils étaient vides. Il se tourna pour attraper un livre sur les rayonnages. Il était intitulé *Riemann's Zera Function*. Il le remit en place sans même l'ouvrir.

— Il les avait tous lus, dit Flowers qui se tenait dans l'embrasure de la porte. C'est impressionnant d'imaginer autant de connaissances dans la tête d'un seul homme. À Langley, nous avions quelques éléments qui pouvaient se targuer d'en avoir lu autant, mais pas beaucoup.

— Depuis quand le connaissiez-vous ? En supposant qu'il est mort.

— Je suis sûr qu'il est mort. Nous nous sommes rencontrés en Afghanistan en 1982. Il était tout jeune à l'époque. C'était un des rares moudjahidines qui parlait anglais, parce que, bien que né en Algérie, il avait fait ses études en Égypte. Nous leur fournissions des armes et une formation pour combattre les Russes. Il nous était reconnaissant de ce que nous faisions pour eux : les aider à bouter ces communistes athées hors du territoire d'Allah. Comme vous savez, ils n'ont pas été nombreux dans son cas. N'y a-t-il pas un adage qui dit que plus on aide les gens, plus ils vous en ont de la rancune ?

— Et vous êtes toujours restés en contact ?

— Avec des interruptions, comme vous pouvez vous en douter. J'ai perdu sa trace dans les années 1990 et nous avons repris contact en 2002. Je l'ai déniché lors d'un de mes voyages de prospection à Tunis. Il n'a jamais marché dans la doctrine taliban. Comme vous l'aurez sans doute compris, c'était un homme intelligent et il n'arrivait pas à trouver un seul verset du Coran qui approuve le principe de l'attentat suicide. Il avait de la sympathie pour leur cause, tout en restant parfaitement lucide.

— Et vous n'avez pas songé à prévenir l'un de vos nouveaux agents chargés d'enquêter...

— Hé, Javier, vous avez eu l'information dès le premier jour. Juan vous a dit qu'il n'avait pas accès aux détails de son passé et que les Américains s'étaient portés garants pour lui quand il a fait sa demande de visa. Que voulez-vous de plus ? Son CV ? N'attendez pas qu'on vous mâche la besogne. Je ne peux pas clamer sur la place publique que j'employais comme espion l'imam d'une mosquée de Séville.

— C'est pour ça que nous n'avons pas pu pénétrer ici et qu'on ne nous a pas transmis ses relevés téléphoniques ?

— Je devais être sûr de ne rien laisser chez lui qui puisse le désigner comme espion de la CIA. Cela voulait dire examiner tous ses livres. Je ne suis pas non plus irresponsable. J'ai veillé à ce que le CNI vérifie le numéro des électriciens.

— D'accord, j'admets. J'aurais dû être plus... clairvoyant. Benaboura vous a dit quelque chose au sujet de Hammad et Saoudi ?

— Non.

— Vous avez dû être déçu ?

— Vous ne vous rendez pas compte de la pression que subissent ces gens. Il m'a donné quantité de renseignements utiles, des noms, des activités, toutes sortes de choses, mais il ne m'a rien dit au sujet de Hammad et Saoudi parce qu'il ne pouvait pas.

— Vous voulez dire qu'il ne pouvait pas prendre le risque de vous en parler et de vous voir agir sur la foi de ses informations, ce qui aurait conduit tous les regards à se tourner vers lui ?

— Vous apprenez vite, Javier.

— Il était au courant pour Miguel Botín ?

— Benaboura n'était pas né de la dernière pluie.

— Je vois, dit Falcón en réfléchissant à la question. Il a donc pensé qu'il pourrait faire passer l'information concernant Hammad et Saoudi par le canal de Miguel Botín et c'est la raison pour laquelle il a accepté de s'en remettre aux électriciens qu'il lui indiquait.

— Il a parfaitement analysé la situation, dit Flowers. Il a compris la raison de la visite des faux inspecteurs municipaux, il n'avait aucune illusion sur la défaillance de la boîte à fusibles et les électriciens qu'on lui recommandait tellement à propos. Ce qu'il n'avait pas prévu, c'était que les électriciens déposeraient une bombe en plus du micro.

— Il y avait un micro ?

— Naturellement et il lui fallait trouver où il était planqué pour ne pas commettre d'erreur quand il avait des conversations. Ils l'ont dissimulé dans la prise de son bureau.

— Je me demande s'il fonctionnait et qui l'écoutait. Qu'en dit le CNI ?

— C'est le CGI qui était censé l'avoir posé. Botín travaillait pour Gamero, qui bossait pour le CGI. Je ne leur en ai jamais parlé parce que j'ai appris qu'il y avait un problème de sécurité chez eux.

— Qu'en est-il de la prise supplémentaire que Benaboura a fait installer dans la réserve ?

— Cela a sans doute été demandé par Hammad et Saoudi. Il ne m'en a jamais parlé.

— Donc, vous ne saviez rien non plus de l'hexogène ?

— Nous l'aurions appris par Benaboura quand il aurait jugé le moment venu.

— Il avait repéré les types qui le surveillaient ?

— Dans l'appartement d'en face ? Il était tellement ahuri de leur manque de professionnalisme qu'il avait fini par se demander s'ils étaient vraiment là pour le surveiller.

— Vous en avez parlé à quelqu'un pour lui ?

— J'ai posé la question à Juan. Il m'a assuré qu'ils n'y étaient pour rien. Il a fouiné du côté du CGI pour moi et il m'a dit que ça ne venait pas d'eux non plus. Je suis allé jeter un coup d'œil moi-même dans cet appartement un soir. Il était vide. Aucun matériel. Je ne m'en suis plus occupé.

— Vous répondez à toutes mes questions. Ce n'est pas dans vos habitudes.

— Je ne vous apprends rien de bien nouveau.

— Le fait que les électriciens de Botín aient mis une bombe dans la mosquée n'a pas l'air de vous perturber.

— Oh, je suis perturbé, Javier. Très perturbé. J'ai perdu un de mes meilleurs agents.

— Vous croyez à l'histoire du CGI ?

— Selon laquelle Botín était un agent double ? Que les terroristes qu'il informait connaissaient les activités de Benaboura et ont voulu se débarrasser de lui ?

— Et en ce qui concerne Hammad et Saoudi ?

— Du pipeau, lâcha Flowers d'un ton amer. Mais ce n'est pas mon problème. C'est votre boulot à vous d'aller fouiller dans le passé.

— Mais on se demande : que comptaient faire

Hammad et Saoudi avec cent kilos d'hexogène en plein Séville ?

— Le GICM se fiche de ramener l'Andalousie dans le sein de l'Islam. Leur priorité est de faire du Maroc un État islamique, régi par la charia, mais ils partagent les mêmes sentiments à l'égard de l'Occident que ceux que nous désignons sous le nom d'Al-Qaïda.

— On est sûr que Hammad et Saoudi appartenaient au GICM ?

— Ils avaient déjà travaillé pour eux.

— À quoi devait donc servir cet hexogène ?

— Et y en avait-il d'autres stocks ailleurs ? Ce sont les questions qui restent sans réponses. Il était sans doute encore sous sa forme brute quand il a explosé. Nous ne pouvons qu'espérer trouver des indices quand nous pourrons enfin pénétrer dans la mosquée.

— Qu'aurait-il fallu en faire pour qu'il soit utilisable ?

— Normalement, ils l'auraient mélangé avec du plastique pour le rendre malléable. Il serait intéressant de trouver le conteneur dans lequel ils comptaient l'enfermer.

— Si on veut détruire un immeuble, il suffit de le fourrer dans une valise qu'on met dans le coffre d'une voiture avec laquelle on fonce dans le hall d'entrée, non ?

— Exact.

— Vous savez sur quoi travaille le CNI en ce moment ? demanda Falcón qui se rendait compte que sa conversation avec Flowers n'évoluait plus.

— Il faudra le leur demander. Mais si j'ai un conseil à vous donner, Javier, contentez-vous de ce pour quoi vous êtes payé. Concentrez-vous sur le passé.

Le portable de Falcón vibra. C'était Ramírez. Il prit l'appel dans la cuisine, loin des oreilles de Flowers.

— Quelqu'un a bien vu Tateb Hassani dans la

maison de Rivero, annonça Ramírez. Nous n'obtenions rien à l'extérieur, mais Ferrera a vu une femme sortir de la maison, qui n'était autre que la personne chargée de l'entretien de la chambre de Hassani. Elle l'a vu pour la première fois le 29 mai et pour la dernière le 2 juin. Elle ne travaille pas pendant les week-ends. Les autres employées de maison non plus. Elle n'en est pas absolument sûre, mais elle pense qu'il n'a pas quitté la maison pendant tout le temps qu'il y a passé. Il travaillait dans les bureaux de Fuerza Andalucía et y prenait la plupart de ses repas.

— Quelles nouvelles d'Ángel Zarrías ?

— C'est pour ça que j'appelle. Il vient d'arriver chez Rivero, cinq minutes après Jesús Alarcón. Ils sont tous là. Ce doit être une réunion tactique du parti.

— Dis à Cristina de trouver quelqu'un qui travaillait chez Rivero samedi soir. Il a bien fallu faire dîner Tateb Hassani, ce qui suppose des cuisiniers, des serveurs, du personnel de ce genre.

34.

Séville – Jeudi 8 juin 2006, 21 h 50

— Je crois que nous devrions voir Eduardo Rivero seul, privé du soutien moral de Jesús Alarcón et d'Ángel Zarrías, déclara Falcón à Elvira au téléphone. Tateb Hassani était hébergé dans sa maison, il était son invité et il a été assassiné dans ses bureaux. Si nous arrivons à lui faire avouer sa participation, je suis sûr qu'il nous livrera tout le reste.

— En ce qui concerne le moyen de transport, dit Elvira, n'est-il pas possible de mettre la main sur le véhicule dans lequel son corps a été transporté pour être déversé dans les poubelles de la calle Boteros ?

— Le seul témoignage dont nous disposons à ce sujet est celui d'un vieil alcoolique qui a vu la scène d'une hauteur de dix mètres en pleine nuit. Tout ce qu'il a pu nous dire, c'est qu'il s'agissait d'un break de couleur sombre. Ramírez est sur place avec Pérez pour essayer de trouver un témoin plus fiable. Nous vérifions tous les véhicules appartenant à Rivero ou à sa femme pour voir si l'un d'eux correspond à cette description succincte.

— Qui surveille la maison de Rivero ?

— Serrano et Baena filent Ángel Zarrías vingt-quatre heures sur vingt-quatre. Ils ne le lâcheront pas.

Ne pourrait-on demander un mandat pour perquisitionner chez Rivero ?

— Cela me pose un problème, Javier. Rivero ne dirige peut-être pas un parti important, mais c'est un personnage considérable à Séville. Il connaît tout le monde. Il a des amis influents dans tous les secteurs, y compris celui de la justice. Votre seul atout est l'effet de surprise. Il ne sait pas que vous avez identifié Tateb Hassani et repéré qu'il habitait chez lui au moment où il a été tué. Si je demande un mandat, je devrai le justifier et révéler tous nos éléments au juge. Vous avez un avantage capital qui sera certainement beaucoup plus productif.

— Vous préférez que je commence par le cuisiner ?

— Cette solution présente aussi des risques.

— Actuellement, ils sont en réunion. Ils dîneront sans doute après. Voyons ce que nous apportent les prochaines heures et nous nous consulterons avant de passer à l'action.

Falcón rentra chez lui pour avaler quelque chose et réfléchir à la meilleure manière de faire parler Rivero. L'inspecteur principal Luis Zorrita appela pour lui dire qu'il souhaitait lui parler du meurtre d'Inès. Falcón lui répondit qu'il était disponible immédiatement.

Encarnación lui avait laissé un filet de porc. Il prépara une salade et coupa des pommes de terre et le filet en tranches. Il écrasa quelques gousses d'ail, qu'il jeta dans la poêle avec le porc et les pommes de terre. Il versa une rasade de whisky ordinaire qui s'enflamma à la chaleur du gaz. Il mangea distraitement sa poêlée flambée et but un verre de rioja rouge pour s'alléger la tête. Au lieu de réfléchir à son enquête, il se surprit à songer à Inès. Elle occupait à nouveau toutes ses pensées, en en faussant le cours. Il ne pouvait pas croire qu'elle était morte, même après l'avoir vue exsangue au bord du fleuve. Elle était ici pas plus tard que la veille. Ou était-ce l'avant-veille ?

Il étouffait dans la cuisine. Il prit son verre et alla s'asseoir au bord de la fontaine, dans le patio écrasé par la chaleur qui semblait encore peser sur les murs comme une énorme presse invisible. Ils avaient fait l'amour dans cette fontaine, Inès et lui. Une période voluptueuse, exaltante : eux deux, seuls dans cette immense maison, courant nus sur la galerie, dévalant l'escalier, se pourchassant dans les recoins. Elle était si belle alors, quand la jeunesse imposait sa loi sauvage. Lui traînait déjà les chaînes qui l'entravaient, mais il ne le savait pas, ne le voyait pas. Il se dit qu'il l'avait sans doute poussée dans les bras d'Esteban Calderón, l'homme qui la tuerait un jour.

La sonnette retentit. Il accueillit Zorrita et le fit asseoir dans le patio avec une bière. Falcón finissait de lui raconter son mariage avec Inès, la liaison de celle-ci avec Calderón, leur séparation et leur divorce quand son portable se mit à vibrer. Il l'emporta dans son bureau et ferma la porte donnant sur le patio.

— Nous avons eu de la chance avec la voiture, lui annonça Ramírez. Il y a un bar calle Boteros, le Garlochi. Drôle d'endroit. Rempli du sol au plafond d'images et de statues de la Vierge. Le bar est recouvert d'un dais qui ressemble à une oriflamme de la semaine sainte. Il est éclairé à la bougie, on y brûle de l'encens, le cocktail maison est servi dans des verres en forme de calice et s'appelle *sangre del Cristo*, le sang du Christ.

— Divinement décadent.

— Il était toujours fermé quand nous explorions la zone. Le patron m'a dit qu'il était en train de fermer samedi soir, ou plus exactement dimanche matin, quand il a vu la voiture tourner dans l'impasse et reculer en direction des poubelles. Il en a donné la même description que le témoin de Cristina, mais lui, il a bien vu le véhicule quand il est ressorti de l'impasse. Il a reconnu une Mercedes E500 parce qu'il avait envie de s'en acheter une mais n'en avait pas les moyens. Il a aussi noté mentalement le numéro d'immatriculation, parce qu'il trouvait que les trois bonshommes avaient un comportement étrange. Mais c'était il y a presque une semaine. Tout ce dont il se souvient, c'est que c'est un nouveau numéro qui commence par quatre-vingt-deux. Il pense que la dernière lettre est un M.

— Ça vous amène où ?

— Baena vient de m'appeler pour me signaler que trois autres voitures étaient arrivées chez Rivero. Nous avons relevé les numéros. Elles appartiennent à Lucrecio Arenas, César Benito et Agustín Cárdenas. Nous effectuons une recherche sur ces trois personnes...

— Lucrecio Arenas a fait entrer Jesús Alarcón à Fuerza Andalucía par l'intermédiaire d'Ángel Zarrías, lui dit Falcón. Je ne sais rien des deux autres.

— Écoute. La voiture d'Agustín Cárdenas est un break Mercedes E500 et le numéro d'immatriculation est 8247 BHM.

— C'est notre homme.

— Je te rappelle quand j'ai d'autres éléments.

Falcón retourna auprès de Zorrita et lui présenta des excuses : Zorrita y mit fin d'un geste de la main. Falcón lui parla de sa dernière rencontre avec Inès, expliquant qu'elle avait débarqué à l'improviste mardi soir en insultant son mari et en pestant contre ses infidélités continuelles.

— Vous aimiez Esteban Calderón ? demanda Zorrita.

— Avant, oui. Les gens étaient étonnés. Ce n'est que bien plus tard que j'ai découvert qu'Inès et lui avaient eu une liaison les derniers temps de notre brève association conjugale. Je le trouvais intelligent, bien informé, cultivé. Il l'est sans doute encore. Mais il est aussi arrogant, ambitieux, égoïste et passible de toute une liste d'adjectifs que je n'ai pas en tête pour le moment.

— Intéressant, parce qu'il m'a demandé si vous accepteriez d'aller le voir.

— Pour quoi faire ? Il sait que je ne peux pas m'exprimer sur cette affaire.

— Il voudrait vous expliquer quelque chose.

— Je ne pense pas que ce soit une bonne idée.

— À vous de décider. Je n'y vois pas d'inconvénient.

— De vous à moi. Est-ce qu'il a craqué et avoué ?

— Presque. Il a flanché, mais pas de la façon habituelle. Pas sous la forme d'un besoin de soulager sa conscience en évacuant la vérité, plutôt la crise de quelqu'un qui se met à douter de lui-même. Au début, il était tout assurance et fermeté dans la résistance. Il a refusé l'assistance d'un avocat, ce qui m'a permis de lui parler crûment des violences qu'il avait fait subir à sa femme. Je crois qu'il n'avait pas mesuré l'intensité de sa colère, la violence qu'elle avait déchaînée et l'importance des sévices qu'il lui avait infligés. Il a été impressionné par les détails de l'autopsie et c'est là que ses certitudes ont vacillé et qu'il a commencé à admettre qu'il avait pu commettre ces horreurs.

» Il m'a raconté son arrivée chez lui comme s'il me racontait un film, avec une certaine confusion dans le déroulement du script. Il m'a d'abord dit qu'il avait vu Inès debout devant l'évier, puis il a changé d'avis. À la fin, je crois qu'il y avait deux Calderón. Le juge et une autre personne, qui était en lui, enfermée à l'intérieur la plupart du temps, mais prête à émerger et à prendre le dessus.

— Inès disait qu'il avait besoin d'une aide psychologique, mais je ne pense pas qu'elle envisageait quelque chose d'aussi grave que la schizophrénie.

— Il ne s'agit pas de schizophrénie pathologique. Nous avons tous une bête tapie en nous qui ne voit jamais la lumière du jour. Pour une raison quelconque, celle de Calderón est sortie de sa cage.

— Vous êtes convaincu qu'il l'a tuée ?

— Je suis certain que personne d'autre n'est intervenu. La seule question est de savoir si son geste était prémédité ou si c'était un accident. Je ne crois pas que sa maîtresse avait un avantage à retirer de la mort d'Inès. Elle ne voulait pas l'épouser. Elle n'est pas du genre à se marier. Elle a reconnu qu'ils avaient plaisanté sur le meurtre comme « solution bourgeoise pour mettre un terme à une institution bourgeoise », mais je ne pense pas qu'elle espérait qu'il passerait à l'acte et assassinerait sa femme. Il tentera de plaider l'accident, mais les jurés n'aimeront pas la façon dont il la maltraitait.

Zorrita finit sa bière. Falcón le raccompagna à la porte. Ramírez rappela. Zorrita disparut dans la nuit en lui disant au revoir d'un signe de la main.

— Bon, César Benito est directeur général d'une entreprise appelée Construcciones PLM S.A. Il est au conseil d'administration de Horizonte, responsable de leur secteur immobilier qui compte des sociétés comme Mejorvista et Playadoro. L'autre type, Agustín Cárdenas, est plus intéressant. C'est un chirurgien diplômé qui possède des cliniques de chirurgie esthétique à Madrid, Barcelone et Séville. Il est aussi au conseil d'administration de Horizonte, chargé du secteur médical, dont font partie Quirúrgicalidad, Ecográficalidad et Optivisión.

— On dirait une réunion des conspirateurs pour préparer l'étape suivante maintenant que la première partie du plan a été exécutée avec succès, commenta Falcón.

— Je crois que nous n'avons pas la vision complète du tableau. J'imagine bien Rivero, Zarrías, Alarcón et Cárdenas empoisonnant Hassani ; c'est sans doute Cárdenas qui a effectué les opérations sur le corps ; mais aucun d'eux ne correspond à la description des hommes aperçus dans la Mercedes E500 qui se sont débarrassés du corps.

— Et cette question toujours : qui a déposé la bombe ou a donné l'ordre de la déposer ?

— Il manque un élément. Il y a l'argent, le pouvoir et l'absence de scrupules permettant de faire la peau à Tateb Hassani. Mais comment convaincre quelqu'un d'effectuer ses petites manips dans la mosquée et de garder le silence ?

— La seule façon de le savoir, c'est de les boucler à la jefatura pour les passer à la question, dit Falcón qui dressa l'oreille en entendant sonner. Informe Elvira. J'ai un rendez-vous avec le CNI. Et dis à Cristina qu'il faut absolument qu'elle dégote un témoin qui ait vu Hassani samedi soir, le plus tard possible. Il nous faut ça avant de nous attaquer à Rivero.

Pablo et Gregorio allèrent droit à l'ordinateur. Gregorio se mit au travail, alluma l'appareil et se connecta au site codé du CNI au travers duquel ils chatteraient avec Yacoub Diouri.

— Nous sommes convenus que vous contacteriez Yacoub tous les soirs à onze heures, sauf contrordre de votre part. Onze heures, heure espagnole, c'est-à-dire vingt et une heures, heure marocaine, précisa Pablo. Évidemment, vous devrez être seul. Il faudra qu'il n'y ait personne d'autre dans la maison. Pour vous reconnaître mutuellement, vous commencerez par quelques formules banales parmi lesquelles vous inclurez une phrase tirée de ce livre...

Pablo lui tendit un exemplaire de *Demain, dans la bataille, pense à moi* de Javier Marías.

— Le premier jour, il prendra une phrase du premier paragraphe de la page une et vous répondrez par une phrase du dernier paragraphe de la page une. Une fois que vous vous serez ainsi identifiés, vous pourrez échanger tranquillement.

— Et s'il omet d'insérer la phrase ?

— Le plus important est de ne pas lui rappeler une information confidentielle ni de lui répondre par une information confidentielle. Vous placez votre phrase d'introduction dans votre paragraphe de prise de contact et, s'il ne rectifie toujours pas, vous vous déconnectez. Dès lors, vous vous abstenez de communiquer avec lui tant que nous n'avons pas effectué les vérifications nécessaires le concernant. Autre impératif : ne jamais imprimer. Nous garderons des traces sur notre site, auquel vous n'aurez accès que lorsque nous serons ici avec vous.

— Je ne comprends toujours pas comment vous pouvez être aussi sûrs que Yacoub sera facilement accepté par le GICM.

— Nous n'avons pas dit ça. Nous avons dit qu'il serait admis parmi les éléments radicaux de la mosquée de Salé. Rappelez-vous son histoire : le comportement de son vrai père, Raúl Jiménez, et les représailles de son père adoptif, Abdullah Diouri. Cela ne s'est pas passé dans une bulle. Toute la famille était au courant. De là viennent certaines sympathies avec les éléments les plus radicaux de l'Islam. Ne m'en demandez pas plus... Voyons si Yacoub a pris contact avec les extrémistes de la mosquée et, si oui, au bout de combien de temps il sera mis en relation avec le haut commandement du GICM.

— À quoi va servir notre conversation d'aujourd'hui ?

— À ce stade, faites-lui savoir que vous êtes là. À terme, nous voudrions savoir ce qui était prévu ici, à Séville, et s'ils ont encore la possibilité de mettre leur plan à exécution, mais nous devrons peut-être nous contenter pour l'instant d'assurer la liaison.

La communication débuta à vingt-trois heures et trois minutes. Ils en passèrent par les phrases d'introduction, puis Falcón posa sa première question.

— Comment se passe ton premier jour de rentrée ?

— J'ai l'impression d'être le petit nouveau d'un club. Tout le monde m'interpelle. Certains sont amicaux, d'autres soupçonneux et quelques-uns franchement hostiles. C'est comme dans toutes les associations. Je débarque en cours de route et je suis bien accueilli par mes pairs, mais considéré comme un usurpateur par ceux qui pensaient avoir pris de l'importance. Il y a une hiérarchie. Il en faut une. C'est une organisation qui comporte une branche militaire. La grande différence, c'est que le commandant en chef n'est pas un homme, mais Allah. On ne fait jamais référence aux actions du groupe ou d'autres groupes dont on a eu connaissance, sans mentionner le chef suprême qui les a ordonnées. On nous rappelle sans cesse que nous sommes engagés dans une guerre sainte. C'est stimulant, exaltant. Je suis revenu dans un état second. Mon environnement me paraît étrange, ou plus exactement extrêmement banal après une journée passée auprès de ces hommes sûrs de leur place et de leur destin dans le projet d'Allah. Je comprends l'effet puissant que cela peut avoir sur un esprit jeune. Ils ont aussi l'art de dépersonnaliser l'ennemi. Ce n'est jamais quelqu'un en particulier, si on excepte Bush et Tony Blair, mais la décadence et la dépravation qui se sont emparées de l'Occident. Il est certainement plus facile de bombarder la décadence et la dépravation que des hommes, des femmes et des enfants.

— Ils ont parlé des événements du 6 juin à Séville ?

— Ils ne parlent que de ça. Ils écoutent avidement les chaînes espagnoles diffusées par satellite pour s'informer. Mais il n'est pas facile de déterminer leur part d'implication.

— Rien sur Djamel Hammad et Smail Saoudi et les raisons pour lesquelles ils ont fait entrer cent kilos d'hexogène à Séville ?

— J'ai du mal à faire la part entre la simple spéculation et les faits bruts. Il faut comprendre que ces gens ne sont pas à proprement parler une émanation du GICM. Ils soutiennent son action, certains ont participé à des opérations, mais surtout au niveau local. Ne t'imagine pas que je suis entré de plain-pied dans une tente grouillante de moudjahidines armés de AK-47s. Pour l'instant, je ne peux que te raconter ce qui s'est passé et non ce qui va se passer. Seuls les dirigeants du GICM le savent, or, pour autant que je sache, ils ne sont pas ici.

» Mes amis me disent que Hammad et Saoudi ont prêté main-forte à diverses organisations, pas seulement au GICM. Ils se financent en piratant les distributeurs de monnaie. Ils ne se sont occupés que de missions de reconnaissance, de logistique et de fourniture de papiers. Ils ne fabriquaient pas de bombes. L'hexogène vient d'Irak. D'un dépôt de munitions américain saisi au début de 2005. Il est passé par la Syrie et la Turquie, où on l'a emballé dans des cartons de lessive et expédié en Allemagne dans des conteneurs pour être vendu à des immigrés turcs. Personne ne sait comment il est arrivé en Espagne. Ils estiment la quantité totale envoyée en Allemagne dans les emballages de lessive à environ trois cents kilos.

— Aucune idée de l'usage auquel il était destiné ?

— Non. Ils disent seulement que tout ce que racontent la presse et les médias espagnols n'est que pure affabulation : le texte d'Abdullah Azzam, le MILA, le projet d'attentat contre les écoles et la faculté de biologie et la croisade pour amener l'Andalousie dans le sein de l'Islam. Ils ont pour priorité de faire du Maroc un État islamique régi par la charia. Nous en avons parlé, mais il n'y a là rien d'intéressant pour toi. La stratégie actuelle, en ce qui concerne les opérations à l'étranger, n'est pas définie, si ce n'est qu'ils restent très en colère contre les Danois et estiment qu'ils méritent d'être punis. Ils veulent affaiblir économiquement l'Union européenne en l'obligeant à se doter de dispositifs antiterroristes ruineux. Ils projettent de s'attaquer à des centres financiers d'Europe du Nord, précisément Londres, Francfort, Paris et Milan, tout en menant des actions de moindre envergure dans les régions touristiques de la Méditerranée.

— Ambitieux.

— Ils parlent beaucoup. Quant à leur capacité d'action... qui sait ?

— L'envoi d'hexogène à Séville ne semble pas correspondre à leur stratégie générale.

— Ils disent qu'ils n'ont rien à voir dans cette explosion.

— Comment le savent-ils ?

— Le « matériel » nécessaire à la fabrication de la bombe à partir de l'hexogène n'était pas arrivé. Étant donné que Hammad et Saoudi étaient uniquement chargés des opérations de reconnaissance et de logistique, il est probable que c'étaient d'autres personnes qui devaient apporter le matériel, les conteneurs, le plastic, les détonateurs et les minuteries.

— Quel crédit apportes-tu à tout ce qui s'est dit ?

— Il se passe certainement quelque chose. On sent une tension, une attente dans l'atmosphère. Je ne peux pas être plus précis. Ce sont les informations que j'ai pu glaner. Je n'en suis pas encore à fouiner. Je n'ai pas posé de questions sur les cellules opérationnelles en Espagne, par exemple. Je soupçonne seulement, d'après ce que disent les uns et les autres, qu'il y a des acteurs qui s'affairent sur le terrain.

Le portable de Falcón vibra sur le bureau. Il prit l'appel de Ramírez pendant que Pablo et Gregorio bavardaient dans son dos.

— Cristina a trouvé un domestique qui a vu Tateb Hassani samedi soir, avant le dîner. Il s'appelle Mario Gómez. Il dit qu'il n'a pas servi à table, que le dîner était préparé sous forme de buffet, mais juste avant de partir, vers dix heures moins le quart, il a vu Tateb Hassani, Eduardo Rivero et Ángel Zarrías monter dans les bureaux de Fuerza Andalucía.

— Il n'a vu personne d'autre ?

— Aucune voiture n'était arrivée quand il est parti.

— Je crois que ça suffira.

Falcón raccrocha.

— Demandez-lui s'il a entendu des noms ou relevé des détails qui pourraient nous permettre de détecter un éventuel réseau fonctionnant dans la région, dit Pablo.

Falcón écrivit la question.

— Ils ne citent pas de noms. Ils n'ont qu'une vague connaissance des opérations à l'étranger. Ils en ont plus à dire sur la situation actuelle du Maroc que sur ce qui se passe hors de leurs frontières.

— Des étrangers ? demanda Pablo. Afghans, Pakistanais, Saoudiens ?...

Falcón écrivit.

— Une allusion à des Afghans qui sont passés en début d'année, c'est tout.

— Dans quel contexte ?

— Je l'ignore.

— Où ont lieu des réunions du groupe ?

— Dans une maison particulière de la médina de

Rabat, mais on m'y a conduit et je ne suis pas sûr que je pourrais la retrouver.

— Sois attentif aux indices autour de toi. Documents. Livres. Tout ce qui peut permettre des recherches.

— On m'a montré une bibliothèque, mais je n'y suis pas resté.

— Vas-y et tâche de voir quel genre de livres ils ont.

— On m'a dit, enfin j'ai été prévenu, que je subirais une sorte de rite d'initiation, destiné à sceller ma fidélité au groupe. Tout le monde doit y passer, quels que soient les liens qu'on peut avoir avec les huiles du mouvement. Ils m'ont assuré qu'il ne comportait aucune violence.

— Savent-ils que nous sommes amis, toi et moi ?

— Bien sûr, et ça m'ennuie. Je sais comment ils fonctionnent. Ils vont me demander de prouver ma loyauté en m'obligeant à trahir un de mes proches.

Le chat s'arrêta là. Falcón se cala sur son siège en s'éloignant de l'ordinateur, un peu secoué par les derniers mots. Les agents du CNI l'observaient pour voir comment il prenait ce resserrement des exigences.

— Au cas où ça vous intéresserait, ce que je viens de lire ne m'a pas plu.

— On ne peut pas espérer recevoir simplement des informations dans cette activité, dit Gregorio.

— Je suis un cadre de la police. Je ne peux pas compromettre ma situation en livrant des informations confidentielles.

— Nous ne savons pas encore ce qu'on va lui demander, remarqua Pablo.

— Je n'ai pas aimé ce mot, « trahir ». Ils ne vont pas se contenter de demander quelle est ma couleur préférée, vous ne pensez pas ?

Pablo secoua la tête pour dissuader Gregorio de répondre.

— Autre chose ?

— S'ils connaissent mon existence, comment être certains qu'ils ne connaissent pas aussi nos plans ? Qu'ils ne savent pas que je suis venu embaucher Yacoub comme espion ? Il a une dizaine ou une quinzaine d'employés dans sa maison. Qui vous dit qu'il est « fiable » ? Qu'on ne va pas le retourner ? Et qu'ils continuent à croire que je ne suis qu'un ami ?

— Nous avons des gens de chez nous à l'intérieur.

— Parmi ceux qui travaillent pour Yacoub ?

— L'idée de cette opération ne nous est pas venue tout à coup la semaine dernière, dit Gregorio. Nous avons des agents chez lui, dans ses usines. Nous le surveillons au cours de ses voyages. Les Anglais aussi. On l'a examiné de la tête aux pieds. La seule chose qui nous manquait, que personne n'avait, c'était le moyen de l'approcher. C'est ce que vous nous avez fourni.

— N'y pensez pas trop, Javier, lui conseilla Pablo. C'est un domaine tout nouveau, nous allons y entrer petit à petit. S'il y a quelque chose que vous jugez ne pas pouvoir faire... eh bien, vous ne pouvez pas. Personne ne vous forcera.

— Je ne crains pas tant la force que la coercition.

35.

Séville – Jeudi 8 juin 2006, 23 h 55

C'est bien ce qu'avait dit Flowers : « Vous ne vous rendez pas compte de la pression que subissent ces gens. » Enfin seul, Falcón agrippa les accoudoirs du fauteuil devant l'écran noir de l'ordinateur. Il n'en avait eu qu'un aperçu, mais il comprenait maintenant ce que Flowers avait voulu dire. Il vivait dans une maison confortable, au cœur d'une des villes les plus pacifiques d'Europe. Certes, il avait un travail prenant, mais qui ne l'obligeait pas à dissimuler à longueur de temps ou à se soumettre à des « rites d'initiation » qui lui demandaient de « trahir ». Il n'avait pas à côtoyer des fanatiques illuminés qui voyaient la main de Dieu dans le meurtre d'innocents, que, d'ailleurs, ils ne considéraient pas comme des innocents, mais comme des « coupables de démocratie », des produits de la « décadence et de la dépravation » et donc de justes victimes. Il aurait peut-être à affronter un choix éthique, mais pas une question de vie ou de mort mettant en jeu Yacoub, sa femme et ses enfants.

Yacoub savait « comment ils fonctionnaient », il savait qu'ils lui demanderaient de le trahir pour briser la relation existant entre eux. Les informations sans valeur d'un policier de Séville ne les intéressaient pas. Ils voudraient priver Yacoub d'un lien qui le rattachait au monde extérieur. Yacoub ne faisait partie du groupe que depuis vingt-quatre heures et déjà, ils entamaient le processus d'asservissement de son esprit.

La vibration du portable sur la table le fit sursauter.

— Pour ton information, dit Ramírez, Arenas, Benito et Cárdenas viennent de partir. Rivero, Zarrías et Alarcón sont toujours là. On sait ce qu'on doit faire ?

— Il faut que j'appelle Elvira avant d'entreprendre quoi que ce soit. Je voudrais que nous entrions tous les deux quand Rivero sera seul et que nous le cuisinions pour qu'il nous livre tous ceux qui ont pris part au complot, pas seulement les deuxièmes couteaux.

— Tu connais Eduardo Rivero ?

— Je l'ai rencontré une fois à une réception. Il est extraordinairement vaniteux. Ça fait des années qu'Ángel Zarrías essaie de l'éjecter de la direction de Fuerza Andalucía, mais Rivero aimait trop l'importance que lui conférait sa place de leader.

— Comment Zarrías a fait pour le dégommer ?

— Aucune idée. Mais Rivero n'est pas homme à renoncer à son ego gratuitement.

— Le changement a eu lieu le jour de l'explosion, n'est-ce pas ?

— C'est ce jour-là qu'ils l'ont annoncé.

— Mais ça devait couver depuis longtemps. Zarrías ne t'en a jamais rien dit ?

— Aurais-tu une idée derrière la tête, José Luis ?

— Des journalistes que je connais m'ont parlé d'un scandale sexuel auquel aurait été mêlé Rivero. Une histoire de filles mineures. Ils ont cessé de s'y intéresser à cause de l'explosion de la bombe, mais la passation de pouvoir à Jesús Alarcón leur a paru louche.

— Alors, que proposes-tu ? On dirait que tu as décidé de te faire mal voir, une fois de plus.

— En effet. J'ai fait quelques recherches sur Eduardo Rivero et je pense que c'est un bon moyen de le mettre mal à l'aise. Lui laisser éprouver un sentiment de soulagement trompeur en abandonnant le sujet du scandale et lui asséner aussitôt la question de Tateb Hassani.

— Je te reconnais bien là.

— C'est le genre à me regarder de haut. Comme il te connaît et qu'il sait que ta sœur est la compagne de Zarrías, il comptera sur toi pour veiller à baliser l'entrevue. Il s'adressera à toi pour lui venir en aide. Je pense qu'il sera anéanti quand il verra la photo de Tateb Hassani.

— Espérons-le.

— Les hommes vaniteux sont faibles.

Falcón appela le comisario Elvira et le mit au courant. Il sentait presque l'odeur de la sueur de son supérieur au-delà des ondes.

— Vous êtes sûr de vous, Javier ? demanda-t-il comme pour obtenir sa bénédiction.

— C'est le plus faible des trois, le plus vulnérable. Si nous n'arrivons pas à le faire craquer, nous n'y parviendrons pas avec les autres. Nous lui ferons croire que les preuves contre lui sont accablantes.

— Le comisario Lobo pense que c'est la meilleure solution.

Falcón glissa son portable dans sa poche, ainsi qu'une photo de Tateb Hassani. Il noua sa cravate en se servant de la porte vitrée donnant sur le patio comme d'un miroir. Il enfila sa veste. Le bruit de ses pas sur les dalles l'accompagna jusqu'à sa voiture. Il démarra dans la nuit. Les flaques de lumière projetées par les lampadaires sous la masse sombre des arbres révélaient des rues désertes et silencieuses. Ramírez l'appela pour lui dire qu'Alarcón était parti. Falcón lui demanda de renvoyer tous leurs coéquipiers chez eux à l'exception de Serrano et Baena, qui suivraient Zarrías quand il s'en irait.

Le trajet jusqu'à la maison de Rivero était court. Il trouva à se garer sur la place. Il rejoignit Ramírez au coin de la rue. Serrano et Baena étaient dans une voiture, en face de la maison.

Un taxi surgit dans la rue et fit demi-tour devant le portail de chêne de Rivero. Le chauffeur en descendit et sonna à la porte. Une minute plus tard, Ángel Zarrías sortait et montait dans le taxi qui s'éloigna aussitôt. Serrano et Baena attendirent qu'il ait presque disparu avant de s'élancer à sa suite.

Cristina Ferrera avait pris un taxi pour rentrer chez elle. Elle était tellement fatiguée qu'elle oublia de demander un reçu au chauffeur. Elle prit ses clés et se dirigea vers l'entrée de son immeuble. Elle eut peur en voyant l'homme assis sur les marches. Il leva les mains en un geste pacifique pour la rassurer.

— C'est moi, Fernando. J'ai perdu votre numéro de téléphone, mais je me rappelais votre adresse. Vous m'aviez proposé un lit pour la nuit. Je suis venu vous dire que j'accepte votre proposition. Ma fille Lourdes est sortie des soins intensifs ce soir. On l'a mise dans une salle, ce qui veut dire que je n'ai plus le droit de rester dormir près d'elle.

— Vous attendez depuis longtemps ?

— Depuis l'explosion, je ne regarde plus l'heure. Je ne sais pas.

Ils montèrent à son appartement, au quatrième étage.

— Vous êtes fatiguée, dit-il. Je suis désolé, je n'aurais pas dû venir, mais je n'ai nulle part où aller. Enfin, aucun endroit où je me sente bien.

— Ça va. Ça n'a été qu'une très longue journée parmi tant d'autres. J'ai l'habitude.

— Vous les avez attrapés ?

— Ça ne va pas tarder.

Elle posa son sac sur la table du salon, enleva sa

veste et la posa sur le dossier du fauteuil. Elle avait un pistolet dans un holster.

— Vos enfants dorment ? demanda-t-il *sotto voce*.

— Ils dorment chez ma voisine quand je dois rentrer tard.

— Je voulais seulement les voir dormir, vous savez...

Il agita la main, comme si cela expliquait son besoin de normalité.

— Ils sont encore trop petits pour que je les laisse seuls toute la nuit.

Elle alla dans sa chambre, dégrafa son holster et le rangea dans le tiroir du haut de sa commode. Elle sortit sa chemise de son pantalon.

— Vous avez dîné ? demanda-t-elle.

— Ne vous en faites pas pour moi.

— Je mets une pizza au micro-ondes.

Cristina ouvrit des bières et mit le couvert. Elle refit un lit avec des draps propres dans la chambre des enfants.

— Vos voisins ne vont pas cancaner ?

— C'est que vous êtes célèbre maintenant, donc ils vont forcément parler de vous. Ils savent que j'ai été religieuse, alors ils ne s'en font pas trop pour ma vertu.

— Vous avez été religieuse ?

— Comme je vous le dis. Alors, ça fait quel effet ?

— Quoi ?

— D'être célèbre ?

— J'ai du mal à comprendre. Je suis passé en une minute d'ouvrier travaillant sur un chantier à porteur de la voix du peuple et je n'y suis pour rien. C'est seulement parce que Lourdes a survécu. Ça vous paraît logique ?

— Vous êtes devenu le symbole de ce qui s'est passé, dit-elle en sortant la pizza du micro-ondes. Les gens n'ont pas envie d'écouter des discours politiques, ils veulent entendre une personne qui a souffert. Votre drame vous rend crédible.

— C'est pas cohérent. Je dis ce que j'ai toujours dit au bar où je vais prendre mon café le matin, mais on ne m'écoutait pas. Maintenant l'Espagne entière est suspendue à mes moindres paroles.

— Les choses auront peut-être changé demain.

— Qu'est-ce qui aura changé ?

— Désolée, rien. Je ne peux pas en parler. Je n'aurais rien dû dire. Oubliez ma remarque. Je suis trop fatiguée.

Fernando plissa les yeux en arrêtant sa part de pizza à mi-chemin de sa bouche.

— Vous avez dit « ça ne va pas tarder ». Ça veut dire que vous savez qui c'est ou que vous les avez déjà coincés ?

— Ça veut dire que ça ne va pas tarder, répéta-t-elle en haussant les épaules. J'aurais dû me taire. Ce sont les affaires de la police. Ça m'a échappé parce que je suis éreintée. Je n'ai pas les idées en place.

— Dites-moi seulement le nom du groupe. Ils ont toujours des acronymes de folie, genre MIEDO[1], Mártires islámicos enfrentados a la dominación del Occidente.

— Vous ne m'avez pas écoutée.

Il fronça les sourcils et se remémora leur dialogue.

— Vous voulez dire que ce ne sont pas des terroristes ?

— Ce sont des terroristes, mais pas des islamistes.

Fernando secoua la tête, incrédule.

— Comment pouvez-vous affirmer une chose pareille ? – Cristina haussa les épaules. – J'ai lu tous

1. *Miedo* signifie peur, et *martires islámicos enfrantados a la dominación del Occidente* : martyrs de l'Islam exposés à la domination de l'Occident. *(N.d.T.)*

les comptes rendus. Vous avez trouvé des explosifs à l'arrière de leur camionnctte, plus un coran, un turban et une cagoule. Ils ont mis les explosifs dans la mosquée. La mosquée a explosé et...

— Tout cela est vrai.

— Dans ce cas, je ne vous comprends pas.

— C'est pourquoi il faut cesser d'y penser en attendant que ça sorte aux nouvelles demain matin.

— Pourquoi ne pas me le dire maintenant ? Je ne vais pas bouger d'ici.

— Parce que nous avons encore des suspects à interroger.

— Quels suspects ?

— Les gens que nous soupçonnons d'avoir organisé l'explosion de la mosquée.

— Là, vous essayez de m'embrouiller.

— Je vais vous dire une chose, si vous me promettez de ne plus me poser de questions. Je sais que c'est important pour vous, mais il s'agit d'une enquête policière et d'informations absolument confidentielles.

— Dites-moi.

— Promettez d'abord.

— Je promets, dit-il en agitant la main avec impatience.

— Ça ressemble à une promesse de politicien.

— C'est ce qui arrive quand on passe trop de temps avec eux. On en apprend trop et trop vite. Je vous le promets, Cristina.

— Il y avait une autre bombe dans la mosquée ; quand elle a explosé, elle a fait sauter un gros stock d'hexogène que des terroristes islamiques y avaient entreposé. C'est ce qui a entraîné la destruction de votre immeuble.

— Et vous savez qui a mis cette bombe ?

— Vous m'avez promis de ne plus poser de questions.

— Oui, mais j'ai besoin... j'ai vraiment besoin de savoir.

— C'est ce que nous nous efforçons de faire cette nuit.

— Il faut me dire qui c'est.

— Je ne peux pas. C'est sans appel. Impossible. Si jamais ça filtrait, je perdrais mon boulot.

— Ils ont tué ma femme et mon fils.

— Et s'ils sont coupables, ils seront jugés.

Fernando ouvrit un paquet de cigarettes.

— Il va falloir aller sur le balcon si vous voulez fumer.

— Vous m'accompagnez ?

— Plus de questions ?

— Promis. Vous avez raison. Je ne peux pas vous faire ça.

Dès que le taxi disparut au bout de la calle Castelar, Falcón et Ramírez sonnèrent à la porte. Eduardo vint ouvrir, persuadé que c'était Ángel qui revenait chercher le calepin qu'il avait oublié. Il fut surpris de tomber sur deux policiers à la mine sévère qui lui présentaient leur carte. Sur le moment, son visage s'affaissa, comme si ses muscles avaient perdu leur tonus. Une expression aimable le leur rendit.

— Que puis-je pour vous, messieurs ?

Sa moustache blanche, en s'animant, ajoutait une note cordiale à son sourire.

— Nous voudrions vous parler, dit Falcón.

— Il est très tard, constata Rivero en regardant sa montre.

— Ça ne peut pas attendre, assura Ramírez.

Rivero le considéra avec un vague air de dégoût.

— Nous sommes-nous déjà rencontrés ? demanda-t-il à Falcón. Votre visage me dit quelque chose.

— Je suis venu à une réception ici, il y a quelques années. Ma sœur est la compagne d'Ángel Zarrías.

— Ah, oui oui oui oui oui... Javier Falcón. Bien sûr. Puis-je vous demander ce dont vous voulez me parler à cette heure de la nuit ?

— Nous appartenons à la police criminelle, dit Ramírez. Ce dont nous parlons avec les gens à cette heure de la nuit, c'est de meurtre.

— Vous êtes ? demanda Rivero sans dissimuler plus longtemps son profond mépris.

— Inspecteur Ramírez. Nous ne nous sommes jamais rencontrés, señor Rivero. Vous vous en souviendriez.

— Je ne vois vraiment pas en quoi je peux vous aider.

— Nous voulons juste vous poser quelques questions, dit Falcón. Ça ne devrait pas être long.

Cette remarque détendit l'atmosphère. Rivero se voyait au lit dans moins d'une heure. Il écarta le battant et les deux policiers entrèrent.

— Nous allons monter dans mon bureau, dit Rivero pour tenter de ramener Ramírez qui avait déjà franchi l'arcade ouvrant sur la cour intérieure et passait ses grandes mains indiscrètes sur le haut de la haie.

— Comment on appelle ça ? demanda-t-il.

— C'est du buis, répondit Rivero. De la famille des buxacées. Les Anglais s'en servent pour faire des labyrinthes. Vous venez ?

— On dirait qu'il vient d'être taillé, remarqua Ramírez. De quand ça date ?

— Sans doute de la semaine dernière, inspecteur Ramírez, soupira Rivero en tendant le bras pour l'inciter à revenir vers le troupeau. Allons dans mon bureau, vous voulez bien ?

Ramírez cassa un rameau qu'il écrasa entre le pouce et l'index. Ils montèrent enfin dans le bureau de Rivero, qui leur indiqua des sièges avant de se laisser tomber dans son fauteuil derrière la table. Il vit avec agacement Ramírez examiner les photos affichées sur son mur : des photos de Rivero en pleine action politique, avec les dirigeants du Partido Popular, des membres de l'aristocratie, des éleveurs de taureaux et quelques toreros de la région.

— Vous cherchez quelque chose, inspecteur ?

— Il n'y a pas longtemps encore, vous étiez le leader de Fuerza Andalucía, dit Ramírez. N'est-ce pas le matin de l'explosion que vous avez passé la main ?

— Cela n'a pas été une décision soudaine. C'était quelque chose que j'envisageais depuis longtemps. Mais quand il se produit un événement de ce genre, cela ouvre une ère nouvelle en politique et il m'a semblé qu'il fallait à cette ère nouvelle de nouvelles forces. Jesús Alarcón est l'homme qui peut donner une impulsion au parti. Nous avons atteint dans les sondages une place jamais égalée auparavant dans l'histoire de notre parti.

— J'ai cru comprendre que vous teniez beaucoup à votre position de leader, reprit Ramírez, et qu'il y avait déjà eu des tentatives pour vous convaincre de laisser la place, mais que vous avez toujours refusé. Qu'est-ce qui vous a fait changer d'avis ?

— Il me semble que je viens de vous l'expliquer.

— Deux membres éminents de votre parti l'ont quitté en début d'année.

— Ils avaient leurs raisons.

— Les journaux ont rapporté que c'était parce qu'ils en avaient assez que vous soyez à la direction du parti. – Silence. Falcón était toujours sidéré de voir avec quel bonheur Ramírez se plaisait à déplaire aux gens importants. – Je crois me souvenir que l'un d'eux avait dit qu'il faudrait une bombe pour vous amener à renoncer et que, je cite : « Cela aurait pour effet collatéral bénéfique de faire disparaître don Eduardo du paysage politique par la même occasion. » On n'a pas l'impression, quand on entend ça, que vous songiez véritablement à vous retirer, señor Rivero.

— Celui qui a dit ça espérait prendre la direction du parti. Il ne me semblait pas être un candidat valable étant donné qu'il n'avait que sept ans de moins que moi. Je regrette que nous nous soyons brouillés pour cette raison.

— Ce n'est pas ce qui était écrit dans les journaux. On y lisait que ces deux membres du parti n'étaient pas du tout candidats, mais soutenaient au contraire la candidature de Jesús Alarcón. Je me demande ce qui a bien pu se passer pour modifier votre point de vue.

— Je suis flatté de vous voir si bien documenté sur mon parti, dit Rivero qui reprenait du poil de la bête en se souvenant qu'il avait devant lui des policiers de la criminelle et non de la brigade des mœurs. Mais ne m'aviez-vous pas dit que vous étiez là pour parler d'autre chose ? Il se fait tard ; nous pourrions peut-être abréger.

— Oui, bien entendu. De toute façon, ce n'étaient sans doute que de vilaines rumeurs.

Ramírez s'assit, très content de lui. Rivero le regarda fixement par-dessus la monture dorée des lunettes qu'il venait de chausser. Il était difficile de deviner ce qui bouillonnait au fond de lui. Avait-il envie de savoir de quelles rumeurs il s'agissait ou voulait-il surtout que Ramírez ferme son foutu clapet ?

— Nous recherchons une personne disparue, don Eduardo, embraya Falcón.

Le regard de Rivero dévia légèrement pour se poser sur Falcón.

— Une personne disparue ? répéta-t-il et son expression trahit un certain soulagement. Je ne connais personne dans mon entourage qui ait disparu, inspector jefe.

— Nous sommes ici parce que l'homme en question a été vu pour la dernière fois chez vous par l'un de vos employés de maison.

Falcón avait distillé les mots avec lenteur pour le plaisir d'étudier presque médicalement l'effet de chaque information sur le visage de Rivero.

Rivero était un politicien chevronné, mais malgré toute son expérience, il avait de plus en plus de mal à feindre l'indifférence et la désinvolture au fur et à mesure que Falcón déroulait sa phrase. Peut-être parce qu'il avait trop redouté de l'entendre et l'avait reléguée aux antipodes de son esprit.

— Je ne vois pas qui cela peut être, tenta Rivero, s'accrochant à une dernière bribe d'espoir déjà bien entamée.

— Il s'appelle Tateb Hassani. Aux États-Unis, il était connu sous le nom de Jack Hansen. Il enseignait les lettres arabes à l'université de Columbia à New York. – Falcón sortit une photo de sa poche et la posa devant Rivero. – Vous ne pouvez pas ne pas reconnaître l'un de vos invités, don Eduardo.

Rivero se pencha en avant en plantant ses coudes sur la table. Il regarda le cliché, se frotta le menton en se massant les mâchoires avec le pouce, interminablement, le temps de fouiller tous les recoins de son cerveau à la recherche de l'inspiration qui le tirerait de ce mauvais pas.

— Vous avez raison, dit-il enfin. J'ai hébergé Tateb Hassani dans cette maison jusqu'à samedi dernier, jour de son départ. Depuis, je ne l'ai plus revu ni eu de ses nouvelles.

— À quelle heure est-il parti samedi et comment a-t-il quitté les lieux ?

— Je ne suis pas sûr de l'heure de son départ.

— Il faisait jour ?

— Jc n'étais pas là quand il est parti.

— Quand l'avez-vous vu pour la dernière fois ?

— Après le déjeuner, sans doute vers quatre heures trente. J'ai dit que j'allais faire la sieste. Il a déclaré qu'il allait devoir s'en aller.

— Quand vous êtes-vous réveillé de votre sieste ?

— Vers six heures et demie.

— Tateb Hassani était déjà parti ?

— C'est ça.

— Votre personnel pourra sûrement nous le confirmer.

Silence.

— Quand avez-vous vu le chirurgien esthétique, Agustín Cárdenas, pour la dernière fois ?

— Il était ici ce soir... pour dîner.

— Et avant ?

Silence, peuplé d'idées noires qui fourmillaient, retombaient, planaient, retombaient encore dans l'esprit atterré de Rivero.

— Il est venu samedi dernier, encore pour dîner.

— Comment est-il arrivé ?

— En voiture.

— Vous pouvez me la décrire ?

— C'est un break Mercedes E500 noir. Il l'a acheté l'année dernière.

— Où l'a-t-il garé ?

— Derrière le portail, sous l'arcade.

— Agustín Cárdenas a passé la nuit ici ?

— Oui.

— À quelle heure est-il parti dimanche ?

— Vers onze heures du matin.

— Savez-vous si la voiture de Cardenas est sortie de chez vous à un moment quelconque entre son arrivée et son départ dimanche matin ?

— Non, dit Rivero qui sentait un filet de sueur lui courir le long du dos.

— Qui d'autre a pris part à ce dîner de samedi soir ?

Rivero se racla la gorge. Il s'enfonçait et n'allait pas tarder à se noyer.

— Je ne comprends pas très bien ce que cela peut avoir à voir avec la disparition de Tateb Hassani.

— Eh bien, c'est ce soir-là que Tateb Hassani a été empoisonné au cyanure, que ses mains ont été amputées, que son visage a été brûlé à l'acide et son scalp décollé de son crâne.

Rivero dut serrer les fesses pour pallier la soudaine liquéfaction de ses entrailles.

— Je vous ai déjà dit que Tateb Hassani était parti avant le dîner. Peut-être quatre heures avant.

— Ce que pourront sûrement confirmer les domestiques qui travaillaient dans la maison à ce moment-là.

— Nous ne vous accusons pas de mensonge, don Eduardo, le rassura Ramírez. Mais nous avons besoin de savoir exactement ce qui s'est passé ici, dans cette maison, en espérant que cela nous permettra de mieux comprendre ce qui est arrivé par la suite.

— Qu'est-il arrivé par la suite ?

— Reprenons les choses étape par étape, dit Falcón. Qui a participé à ce dîner à part Agustín Cárdenas et vous ?

— Cela ne vous apportera aucune lumière quant à la disparition de Tateb Hassani PUISQU'IL AVAIT DÉJÀ QUITTÉ LA MAISON ! rugit Rivero, soulignant les sept derniers mots de violents coups de poing assénés sur la table.

— Ce n'est pas la peine de vous énerver, don Eduardo, dit Ramírez en se penchant vers lui avec une feinte sollicitude. Vous comprendrez certainement qu'étant donné qu'un homme a été tué et sauvagement malmené, l'inspecteur principal est obligé de vous poser des questions qui peuvent paraître surprenantes mais sont néanmoins indispensables pour faire avancer l'enquête, je vous assure.

— Revenons en arrière, enchaîna Falcón pour se donner des airs moins sévères. Dites-moi qui a préparé le dîner de samedi et qui l'a servi.

— Il a été préparé par le cuisinier et n'a pas été servi. Il a été disposé sur la table, dans la pièce à côté, sous forme de buffet.

— Pourrions-nous avoir les noms de ces employés, s'il vous plaît ?

— Ils sont partis tout de suite après et sont rentrés chez eux.

— Nous voulons quand même leurs noms et numéros de téléphone.

Ramírez lui tendit son carnet qu'il refusa de prendre.

— Vous outrepassez...

— Dites-nous ce qui s'est passé après le dîner, continua Falcón. À quelle heure il s'est terminé, qui est parti, qui est resté, ce qu'ont fait ceux qui sont restés pendant la nuit.

— Non, c'est trop. Je vous ai dit tout ce qui pouvait concerner la disparition de Tateb Hassani. J'ai coopéré pleinement. Je considère toutes ces autres questions comme des atteintes à ma vie privée et je n'ai aucune raison d'y répondre.

— Pourquoi Tateb Hassani a-t-il habité chez vous pendant cinq jours ?

— Je vous l'ai dit, je ne réponds plus à vos questions.

— Dans ce cas, nous devons vous informer que Tateb Hassani était soupçonné d'actes terroristes en lien direct avec l'explosion qui a eu lieu à Séville. Son écriture a été reconnue sur des documents retrouvés dans la mosquée détruite. Vous avez donc hébergé un terroriste sous votre toit, don Eduardo. Je suppose que vous savez ce que cela veut dire du point de vue de notre enquête. Nous voudrions donc que vous nous accompagniez à la jefatura pour poursuivre cet interrogatoire dans le cadre des mesures antiterroristes...

— Hé, inspecteur, n'allons pas trop vite, dit Rivero, le visage exsangue. Vous êtes venu ici pour enquêter sur la disparition de Tateb Hassani. J'ai coopéré de mon mieux. Et voilà que vous modifiez la nature de votre enquête sans me laisser le loisir d'envisager la situation sous ce nouveau jour.

— Nous ne voulions pas avoir à forcer votre porte, don Eduardo. Revenons à la question de savoir pourquoi vous avez hébergé Tateb Hassani chez vous pendant cinq jours.

Rivero déglutit et s'accrocha au bureau pour affronter cette nouvelle épreuve.

— Il était là pour nous aider à formuler notre politique d'immigration. Comme nous, il ne croyait pas à la compatibilité de l'Europe et de l'Afrique, ni à la cohabitation harmonieuse de l'islam et du christianisme. Sa connaissance profonde de la mentalité arabe nous était d'une grande utilité. Et, naturellement, son nom et sa stature donnaient du poids à notre cause.

— Bien qu'il se soit rarement rendu dans son pays natal, qu'il ait passé l'essentiel de sa vie d'adulte aux États-Unis et qu'il ait dû quitter l'université de Columbia pour cause d'abus sexuel, ce qui lui avait coûté son appartement et toutes ses économies ?

— Malgré ça. Ses conseils nous étaient très précieux.

— Combien était-il payé par Fuerza Andalucía pour son travail ?

Rivero considérait le bois de la table, terrifié par les trésors d'improvisation qui lui étaient sans cesse demandés. Comment arriverait-il à se souvenir de tout ce qu'il avait dit ? La fatigue le pénétrait jusqu'à la moelle des os. Il la chassa fermement d'un haussement d'épaules. Il fallait tenir, continuer à parler, comme un homme blessé à mort, pour ne pas se rendre à l'immense tentation de renoncer. Les défaillances s'accumulaient. Sa carapace était devenue fragile depuis le jour où il avait reçu le DVD d'un expéditeur anonyme et dû visionner l'affreuse réalité de ses errements. Les fissures s'étaient élargies quand Ángel était venu le trouver. Les cheveux blancs en bataille, le visage marqué par l'excès d'alcool, il avait dû l'écouter expliquer comment il l'avait sauvé. La rumeur avait couvé, comme un feu consumant en sourdine le bois des fondations, puis elle avait enflé jusqu'à menacer d'éclater à grand bruit. Ángel l'avait sauvé, mais il y avait un prix à payer. Le moment était venu de descendre de son piédestal pour ne pas être détruit.

Cette conversation avec Ángel l'avait affaibli plus qu'il ne le croyait. Les défaillances avaient gagné tous les recoins de son être au fil des jours, jusqu'à l'anéantir totalement. Chaque pas le plongeait plus au cœur des ténèbres. Le meurtre était entré dans sa maison et avec lui, la profanation du corps. Il ne parvenait pas à comprendre comment il avait pu en arriver là en quelques semaines. Un homme solide et brillant devenu du jour au lendemain un être corrompu, brisé, détruit sans rémission. Il devait se ressaisir. Garder le noyau intact.

— Vous devez vous souvenir de ce que vous ont coûté ces conseils inestimables, reprit Falcón qui avait assisté de son siège à la terrible bataille qui rongeait son interlocuteur de l'intérieur.

— Cinq mille euros, répondit Rivero.

— Vous l'avez payé par chèque ?

— Non, en liquide.

— Avec l'argent d'une caisse noire ?

— Les policiers savent très bien comment ça fonctionne dans ce pays, dit sèchement Rivero.

— J'avoue que j'admire votre sang-froid, don Eduardo. Si j'étais à votre place et que j'apprenne que l'homme que j'ai payé cinq mille euros pour ses conseils sur l'immigration était impliqué dans un projet terroriste visant deux écoles et une faculté, je serais en état de choc. Si j'étais vous, je serais effaré de découvrir que cet homme est aussi l'auteur des documents expliquant comment tuer des écoliers un à un jusqu'à ce qu'on se plie à ses exigences.

— Il est vrai que vous êtes un homme politique, remarqua Ramírez, tout sourires.

Rivero était inondé de sueur, son estomac se rebellait, son cœur battait à ses tempes, si fort qu'il en avait le souffle court, que son cerveau manquait d'oxygène. Pourtant, il restait calé sur son siège, collé au bureau, en se tapotant le nez du bout du doigt.

— Je dois dire que je suis abasourdi.

— Donc, vous avez dîné ensemble samedi soir. Un buffet, sans service. Combien de personnes y ont pris part ? Pour l'instant, nous avons Agustín Cárdenas et vous-même. Mais vous n'auriez pas prévu un buffet juste pour vous deux, n'est-ce pas ?

— Ángel Zarrías était aussi des nôtres, glissa Rivero qui se disait qu'il pouvait mettre Ángel dans le bain, qu'il n'avait qu'à galérer avec eux, le petit salaud. Je fais souvent des buffets le samedi soir pour que les domestiques puissent rentrer chez eux et prendre leur repas en famille.

— À quelle heure Ángel est-il arrivé ?

— Vers neuf heures et demie, je crois.

— Et Agustín Cárdenas ?

— Aux environs de dix heures.

— Il est arrivé avec quelqu'un ?

— Non.

— Il était seul dans sa voiture ?

— Oui.

— Vous n'étiez donc que trois à ce dîner ?

Rivero n'en était plus à un mensonge près. Il les accumulait depuis le début. Les yeux baissés sur sa table, il les laissait tomber de sa bouche, comme des pièces d'or d'une bourse percée.

— Oui. J'ai souvent table ouverte. Ceux qui veulent venir... viennent.

Falcón jeta un coup d'œil à Ramírez qui, d'un signe de tête, l'incita à fondre sur sa proie.

— Connaissez-vous l'un de vos employés qui s'appelle Mario Gómez ?

— Bien sûr.

— C'est lui qui a dressé le buffet samedi soir.

— C'est son boulot, en effet.

— Il nous a dit qu'il avait servi au moins un repas par jour à Tateb Hassani, ici, dans ces pièces, pendant son séjour.

— C'est bien possible.

— Il savait qui était Tateb Hassani et il vous a vu l'emmener dîner à l'étage avec Ángel Zarrías à dix heures moins le quart samedi soir. Quelques heures plus tard, il était empoisonné au cyanure, affreusement défiguré et emporté dans la voiture d'Agustín Cárdenas pour être jeté dans une poubelle de la calle Boteros.

Rivero joignit les mains, les coinça entre ses cuisses et se mit à sangloter, la tête affaissée sur la poitrine. Le relâchement, enfin.

36.

Séville – Vendredi 9 juin 2006, 1 h 45

— Grande nouvelle, claironna Elvira qui était assis à son bureau de la jefatura.

— Pas tout à fait, déplora Falcón. Nous n'avons pas réussi à obtenir de Rivero qu'il nous livre la totalité de l'histoire. Il n'a lâché que deux noms. Nous pourrons peut-être les mettre tous les trois en accusation, mais seulement pour le meurtre de Tateb Hassani, pas pour l'explosion de la mosquée.

— Au moins, nous pouvons demander un mandat pour perquisitionner la maison d'Eduardo Rivero et les bureaux de Fuerza Andalucía. Nous devrions en sortir quelque chose.

— Mais rien d'écrit. Ce genre de projet n'est sûrement pas consigné dans les procès-verbaux des réunions de Fuerza Andalucía. Nous avons un lien ténu entre Ángel Zarrías et Ricardo Gamero, mais aucune preuve de ce qu'ils se sont dit quand ils se sont rencontrés au musée archéologique. Nous n'avons aucun moyen de relier ces hommes à ceux qui ont effectivement posé la bombe. José Luis et moi pensons tous les deux qu'il manque un élément dans ce complot.

— Un élément criminel, précisa Ramírez.

— Nous sommes certains que Lucrecio Arenas et César Benito sont aussi impliqués, mais Rivero n'a jamais prononcé leurs noms. Nous ne sommes pas arrivés à les lui faire dire, poursuivit Falcón. Ils constituent peut-être l'« aile complémentaire » du complot. Arenas soutenait la candidature de Jesús Alarcón à la direction du parti, c'est pourquoi nous supposons qu'il a joué un rôle. Est-ce que pour autant Arenas et Benito ont eu des contacts avec l'élément criminel, les poseurs de bombes ? Nous ne savons pas si nous découvrirons jamais en quoi consiste cet élément criminel manquant.

— Vous avez quand même de quoi exercer une énorme pression sur Rivero, Zarrías et Cárdenas...

— À cela près qu'ils savent, par réflexe d'autodéfense, qu'ils ont intérêt à rester muets comme des carpes. Ainsi, tout ce que nous pourrons faire, c'est en accuser un de meurtre et les autres de complicité, c'est tout. Quant à Lucrecio Arenas, Jesús Alarcón et César Benito, aucune chance de les épingler. Ferrera a eu un mal fou à trouver un témoin qui ait été le dernier à voir Tateb Hassani. Une fois les derniers employés partis, la maison était vide, autrement dit rien ne nous permet d'assurer que Benito, Arenas et Alarcón étaient présents, si tant est qu'ils soient venus prendre part au meurtre.

— D'autant que, si j'étais eux, je serais resté à l'écart, commenta Ramírez.

— Le lien avec le projet d'explosion, c'est Tateb Hassani, dit Elvira. Cuisinez les suspects jusqu'à ce qu'ils expliquent pourquoi Hassani devait mourir. Quand ils auront reconnu...

— Si c'était ma vie qui en dépendait, dit Ramírez, je n'avouerais rien du tout.

— Je ne sais pas pour Rivero et Cárdenas, dit Falcón, mais je sais qu'Ángel Zarrías est très religieux, qu'il est animé d'une foi profonde, même si elle est parfois dévoyée. Ça ne m'étonnerait pas qu'il trouve en lui des raisons de s'absoudre de ses péchés. Ángel est fin. Il sait ce qui est ou non acceptable dans la société espagnole actuelle quand il s'agit d'exprimer ses convictions religieuses. Mais cette mentalité n'est guère éloignée du fanatisme des djihadistes musulmans.

— Rivero, Zarrías et Cárdenas vont passer la nuit en cellule, dit Elvira. Nous verrons de quoi demain sera fait. Vous avez tous les deux besoin de repos. Nous aurons les mandats de perquisition demain matin.

— Je vais quand même consacrer une demi-heure de mon temps à ma sœur, dit Falcón. Son compagnon vient d'être arraché au sommeil et arrêté en pleine nuit. Je dois déjà avoir une centaine de messages sur mon portable.

Cristina Ferrera reprit conscience brutalement, harponnée par une absolue certitude. Elle se dressa dans son lit en oscillant vaguement, comme un mât tiraillé entre deux cordages. En général, elle connaissait ces réveils soudains quand son instinct maternel était activé par une violente décharge neuronale qui le mettait en alerte. Bien qu'émergeant d'un sommeil profond, elle retrouva aussitôt sa pleine lucidité ; elle savait que ses enfants n'étaient pas dans l'appartement et ne couraient aucun danger mais qu'il y avait quelque chose qui n'allait pas du tout.

La lumière émanant de la rue lui confirma qu'il n'y avait personne dans sa chambre. Elle se leva pour balayer le salon d'un regard. Son sac ne se trouvait plus au milieu de la table de la salle à manger. Il avait été déplacé dans un coin. Elle poussa du bout du pied la porte de la chambre dans laquelle elle avait installé Fernando. Le lit était vide. L'oreiller était marqué d'un creux, mais les draps n'avaient pas été tirés. Elle consulta sa montre. Presque quatre heures et demie.

Pourquoi était-il venu ici pour ne dormir que quelques heures ?

Elle alluma la lampe au-dessus de la table et ouvrit tout grand son sac à main. Son calepin était posé sur son porte-monnaie. Elle le mit sur la table. Il ne manquait rien, pas même ses quinze euros en liquide. Elle s'assit en se remémorant leur conversation ; l'insistance de Fernando pour lui arracher des informations. Son regard s'arrêta sur son calepin. Il contenait des notes personnelles. Elle traçait toujours deux colonnes, une pour les faits, une pour ses remarques et réflexions. Les dernières n'étaient pas toujours directement liées aux premiers et dénotaient parfois une certaine créativité. Elle retourna son carnet. Une note de la dernière page lui sauta aux yeux. Elle l'avait griffonnée en regard des noms de ceux qui avaient pris part au « dernier repas » de Tateb Hassani, selon le témoignage de Mario Gómez. Dans la colonne des observations, elle avait noté l'unique conclusion qu'imposait le résultat de ses recherches : c'était Fuerza Andalucía qui avait posé la bombe. Pas de point d'interrogation. Une simple constatation, fondée sur les faits qu'elle avait recueillis.

Il faisait soudain froid dans la pièce, comme si la climatisation était passée à la vitesse supérieure. Elle déglutit pour tempérer le flux d'adrénaline qui lui traversa le corps. Elle retourna dans sa chambre, les jambes tremblantes sous le grand tee-shirt qui lui servait de chemise de nuit. Elle alluma la lumière d'un coup sec et ouvrit le tiroir de la commode où s'entassait un désordre de sous-vêtements. Elle glissa la main sur toute la surface du tiroir, encore et encore. Elle l'arracha, le retourna. Elle crut qu'elle allait s'évanouir vu la quantité de toxines que son corps injectait dans son système nerveux. Son arme avait disparu.

C'était trop grave pour qu'elle s'en occupe seule.

Elle allait devoir appeler l'inspector jefe. Elle enfonça la touche de numérotation rapide de son téléphone, entendit la sonnerie résonner interminablement et eut toutes les peines du monde à ne pas oublier de respirer. Falcón répondit à la huitième sonnerie. Il dormait depuis une heure et demie. Elle lui raconta tout en trois secondes chrono. Son récit parcourut les ondes comme un gros dossier informatique compressé.

— Tu vas devoir me répéter tout ça un peu plus lentement, Cristina. Reprends ton souffle. Ferme les yeux. Je t'écoute.

Cette fois, l'énoncé prit trente secondes.

— Fernando ne connaît qu'un seul membre de Fuerza Andalucía, qui est aussi le seul qui ne soit pas en prison et c'est Jesús Alarcón. Je viens te chercher dans dix minutes.

— Mais il va le tuer, inspecteur, s'écria Cristina. Il va le tuer avec mon arme de service. Est-ce qu'on ne devrait pas ?...

— Si nous envoyons une voiture de patrouille, Fernando va s'affoler et passera à l'acte. À mon avis, Fernando voudra lui parler avant. Lui dire son fait avant d'essayer de le tuer.

— Avec un pistolet, il n'aura pas besoin d'essayer longtemps.

— L'intention est une chose, la réalité en est une autre. Espérons que tu t'es réveillée quand il a quitté l'appartement. S'il est à pied, il n'a pas beaucoup d'avance sur nous.

Fernando s'accroupit près des poubelles alignées à la lisière du parque María Luisa. Les lampadaires n'éclairaient que ses mains. Il regarda dans l'ombre le métal bleu du petit pistolet. Il le retourna et s'étonna de son poids. Il n'avait jamais manipulé que de faux revolvers en aluminium. Les armes véritables avaient la consistance d'instruments plus importants, des concentrations d'efficacité.

Il vida la chambre de ses balles qu'il glissa dans sa poche. Il remit le cylindre en place. Il était habile de ses mains. Il joua un peu avec l'arme pour s'habituer à son poids et à son mécanisme simple et pourtant mortel. Quand il se sentit familiarisé, il remit les balles dans le chargeur en les comptant. Il était prêt. Il se releva et fit les gestes qu'il avait vu faire dans les films. Il coinça l'arme dans sa ceinture, au creux du dos et rabattit par-dessus le tee-shirt de Fuerza Andalucía que Jesús Alarcón lui avait donné.

La large avenue qui séparait le parc du beau quartier résidentiel d'El Porvenir était déserte. Il savait où habitait Jesús Alarcón parce qu'il lui avait proposé une chambre chez lui pour le temps qu'il souhaitait. Fernando n'avait pas accepté à cause de leur différence de classe, qui le mettait mal à l'aise.

Il se planta devant l'immense portail coulissant en métal. Une Mercedes argent était stationnée devant le garage. Si Fernando avait su qu'elle coûtait deux fois plus cher que son appartement détruit, sa colère aurait redoublé. De toute façon, la rancœur qui s'amassait en lui était irrépressible. Sa cage thoracique était oppressée par l'indignation croissante de ce qu'Alarcón avait fait. Pas seulement l'explosion, mais l'intention qui l'avait poussé à offrir son amitié à Fernando, alors qu'il était responsable de l'anéantissement de sa famille. Cela dénotait une fourberie, une perfidie dont seul un homme politique pouvait ignorer la perversité. En lui témoignant sa sympathie et une sollicitude sincère, Jesús Alarcón s'était servi de lui.

Aucune circulation. Pas âme qui vive dans la rue. Les habitants de ces maisons ne se réveillaient jamais avant l'aube. Fernando appela Alarcón sur son portable. Il sonna un moment avant de basculer sur la messagerie. Il appela alors la ligne fixe en surveillant la fenêtre qu'il pensait être celle de la chambre principale. Jesús et Mónica, vêtus de pyjamas de soie, se réveillèrent dans leur lit monumental garni de literie haut de gamme. Une lueur apparut derrière les rideaux. Alarcón répondit d'une voix ensommeillée.

— Jesús, c'est moi, Fernando. Je suis désolé de vous appeler si tôt. Je suis ici. Dehors. J'ai passé la nuit dehors. On m'a expulsé de l'hôpital. Je n'avais nulle part où aller. J'ai besoin de vous parler. Vous voulez bien descendre. Je suis... je suis désorienté.

C'était vrai. Il était désorienté. Aveuglé par son désir de vengeance. Jusqu'à présent, il ne connaissait ce terrible sentiment que par ouï-dire. Il ne savait pas que le sentiment de vengeance prenait possession de tous les recoins de l'être. Ses organes en étaient avides. Ses os la réclamaient à grands cris. Ses mains en étaient comme broyées. Son sang bouillonnait. Une sensation tellement insupportable qu'il fallait l'évacuer. Il aurait voulu avoir des échasses pour s'élancer au-dessus du portail, traverser la fenêtre, atterrir sur le lit d'Alarcón, empoigner sa jolie femme et la jeter à terre, lui briser les os, lui éclater la cervelle, enfoncer une échasse affûtée dans son cœur et voir comment réagirait Jesús Alarcón. Oui, il aurait voulu être un géant pour écraser la maison d'Alarcón entre ses bras comme une maison de poupée. Il voyait sa main s'engouffrer dans les chambres pour attraper les enfants d'Alarcón, qui se mettraient à courir en hurlant pour lui échapper. Il aurait voulu qu'Alarcón voie leurs corps déchiquetés, étendus sous des draps blancs devant chez lui.

— J'arrive, Fernando. Pas de problème.

S'il avait su quelle impatience couvait sous le regard levé derrière les barreaux de la grille, Jesús Alarcón serait resté dans son lit, il aurait appelé la police et demandé l'intervention des forces spéciales.

Une lampe s'alluma devant la maison. La porte s'ouvrit. Alarcón, en robe de chambre de soie, pointa la télécommande vers le portail. Fernando se recroquevilla, comme s'il lui avait tiré dessus. La grille glissa sur son rail. Fernando se faufila dans l'ouverture et se dirigea d'un bon pas vers la maison. Alarcón s'était déjà retourné pour regagner la porte en tendant un bras qu'il pensait poser sur les épaules de Fernando pour le faire entrer.

Une nuée de papillons tournoyait autour de la lampe du porche, affolés par la crainte du retour à l'obscurité qui ne viendrait jamais. Alarcón était encore trop abruti de sommeil pour percevoir la tension mauvaise qui se fixait sur lui. Il fut surpris de se sentir saisi au col et de voir la porte s'éloigner alors que Fernando l'attirait à lui avec toute la vigueur de sa main de travailleur. Alarcón perdit l'équilibre et tomba à genoux. Fernando le tira d'un coup sec en arrière et coinça sa tête entre ses cuisses. Il prit l'arme dans sa ceinture. Alarcón chercha à se redresser en agrippant le pantalon et le tee-shirt de Fernando. Fernando lui montra le pistolet, lui enfonça le canon dans l'œil, arrachant à Jesús un cri de douleur.

— Tu vois ça ? dit Fernando. Tu vois ça, petit salopard ?

Alarcón était paralysé par la peur. Sa gorge, comprimée par la torsion de son cou, n'émit qu'un grognement. Fernando lui enfonça le canon entre les lèvres, sentit la résistance des dents, l'élasticité de la langue.

— Goûte. Déguste. Maintenant, tu sais ce que c'est.

Il retira violemment le pistolet, emportant un éclat de dent et lui appuya le canon sur la nuque.

— Tu es prêt ? Dis tes prières, Jesús, parce que tu vas bientôt te présenter devant ton homonyme.

Fernando pressa la détente en collant l'arme contre

le cou tremblant d'Alarcón. Il y eut un déclic. Alarcón lâcha une exclamation et une odeur fétide s'éleva de son pyjama où se vidaient ses intestins.

— Ça, c'était pour Gloria. Tu sais maintenant ce qu'a été sa peur.

Il pointa l'arme contre la tempe d'Alarcón en faisant pivoter le canon. Alarcón inclina la tête en grimaçant. Un autre déclic. Sanglot d'Alarcón.

— Ça, c'était pour mon petit Pedro, bégaya Fernando, la voix altérée par l'émotion. Il ne connaissait pas la peur. Il était trop petit. Trop innocent. Regarde le pistolet, Jesús. Tu vois le barillet ? Deux logements vides et quatre pleins. Tu vas monter avec moi et me regarder tuer ta femme et tes deux enfants pour voir l'effet que ça fait.

— Qu'est-ce que vous faites, Fernando ? demanda Alarcón, qui avait retrouvé sa voix et sa présence d'esprit, maintenant que la première terreur était passée. Qu'est-ce que vous foutez, bon sang ?

— Toi et tes amis, vous êtes tous pareils. Vous n'êtes pas différents des autres politiciens. Tous des menteurs, des crapules gonflées de leur ego. Je ne sais pas comment j'ai pu croire à ta petite comédie. Jesús Alarcón, celui qui vient sans caméra, sans photographes, sans l'idée de cultiver son image.

— Qu'est-ce que vous racontez, Fernando ? Qu'est-ce que j'ai fait ? En quoi ai-je menti ?

— Vous avez tué ma femme et mon fils. Ensuite, vous m'avez traité en ami parce que vous aviez besoin de moi.

— Comment les aurais-je tués ?

— J'ai vu les notes de la police. Vous y êtes tous. Rivero, Zarrías, Cárdenas. Vous avez mis la bombe dans la mosquée. Vous avez tué ma femme et mon fils. Vous avez tué tous ces gens. Pourquoi ?

— Fernando ?

Il leva les yeux. Une autre voix, venue du portail. Une voix de femme. Pas imaginaire. Le sang mijotait sous son crâne, filant tout en bulles et tourbillons dans ses artères, et lui brouillait l'esprit.

— Gloria ?

— C'est moi, Cristina. Je suis avec l'inspecteur principal Falcón. Il faut poser cette arme, Fernando. Vous ne réglerez rien de cette manière. Vous avez mal compris...

— Non, non. C'est pas vrai. Je n'ai que trop bien compris. C'est à vous d'écouter. Écoutez mon « ami » Jesús Alarcón.

Fernando s'agenouilla près d'Alarcón et lui murmura à l'oreille d'une voix rauque :

— Je ne vous tuerai pas, vous et votre famille, à une condition. Que vous leur disiez la vérité. Ils sont flics. Ils connaissent la vérité. Vous allez dire la vérité pour la première fois de votre vie dorée d'homme politique. Dites-leur que vous avez posé la bombe et vous vivrez. Sinon, je vous descends et quand vous serez mort, j'irai flinguer Mónica. Allez, dites-leur.

Fernando se releva et titilla Alarcón dans le cou avec l'arme. Alarcón s'éclaircit la voix.

— La vérité, rappela Fernando, ou je vous envoie *ad patres*. Dites-leur.

Alarcón se signa.

— Il me demande de vous dire la vérité au sujet de la bombe, dit Alarcón, la tête affaissée sur la poitrine, les bras ballants le long du corps. Si je ne le fais pas, il me tuera et ensuite, il tuera ma femme. Je peux seulement vous dire ce que je sais. Ce n'est sans doute pas toute la vérité, mais au moins une partie.

Fernando recula, le bras tendu. Il plaqua le canon contre la tête d'Alarcón.

— Je n'ai rien à voir avec la bombe qui a explosé dans la mosquée. Que Dieu me vienne en aide.

37.

Séville – Vendredi 9 juin 2006, 5 h 03

Il n'y eut pas de coup de feu. Un courant passa de la tête d'Alarcón au canon de l'arme et remonta le long du bras de Fernando jusqu'à son esprit. Il propagea un tremblement dans le haut de son corps et le canon dévia de sa cible. Il dut le ramener vers la tête d'Alarcón, non pas une fois, mais deux, trois fois. Chaque fois, son index effleura la détente. Il cligna des yeux, avala l'air à grandes bouffées et considéra l'homme qui, un instant plus tôt, était l'objet de sa haine la plus profonde. Il ne pouvait pas. Les paroles d'Alarcón avaient dissous sa détermination. Elles avaient été le remède miracle à son besoin de vengeance. Il savait, avec une certitude absolue, que ce qu'il avait entendu était la vérité.

Le bleu profond de la nuit s'éclairait des premières lueurs du jour. Fernando laissa retomber son bras, alourdi par le poids de l'arme. Ferrera s'approcha, fit glisser sans mal le revolver de la main inerte et le remit dans son holster. Elle éloigna Fernando d'Alarcón, qui s'affala à quatre pattes.

— Emmène Fernando à la voiture, dit Falcón. Passe-lui les menottes.

Alarcón était secoué de nausées et de sanglots, déchaînés par le soudain relâchement de la tension. Falcón l'aida à se relever et le conduisit vers sa femme qui se tenait, hagarde et les yeux écarquillés, sur le seuil de la porte. Falcón lui demanda où se trouvait la salle de bains. La question la ramena à la réalité. Elle entraîna les deux hommes à l'étage où les deux enfants s'étaient levés, serrant l'un un tigre en peluche, l'autre une couverture bleue, abasourdis par ce drame adulte qu'ils ne comprenaient pas. Mónica les raccompagna dans leur chambre avant de rejoindre Falcón dans la salle de bains, où son mari s'acharnait sur les boutons de son pyjama. Falcón lui dit d'aider son mari à se déshabiller et de le mettre sous la douche. Il attendrait en bas, dans la cuisine.

La fatigue s'accrochait à lui comme un gros chien stupide. Il ferma la porte d'entrée et alla s'asseoir devant la table de la cuisine d'où il contemplait le jardin en tournant et retournant une idée unique dans son esprit. Jesús Alarcón n'avait pas pris part au complot. Il n'était apparemment qu'un paravent, ignorant et docile.

Mónica revint dans la cuisine et lui proposa un café. Elle était bouleversée. Ses mains tremblaient tellement qu'elle dut lui demander de faire marcher la machine.

— Il avait un pistolet ? demanda-t-elle. Fernando avait un pistolet ?

— Votre mari a été exemplaire.

— Mais ils s'entendaient si bien, tous les deux !

— Fernando a lu quelque chose qu'il n'aurait pas dû lire et a pris une remarque pour un fait acquis. Grâce à son courage, votre mari a évité une tragédie.

— Nous admirions beaucoup Fernando pour la façon dont il affrontait son deuil. Je n'avais pas réalisé qu'il était si fragile.

— Il a cru que votre mari l'avait trompé et l'avait pris en amitié dans le seul but de promouvoir sa carrière. Fernando est en effet fragile. On ne peut qu'être fragilisé quand on a perdu sa femme et son fils dans ces circonstances.

Jesús apparut à la porte. Il n'avait plus le teint cireux. Il était rasé, vêtu d'une chemise blanche et d'un pantalon noir. Falcón lui servit un café. Mónica remonta auprès des enfants. Les deux hommes se retrouvèrent seuls à la table de la cuisine.

— La nuit a été chargée en événements, commença Falcón. Vous voulez bien répondre à quelques questions avant que nous en discutions ?

Alarcón acquiesça en tournant son café.

— Pouvez-vous me dire où vous étiez le samedi 3 juin ?

— Nous étions au nord de Madrid pour le week-end. Un ami de Mónica se mariait. Le mariage avait lieu dans une *finca* sur la route de l'Escorial. Nous y avons également passé la journée de dimanche et sommes revenus à Madrid par le AVE de lundi matin.

— Êtes-vous allé au siège de Fuerza Andalucía, chez Eduardo Rivero, au cours de la semaine qui a précédé ?

— Non. Ángel Zarrías m'avait conseillé de me tenir à l'écart d'Eduardo. Ángel s'efforçait encore de le faire renoncer à la direction du parti et il craignait, s'il voyait le nouveau jeune loup du parti lui tourner autour, qu'il le ressente comme une humiliation. Je n'ai donc vu personne, à part Ángel qui est venu ici une ou deux fois me raconter comment ça se passait.

— Quand vous dites que vous n'avez vu personne, de qui voulez-vous parler ?

— D'Eduardo Rivero et des principaux sponsors du parti qui me soutiennent tous : Lucrecio Arenas, César Benito et Agustín Cárdenas.

— Quand avez-vous vu Eduardo Rivero pour la dernière fois ?

— Mardi matin, le jour où il a officiellement renoncé à la direction du parti.

— Et avant ?

— Je crois que nous avons déjeuné ensemble le 20 mai. Il faudrait que je vérifie sur mon agenda.

— Avez-vous déjà vu cet homme ?

Falcón ne quitta pas Alarcón des yeux en poussant vers lui la photo de Tateb Hassani. Manifestement, il ne le reconnaissait pas.

— Non.

— Avez-vous déjà entendu les noms de Tateb Hassani ou Jack Hansen ?

— Non.

Falcón reprit la photo et la tourna dans tous les sens entre ses doigts.

— Cet homme a-t-il quelque chose à voir avec ce dont Fernando parlait ? demanda Alarcón. Il a l'air nord-africain. Le premier nom que vous avez cité...

— Il est originaire du Maroc mais a pris la nationalité américaine. Il est mort. Assassiné. Rivero, Zarrías et Cárdenas sont soupçonnés du meurtre et ont été arrêtés.

— Je suis perplexe, inspecteur.

— Don Eduardo m'a dit il y a quelques heures qu'il avait payé Tateb Hassani cinq mille euros la semaine dernière pour une prestation de consultant chargé d'aider Fuerza Andalucía à formuler sa politique d'immigration.

— C'est ridicule. Notre politique d'immigration est arrêtée depuis des mois. Nous nous y sommes mis en octobre, quand l'Union européenne a ouvert la porte à la Turquie et que tous les immigrés africains ont tenté d'entrer frauduleusement à Melilla. Fuerza Andalucía ne pense pas qu'un pays musulman, même doté d'un gouvernement laïque, puisse cohabiter harmonieusement avec des pays chrétiens. Les Européens se sont toujours montrés hostiles aux autres religions au cours de leur histoire. Nous ne savons pas quelles seraient les conséquences sociales de l'entrée de la Turquie dans l'Europe, dont la population compterait alors un cinquième de musulmans.

— Vous n'êtes pas en campagne, señor Alarcón, dit Falcón en levant les mains pour le faire cesser son exposé.

— Excusez-moi. C'est automatique. Pourquoi Rivero, Zarrías et Cárdenas sont-ils accusés du meurtre d'un homme dont ils n'ont fait que payer les conseils ? Pourquoi Fernando croit-il que Fuerza Andalucía est responsable de l'explosion de la mosquée ?

— Je vais vous citer un fait incontestable et vous allez me dire ce que vous en déduisez. Vous avez dû entendre au journal qu'on avait trouvé une boîte ignifugée dans les ruines de la mosquée et que cette boîte contenait les plans de deux écoles et de la faculté de biologie, accompagnés de notes rédigées en arabe.

— Celles qui contenaient d'effroyables instructions.

— Elles ont été écrites par Tateb Hassani.

— C'était un terroriste ?

Falcón attendit, en tapotant les coins de la photo les uns après les autres. La machine à café fumait dans un coin. Alarcón considérait ses mains, le front plissé, pendant que son cerveau traitait l'information. Falcón lui révéla d'autres faits qui n'étaient pas encore du domaine public : l'écriture de Tateb Hassani correspondait à celle des annotations des deux corans trouvés dans le Peugeot Partner et chez Miguel Botín. Il lui parla de la dernière entrevue de Ricardo Gamero avec Ángel Zarrías et du suicide de l'agent du CGI. Alarcón tourna ses mains pour en contempler les paumes cette fois, comme s'il voyait son avenir politique lui filer entre les doigts.

— Je ne sais que dire.

Falcón lui résuma brièvement la biographie de Tateb

Hassani et lui demanda si cela ressemblait au profil d'un dangereux terroriste.

— Pourquoi payer Hassani pour fabriquer des documents visant à alimenter la thèse de l'acte terroriste alors que les traces d'hexogène trouvées dans le Peugeot Partner ont prouvé que des terroristes islamiques stockaient du matériel pour mener une campagne d'attentats ? Ça ne rime à rien.

— Le conseil exécutif de Fuerza Andalucía ignorait l'existence de l'hexogène.

Cette précision amena Falcón à évoquer la surveillance exercée par Informáticalidad, les faux inspecteurs sanitaires, les électriciens, la mise en place d'un deuxième engin à base de Goma 2 Eco et de la boîte ignifugée.

Alarcón était ébahi. Il connaissait tous les dirigeants d'Informáticalidad qui avaient contribué à la mise en scène. Ce n'est qu'alors qu'il comprit qu'on s'était servi de lui.

— On m'a présenté comme l'homme nouveau de Fuerza Andalucía, celui qui, à la suite de ces horreurs, susciterait les votes anti-immigration qui permettraient à Fuerza Andalucía d'obtenir un pourcentage suffisant pour faire de nous les partenaires naturels du Partido Popular pendant la campagne législative de l'année prochaine.

Cette révélation épuisa les dernières forces d'Alarcón, qui s'affaissa sur sa chaise, les bras ballants, en songeant à la catastrophe dont il avait été un acteur involontaire.

— Je me rends bien compte que cela doit être difficile pour vous... dit Falcón.

— Les conséquences sont énormes, bien sûr, admit Alarcón avec un mélange de désespoir et de soulagement. Mais ce n'était pas à ça que je pensais. Je me disais que le coup de folie de Fernando avait eu pour effet bénéfique de me donner l'occasion de me disculper aux yeux de l'inspector jefe chargé de l'enquête.

— Les simulacres d'exécution ne font plus partie de nos techniques d'interrogatoire. Mais cet incident m'a fait gagner un temps précieux.

— Je ne les avais pas non plus inclus dans mes projets d'extension des pouvoirs de la police en cas de terrorisme.

— Il m'en faudra un peu plus pour voter pour vous. Comment décririez-vous votre relation avec Lucrecio Arenas ?

— Je n'exagère pas en vous disant qu'il a été comme un père pour moi.

— Depuis quand le connaissez-vous ?

— Onze ans. En fait, je l'avais rencontré avant, quand je travaillais pour McKinsey en Amérique du Sud, mais nous sommes devenus proches quand je suis entré chez Lehman Brothers et que j'ai commencé à travailler avec les industriels et les banques espagnols. Il m'a recruté en 1997 et a été depuis un autre père pour moi... il a piloté ma carrière. C'est lui qui m'a donné confiance en moi. Il tient dans ma vie la première place après Dieu.

C'était la réponse que Falcón attendait.

— Si vous pensez qu'il est un tant soit peu impliqué dans cette affaire, vous devrez peut-être réviser votre jugement.

— Vous ne le connaissez pas comme je le connais. C'est une magouille locale, concoctée par Zarrías et Rivero.

— Rivero est fini. Il était fini avant cette histoire. Il est environné d'un parfum de scandale. Je connais Ángel Zarrías. Ce n'est pas un chef. C'est quelqu'un qui fait les chefs, mais il ne provoque jamais les événements. Que pouvez-vous me dire sur Agustín Cárdenas et César Benito ?

— J'ai besoin d'un autre café.

— J'ai là pour vous un lien intéressant à soumettre à votre réflexion. Informáticalidad, Banco Omni... I4IT ?

La machine à café gargouilla, coula, siffla, cracha un nuage de vapeur sous les yeux d'Alarcón qui la considérait en méditant sur ce nouveau point de vue qu'il tentait d'intégrer à ce qu'il savait déjà. Le doute plissa son front. Falcón savait que cela risquait de ne pas suffire, mais il n'avait rien d'autre. Si Rivero, Zarrías et Cárdenas ne craquaient pas, Alarcón pourrait bien être le seul à lui livrer les clés du complot, mais la porte serait bien lourde à ouvrir. Il ne connaissait pas assez Jesús Alarcón pour évaluer le degré d'indignation où avait pu le jeter la découverte d'avoir été honteusement exploité par son prétendu « père ».

— Je sais ce que vous attendez de moi, dit enfin Alarcón. Mais n'y comptez pas. Je me rends compte que la loyauté n'est pas à la mode, surtout en politique et en affaires, mais c'est plus fort que moi. Le simple fait de les soupçonner reviendrait pour moi à me retourner contre ma propre famille. Ils sont ma famille. Et mon beau-père en fait partie...

— C'est pour ça qu'on vous a choisi. Vous réunissez un ensemble extraordinaire de qualités. Je ne suis pas d'accord avec votre politique, mais j'ai déjà pu voir que vous ne manquez pas de courage et que vos intentions envers Fernando étaient parfaitement honorables. Vous êtes intelligent, talentueux. Votre faiblesse réside dans votre loyauté absolue. Les puissants apprécient ce trait de caractère, parce que vous avez toutes les qualités qui leur manquent et qu'ils peuvent ainsi vous manipuler pour atteindre leur but.

— Quel monde merveilleux que celui où la loyauté est perçue comme une faiblesse. Votre métier a dû vous rendre cynique, inspecteur.

— Je ne suis pas cynique, señor Alarcón. J'ai seulement fini par comprendre que c'est le propre de la vertu d'être prévisible. C'est le mal qui étonne toujours par l'incroyable et sidérante virtuosité qu'implique sa mise en œuvre.

— Je m'en souviendrai.

— Pas de café pour moi. Il faut que je dorme. Nous reparlerons quand vous aurez eu le temps de réfléchir à ce que je vous ai dit et que j'aurai étudié de plus près les Rivero, Zarrías et Cárdenas.

Alarcón le raccompagna à la porte.

— En ce qui me concerne, je ne veux pas que Fernando soit sanctionné pour ce qu'il a fait, dit-il. Ma loyauté me permet aussi de comprendre les blessures qu'inflige la trahison. Vous avez peut-être des raisons de vouloir lui donner une leçon, pas moi.

— Si cela transpire dans la presse, je n'aurai pas d'autre choix que de le poursuivre. Il a volé une arme de service et s'est rendu coupable de tentative de meurtre.

— Je n'en parlerai pas à la presse. Vous avez ma parole.

— Vous venez de sauver la carrière d'un de mes meilleurs éléments, dit Falcón en descendant les marches.

Il alla au portail et se retourna vers Alarcón.

— Je suppose qu'après la réunion d'hier, Lucrecio Arenas et César Benito sont encore à Séville. Je propose une confrontation avec l'un d'eux, ou les deux, tant que l'information que je viens de vous donner n'est pas sur la place publique.

— César ne doit pas être là. Il doit être à l'Holiday Inn de Madrid pour une conférence. Si je démissionne d'un poste d'avenir dans la politique soixante-douze heures après ma nomination, est-ce que je battrai un record ?

— L'avantage que vous avez, c'est que vous n'avez rien à vous reprocher personnellement. Si vous restez ainsi, vous aurez toujours de l'avenir. C'est quand on commence à tremper dans la corruption qu'on est fini. Votre vieux copain Eduardo Rivero pourrait vous le dire, vu son expérience en la matière.

Cristina Ferrera et Fernando attendaient à l'arrière de la voiture de Falcón. Elle lui avait menotté les mains dans le dos et il était penché en avant, la tête sur le dossier du siège avant. Falcón se dit qu'ils avaient dû parler mais que la fatigue les avait rattrapés. Il se retourna vers eux quand il fut assis à la place du conducteur.

— Le señor Alarcón ne veut pas porter plainte et il ne parlera pas à la presse de cet incident. Si je vous poursuis, je perdrai l'un de mes meilleurs officiers, votre fille perdra son père et seul parent et devra être prise en charge par les services sociaux ou aller vivre avec ses grands-parents. Vous passerez au moins dix ans en prison et Lourdes ne vous reconnaîtra plus. Vous trouvez que c'est un juste prix à payer pour un accès de rage irraisonnée, Fernando ?

Cristina regardait par la fenêtre, infiniment soulagée. Fernando releva la tête.

— Si vous vous étiez laissé dominer par la colère, si votre haine avait été trop forte pour laisser place à la raison et que vous ayez effectivement tué Jesús Alarcón, tout ce que je viens de dire se réaliserait, sauf que votre peine de prison serait plus longue et que vous auriez la mort d'un innocent sur la conscience. Qu'est-ce que vous en dites à l'aube de ce nouveau jour ?

Fernando regardait droit devant lui, les yeux fixés sur le pare-brise et la rue peu à peu gagnée par la lumière.

Il ne dit rien. Il n'y avait rien à dire.

38.

Séville – Vendredi 9 juin 2006, 8 h 17

— Vous n'êtes pas venue au rendez-vous hier soir, dit Alicia Aguado.

— Je n'étais pas en état, expliqua Consuelo. Quand je vous ai quittée, je suis allée à la pharmacie avec l'ordonnance que vous m'aviez donnée, j'ai acheté les médicaments et je ne les ai pas pris. Je suis retournée chez ma sœur. J'ai passé presque toute la journée dans sa chambre d'amis. À certains moments, je pleurais tellement que je n'arrivais plus à respirer.

— Quand est-ce que vous aviez pleuré pour la dernière fois ?

— Jamais, je crois... pas vraiment. De vrai chagrin, je veux dire. Je ne me souviens pas d'avoir pleuré dans mon enfance, sauf quand je me faisais mal. Ma mère disait que j'étais un bébé calme. Je n'étais pas du genre qui pleure.

— Comment vous sentez-vous maintenant ?

— Vous ne le savez pas ? demanda Consuelo en glissant son poignet sous les doigts de la psy.

— Dites-moi.

— Ce n'est pas facile à décrire. Je vais vous paraître d'un sentimentalisme dégoulinant.

— C'est un bon début.

— Il y a longtemps que je ne me suis pas sentie

aussi bien. Je ne peux pas dire que je me sente tout à fait bien, mais l'horrible sensation d'abomination imminente a disparu. Et les bizarres pulsions sexuelles aussi.

— Vous n'avez plus l'impression de devenir folle ?

— Je ne sais pas trop. J'ai perdu tout sens de la modération. J'éprouve toujours une foule de sentiments à la fois, toujours contradictoires. Je me sens vide et comblée à la fois, courageuse et terrifiée, furieuse et sereine, heureuse et désespérée. Je n'arrive pas à trouver le juste milieu.

— Vous ne pouvez pas espérer guérir au bout de vingt-quatre heures de larmes. Vous pensez que vous pourriez m'expliquer ce qui s'est passé hier matin ? Vous avez été frappée d'une révélation qui vous a terrassée. J'aimerais que vous m'en disiez un mot.

— Je ne sais plus très bien comment c'est arrivé. C'est comme la bombe qui a explosé à Séville. Il y a eu une telle accumulation de choses qu'on a l'impression que c'était il y a dix ans.

— Je vous dirai après comment c'est arrivé. Concentrez-vous sur ce que vous avez ressenti. Décrivez-le-moi du mieux que vous pouvez.

— Ça a commencé par une oppression, comme un voile tendu sur mon esprit, une toile de caoutchouc opaque sur laquelle quelqu'un ou quelque chose appuyait. Ce n'est pas la première fois. Ça me procure une sorte de malaise, quelque chose entre l'étourdissement et l'ivresse. Quand ça m'arrivait avant, je chassais la sensation en faisant quelque chose, en fouillant dans mon sac par exemple. L'action physique m'aidait à reprendre pied dans la réalité, mais je gardais l'impression que quelque chose devait se passer qui n'avait pas pu se produire. Ce qui est curieux, c'est que ça m'a passé il y a quelques années.

— Cela a été remplacé par autre chose ?

— Je ne m'en suis pas aperçue à l'époque. J'étais contente d'être débarrassée de cette sensation. Mais maintenant, je crois que c'est à ce moment-là que j'ai commencé à avoir ces espèces de pulsions sexuelles. De la même façon que la sensation d'oppression s'installait quand j'avais le cerveau au repos, les pulsions sexuelles me prenaient au milieu d'une réunion, pendant que je jouais avec les enfants ou que j'essayais une paire de chaussures. J'étais embêtée de ne pas pouvoir les contrôler, car elles s'accompagnaient d'idées salaces qui me dégoûtaient de moi-même.

— Que s'est-il donc passé hier ?

— Le voile est revenu se poser sur mon esprit, dit Consuelo, dont les mains étaient soudain moites sur les bras du fauteuil. J'ai senti la pression, mais beaucoup plus forte. Elle augmentait à une vitesse effarante, à tel point que j'ai cru que ma tête allait éclater. J'ai d'ailleurs en effet ressenti comme un éclatement, ou plutôt un arrachement, avec cette sensation qu'on a dans les rêves de tomber indéfiniment. Je me suis dit : ça y est. Je suis fichue. Le monstre est remonté à la surface. Je deviens folle.

— Mais ça n'a pas été le cas.

— Non. Je n'ai vu aucun monstre.

— Autre chose à la place ?

— Moi seulement. Une pauvre jeune femme esseulée dans une rue sous la pluie, écrasée de chagrin, de culpabilité et de désespoir. Je ne savais que faire de moi-même.

— Cela s'est produit pendant que nous parlions de quelqu'un que vous avez connu. Le marchand d'art madrilène.

— Ah, oui, lui. Vous ai-je dit qu'il avait tué un homme ?

— Oui, dans des termes particuliers.

— Je me souviens maintenant. Je vous ai dit de son crime qu'il était plus grave que le mien.

— Qu'est-ce que ça veut dire ?

— Que je crois avoir commis un crime ? dit Consuelo sur le mode de l'interrogation. Pourtant, je savais ce que j'avais fait. J'ai toujours assumé mes avortements, malgré ce que j'ai dû faire pour gagner l'argent du premier.

— D'où une certaine confusion dans votre esprit. Les idées lubriques ?

— Je ne comprends pas.

— La douleur que vous ressentez quand vous regardez vos enfants dormir, en particulier le plus jeune, qu'est-ce que c'était à votre avis ?

Consuelo avala sa salive, trop abondante dans sa bouche, tandis que des larmes noyaient ses yeux et roulaient sur ses joues.

— Vous m'avez dit que c'était l'amour qui faisait mal, reprit Alicia Aguado. Vous pensez toujours que c'était l'amour ?

— Non, admit Consuelo au bout de plusieurs minutes. C'était la culpabilité de ce que j'avais fait et le regret de ce qui aurait pu être.

— Revenez à ce moment où vous vous trouvez dans une rue sous la pluie. Je crois que vous m'avez dit que vous regardiez des gens élégants sortir d'une galerie d'art. Vous vous souvenez de ce que vous éprouviez à ce moment-là, avant de décider que vous vouliez être comme eux, que vous vouliez vous « réinventer » ?

Il y eut un long silence. Alicia ne bougea pas. Elle fixait droit devant elle son regard aveugle, en se concentrant sur le pouls qui frémissait sous ses doigts, tel un courant qui se purifie.

— Des regrets. J'aurais voulu ne pas l'avoir fait et quand je voyais ces gens s'égailler dans la rue, je me disais qu'ils n'étaient pas du genre à se mettre dans des situations pareilles. C'est là que j'ai décidé d'abandonner dans cette rue la pauvre petite personne solitaire, pathétique, pitoyable, pour devenir quelqu'un d'autre.

— Ainsi, même si vous avez toujours « assumé » vos actes, il manquait toujours quelque chose. Qu'est-ce que c'était ?

— Celle qui les avait commis. Moi.

Le mandat de perquisition de la maison d'Eduardo Rivero, des locaux de Fuerza Andalucía, de l'appartement d'Ángel Zarrías et de la résidence d'Agustín Cárdenas fut délivré à sept heures et demie. À huit heures et quart, les experts de la police scientifique étaient sur place, ils avaient copié le contenu des disques durs des ordinateurs et recueillaient des indices qui étaient peu à peu envoyés à la jefatura. Le comisario Elvira, les six éléments de la section homicide et les trois membres de la cellule antiterroriste du CGI avaient prévu de tenir une réunion stratégique à la jefatura à neuf heures moins le quart. Il était entendu que les neuf hommes de l'équipe chargée des interrogatoires interrogeraient les trois suspects pendant treize heures et demie, avec quelques pauses. Pendant que les trois premiers alterneraient les questions, le trio suivant regarderait et les trois derniers se reposeraient ou commenteraient des résultats obtenus. Le déjeuner aurait lieu à quinze heures et serait suivi d'une autre discussion tactique. La séance suivante se déroulerait de seize à vingt-deux heures et, si aucun des suspects n'avait avoué, ils s'interrompraient pour dîner avant de s'accorder une dernière tranche de quatre-vingt-dix minutes.

Le but des interrogatoires n'était pas d'amener les suspects à avouer le meurtre de Tateb Hassani, mais de les forcer à dévoiler qui l'avait mis en contact avec

Fuerza Andalucía, quel était son rôle, où avaient été envoyés les documents qu'il avait préparés et qui d'autre assistait au dîner au cours duquel Tateb Hassani avait été empoisonné.

La fatigue accablait tout le monde. La réunion s'acheva sur un concert de soupirs, un ballet de mains passées dans les cheveux, de vestes ôtées et de manches de chemises retroussées. Il fut convenu que Falcón s'attaquerait d'abord à Ángel Zarrías, Ramírez à Eduardo Rivero et Barros à Agustín Cárdenas. Dès qu'on les informa que les suspects étaient dans les salles d'interrogatoire, ils descendirent.

Ferrera devait suivre l'interrogatoire d'Ángel Zarrías mené par Falcón. L'inspecteur et sa collègue se placèrent derrière le miroir à une face pour observer Zarrías qui était assis à la table, en chemise blanche à manches longues, les mains croisées, les yeux fixés sur la porte. Il paraissait calme. Falcón commençait à se sentir trop épuisé pour mener cette confrontation.

— Vous constaterez qu'Ángel Zarrías est un homme charmant, lui dit Falcón. Il aime beaucoup les femmes. Je ne le connais pas très bien parce que c'est le genre d'homme dont le charme vous tient à distance. Mais il doit y avoir un être véritable derrière cette façade. Le fanatique qui voulait que le complot aboutisse. C'est cet homme que nous voulons atteindre et quand nous y serons parvenus, il faudra le tenir ainsi, exposé en pleine lumière, aussi longtemps que possible.

— Comment comptez-vous y arriver ? demanda Ferrera. Il est quasiment votre beau-frère.

— José Luis m'a appris un ou deux trucs, dit Falcón en pointant le menton vers la salle d'interrogatoire de Rivero que Ramírez venait de rejoindre.

— Dans ce cas, je vous suivrai tous les deux, déclara Ferrera.

Le regard d'Ángel Zarrías s'anima quand Falcón

ouvrit la porte de la salle d'interrogatoire. Il sourit et se leva.

— Je suis content que ce soit toi, Javier. Vraiment content. Tu as eu Manuela ?

— J'ai eu Manuela, confirma Falcón qui s'assit sans mettre en marche les appareils d'enregistrement ni appliquer la procédure habituelle des interrogatoires. Elle est fâchée.

— Chacun réagit à sa façon quand son compagnon est arrêté en pleine nuit pour meurtre. Je peux comprendre qu'on soit fâché. Je ne sais pas comment je réagirais moi-même.

— Elle n'était pas fâchée à cause de ton arrestation.

— Elle n'a pas ménagé tes policiers.

— C'est une fois que je lui ai parlé qu'elle s'est mise à... bouillir de rage. Je crois que c'est le mot juste.

— Quand as-tu parlé avec elle ? demanda-t-il, troublé, inquiet.

— Vers deux heures du matin. Elle avait laissé une cinquantaine de messages sur mon portable.

— Bien sûr... pas étonnant.

— Tu sais qu'elle peut être teigneuse quand elle est sous le coup de l'émotion. Je n'ai pas pu lui dire simplement que tu avais été arrêté dans le cadre d'une enquête pour meurtre. Elle voulait absolument savoir qui, où et pourquoi.

— Et qu'est-ce que tu lui as dit ?

— J'ai dû y aller doucement, à cause des impératifs juridiques, mais je t'assure que je ne lui ai dit strictement que la vérité.

— Quelle « vérité » lui as-tu dite ?

— Ça, c'est à toi de me le dire, Ángel. Tu es l'auteur, je suis celui qui pose les questions et entre nous se tient la vérité. L'idée est de cheminer dans sa direction, mais ce n'est pas à moi de te dire ce que tu as fait selon moi. Ça, c'est ta partie.

Silence. Zarrías regarda le magnétophone éteint. Falcón était satisfait de le voir désorienté. Il se pencha, alluma le magnétophone et prononça les formules préliminaires.

— Pourquoi as-tu tué Tateb Hassani ?

— Et si je te disais que je ne l'ai pas tué ?

— Si ça te va, au cours de cet interrogatoire, nous ne ferons pas de distinction entre meurtre et complicité de meurtre, proposa Falcón. Ça te facilite les choses ?

— Et si je te disais que je n'ai rien à voir dans le meurtre de Tateb Hassani ?

— Tu as déjà été compromis, ainsi qu'Agustín Cárdenas, par celui qui a organisé le dernier dîner de Tateb Hassani, Eduardo Rivero. Un employé travaillant chez lui t'a vu sur les lieux du crime. C'est pourquoi la position qui consiste à affirmer que tu n'as rien à voir dans ce meurtre risque d'être difficile à défendre.

Ángel Zarrías posa un regard scrutateur sur le visage de Falcón. Il avait déjà eu à essuyer ce genre de regard. Avant sa dépression en 2001, il avait pour technique d'y répondre par un regard implacable. Maintenant, il accueillait ce regard, l'invitait à pénétrer jusqu'au bord du précipice et le défiait de s'aventurer dans les profondeurs. C'est ce qu'il fit avec Ángel Zarrías. Mais Ángel ne se laissa pas entraîner. Il observa sans s'approcher. Puis il recula et regarda autour de lui.

— Inutile de nous perdre dans les détails, dit Falcón. Je me moque de savoir qui a versé le cyanure dans quoi, ou qui était présent quand Agustín a exécuté son charcutage. En revanche, je serais curieux de savoir qui a eu l'idée d'envelopper Tateb Hassani dans un linceul. Avez-vous lu quelques versets du Coran pour lui ? L'avez-vous lavé avant de le coudre dans son suaire ? Pour nous, ce n'était plus très facile à deviner quand nous l'avons trouvé, puant et boursouflé dans son linceul déchiré au milieu des immondices de la décharge publique. Mais j'ai trouvé que c'était une jolie marque de respect d'une religion à l'autre. C'est toi qui en as eu l'idée ?

Ángel Zarrías avait repoussé sa chaise et s'était mis à arpenter la pièce pour calmer sa nervosité.

— Ángel, tu commences déjà à ne pas me parler, et nous venons à peine de démarrer.

— Qu'est-ce que tu veux que je te dise ?

— Bon. Je sais. Ce n'est pas facile. Tu as toujours été un bon catholique, un homme de foi. Tu as même réussi à convaincre Manuela d'aller à la messe et elle a dû t'adorer pour ça. La culpabilité est un sentiment qui mine les gens bien, comme toi. Vivre en état de péché mortel doit être insupportable, mais il est tout aussi difficile d'aller au confessionnal avouer le pire des crimes humains. Je vais te faciliter la tâche. Oublions Tateb Hassani pour le moment et passons à des choses qui te sont plus familières, dont tu devrais pouvoir parler, qui t'aideront à exercer tes cordes vocales pour qu'elles aient moins de mal à formuler par la suite des révélations plus pénibles.

Ángel Zarrías interrompit son va-et-vient pour se tourner face à Falcón. Ses épaules s'affaissèrent le long de son buste semblable à un toit de cathédrale au bord de l'effondrement.

— Vas-y. Pose ta question.

— Où étais-tu mercredi 7 juin entre treize heures trente et quinze heures ?

— Je ne m'en souviens pas. Je déjeunais sans doute quelque part.

— Assieds-toi et réfléchis. C'était le lendemain de l'explosion. Tu as dû recevoir un coup de fil de quelqu'un qui était désespéré. Tu n'as pas pu oublier : un frère humain en plein désarroi qui voulait te parler.

— Tu sais qui c'est, alors dis-le-moi, grommela Ángel qui avait repris son manège.

— ASSIEDS-TOI, ÁNGEL !

Zarrías n'avait jamais entendu Falcón crier. Il fut impressionné par la colère qu'il sentait frémir sous l'apparence imperturbable de l'inspecteur. Il regagna sa chaise, s'assit et fixa la table en pressant ses mains l'une contre l'autre.

— Tu as été identifié par un gardien.

— Je suis allé au musée archéologique retrouver un homme qui s'appelle Ricardo Gamero.

— Tu sais ce qui est arrivé à Ricardo Gamero une heure et demie après sa conversation avec toi ?

— Il s'est suicidé.

— Tu as été la dernière personne à lui parler face à face. Que vous êtes-vous dit ?

— Il m'a dit qu'il éprouvait des sentiments pour un autre homme. Il en était très malheureux et honteux.

— Tu me mens, Ángel. Pourquoi un agent du CDI consciencieux quitterait son bureau au beau milieu d'une enquête d'antiterrorisme cruciale pour aller te raconter ses déboires sexuels ?

— Tu m'as posé une question. J'y ai répondu, dit Ángel sans détacher ses yeux de la table.

Pendant trois quarts d'heure, Falcón bombarda Zarrías de questions sur Ricardo Gamero sans arriver à le faire dévier de son histoire. Il accusa Zarrías d'avoir dit à Marco Barreda, d'Informáticalidad, de lui servir la même version. Zarrías ne lui donna même pas la satisfaction d'un sursaut de reconnaissance à l'audition de ce nom. Falcón s'évertua à réclamer qu'on fasse venir Barreda à la jefatura pour l'interroger. Zarrías refusa de lâcher pied, conscient de toucher à la différence entre la vie et la mort vivante.

Il était dix heures largement passées quand Falcón aborda à nouveau la question du meurtre de Tateb Hassani. Zarrías était pâle et manifestement exténué par son acharnement à maintenir sa thèse de façade. Il avait un œil injecté de sang, dont la paupière inférieure pendait, liséré de chair irritée et rougie.

— Revenons à Tateb Hassani, dit Falcón. Un employé de maison, Mario Gómez, vous a vus, Rivero, Hassani et toi, monter dans les bureaux de Fuerza Andalucía où il venait de dresser un buffet pour le dîner. Il était dix heures moins le quart. Rivero nous a dit qu'Agustín Cárdenas était arrivé un peu plus tard et avait garé sa voiture sous l'arcade, à l'entrée du patio. Raconte-moi ce qui s'est passé entre le moment où vous êtes montés et celui où le corps de Tateb Hassani a été chargé dans le break Mercedes d'Agustín Cárdenas.

— Nous avons bu du manzanilla glacé, mangé des olives. Agustín est arrivé un peu après dix heures. Nous nous sommes servis au buffet. Eduardo a ouvert un vin de sa réserve spéciale, un vega sicilia. Nous avons mangé, bu, bavardé.

— À quelle heure sont arrivés Lucrecio et César Benito ?

— Jamais. Ils n'étaient pas là.

— Mario Gómez nous a dit qu'il y avait de quoi nourrir huit personnes.

— Eduardo ne lésine jamais sur les quantités.

— À quel moment avez-vous administré le cyanure à Tateb Hassani ?

— Ne compte pas sur moi pour m'incriminer moi-même. Ce sera au tribunal d'en décider.

— Comment as-tu fait la connaissance de Tateb Hassani ?

— Nous nous sommes rencontrés à la chambre de commerce.

— Qu'a-t-il fait pour vous ?

— Il nous a aidés à mettre en place notre politique d'immigration.

— D'après Jesús Alarcón, elle était déjà définie depuis plusieurs mois.

— Tateb Hassani connaissait bien l'Afrique du Nord. Il avait lu les rapports des Nations unies sur les arrivages en masse de clandestins dans les enclaves de Ceuta et Melilla. Nous voulions incorporer de nouvelles notions dans notre projet politique. Nous n'avions pas prévu que son intervention tomberait tellement à point du fait des événements du 6 juin.

Falcón déclara qu'il mettait fin à l'entretien et éteignit le magnétophone. Il était important désormais de préparer Zarrías pour l'interrogatoire suivant. Son visage trahissait un état d'épuisement avancé, mais il s'était replié sur lui-même afin de mieux concentrer ses forces pour se défendre. Falcón ne l'avait encore atteint que superficiellement. Il fallait maintenant le rendre vulnérable.

— J'ai dû tout dire à Manuela, dit Falcón. Tu sais comment elle est. Je lui ai expliqué que tu avais dû tuer Tateb Hassani parce qu'il était le seul élément extérieur de votre complot et représentait donc un danger. S'il restait en vie, Fuerza Andalucía aurait été vulnérable. Manuela ne voulait pas se contenter de ces généralisations, alors j'ai dû lui donner des détails : la mission que vous lui aviez confiée et les exemplaires de son écriture que nous avons trouvés. Elle te connaît bien, Ángel, forcément. Mais elle n'avait pas mesuré l'ampleur que ton obsession avait prise. Elle ne s'était pas rendu compte que tu avais glissé du radicalisme au fanatisme. Elle t'admirait, Ángel, tu ne l'ignores pas. Ton énergie positive lui a été très bénéfique. Elle m'a aidé, moi aussi. Tu nous as préservés de la brouille, elle et moi, et pour moi c'est important. Je crois qu'elle aurait pu te pardonner cette manœuvre méprisable pour accéder au pouvoir, même si elle ne partage pas tes croyances extrêmes. Elle pensait que tu étais quand même quelqu'un de bien. Mais il y a une chose qu'elle ne peut pas te pardonner.

Zarrías se décida enfin à lever les yeux, comme s'il venait de remonter à la surface de lui-même. Une lueur d'intérêt s'alluma dans son regard fatigué, cerné. Falcón eut alors la confirmation de ce dont il avait souvent douté : Ángel aimait Manuela. Sa sœur était séduisante, de nombreuses personnes lui avaient dit qu'elles la trouvaient drôle, pleine de vie, il avait vu des hommes fondre devant ses simagrées de petite fille ou de femme fatale. Mais Falcón la connaissait par cœur et il avait toujours pensé que quelqu'un qui n'avait pas de liens familiaux avec elle ne pouvait pas l'aimer sincèrement, parce qu'elle avait trop de défauts et de traits de caractère agaçants qu'elle ne savait pas cacher. Pourtant, elle avait apporté à Ángel ce qui avait manqué à son premier mariage, car il avait visiblement besoin de savoir pourquoi elle le haïssait.

— J'écoute, dit Zarrías.

— Elle n'a pas supporté la façon dont tu l'as traitée ce matin-là : tu avais programmé l'explosion de la bombe avant qu'elle ait eu le temps de vendre ses biens immobiliers.

39.

Séville – Vendredi 9 juin 2006, 8 h 45

Yacoub se trouvait dans la bibliothèque de la maison du groupuscule, dans la médina, quand on vint le chercher. Ils furent soudain quatre autour de lui. Ils lui mirent une cagoule sur la tête et lui lièrent les mains dans le dos avec des menottes en plastique. Personne ne dit mot. Ils lui firent traverser la maison et l'emmenèrent dans la rue. Là, ils le jetèrent à l'arrière d'une voiture, sur le sol. Trois hommes s'installèrent sur la banquette, les pieds posés sur son corps inerte.

Le trajet dura quatre heures. Sa position n'était pas confortable, mais au moins, ils roulaient sur une route goudronnée. Yacoub maîtrisait sa peur en se disant qu'il s'agissait de leur rite d'initiation. Au bout de plusieurs heures, ils quittèrent la bonne route et commencèrent à cahoter sur un chemin défoncé. Il faisait chaud. La voiture n'avait pas de climatisation. Les fenêtres étaient ouvertes. Il devait y avoir beaucoup de poussière, car il la sentait même à travers sa cagoule. La voiture fut ballottée pendant une heure avant de s'arrêter. Il y eut le déclic d'une arme à feu, suivi d'un silence tendu, comme si quelqu'un examinait le visage de chacun des occupants.

La voiture roula encore un quart d'heure avant de s'arrêter à nouveau. Les portières s'ouvrirent, Yacoub fut tiré à l'extérieur et perdit une babouche. On l'entraîna au pas de course sur un sol pierreux, si vite qu'il chancela. Ils continuèrent sans s'en préoccuper. Une porte fut ouverte. On le traîna sur un sol de terre avant de lui faire descendre quelques marches. Une autre porte. On le poussa contre un mur. Il tomba à terre. La porte se referma. Les pas s'éloignèrent. Aucune lumière ne traversait l'épais tissu de la cagoule. Il tendit l'oreille et finit par percevoir un bruit, qui semblait venir d'une autre pièce. Un bruit humain. Produit par la gorge d'un homme, un grognement entrecoupé de soupirs, comme s'il souffrait abominablement. Il appela. Pour toute réponse, la voix se tut, laissant la place à une série de sanglots.

Un bruit de pas qui s'approchaient accéléra les battements de son cœur. La bouche sèche, il entendit la porte s'ouvrir. La pièce sembla soudain pleine de gens qui le bousculaient en vociférant. Un cri s'éleva de la pièce voisine, la voix d'un homme qui suppliait. Ils remirent Yacoub sur ses jambes, lui baissèrent la tête, lui firent remonter l'escalier, le poussèrent dehors, sur un sol de terre inégale. Ils le lâchèrent et s'écartèrent. Celui qui se trouvait dans une cellule voisine de la sienne était là, avec lui, gémissant de douleur. Le mécanisme d'une arme cliqua près de son oreille. On lui releva la tête et on lui retira la cagoule. Il vit les pieds de l'homme, ensanglantés, à vif. On lui empoigna les cheveux par-derrière pour le forcer à regarder l'homme qui gisait devant lui. Un coup de feu, proche, tonitruant. La tête de l'homme sursauta et son contenu gicla à l'arrière du crâne. Les pieds ensanglantés furent secoués de spasmes. La cagoule fut à nouveau enfilée sur la tête de Yacoub. Le canon d'une arme vint se caler contre sa nuque. Son sang bourdonnait à ses oreilles, il avait les yeux hermétiquement fermés. Il entendit le tintement de la gâchette derrière son crâne.

On l'agrippa encore. Plus doucement cette fois. On l'emmena. Sans précipitation. On le fit entrer dans une maison et on lui donna une chaise. On lui enleva la cagoule et les menottes. La sueur coulait dans son cou, inondait le col de sa djellaba. Un garçon posa ses babouches devant ses pieds. On lui servit un verre de thé à la menthe. Il était tellement désorienté qu'il ne parvint pas à distinguer les visages de ceux qui l'entouraient avant qu'ils quittent la pièce. Il appuya sa tête sur la table et pleura.

Après la cagoule, ses yeux étaient adaptés à la pénombre qui l'environnait. Il y avait un lit dans un coin. L'un des murs était couvert de livres. Les volets étaient fermés à toutes les fenêtres. Il but son thé à petites gorgées. Les battements de son cœur ralentirent, descendirent sous le seuil de cent à la minute. Sa gorge, serrée par la panique, se détendit. Il se leva pour aller examiner les livres et lire les titres un à un. Ils traitaient pour la plupart d'architecture et de techniques de construction. Il y avait aussi des manuels d'automobile, des notices très détaillées de fabricants de véhicules à quatre roues motrices. Tous en français, anglais et allemand. Le seul ouvrage en arabe était un ensemble de huit volumes de poésie. Il alla se rasseoir.

Deux hommes entrèrent et lui adressèrent un salut formel mais chaleureux. L'un s'appelait Mohamed, l'autre Abu. Un garçon les suivait avec un plateau chargé de thé, de verres et de pain. Les deux hommes arboraient des barbes fournies et portaient des burnous et des chaussures militaires. Ils s'assirent à la table. Le garçon versa le thé et sortit. Abu et Mohamed observèrent attentivement Yacoub.

— Cela ne fait pas habituellement partie de notre initiation, déclara Mohamed.

— Un membre du conseil vous considère comme un

cas spécial, dit Abu, à cause de tous vos contacts extérieurs.

— Il voulait que vous ayez une idée précise du châtiment réservé aux traîtres.

— Nous n'étions pas d'accord avec lui, reprit Abu. Nous pensions qu'un homme portant le nom d'Abdullah Diouri n'avait pas besoin d'une telle démonstration.

Yacoub les remercia de l'hommage rendu à la mémoire de son père. Le thé coula encore et fut avalé. Le pain fut rompu et partagé.

— L'un de vos amis vous a rendu visite mercredi, dit Mohamed.

— Javier Falcón.

— De quoi voulait-il parler ?

— Il est chargé de l'enquête sur l'explosion de Séville.

— Nous savons qui il est. Nous voulons seulement savoir de quoi vous avez parlé.

— L'agence de renseignement espagnole lui avait demandé d'essayer de me recruter à leur profit. Il voulait savoir si je serais prêt à leur fournir des informations.

— Que lui avez-vous répondu ?

— Je lui ai fait la même réponse qu'aux Américains et aux Anglais quand ils m'ont présenté la même demande. C'est la raison pour laquelle je suis ici aujourd'hui.

— Pourquoi ça ?

— À force de décliner les offres de ces gens, qui me faisaient offense en me proposant de l'argent pour mes services, je me suis dit qu'il était temps de prendre parti. Si j'étais sûr de ne pas vouloir collaborer avec eux, il en découlait naturellement que mes sympathies allaient ailleurs. Je leur ai dit non parce qu'en acceptant, j'aurais trahi toutes les valeurs que défendait mon père. Dans ce cas, je devais m'engager dans la défense des convictions qui avaient été les siennes et combattre la décadence qu'il méprisait tant. C'est pourquoi, après le départ de mon ami, je suis allé directement à la mosquée de Salé pour offrir mon aide.

— Vous considérez toujours Javier comme un ami ?

— Oui. Il n'agissait pas en son nom. Je reste persuadé que c'est un homme bien.

— Nous avons suivi avec intérêt l'affaire de la bombe de Séville, dit Mohamed. Comme vous vous en êtes peut-être rendu compte, cet événement a sérieusement contrecarré nos plans et il a fallu reprendre toute l'organisation. Nous savons qu'il y a eu des arrestations hier soir. Trois hommes sont sous les verrous. Ils sont tous membres du parti Fuerza Andalucía, un parti qui professe des idées très hostiles à l'islam et qui souhaite les traduire dans la politique régionale. Nous les surveillons de près. Ils ont élu dernièrement un nouveau leader dont nous ne savons pas grand-chose. Nous savons en revanche que les trois hommes qui ont été arrêtés sont soupçonnés de meurtre. On pense qu'ils ont tué un traître apostat du nom de Tateb Hassani. C'est sans grand intérêt pour nous et nous ne nous soucions pas non plus des trois hommes qui n'ont pas grande importance. Ce que nous voulons savoir, et nous pensons que votre ami Javier Falcón peut nous y aider, c'est qui a donné l'ordre de faire sauter la mosquée.

— S'il le savait, ils auraient été arrêtés.

— Nous n'en sommes pas si sûrs, dit Abu. Nous croyons qu'ils sont trop puissants pour que votre ami puisse les inquiéter.

Séville – Vendredi 9 juin 2006, 10 heures

Falcón savait qu'il n'obtiendrait pas de résultat tangible en asticotant Ángel Zarrías, mais il espérait provoquer quelques failles invisibles qui auraient raison de lui plus tard. Ángel Zarrías avait révélé son vrai visage, évidemment, cela devait arriver. Tandis qu'il luttait contre les forces délétères du matérialisme et les énergies destructrices de l'islam radical, sa compagne, la femme qu'il aimait, faisait un caprice de gamine de deux ans obsédée par ses petites craintes et envies personnelles. Pour Ángel, c'était l'illustration de tout ce qui n'allait pas dans cette existence moderne qu'il méprisait et qui justifiait de faire appel aux mêmes forces délétères et aux mêmes énergies destructrices pour remettre le monde sur des rails sains.

Falcón avait eu peur que la fureur déclenchée par les récriminations futiles de Manuela ne provoque une embolie ou un infarctus chez son ex-futur beau-frère. La frustration de quarante-cinq ans de politique avait fini par éclater en un jaillissement d'aveux rageurs, d'où il ressortait qu'Ángel et Fuerza Andalucía étaient impliqués dans le complot, sans jeter de lumière sur les zones d'ombre.

Il avait été convenu que Falcón n'interrogerait personne entre dix heures et demie et midi. Il irait assister à l'enterrement d'Inès Conde de Tejada. Il prit sa voiture pour se rendre au cimetière de San Fernando, dans la banlieue nord de la ville. En arrivant, il dénombra trois camions de télévision et sept équipes de cameramen et de journalistes.

Tout le personnel de l'edificio de los juzgados et du palacio de justicia était présent au cimetière. Deux cents personnes se pressaient pour franchir les grilles. La plupart fumaient. Falcón les connaissait tous et il mit un certain temps à rejoindre les parents d'Inès.

Ils n'étaient pas grands ni l'un ni l'autre, mais la mort de leur fille les avait comme tassés. Ils étaient écrasés par l'énormité du drame, submergés par la foule qui les entourait. Falcón présenta ses condoléances. La mère d'Inès l'embrassa et le serra comme s'il était son sauveur au milieu de cette marée humaine. Son mari lui accorda une poignée de main atone. Il avait les traits affaissés, les yeux larmoyants. Il avait vieilli de dix ans en un jour. Il parla comme s'il ne reconnaissait pas Falcón. Au moment où il s'éloignait, la mère d'Inès lui agrippa le bras et murmura d'une voix émue :

— Elle aurait dû rester avec toi, Javier.

Il ne répondit pas.

Il se mêla au cortège qui remontait l'allée bordée d'arbres vers le caveau familial. Les caméras étaient à l'œuvre, mais gardaient leurs distances. En voyant le cercueil porté en haut des marches, quelques femmes fondirent en larmes dans l'assistance. L'émotion est si forte dans ces occasions, surtout en cas de mort prématurée, que beaucoup d'hommes avaient sorti leur mouchoir. Quand une femme d'un certain âge cria « Inès, Inès » au moment où le cercueil descendait dans l'ombre, un frémissement de chagrin parcourut la foule.

La foule se dispersa après la brève cérémonie. Falcón regagna sa voiture, la tête baissée et la gorge tellement serrée qu'il était incapable de répondre aux personnes qui tentaient de l'arrêter. Le retour seul à son volant l'apaisa, lui permit d'évacuer le trop-plein d'émotion. Arrivé à la jefatura, il pleura, le front appuyé contre le volant, avant de se ressaisir pour affronter la suite des interrogatoires.

À midi, ils durent se rendre à l'évidence. Même Rivero, qui était le plus faible des trois, ne leur dévoilerait pas le lien entre Fuerza Andalucía et les poseurs de bombe. Aucun d'eux ne leur livrerait le secret du rapport avec Informáticalidad, et encore moins avec Lucrecio Arenas et César Benito.

Lors d'une réunion entre Elvira, del Rey et Falcón, au cours de laquelle ils tentaient de trouver les charges les plus lourdes qu'ils pourraient faire peser sur leurs suspects pour les maintenir en garde à vue, Elvira émit la possibilité que le lien n'existe tout simplement pas.

— Ils ont forcément transmis le travail de Hassani à quelqu'un, remarqua del Rey.

— Il me semble que nous sommes tous d'accord maintenant pour dire que Ricardo Gamero s'est suicidé parce qu'il se sentait responsable à cause de la carte des électriciens qu'il avait fait remettre à l'imam par Botín, dit Falcón. Mark Flowers m'a dit que l'imam s'attendait à une surveillance plus poussée. En fait, il voulait qu'on pose des micros dans son bureau pour permettre au CGI d'être informé des agissements de Hammad et Saoudi. Ils ignoraient tous manifestement que l'installation de ces micros serait l'occasion de poser une bombe. Le fait est que Gamero s'est adressé à la personne qui lui avait donné la carte, pour lui demander des explications. Qui a donné la carte à Zarrías ?

— Il se peut que Zarrías n'ait pas non plus été au courant pour la bombe, dit Elvira. Il a peut-être cru qu'il s'agissait seulement d'intensifier la surveillance exercée par Informáticalidad.

— S'il y en a un que j'aimerais bien voir entre ces murs, dit Falcón, c'est Lucrecio Arenas. Il a placé son protégé, Jesús Alarcón, pour qu'il arrache à Rivero la direction de Fuerza Andalucía. C'est un ami de longue date d'Ángel Zarrías et il a travaillé pour le groupe Horizonte, auquel appartiennent Benito et Cárdenas et dont fait partie Informáticalidad.

— Mais s'ils ne le dénoncent pas, tout ce que vous

pourrez faire, c'est lui parler, dit del Rey. Vous n'avez aucun moyen de pression. Si nous avons pu aller aussi loin, c'est parce que nous avons eu la chance de trouver un témoin qui a vu Tateb Hassani samedi soir chez Rivero et que Rivero a perdu les pédales quand vous l'avez interrogé la première fois.

Falcón suivit les interrogatoires suivants, qui reprirent à seize heures, depuis la salle d'observation. Vers dix-sept heures, Gregorio surgit à son côté.

— Yacoub veut un entretien.

— Je croyais que nous ne devions pas chatter avant ce soir.

— Nous avons autorisé Yacoub à prendre contact en cas d'urgence. C'est au sujet du rite d'initiation.

— Je n'ai pas le livre de Javier Marías sous la main.

Gregorio en sortit un exemplaire de secours de son porte-documents. Ils montèrent dans le bureau de Falcón et Gregorio prépara l'ordinateur.

— Il y aura sans doute un temps d'attente un peu plus long entre les questions et les réponses, annonça Gregorio. Nous utilisons un logiciel de cryptage différent, qui est un peu plus lent.

Gregorio passa son siège à Falcón et alla à la fenêtre. Falcón s'assit devant l'ordinateur et échangea avec Yacoub les phrases d'introduction, qui dit alors qu'il n'avait pas beaucoup de temps et lui rapporta les événements de la matinée. Il raconta l'exécution à laquelle il avait assisté, mais ne dit rien du simulacre d'exécution qu'il avait lui-même subi. Falcón s'écarta de l'ordinateur.

— Ça ne va pas du tout, dit-il.

Gregorio vint lire le texte de Yacoub par-dessus l'épaule de Falcón.

— Calmez-le. Tranquillisez-le. Ce n'est qu'un avertissement.

Falcón commençait à taper quand une autre phrase de Yacoub s'afficha.

— Quelques points importants en vrac : 1) J'ai été emmené de la maison de la médina à six heures quarante-cinq. Le trajet a duré environ trois heures et demie. Il s'est écoulé une quarantaine de minutes avant que je rencontre les deux hommes, qui ont dit s'appeler Mohamed et Abu. Ils m'ont dit qu'ils suivaient de près l'affaire de l'explosion de Séville. 2) Ils ont dit que « cet événement avait sérieusement contrecarré leurs plans et il avait fallu reprendre toute l'organisation ». 3) Ils m'ont laissé dans une pièce tapissée de livres sur un mur. Des ouvrages d'architecture et de construction. Il y avait aussi quelques manuels d'automobile concernant des quatre-quatre. 4) Ils étaient au courant de l'arrestation de trois hommes appartenant à un parti politique appelé Fuerza Andalucía, soupçonnés d'avoir assassiné un « traître apostat » du nom de Tateb Hassani. Ils savaient aussi que cela avait un rapport avec l'explosion de Séville, mais ont dit que ces hommes étaient « sans importance ». 5) L'information qu'ils voudraient obtenir de toi, Javier, est la suivante : l'identité de ceux qui ont planifié l'explosion de la mosquée. Ils savent que trois hommes ont été arrêtés et pensent que, bien que tu connaisses les véritables auteurs, tu ne peux rien contre eux parce qu'ils sont trop puissants. Je n'attends pas une réponse immédiate. Je sais que tu vas devoir en discuter avant. Mais réponds-moi le plus vite possible. Si je peux leur fournir cette information, cela consolidera substantiellement ma position auprès du conseil.

— C'est hors de question, dit Falcón. Je ne peux pas.

— Attendez, Javier, dit Gregorio, mais Falcón rédigeait déjà sa réponse :

— Yacoub, je ne peux absolument pas te communiquer cette information. Nous avons des soupçons, mais aucune preuve. J'imagine que les membres du conseil veulent se venger de l'explosion de la mosquée et je ne veux pas avoir ça sur la conscience.

Falcón dut repousser Gregorio pour cliquer sur la touche d'envoi. Au bout de quinze secondes, l'écran se brouilla. Le site sécurisé du CNI disparut pour laisser la place à la page d'accueil de MSN. Gregorio pianota sur le clavier pour essayer de revenir au site, sans succès. Il téléphona, debout devant la fenêtre.

— La connexion a été interrompue.

Après avoir écouté en hochant la tête pendant quelques minutes, il ferma son portable.

— Des problèmes avec le logiciel. Ils ont dû couper la communication par précaution.

— Mon dernier paragraphe est passé ?

— D'après eux, oui.

— Yacoub l'a reçu ?

— Ça, je ne sais pas encore. Nous nous retrouverons chez vous à vingt-trois heures. D'ici là, j'aurai pu discuter avec Juan et Pablo de la teneur du texte de Yacoub et de ses implications.

40.

Séville – Vendredi 9 juin 2006, 17 h 45

En regagnant les salles d'interrogatoire, Falcón tomba sur Elvira et del Rey dans le couloir. Ils le cherchaient. Les informaticiens de la police scientifique avaient forcé les disques durs de Fuerza Andalucía. D'après les photographies et les articles trouvés dans l'un des ordinateurs, ils pouvaient assurer que l'utilisateur rassemblait les éléments bruts à partir desquels étaient créées les pages Web du site VOMIT. D'autres informations récupérées dans le même disque dur leur permettaient d'affirmer que l'utilisateur était Ángel Zarrías. Elvira fut très déçu de constater que Falcón, qui continuait à retourner dans sa tête sa conversation avec Yacoub, ne semblait nullement impressionné par ces révélations.

— C'est un argument supplémentaire, commenta Elvira. Cela place Zarrías et Fuerza Andalucía au cœur du complot.

Falcón n'avait pas d'idée immédiate sur la question.

— Je n'en suis pas sûr, dit del Rey. C'était peut-être une activité annexe. Zarrías pourra objecter que c'était une croisade personnelle. Il n'a fait que se servir de l'ordinateur de Fuerza Andalucía pour rédiger les articles qu'il copiait ensuite sur un CD pour les donner à quelqu'un qui se chargeait de les transférer anonymement sur le site de VOMIT. Je ne vois pas comment faire pression avec ça.

Falcón regarda les deux hommes alternativement, toujours sans rien dire. Elvira prit un appel sur son portable. Falcón commençait à s'éloigner.

— C'était le comisario Lobo, dit Elvira. Il devient impossible de contenir les médias.

— Que leur a-t-on dit jusqu'à présent au sujet des trois détenus ? demanda Falcón en revenant vers eux.

— Suspicion de meurtre et de complicité de meurtre.

— Le nom de Tateb Hassani a été cité ?

— Pas encore. En citant son nom, nous leur en apprendrions trop sur la nature de notre enquête en ce moment, dit Elvira. Nous sommes encore attentifs aux attentes de la population.

— Je ferais mieux de retourner bosser. Je dois attaquer l'interrogatoire d'Eduardo Rivero dans quelques minutes, dit Falcón en consultant sa montre. Dites-moi, la police scientifique a-t-elle découvert des traces de sang dans les bureaux de Fuerza Andalucía, en particulier dans la salle de bains ?

— Je n'ai rien entendu dire de tel, répondit Elvira en s'éloignant avec del Rey.

Tous les policiers chargés des interrogatoires se trouvaient dans le couloir, devant les salles. Un aide-soignant vêtu de vert fluo bavardait avec Ramírez, qui aperçut Falcón.

— Rivero a eu un malaise, lui annonça-t-il. Il a commencé à manquer d'air puis il a sombré dans la confusion avant de tomber de sa chaise.

Rivero gisait à terre entre deux auxiliaires médicaux qui lui administraient de l'oxygène.

— Quel est le problème ? demanda Falcón.

— Arythmie cardiaque et tension, répondit l'un des

auxiliaires médicaux. Nous allons le transporter à l'hôpital pour le garder en observation. Son cœur bat à cent soixante. Le rythme est irrégulier. Si nous ne l'emmenons pas, le sang peut s'accumuler dans le cœur et nous risquons une attaque.

— Merde, dit Ramírez. Dieu seul sait comment les médias vont en jouer. Ils vont raconter au monde entier que nous faisons un remake d'Abu Ghraib.

Les enquêteurs pensaient tous que, de tous les suspects, Rivero avait été le moins actif dans la conspiration. Il n'avait d'importance qu'en tant que leader du parti et, étant donné qu'il était prévu de lui retirer ce rôle pour le confier à Jesús Alarcón, il était logique de le tenir moins informé. Son malaise était survenu sous le feu roulant des questions de l'inspector jefe Ramón Barros, qui cherchait à lui faire avouer la vraie raison pour laquelle il avait renoncé à la direction du parti. L'effort qu'il avait fourni pour coller à son histoire de grand âge, joint à ceux qu'il avait faits pour lutter contre la vérité qui menaçait de profiter de son affaiblissement mental pour s'imposer, avaient eu raison de lui.

Marco Barreda, le commercial d'Informáticalidad, fut amené à la jefatura peu après dix-neuf heures. Il avait été cueilli à l'aéroport, de retour de Barcelone. Le registre téléphonique de son portable avait été examiné, mais aucun des numéros appelés ne correspondait à ceux d'Ángel Zarrías. Falcón veilla à ce que Zarrías apprenne la présence de Barreda à la jefatura. Zarrías n'en fut nullement troublé. Barreda fut interrogé pendant une heure et demie sur ses relations avec Ricardo Gamero. Il ne s'écarta jamais de sa version du début. Ils le relâchèrent à huit heures et demie, retournèrent auprès de Zarrías et lui mentirent au sujet de Barreda, disant qu'il avait reconnu que Barreda n'avait jamais prétendu être amoureux de lui et n'était d'ailleurs pas homosexuel. Zarrías n'en crut pas un mot.

À vingt et une heures, Falcón n'en pouvait plus. Il sortit respirer une bouffée d'air, mais trouva l'atmosphère lourde et accablante après l'air climatisé de la jefatura. Il alla prendre un café au bar d'en face. Entre sa conversation avec Yacoub et l'interrogatoire des trois suspects, il avait la tête trop pleine. Il but un peu d'eau pour chasser l'amertume du café et les paroles prononcées par Zorrita la veille lui revinrent.

De retour à la jefatura, il descendit au sous-sol et demanda au policier de service s'il pourrait s'entretenir avec Esteban Calderón qui occupait la dernière cellule : il était allongé sur le dos en train de contempler ses mains levées au-dessus de lui. Le gardien enferma Falcón. Il prit un tabouret et s'adossa au mur. Calderón s'assit sur sa couchette.

— Je ne pensais pas que vous viendriez, dit Calderón.

— Je ne pensais pas avoir des raisons de venir. Je ne peux pas vous aider ni parler de votre affaire avec vous. Je suis ici par curiosité, c'est tout.

— J'ai réfléchi au besoin de nier. – Falcón hocha la tête. – Une réaction que vous avez dû souvent rencontrer dans votre métier.

— Il n'y a pas de faute plus grave que le meurtre, acquiesça Falcón. Nier est le premier moyen de défense qui vienne à l'esprit.

— Vous m'expliquez ? La théorie n'est jamais à la hauteur de la réalité.

— Après un crime particulièrement grave, comme un meurtre, les raisons qui ont motivé un acte aussi abominable semblent soudain ridiculement hors de proportion. Ainsi, si on tue quelqu'un par jalousie par exemple, ce mobile dérisoire paraît ridicule, une injure à l'intelligence. La façon la plus rapide et la plus simple d'évacuer cette aberration est de nier qu'elle ait jamais existé. Une fois qu'on a commencé à nier, l'esprit élabore sa version des faits à laquelle le cerveau se met à croire avec une absolue certitude.

— J'essaie d'être aussi rigoureux que possible.

— La rigueur ne suffit pas toujours à venir à bout d'un désir profondément ancré.

— Ça m'effraie, Javier. Je ne comprends pas comment le cerveau peut être à la merci de l'esprit. Je ne comprends pas comment des informations, des faits, des choses que nous avons vus et entendus peuvent être si facilement déformés, transformés, manipulés par... l'esprit ? Qu'est-ce que c'est ? Qu'est-ce que l'esprit ?

— Ça ne vous réussit peut-être pas de rester enfermé dans une cellule à ruminer des questions sans réponses.

— Qu'est-ce que je peux faire d'autre ? Je ne peux pas empêcher mon cerveau de fonctionner. Il me pose ces questions.

— Le besoin de réaliser ses souhaits est un moteur puissant, autant pour l'individu qu'au niveau collectif.

— Je sais. C'est pour ça que je m'examine avec une extrême prudence. Je suis remonté à la source et j'ai admis certaines vérités désagréables.

— Je ne suis ni votre confesseur, ni votre psy, Esteban.

— Mais, Inès mise à part, vous êtes la personne envers qui j'ai le plus de torts.

— Ce n'est pas à moi que vous avez fait du tort. Et si c'est le cas, je ne veux pas le savoir.

— Mais il faut que vous le sachiez. J'en ai besoin.

— Je ne peux pas vous donner l'absolution. Je n'ai pas cette compétence.

— Je voulais juste que vous sachiez avec quel sérieux je réfléchis sur moi-même.

Falcón dut reconnaître que cela l'intéressait. Il

s'appuya au mur et haussa les épaules. Calderón prit le temps de choisir ses mots.

— J'ai séduit Inès. Je l'ai volontairement séduite, non pas à cause de sa beauté ou de sa personnalité. Je l'ai séduite à cause du lien qu'elle avait avec vous.

— Avec moi ?

— Là encore, pas à cause de ce que vous étiez, le fils du célèbre Francisco Falcón. C'est ce qui avait attiré Inès. C'était plutôt à cause de... comment dire ? Votre différence. Vous n'étiez guère apprécié à ce moment-là. Les gens vous trouvaient froid, inabordable et donc arrogant et prétentieux. J'ai perçu quelque chose que je ne comprenais pas. La solution la plus simple, la plus naturelle pour essayer de comprendre consistait à séduire votre femme. Qu'est-ce que cette femme, belle et admirée, trouvait en vous que je n'avais pas ? Je l'ai donc séduite et l'ironie de l'histoire, c'est qu'elle ne m'a rien appris. Quand je m'en suis aperçu, la petite liaison sans lendemain que j'avais envisagée était devenue un secret de Polichinelle. Elle était bien meilleure que moi en relations publiques. Elle manipulait les situations et les gens avec dextérité. Nous sommes devenus le couple mythique et vous, le cocu, celui dont on se moquait par-derrière. J'avoue, Javier, pour que vous sachiez qui je suis : j'étais ravi parce que, si vous étiez pour moi un mystère à cause duquel je me sentais médiocre, le point que je marquais sur vous me donnait une illusion de supériorité.

— Vous voulez vraiment me raconter tout ça ?

— La suite ne vous touche pas personnellement, continua Calderón en lui donnant des tapes sur les épaules comme pour l'empêcher de partir. Je veux que vous sachiez tout de... j'allais dire « de l'homme », mais je ne suis pas sûr que ce soit le mot qui convient. Vous vous souvenez de Maddy Krugman ?

— Je ne l'aimais pas. Elle était malsaine.

— C'est sans doute la plus belle femme avec laquelle je n'aie pas couché.

— Vous n'avez pas couché avec elle ?

— Je ne l'intéressais pas. Pour une femme, la beauté, la très grande beauté, est à la fois un merveilleux cadeau et une malédiction. Cela fascine. Les gens normaux ne se rendent pas compte de la pression que cela représente pour ces femmes. Tout le monde cherche à leur plaire. Elles suscitent un attrait irrésistible, pas seulement chez les hommes. À force, elles ne savent pas reconnaître ceux qui ont de bonnes intentions des autres, elles ne savent pas à qui se fier. Il y a évidemment les pauvres ahuris qui les suivent comme des petits chiens en bavant devant elles, mais il y a aussi tous les autres, les centaines et les milliers qui ont du charme, de l'argent, du charisme et de l'entregent. Maddy vous appréciait parce que vous étiez insensible à sa beauté.

— Ce n'est pas vrai. J'y étais sensible, comme tout le monde.

— Mais vous ne vous laissiez pas aveugler par elle. Maddy en était consciente et ça lui plaisait. Elle était folle de vous. Bien sûr, je la voulais à tout prix. Elle m'allumait. Elle jouait avec moi. Je l'amusais. Mais ça s'arrêtait là. Le pire, c'est qu'il fallait toujours qu'on parle de vous. C'était insupportable. Je crois que vous saviez que ça me rongeait.

Falcón hocha la tête.

— Alors, après cette fin tragique... je me suis senti obligé de mentir. Je me suis parjuré parce que je ne supportais pas votre assurance. Je ne supportais pas l'aplomb avec lequel vous gériez la situation.

— Je peux vous dire que je ne me sentais pas si sûr de moi.

— Dans ce cas, c'est la façon dont vous surmontiez

vos craintes que je ne supportais pas et qui m'a laissé tétanisé sur le canapé.

— J'ai été entraîné à affronter ce genre de situation. J'en avais déjà connu de semblables. Votre réaction était parfaitement naturelle et compréhensible.

— Mais ce n'était pas l'idée que j'avais de moi-même.

— C'est que vous placez la barre trop haut.

— Inès a été merveilleuse avec moi après l'épisode Maddy Krugman. On ne peut pas rêver mieux de la part d'une fiancée. Je l'avais humiliée en annonçant nos fiançailles le jour même où je suis parti avec Maddy Krugman. Pourtant, elle m'a soutenu. Elle a recollé les morceaux de ma carrière, m'a rendu l'estime de moi-même et... je lui en ai voulu à mort.

» J'ai profité de sa gentillesse, j'y ai mêlé mon amertume et j'en ai conçu une profonde rancœur. Je l'ai punie en multipliant les infidélités. J'ai même sauté sa meilleure amie pendant un week-end dans la propriété de ses parents. Mais je ne me suis pas arrêté là. Je l'ai obligée à vendre son appartement et je ne l'ai jamais laissée acheter la maison de ses rêves. Je refusais de quitter mon appartement pour lui faire plaisir. Quand j'ai commencé à la battre, c'était il y a quatre jours seulement, ce n'était que la traduction physique des cruautés mentales que je lui faisais subir depuis des années. Le plus terrible, c'est que plus je la maltraitais, plus elle s'accrochait à moi. Un bel exemple de déni, Javier. Inès était une brillante avocate. Elle savait convaincre. Elle a réussi à se convaincre elle-même.

— Vous auriez dû la quitter.

— C'était trop tard. Nous étions prisonniers de notre union fatale. Nous ne supportions plus d'être ensemble et nous étions incapables de nous détacher l'un de l'autre.

La clé tourna dans la serrure. Le gardien passa la tête par la porte.

— Le comisario Elvira vous demande dans son bureau. Il dit que c'est urgent.

Falcón se leva. Calderón l'imita péniblement, comme s'il portait un poids trop lourd sur ses épaules.

— Une dernière chose, Javier. Ça va vous paraître incroyable après tout ce que je viens de vous dire, mais je suis prêt à accepter la punition qui me sera infligée parce que je la mérite. Mais je veux que vous sachiez que je ne l'ai pas tuée. Vous en avez peut-être parlé avec l'inspecteur de Madrid et il a dû vous dire que je lui ai fait un récit très confus des événements de cette nuit-là. J'étais complètement tourneboulé...

— Qui l'a tuée ?

— Je ne sais pas. Je ne sais pas quelles pouvaient être leurs motivations. Tout ce que je sais, c'est que je n'ai pas tué Inès.

Le commissaire n'était pas seul dans son bureau. Sa secrétaire fit entrer Falcón. Pablo et Gregorio étaient là, ainsi que l'anatomopathologiste de la police scientifique. Ils s'assirent où ils purent, sauf le médecin qui resta debout près de la fenêtre. Elvira le présenta et lui demanda de faire son rapport.

— La mosquée a été débarrassée de tous les gravats, détritus, vêtements et restes humains. Nous avons effectué des tests ADN sur tous les débris humains et toutes les traces de fluide organique et de sang que nous avons pu trouver. Ce qui veut dire que nous avons examiné le moindre centimètre carré de la mosquée. Nous avons tous les résultats, à part ceux des deux mètres carrés les plus proches de l'entrée, qui étaient ceux qui contenaient le moins de substances d'ADN et dont les relevés ont été les derniers envoyés au labo.

Nous avons identifié tous les ADN grâce aux échantillons fournis par les familles de tous les hommes présumés présents dans la mosquée au moment de l'explosion. Nous avons également identifié l'ADN de l'imam grâce à des prélèvements effectués dans son appartement. En revanche, nous n'avons pas trouvé de correspondances avec les échantillons prélevés dans l'appartement de Madrid, appartenant à Djamal Hammad et Smail Saoudi. Nous en concluons que ces deux hommes ne se trouvaient pas dans la mosquée quand l'explosion s'est produite.

41.

Séville – Samedi 10 juin 2006, 7 heures

Falcón se réveilla tôt, plus déterminé que jamais. Après les révélations de l'anatomopathologiste et son départ, la veille, ils avaient discuté de ce qui avait bien pu arriver à Hammad et Saoudi. Pablo rapporta à Elvira les informations reçues de Yacoub, dont le groupe estimait à trois cents kilos la quantité d'hexogène transférée en Espagne. L'officier du déminage, pour sa part, évaluait, « sous toutes réserves », à cent kilos la quantité qui avait explosé à El Cerezo le 6 juin, ce qui signifiait qu'il restait cent cinquante à deux cents kilos dans la nature. Ils étaient tous d'accord pour penser qu'après avoir mis en sécurité l'hexogène restant, Hammad et Saoudi étaient partis se mettre au vert ou avaient quitté le pays.

Elvira appela la guardia civil pour leur demander s'ils avaient du nouveau à propos de l'itinéraire du Peugeot Partner qui avait été vu pour la dernière fois à une station-service près de Valdepeñas, à seize heures le dimanche 4 juin. Ils n'avaient toujours aucun témoignage de personnes qui auraient aperçu la camionnette sur les grands axes du triangle Séville-Cordoue-Grenade. Une opération était en cours pour voir si elle avait été aperçue sur les petites routes, mais c'était mission impossible étant donné qu'il s'agissait d'un modèle banal et que cela remontait maintenant à près d'une semaine. Falcón envoya Pérez et Ferrera à El Cerezo demander aux riverains s'ils n'avaient pas vu la camionnette avant le lundi 5 juin au matin.

Avant la fin de la réunion, Elvira rédigea un communiqué à la presse au sujet de Hammad et Saoudi – annonçant par ailleurs la reprise des contrôles aléatoires des véhicules entrant dans la ville – qui serait diffusé au journal de dix heures de la TVE et sur Canal Sur. Gregorio avait raccompagné Falcón chez lui, calle Bailén, pour tenter une nouvelle fois, sans succès, de contacter Yacoub. Ils préparèrent un rapport sur Hammad et Saoudi, comprenant des photos des intéressés, que Gregorio copia dans le presse-papiers du site du CGI afin de l'envoyer plus tard à Yacoub, dans l'espoir qu'il pourrait les localiser au Maroc.

Avec tout ça, Falcón n'avait pas encore questionné Agustín Cárdenas. Il avait été entendu que l'interview aurait lieu à la première heure, pendant que Ramírez reprendrait l'interrogatoire de Zarrías. Les autres membres de l'équipe devaient se lever tôt pour arpenter les rues du quartier El Cerezo à la recherche de témoins qui auraient vu Hammad et Saoudi soit le dimanche soir ou le lundi matin, soit le mardi après l'explosion.

À sept heures et demie, Falcón avait appelé la jefatura pour s'assurer qu'Agustín Cárdenas serait prêt pour l'interrogatoire dès son arrivée. Il s'arrêta en route pour avaler un café et quelques tartines grillées et, à sept heures cinquante, il s'asseyait en face d'un Agustín Cárdenas encore vaseux.

Sur sa photo, Agustín Cárdenas avait l'air d'avoir une trentaine d'années alors que son CV indiquait qu'il en avait quarante-six. En ce samedi matin, il paraissait avoir déjà atteint la cinquantaine.

— Ça n'a pas l'air d'aller, Agustín, remarqua

Falcón. Un petit lifting ne vous ferait pas de mal là, tout de suite.

— Je ne suis pas du matin.

— Depuis quand connaissez-vous César Benito ?

— Huit ans à peu près.

— Comment l'avez-vous rencontré ?

— J'ai opéré sa femme. Ensuite, il est venu me voir lui-même.

— Pour une intervention ?

— J'ai enlevé les poches qu'il avait sous les yeux et un peu tendu la peau dans le bas du visage et le cou.

— Il était content ?

— Tellement content qu'il a pris une maîtresse.

— Vos cliniques faisaient déjà partie du groupe Horizonte à l'époque ?

— Non, c'est César Benito qui les a fait racheter par Horizonte.

— Ce qui a dû vous rapporter un paquet d'argent. Vous avez eu des stocks-options de Horizonte par la même occasion ?

Cárdenas acquiesça.

— Le fait d'appartenir au groupe signifiait que vous aviez des capitaux.

— J'ai développé l'affaire en y ajoutant neuf cliniques à Barcelone, Madrid, Séville, Nerja, plus une qui doit ouvrir à Valence.

— Dommage d'avoir bâti une affaire florissante pour ne jamais voir les fruits de votre travail. Vous ne protégez pas César Benito simplement parce qu'il vous a fait gagner une fortune dont vous ne profiterez jamais ?

Cárdenas prit une profonde inspiration et regarda la table, plongé dans ses pensées.

— Non, dit Falcón. Il y a forcément autre chose, n'est-ce pas ? Il y a le serment d'Hippocrate que vous avez prononcé. César devait avoir une sacrée prise sur vous pour arriver à vous convaincre non seulement d'empoisonner Tateb Hassani, mais aussi de vous servir de vos talents de chirurgien pour lui couper les mains et le cuir chevelu et lui brûler les mains. Vous n'avez pas fait tout ça pour César simplement parce que vous lui devez votre fortune ?

Silence encore de Cárdenas. Quelque chose le minait. Cet homme avait beaucoup réfléchi et bien peu dormi pendant la nuit.

— Qu'est-ce que vous pouvez me proposer ? demanda Cárdenas au bout de longues minutes.

— Si on négocie ? Rien.

Cárdenas hocha la tête, se balança sur sa chaise. Falcón savait ce qui le rongeait : la rancune.

— Je peux seulement vous donner César Benito, dit Cárdenas. C'est la seule personne avec qui j'ai été en contact.

— Nous nous en contenterons. Que pouvez-vous me dire ?

— Je n'étais pas aussi riche que j'aurais dû quand j'ai rencontré César parce que j'étais accro au jeu depuis dix ans.

— César Benito le savait quand il a fait racheter vos cliniques de chirurgie esthétique par Horizonte ?

— Non, mais il l'a appris peu après. C'est grâce à lui que j'ai réussi à m'en sortir.

— Et qu'est-ce qui a fait que vous avez à nouveau perdu le contrôle ?

— En mars, je suis allé en voyage d'affaires sur la Costa del Sol avec César. Il m'a emmené dans un casino.

— *Lui*, il vous a emmené ?

Cárdenas acquiesça en regardant Falcón sans ciller.

— Naturellement, j'ai recommencé. C'était encore pire qu'avant. J'avais beaucoup plus de moyens. Mes possibilités financières semblaient illimitées par rapport à ma première période. Début mai, j'avais plus d'un million d'euros de dettes et je devais vendre des choses pour payer les intérêts des emprunts que j'avais contractés.

— Comment César l'a-t-il découvert ?

— Je le lui ai dit. J'ai eu la visite de personnes à qui je devais de l'argent. Ils m'ont emmené dans la salle de bains de l'appartement que je loue à Madrid et m'ont fait subir le supplice de la serviette mouillée. Vous savez, on a vraiment l'impression de se noyer. Ils m'ont dit qu'ils reviendraient quatre jours plus tard. J'ai eu tellement peur que je suis allé trouver César pour lui demander son aide. Il m'a reçu chez lui, à Barcelone. Il a été atterré quand je lui ai raconté, mais il m'a dit qu'il comprenait. Au bout de trois jours de terreur absolue, j'ai été soulagé. Alors il m'a expliqué comment il pouvait régler mon problème.

— Vous êtes croyant, señor Cárdenas ?

— Oui, nos familles vont à la messe ensemble.

— Comment décririez-vous votre relation avec César Benito ?

— Il était devenu un ami très proche. C'est pour ça que je suis allé le trouver.

— Quand Benito vous a expliqué que vous devriez commettre un meurtre et rendre le corps méconnaissable, vous avez dû lui demander des détails sur l'opération qu'il projetait.

— Oui, mais pas cette fois-là. Quand j'ai compris ce qu'il me demandait, j'ai préféré jouer la sécurité. Quand nous nous sommes à nouveau rencontrés, c'était chez moi, à Madrid, et j'ai enregistré toute notre conversation en cachette.

— Où est cet enregistrement ?

— Toujours chez moi, dit-il en écrivant l'adresse et le numéro de téléphone. Je l'ai collé derrière le fond d'un tiroir de la cuisine.

Quand Lucrecio Arenas était dans sa villa de Marbella, il aimait se lever tôt, avant l'arrivée du personnel qui, le samedi, commençait à neuf heures. Arenas enfila un maillot de bain, s'enveloppa dans son immense peignoir blanc et glissa ses pieds dans des sandales. En sortant de la maison, il attrapa une grande serviette blanche bien épaisse et des lunettes de natation. Le chlore lui piquait les yeux et il aimait bien y voir clair, même sous l'eau. Il descendit la pente douce du jardin dans la tiédeur du petit matin, en s'arrêtant çà et là pour admirer le superbe panorama qu'offraient les collines vertes et le bleu de la Méditerranée, si intense, à cette heure de la journée où les brumes de chaleur ne le voilaient pas encore, que même son cœur impitoyable parvenait à s'en émouvoir.

La piscine, construite au fond du jardin, était environnée de lauriers roses, de bougainvillées et de jasmin. Sa femme avait insisté pour l'installer loin de la maison, parce que Lucrecio voulait un énorme bassin de vingt mètres. Il avait fallu dynamiter trois cents tonnes de rochers pour qu'il puisse parcourir à la nage son kilomètre quotidien en cinq longueurs, sans multiplier les virages qui auraient cassé son rythme. Arrivé au bord de la piscine, il étendit sa serviette sur une chaise longue et jeta sa sortie de bain par-dessus. Il se déchaussa et s'approcha du bord. Il ajusta ses lunettes en plaquant bien les cercles de caoutchouc sur ses orbites.

Il leva les bras et vit, à travers le plastique rosé des lunettes, quelque chose qui ressemblait à une carte postale tout au bout du plongeoir. Au moment où il laissa retomber ses bras, il sentit deux gigantesques coups dans le dos, comme des coups de marteau, en plus tranchants. Le troisième l'atteignit à la nuque. Ce fut comme si un couperet le fendait en deux. Ses jambes fléchirent et il tomba dans l'eau comme une masse. La végétation bougea derrière lui. Il y eut un bruit de scooter qui démarre. Le jour poursuivit son cours splendide. Dans la piscine, le bleu de l'eau se teinta de rouge autour du corps. Un hors-bord fendit l'eau de la mer, en traînant derrière lui son sillon blanc d'écume.

Le Holiday Inn de la plaza Carlos Triana Bertrán à Madrid n'était pas l'hôtel préféré de César Benito, mais il avait quelques avantages. Il était proche du palais des congrès où il avait donné une conférence devant les dirigeants des principales entreprises de bâtiment d'Espagne. Il n'était pas loin non plus du stade Bernabeu et, même quand le Real Madrid ne jouait pas, il aimait se sentir au cœur du football espagnol. L'hôtel présentait un troisième avantage en ce samedi, qui était de n'être qu'à vingt minutes de l'aéroport. Or, il avait un avion à prendre pour Lisbonne à 11 heures. Il avait demandé qu'on lui serve son petit déjeuner dans sa chambre, car il détestait voir du monde au réveil, à part sa famille. Le garçon d'étage venait d'apporter la table roulante et il mâchouillait un croissant en lisant l'*ABC* du jour quand on frappa de nouveau à la porte. Comme le garçon d'étage venait de sortir, il pensa qu'il revenait pour une raison quelconque. Il ne regarda pas par le judas. Il n'aurait d'ailleurs vu personne.

Il ouvrit la porte sur un couloir vide. Comme il avançait la tête pour voir ce qui se passait, le tranchant d'une main s'abattit sur lui avec une force et une rapidité mortelles, lui écrasant la pomme d'Adam et la trachée dans un bruit de rupture. Il tomba à la renverse dans sa chambre en crachant des miettes de croissant sur le devant de sa robe de chambre. Il chercha l'air en labourant la moquette de ses talons. La porte se referma. Les pieds de Benito cessèrent peu à peu de s'agiter. Un gargouillement s'échappa de sa gorge aplatie. Ses doigts se détendirent. Il ne sentit pas la main qui tâtait son pouls ni le léger contact de la carte déposée sur sa poitrine.

La porte de la chambre se rouvrit et se referma, ornée d'un panneau « Ne pas déranger » accroché à la poignée. L'air conditionné soufflait sa légère brise sur le silence du couloir tandis que les sacs de journaux se balançaient aux poignées de portes résolument fermées.

À neuf heures et demie, Falcón avait interrompu l'interrogatoire d'Agustín Cárdenas pour prendre une pause et avait appelé Ramírez pour l'informer de la nouvelle de l'enregistrement de Cárdenas, dont il espérait pouvoir se servir pour faire pression sur Ángel Zarrías. Cárdenas regagna sa cellule sous bonne garde pendant que Falcón remontait dans son bureau d'où il appela Elvira pour qu'il demande à la police de Madrid de récupérer l'enregistrement de Cárdenas chez lui et d'arrêter César Benito à l'Holiday Inn.

Ce fut Ferrera qui lui téléphona d'un café de l'avenida San Lázaro pour lui dire de regarder les nouvelles de Canal Sur. Falcón traversa la jefatura au pas de course et déboula à temps dans la salle des communications pour voir une photo de Marbella disparaître de l'écran de télévision et laisser la place au présentateur qui répéta la nouvelle choc du jour : une domestique avait trouvé Lucrecio Arenas flottant sur le ventre dans sa piscine à neuf heures cinq. Il avait été tué de trois balles dans le dos.

Son portable vibra. C'était Elvira.

— Je viens de le voir. Lucrecio Arenas dans sa piscine.

— Ils ont aussi descendu César Benito à son hôtel, dit Elvira. La nouvelle va être annoncée dans quelques minutes.

Il en fallut cinq. L'équipe de télévision de la TVE

arriva à l'Holiday Inn avant que Canal Sur ait débarqué dans la villa de Marbella. Il leur fallut encore une demi-heure avant de pouvoir braquer leur caméra sur le visage de la domestique qui se remettait tout juste de la crise de nerfs qu'avait déclenchée sa découverte macabre. Les présentateurs sautaient d'un événement à l'autre. Falcón appela Ramírez devant la salle d'interrogatoire pour l'informer, retourna dans son bureau et s'affala dans son fauteuil, déserté par son bel enthousiasme du matin.

Il commença par se dire que tout était fichu. Quels que soient les aveux qu'ils pourraient soutirer maintenant à Zarrías et Cárdenas, ils n'auraient plus de substance. Il considéra son reflet dans l'écran noir de son ordinateur et sa pensée se mit à suivre un cheminement moins linéaire. Il fit le lien entre certains éléments, ce qui le mit en rage, puis il lui vint une autre idée qui l'effraya assez pour calmer sa colère. Il contacta la salle des communications pour demander qu'on envoie une patrouille chez Alarcón à El Porvenir. Puis il appela Jesús Alarcón. Ce fut sa femme, Mónica, qui répondit.

— Vous avez appris la nouvelle ?

— Il ne peut pas vous parler maintenant. Il est bouleversé. Lucrecio était comme un père pour lui, vous savez.

— Première chose : vous ne devez sortir de chez vous sous aucun prétexte. Verrouillez toutes les portes et fenêtres et montez à l'étage. N'ouvrez pas si on sonne. Je vous envoie une voiture de police.

Aucune réponse de Mónica.

— Je vous expliquerai quand je serai chez vous. Jesús a-t-il parlé à Lucrecio Arenas hier ?

— Oui, ils se sont vus.

— J'arrive. Fermez toutes les portes. Ne laissez entrer personne.

Pendant qu'il se dirigeait vers El Porvenir, Falcón

appela Elvira pour lui demander d'envoyer des hommes pour protéger Alarcón et sa famille. Requête aussitôt acceptée.

— Il y a du nouveau toutes les deux minutes, dit Elvira. Mais je ne peux pas en parler au téléphone. Je vous rejoins.

— Je suis en route pour chez Alarcón.

— Sait-on où il se trouvait la nuit du meurtre de Tateb Hassani ?

— À un mariage à Madrid.

— Vous pensez donc qu'il n'a rien à se reprocher ?

— Je le sais. Une intuition.

— Les intuitions, même les vôtres, ne font pas bon effet dans les rapports de police.

La rue était déserte. Falcón se gara derrière la voiture de patrouille qui était déjà stationnée devant le portail en métal coulissant de la maison d'Alarcón. Mónica le fit entrer. Falcón observa les alentours avant de franchir la porte d'entrée, qu'il ferma à triple tour. Il alla au fond de la maison vérifier toutes les portes et fenêtres.

— Simple précaution, dit Falcón. Nous ne savons pas encore à qui nous avons affaire et nous ne savons pas si Jesús est sur leur liste. Nous vous mettons sous la protection de gardes armés en attendant d'en savoir davantage.

— Il est dans la cuisine, dit-elle, la voix tremblante de peur.

Elle monta pour s'occuper de ses enfants.

Alarcón était assis à la table de la cuisine, devant un espresso intact. Il avait les bras posés sur la table, les poings crispés, le regard perdu dans le vide. Il émergea de son état d'hypnose quand Falcón entra dans son champ de vision et lui présenta ses condoléances.

— Je sais qu'il comptait beaucoup pour vous.

Alarcón hocha la tête. Il avait l'air de quelqu'un qui

n'a pas beaucoup dormi. Il frappait doucement la table de ses poings fermés.

— Vous avez parlé à Arenas hier ? demanda Falcón.

Alarcón hocha encore la tête.

— Comment a-t-il réagi à l'information que je vous ai donnée ?

— Lucrecio en était arrivé à un stade de sa vie et de sa carrière où il ne s'encombrait plus de détails. Il avait des gens pour s'en occuper à sa place. Je pense qu'il n'a pas vu une facture depuis vingt-cinq ans, ni lu un contrat et qu'il n'avait pas idée de la tonne de paperasses que génère une fusion ou une acquisition à l'heure actuelle. Son bureau est toujours en ordre. Il n'a même plus de téléphone depuis qu'il s'est aperçu que les seules personnes à qui il veut parler sont répertoriées sur son portable.

— Qu'êtes-vous en train de me dire, Jesús ? demanda Falcón avec un certain agacement. Que le travail de Tateb Hassani et son meurtre étaient des « détails » qui ne concernaient pas Lucrecio Arenas ?

— Que c'est le genre d'homme qui écoute le journal de l'économie et toutes ses nouvelles de dernière minute, même sur Bloomsberg qui est à la pointe dans ce domaine, et qui éclate de rire. Ensuite, il vous explique ce qui se passe vraiment dans la réalité, parce qu'il est en contact avec les gens qui provoquent les événements, et vous vous rendez compte que le journal ne fait qu'énumérer quelques détails que le journaliste a glanés ici et là.

— Bon, de quoi avez-vous parlé ?

— Du pouvoir.

— Je ne sais pas si ça va beaucoup m'aider.

— Non, mais moi, ça m'a beaucoup aidé. Je vais démissionner de la direction de Fuerza Andalucía et reprendre ma carrière dans les affaires. Je ferai ma déclaration aux médias à onze heures ce matin. Il ne reste rien, Javier. Fuerza Andalucía n'existe plus.

— Que vous êtes-vous dit au sujet du pouvoir ?

— Que toutes les choses qui comptent pour moi en politique, les gens, la santé, l'éducation, la religion... toutes ces choses ne sont que des détails et qu'elles sont tributaires du pouvoir.

— Ça me parle.

— Il y a un adage en affaires qui dit que ce qui se produit aux États-Unis met cinq ans à arriver ici. Lucrecio m'a dit : regarde l'administration Bush et tu comprendras qu'on n'exerce le pouvoir en démocratie qu'en sachant ce qu'on doit aux uns et aux autres.

— Celui qui est au pouvoir doit quelque chose à tous ceux qui l'ont aidé à y accéder.

— On leur doit tellement qu'on finit par s'apercevoir que ce sont leurs exigences qui façonnent votre politique.

Trois policiers armés arrivèrent quand Falcón s'en alla. Il retourna à la jefatura, effaré de la naïveté dont il avait fait preuve en imaginant que Jesús Alarcón obtiendrait le début du commencement d'un aveu de la part d'un homme comme Lucrecio Arenas.

Elvira était seul dans son bureau. Debout devant la fenêtre, il épiait la rue à travers les volets, comme s'il s'attendait à y voir surgir une foule en révolte. Il annonça à Falcón, sans se retourner, qu'il allait devoir donner une conférence de presse télévisée dont l'heure n'avait pas encore été fixée.

— Le CNI ne va pas tarder. Vous avez obtenu quelque chose d'Alarcón ?

— Rien. Il va annoncer sa démission dans la matinée. Il a eu un cours indigeste de son vieux maître sur le pouvoir.

— Vieux maître qui a finalement été rattrapé par son destin. On a trouvé une carte postale posée sur le plongeoir de sa piscine. Et exactement la même sur le corps de César Benito dans sa chambre d'hôtel. Écriture arabe. Une citation du Coran à propos des ennemis de Dieu.

Elvira finit par se retourner en sentant monter un bouillonnement cataclysmique dans son dos.

— Ça va, Javier ?

— Non, répondit-il en grinçant des dents. Ça ne va pas.

— Vous êtes en colère ? s'étonna Elvira. C'est consternant, en effet, mais...

— J'ai été trahi. Les salauds du CNI m'ont trahi. Ils nous ont ôté toute chance de résoudre cette affaire.

Un coup frappé à la porte ouverte. Pablo et Gregorio entrèrent. Falcón refusa de leur serrer la main. Il se leva et alla à la fenêtre.

— Alors, que se passe-t-il ? demanda Elvira.

Pablo haussa les épaules.

— J'ai recruté un ami marocain... commença Falcón.

Gregorio tenta aussitôt de l'interrompre en disant que c'était la cuisine top secrète du CNI, à ne pas divulguer. Pablo le pria de s'asseoir et de se taire.

— Mon ami marocain a infiltré le groupe qui avait envoyé Hammad et Saoudi stocker l'hexogène à Séville. Ils ont voulu tester sa loyauté en le soumettant à un rite d'initiation. Il devait pour cela me demander qui était derrière le complot de Fuerza Andalucía. J'ai refusé. La communication a été interrompue fort à propos, juste à ce moment-là. « Un problème avec le logiciel d'encodage. » Depuis, impossible d'entrer en contact avec mon ami. Je pense que les assassinats de César Benito et Lucrecio Arenas ne sont pas sans lien avec cet incident. Je crois que mon refus a été intercepté et remplacé par l'information que mon ami m'avait demandée. Le fait qu'on ait retrouvé des citations du Coran sur ou près des corps semble bien indiquer une vengeance.

Elvira consulta du regard les hommes du CNI.

— Faux, dit Pablo. Ça ne prouve rien. Nous pouvons vous montrer les copies. Il est vrai que votre refus n'était pas passé quand la défaillance s'est produite, mais nous n'avons rien transmis à la place. Le problème du système de décodage n'a toujours pas été rectifié et nous envisageons de revenir au logiciel précédent pour pouvoir contacter à nouveau votre ami. En ce qui concerne les assassinats de Benito et Arenas : les enquêteurs et techniciens de la police qui sont sur place à Madrid et Marbella nous ont dit, les uns et les autres, que c'était le travail de tueurs professionnels. D'après eux, bien qu'on n'ait encore jamais vu de djihadistes faire appel à des professionnels, ils ont déjà vu des tueurs professionnels emprunter leurs méthodes.

— Agustín Cárdenas venait de me livrer César Benito, dit Falcón.

— Nous savons, dit Pablo. Nous avons eu Madrid. Ils ont récupéré l'enregistrement dont il vous a parlé.

— Vous l'avez coincé, se réjouit Gregorio.

— Pour le meurtre de Tateb Hassani. Vous ne pensez pas que les familles de ceux qui sont morts dans l'explosion de El Cerezo méritent mieux que ça ?

— Le procès leur rendra justice, glissa Elvira.

— Vous l'avez dit vous-même mardi soir, rappela Pablo. Les attentats terroristes sont des affaires compliquées. Les chances de les élucider sont minces. Cette fois, au moins, les auteurs ont payé.

— Sauf l'électricien qui a apporté le Goma 2 Eco, remarqua Falcón. Et tous ceux qui méprisent la loi et l'ordre au point d'assassiner les gêneurs qui pourraient leur faire du tort.

— Vous pouvez être fier de ce que vous avez

accompli, dit Pablo. Vous avez empêché un dangereux mouvement de catholiques fanatiques de prendre pied dans le paysage politique de la région. En même temps, du fait des activités de Hammad et Saoudi, nous avons déjoué un complot djihadiste. Juan trouve le résultat plutôt satisfaisant.

— Ce qui nous ramène à nos moutons du moment, dit Elvira. Hammad et Saoudi. Leurs portraits ont été diffusés dans tous les journaux télévisés et les réactions ne se sont pas fait attendre. Malheureusement, on les a vus dans toute l'Espagne. Ils ont été aperçus le même jour à la même heure à La Coruña, à Almeria, à Barcelone et à Cadix.

Elvira prit un appel sur son portable.

— Nous perdons notre temps à essayer de retrouver Hammad et Saoudi, dit Pablo. Ça fait quatre jours. Ils ont fait ce qu'ils avaient à faire et ils sont partis. Il n'y a que le renseignement qui puisse nous aider maintenant.

Elvira revint prendre part à la conversation.

— C'était la guardia civil. Ils ont un témoin, dont les dires ont été vérifiés, qui a vu Hammad et Saoudi lundi 5 juin tôt dans la matinée, sur une route de campagne près du village d'El Saucejo, à vingt-cinq kilomètres au sud d'Osuna.

— Comment être sûrs que ce témoignage est digne de foi ?

— Ils étaient en train de changer le pneu arrière gauche d'un Peugeot Partner blanc.

42.

Séville – Samedi 10 juin 2006, 10 heures

— Nous pensions que vous nous aviez lâchés, dit Pablo.

— Je pensais que c'était vous qui m'aviez lâché, répliqua Falcón.

— Vous êtes toujours avec nous ?

— Je suis fatigué, choqué de découvrir que le compagnon de ma sœur est totalement impliqué dans cette affaire. Je suis extrêmement ennuyé par ce qui est arrivé à Yacoub et, à cause de ces deux assassinats, j'ai perdu toute chance de terminer mon enquête. Vous avez peut-être l'habitude dans votre métier, mais dans le mien, c'est désespérant.

— Quand nous avons décidé de faire appel à vous, j'ai dit à Juan que nous vous en demandions trop. À force de se partager entre deux mondes, le réel et le clandestin, on s'expose à la paranoïa.

— Bon, j'ai repris pied dans la réalité. Je crois que nous devrions aller faire un tour à El Saucejo.

— Je ne peux pas, dit Pablo. Je suis rappelé à Madrid par Juan. Ça bavarde beaucoup sur le Net et il commence à y avoir du mouvement. Juan a besoin de moi et ne peut pas me laisser à Séville pour vous donner un coup de main...

— Qu'est-ce que vous comptez faire avec Hammad

et Saoudi, le reste de l'hexogène, le « matériel » qui aurait dû arriver, le « plan contrecarré dont il a fallu reprendre toute l'organisation » ? Ce n'est pas ce que vous appelez du renseignement ? Yacoub a dû subir une expérience terrifiante pour vous obtenir ces informations.

— Je ne sais pas ce que vous espérez trouver à El Saucejo. Hammad et Saoudi assis sur un tas d'hexogène, en train d'aider leurs copains à l'emballer dans le « matériel » prévu à cet effet pour continuer à exécuter le plan ? Je ne crois pas.

Falcón arpentait la pièce en se rongeant l'ongle du pouce.

— Ce « matériel » dont on ne cesse de parler. Ce ne doit pas être quelque chose qu'on se procure facilement, qu'il suffit d'aller acheter au magasin du coin. À mon avis, c'est un truc fait sur mesure pour un usage bien défini.

— C'est possible. Continuez à avoir des idées. Continuez à les transmettre à Yacoub pour voir s'il a des réponses intéressantes. C'est tout ce que nous pouvons faire.

— Vous aviez dit que vous ne vous intéresseriez à notre enquête que si on vous annonçait que l'imam ou Hammad et Saoudi ne se trouvaient pas dans la mosquée quand elle a sauté. Et maintenant vous avez l'air de vous en fiche complètement.

— Les choses ont changé. On me rappelle à Madrid. On me demande d'examiner d'autres scénarios.

— Il ne vous semble pas important que l'hexogène ait été dès l'origine apporté à Séville, qu'il en reste certaines quantités dans la nature, que Hammad et Saoudi soient encore en vie, qu'on ait appris qu'une attaque terroriste était en préparation ? Tous ces éléments ne sont pas suffisants ?

— Vu l'ampleur des dispositifs de sécurité autour

des bâtiments principaux, l'annonce hier soir de la reprise des contrôles routiers et la présence de la police dans les rues, il est peu probable qu'on ait à craindre une agression.

— On dirait un communiqué officiel, ironisa Falcón.

— C'en est un, dit Pablo. La vérité, c'est que nous pataugeons. Mardi après-midi, tous les véhicules sortant de Séville ou y entrant étaient contrôlés, mercredi soir, il n'y avait plus que des contrôles aléatoires parce que la population s'était plainte des embouteillages, vendredi, tous les contrôles ont été suspendus parce que la population se plaignait toujours. Maintenant, on les remet à l'ordre du jour et vous verrez bien ce qui se passera. La vie continue, Javier.

— À vous entendre, on croirait que, puisque l'opinion ne se sent pas concernée, nous ne devrions pas nous en faire. Mais la population ne sait pas ce que nous savons, l'hexogène, le projet d'attentat... Or les contrôles ont été en effet arrêtés pendant vingt-quatre heures.

— Juan possède toutes ces informations. Il me rappelle à Madrid parce que ce qui s'y passe est plus important que ce qui peut se passer ici, conclut Pablo.

Ils partirent donc pour El Saucejo : Gregorio et Falcón à l'avant, un expert du déminage et son chien à l'arrière avec Felipe, le technicien de la police scientifique. Ils furent reçus à Osuna par la guardia civil qui les conduisit jusqu'au village d'El Saucejo dans leur Nissan Patrol. Ils s'arrêtèrent au village, récupérèrent deux hommes et poursuivirent leur route en direction de Campillos. Quand elles ne portaient pas des oliviers à perte de vue, les collines qui entouraient le village laissaient une terre brune parsemée de taches blanches, soulevée par les charrues. La Nissan s'arrêta devant une maison en ruine sur le côté droit de la route, qui offrait une vue imprenable sur les étendues vert-de-gris scintillantes des oliviers déployées jusqu'aux contours de lointaines montagnes. Une zone comprenant l'entrée et une portion de route d'environ vingt-cinq mètres était délimitée par un ruban jaune de la police.

Les gardes civils leur présentèrent le propriétaire de la maison et l'homme qui avait vu Hammad et Saoudi changer leur roue arrière le lundi matin. Felipe observa les traces de pneus visibles sur le bord de la route et confirma qu'elles correspondaient à celles du Peugeot Partner conservé à la police. Il examina ensuite les traces de pneus dans la cour située à gauche de la maison en ruine.

Une demi-heure plus tard, Felipe était en mesure de leur affirmer que le Peugeot Partner était venu de la direction de Campillos, qui se trouvait à l'est, avait pénétré dans la cour, puis avait crevé en repartant et que la crevaison avait été réparée au bord de la route, vingt-cinq mètres plus loin.

Le démineur lâcha le chien dans la cour. Pendant quelques minutes, il courut dans tous les sens avant de s'asseoir sous une sorte d'abri proche de la maison. L'officier de déminage entreprit une série de tests sur le sol de terre battue desséchée et confirma la présence de traces d'hexogène.

Le propriétaire expliqua que la maison n'était plus habitée depuis trente ans parce que la plupart des gens la trouvaient trop isolée et qu'il y avait un problème d'eau. Il l'avait louée pour six mois à un Espagnol qui avait l'accent de Madrid. Ils n'avaient pas signé de bail, mais l'homme lui avait versé six cents euros en lui disant qu'il voulait seulement s'en servir occasionnellement comme entrepôt. L'homme qui avait vu Hammad et Saoudi changer leur pneu dit qu'il passait en voiture tous les jours devant la maison et qu'il n'y avait jamais vu personne. Il n'avait pas vu le Peugeot

Partner en sortir. Il était déjà sur le bord de la route et un des types changeait la roue.

— Nous avons besoin de savoir une chose, dit Falcón : est-ce que quelqu'un a vu un véhicule entrer dans la cour ou en sortir depuis mardi matin ?

Ils secouèrent la tête. Falcón retourna à El Saucejo. Ils interrogèrent tous ceux qu'ils purent croiser dans le village, mais personne n'avait vu de véhicule à proximité de la maison. Ils confièrent la question à la guardia civil.

Pendant qu'ils rentraient à Séville, Gregorio reçut un appel du CNI qui annonçait que l'ancien logiciel d'encodage avait été réinstallé et tout marchait à nouveau. Ils avaient transmis le dossier de Hammad et Saoudi à Yacoub, mais il n'y avait pas encore touché.

À quatorze heures trente, ils étaient de retour à la jefatura, assis devant l'ordinateur. Ils virent immédiatement que Yacoub avait pris possession du dossier. Ils envoyèrent un signal de messagerie convenu et il se connecta.

— Les hommes que vous connaissez sous les noms de Hammad et Saoudi sont rentrés en Afrique du Nord, écrivit-il. Ils y sont depuis jeudi matin. Je le sais parce qu'il y a eu des applaudissements et des acclamations quand la chaîne satellite a annoncé qu'il était désormais certain que les deux hommes ne se trouvaient pas dans la mosquée au moment de l'explosion.

— Nous avons trouvé l'endroit où ils entreposaient l'hexogène, mais nous ne savons pas du tout quand il a été récupéré ni où il est parti.

— On n'en a pas parlé ici.

— L'assassinat des deux hommes abattus ce matin, Lucrecio Arenas et César Benito, est la réponse à ton rite d'initiation. La mise en scène visait à faire croire à l'œuvre de militants islamistes.

— Al-Jazirah a déjà reçu un démenti.

— Tu sais quelque chose à propos du « matériel » qui devait servir au conditionnement de l'hexogène ?

— Ils n'en ont pas parlé.

— On a noté depuis hier une intensification des échanges sur Internet et un regain d'activités de certaines cellules ici, en Espagne. Un commentaire ?

— Rien de spécial. On sent une certaine excitation ici et on parle de l'activation d'une ou de plusieurs cellules, mais rien de très précis. On ne peut pas se fier à ce que me disent les membres du groupe qui se réunit ici dans la médina.

— Tu veux bien prendre le temps de réfléchir à ce que tu as vu quand on t'a enlevé à Rabat pour te faire subir ton test d'initiation ? Tu as parlé de livres d'architecture et de technique de construction, ainsi que de manuels d'automobile.

— J'y réfléchirai. Je dois vous laisser maintenant.

Après le déjeuner, Falcón fit monter Zarrías dans la salle d'interrogatoire.

— Je ne vais pas enregistrer, lui dit Falcón. Rien de ce que nous nous dirons ne pourra être utilisé devant un tribunal.

Zarrías ne dit rien. Il se contentait de dévisager celui qui aurait pu devenir son beau-frère.

— Mon inspecteur t'a déjà appris que Lucrecio Arenas avait été abattu de trois balles dans le dos, reprit Falcón. La domestique l'a trouvé flottant sur le ventre dans la piscine. Veux-tu que ceux qui lui ont fait ça s'en tirent sans être inquiétés ?

— Non, mais je ne peux pas t'aider, Javier, parce que je ne sais pas qui est responsable.

— Quelle était l'importance de César Benito dans cette affaire ? Tu crois que ça peut avoir un rapport avec son entreprise de bâtiment ?

Zarrías se troubla, comme si cette question avait fait surgir un élément auquel il n'avait pas songé avant.

— Je ne crois pas que c'était une question d'argent, Javier.

— Pour toi. Au cours d'une discussion entre Lucrecio et Jesús hier, ton vieux pote lui a dit qu'on n'exerce le pouvoir en démocratie qu'en sachant ce qu'on doit aux uns et aux autres.

Zarrías renversa soudain la tête en arrière, comme s'il avait reçu un coup.

— Peut-être que vous travailliez ensemble à des objectifs différents, Ángel. Pendant que Jesús et toi aspiriez à promouvoir ce que vous considérez comme un monde meilleur, Lucrecio et César ne cherchaient que le pouvoir et l'argent qui va avec.

Silence.

— C'était le cas à l'époque des Croisades, pourquoi pas maintenant ? Tandis que certains se battaient pour défendre la chrétienté, d'autres ne songeaient qu'à tuer, piller et conquérir de nouveaux territoires.

— Je ne peux pas le croire de Lucrecio.

— Je devrais peut-être faire venir Jesús pour qu'il te raconte ce qu'a été sa déception à lui. Je n'y ai pas assisté, mais il devait annoncer sa démission à onze heures ce matin et revenir à son ancien métier. J'ai rarement vu l'idéalisme d'un homme s'éteindre si brutalement.

Ángel Zarrías secouait la tête.

— Tu n'avais pas réfléchi à la nature des forces auxquelles tu t'associais, Ángel ? Après que tu as empoisonné Tateb Hassani, alors que tu savais qu'Agustín Cárdenas était en train de lui couper les mains et de lui brûler le visage, à aucun moment tu ne t'es demandé : est-il normal d'en arriver à de telles extrémités pour améliorer le monde ? Et si tu ne t'es pas posé cette question à ce moment-là, tu n'as eu aucun doute quand tu as vu les décombres de l'immeuble et les cadavres des quatre enfants alignés devant l'école ? Tu n'as pas pu ne pas te dire que tu t'étais choisi par inadvertance des alliés bien peu recommandables.

— À ce moment-là, de toute façon, c'était trop tard.

La conférence de presse eut lieu à dix-huit heures dans les locaux du parlement d'Andalousie. Falcón avait préparé un compte-rendu de son enquête qui avait été joint au communiqué officiel qu'Elvira devait remettre à la presse. Falcón et le juge del Rey assistaient à la conférence, mais uniquement pour apporter les réponses aux questions pour lesquelles Elvira n'aurait pas assez d'informations. On leur recommanda de s'en tenir au strict minimum dans leurs réponses.

La conférence dura environ une heure et se déroula sans incident. Elvira songeait à mettre fin à sa prestation quand un journaliste assis au fond de la salle se leva.

— Une dernière question pour l'inspecteur principal Falcón. Êtes-vous satisfait du résultat ?

Un bref silence. Un regard dissuasif d'Elvira. Une femme se pencha au premier rang pour mieux le voir.

— Si j'en crois mon expérience, je dois m'en contenter, dit Falcón. Toutes les enquêtes pour meurtre rencontrent le même problème : plus le temps passe, plus les chances de faire de nouvelles découvertes sont minces. Néanmoins, je voudrais dire à la population de Séville que d'un point de vue purement personnel je ne suis pas satisfait de ce résultat. À chaque nouvelle agression, le terrorisme atteint de nouveaux sommets d'iniquité. L'humanité doit maintenant vivre dans un monde où certains sont prêts à se servir de la vulnérabilité des peuples face au terrorisme pour consolider leur pouvoir. J'aurais aimé élucider complètement ce crime, en traduisant tous ses acteurs, des organisateurs aux poseurs de bombe, devant la justice. Nous n'avons réussi qu'en partie, mais pour moi, la lutte ne s'achève pas avec cette conférence de presse et je veux assurer tous les Sévillans que mon équipe et moi ferons tout ce qui est en notre pouvoir pour retrouver tous les auteurs, où qu'ils soient, même si je dois y consacrer le reste de ma carrière.

Après la fin de la conférence de presse à dix heures et demie du soir, Falcón retourna à la jefatura pour s'occuper de l'énorme tas de paperasses qui s'était accumulé au cours des cinq jours qu'avait duré l'enquête. Puis il rentra chez lui, prit une douche et se changea. Il était prêt pour la communication du soir avec Yacoub quand Gregorio débarqua aux environs de onze heures.

Il était nerveux et agité.

— Nous avons confirmation de plusieurs sources différentes que trois cellules différentes sont en activité. Un groupe a quitté Valence en voiture la nuit dernière, un couple marié est parti de Madrid à bord d'un break tôt dans la matinée et un autre groupe a quitté Barcelone, individuellement ou à plusieurs, à des moments différents entre l'heure du déjeuner vendredi et les toutes premières heures de la matinée. Apparemment, ils se dirigent tous vers Paris.

— Voyons ce que Yacoub en dit.

Le contact fut établi. Ils échangèrent leurs phrases d'introduction.

— Je n'ai pas le temps, écrivit Yacoub. Je dois prendre le vol de 23 h 30 pour Paris et il me faut plus d'une heure pour arriver à l'aéroport.

— Pour quel motif ?

— Aucun. Ils m'ont dit de descendre à mon hôtel habituel du Marais et que je recevrais mes instructions une fois là-bas.

Falcón l'interrogea sur les trois cellules espagnoles mises en activité la veille et qui convergeaient vers Paris.

— Je n'ai rien entendu à ce sujet. Je ne sais pas si mon voyage a un rapport.

— Du nouveau à propos du « matériel » ?

— Toujours rien. D'autres questions ? Il faut que j'y aille.

Gregorio agita la tête.

— Quand on t'a amené au camp du GICM pour subir ton initiation, tu as parlé d'un mur couvert de livres, parmi lesquels des manuels d'automobile. Te rappelles-tu un détail à leur sujet ? C'est bizarre d'avoir ça dans sa bibliothèque.

— Il s'agissait uniquement de quatre-quatre. Je me souviens du logo de VW et de celui de Mercedes. Le troisième manuel concernait les Range Rovers et pour le dernier, j'ai dû m'aider d'Internet pour m'éclaircir la mémoire. C'était la marque Porsche. Voilà. J'essaierai de te contacter depuis Paris.

Gregorio se leva pour partir, comme s'il trouvait qu'il avait perdu son temps.

— Des idées là-dessus ? lui demanda Falcón.

— Je vais en parler à Juan et Pablo pour voir ce qu'ils en disent.

Gregorio partit sans attendre que Falcón le raccompagne. Falcón s'enfonça dans son fauteuil. Il n'aimait pas ces opérations de renseignement. Tout à coup, tout se mettait à tournoyer autour de lui à une vitesse hallucinante et prenait une importance capitale sur une simple impulsion électronique. Il comprenait que certains puissent perdre la boule dans cet univers dont la réalité consistait en « informations » venues de « sources », dont les agents étaient expédiés dans des hôtels où ils devaient attendre des « instructions ». Tout cela était trop virtuel à son goût. Il n'aurait jamais cru le penser un jour, mais il préférait son monde avec ses cadavres, ses examens pathologiques, ses expertises scientifiques, ses preuves et ses dialogues face à face. Il avait l'impression que le renseignement demandait une foi analogue à la croyance religieuse. Or, de ce point de vue, il se tenait depuis toujours dans un clair-obscur où ses convictions dans le domaine de la spiritualité n'étaient jamais allées jusqu'à admettre l'existence d'un être suprême.

Les trois carnets qu'il avait remplis au cours de l'enquête étaient posés sur la table, près d'une pile de papiers qu'il avait rapportés. Il prit une feuille dans l'imprimante et ouvrit le premier carnet. La date inscrite était celle du 5 juin, le jour où on l'avait appelé pour examiner le corps de Tateb Hassani dans la décharge de Séville. Presque inconsciemment, il avait écrit « El Rocío » à côté de la date. Il avait peut-être entendu quelque chose à la radio. On annonçait toujours la sortie de la Virgen del Rocío pour la procession du lundi de Pentecôte. Tandis qu'il esquissait le dessin d'un char coloré typique de ce pèlerinage, il se disait qu'El Rocío était devenu un événement touristique aussi important que la Feria et la Semana Santa. Il attirait des milliers de personnes venues de toute l'Andalousie, auxquelles s'ajoutaient maintenant des centaines de touristes, toujours avides de nouvelles expériences sévillanes. Son frère Paco mettait maintenant ses chevaux et des chambres de sa ferme d'élevage de taureaux à la disposition d'une agence spécialisée dans les prestations de luxe autour du pèlerinage, comprenant tentes magnifiques, dîners au champagne et flamenco tous les soirs. Il existait sans doute une version caviar du pèlerinage de Saint-Jacques-de-Compostelle. La décadence s'immisçait jusque dans le commerce des pèlerinages. Sous le dessin du char, il écrivit : « El Rocío. Touristes. Séville. »

Il continua à feuilleter ses notes et à griffonner. Dans ces cas-là, il ne pouvait s'empêcher de penser aux calepins des peintres et des écrivains. Dans les grandes rétrospectives de peinture, il aimait voir exposés les carnets d'esquisses qui deviendraient parfois de grands tableaux universellement admirés.

Une ligne tracée au verso d'un feuillet accrocha son œil : « Épuiser les ressources de l'Occident en l'obligeant à se doter de dispositifs de sécurité toujours plus importants, menacer l'équilibre économique en attaquant les centres touristiques au sud de l'Europe et les centres financiers au nord : Londres, Paris, Francfort, Milan. » Qui avait dit cela ? Juan ? Yacoub ?

Il y avait une carte d'Espagne sur le mur près de son bureau. Il s'en approcha avec son fauteuil à roulettes. Est-ce que Séville était l'emplacement le plus adéquat pour stocker des explosifs en vue d'attaquer les infrastructures touristiques d'Andalousie ? Grenade était plus centrale. La Costa del Sol plus accessible de Málaga. Il se souvint alors du fameux « matériel ». Pour déclencher la panique dans un lieu touristique, il suffisait d'une bombe artisanale truffée de clous et de ferraille, alors pourquoi s'embêter avec de l'hexogène et tout un matériel spécial ? Retour à la table. Une autre note : « Hexogène – forte brisance – haute capacité explosive, fort pouvoir destructeur. » Voilà. L'hexogène avait été choisi à cause de son pouvoir destructeur. Une petite quantité suffisait à provoquer des dégâts considérables. Avec cette idée en tête, il commença à passer mentalement en revue les bâtiments officiels d'Andalousie : le parlement régional à Séville, les cathédrales de Séville et de Cordoue, l'Alhambra et le Generalife de Grenade. Pablo avait raison. Impossible de poser une bombe dans l'un de ces édifices alors que toute la région était en alerte terroriste.

Son ordinateur annonçait minuit. Il n'avait pas dîné.

Il avait envie de sortir, de se retrouver au milieu des gens. D'habitude, il comptait sur Laura pour égayer ses samedis soir, mais c'était fini. En s'attardant sur cette constatation, il en vint à se remémorer l'enterrement d'Inès, avec ses parents, tels des enfants perdus au milieu de la foule. Il chassa cette pensée. Il se dirigeait distraitement vers le patio quand il se rappela le coup de téléphone de Consuelo. Il ne s'attendait pas à tant de gentillesse de sa part. Elle avait été la seule personne à l'appeler. Même Manuela ne l'avait pas fait. Il prit son portable. Le moment était-il bien choisi ? Il chercha son numéro, appuya sur le bouton d'appel, laissa sonner deux fois et raccrocha. On était samedi soir. Elle devait être à son restaurant ou avec ses enfants. Deux ou trois images de leurs ébats sexuels lui traversèrent l'esprit. Tellement intenses et réjouissants. Il en eut une bouffée de désir chimique et physique. Il appuya de nouveau sur le bouton d'appel. Avant même d'entendre la première sonnerie, il se surprit à attiser son désir en se récitant des balivernes. Il raccrocha encore. C'en était trop en une seule semaine : il avait rompu avec une petite amie, son ex-femme avait été assassinée et maintenant, il voulait raviver une ancienne liaison qui n'avait duré que quelques jours il y avait de cela quatre ans. Consuelo lui avait passé un coup de fil amical en apprenant la mort d'Inès. C'était tout.

Il faisait doux dehors. Les rues étaient animées. Les humains sont des êtres résilients. Il marcha jusqu'à l'Arenal et s'installa au bar Galicien qui proposait de merveilleux poulpes et servait le vin dans des coupes de porcelaine blanche. Pendant qu'il dînait, il se vit à la télévision, aux nouvelles, en train de répondre à la dernière question que lui avait posée le journaliste à la conférence de presse. Sa réponse fut retransmise dans son intégralité. Le serveur le reconnut. Il refusa de lui faire payer son repas et versa une nouvelle rasade de vin dans sa coupe de porcelaine.

Quand il se retrouva dans la rue, il sentit tout à coup tout le poids de la fatigue. La tension des longues heures de travail le rattrapait. Il acheta un *pringá*, un chausson à la viande épicé, qu'il mangea sur le chemin du retour. Il s'effondra sur son lit et rêva que Francisco Falcón était revenu et cassait un mur qui dissimulait une pièce secrète. Il se réveilla dans l'obscurité absolue, le cœur battant. Il savait qu'il ne dormirait plus pendant au moins deux heures.

Descendu au rez-de-chaussée, il essaya toutes les chaînes satellites dans l'espoir de tomber sur un film pour canaliser le bouillonnement de son cerveau. Il savait pourquoi il n'arrivait pas à dormir. Il s'était entendu au journal télévisé faire une promesse à la population de Séville. Il avait toujours Hammad et Saoudi présents à l'esprit. L'hexogène qu'ils avaient stocké dans la maison en ruine d'El Saucejo. L'« organisation à reprendre » parce que les plans du GICM avaient été « contrecarrés » par l'explosion de la bombe.

Sur l'écran, deux armées s'affrontaient en une bataille titanesque. C'était un film « de cape et nu-pieds » récent. Il l'avait déjà vu et n'en avait pas gardé un souvenir impérissable, à part l'idée que se faisait le réalisateur du cheval de Troie, que les Grecs auraient construit, selon lui, avec les débris de leurs embarcations. Il dut attendre plus d'une heure avant de voir le cheval jouer son rôle. Pendant qu'il se laissait bercer par le scénario, allongé sur le canapé, il se mit à réfléchir au pouvoir du mythe. Une idée qui, malgré ses atteintes à la logique, faisait son chemin dans les mentalités. Pourquoi les Troyens avaient-ils laissé entrer ce machin dans leur ville ? Pourquoi, après tout ce qu'ils avaient subi, avaient-ils été si crédules ?

Il en était à se demander s'il y aurait un jour une génération d'enfants qui ignorerait l'histoire du cheval de bois quand l'animal se présenta à l'écran. Cette vision mit quelque chose en branle dans son cerveau. Toutes les réflexions inopinées, les notes, les gribouillages des cinq derniers jours s'emboîtèrent soudain, le propulsant dans son bureau.

43

Séville – Dimanche 11 juin 2006, 8 heures

L'hôtel Alfonso XIII était sans doute le plus grand de Séville par la taille. Il avait été construit dans le but d'impressionner lors de l'exposition de 1929 et comportait un patio intérieur de style *mudejar*, tout en arcades ornées d'arabesques sur un sol carrelé à dessins géométriques. La réception était affreusement sombre et le parfum des lilas dans l'énorme composition florale y jetait une note funèbre.

Le gérant arriva un peu après huit heures. Falcón l'avait sorti du lit. Il le conduisit dans son bureau. Le gérant jeta à sa carte de police le coup d'œil désabusé de celui qui en voit tous les jours

— J'ai cru que quelqu'un avait eu une crise cardiaque, dit-il. On en a tout le temps.

— Non, il ne s'agit pas de ça.

— Je vous connais. Vous enquêtez sur l'explosion de la bombe. Je vous ai vu aux nouvelles. Que puis-je faire pour vous ? Nous n'avons pas de clients marocains ici.

Les gens écoutent les nouvelles, mais ils n'entendent que ce qu'ils veulent entendre, se dit Falcón.

— Je ne sais pas exactement ce que je cherche. Peut-être une réservation de quatre chambres minimum, faite par des touristes étrangers, peut-être français, venant sans doute de Paris. Ils ont dû réserver pour la fête du Rocío. Ils ont peut-être demandé davantage de chambres, mais le point important, c'est qu'ils doivent avoir des quatre-quatre qu'ils n'ont pas loués sur place.

Le gérant s'affaira sur son clavier en secouant la tête chaque fois qu'il ajoutait un élément indiqué par Falcón.

— Pendant la période du Rocío, j'ai toujours des groupes importants de touristes qui viennent en car. Mais je ne vois rien dans les réservations de quatre à huit chambres.

Il y avait des travaux dans la rue, à cause de la construction du métro. Falcón se dit qu'ils n'auraient pas choisi de descendre dans cet hôtel. Il avait regardé à quoi ressemblait une Porsche Cayenne sur Internet. Le propriétaire d'un tel véhicule devait préférer des endroits plus sélects. L'Alfonso XIII, avec son style grandiose, appartenait au passé. C'était un lieu pour les gens classiques, aux goûts conservateurs.

Il fit une tentative à l'hôtel Imperial. Il était un peu à l'écart, au bout d'une rue tranquille, et donnait sur les jardins de casa Pilatos. Il n'eut pas plus de chance. Son illumination de la veille commençait à prendre l'aspect d'une lubie nocturne qui devenait complètement absurde à la lumière du jour.

Il eut pourtant un premier signe du bien-fondé – tout compte fait – de ses instincts créatifs dans un hôtel dont le réceptionniste se souvint d'une femme qui avait appelé en mars, de Londres, pour demander quatre chambres avant et après la fête du Rocío avec des places de stationnement pour quatre véhicules. L'hôtel n'avait pas de parking et seulement deux chambres disponibles aux dates qu'elle souhaitait. La correspondante lui avait demandé de lui retenir les chambres pendant vingt-quatre heures, le temps de voir si elle en trouvait deux autres ailleurs. Le réceptionniste lui montra un e-mail d'une société anglaise, qu'il avait reçu après l'appel téléphonique, d'une dénommée Mouna Chedadi qui effectuait les réservations au nom d'une certaine Amanda Turner. Falcón eut la certitude qu'il avait trouvé ce qu'il cherchait.

Il appela alors les hôtels du coin les uns après les autres en leur demandant s'ils avaient une réservation au nom d'Amanda Turner. Trente-cinq minutes plus tard, il était assis dans le bureau du directeur de l'hôtel Las Casas de la Judería.

— Elle a eu de la veine, dit-il. Un groupe venait d'annuler dix minutes avant qu'elle appelle et elle a eu ses quatre suites de luxe les unes à côté des autres.

— Et les voitures ?

Falcon lui indiqua le nom de Mouna Chedadi pour qu'il recherche son mail dans sa base de données.

— Ils avaient quatre voitures, annonça le gérant. Je vois qu'elle a demandé s'ils pourraient les laisser à l'hôtel pendant qu'ils seraient au pèlerinage du Rocío.

— Vous avez accepté ?

— Le garage n'est pas assez grand pour qu'on garde les voitures de clients occasionnels à cette époque de l'année. On leur a dit qu'il y avait des quantités de parkings à Séville où ils pourraient les laisser.

— Vous savez ce qu'ils en ont fait ?

Le gérant appela la réceptionniste et lui demanda d'apporter les formulaires d'enregistrement des quatre chambres en question. Elle confirma que les huit personnes étaient arrivées en taxi après avoir garé leurs voitures quelque part.

— Ils sont arrivés le 31 mai, précisa le gérant et sont partis le lendemain pour suivre le pèlerinage. Ils sont revenus le 5 juin et sont repartis le 8.

— Je me souviens qu'ils devaient passer une nuit à Grenade, ajouta la réceptionniste.

— Ils sont revenus à nouveau le 9 et sont partis... Est-ce qu'ils sont partis d'ailleurs ?

— Ils ont payé leur note hier soir et ont quitté l'hôtel à sept heures et demie ce matin, dès l'ouverture du garage.

— Ils ont donc laissé leurs voitures ici quand ils sont allés à Grenade. Vous savez de quelles marques il s'agit ?

— Nous avons seulement les numéros d'immatriculation.

— Qu'ont-ils indiqué comme profession ?

— Gestionnaires de portefeuille, tous les quatre.

— Ils ont laissé des numéros de portable ?

Falcón demanda des photocopies des fiches. Il sortit pour téléphoner à Gregorio, lui donna les quatre numéros d'immatriculation et lui demanda de lui trouver les marques et modèles des voitures auxquelles ils appartenaient. De retour à l'intérieur, il demanda à voir le personnel qui était de service au bar la veille. Il connaissait les Anglais.

Les serveurs se souvenaient du groupe de clients. Ils leur avaient donné de gros pouvoirs, comme font les Américains plus que les Anglais. Les hommes avaient bu des bières et les femmes des manzanillas, puis des gins tonics. Aucun des serveurs ne parlait assez bien anglais pour comprendre ce qu'ils s'étaient dit. Il se rappelait un homme qui avait eu une brève conversation avec eux avant de s'en aller. Puis un autre couple et quelques étrangers s'étaient joints à eux. Ensuite, ils étaient tous partis dîner.

L'autre couple s'avéra être hollandais. On les fit venir à la réception. Falcón tenta d'identifier avec eux l'homme qui avait parlé quelques minutes avec les membres du groupe avant de s'en aller. Les serveurs dirent qu'il avait l'air d'être espagnol et qu'il n'avait pas tellement l'accent andalou mais plutôt castillan. La réceptionniste se souvenait de lui. Elle dit qu'il avait aussi payé sa note la veille. Elle retrouva sa fiche. Il avait donné un nom et présenté une carte d'identité espagnole. Il était arrivé le 6 juin et avait aussi rangé une voiture dans le garage de l'hôtel. Falcón leur demanda de numériser la fiche et les éléments d'identité et de joindre les copies à un mail à envoyer à Gregorio.

Le Hollandais avait manifestement la gueule de bois. Ils avaient fait la fête avec les Anglais qu'ils avaient rencontrés au pèlerinage du Rocío. Ils étaient rentrés à deux heures du matin et, malgré ça, les Anglais avaient décidé de partir tôt.

— Ont-ils dit où ils allaient ?

— Ils rentraient en Angleterre.

— Leur itinéraire ?

— Ils devaient s'arrêter dans des paradores et remonter par Biarritz et la vallée de la Loire jusqu'au tunnel sous la Manche. Ils devaient reprendre le travail demain en huit.

Falcón alla faire les cent pas dans le patio en attendant avec impatience que son téléphone vibre. Gregorio l'appela à presque dix heures.

— Tout d'abord, cette carte d'identité espagnole a été volée l'année dernière et nous n'avons sa tête nulle part dans nos fichiers. Sa voiture était une Mercedes qu'il avait louée lundi 5 juin, dans l'après-midi, à Jerez de la Frontera, et qu'il a rendue à neuf heures et quart ce matin. Je leur ai dit ne pas y toucher et de nous attendre. Vous voulez bien m'expliquer ce qui se passe ?

— Quelles sont les marques des voitures immatriculées en Angleterre ?

— C'est en train d'arriver, dit Gregorio en lisant le papier qu'il avait sous les yeux. Une VW Touareg, une

Porsche Cayenne, une Mercedes M270 et une Range Rover.

— Vous vous souvenez des manuels d'automobile dont Yacoub nous a parlé ?

— Retrouvons-nous à votre bureau. On aura des lignes sécurisées.

Quarante-cinq minutes plus tard, Falcón l'attendait toujours dans son bureau en notant sur le papier toutes les complications que ce nouveau scénario engendrait dans sa tête. Gregorio appela du bureau d'Elvira pour lui dire qu'il avait organisé une conférence téléphonique avec Juan et Pablo qui se trouvaient à Madrid.

— La première chose qui m'intéresse, c'est l'enchaînement logique de toute cette histoire, dit Juan. Gregorio nous en a dit un mot, mais je veux l'entendre de votre bouche, Javier.

Falcón hésita. Il trouvait qu'ils avaient à discuter de choses plus importantes que le fonctionnement de son cerveau.

— Il y a urgence, mais pas de panique, dit Juan. Ils vont prendre leur temps pour retourner chez eux, ce qui nous laisse le temps à nous de comprendre ce à quoi nous sommes confrontés. J'ai envoyé des hommes du déminage examiner la Mercedes chez le loueur de voitures de Jerez. Attendons les informations avant de dresser un plan d'action. Je vous écoute, Javier.

Falcón lui raconta le cheminement de ses réflexions de la veille, la communication avec Yacoub, les manuels d'automobile, ses notes sur El Rocío, la capacité de brisance de l'hexogène, la volonté d'affaiblir l'Occident à coups d'attentats contre les complexes hôteliers et les centres financiers. Juan était agacé et l'interrompait souvent. Quand Falcón évoqua le moment où il s'était vu sur l'écran de télévision, Juan se montra ironique.

— Nous vous avons vu aussi. Très touchant, Javier.

Nous nous efforçons de ne pas tomber dans le sentimentalisme au CNI.

— Les gens ont besoin d'espoir, Juan, remarqua Pablo.

— Les politiciens leur rebattent sufffisamment les oreilles de belles promesses. Si la police s'y met aussi !

— Laissez-le dire, chuchota Gregorio en levant les yeux au ciel.

— Je suis allé me coucher et me suis réveillé quelques heures plus tard. J'ai regardé le film *Troie*. – Falcón ajouta, sarcastique : – Vous connaissez l'histoire du cheval de Troie, Juan ?

Gregorio agita la tête, inquiet de voir les choses tourner au vinaigre.

— Les Grecs ont bourré un cheval en bois de soldats, l'ont abandonné devant les portes de Troie et ont feint de battre en retraite. Les Troyens ont fait entrer le cheval et, par ce geste, ont scellé leur destin, débita Juan d'une traite.

— La première idée qui m'est venue a été : à notre époque bardée de sécurité, comment les terroristes pourraient-ils faire entrer une bombe dans le centre financier d'une grande capitale ?

— Ah ! s'exclama Pablo. En l'y faisant placer par les gens qui y travaillent.

— Et comment vous faites ? demanda Juan.

— Vous entassez des explosifs dans la voiture de quelqu'un sans qu'il s'en rende compte, expliqua Falcón. Des touristes venant pour El Rocío séjournent à Madrid avant et après le pèlerinage. La principale célébration s'est achevée le 5 juin. Hammad et Saoudi ont apporté l'hexogène à Séville le 6, avec l'intention de l'emballer dans le fameux « matériel » et de le placer dans les voitures de ces gens pour qu'ils rentrent avec en Angleterre et le transportent jusque dans le cœur de la City de Londres.

— Le premier point et peut-être le plus important dans ce scénario, c'est que cela prouve qu'ils disposent de renseignements, déclara Juan pour tenter de reprendre la maîtrise de la conversation. Les quatre types qui possèdent ces voitures travaillent tous dans la même société : Kraus, Maitland, Powers. Ils gèrent un des plus gros fonds de placement de la City, à destination principalement du Japon, de la Chine et du Sud-Est asiatique. L'intérêt de la chose, c'est que ce sont des hommes prospères. Ils habitent tous de grandes maisons dans la banlieue de Londres, ce qui signifie qu'ils se rendent tous les jours à leur travail en voiture et ils ne sont jamais coincés dans les embouteillages parce que leur journée commence à trois heures du matin et se termine à l'heure du déjeuner. Leurs voitures sont donc forcément dans le bâtiment aux heures de pointe. Leurs bureaux se trouvent dans un immeuble bien connu qui s'appelle le Gherkin.

— D'où tenez-vous toutes ces informations ? demanda Falcón.

— Le MI5 et le MI6 sont déjà sur le coup, dit Juan. Ils cherchent actuellement les complices qui ont pu renseigner les terroristes.

— Qu'en est-il de cette femme, Mouna Chedadi, celle qui a fait les réservations pour Amanda Turner ?

— On examine son dossier. Elle n'est pas répertoriée parmi les terroristes potentiels. Elle vit à Braintree, dans l'Essex, tout près de Londres. Elle est musulmane, mais pas particulièrement fervente et certainement pas radicale. Elle travaille pour l'agence de publicité d'Amanda Turner seulement depuis le mois de mars. Naturellement, elle savait tout de ses projets de vacances.

— Mais sans doute pas grand-chose de son petit copain et de ses collègues du fonds d'investissement, glissa Pablo. Ce qui veut dire que les terroristes avaient probablement deux ou plusieurs informateurs.

— Mais comme nous ignorons qui ils sont, nous ne pouvons pas interroger les personnes qui font partie de l'entourage professionnel de ces huit individus, reprit Juan.

— Nous avons consulté les Anglais et ils admettent aussi que nous ne pouvons pas non plus avertir les occupants des voitures, dit Pablo. Seul un soldat hyper-entraîné serait capable de garder son calme en sachant qu'il conduit un véhicule bardé d'explosifs.

— Ce qui nous amène à notre dernier problème, enchaîna Juan. Comme le « matériel » de conditionnement n'a jamais été au contact direct d'explosif jusqu'ici et semble avoir des provenances diverses, les Anglais craignent que le cœur du matériel soit hautement toxique et contienne des résidus radioactifs, par exemple. Ils supposent également que les véhicules vont être escortés par des terroristes jusqu'à leur destination. Donc, la solution consistant à faire sortir les occupants des voitures n'est pas viable.

— Vous avez un appel sur la quatre, Juan, dit Pablo, à Madrid.

— Attendez une minute, recommanda Juan. Pas de bavardage en mon absence. Nous avons tous besoin de tout savoir.

Gregorio se mit en quête d'un cendrier, mais il était interdit de fumer dans ces bureaux. Il sortit dans le couloir. Falcón se perdit dans la contemplation de la moquette. La clandestinité avait cet avantage pour ces hommes que les choses n'avaient jamais aucune réalité. S'ils avaient vu de leurs yeux Amanda Turner filer sur les routes espagnoles à bord de sa Porsche Cayenne, ils auraient sans doute une perception toute différente. Mais elle n'était pour eux que le personnage d'un jeu vidéo.

Juan revint en ligne. Gregorio écrasa sa cigarette.

— C'était l'équipe de déminage qui appelait de Jerez de la Frontera, dit Juan. Ils ont trouvé des traces d'un mélange à base d'hexogène plastique dans le coffre de la Mercedes de location. Ils ont aussi repéré deux trous d'aération percés dans le dossier du siège arrière et des restes de boisson et de nourriture. Cela laisse entendre qu'il est arrivé au parking de l'hôtel avec la bombe et un ou deux techniciens dans le coffre. Ils sont restés la nuit pour installer les engins dans les voitures des touristes britanniques.

— Je crois que c'est une confirmation suffisante, dit Pablo.

— Mais maintenant, il nous faut trouver ces touristes, dit Juan, sans lancer d'alerte policière générale.

— Depuis quand circulent-ils ?

— Ils ont quitté Séville un peu après sept heures et demie, dit Falcón. Il est actuellement dix heures quarante-cinq. D'après les Hollandais, ils devaient s'arrêter dans des paradores en roulant vers le nord.

— S'ils prennent le chemin des écoliers, ils passeront par Mérida et Salamanque, dit Gregorio. S'ils sont pressés, par Cordoue, Valdepeñas et Madrid.

— On devrait appeler le bureau central des paradores de España pour savoir où ils ont réservé, suggéra Pablo. On envoie une équipe de déminage pour les attendre. Ils désamorcent les engins pendant la nuit et les touristes peuvent poursuivre leur route sans se douter de rien.

— On connaîtrait leur itinéraire par la même occasion, renchérit Gregorio.

— OK. On commence par ça, approuva Juan. Des nouvelles de Yacoub ?

— Pas encore, dit Gregorio.

— On a besoin de moi pour cette opération ? demanda Falcón.

— Il y a un avion militaire qui vous attend tous les deux à Séville pour vous transporter à Madrid, dit Juan. Nous nous retrouvons à Barrajas dans deux heures.

— J'ai encore du boulot ici, protesta Falcón.

— J'en ai parlé au comisario Elvira.

— Vous avez envoyé quelqu'un à Paris pour veiller sur Yacoub ? demanda Gregorio.

— Nous avons décidé de ne pas le faire, dit Juan.

— Et que faites-vous des trois cellules qui se dirigent vers Paris ? s'inquiéta Falcón.

— Elles nous apparaissent maintenant comme des leurres, dit Pablo. La DGSE – les renseignements français – a été alertée et suit leurs déplacements.

Ils mirent fin à leur conférence téléphonique. Gregorio et Falcón se rendirent immédiatement à l'aéroport.

— Je ne comprends pas pourquoi vous me faites participer, s'étonna Falcón.

— C'est la façon de travailler de Juan. Il n'est pas content qu'aucun de nous n'ait mis le doigt sur l'information qui a débloqué la situation, mais il est toujours plus performant quand il a quelque chose à prouver.

— C'est par hasard que je suis tombé sur ce fait minuscule.

— C'est toute l'histoire du renseignement. On place Yacoub dans une situation dangereuse. Personne ne sait ce qu'il est censé chercher. Nous avons une vision d'un scénario possible dont il n'a pas idée. Il nous transmet ce qu'il peut. À nous d'en faire quelque chose. C'est ce que vous avez réussi à faire. Juan est mécontent de s'apercevoir qu'il avait centré son attention sur des leurres, mais en même temps, il ne pouvait pas se permettre de les ignorer.

— Ça vous préoccupe que Yacoub ait été envoyé à Paris ? S'il fait partie de la diversion, cela voudrait dire que le GICM sait ou se doute qu'il espionne pour nous.

— C'est la raison pour laquelle Juan le laisse tranquille. Il n'avertira même pas la DGSE. Si le GICM le surveille, ils verront un homme qui n'a rien à se reprocher. C'est toute la beauté de ce qui est en train de se passer. Ils ont mis Yacoub dans la situation qui lui a permis de dénicher l'information, même s'il ne savait pas à quoi correspondaient ces manuels d'automobile. Ainsi, il ne s'expose pas. Quand leur opération sera mise en échec, ils ne pourront pas le montrer du doigt. Yacoub est prêt pour la suite.

— Est-ce que je pose une question stupide si je vous demande pourquoi, puisque vous en savez tant sur le GICM, vous ne les mettez pas hors d'état de nuire ?

— Parce que nous voulons démonter la totalité du réseau, dit Gregorio.

Ils atterrirent à l'aéroport de Barrajas à treize heures quinze, dans une fournaise, sur un tarmac gondolé de chaleur. Une voiture s'approcha de l'avion et les emmena à l'extrémité du terminal où Juan et Pablo les attendaient.

— Nous avons du nouveau, annonça Juan. Le bureau central des paradors a enregistré des réservations pour cette nuit à Zamora et pour demain à Santillana de Mar. Pablo a appelé les hôtels qui ont dit que les Anglais avaient annulé les deux réservations il y a quatre heures.

— Le MI5 essaie de comprendre pourquoi ils ont changé de programme, continua Pablo. Ce peut être pour raisons familiales. Deux des femmes sont sœurs. Ou des raisons professionnelles. Le problème, c'est que le MI5 n'a personne à l'intérieur de la société financière. On n'a pas noté de grands bouleversements sur les marchés du Sud-Est asiatique. Ils s'informent auprès des gens de la City pour savoir s'il y a de la fusion ou de l'OPA dans l'air.

— Vous avez localisé les véhicules ? demanda Falcón.

— S'ils ont annulé il y a quatre heures, c'est qu'ils ont déjà bien avancé et nous ne savons toujours pas s'ils comptent passer par Madrid ou par Salamanque.

— Et les ferries ? suggéra Gregorio.

— Nous avons vérifié auprès des deux liaisons Bilbao-Portsmouth et Santander-Plymouth. Ils n'ont pas réservé. Leur réservation pour franchir le tunnel sous la Manche est maintenue, sans modification de date, dit Pablo. Juan, le ministère de l'Intérieur à l'appareil.

Juan prit l'appel en griffonnant des notes. Il raccrocha d'un geste sec.

— Les renseignements britanniques ont contacté les Français. Amanda Turner vient de changer les réservations de passage du tunnel sous la Manche pour les avancer à demain, lundi. Ils ont apparemment l'intention de faire le trajet d'une traite. Les ministres français et anglais de l'Intérieur ne veulent ni l'un ni l'autre que ces véhicules s'engouffrent dans le tunnel. Les Français ont prévenu qu'ils n'en voulaient pas sur leur territoire. En remontant vers le nord, ils vont passer à proximité de centrales nucléaires et traverser des zones à forte densité de population. Les véhicules sont actuellement en territoire espagnol. Nous avons des zones de faible densité démographique. Nous allons devoir intervenir. Il met les forces spéciales à notre disposition.

— Il y a cinq cent cinquante kilomètres de Séville à Madrid, dit Gregorio. Deux cents kilomètres de Séville à Mérida. S'ils ont changé leurs projets il y a quatre heures, ils ont peut-être déjà bifurqué vers la route la plus rapide, via Madrid.

— S'ils ont tout de suite pris la direction de Madrid, ils nous ont déjà dépassés. En revanche, s'ils ont changé d'itinéraire en cours de route, ils devraient se trouver aux environs de Madrid maintenant

Pablo appela la guardia civil pour lui demander de surveiller la NI/E5 vers Burgos et la NII/E90 vers Saragosse, en soulignant qu'ils souhaitaient seulement localiser les voitures et qu'ils ne devaient pas intervenir et encore moins déclencher l'alerte générale.

Juan et Gregorio se penchèrent sur la carte d'Espagne et étudièrent les deux itinéraires possibles. Pablo contacta les forces spéciales et leur demanda de tenir deux véhicules à disposition, des voitures banalisées avec chacune un conducteur et deux hommes armés à bord.

À quatorze heures, la guardia civil signala un convoi sur la route Madrid-Saragosse, près de Guadalajara. Gregorio leur dit de poster des motards de la police dans toutes les stations-service du trajet et de prévenir si le convoi s'écartait de la route. Il recontacta les forces spéciales pour leur communiquer l'information et leur demander de surveiller leur escorte. Leurs deux véhicules quittèrent Madrid à quatorze heures cinq.

À quatorze heures vingt-cinq, la guardia civil précisa que le convoi avait changé de route à la station-service du kilomètre 103. Ils avaient aussi remarqué une Golf GTI VW gris métallisé, dont la plaque d'immatriculation indiquait qu'il s'agissait d'une voiture louée à Séville. Elle avait quitté la ville en même temps que le convoi. Deux hommes en étaient sortis. Ils n'étaient pas entrés dans la station elle-même. Ils étaient restés appuyés au coffre arrière. L'un des deux hommes avait passé un coup de fil sur son portable.

Pendant que Pablo transmettait l'information aux véhicules des forces spéciales, Gregorio appela l'agence de location de voitures de Séville. Elle était fermée. Falcón appela Ramírez pour lui dire d'aller la faire ouvrir le plus vite possible. Juan passa un ordre pour que soit mis en place un hélicoptère prêt à décoller. Il fit un point de la situation avec le ministre de l'Intérieur et l'informa qu'ils seraient obligés, à un moment quelconque, de fermer le réseau de téléphonie mobile pendant une heure sur le tronçon de la route Madrid-Saragosse situé entre Catalayud et Saragosse.

— Les forces spéciales vont devoir intercepter le véhicule d'escorte au passage d'un des cols, expliqua-t-il. Ainsi, s'ils comptaient activer les engins à l'aide des ondes radiotéléphoniques, le réseau ne sera plus opérationnel et, s'ils tentent de déclencher un signal direct, la transmission sera moins efficace.

À quinze heures, Ramírez rappela de l'agence de location de voitures. Gregorio lui donna le numéro d'immatriculation de la Golf GTI. Le loueur leur indiqua l'identité du conducteur. Gregorio vérifia sur son ordinateur. Carte volée la semaine précédente à Grenade.

L'hélicoptère oscilla et s'éleva dans le ciel sans nuages de l'aéroport de Barrajas. Falcón avait accepté bien malgré lui la place de choix à côté du pilote. Il y avait dix ans qu'il n'était pas monté dans un hélicoptère. Il se sentait vulnérable face aux éléments et éprouvait la désagréable sensation de sa légèreté.

Ils suivirent le tracé de l'autoroute NII/E90 Madrid-Saragosse. En moins d'une heure, ils furent au-dessus des montagnes de la région de Catalayud.

— On n'a pas souvent l'occasion de voir ça, dit Juan dans son micro. Je veux parler du dénouement d'une opération de renseignement.

Même maintenant, alors qu'ils atteignaient le point culminant de mois de travail et de tension, tout semblait encore irréel. L'Espagne défilait sous leurs pieds. Quelque part, des hommes effectuaient leurs derniers préparatifs tandis qu'un convoi de quatre voitures roulait vers le nord, avec à leur bord des gens bien vivants et réels qui ne soupçonnaient pas le dispositif complexe dont ils étaient la cible.

Le pilote donna des jumelles à Falcón en lui montrant, sous eux, la manœuvre exécutée par une BMW bleue pour barrer la route à la Golf GTI. La BMW freina si brutalement qu'un nuage de fumée s'éleva des quatre roues. La Golf percuta l'arrière. Heureusement, les soldats étaient déjà sortis et brandissaient leurs armes. L'hélicoptère descendit en tournoyant. Deux hommes furent tirés de la voiture dont le pare-brise avait éclaté. L'avant était enfoncé et un jet de vapeur s'échappait du moteur.

L'hélicoptère passa de l'autre côté de la montagne. Les voitures des touristes avaient été immobilisées sur le bord de la route par d'autres membres des forces spéciales qui roulaient en avant du convoi. L'appareil tourna et resta en stationnaire au-dessus des huit touristes qui sortaient de leurs véhicules et s'en éloignaient en courant.

L'absence de son des scènes qui se déroulaient, à part le vacarme des pales fouettant l'air, renforçait l'impression d'irréalité. Falcón était assez stupéfait de voir toute cette opération mise en œuvre à cause de son intuition. Que se passerait-il s'il s'avérait qu'il n'y avait pas de bombes dans les coffres et que les deux blessés de la Golf GTI étaient innocents ? Il devait avoir l'air hagard et consterné car la voix de Juan résonna à son oreille.

— C'est ce qu'on se dit souvent. Est-ce réellement arrivé ?

L'hélicoptère vira et s'éloigna de la ville de Saragosse, écrasée de chaleur dans le lointain sous un nuage de pollution. Le pilote marmonna sa position et sa direction dans le micro tandis que les montagnes brunes recuites s'amenuisaient à l'horizon.

Coda

Séville – Lundi 10 juillet 2006

Falcón était assis à une table, au fond du restaurant de la Casa Ricardo. Il y avait quatre ans qu'il n'était pas venu ici et ce n'était pas un hasard. Il but une gorgée de bière et grignota une olive. Il commençait tout juste à se remettre du trajet à pied depuis sa maison dans la chaleur effroyable.

Il n'avait rien eu le temps de faire depuis le mois dernier. Les travaux de paperasserie avaient pris des proportions hallucinantes. Il en était sorti pour revenir dans un monde qu'il s'attendait à trouver changé. L'explosion avait été comme une crise d'épilepsie. La ville avait subi une violente convulsion et on s'était beaucoup inquiété pour sa santé future, mais comme les jours passaient sans rien apporter de nouveau, la vie avait repris son cours normal. Il restait quand même une lésion. Il y avait des places qui demeureraient à jamais vides à la table de certaines familles. Des gens qui devaient chaque matin rassembler leur courage pour regarder les autres à hauteur de chaise et non plus à hauteur d'homme. Des centaines d'anonymes qui, tous les matins, devant la glace, se rasaient en contournant les balafres ou cachaient les cicatrices sous un fond de teint. Mais il y avait une force plus grande que le pouvoir destructeur des terroristes : l'intense besoin des humains de s'accrocher à la routine.

Le débriefing de l'opération avait duré quatre jours. Falcón avait été soulagé quand on avait trouvé quatre engins explosifs dans les coffres des quatre-quatre des touristes anglais. C'étaient des petites merveilles de technologie. Les conteneurs en aluminium avaient été façonnés de façon à s'intégrer au véhicule en ayant l'air de faire partie de sa structure. Falcón ne pouvait s'empêcher de penser que les bombes illustraient bien le terrorisme, parfaitement intégré à la société, indiscernable mal. Contrairement à ce qu'avaient craint les Britanniques, il n'y avait aucune substance « nuisible » à l'intérieur.

Depuis son retour de Madrid, Falcón coopérait avec le juge del Rey pour traduire en justice Rivero, Cárdenas et Zarrías, mais surtout les deux derniers, car Rivero avait eu une attaque qui l'avait laissé aphasique. La préparation du dossier avait aussi pris un caractère surréaliste. Del Rey avait décidé de poursuivre les deux hommes pour le meurtre de Tateb Hassani. Il souhaitait parvenir à établir la preuve de leur implication dans un complot de plus grande ampleur en procédant étape par étape. De Hassani, le public savait qu'il avait écrit les instructions abominables jointes aux plans des écoles et de la faculté de biologie. Curieusement, un aveuglement collectif distinguait ces instructions de la fiction que le complot visait à créer. De ce fait, une grande partie de l'opinion considérait Cárdenas et Zarrías comme des héros de la cause du peuple.

Yacoub s'était connecté à son retour de Paris. Le haut commandement du GICM ne lui avait jamais donné de directives. Il s'était dit qu'ils le soupçonnaient et s'était donc gardé de contacter le CNI. Il avait erré dans les lieux publics, redoutant de rester dans sa chambre et d'entendre un jour frapper à sa porte pour le pire. Il avait fini par rentrer à Rabat. Il assistait aux réunions du groupe dans la maison de la médina. Il n'avait été fait aucune allusion à l'échec de la mission.

L'affaire de Calderón devait être jugée en septembre. L'inspecteur principal Luis Zorrita et le juge d'instruction Juan Romero étaient convaincus de sa culpabilité. Leur dossier était solide comme le roc. Falcón n'avait pas revu Calderón. Mais il avait entendu dire qu'il s'était résigné à son sort, qui consisterait à passer quinze ans derrière les barreaux pour le meurtre de sa femme.

Manuela lui avait causé du souci. Falcón avait cru qu'après l'arrestation d'Ángel, elle se sentirait seule et déprimée, mais il l'avait sous-estimée. Une fois passés la consternation, la rage et le désespoir, elle avait retrouvé toute sa vitalité. Les leçons d'Ángel sur l'énergie positive avaient porté leurs fruits. Elle n'avait pas vendu la villa de Puerto de Santa María ; son acheteur allemand s'était à nouveau manifesté et elle avait trouvé un acquéreur suédois pour son autre appartement de Séville. Elle croulait sous les invitations à dîner. Tout le monde voulait l'entendre raconter sa vie avec Ángel Zarrías.

Falcón avait eu d'autres raisons de se réjouir depuis l'explosion de la bombe. Le dimanche précédent, alors qu'il était assis sur un banc à l'ombre des arbres dans le parque María Luisa, son regard avait été attiré par une petite famille. L'homme poussait une petite fille dans une chaise roulante en bavardant avec une femme assez menue en jupe blanche et haut turquoise. Deux enfants avaient couru dans leur direction et Falcón avait alors reconnu les enfants de Cristina Ferrera. Cristina avait pris son fils par les épaules tandis que sa fille rejoignait l'homme pour l'aider à pousser le fauteuil roulant. Il s'était rendu compte alors que l'homme n'était autre que Fernando Alanis.

Falcón était arrivé trop tôt à la Casa Ricardo. Il finit sa bière et intercepta un serveur pour lui commander un manzanilla. Le serveur revint avec une bouteille de La Guita et la carte. L'alcool glacé faisait naître une buée sur le verre en coulant. Il s'éventa avec le menu. Il était à une table différente de celle qu'il occupait quatre ans auparavant. De sa place, il voyait très bien la porte, qu'il observait chaque fois que quelqu'un entrait. Il ne supportait pas la nervosité d'adolescent qu'il sentait monter en lui. Dans les moments comme celui-ci, son esprit se retournait contre lui et ramenait au-devant de ses pensées son principal sujet d'inquiétude : la promesse qu'il avait faite aux Sévillans de retrouver les auteurs de l'attentat. Le moment où il s'était vu à la télévision dans le café Galicien tournait et retournait indéfiniment dans son souvenir, ainsi que le commentaire ironique de Juan. Avait-il vraiment eu tort, avait-il fait preuve d'un excès de sentimentalisme ? Non, il en était sûr. Il avait sa petite idée. Quand il aurait plus de temps, il savait de quel côté il irait chercher.

C'est toujours comme ça. C'est au moment où les pensées partent s'égarer ailleurs que la personne qu'on attendait arrive. Elle fut devant lui sans qu'il l'ait vue venir.

— L'inspecteur pensif, dit-elle.

Son cœur bondit dans sa poitrine et il bondit sur ses pieds.

— Tu es, comme toujours, ravissante, Consuelo.

Cet ouvrage a été composé et mis en pages
par Étianne Composition
à Montrouge.